Bruce McCabe

unfehlbar

Buch

FBI-Agent Daniel Madsen steht unter Druck: Er hat nur wenige Tage Zeit, einen Bombenanschlag aufzuklären, der im Zentrum von San Francisco verübt wurde und zwölf Menschenleben forderte. Auch zwei Polizeibeamte kamen dabei ums Leben. Doch als der Special Agent zu ermitteln beginnt, schlagen ihm Misstrauen und Feindseligkeit aus den eigenen Reihen entgegen.

Die junge Shari Sanayei ist Überwachungsspezialistin bei der Polizei von San Francisco. Sie wird Teil von Daniel Madsens Taskforce und beginnt fieberhaft, das riesige Netzwerk von Kameras in der Stadt nach Hinweisen auf den Attentäter zu durchsuchen. Doch Sharis Ehrgeiz, diesen Fall zu lösen, hat ganz andere, persönliche Gründe.

Gemeinsam tauchen Madsen und Shari ab in eine Welt, die von Kriminellen, charismatischen Konzernbossen und korrupten Politikern beherrscht wird – nichts ist so, wie es auf den ersten Blick scheint. Schnell machen die beiden sich mächtige Feinde, denen viel daran liegt, dass die Wahrheit hinter dem Anschlag nie ans Licht kommt. Denn es steckt viel mehr hinter dem Attentat als zunächst vermutet. Und es werden noch weitere Unschuldige sterben …

Autor

Bruce McCabe, geboren 1969, war bei mehreren Technologiefirmen tätig und ist ein international gefragter Experte für den Einfluss menschlicher Faktoren im Bereich Technologie und Innovation. Er hat einen Doktortitel in Computerwissenschaften, hat Hunderte Artikel in diesem Themenbereich veröffentlicht und war Kolumnist des *Australian*. Bruce McCabe lebt mit seiner Frau, seinen zwei Kindern und einem Hund namens Suzi in Sydney. *unfehlbar* ist sein Debüt.

BRUCE McCABE

unfehlbar

Thriller

Aus dem australischen Englisch
von Andreas Helweg

blanvalet

Die Originalausgabe erschien 2014
unter dem Titel *Skinjob* bei Bantam Press, London.

Besuchen Sie uns auch auf www.facebook.com/blanvalet
und www.twitter.com/BlanvaletVerlag.

MIX
Papier aus verantwortungsvollen Quellen
FSC® C014496

Verlagsgruppe Random House FSC® N001967
Das für dieses Buch verwendete FSC®-zertifizierte
Papier *Holmen Book Cream* liefert
Holmen Paper, Hallstavik, Schweden.

1. Auflage
Deutsche Erstveröffentlichung Februar 2016
bei Blanvalet, einem Unternehmen
der Verlagsgruppe Random House GmbH, München

Umschlaggestaltung: Johannes Frick, Neusäß
Umschlagmotive: Arcangel Images/CollaborationJS;
Shutterstock
Redaktion: Michael Rahn
BS · Herstellung: sam
Satz: KompetenzCenter, Mönchengladbach
Druck und Einband: GGP Media GmbH, Pößneck
Printed in Germany
ISBN: 978-3-7341-0173-1

www.blanvalet.de

Für Jane, Elise und Sean

Das Pentagon liefert in diesem Monat Handheld-Lügendetektoren an die amerikanischen Soldaten in Afghanistan aus … Laut Verteidigungsministerium funktionieren die tragbaren Geräte zwar noch nicht perfekt, schützen jedoch trotzdem das Leben amerikanischer Bürger, da sie die Überprüfung von einheimischen Polizeibeamten, Übersetzern und alliierten Soldaten mit Zugang zu den US-Militärbasen vereinfachen. Außerdem helfen die Geräte, den Kreis der Verdächtigen nach Bombenanschlägen einzuschränken.

– msnbc.com, April 2008

Angesichts der heute verfügbaren bildgebenden Verfahren zur Darstellung von Gehirnzuständen beantragen Anwälte vor Gericht immer häufiger, solche Scans als Beweisstück zuzulassen, weil dadurch zum Beispiel nachgewiesen werden kann, ob ein Angeklagter schuldfähig ist oder ein Zeuge die Wahrheit sagt.

– *Scientific American*, April 2011

SANTA CLARA, Kalifornien – Applied Biometric Instruments Inc. freut sich, bekannt zu geben, dass sich die Police Nationale, Frankreichs wichtigste Strafverfolgungsbehörde, für den Handheld Multimodal Detection Array (HAMDA), einen multimodalen Handheld-Detektorapparat, als Universalpolygrafen entschieden hat. Die ersten 750 Geräte werden im März ausgeliefert. In den USA laufen Modellversuche.

– Pressemitteilung, Februar 2019

MITTWOCH

1

In den Hochhäusern des Finanzdistrikts von San Francisco nahmen die Angestellten es als unheimliches Schwanken wahr. Es hörte sofort wieder auf, trotzdem eilten viele zu den Notausgängen für den Fall, dass es sich um den Vorläufer größerer seismischer Aktivitäten handelte. Einen Moment später schauten sowohl die Touristen im Embarcadero als auch Eiscreme schleckende Kinder am Pier 39 auf, als ein gedämpftes *Krawumm* die sommerliche Stille zerriss. In der entgegengesetzten Richtung bebten am Russian Hill die Wände, und Besteck wanderte über Tische.

Verkäufer und Ladenbesucher im Umkreis von dreihundert Metern um die Kreuzung Jackson Street und Grant Avenue erlebten Lärm und Druckwelle gleichzeitig. Der Knall ging wie ein Hammerschlag auf sie nieder. Um sie herum lösten sich Fensterscheiben in Kaskaden aus Glasscherben auf. Nach dem Donnerschlag prasselte ein Hagelsturm von Trümmerstücken auf sie nieder.

Bei Maggie's auf der Grant, einem Café fünfzig Meter von der Kreuzung entfernt, stellte die Kellnerin gerade ein Tablett mit Kaffee und Plunderstückchen ab, als sie zu Boden geworfen wurde. Ihr erster Impuls war, verlegen aufzustehen und sich den Staub abzuwischen. Dann sah sie die Verblüffung in den Gesichtern der Gäste, die hinter umgestürzten Stühlen und Tischen aufstanden. Sie schüttelte den Kopf, um das schrille Pfeifen in ihren Ohren loszuwerden, und starrte auf das verschwundene Fenster des Cafés. Benommen trat sie auf die Straße. Unter ihren Füßen knirschten Splitter und Scherben. Überall lagen hustende Menschen und suchten Deckung. Alles war von einer feinen Rußschicht überzogen. Eine düstere schwarze Wolke quoll hoch in den jungfräulichen blauen Himmel.

Ohne den Blick zu senken, kramte die Kellnerin in ihren Taschen und holte ein Handy heraus. Ein paar Sekunden lang verharrte sie, dann wählte sie 911.

Sergeant Shahida Sanayei, diensthabende Beamtin in der Videoüberwachungsabteilung im SFPD-Revier Central Station, hatte ihre Schicht bereits zur Hälfte hinter sich gebracht, als sie durch ihren Stuhl eine Vibration spürte und kurz darauf Geschrei aus dem Flur hörte. Dann begann ihre Telefonanlage zu blinken. Als sie ihr Headset aufsetzte, bemerkte sie, dass das Mosaik aus Kamerabildern auf der »Wand« – dem riesigen Bildschirm, der den Raum beherrschte – schwarz war. »Videoüberwachung?«

»Wir haben Meldungen über eine Explosion. Im Zentrum. Nähe Kreuzung Jackson und Grant. Können Sie etwas erkennen?«

»Moment.«

Sharis Hände flogen über den elektronischen Stadtplan in ihrer Konsole. Sekunden später hatte sie sechzehn Kameras im Bereich der Kreuzung und der näheren Umgebung ausgewählt. Sie betrachtete die Wand, wo sich die Kamerabilder aufbauten. Fünf, zehn, vierzehn. Und zwei schwarze Vierecke. Zwei tote. Die anderen zeigten live eine Wolke aus Staub und Rauch, deren Farbe zwischen hellem Braun und hässlichem, undurchdringlichem Schwarz variierte.

»Okay, Ortsangabe ist korrekt. Sieht nach einer großen

Sache aus. In einer Entfernung von hundertfünfzig Metern sind zwei Kameras ausgefallen. Sie sollten lieber die Feuerwehr hinschicken.«

»Ist unterwegs.«

»Ich brauche eine Minute, um die Kameras richtig auszurichten, dann bekommen Sie einen Lagebericht. Einen Moment, bitte.« Shari gab ihrem Team mit einem Fingerschnippen das gewohnte Zeichen, doch ihre beiden erfahrenen Spezialisten, Angie Mertz und Lynn Symonds, führten bereits Kamerazooms und -schwenks durch, damit sie sich schnell einen möglichst umfassenden Überblick verschaffen konnten.

»In Ordnung. Ich muss mich um den Einsatz kümmern. Rufen Sie durch, sobald Sie etwas haben.«

»Wird gemacht.«

Shari schaute zu, wie sich das Bild Stück für Stück zusammensetzte. Das Team begann mit den weiter entfernten Kameras, die die Rauchwolke vollständig erfassten und ein Gefühl für die Größe der betroffenen Zone vermittelten. Dann arbeiteten sie sich langsam näher heran und suchten die besten Perspektiven. Bei Kamera 643 wurden sie fündig. Sie war weniger als dreißig Meter vom Geschehen entfernt und zeigte nur Himmel, aber sie funktionierte. Nach einem Schwenk lieferte sie ein Bild, das aus der Luftschlacht um England hätte stammen können.

Wenn man die Höhe der anderen Gebäude betrachtete, musste das betroffene Haus bis vor wenigen Augenblicken noch vier Geschosse gehabt haben. Jetzt waren es eher dreieinhalb. Der erste Stock war zur Hälfte kollabiert. Aus Löchern, die vorher Fenster gewesen waren, schlugen Rauch und Flammen. Die oberen Stockwerke hingen in der Mitte durch. Die Straße war mit Ziegelsteinen und Glas übersät.

Shari rief die Einsatzleitung an und beschrieb das Geschehen in ein paar knappen Sätzen. Das war schon fast überflüssig: Die ersten Rettungsfahrzeuge trafen bereits ein, wie sie sehen konnte. Die würden in Kürze vom Einsatzort Bericht erstatten.

Mithilfe ihrer beiden Spezialistinnen machte sich Shari nun daran, Beweismaterial zu sichern. Sie verschafften sich zunächst vollständigen Zugriff auf alle Kameras in der Umgebung, speicherten die aktuellen Videoübertragungen und die Aufzeichnungen der letzten achtundvierzig Stunden. Nichts durfte gelöscht werden, damit es später für die Analyse zur Verfügung stand. Anschließend fotografierte das Team systematisch sämtliche Personen innerhalb eines Radius von fünf Blocks. Dabei wurden alle gleich behandelt: Männer und Frauen, kleine Kinder und ältere Herrschaften.

Plötzlich schrie Angie auf.

Shari sah hoch. Die Kameraperspektive hatte sich verschoben. Sie wollte Nr. 643 neu ausrichten, als sie begriff, dass es nicht die Kamera war, die sich bewegte – sondern das *Gebäude*. Das gesamte Haus wiegte und wand sich wie in Zeitlupe, als würde es Walzer tanzen. Wände und Stützpfeiler knickten ein. Ziegelstaub schoss nach außen wie die letzte Breitseite einer sinkenden Galeone. Feuerwehrleute ergriffen die Flucht.

Der erste Stock kollabierte und schickte Schockwellen nach oben. Dann quetschten sich Erdgeschoss und zweiter Stock wie eine Ziehharmonika des Grauens zusammen, und das gesamte Gebäude sackte inmitten von zertrümmertem Mauerwerk in sich zusammen. Dicke graue Wolken breiteten sich aus und hüllten die Kamera ein.

Sprachlos starrten sie auf den Bildschirm.

Sharis Konsole blinkte.

»Videoüberwachung.«

»Shari, ich bin's.«

Der persönliche Ton überraschte Shari. Natürlich kannte sie die Stimme – sie war schon viele Jahre mit Yolanda Payne befreundet –, aber im Moment wirkte die Vertraulichkeit fehl am Platze. »Was gibt's?«, sagte sie.

»Wegen Adam. Vielleicht hat es ja nichts zu bedeuten, aber ich dachte, du solltest Bescheid wissen. Er ... Sein GPS ist ausgefallen. Er war mit Terry Strong zu Fuß auf Streife. Seine letzte Position war Jackson in Richtung Gra...«

»Ruf ihn.«

»Haben wir. Er antwortet nicht. Also, wir wissen noch nichts, vielleicht hat er das Gerät nur ausgeschaltet, aber ich dachte ... Shari?«

Shari war schon unterwegs zur Tür.

Sie schoss den Flur entlang, am Empfang vorbei und auf die Vallejo Street hinaus. Überall waren Beamte in Bewegung. Ein Streifenwagen jagte vorbei. Ein anderer fuhr gerade los. Sie sprang mit ausgebreiteten Armen davor. Die Stoßstange ruckte, wippte auf und ab und kam Zentimeter vor ihrem Knie zum Halt.

»Shari! Gott, ich hätte dich fast umgefahren.« Der Fahrer, Tony Villiers, Urgestein des Reviers, war leichenblass.

»Ich fahre mit«, rief sie, lief zur Beifahrerseite und hielt die Hand über der Windschutzscheibe, als könnte Tony es sich anders überlegen und ohne sie losfahren. Sie riss die Tür auf und stieg ein. »Los!«

Mit heulenden Sirenen rasten sie die Vallejo entlang und bogen mit quietschenden Reifen rechts in die Stockton ein. Sie streiften einen Lieferwagen von FedEx, an dem sie vorbeijagten – Shari erhaschte einen kurzen Blick auf das entsetzte Gesicht des Fahrers.

Ihr war übel. Sie hatte ihm wütende Vorhaltungen gemacht. Er hatte geduldig zugehört und leise erwidert, dass er immer das Richtige für sie tun würde und dass er sie liebte. Dann musste er los, und so hatten sie sich verabschiedet. Jetzt lag er vielleicht unter diesem Berg von Beton. *Ich habe mich nicht entschuldigt, Adam. Wehe, du stirbst, ehe ich mich entschuldigt habe.*

Als sie den Broadway überquerten, setzte der Wagen auf, und nochmals an der Pacific. Die Stoßdämpfer ächzten, und sie wurde aus dem Sitz gehoben. Das Funkgerät plärrte unermüdlich neue Meldungen. Mehrere Opfer. Brände. Suchhunde wurden angefordert.

Sie bogen schleudernd in die Jackson ein. Villiers gab den Berg hinunter Gas und trat schließlich auf die Bremse.

Der Wagen kam quietschend zum Halt.

Qualm von den Reifen zog an ihnen vorbei. Jackson Street war eine Einbahnstraße, und irgendwo vor ihnen an einer blockierten Kreuzung staute sich der Verkehr. Es gab keine Wendemöglichkeit. Hinter der Fahrzeugschlange breitete sich im Nachmittagshimmel eine Rauchwolke wie Tinte aus. Shari kannte hier jeden Winkel und jede Kamera. Es war nicht mehr weit. Sie stieg aus und rannte los.

An der Kreuzung mit der Grant Avenue war sie außer Atem. Die Hände in die Hüften gestemmt, schnappte sie nach Luft und betrachtete eine Szenerie wie aus der Hölle.

Mitten in der gleichmäßigen Reihe von Gebäuden gähnte eine breite Lücke. Das Haus war verschwunden, geblieben war nur ein Schutthaufen, von dem dicker schwarzer Rauch aufstieg. Die Feuerwehrmänner richteten lange Wasserstrahlen auf die knisternden Flammen.

An der Ecke hockten mehrere Personen mit verschmierten Gesichtern und wurden von Sanitätern versorgt. Shari suchte nach Polizisten in Uniform. Keiner zu sehen. Dann bemerkte sie zwei Körper mitten auf der Straße. Eine Frau lag mit seltsam verdrehten Armen und Beinen da. Niemand hatte sich darum gekümmert, sie zuzudecken. Beim anderen knieten zwei Sanitäter.

Shari ließ die Arme hängen und trat näher.

Einer der Sanitäter schüttelte den Kopf. »Es hat keinen Zweck. Zu viele Verletzungen.«

»Mach weiter«, sagte der andere. »Manchmal erlebt man eine Überraschung. Ich brauche noch einen Verband. Nein, pack ihn aus. Meine Hände sind schmierig.«

»Drück hier. Hier!«

Shari sah nun, dass es ein Mann war – gewesen war. Der rechte Arm fehlte bis zum Ellbogen. Wäre das die einzige Verletzung gewesen, hätte er vielleicht eine Chance gehabt, aber die ganze rechte Seite war verkohlt, das Haar versengt, vom Gesicht war nur aufgequollenes, nässendes Fleisch geblieben. Aus einem großen Loch in der Brust blubberte rosa Schaum. Die Verbände würden die Blutungen nicht stoppen.

Der Sanitäter, der sich mit der Brust beschäftigte, war mit Blut bedeckt. Der andere, dessen Montur voller Staub war, sah seinen Kollegen mit einer Miene an, die sagte: *Ja, manchmal erlebt man eine Überraschung. Heute jedoch nicht.*

Shari beugte sich vor und zwang sich hinzusehen, doch in der geschwollenen Masse, die von dem Gesicht übrig geblieben war, konnte sie die Person nicht erkennen. Sie betrachtete die blutgetränkten Stofffetzen an Hals und Schulter. Grauer Nadelstreifen und weißes Hemd. Keine Uniform. *Das ist nicht Adam.*

Der erste Sanitäter hörte auf zu pumpen. Er lehnte sich zurück, wischte sich das Gesicht mit dem Arm ab und verschmierte Blut und Schweiß auf den Wangen. Sein Kollege stand auf, atmete tief durch und murmelte ein Gebet. An seinem Ohr baumelte ein winziges Kruzifix.

Sharis Gefühle übernahmen die Steuerung. Sie entbehrten jeder Logik, und trotzdem konnte sie sich nicht dagegen wehren. *Adam ist drin. Darunter.*

Sie ging auf den Schutt zu. Die Sirene eines Rettungswagens drang nur gedämpft zu ihr vor. Die Polizisten, die den Unglücksort absperrten, weil sich inzwischen Schaulustige versammelten, bewegten sich in weiter Ferne. Sie ging unter dem Wasserstrahl eines Löschfahrzeugs hindurch und nahm nur am Rande wahr, wie ihre Uniform nass wurde.

An der Seite des Schutthaufens, der am weitesten von den Flammen entfernt war, stieg sie hoch. Es war schwierig. Mehrmals rutschte sie aus und stürzte auf die Knie. Schließlich versuchte sie es mit einer Art Krebsgang und verteilte ihr Gewicht auf Hände und Füße.

Sie spähte in ein Loch und rief: »Hallo? Ist da wer?« Sie krabbelte auf einen Balken zu, der zwischen zwei Betonplatten klemmte, wodurch ein zerklüfteter Bogen entstanden war, und sie schrie in die Höhle: »Hört mich jemand?«

Dann schob sie Kopf und Schultern in den Hohlraum.

»Verflucht, kommen Sie da raus!«

Shari drehte sich um. Ein Feuerwehrmann auf der Straße winkte wild und funkelte sie gleichermaßen wütend wie entsetzt an. »Was treiben Sie denn da? Los, weg da! Wollen Sie sich umbringen?« Er schrie nicht, er *brüllte*. Sie blickte noch einmal zum Bogen aus Betonbruchstücken. Der logisch denkende Teil ihres Gehirns kämpfte um die Vorherrschaft. Plötzlich erkannte sie mit verblüffender Klarheit, wie wackelig der ganze Schutthaufen war. Sie krabbelte auf den Feuerwehrmann zu, der ihr helfen wollte.

In dem Augenblick entdeckte sie die Hand.

Aus einem Brocken Putz ragte die Hand einer Frau mit weicher, makelloser Haut hervor. Die Fingernägel waren perfekt manikürt.

Der Feuerwehrmann folgte entmutigt ihrem Blick. Kurz schätzte er die Festigkeit der Trümmer ein, dann stieg er zu ihr hinauf. Gemeinsam hoben sie den Putzbrocken an. Es war nur eine Hand. Kein Körper. Überrascht stellte Shari fest, dass sie keinerlei Empfindungen hatte.

Irgendetwas stimmte da nicht. Es dauerte einen Moment, ehe es ihr bewusst wurde. In ihrem ersten Jahr hatte sie mit einer Mannschaft die Überreste eines Betrunkenen einsammeln müssen, der auf den Gleisen geschlafen hatte und über den ein Zug hinweggedonnert war. Der Lokführer des *Southwest Chief* hatte nicht abgebremst, und Shari hatte auf einer Strecke von mehreren Hundert Metern zerstückelte Leichenteile aufgelesen. Hautfetzen hatten an ihren Handschuhen geklebt.

An dieser Hand bemerkte sie kein zerrissenes Gewebe und nicht einmal einen Tropfen Blut. Sie kniete sich hin und sah sich die Hand genauer an. Der Stumpf war hellgrün. In der Mitte, wo man Knochen hätte sehen müssen, glänzte ein metallischer Knubbel in der Sonne.

»Ein Replikant«, sagte der Feuerwehrmann.

»Wie?«

»Es ist ein Replikant. Gott sei Dank. Ich dachte schon, wir hätten noch eine Leiche.«

Sie sah ihn fragend an.

»Das Dollhouse. Jemand hat das Dollhouse in die Luft gejagt«, erklärte er und schüttelte den Kopf. Er bemühte sich um ein Grinsen, das als Grimasse endete. »Wir haben unten noch mehr Teile gefunden. Das wird ein hübscher Nachmittag, wenn man die echten von den falschen trennen muss.«

Shari starrte die Hand an. Aus ihrem Magen schob sich Übelkeit nach oben, als sie langsam begriff. Sie musste sich übergeben.

2

FBI Special Agent Daniel Madsen kurbelte die Lehne des Fahrersitzes ein Stück zurück und sah in den Seitenspiegel seines verbeulten blauen Dodge. *Gleich,* dachte er. *Nach dem Kerl sind es noch zwei, und dann ab in den Urlaub.*

Vom Campus her kam eine Gruppe Fußgänger. Vermutlich näherte sich seine Zielperson nicht aus dieser Richtung, aber der Bereich war schwer zu überblicken, weil die herabhängenden Äste der Bäume die Sicht störten. Zum dritten Mal innerhalb von drei Minuten drückte er den Ausschalter seines Handys und überprüfte, ob das Funkgerät hinter dem Armaturenbrett steckte. Seine Beretta beulte sein Jackett nicht aus. Den Prospekt, den er zu lesen vorgab, hielt er richtig herum. Sein Blick fiel auf den Fußraum der Beifahrerseite, und er rümpfte die Nase, weil sich dort im Laufe der Woche jede Menge Pappbecher, Burgerverpackungen und Pommesreste angesammelt hatten. Das musste er gelegentlich mal aufräumen. Eigentlich passte der Müll zum Dodge. Es war bei Weitem das älteste Fahrzeug im Fuhrpark. Die Türen waren verbeult und die Stoßstangen stark verkratzt. Das störte Madsen jedoch nicht. Technisch war die Karre in Ordnung. Und unauffällig.

Im Rückspiegel sah er die Fußgänger nun genauer. Es war eine Gruppe junger Frauen in Jeans und blau-goldenen Cal-Sweatshirts. Durch das offene Fenster bekam er Fetzen ihrer Unterhaltung mit.

»… Samstag …«

»… hat mir gesagt, sie würde gehen …«

»Wenn du sie siehst … sag es ihnen.«

Ins Gespräch vertieft, gingen sie vorbei, ohne ihn zu bemerken. Eine große Brünette mit beachtlichen Kurven tänzelte ein wenig hinter den anderen her. Madsen schaute ihr bewundernd nach. Sie bemerkte es und lächelte. Er wandte den Blick ab. An der nächsten Ecke verschwanden die Mädchen in Richtung der nächsten BART-Haltestelle.

Madsen schüttelte den Kopf. Vor einer Stunde hatte er einen Banker in einem Hinterzimmer einer Schwulenkneipe im Tenderloin-Viertel verhört, und jetzt ließ er sich von ein paar hübschen Mädchen auf einer Allee in Berkeley ablenken.

Er griff in die Tasche und betastete den zigarrenförmigen Zylinder aus rostfreiem Stahl, den er dort aufbewahrte. Mit dem Daumen strich er über das Logo von Applied Biometrics und die fünf Buchstaben, die in die polierte Oberfläche graviert waren.

HAMDA.

»Die Nummer eins unter den multimodalen Handheld-Detektorapparaten«, hatte sein Ausbilder gesagt, während er vor der Reihe der Rekruten auf und ab ging, »wird Sie an höchst interessante Orte führen. Die simultane Analyse von Stimme, Augenbewegung, Puls, Pheromonen, Hautrötung und Atmung eröffnet der Polygrafie ungeahnte Möglichkeiten in Bezug auf die Treffsicherheit. Die Sensoren sind zudem für die Analyse von Drogen oder die Suche nach Sprengstoff geeignet. Die Technologie ist ausgereift. Sie können sich auf das Gerät verlassen. Das *Programm* hingegen … ist experimentell, und zwar experimentell in Großbuchstaben. Sie sollten sich also darauf einstellen, dass es großen Lernbedarf gibt.«

Tatsächlich. Nach dreizehn Monaten praktischen Herumprobierens, strategischer Überlegungen und taktischer Basteleien hatten zwei Drittel der Jungs aufgegeben. Und wurden nie wiedergesehen. »Großer Lernbedarf« war gar kein Ausdruck. Aber sie *hatten* gelernt. Als sie die Handpolygrafen zum ersten Mal mit flächendeckender Videoüberwachung und schneller Eingreiftruppe kombinierten, kannte die Begeisterung über die Ergebnisse keine Grenzen. Washington schloss die kleine Truppe HAMDA-Agenten ins Herz, Etiketten wie »experimentell« verschwanden in aller Stille, und sämtliche anderen Bundesbehörden verlangten lautstark nach Amtshilfe.

Genau deswegen war er so müde.

Die heutige Operation der DEA war seine vierzehnte in fünf Wochen. An sein letztes freies Wochenende konnte er sich nicht mehr erinnern. Jetzt trennte ihn nur noch ein Tag von seiner wohlverdienten Pause. Ein paar Tage Urlaub wenigstens. Vermutlich würde er die meiste Zeit schlafen, und schon das wäre wunderbar.

Im Seitenspiegel tauchte weit entfernt eine Gestalt auf.

Madsen kribbelte es im Rücken. Er drehte den Kopf und sah genauer hin: groß, männlich, grauer Anzug. Er blickte auf die Uhr, dann zurück zu der Gestalt.

Marc Aaron Silverberg. Pünktlich auf die Minute.

Silverberg ging mit gemessenen Schritten wie jemand, der natürlich wirken will. Er trug einen teuren Anzug, ein maßgeschneidertes Hemd und hatte einen gepflegten Haarschnitt. Die goldenen Manschettenknöpfe hatten bestimmt einen blauen Rand, der zu dem Streifen der Krawatte passte. Was für eine Schande, wirklich. Der Kerl war dreißig, fast so alt wie er selbst, hatte eine süße Frau, zwei Kinder und bezog ein unglaubliches Gehalt. Allein der Bonus musste sechsstellig sein. Ein angesehener Mann. Jetzt allerdings klopfte sein Herz sicher vor Aufregung, während er sich beschwor, nicht wegen jedes Schattens zusammenzuzucken und in Panik zu geraten.

Silverberg sah nach rechts und links, ehe er allzu vorsichtig die Straße überquerte. Madsen verfolgte ihn im Spiegel, bis die Zielperson auf Höhe des Dodge war, dann beobachtete er ihn aus den Augenwinkeln. Silverberg trat auf eine schwarze zweiflüglige Glastür zu, auf der in goldenen Großbuchstaben »TORRIDO'S BAR UND GRILL« stand. Er blieb stehen, legte die Hand auf den Griff der linken Tür, blickte sich über die Schulter um und drückte die Tür auf.

Madsen seufzte. Wenn man verbotene Dinge tut, sollte man ausreichend Mumm haben.

Er zählte bis zehn, stieg aus dem Dodge und ging flott über die Straße.

Madsen brauchte ein paar Sekunden, bis sich seine Augen an das Dämmerlicht im Torrido's gewöhnt hatten. Zwei frühe Gäste saßen am Ende der Bar. Die Stimmen aufgeregter Basketballkommentatoren dröhnten aus einem Fernseher knapp unter der Decke. An einem Tisch wurde gelacht. Büroangestellte, die irgendetwas feierten. Silverberg saß allein in einer Nische und starrte aus dem Fenster.

Madsen setzte sich auf einen Hocker und bestellte ein Bier. Niemand würdigte ihn eines zweiten Blickes. Der Spiegel hinter der Bar erlaubte ihm, Silverberg zu überwachen, während er vorgab, den Spielen der Woche zuzuschauen.

Sein Bier kam, und er richtete sich darauf ein zu warten.

Bälle wurden geworfen, Treffer erzielt. Kommentatoren schrien. Unglaublich riesige Männer in schlotternden Shorts tanzten und klatschten sich ab.

Eine Minute verging. Und noch eine.

Die Tür zur Straße ging auf.

Der Mann, der eintrat, wirkte ernst, war Mitte zwanzig, hatte gegeltes Haar und trug die Jacke über dem Arm. Sein Blick blieb kurz auf Madsens Rücken liegen.

Madsen trank einen Schluck Bier. Mit der anderen Hand aktivierte er eine Reihe Mikrokameras, die in seinen Kragen eingenäht waren. Er machte sich nicht die Mühe, sie auszurichten. Die Software würde das später übernehmen.

Der Neuankömmling entdeckte Silverberg, nickte ihm zu, schob sich in die Nische und setzte sich ihm gegenüber. Die Kellnerin ging hinüber und stellte eine Cola vor Silverberg. Sie fragte den anderen Mann nach einem Wunsch, bekam ein Kopfschütteln zur Antwort und ließ die beiden allein.

Kurz darauf stand der Mann auf, gab dem anderen die Hand und ging hinaus.

Es musste unter dem Tisch passiert sein. Selbst wenn Madsen mit am Tisch gestanden hätte, wäre ihm vielleicht nichts aufgefallen.

Madsen trank noch einen Schluck. Nur Geduld. Der Dealer war verschwunden, betastete in der Zwischenzeit vermutlich das Geldbündel in seiner Tasche und war unterwegs zu einem Ort, wo er die Scheine zählen konnte. Das war unwichtig. Silverberg hatte Vorrang, in aller Stille und an einem Ort, wo es niemand beobachten konnte. Ihn ausquetschen, die Daten weitergeben, die Zielpersonen auf der nächsten Ebene der Lieferkette orten und dann alles wieder von vorn. Kreisläufige Triangulation hieß das in der neuen Dienstvorschrift. Wie man draußen mit einem Handpolygrafen umging, war nur ein Teil davon. Außerdem waren Geschwindigkeit, Timing und ein Instinkt für die äußersten Grenzen der Legalität notwendig. Und natürlich Geduld.

Die alten Hasen kamen damit nicht zurecht. Madsen hatte das Spiel zur Kunstform erhoben.

Silverberg ging zur Toilette und ließ seinen Drink unberührt stehen. Die vordere rechte Hosentasche wirkte ausgebeult. Madsen trank noch einen großen Schluck Bier und folgte ihm. Er drückte die Schwingtür auf.

Silverberg stand am Pissoir. Madsen blickte unter den Türen der Kabinen hindurch, um sicherzugehen, dass sie leer waren, dann stellte er sich hinter Silverberg und zog seine Waffe. Mit der linken Hand packte er Silverbergs Haar und drückte seine Stirn an die Wand, wodurch er ihn an den Kacheln festpinnte. Mit der anderen Hand hielt er ihm die Beretta ins Kreuz. »Marc Aaron Silverberg, FBI. Wenn Sie auch nur den kleinen Finger krümmen, schieße ich. Verstanden?«

Unbeholfen an die Wand gepresst, stand Silverberg wie versteinert da. Er quiekte nur.

»Nicken Sie, wenn Sie mich verstanden haben«, verlangte Madsen. Silverberg nickte kaum wahrnehmbar. »Ich zeige Ihnen jetzt meinen Ausweis. Sie rühren sich nicht. Klar?«

Wieder ein Nicken.

Madsen ließ los, fischte seine Dienstmarke aus der Tasche und klatschte sie neben Silverbergs Gesicht flach an die Wand. »Tragen Sie eine Waffe? Haben Sie etwas in den Taschen, von dem ich wissen sollte?« Silverberg schüttelte den Kopf.

Beim Abtasten entdeckte er eine Brieftasche, einen Schlüsselbund und eine Papiertüte – eine dicke rosafarbene Papiertüte mit dem Logo einer Donut-Kette. Madsen öffnete die Tüte und sah hinein: Sie war mit blauen Pillen vollgestopft. Er ließ sie auf den Boden fallen, holte den Metallzylinder heraus und hielt ihn Silverberg vor die Nase.

An der Spitze blinkte ein helles Licht. »Wissen Sie, was das ist?«

Silverberg nickte.

»Sie müssen sprechen.«

»Ja, ich weiß es. Ein Lügendetektor«, fiepte er kaum hörbar. Das winzige Mikrofon in dem Zylinder erfasste die Schallwellen. Winzige Kameras erfassten Puls, das Heben und Senken der Brust und jede noch so kleine Augenbewegung. Ein Infrarotauge scannte die Adern in den Iriden und registrierte die Hautfärbungen im Gesicht. Die Software filterte Silverbergs unfreiwilliges Zittern heraus.

Madsen beobachtete ihn genau. »Okay, beruhigen Sie sich. Wenn Sie meine Fragen beantworten, können Sie in einer Minute gehen. Ohne Auflagen. Aber Sie müssen die Wahrheit sagen. Ich werde nichts von dem, was Sie sagen, gegen Sie verwenden. Ich brauche es nur, um Ihren Dealer und seinen Lieferanten dingfest zu machen. Haben Sie verstanden?«

»Ja.«

Das blinkende Licht leuchtete grün auf.

»Falls Sie mich auch nur ein einziges Mal anlügen, verhafte ich Sie wegen Besitzes von und Handels mit Drogen und sorge persönlich dafür, dass Sie in den Knast gehen. Verstanden?«

»Ja.« Wieder ein grünes Blinken.

»Gut. Stehen Sie in der Männertoilette?«

»Ja.«

»Heißen Sie Marc Silverberg?«

»Ja.«

Die Basisfragen waren unwichtig und dienten nur der Kalibrierung, besonders wenn ein Verdächtiger unter Stress stand, was nach Madsens Erfahrung fast immer der Fall war.

»Wie heißt Ihr Dealer?«

»Enrico.«

»Und sein Nachname?«

»Mehr weiß ich nicht.«

»Wie kontaktieren Sie ihn?«

»Ich poste eine Nachricht in den öffentlichen Kommentaren einer Webseite. Es ist jedes Mal eine andere Seite. Wenn ich ihn treffe, sagt er mir welche. Er postet eine Antwort, und wir treffen uns.«

»Immer hier?«

»Nein. Wir haben drei Treffpunkte. Er postet immer Zahlen. Die erste steht für den Ort, die zweite für den Tag der Woche und die dritte und vierte für die Uhrzeit.«

Madsen nickte. Enrico oder wie auch immer er heißen mochte, war vorsichtig. Das spielte keine Rolle. »Wo haben Sie ihn letztes Mal getroffen?«

»Golden Gate Park. Am Osteingang, wo die Penner hocken.«

Zu schwierig. »Und davor?«

»Ein Donut-Laden. Ganz in der Nähe von meinem Haus.«

Viel besser. Die Fast-Food-Ketten archivierten ihre Videoüberwachungen und erlaubten den Behörden uneingeschränkten Zugriff. »Wann?«

»Vor drei Wochen. An einem Freitag.«

Es blinkte weiterhin grün. »Sonst noch etwas? Das mir hilft, ihn zu finden? Denken Sie nach?«

»Nein. Augenblick … ja. Mike Colley, ein Arbeitskollege, hat mich mit ihm bekannt gemacht.«

Madsen nickte. Colley war der Banker, den er zuvor verhört hatte.

»Sonst nichts?«

»Ich … Mir fällt nichts mehr ein.«

»Okay.« Madsen zog Silverbergs Kopf von der Wand zurück und drehte den Mann um. Der Kerl zitterte wie Espenlaub. Vorn auf der Hose hatte er einen Fleck.

Madsen steckte die Beretta ins Holster. »Machen Sie den Laden dicht. Und reißen Sie sich zusammen. Sie gehen hier raus, als wäre nichts passiert. Und merken Sie sich eins: Sie melden sich nicht bei Enrico. Wehe, Sie geben ihm einen Tipp! Wir behalten Sie im Auge. Verstanden?«

Silverberg nickte. Tränen rannen ihm über die Wangen. Verstohlen sah er auf den Boden. Madsen folgte dem Blick, bückte sich und hob die Papiertüte auf. Einen Moment lang überlegte er, sie zurückzugeben. *Hier, nehmen Sie eine Handvoll, damit Sie die Woche überstehen.* Silverberg würde garantiert annehmen und ihn wie ein dankbarer Welpe anstrahlen, und dann … dann würde der Spieß umgedreht, wenn die Jungs aus dem Office of Professional Integrity, die Integritätsprüfer des FBI, in seinem Büro erschienen. Dann würde *er* vor dem roten Licht schwitzen.

Madsen steckte die Tüte ein und beachtete Silverbergs leidende Miene nicht. »Zählen Sie langsam bis zwanzig. Dann gehen Sie nach Hause.«

Silverberg wischte sich die Augen ab und nickte.

Plötzlich beschlich Madsen ein mulmiges Gefühl.

Draußen war es still. Zu still.

Madsen überließ Silverberg sich selbst und schob die Tür der Herrentoilette auf. Er hörte weder Lachen noch das Geschrei der Basketballübertragung. Der Tisch, an dem die Büroangestellten gefeiert hatten, war verwaist. Von der Bar kamen tiefe, aufgeregte Stimmen. Dort hatten sich alle um den Fernseher versammelt. Madsen stellte sich zu ihnen. Unter dem Schriftzug »Sondermeldung« sah man eine verwackelte Luftaufnahme des Zentrums von San Francisco. In der Mitte stieg aus einem großen Loch Rauch auf.

Fluchend holte Madsen sein Handy heraus und schaltete es ein.

Sofort erschien die Nachricht: ALLES STEHEN UND LIEGEN LASSEN. SOFORT INS BÜRO.

Fünf Minuten später schoss Daniel Madsen über die Bay Bridge und überholte die anderen Fahrzeuge rechts und links. Vor ihm stieg über der Skyline von Downtown eine dicke Rauchsäule auf. Winzige Punkte – neueste Drohnen – umkreisten sie wie Aasgeier. Er bemühte sich, die Ereignisse aus dem Funkverkehr zusammenzusetzen. In Chinatown war ein Gebäude eingestürzt. Die Cops gingen von einer Bombe aus. Es gab eine unbekannte Zahl von Todesopfern. Bergungstrupps waren im Einsatz.

Madsen erinnerte sich an eine Präsentation an der Akademie in Quantico mit den grausamen Bildern vom World Trade Center und aus Oklahoma City, die ein ergrauter Experte mit einem nervösen Gesichtszucken, der vermutlich einen Tatort zu viel analysiert hatte, vorführte. Als der Experte die ausgeweideten Umrisse des Murrah Federal Building mit dem roten Laserpointer nachfuhr, hatte Madsen der eingefrorene »Schneesturm« flatternder Papiere in Bann gezogen. Es war ihm wie eine traurige Metapher für die verstorbenen Seelen der einhundertachtundsechzig Regierungsangestellten erschienen. Die meisten Opfer, so hatte der Ausbilder am Ende zusammengefasst, gäbe es erst nach der eigentlichen Explosion, nämlich wenn das Gebäude einstürzte.

Jemand fragte über Funk, ob es sich bei dem Gebäude tatsächlich um ein Dollhouse handelt. Ja, wurde bestätigt, das sei richtig.

Dollhouse.

Replikanten.

Madsen schüttelte den Kopf. Die Dollhouses hatten viel Staub aufgewirbelt, als das erste in einem sanierten Büroblock südlich der Market Street eröffnet wurde. Die Firma, Dreamcom Interactive, hatte sich darum wenig geschert und behauptet, es sei lediglich eine logische Innovation der Pornobranche, die seit den Siebzigerjahren als Teil der amerikanischen Kultur akzeptiert und sogar gefeiert wurde. Allerdings hatte die Führung von Dreamcom nicht damit gerechnet, dass Kirchen und Frauenrechtlerinnen keinen Unterschied machten, ob die Huren aus Plastik waren. Sie betrachteten die Dolls als neue Form der Prostitution. Politiker und Talkshowmoderatoren erkundeten vorsichtig die Ansichten der Bevölkerung und spielten das Thema in erbitterten Debatten hoch. Mit jedem neuen Dollhouse wurden die Proteste lauter und wütender. Häufig kam es zu gewalttätigen Auseinandersetzungen. Erst letzte Woche waren in Chicago Kunden eines Dollhouse mit roter Farbe bespritzt worden, und in L.A. hatte jemand einen Pitbull auf eine Gruppe Demonstranten gehetzt. Das Tier zerfleischte den siebenjährigen Sohn eines Gegners, ehe ein Polizist es mit einem Schlagstock aufhalten konnte.

Und jetzt dies.

Madsen bog in die Golden Gate Avenue ein.

Vor ihm erhob sich der Monolith aus grauem Granit und Glas, der die Abteilungen von FBI, DEA und eines Heeres anderer Bundesbehörden in San Francisco beherbergte. Er schaute hoch zum dreizehnten Stock, wo sein Schreibtisch stand. Falls irgendein Irrer je den Drang verspürte, der »Menschheit« eine Botschaft aus Düngemittel, Diesel und einem Lieferwagen zu übermitteln, dann würde er im Phillip Burton Building mehr Bundesbeamte pro Quadratmeter erwischen als irgendwo sonst in der Stadt.

Einige Minuten später erreichte er den brechend vollen Besprechungsraum. Alle hatten sich versammelt. Ein Wandbildschirm zeigte Rauch, Trümmer und Chaos; gelegentlich tauchte ein bunter Fleck auf, wenn ein in Leuchtfarben gekleideter Helfer durchs Bild lief. Aus den Lautsprechern quäkten die Funksprüche der Rettungsdienste.

Eine drahtige Frau mit dunklen Augen in einem blauen Kostüm drängte sich durch.

Mary DiMatteo war Leiterin der Außenstelle des FBI in San Francisco. Sie war eine harte, manchmal Angst einflößende Chefin und konnte einem Feuer unter dem Arsch machen, wenn sie das Gefühl hatte, man engagiere sich nicht ausreichend. Dafür belohnte sie Einsatz, trat mutig für ihre Leute ein und bestand darauf, dass jeder Erfolg, ob klein oder groß, angemessen gefeiert wurde. Legendär waren die lustigen Abende bei Pacelli, einem Restaurant einige Straßen entfernt. In einer Woche würde DiMatteo ihre Goldmarke zurückgeben. *Welchen Beraterjob sie auch an Land gezogen haben mochte, er würde ihr nicht ein Zehntel der Befriedigung verschaffen,* dachte Madsen, *und die anderen würden sich nicht mehr so häufig bei Pacelli treffen.*

DiMatteo starrte ihn böse an. »Schön, dass Sie auch vorbeischauen«, sagte sie. Ihre Stimme klang heiser wie die eines Mafiapaten. »Anschlag auf das Dollhouse in der Grant Avenue. Wir wissen nicht, wie viele Leute drin waren, aber die Chancen, dass man noch jemanden lebend herausholt, stehen schlecht. Vorläufig gehen wir von Inlandsterrorismus aus. Dementsprechend sind wir mit von der Partie.« Sie hielt kurz inne, damit er die Neuigkeit verdauen konnte.

Madsen nickte und wartete auf die Fortsetzung.

»Die Chefs vom SFPD bitten um Unterstützung bei der Spurensicherung, lehnen aber jede weitere Beteiligung ab.

Ich habe darauf bestanden, dass sie auch unseren besten und klügsten HAMDA-Agenten einsetzen. Bislang warte ich noch auf die Antwort.«

Madsen brauchte nicht erst zu fragen, wen sie meinte. In San Francisco wie in allen anderen großen Außenstellen gab es nur einen HAMDA-Agenten. Er zog eine Augenbraue hoch. »Und die DEA?«

»Ist einverstanden. Ich habe Sie schon von deren Operation abgezogen. Es geht los für Sie, sobald wir die Bestätigung bekommen.«

Madsen bekam eine Gänsehaut. Wenn sie bereit war, die Kopfschmerzen auf sich zu nehmen, die sie bekommen würde, weil sie ihn aus einer Operation der DEA abzog, musste sie davon überzeugt sein, dass es ganz schnell gehen würde.

»Schnelle Ergebnisse sind vorrangig«, sagte DiMatteo, als hätte sie seine Gedanken gelesen. »Denn wer immer das getan hat, ist vielleicht mit dem Feuerwerk noch nicht fertig. Merken Sie sich nur eins: Diesmal stehen Sie im Fokus der Öffentlichkeit.«

»Was meinen Sie damit?«

»Ich meine damit: So aufgeladen, wie dieser Dollhouse-Kram ist, wird uns jeder aus unserer Hierarchie auf die Finger schauen.« Sie tippte ihm mit dem Zeigefinger auf die Brust. »Also, geben Sie Ihr *Bestes.*«

Madsen blinzelte sie an. Sein *Bestes.* Das hieß, er sollte unauffällig agieren, niemanden vor den Kopf stoßen und auf überhaupt gar keinen Fall das FBI in Verlegenheit bringen.

DiMatteo klopfte ihm auf die Schulter. »Sie machen das schon. Mit ein wenig Glück hat die Videoüberwachung des SFPD bereits Material von dem Kerl, und Sie nageln ihn heute Abend fest. Der Fall ist wie für Sie gemacht, nicht?«

Madsen sah auf den Bildschirm. *Schnelle Ergebnisse sind vorrangig.* Trotz der Müdigkeit zuckte es ihm in den Fingern. Die Kollegen in der Überwachung würden bereits mit der Gesichtserkennung angefangen haben. Ein oder mehrere Gesichter würden den Tätern zuzurechnen sein, und diese Täter bereiteten möglicherweise ihren nächsten Anschlag vor. Seine Fähigkeiten machten vielleicht den entscheidenden Unterschied aus. Am liebsten hätte er sich sofort an die Arbeit gemacht. Je schneller, desto besser.

Grant Avenue war nicht weit entfernt. Er konnte in zehn Minuten hinlaufen.

»Absolut«, antwortete er.

Eine Beamtin mit Brille eilte heran und reichte DiMatteo einen Notizzettel.

Seine Chefin sah kurz darauf und gab ihn an Madsen weiter. »Sie sind drin.«

3

Das Revier Central Station an der 766 Vallejo Street war eins der fünf Reviere der Metro Division des San Francisco Police Departments und dabei keineswegs das größte. *Aber heute könnte man mit Fug und Recht behaupten,* dachte Madsen, *dass hier am meisten los war.*

In der Abteilung für Videoüberwachung, einem engen, dunklen Raum, in dem schwach die Ausdünstungen von Körpern zu riechen waren, leuchteten an der Wand Vierecke neben Vierecken. Drei Beamte in schwarzer Uniform – zwei Spezialisten und ein Sergeant – ließen die Finger über Regler und Schalter tanzen und erschufen eine visuelle Symphonie aus tausend eingespeisten Kamerabildern. Hinter ihnen stand ein halbes Dutzend breitschultrige Detectives und schaute ihnen zu.

Madsen saß auf einem Stahlrohrstuhl mit plattgesessenem Sitzpolster. Er war seit exakt neunzehneinhalb Minuten hier, und langsam verlor er die Geduld – jede verstreichende Minute bedeutete weniger Zeugen und weniger Punkte für eine Triangulation. Aber er behielt seine Enttäuschung für sich. Alle gingen bis an ihre Grenzen. Man musste nur einen Blick auf die zierliche Beamtin an der Hauptkonsole werfen, um das zu erkennen.

Sie war klitschnass. Das lange dunkle Haar, das mit grauem und braunem Staub gesprenkelt war, klebte ihr am Kopf, und ihre Uniform sah aus, als habe man sie durch einen

Abwasserkanal gezogen. Vermutlich hatte sie in der Grant Avenue bei der Bergung von Opfern aus den Trümmern geholfen, und jetzt saß sie hier und organisierte die Videoanalyse. Auf dem Schild auf ihrem Schreibtisch stand Sgt. Shahida Sanayei. Ein iranischer Name. Oder afghanisch. Madsen hatte gehört, dass sie von den anderen Shari genannt wurde.

Vielleicht hatte sie seinen Blick gespürt, denn sie wandte sich zu ihm um. Madsen erwiderte den Blick kurz, zuckte zusammen und sah rasch zur Seite. Er hatte wegen ihrer dunklen Haut dunkle Augen erwartet, doch ihre Iriden funkelten hellgrün.

Madsen riss sich zusammen und widmete seine Aufmerksamkeit dem Mann, der Shari über die Schulter schaute: ein Grizzlybär mit Hängebacken, ziegelsteingroßen Pranken und kurz geschorenen Haaren wie ein Marine, dessen Haltung so viel ausdrückte wie: Mach mich nicht an. Madsen war Inspector Mike Holbrook dreißig Minuten lang gefolgt, während der sein Team zusammenstellte, in sein Mobiltelefon brüllte und Anweisungen abfeuerte wie ein Maschinengewehr. Holbrook schien genau zu wissen, was er wollte und wie er es bekam.

Unglücklicherweise hatte er auch eine genaue Vorstellung davon, was er nicht wollte, und dazu gehörte Madsen. Zwischen ihnen herrschte im Augenblick eisiges Schweigen.

Die übrige Polizei hatte einen Spitznamen für die neue Kategorie von Exekutivbeamten, die durch den HAMDA entstanden war: *Plotter*. Seit Madsen in Central Station eingetroffen war, hatte er den Begriff mehrmals hinter seinem Rücken gehört. Die Abneigung resultierte teilweise aus beruflicher Missgunst, teilweise daraus, dass Madsen und sein kleiner Haufen Kollegen als undiszipliniert, wenig gründlich und selbstgefällig galten (ein Vorurteil, das ein paar Idioten in der Frühzeit des Programms in die Welt gesetzt hatten), und teilweise – und überwiegend – aus Angst. Die Angst war entstanden, als die HAMDAs an das Office of Professional Responsibility beim FBI ausgehändigt wurden, die Entsprechung der Abteilung für Interne Angelegenheiten bei anderen Behörden. Der leitende Schinder hatte sie voller Rachegelüste eingesetzt und Hunderte dekorierter Agenten wegen einmaliger Ausrutscher oder großzügiger Auslegung der Regeln entlassen oder degradiert. Er hatte seine Abteilung sogar in Office of Professional Integrity umbenannt. Die Polizeibeamten Amerikas waren empört und wussten, dass es nur eine Frage der Zeit wäre, bis die ersten »Integritätstests« in ihren eigenen Revieren durchgeführt werden würden.

Natürlich hatte Madsen als ermittelnder Agent nichts mit dem OPI zu tun, doch außerhalb des FBI machte da kaum jemand einen Unterschied.

Ich verstehe, dachte Madsen und schaute Holbrook zu. *Sie wollen keinen Plotter in Ihrem Revier. Sie dulden mich stillschweigend. Aber keine Sorge, großer Bursche. Sie sind hier der Boss. Sie können alles so erledigen, wie Sie wollen. Ich mache mein Ding und nehme die Expressstrecke.*

Irgendwie musste er das Eis brechen, aber dazu musste sich erst einmal ein Gespräch ergeben; das Dutzend Worte, das sie gewechselt hatten, reichte dazu nicht aus.

Shari sah Holbrook fragend an. Der nickte. Sie drückte einen Schalter auf ihrer Konsole.

Auf der Wand erschien ein riesiges Bild der Grant Avenue.

Es war am späten Nachmittag vor der Explosion entstanden. Die Straße war unversehrt, die Bewohner lebten und waren mitten in der Bewegung eingefroren. Jedes Viereck zeigte einen anderen Blickwinkel auf das Gebäude, das sich in Kürze in einen Trümmerhaufen aus Beton und Gips verwandelt haben würde. Die städtischen Kameras wurden ergänzt durch Bilder von Sicherheitskameras der Läden auf der gegenüberliegenden Straßenseite.

Holbrook drehte sich um und räusperte sich. »Bevor wir loslegen, hören Sie mir kurz zu. Einige wissen vielleicht schon, dass zwei Beamte aus unserem Revier drin waren.«

Shari saß mit dem Rücken zu den Detectives, doch Madsen hatte von seinem Platz aus einen besseren Blick. Ihr Kinn bebte.

»Ich nehme an, sie dachten, alles wäre ruhig«, fuhr Holbrook fort, »und sie könnten vor Schichtende noch eine kurze Pause einlegen. Offensichtlich haben sie sich dabei nicht an die Regeln gehalten. Vielleicht haben sie das sogar häufiger getan. Vielleicht hat sie ein Freund in der Einsatzzentrale gedeckt. Mir ist das allerdings scheißegal. Adam Carmichael und Terrence Strong waren ausgezeichnete Kollegen und bei allen beliebt. Sie haben hervorragende Arbeit geleistet. Officer Carmichael hinterlässt eine Frau. Wenn Sie also ihre Namen erwähnen, denken Sie an die Leute in diesem Revier, die zwei gute Kumpel verloren haben …«

Madsen hörte nicht mehr zu. Er beobachtete Shari. Eine einsame Träne glänzte im Licht ihrer Konsole und kroch über ihre verschmierte Wange. *Sie war mit einem der beiden befreundet,* dachte er.

Sie wischte die Träne weg.

Holbrook war fertig. Die anderen Detectives schwiegen betreten und starrten vor sich hin. Madsen begriff plötzlich, dass man ihm eine Frage gestellt hatte. Ob er irgendwelche Einwände hätte.

Er lächelte verbindlich und schüttelte den Kopf.

»Gut. Dann also los«, knurrte Holbrook.

»Ich habe die Kameras synchronisiert«, erklärte Shari mit einer Stimme, die nichts von den Gefühlen verriet, die Madsen gerade beobachtet hatte. »Wir haben hier alle Aufzeichnungen von Kameras in der Grant Avenue aus den letzten achtundvierzig Stunden. Was wir jetzt sehen, ist Tatzeit minus zehn Minuten. Das Material reicht aus, um die Personen ohne zusätzlichen Abgleich zu erkennen.« Sie drehte an einem Rädchen. »Hier geht der Monteur.«

Auf der Wand setzten sich die Bilder in Bewegung.

Madsen beugte sich vor und schaute konzentriert zu.

Ein Mann in grauem Overall schritt über die Straße. Er zündete sich auf der anderen Seite eine Zigarette an, wandte sich nach links, verließ ein Kamerabild und betrat das nächste, ehe er ganz außer Sicht geriet.

»Er war in dem Café ein Stück weiter«, sagte Holbrook, »und wurde von einem Stück Ziegel getroffen. Im Augenblick liegt er mit Verdacht auf Schädelbruch im St. Francis Memorial. Eigentlich hat er noch Glück gehabt.«

Die Aufzeichnung lief weiter. Eine Frau und zwei kleine Kinder kamen von links ins Bild, gingen am Dollhouse vorbei und verschwanden rechts. Ihnen folgte ein älteres Pärchen. Zwei Männer erschienen, deren schwarze Uniformen sie von den anderen Passanten stark abhoben.

Holbrook zeigte auf die Wand. »Das sind unsere beiden Jungs.«

Die zwei Polizisten lächelten und lachten leise, als sie auf den Eingang des Dollhouse zugingen und es betraten. Hinter ihnen schwang die Tür zu.

Niemand sagte ein Wort.

Erst vor wenigen Stunden, wurde Madsen klar, hatten

diese beiden Männer ihre Schicht im Einsatzraum begonnen. Ihre Kleidung musste noch in ihren Spinden hängen.

Die Aufzeichnung lief. Weitere Fußgänger. Ein junger Mann verließ das Dollhouse, kämmte sich das Haar und überquerte die Straße. Ein anderer ging mit gesenktem Kopf in das Dollhouse, weil es ihm vielleicht peinlich war, einen Sexladen zu betreten.

Shari drehte das Rädchen, und die Bilder liefen schneller. Als sich die Tür wieder öffnete, reduzierte sie wieder auf normale Geschwindigkeit. »Tatzeit minus dreieinhalb Minuten. Das war die letzte Person, die herauskam.«

Es war ein großer Mann mit Halbglatze, schlabbriger Hose und weißem Hemd, der keine Krawatte und kein Jackett trug. Er sah auf die Uhr. Von der rechten Hand baumelte eine Aktentasche aus weichem braunem Leder mit Riemchen und Schnallen, wie sie von Akademikern bevorzugt wird. Eine der Schnallen war geöffnet. Madsen fragte sich, wie viel Sprengstoff man darin unterbringen könnte.

»Statistik?«, wollte Holbrook wissen.

Shari sah auf ihren Bildschirm. »Laut Computer sind in den letzten achtundvierzig Stunden sechshundertvierzehn Personen hinein- und sechshundertzwei herausgegangen. Das beinhaltet Kunden, Personal, Putzkräfte, Lieferanten … alle.«

Einer der Detectives pfiff leise. »So macht Dreamcom also das große Geld.«

Holbrook warf ihm einen Blick zu. »Für mich macht das zwölf Tote – mehr oder weniger.«

»Siebenunddreißig Personen trugen eine Tasche«, fuhr Shari fort, »und fünfundzwanzig könnten möglicherweise eine Bombe unter der Kleidung hineingebracht haben. Diese müssen wir noch überprüfen.«

»Wann werden die ersten identifiziert?«, erkundigte sich Madsen.

»Die ersten Daten sollten wir in ein paar Minuten haben.«

Holbrook gab ihr einen Wink. »Okay, schauen wir uns das Material aus dem Gebäude an.«

»Tut mir leid, Sir, es gibt keine Aufzeichnungen von innen«, erklärte Shari. »Dreamcom-Läden haben eine Ausnahmeerlaubnis. Sie überprüfen alles selbst, um die Privatsphäre der Kunden zu schützen ...«

Holbrook schnaubte. »Schwachsinn. Zwölf ihrer Kunden wurden gerade in die Luft gejagt, und die machen sich Gedanken über Privatsphäre?«

»Sie überlassen uns die Aufzeichnungen morgen früh.«

Die Ausnahme, auf die sich Shari bezog, war Teil des Stream Share. Der Stream Share Act, ein Bundesgesetz über die Datenübermittlung, das während der zweiten Al-Qaida-Welle erlassen wurde, weitete die Befugnisse des ursprünglichen Gesetzes für Kommunikationsübermittlung an Strafverfolgungsbehörden von 1994 aus. Das neue Gesetz verpflichtete die Betreiber von Überwachungskameras – in Geschäften, Märkten, Verkaufsräumen, Wartezimmern, Diensträumen, Durchgängen und Eingangshallen –, ihre Aufzeichnungen der Polizei in Echtzeit zugänglich zu machen. Die meisten Betreiber installierten daraufhin einen von der Polizei geprüften elektronischen Standardzugang, über den Sharis Team bereits die Aufzeichnungen der Geschäfte an der Grant Avenue kopiert hatte, doch manche Branchen wie das Gesundheitswesen oder die Sexindustrie hatten sich Ausnahmen einräumen lassen, da in ihrem Geschäftsfeld die Intimsphäre von Patienten und Kunden wichtiger war. Deshalb dauerte es länger, diese Aufzeichnungen zu bekommen.

Holbrook erteilte lautstark Anweisungen. »Für jede Identifizierung wird eine neue Datei angelegt. Sie fangen an mit denen, die Taschen bei sich trugen oder etwas angeliefert haben. Schauen Sie sich so weit möglich deren Hintergrund an. Alle Namen und Orte kommen sofort in den Verteiler. Gerry, Sie erstellen Profile der Opfer. Sammeln Sie alles, was wichtig ist oder jemanden von anderen unterscheidet – Vermögen, Verbindungen und so weiter …«

Als er fertig war, klatschte er in die Hände und grinste Madsen schief an. »Agent Madsen, möchten Sie mit den Frauen der Opfer anfangen?«

Madsen zuckte zusammen. Er stellte es sich bildlich vor. Sie, blass, verzweifelt, tupft sich mit dem Taschentuch die Augen. Er fragte, so mitfühlend wie möglich: Mrs. Smith, verübeln Sie Ihrem Mann, dass er eine Replikantin gevögelt hat, weil Sie ihm im Bett nicht heiß genug waren? Hat Sie das so wütend gemacht, dass Sie ihn in die Luft sprengen wollten? Grünes Licht ist gut. Damit fallen Sie als Verdächtige aus, verstehen Sie, und wir können uns auf die Suche nach dem wahren Täter konzentrieren …

Laut sagte er: »Wäre es nicht sinnvoller, später mit den Frauen zu reden? Bestimmt gibt es Kandidaten, die höhere Priorität haben.«

Holbrook ging nicht darauf ein. Er wandte sich wieder an seine Männer. »Unser Hauptquartier ist dieses Revier. Für die Kommission wird ein Raum bereitgestellt. Oben, erste Tür links. Dort treffen wir uns Punkt neun zur Besprechung. An die Arbeit!«

Während die Detectives hinausgingen, gesellte sich Madsen zu Holbrook. »Mike«, sagte er so liebenswürdig wie möglich. »Ich bin hier, weil ich helfen will. Wenn Ihr Team mir Namen liefert, kann ich …«

»Sie bekommen Ihre Namen«, erwiderte Holbrook. »Ich hoffe nur, Sie teilen Ihre Ergebnisse mit uns. Alles läuft über mich. Bilden Sie sich nicht ein, Sie könnten hier einen Alleingang durchziehen.«

Während die Stimmen der Detectives im Flur verklangen, versuchte Shari Sanayei einen klaren Kopf zu bekommen. *Das war meine Chance,* dachte sie. *Ich hätte Holbrook zur Seite nehmen und aus diesem Fall aussteigen sollen. Wenn Familie im Spiel ist, muss man das zur Sprache bringen. Und red dir nicht ein, bei einer Affäre würde das nicht gelten. Man sagt es offen, und dann heißt es weggetreten. Andere entscheiden, welche Rolle du übernimmst, wenn überhaupt. Ich habe hier nichts verloren.*

Aber ich bin *hier.*

Und er kommt vielleicht zurück … Die Rettungsteams arbeiten noch und schicken Roboter in die Zwischenräume, holen schweres Gerät und Kräne …

Nein. Sie müssen so tun als ob. Ich habe es doch mit eigenen Augen gesehen: Da gibt es keine wundersamen Überlebenden in der Tiefe, die nach frischer Luft schnappen und blinzelnd in die Sonne schauen.

Er ist tot.

Wieder stiegen die Gefühle in ihr auf und mit ihnen die Fragen. *Warum ein Dollhouse? Kannst du mir das erklären, Adam? War ich nicht engagiert genug, aufmerksam genug? Und warum jetzt? War es der Druck? Hat dich der Stress dorthin getrieben?*

Er hatte sich mehrmals beschwert über das, was er auf den Straßen sah, weil es ihm zusetzte. Und normalerweise folgte dann ein lahmer Scherz darüber, dass sie es nicht verstehe, weil sie sicher hinter ihren Kameras sitze.

Druck. Das Wort hallte in ihrem Kopf wieder.

Und wenn du ehrlich bist, Shari, weißt du, dass es nicht von der Arbeit kam.

Du hast den Druck ausgeübt.

Sie hatte ihn sanft, aber entschlossen gedrängt, das Richtige zu tun. Es liefe schon zu lange so, hatte sie gesagt. Die sorgsam geplanten Verabredungen, die sich inzwischen verstohlen und unehrlich anfühlten. Es war Zeit, alles ans Licht zu bringen. Wenn es niemand verstand, dann wäre es eben so. Bald, hatte er geantwortet. Ein paar Tage noch. Nächste Woche. Nur Geduld. Er hatte Angst vor der Auseinandersetzung mit seiner Frau. Und vor ihrer Rache.

Shari hatte sie nur einmal gesehen, als sie im Revier vorbeigekommen war. Größer, älter, durchaus noch attraktiv. Sie hatte mit Adam im Eingang gesprochen, nicht grob und auch nicht freundlich. Geschäftsmäßig. Zeigte sich da Verbitterung? So wie Adam sie ihr geschildert hatte, wenn sie in den kurzen Augenblicken nach dem Sex geredet hatten? Oder hatte sie bloß einen schlechten Tag erwischt?

Wie auch immer, jetzt musste sie am Boden zerstört sein. Vielleicht weinte sie, möglicherweise allein.

Wie wird sie sich wohl dabei fühlen?, fragte sich Shari. Wenn sie herausfand, dass ihr Mann seit Langem eine leidenschaftliche Affäre hatte und sie verlassen wollte. Verglichen mit dieser Bombe war der Besuch in einem Dollhouse gar nichts.

Und die Erinnerungen seiner Eltern, der Respekt der Kollegen, die Auszeichnungen. Alles würde in den Dreck gezogen.

Und sie selbst auch. Die anderen würden sie mobben. Die Demütigung …

Daran wollte sie gar nicht denken.

Nein, dachte sie. *Aus und vorbei.* Niemand wusste etwas, und niemand musste es erfahren. Nicht nur ihretwegen. Auch wegen der anderen. Alle litten schon genug. Und ihr würde es nichts einbringen. Sie würde hier sitzen bleiben und ihre Arbeit erledigen und sich den Bastard schnappen, der ihn umgebracht hat. Ihm in die Augen sehen, wenn sie ihn hereinbrachten.

Niemand musste die Wahrheit erfahren.

In ihrem Hinterkopf läutete leiser Alarm.

Yolanda. Sie wusste Bescheid.

Obwohl sie eine Freundin war, der sie vertraute, wusste man bei einer so großen Sache nie, ob das genügte. Sie sollte lieber mit ihr reden und es ihr klipp und klar verständlich machen.

Shari wandte sich über Mikrofon an ihre beiden Untergebenen. »Leute, ich mache mal kurz Pause. Bin gleich zurück.« Sie nickten nur, ohne sich umzudrehen. Shari nahm ihr Headset ab und eilte über den Flur zum Einsatzraum.

4

Viereinhalbtausend Kilometer weiter östlich saß Tom Fillinger, der zweiundsiebzigjährige, silberhaarige Chef von Dreamcom Interactive, in seinem dunklen Apartment und starrte hinunter auf die Canyons von Manhattan. Das Spezialglas vor ihm zeigte keinerlei Reflexionen und erzeugte die Illusion, nichts trenne ihn von den blinkenden Lichtern der Stadt. Der Rest des Apartments, das die gesamte Etage einnahm, war ähnlich einzigartig. Alle Wände und Unterteilungen waren entfernt worden, wodurch ein einzelner Raum entstand. Nur ein paar Säulen und der Fahrstuhlschacht unterbrachen das Dreihundertsechzig-Grad-Panorama. Fillinger kam hierher, wenn er allein sein wollte, um nachzudenken und sich über seine Erfolge zu freuen. Um sich zu entspannen.

Heute Nacht war er nicht entspannt. Ein Krieg war ausgebrochen.

Auf dem kleinen Tisch neben ihm summte ein Mobiltelefon und blinkte grün im Dunkeln. Er stellte das Glas ab und nahm den Anruf mit einer Handbewegung entgegen.

»Sprechen Sie.«

Den Anrufer beeindruckte seine Schroffheit nicht. »Sie haben bestätigt, dass es eine Bombe war.«

»Und was unternehmen sie jetzt deswegen?«

»Sie schwärmen aus. Es waren zwei Cops drin, sie fahren also maximalen Einsatz. Sie packen sich jeden, den sie in die Finger bekommen.«

»Verluste?«

»Es wird wehtun, aber wir können den Schaden begrenzen – das gesamte Marketing arbeitet mit Volldampf dran. Doch es wird vielleicht noch schlimmer, je nachdem, wie NeChristo die Medien bearbeitet.«

NeChristo. Die Neue Christliche Organisation von Amerika war die Kirche dieses Landes mit den höchsten Wachstumsraten und hatte kaum ein Jahrzehnt gebraucht, um zur wichtigsten Religionsgemeinschaft heranzuwachsen. Sie hatte eine riesige Mitgliederzahl, und ihre charismatischen Führer waren entschiedene Gegner der Dollhouses.

»Wir müssen ihnen zuvorkommen«, sagte Fillinger. »Wie sieht die Sicherheitslage aus?«

»Morgen früh sollten zusätzliche Leute vor den Bürogebäuden, der Fabrik und der Hälfte der Dollhouses stehen. Wir setzen uns mit der Polizei der jeweiligen Städte in Verbindung, damit die Streifen häufiger vorbeifahren. Das meiste müssen wir selbst erledigen.«

Fillinger dachte lange darüber nach, ballte die Hände zu Fäusten und rechnete die Kosten zusammen. »Die Leute, die da ermitteln?«, fragte er schließlich. »Taugen die was?«

»Der leitende Inspector beim SFPD ist Mike Holbrook, seit zweiundzwanzig Jahren dabei. Die halbe Zeit Uniform, die andere Hälfte Mordkommission. Er ist gut ausgestattet. Sogar einen FBI-Plotter haben sie an Bord, einen dieser Spitzenagenten mit …«

»Ich weiß, was ein Plotter ist. Ich will nur eins wissen: Klären die den Anschlag in sechs Tagen auf?«

»Ich denke doch.«

»Besser wäre es.«

Vor elf Monaten hatte Fillinger einen Vertrag mit einem texanischen Milliardär namens Jim Bonitas geschlossen, um sein Casino – das größte auf dem Vegas Strip – zu entkernen, umzubauen und als Megasexshop wiederzueröffnen. Ten Worlds versprach mit einer Vielzahl von Themen-Spielzimmern und einer langen Liste exotischer Angebote, die es nicht in anderen Casinos und nicht einmal in normalen Dollhouses gab, sprudelnde Einnahmen. Das war auch notwendig, denn der Umbau hatte sich doppelt so lang und doppelt so teuer gestaltet wie geplant. Jeden Tag wuchs die enorme finanzielle Last. Die Eröffnung sollte Dienstag stattfinden. Dem durfte nichts in die Quere kommen.

Fillinger sagte: »Dieser Plotter, was haben Sie über ihn?«

»Daniel Madsen. Der neue Stern am Plotter-Himmel. Hat den Ruf, schnelle Verhaftungen zu erreichen. Das ist alles.«

»Er arbeitet mit mir persönlich zusammen. Mit niemandem sonst. Alles, was ansteht, und alles, was wichtig ist, leiten Sie direkt an mich weiter. Verstanden?«

»Verstanden.«

Fillinger stellte noch einige Fragen und verlangte stündliche Berichte, ehe er auflegte. Vor Aufregung zuckten seine Gesichtsmuskeln. Er dachte schneller und handelte schneller als sie, redete er sich ein. Wie immer.

Tom Fillinger war ein Überlebenskünstler. Er war ohne Vater aufgewachsen; seine Mutter hatte ihr Einkommen versoffen und war von einem ekligen Kerl zum nächsten gezogen, während Tom, der technisch begabt war, das Geld mit der Reparatur von Radios und Plattenspielern verdiente. Als er dreizehn war, hatte einer der Kerle seiner Mutter, ein Gauner namens Zack, sein Leben verändert. Zack hatte gehört, wie viel Geld man mit Pornofilmen verdienen konnte, und sich entschieden, eine solche Kabine einzurichten oder genauer: Fillinger das Material zur Verfügung zu stellen, damit er eine bauen konnte.

Für ein paar Dollar erstanden sie einen ramponierten Projektor und einen Münzmechanismus aus einem alten Automaten. Sperrholzplatten stahlen sie auf einer Baustelle. Die Filmdose war voller Blut von Zack, weil der sie unter Einsatz seiner Fäuste aus einer anderen Kabine gestohlen hatte. Und Fillinger tat, was man ihm sagte: Er passte an, baute zusammen und erschuf aus den Einzelteilen eine funktionierende Einheit.

Sie stellten die Kabine an einem Donnerstag auf, rechtzeitig zum Wochenendgeschäft, in einem Striplokal, das von einem Exknacki und ehemaligen Zellengenossen von Zack geführt wurde. Am späten Samstagabend rief der Freund an und sagte, die Maschine sei bereits kaputt. Früh am Sonntag wurde Fillinger, nachdem es ein blaues Auge gesetzt hatte, losgeschickt, um sie zu reparieren.

Diesen Morgen würde er niemals vergessen: die verlassenen Straßen in der kalten Dämmerung, die Graffiti an den Wänden, die erloschenen Neonleuchten. Er hatte in der Tasche nach dem Schlüssel gesucht und war auf Zehenspitzen durch die unheimliche Stille an der Bühne vorbeigeschlichen, deren Holzbretter von zahllosen Mädchen blankgescheuert waren, die sich dort gedreht und getanzt und sich aller Kleidungsstücke außer ihren High Heels entledigt hatten.

Die Kabine – ein schlichter, schwarz gestrichener Kasten mit Vorhang – befand sich im Hinterzimmer. Fillinger löste den Metalldeckel auf der Rückseite. Er betastete die Rolle und prüfte, ob sie richtig saß und ob der Film richtig eingelegt war. Er betätigte den Schalter. Der Film lief an. Nach ein paar Sekunden stellte er ihn ab. Verwirrt machte er den Deckel zu, zog den Vorhang auf und ging hinein. Der Boden war mit schleimigen Papiertüchern bedeckt, die zusammen mit verschüttetem Bier einen betäubenden Gestank produzierten. Er kniete sich in den Schmutz, öffnete die Frontplatte, griff ins Dunkel und tastete nach dem Stahleimer für die Münzen. Der ließ sich nicht bewegen. Er verfluchte seinen eigenen Entwurf, bückte sich tiefer und versuchte es nochmals. Am Ende lag er flach auf dem Boden und drückte das Gesicht in den klebrigen Dreck, damit er beide Hände frei hatte. Zoll um Zoll holte er den Eimer heraus.

Zuerst war er wie vor den Kopf gestoßen. Dann folgte eine Freude, wie er sie noch nie erlebt hatte. Die Vierteldollarmünzen türmten sich so hoch auf, dass sie über den Rand rutschten. Und in der Maschine selbst fand er noch einmal doppelt so viele Münzen.

Langsam breitete sich ein Lächeln auf seinem Gesicht aus, bis er am Ende zufrieden grinste – wie ein Sklave, der gerade in die Freiheit entlassen worden war.

Im Dunkeln starrte Fillinger durchs reflexionslose Glas und nahm das Telefon. Er drückte eine Taste.

»Stellen Sie mir eine Verbindung zu unserem Mann in Washington her … Ja, zu dem.«

Einige Minuten später nahm er seinen privaten Fahrstuhl zum Dach. Ein leiser Wind strich über seine Haut. Aus der Ferne hallte der Straßenlärm herauf. In der Dunkelheit glänzte ein Helikopter bedrohlich in Rot und Schwarz, den Farben von Dreamcom.

Als der Pilot das Licht aus dem Fahrstuhl sah, begann er mit Checks und betätigte die zum Start notwendigen Schalter.

Fillinger lauschte den anlaufenden Turbinen und wartete, bis die Rotorblätter durch die Luft schnitten, ehe er an

Bord ging. Als er sich im hinteren Teil anschnallte, fragte er sich, ob sich andere Männer auch so fühlten, wenn sie in die Schlacht zogen, wo die Niederlage den Tod bedeutete.

Zwölf Minuten später überquerte er das Vorfeld des JFK International zu seiner *Dream Flyer*, seiner persönlichen Gulfstream G3000, die mit blinkenden Lichtern und laufenden Pratt-&-Whitney-Turbinen auf ihn wartete.

Kurz darauf flog er mit neunhundert Kilometer in der Stunde westwärts in Richtung San Francisco.

5

Der Laden sah aus wie ein Minimarkt. Er hatte einen eigenen Parkplatz, auf dem an diesem Abend nur wenige Wagen standen, und wurde von einer hohen Sichtschutzmauer umgeben. Das Schild mit roter und gelber Neonschrift sagte alles.

EDDIES SEXSHOP
»Eddie besorgt's dir!«
Rund um die Uhr geöffnet

Madsen schob sich durch den Plastikwindfang und stand im Eingang. Die Klimaanlage pustete über ihn hinweg. Neunmal hatte er in zwei Stunden seinen Polygrafen eingesetzt, zuerst bei den Männern, die als Letztes aus dem Dollhouse gekommen waren, bis zu einem vorbestraften Brandstifter, den man in der Nähe des Tatorts aufgegriffen hatte. Irgendwann dazwischen hatte er am St. Francis Memorial angehalten und den Handwerker verhört. Bei dem hatte er ein gutes Gefühl gehabt, weil er ihn mit düsteren Blicken empfing, aber beim Polygrafentest zeigte das Gerät genauso eindeutig grün wie bei den anderen.

Eddie, ein Gauner mittleren Alters, der fortwährend blinzelte, stand hinter dem Tresen und trug eins seiner Business-Shirts – mit einer Collage aus Sonnenuntergang, Palmen und Hibiskusblüten in leuchtenden tropischen Farben. Er bediente einen Kunden. Sein Verkäufer, ein dürrer, adretter junger Mann, hielt etwas in die Höhe, das aussah wie ein Raumanzug aus schwarzem Gummi.

Der Kunde schüttelte den Kopf.

Madsen sah auf die Uhr und entschloss sich zu warten. Laut Eddie gab es nichts Wichtigeres im Leben, als die nächste sexuelle Erfahrung zu *optimieren*, und das galt besonders für Männer. Doch angesichts der Vielzahl von Varianten im Angebot brauchten manche Kunden unendlich lange, bis sie zu einer Entscheidung gelangten und etwas kauften. Eddie nannte es die zeitlose Herausforderung des Sexshop-Lebens.

Madsen wandte sich von einer Vitrine mit übergroßen elektronischen Hilfsmitteln zu einer Auslage mit Handschellen um, die deutlich besser gearbeitet waren als alles, was er bei der Polizei gesehen hatte.

Zum ersten Mal war er Eddie vor über einem Jahr begegnet, als ein seltsames Wesen in himmelblauer Hose und Fuchspelzmantel eines Morgens vor seinem Schreibtisch auftauchte und angesichts von Madsens zerknautschtem Jackett den Erschütterten spielte, ein Referat über Mode und den modernen Agenten zum Besten gab und dabei einige beiläufige Anmerkungen über Sexualität und Moral in San Francisco fallen ließ. Zuerst dachte Madsen an einen Streich seiner Kollegen und ärgerte sich über die Störung, weil er an einem dringenden Fall arbeitete. Zwei kleine Jungen waren verschwunden, und einen Fremden – einen Sexualstraftäter, der in Michigan auf Kaution freigekommen und geflohen war – hatte man in der Nähe der Grundschule gesehen. Madsen versuchte verzweifelt, sie zu finden, und einen Idioten, der seine Zeit vergeudete, konnte er ganz und gar nicht gebrauchen. Ziemlich schnell begriff er jedoch, dass ihm Eddie seine persönlichen Verhaltensregeln erklärte.

Er hatte drei.

Erstens beurteilte Eddie nie – nicht heute und nicht morgen – Menschen nach ihren kleinen Lastern, wie extrem diese auch sein mochten. Falls jemand vom Schicksal ein ungewöhnliches Blatt bekommen hatte, dann sah sich Eddie in der Rolle, demjenigen die Hilfsmittel zu verkaufen, die er zu seinem Glück brauchte. Zweitens kümmerte sich Eddie, was Moral betraf, nicht um Gesetze und Vorschriften. Seine Grenzen wurden durch die Begriffe *einvernehmlich* und *volljährig* definiert, und selbst da gab es Grautöne. Für Ersteres gab es durchaus einen gewissen Spielraum, wenn man zum Beispiel die besondere Erregung erzeugen wollte, auf der manche Beziehungen beruhten. Drittens zog es eindeutige geschäftliche Nachteile nach sich, wenn man dabei gesehen wurde, dass man jemandem mit Madsens Beruf half, daher würde er keinen Gerichtssaal betreten, keine Fragen über seine Informanten beantworten und nie wieder eine Bundesbehörde betreten. Falls Madsen ihm bei Gelegenheit einen Höflichkeitsbesuch abstatten wollte, war er herzlich willkommen – Gesetzeshüter gehörten zu seinen besten Kunden –, aber wenn Madsen es wagen sollte, seinen Polygrafen auszupacken, dann wäre es aus mit ihnen.

Nach diesem Wirbelsturm der Wortgewalt legte Eddie ein einzelnes Blatt Papier auf Madsens Schreibtisch, verbeugte sich und ging.

Auf dem Blatt stand in gestochen scharfer Schrift eine Adresse.

Ein paar Stunden später schrie ein Milchgesicht, das nur eine Lederschürze trug, in Todesangst auf, als ihn sechs stämmige Kerle eines Sondereinsatzkommandos zu Boden warfen, und Madsen gab sich alle Mühe, die beiden verängstigten Jungen zu überzeugen, dass er sie nach Hause bringen wollte.

Eddie hielt Wort und weigerte sich, je wieder über den Fall zu reden. Mit Freuden unterhielt er sich jedoch über die Launen des Schicksals und die moralische Vieldeutigkeit der Sexualität, und mehr als einmal erlangte Madsen nützliche Einblicke in die dunklen Orte, an denen Flüchtige verweilten.

Und genau deshalb war Madsen, der nur wenig über Dollhouses wusste und mit seiner ersten Runde mit Zielpersonen wenig Freude gehabt hatte, an diesem Abend vorbeigekommen.

Eine geschwärzte Schutzbrille fiel ihm auf. Sie hätte gut in eine Schweißerwerkstatt gepasst. Er nahm sie, prüfte das Gewicht und stellte fest, dass sie an einem kompliziert wirkenden Gerät hing, das offensichtlich dazu gedacht war, es über dem Schoß festzuschnüren. Ein grelles gelbes Schild verkündete, dass es der letzte Schrei in Sachen haptischer, erogener 4-D-Kleidung sei, die ein *seidenweiches, sensorerzeugtes Erlebnis* garantierte!!! Auf einem weiteren, eher sachlichen Schild am Stromkabel war eine lange Liste von Gesundheitsgefahren aufgeführt.

»Für private oder berufliche Nutzung?«, schnurrte jemand hinter ihm.

Madsen legte die Schutzbrille zurück und wandte sich Eddie zu, der fies grinste und anzüglich die Augenbrauen hochzog.

»Rein beruflich heute, Eddie. Leider.«

»Mmmhmm. Echt schade. Ich habe ein paar Chaps, die Sie sich anschauen sollten. Bestes Rindsleder. Die würden immens Ihre Chancen erhöhen, die bösen Jungs zu erwischen.« Sein Blick ging nach unten. »Ich müsste nur die Innenseite der Beine messen.«

Madsen lächelte. »Ich brauche nur einen Rat, wenn das okay ist.«

»Kommt drauf an, Schätzchen.«

»Das Attentat auf das Dollhouse. Heute. Haben Sie davon gehört?«

»Davon gehört? Ich habe es gespürt! Ich bin mit Scotty unter den Tresen gekrochen und habe ihm gesagt, es sei ein Erdbeben und wir würden alle sterben. Eine halbe Stunde hat er da mit mir gehockt, bis wir uns wieder sicher fühlten.« Das unverschämte Grinsen kehrte zurück. »Alle reden nur noch darüber.«

Madsen war nicht sicher, ob Eddie das Dollhouse meinte oder die Einlage mit Scotty. »Ich bin mit der Ermittlung beschäftigt.«

»Glückwunsch. Bestimmt eine große Sache für einen FBI-Plotter wie Sie.« Eddie schlug einen überzogenen Ton wie Scarlett O'Hara an und verkündete: »Aber ich bin's nicht gewesen, Sir, ganz bestimmt nicht!« Er lachte.

Madsen blieb ernst. »Wie ich es sehe, wurde da eine Reihe Leute umgebracht, weil sie ein wenig sexuelle Freiheit ausleben wollten.«

Eddies Grinsen erstarrte. Er nickte. *Kapiert.*

»Mir geht es um einen allgemeinen Überblick«, fuhr Madsen fort, »zum Beispiel über die ganze Doll-Szene. Wer ist da wer und so. Eine kleine Einführung könnte nicht schaden.«

»Vielleicht sollten Sie ja für ein paar Minuten allein mit mir ins Lager kommen«, schnurrte Eddie verführerisch.

Madsen grinste. »Dann wird mein Abend wohl mit einem Höhepunkt enden.«

Als sie am Tresen vorbeigingen, warf Eddie seinem schnieken Verkäufer ein selbstzufriedenes Lächeln zu. Wenn Blicke töten könnten …

Waren nahmen die eine Hälfte des Lagerraums ein. Den Rest füllte eine Art Erotikmuseum. Handsignierte Erstausgaben von Magazinen, Poster, Filme und Videokassetten sowie eine chaotische Ansammlung von uraltem Sexspielzeug, Vibratoren mit Aufziehmechanismus und einem antiken Bondage-Möbel. Eine Kollektion Gipsabdrücke von Phalli ragte provozierend von einem Regal mit der Aufschrift »Organspenden« in die Luft.

Eddie schloss die Tür und zog zwei Plastikstühle heran, holte eine Flasche Tequila und Gläser und schenkte großzügig ein.

Madsen deutete zur Tür. »Ist das okay für ihn?«

Eddie kicherte. »Scotty? Das überlebt er schon. Es tut ihm gut, wenn er denkt, er habe ein bisschen Konkurrenz.« Er reichte Madsen ein Glas. »Nun, Schätzchen, wo fangen wir an?«

»Wer hasst Dreamcom so sehr, um das zu tun?«

Eddie kippte seinen Tequila runter und goss sich gleich noch einen ein. »Die Kirchen. Halten Sie diesen Scheinheiligen im weißen Talar Ihren Lügendetektor unter die Nase, dann haben Sie genug, um die alle einzusperren.«

Oh nein, die lassen wir heute mal aus, dachte Madsen. In Eddies Augen bedeutete die religiöse Erweckungsbewegung das Ende für Sexshops, Freiheit und überhaupt von allem, wofür sich zu leben lohnte, wie sich Madsen schon ein halbes Dutzend Mal hatte erklären lassen müssen. »Wer noch?«, fragte er.

»Dreamcom tut allen weh, Danny-Boy. Der gesamten Branche. Mich eingeschlossen.«

»Und wie? Wie verkaufen die ihre Produkte?«

»Letztes Jahr habe ich tausend Simulatoren-Sets im Monat umgesetzt. Im Monat! Meine Kunden haben mich geliebt. Ich war ihr bester Freund. Was denken Sie, wo die jetzt zuerst vorbeischauen, nachdem die mit ihren Dollys angefangen haben?« Er machte eine Show daraus, sich auf die Brust zu tippen. »Genau, Eddie sollte helfen. So wie Ihnen jetzt. Fragen über Fragen. Wie sollen wir die Dollys vermarkten? Zu welchem Preis? Wo ist der Sweetspot im Markt?« Eddie kippte den zweiten Tequila auf ex und wischte sich den Mund ab. »Ich habe denen also geholfen. Habe ihnen gesagt, welche Ideen etwas taugen und welche es nicht bringen. Ich habe ihnen sogar erlaubt, in meinem Laden Umfragen zu ihren Prototypen zu machen. Und als sie fertig waren und alle Fragen beantwortet waren …« Er machte ein trauriges Gesicht. »Glauben Sie, die hätten dem alten kleinen Eddie auch nur einen winzigen Schnipsel vom Markt überlassen? Nein. Das habe ich auch von anderen gehört: Die nehmen nur und geben nichts.« Nach einer Pause fügte er hinzu: »Sie sind vielleicht ein Plotter, Schätzchen, aber wenigstens machen Sie mir nichts vor.«

Er zeigte zur Wand hinter Madsen. »Am Ende sprang für uns nur diese Promo-Dolly heraus. Die sollte ich ihnen eigentlich zurückschicken, aber ich habe ihnen gesagt, sie könnten mich mal.«

Madsen drehte sich um. In der Ecke, halb hinter einem Stapel Kisten verborgen, stand eine Figur mit üppigen Kurven und blauem Pailletten-Bikini. Sie hatte die Hand auf die Hüfte gelegt wie ein klassisches Model.

Eddie ging hinüber und schob die Kisten zur Seite. Nun sah man das Gesicht der Puppe: lange Wimpern, volle, feuchte Lippen und dicke, glänzende Locken, die über die Schultern wallten und Madsen an Shampoowerbung erinnerten. Am meisten stach die Haut hervor: glatt, scheinbar weich und mit winzigen Makeln – hier eine Sommersprosse, dort ein Grübchen –, die den Blick anzogen und dem Gehirn vorgaukelten, es handele sich um eine echte Frau.

»Natürlich war sie nur ein Ausstellungsstück und aus der ersten Generation, aber man sieht schon, dass sie etwas Besonderes ist.« Er zog sanft das Bikinioberteil zur Seite und legte eine Hand um eine Brust. »Es ist die Haut. Darin steckt die Magie. Kommen Sie, fühlen Sie mal.«

»Nein danke«, antwortete Madsen.

»Doch, versuchen Sie es mal, Danny-Boy«, flüsterte Eddie. »Ich bestehe darauf. Nicht weil ich der dumme alte Eddie bin. Sie sollen es selbst begreifen. Wenn Sie wissen wollen, was an Dreamcom so besonders ist…«

Madsen kannte die patentierte Haut bereits aus der Werbung, hatte sie aber noch nie angefasst und musste zugeben, dass er neugierig war. Er stand auf, ging zu der Puppe und streckte die Hand in Richtung Schulter aus.

»Nein, Danny, so.« Eddie packte seine Hand und drückte sie, ehe Madsen reagieren konnte, auf die Brust.

Die Oberfläche war weich und glatt. Das Fleisch unter der Haut – es fühlte sich tatsächlich wie Fleisch an – gab unter seinen Fingern nach wie bei einer Frau, aber was ihn wieder überraschte und seine Sinne *elektrisierte*, war die Wärme. Sie fühlte sich heiß an, als wäre sie gerade einige Kilometer gejoggt oder als käme sie aus dem Fitnessraum. Oder als brenne sie vor sexuellem Verlangen. Und es war nicht nur die Haut. Wenn er die Augen schloss, konnte er sich fast vorstellen, er spürte ihre…

»Verflucht, Mann!« Madsen riss die Hand zurück und machte einen Schritt rückwärts.

Eddie konnte sich vor Lachen kaum halten. »Ach, Danny,

Ihr Gesicht! Sie sollten sich sehen … Mann, Mann, Mann. Sie ist nur eine Puppe, ehrlich. Aber der Herzschlag ist perfekt, oder?«

Madsen erlangte die Fassung wieder und legte der Puppe die Hand auf den schlanken Hals. Auch dort spürte er einen Puls. Leicht erhöht, passend zur heißen Körpertemperatur. Hypnotisch.

»Bei dem Ausstellungsstück«, sagte Eddie, »ging es vor allem darum, den Kunden damit ein Wow zu entlocken, wie die Puppen aussahen und sich anfühlten. Einmal anfassen, und man will eine haben. Bei mir lief das auch so: Ich lasse sie den ganzen Tag eingeschaltet …«

»Und dann? Warum dürfen Sie die Puppen nicht verkaufen?«

»Oh. Na, erst mal der Preis. Die Dollys sind teuer, besonders wenn man die Wartung mit einrechnet, und nur unsere reichsten Kunden könnten sich eine leisten. Aber das wäre kein unüberwindbares Hindernis gewesen. Also, ich habe mir – ich und ein paar andere Händler – ein auf Miete beruhendes Modell überlegt, das dieses Problem gelöst hätte.«

»Die Dollhouses.«

»Genau, Schätzchen. Sie greifen vor, aber klar, es ging um stundenweisen Verleih im Laden. Das war unser Konzept. Wir haben es sogar mit unseren Kunden ausgearbeitet. Im Gegenzug erwarteten wir ein Franchiseangebot, aber Dreamcom wollte kein Franchisekonzept. Sie wollten alles selbst kontrollieren und machten es allein. Und damit waren wir draußen.«

Traurig sah er die Puppe an und streichelte ihr dann zärtlich wie einem kleinen Kätzchen das Haar. »Es wäre so schön gewesen …« Plötzlich schluchzte er laut. »Ich hätte gut auf dich aufgepasst, Süße. Auf dich und deine Freundinnen.«

Hinter der Tür hörte man es rascheln. »Eddie, alles in Ordnung?«

Eddie antwortete, indem er erneut schluchzte, sogar noch lauter und theatralischer.

»Eddie, ich komme rein?«

Madsen sagte laut. »Scotty, das ist meine Schuld. Ich fürchte, ich habe zu viel von ihm verlangt; jetzt ist er ganz fertig. Könntest du ihm nicht eine Tasse Tee bringen? Sei ein guter Junge.«

Hinter der Tür wurde spöttisch geschnaubt. Das munterte Eddie ein wenig auf. Madsen winkte ihn zurück zu den Stühlen und nahm den Faden wieder auf. »Sie haben gesagt, die hätten allen wehgetan. Aber irgendwer musste bestimmt am meisten leiden, oder?«

»Ja, Danny. Ich. Verhaften Sie mich …« Er hielt die Handgelenke aneinander, um sich Handschellen anlegen zu lassen, dann ließ er die Hände in den Schoß sinken. »Na ja, ich weiß nicht, warum Sie mich fragen müssen«, sagte er, plötzlich wieder ernst. »Es ist doch offensichtlich, oder? Die Jungs in Tokyo.«

»Tokyo?«

»Nomura? Hallo?« Eddie hob verärgert die Hände. »Schätzchen, wo leben wir denn? Haben wir keine Zeit, die Nachrichten zu gucken, wenn wir böse Jungs verfolgen?«

Nomura. Madsen brauchte einen Moment, bis es ihm dämmerte. Nicht eine Einzelperson, sondern ein japanischer Konzern. Vor sechs oder sieben Monaten waren sie in den Schlagzeilen gewesen, weil sie Produkte in die USA importiert hatten, die selbst auf ihrem Heimatmarkt kaum toleriert wurden.

»Die machen Kiddie-Dolls, nicht?«

»Die machen alles. Kiddies, Hunde, Zeichentrickfiguren. Was immer man ficken will, die stellen es her. Sogar Frauen.« Eddie deutete in die Ecke. »Nicht annähernd so gut wie die da, aber das dauert nicht mehr lange – man kennt ja die Japaner. Sie haben ihre eigenen Dollhouses in ganz Asien und halb Europa eröffnet, und sie sind ganz verzweifelt, weil sie hier nicht ins Geschäft kommen.«

»Was hält sie denn zurück?«

»Ihre Dollys haben ein Importverbot. Und nicht nur die Kinderpuppen. Alle. Für drei Jahre.« Eddie begutachtete seine Fingernägel. »Dreamcom weiß genau, was für einen Rückschlag die Kiddie-Puppen für sie bedeutet hätten. Sie schreien am lautesten, und hinter den Kulissen haben sie Politiker, Verwaltung und sonstige Leute bearbeitet. Die Sünder haben sich zu Heiligen erklärt. Ich glaube, damit haben die Nomura-Jungs nicht gerechnet.« Er schüttelte den Kopf. »Man stelle sich das vor. Drei Jahre ist eine harte Strafe für etwas, das zwar schlechtem Geschmack entsprungen sein mag, aber technisch kein Verbrechen ist, und damit hat der große Wettbewerber einen unschlagbaren Vorteil beim Start erhalten. Nomura hat verzweifelt eine Aufhebung beantragt, aber gegen deren Einfluss haben sie keine Chance.«

»Wessen Einfluss?«

»Den von Dreamcom. Wir sollten wirklich besser zuhören, Schätzchen.«

Draußen auf dem Parkplatz beleuchtete das blauweiße Licht des Armaturenbretts Madsens Gesicht, als er im Dodge saß und eine heruntergeladene Akte über Nomura Entertainment Enterprises überflog. Es verhielt sich weitestgehend so, wie Eddie ihm erzählt hatte. Sie hatten den Kampf angenommen und die beste PR-Agentur angeheuert, die für Geld zu haben war, doch am Ende hatten sie keine Chance gegen die Bilder, die massenweise durch die Medien gingen. Die Mitleid erregenden, engelhaften Gesichter der Kiddie-Puppen hatten in der Nation kollektiven Ekel ausgelöst. Nomura setzte den Kampf aus einem Büro in Beverly Hills fort. Sie hatten eine Armee von Anwälten angeheuert und gingen nun juristisch gegen die Wettbewerbsbeschränkungen vor, doch auch dort kamen sie kaum voran.

In der Akte fiel ihm jedoch noch eine Information auf: eine Notiz, die ein leitender Agent aus dem Büro in Tokyo hinzugefügt hatte, und zwar über Nomuras Verbindungen zur japanischen Mafia. Nach Madsens Kenntnissen bevorzugte die Yakuza im Allgemeinen eine geschäftsmäßige Herangehensweise ans Verbrechen. Im Allgemeinen, aber nicht zwangsläufig. Wenn nötig, war es ihnen genauso recht, extreme Gewalt anzuwenden, um zu bekommen, was sie wollten.

Madsen diktierte eine administrative Sondervorladung *ad testificandum*, besser bekannt als ASAT. Diese Art der Vorladung war während des Kriegs gegen den Terror eingeführt worden, damit man Personen möglichst schnell zwecks Zeugenaussage oder Anklage vorladen konnte. Ein ums andere Mal hatten diese Vorladungen sich als hilfreich erwiesen, weshalb man mehrmals den Einsatzbereich erweitert hatte. Inzwischen konnten Bundesagenten eine ASAT bei jeder Operation beantragen, sobald Gefahr im Verzug war. Diese Anträge gingen an ein spezielles FBI-Gericht, das rund um die Uhr tagte und Genehmigungen für gewöhnlich in fünfundvierzig Minuten erteilte.

Madsen erwartete hier keine Verzögerung.

Er beendete die Darstellung seines Falles, fügte noch Hintergrundinformationen über die Verbindungen zur Yakuza hinzu und lud den Antrag hoch. Eine Kopie schickte er an das Büro in L.A. mit einer Notiz, in der er seine Absicht erläuterte. Dann startete er den Dodge, setzte rückwärts aus der Parklücke und fuhr nach Süden in Richtung San Francisco International Airport.

6

Es war fast Mitternacht, als die Maschine der US Airways auf dem Bob Hope Airport in Burbank aufsetzte, fünfzehn Kilometer nördlich von Beverly Hills. Madsen wurde am Gate von einem kleinen, adrett gekleideten Mann mit Bürstenschnitt und einem schwarzen Chevrolet Camaro empfangen. Er stellte sich als Kenji Kobayashi vor, Spezialagent aus dem Büro in L.A.

Angesichts der fortgeschrittenen Stunde war Kobayashi erstaunlich gut aufgelegt. Fröhlich unterrichtete er Madsen unterwegs über die Lage.

»Die LAPD-Video-Cops haben die beiden Zielpersonen an der von Ihnen genannten Adresse aufgespürt. Eigentlich ist es eine Villa. Eine schöne – diesen Leuten scheint es nicht an Geld zu mangeln.«

»Beide Zielpersonen?«, fragte Madsen. Er hatte in seiner ASAT nur Butch Traviano genannt, den Chef von Nomura Amerika.

»Ja, Traviano ist das amerikanische Gesicht, das man in den Nachrichten sieht. Er gibt Interviews und spricht bei Anhörungen. Gott weiß, warum sie ihn ausgesucht haben: Er ist ein wirklich hässlicher Frontmann, besonders da es jetzt darum geht, Freunde zu finden und Leute zu beeinflussen.« Kobayashi lachte. »Allerdings ist Nomura Entertainment nicht gerade berühmt für guten Geschmack und Feinsinn. Der andere Typ ist Hideki Yoshida. Er hält sich im

Hintergrund. Der Mann, den Tokyo beauftragt hat, alles im Auge zu behalten. Der eigentliche Chef. Ich dachte, Sie wollen vielleicht beide, deshalb habe ich die Vorladung erweitert. Sie haben doch nichts dagegen?«

Nein, Madsen hatte nichts dagegen.

»Yoshida spricht Englisch«, fügte Kobayashi hinzu, »aber bei der Befragung wird er sicherlich auf Japanisch bestehen.«

»Es ist nicht zufällig so, dass Sie …«

»Fließend. Deshalb wurde ich Ihnen zugeteilt. Ich war bei einem Date. Nettes Restaurant, Kerzen, das volle Programm.«

»Tut mir leid.«

»Vergessen Sie's.« Kobayashi grinste. »Wahrscheinlich haben Sie mir einen Gefallen getan.«

Die Nomura-Villa war auf allen Seiten von einer massiven Drei-Meter-Mauer umgeben. Darüber sah man die oberen Stockwerke des bunten Gebäudes durch das dichte Blattwerk von Bäumen. Scheinwerfer erhellten dunkelrosa Zinnen und erinnerten Madsen an das Schloss in Disneyland. Den einzigen Zugang versperrte ein schmiedeeisernes Tor. Durch das Gitter sah man eine Einfahrt mit weißem Kies, die in einem Wäldchen verschwand.

Fünfzig Meter davor spiegelte sich eine Straßenlaterne in einer Windschutzscheibe. Dort parkte ein Streifenwagen vom LAPD. *Schön, wenn man zur Abwechslung mal ein bisschen Verstärkung hat,* dachte Madsen.

Kobayashi hielt am Tor an und sprach in ein kleines Gitter.

Eine metallische Stimme antwortete, und eine Kamera nahm sein Abzeichen ins Visier.

Madsens Nacken kribbelte. *Die haben ein Motiv, kriminelle Verbindungen und Möglichkeiten,* dachte er. *Und ich stehe binnen Stunden wie eine Expresslieferung vor ihrer Tür, um sie kalt zu erwischen. Keine Zeit zur Vorbereitung oder zum Schlafen. Beinahe ideale Bedingungen.*

Die Torflügel schwangen auf. Der Kies knirschte unter den Reifen des Camaro, als sie an blühenden Kirschbäumen, gepflegten Beeten und einer endlosen Reihe von miteinander durch winzige Kanäle und Schleusen verbundenen Teichen vorbeifuhren. An den Rändern brannten in regelmäßigen Abständen Steinlaternen. Orangefarbene Karpfen glitten lautlos durchs Licht und erzeugten träge Muster auf der Wasseroberfläche.

Vor der Villa lösten sich zwei stämmige Kerle in blauen Anzügen aus dem Schatten. Einer trat ins Scheinwerferlicht und hob die Hand. Der andere sah sich durchs Fahrerfenster die Insassen an.

Man begleitete Madsen und Kobayashi durch eine Haustür, die fast so groß wie das Tor war. Nach kurzem Warten wurden sie durch eine weitere Tür geführt.

Der Raum war verschwenderisch möbliert, hell erleuchtet und riesig – eine so hohe Decke hatte Madsen noch in keinem Privathaus gesehen. Der Innenausstatter musste einen Hang zum Dramatischen gehabt haben: Von der Decke hing ein Bronzeadler mit drei Metern Spannweite. Er war mitten im Angriff erstarrt und streckte die Krallen aus, als wollte er unerwünschte Eindringlinge vom Boden pflücken und in seinen Horst verschleppen. Direkt vor den Besuchern stand ein schwerer Esstisch aus Mahagoni.

Auf der anderen Seite des Tisches saßen drei Männer und strahlten Feindseligkeit aus.

Madsen erkannte sofort die hängenden Bluthundlefzen des mittleren. Butch Traviano. Links neben ihm saß ein fünfzigjähriger Japaner, dessen Haare zu kurzen, gelb gefärbten Stacheln gefärbt waren wie bei einem Punk. Das musste Yoshida sein. Der dritte war jünger, ein Kalifornier mit blauen Augen und zarter Brille mit Stahlrahmen. Er saß ein wenig entfernt, wie aus Respekt vor den anderen, und sah aus wie ein Anwalt.

Die drei trugen Anzüge; Morgenmäntel waren nirgendwo zu entdecken.

Der Mann mit der Brille schob eine Visitenkarte über den Tisch. »Die Agenten Madsen und Kobayashi, wenn ich recht sehe? Gerard Collett von Collett & Saunders, Rechtsanwälte. Wir wurden von Mr. Traviano und Mr. Yoshida als Rechtsbeistand hinzugezogen. Ich werde heute Abend bei der Befragung anwesend sein.« Yoshida nickte knapp, als sein Name fiel. Niemand bot Madsen und Kobayashi die Hand an.

So viel zum Überraschungseffekt. Madsen blickte seinen Kollegen von der Seite an. Der zuckte nur mit den Schultern.

Traviano lächelte. »Wieso haben Sie so lange gebraucht?«, knurrte er.

»Kann ich bitte die Vorladung sehen?«, fuhr Collett ruhig fort und wies ihnen mit der Hand ihre Plätze zu.

Madsen schob eine Kopie der ASAT über den Tisch. Theoretisch brauchten die Vorgeladenen keinen Anwalt, da man sie nicht zwingen konnte, sich mit einer Aussage selbst zu belasten. Antworten auf Fragen außerhalb des in der Vorladung angegebenen Umfangs wurden vor Gericht nicht anerkannt. Theoretisch. Praktisch hingegen wollten Berufsverbrecher immer einen Anwalt, weil sie auf die harte Tour gelernt hatten, dass Plotter sich jedes rotes Licht merkten, ob es nun vor Gericht verwertbar war oder nicht, und es bis in alle Zukunft speicherten. Ein gut vorbereiteter Anwalt konnte wenigstens dafür sorgen, dass die Fragen in einem beschränkten Rahmen blieben.

Traviano war als Erster dran. Er sprach langsam und wohlüberlegt und versuchte, mit möglichst wenigen Worten auf die Fragen zu antworten. Wie erwartet mischte sich Collett häufig ein und legte Einspruch gegen alle Fragen ein, die seiner Ansicht nach über den Rahmen der Vorladung hinausgingen. Jedes Mal musste sich Madsen unterbrechen und die Frage neu aushandeln. Traviano war eindeutig ein alter Gangster, der viel zu verbergen hatte, und Collett sorgte geschickt dafür, dass es so blieb.

Traviano erzielte ein Grün nach dem anderen.

Als Madsen zur letzten Frage kam, entschied er sich, eine Bombe zu zünden. Wieso auch nicht? Er hatte nichts zu verlieren, und manchmal wurden unerwartete Schwächen enthüllt, wenn man ein bisschen Schwung in die Sache brachte, eine Delle in der Rüstung, die man untersuchen und auswerten konnte. Ohne den Ton zu ändern oder schneller zu reden, sagte er: »Jetzt mal ganz ehrlich, Butch, haben Sie schon mal jemanden getötet?«

Traviano riss die Augen auf.

Kobayashi erstarrte und sah aus, als würde er sich an einen anderen Ort wünschen.

Collett riss die Hand hoch. »Antworten Sie nicht darauf«, stotterte er.

Yoshida verharrte unbeteiligt mit halb geschlossenen Augen. Falls er die Frage verstanden hatte, ließ er sich nichts anmerken.

Madsen schaltete den HAMDA ab und warf ihn lässig auf den Tisch. »Jetzt bleibt es unter uns, ja? Na los, Sie sind doch ein harter Hund. Beindrucken Sie mich! Wie oft haben Sie schon jemandem das Licht ausgeknipst?«

»Einspruch. Das geht zu weit!«, fuhr Collett dazwischen.

Traviano blitzte ihn an, und seine Wangen wurden rot,

doch er sagte nichts. Er faltete die Hände über dem Bauch und lehnte sich zurück.

»Ihre Polygrafenbefragung ist vorüber, Mr. Traviano«, bohrte Madsen weiter, als sei nichts geschehen. »Danke für Ihre Mithilfe.« Er nahm den HAMDA, startete ihn neu und wandte sich an Yoshida. »Agent Kobayashi, wenn Sie so freundlich wären … Mr. Yoshida, wissen Sie, um was für ein Gerät es sich hier handelt?«

Madsen arbeitete den gleichen Fragenkatalog ab wie zuvor, und zwar in der Form, auf die er sich mit Collett geeinigt hatte, um weitere Unterbrechungen zu vermeiden. Collett sprach offensichtlich auch beide Sprachen und mischte sich nicht ein. Er hatte seine Aufgabe erfüllt und konnte nun nicht gegen etwas protestieren, dem er vorher zugestimmt hatte. Madsen überlegte kurz, das Tempo ein wenig anzuziehen, um Yoshida in die Defensive zu treiben, doch der Japaner folgte seiner eigenen Verzögerungstaktik. Wenn Kobayashi übersetzte, bat er jedes Mal um Klarstellung und überlegte gründlich, ehe er antwortete.

Yoshida sprach japanisch und artikulierte jede Silbe präzise und leise, wobei er den Blick nicht von Madsen wandte.

Als sie fertig waren, fischte Madsen eine Karte hervor und legte sie auf den Tisch. »Nach dem Anschlag auf Dreamcom haben es die Täter möglicherweise auch auf Sie abgesehen. Falls Ihnen noch etwas einfällt oder Sie etwas hören, können Sie mich jederzeit erreichen.«

Er stand auf und wollte gehen, wobei er seine Enttäuschung so gut wie möglich verbarg. Butch stank nach Mafia, und Yoshida mochte zwar kultivierter sein, verströmte jedoch den gleichen fauligen Geruch. Bei keinem der beiden war rot aber auch nur aufgeflammt. Wenn Nomura Entertainment mit dem Bombenanschlag zu tun hatte, musste er ohne Wissen dieser beiden von Tokyo aus geplant und durchgeführt worden sein. Das war unwahrscheinlich.

Auf halbem Weg zur Tür bremste ihn ein Schwall japanischer Worte in rauem Ton. Er blieb stehen und drehte sich um. Yoshida stand stocksteif wie auf dem Kasernenhof da, die Hände an den Seiten. Madsen sah Kobayashi mit hochgezogenen Augenbrauen an.

Kobayashi war unbehaglich zumute. »Mr. Yoshida ist sehr enttäuscht, weil Sie die Befragung beendet und ihm nicht die gleiche Zusatzfrage gestellt haben wie Mr. Traviano.«

Madsen unterdrückte ein Lächeln. Der HAMDA in seiner Jackentasche war eingeschaltet. Das Gerät konnte nur die Stimme analysieren, und das Ergebnis wäre sowieso nutzlos, aber er war neugierig. »Bitte, Yoshida-san, erweisen Sie mir die Ehre und verraten Sie mir, wie viele Menschen Sie ausgeknipst haben?«

Kobayashi wollte die Frage übersetzen, doch Yoshida wartete nicht ab. Anstatt zu sprechen, hob er beide Hände: fünf Finger an der einen, zwei an der anderen. Dann verneigte er sich und lachte laut.

Die Gorillas in ihren blauen Anzügen eskortierten Madsen und Kobayashi nach draußen. Kobayashi sagte nichts und startete den Camaro. Kurz darauf rollten sie zwischen den Bäumen und Fischbecken hindurch. Ernüchtert lauschte Madsen dem Knirschen des Kieses unter den Rädern. Der Tag war um, und nachdem er seine besten Kandidaten abgearbeitet hatte, konnte er noch immer nichts vorweisen. So weit zum Thema schnelle Ergebnisse. Es war spät, er war müde, und irgendwo wartete ein Motelbett auf ihn. Die nächsten Kandidaten würden bis morgen warten müssen.

DONNERSTAG

7

Im Halbdunkel des Morgengrauens über Washington gingen zwei Männer unter den hundertjährigen Ulmen am Westende der National Mall spazieren. Leichter Regen fiel in den langen Reflecting Pool. Nebelschwaden waberten um die Denkmäler und Gedenkstätten und ließen von dem weißen Marmor nur schmutziges Grau durchscheinen.

Die Männer gingen langsam, trugen Regenschirme und blieben gelegentlich stehen, um den Ausblick zu genießen. Aus einiger Entfernung wirkten sie wie zwei Angehörige des Politikbetriebs, die noch rasch einen Spaziergang unternahmen, ehe sie sich dem täglichen Eiertanz im Kapitol widmen mussten. Aber eigentlich nahmen sie ihre Umgebung gar nicht wahr, und ihr Gespräch kreiste nicht um Gesetze, Debatten oder Abstimmungen. Wie stets ging es um Geld.

Der große Mann mit dem markanten blonden Haar übernahm den größten Teil des Redens. Sein kleiner, gedrungener Begleiter leistete die schwere Arbeit des Zuhörens. Innerlich jedoch kochte Erol Arbett, der wohlbeleibte Senior-Senator von Ohio.

Als einflussreicher Mann im Kongress hatte Arbett in seiner bewegten Karriere viele Treffen dieser Art absolviert. Und viele, so musste man hinzufügen, hatte er auch selbst angeregt. Es besserte seine Laune nicht, dass dieser undankbare Scheißkerl mitten in der Nacht angerufen hatte und seine Bitte um eine Unterredung eher wie eine Vorladung geklungen hatte. Arbett hätte einfach auflegen sollen. Allerdings konnte er das nicht, und er hatte es auch nicht getan, denn seine Amtszeit war fast um, und sein Wahlkampftopf war so gut wie leer. Dieser Kerl gehörte nicht nur zu den wichtigsten 17 500 Lobbyisten von Washington, sondern repräsentierte jemanden, mit dem Arbett seit Jahren eine sehr lukrative Beziehung verband.

Im Augenblick jedoch warf die Absprache eher wenig Gewinn ab.

Der Senator mühte sich im Regen voran, lauschte und biss die Zähne zusammen, als der Lobbyist detailreich erklärte, wie viel Geld sein Kunde in diese lächerlichen Dollhouses gesteckt hatte. Arbett hatte die Zahlen schon einmal gehört, und sie erinnerten ihn nur daran, dass Dreamcom sich durchaus großzügiger hätte zeigen können.

»... und das sind nur die Ausgaben des letzten Jahres«, sagte der Lobbyist. »Sie sehen ja, was auf dem Spiel steht. Und nach dem gestrigen Tag müssen wir unbedingt das Vertrauen unserer Kunden zurückgewinnen.«

War das eine Aussage oder eine Frage?, überlegte Arbett.

Er sagte nichts.

»Was wir gern von Ihnen hätten, Senator, wäre ein wenig Hilfe von oberster Ebene.«

Arbett runzelte die Stirn. »Was für Hilfe? Ohne Zweifel hatten Sie einen schweren Tag, aber deshalb kann ich nicht gleich die Nationalgarde rufen.«

»Woran wir denken, muss nicht ganz so dramatisch ausfallen. Vielleicht eine Rede oder eine Stellungnahme, in der Sie sich gegen die Gewalt aussprechen und die Rechtmäßigkeit der Geschäfte von Dreamcom bestätigen.«

»Vielleicht sollten wir uns das für einen späteren Zeitpunkt aufheben.«

»Wir brauchen Sie jetzt. Nicht morgen oder nächste Woche. Wenn wir nicht einmal eine lausige Rede bekommen, wofür bezahlen wir dann eigentlich?«

»Das reicht«, fauchte Arbett. »Sie haben viel Unterstützung von mir bekommen.«

Das stimmte. Arbett war Vorsitzender des Senatsunterausschusses für Wettbewerb, Innovation und Exportförderung, ein Posten, der langweilig klang, sich jedoch als enorm lukrativ erwiesen hatte. Von dem Dutzend Firmen aus dem Silicon Valley, die um seine Unterstützung ersucht hatten, war Dreamcom unbestreitbar diejenige, die um den größten Gefallen gebeten und ihn auch erhalten hatte. Erst in diesem Jahr hatte er ein Gesetz beschleunigt, das von dem Mann neben ihm entworfen worden war und einen großen Konkurrenten aus Japan für drei Jahre praktisch vom amerikanischen Markt fernhielt.

»Der Zeitpunkt ist ungünstig«, sagte Arbett. »Gestern hat es in Washington, Chicago und Seattle Proteste gegeben. Heute Morgen wird in New York demonstriert. Die Erweckungsprediger gewinnen an Sympathie, und die Medien durchleuchten gerade sehr intensiv, wie eng meine Beziehung zu Ihrem Klienten ist.«

»Eng? Im Augenblick herrscht zwischen uns eine Distanz, als würden wir für Sie gar nicht existieren.«

Schweigend spazierten sie den rasenbewachsenen Hügel hinauf und blieben am Denkmal für den Koreakrieg stehen, wo sie die lebensgroßen Stahlstatuen der GIs betrachteten. Die Soldaten trugen Regenkleidung. Der Regen rann von ihren Helmen und tropfte von windzerzausten Umhängen und Mänteln.

Arbett versuchte es nochmals. »Worauf ich hinauswill: Es wäre weitaus effektiver, sich jetzt bedeckt zu halten, bis den

Erweckungspredigern die Puste ausgeht. Dazu braucht es keine neuen Gesetze. Keine Novellen. Einfach zur Tagesordnung übergehen.«

Freunde und Feinde sahen in Arbett einen geborenen Gauner, der wie durch Zauberhand Geld aus anderer Leute Taschen in seine eigene wandern lassen konnte. Das erklärte seinen Erfolg als Manager einer Immobilienfirma, seiner letzten normalen Arbeit laut seinem offiziellen Lebenslauf, und auch seinen kometenhaften Aufstieg im Parlament von Ohio und schließlich im Kapitol. Wer ihn genauer kannte, wusste auch, dass hinter diesem Ruf ein weitaus schlichteres Talent steckte: Arbett konnte jedermann überzeugen – gleichgültig, welche Weltanschauung er hatte, welchen Plan er verfolgte, welches Problem er hatte oder welche Position er vertrat –, dass er ernsthaft an seine Sache glaubte.

Der Lobbyist war allerdings nicht jedermann, und sein zynisches Lächeln sprach Bände.

Arbett seufzte. »Es muss noch andere Möglichkeiten geben, wie ich helfen kann.«

Der blonde Mann rieb sich das Kinn. »Sind Sie noch im Ausschuss für Heimatschutz?«

Das war eine rhetorische Frage; niemand wurde Lobbyist, ohne die Mitglieder aller Ausschüsse auswendig zu kennen, sowohl im Senat als auch im Repräsentantenhaus. »Sicher«, antwortete Arbett. »Allerdings weiß ich nicht, wieso.« Er hatte wenig Einfluss unter den Orden tragenden Exmilitärs im Senat und hatte versucht, den Posten loszuwerden.

»Vielleicht könnten Sie die Ermittlungen irgendwie beschleunigen. Es geht schließlich um Inlandsterrorismus. Übelste Sorte. Das könnte auch auf nationaler Ebene Folgen haben. Bis der Fall nicht aufgeklärt ist, müssen alle Dreamcom-Filialen in diesem Land um ihre Sicherheit fürchten.«

Arbett nickte. Das war greifbarer und praktischer, und deshalb hatte der Lobbyist dies vermutlich die ganze Zeit im Kopf gehabt. Zumindest drängte er nicht mehr auf eine Rede. »Und weiter?«

»Erst einmal ist es eine Frage der Mittel. Fahren Polizei und FBI in diesem Fall alles auf, was notwendig ist? Wie sieht es mit Unterstützung durch andere Behörden aus? Und ist dieser Daniel Madsen …«

»Wer zum Teufel ist Daniel Madsen?«

»Eben! Er arbeitet als FBI-Plotter an dem Fall. Wir müssen wissen, ob er der Beste ist. Jemand, der Leute knacken kann und vorankommt.«

»Auf den Einsatz der Mitarbeiter habe ich keinen Einfluss.«

»Gut, aber Sie können Fragen stellen und ein bisschen am Baum rütteln. Interesse von ganz oben bringt Schwung in die Sache und macht klar, dass der Zweitbeste hier nicht genügen würde. Mir ist gleichgültig, wie, Senator, aber wir brauchen schnelle Verhaftungen. Sagen Sie es offen heraus: Können Sie helfen oder nicht?«

Arbett überlegte. Das FBI würde gereizt reagieren, aber er hatte durchaus das Recht, sich zu erkundigen, wie man bei einem Fall von Inlandsterrorismus vorging. Schließlich waren zwei dekorierte Polizisten in San Francisco getötet worden, und es bestand die Möglichkeit, dass weitere Anschläge folgten. Niemand konnte ihm vorwerfen, wenn er sich dafür interessierte.

Nein, ein bisschen Herumstochern war keine große Sache.

Schwieriger war da schon, was seine neuen Bekannten dazu sagen würden.

Der Kontakt war vor vierzehn Tagen geknüpft worden. Eine flapsige Bemerkung bei einem Wahlkampfspenden-

Dinner von einem stillen Burschen mit New-England-Akzent. Arbett konnte sich nicht mehr erinnern, was er gesagt hatte, nur hinterher wurde ihm klar, dass die Bemerkung ein Testballon gewesen war. Als Arbett später auf der Marmortreppe des Excelsior stand und darauf wartete, dass sein Wagen gebracht wurde, trat der Mann zu ihm und erwähnte wie beiläufig, dass er dem lieben Senator bei Gelegenheit gern einige Leute vorstellen würde, die er vertrat. Das Gespräch war kurz. Er reichte Arbett eine Visitenkarte, stieg in ein Taxi und verschwand.

Laut Karte war der Mann Partner in einer kleinen, aber höchst angesehenen Rechtsanwaltskanzlei in D.C. Es kostete einen von Arbetts Mitarbeitern keine fünf Minuten, einen Steckbrief und eine Klientenliste zu erstellen und herauszufinden, dass die Kanzlei sich vor allem damit beschäftigte, die Interessen einer bestimmten religiösen Organisation zu fördern – der Neuen Christlichen Organisation von Amerika.

Das folgende Treffen in einem Hotel hatte Arbett ziemlich beeindruckt. Man bemühte sich sehr um Diskretion. Die anwesenden Vertreter von NeChristo benahmen sich ausnahmslos zuvorkommend und höflich und waren sich der Subtilitäten von Arbetts Position bewusst. So tanzten sie nicht lange um den heißen Brei herum, sondern würdigten seine lange Beziehung zu Dreamcom und sagten, niemand werde ihm böse sein, wenn er dabeibleiben wolle. Falls er jedoch zufällig an einer neuen Zusammenarbeit interessiert sei, müsse er die andere Verbindung kappen. Zunächst einmal wolle man sich jedoch nur unterhalten. Und sondieren. Am meisten beeindruckten ihn die Dollars. Die Summe war größer, viel größer als alles, was man Arbett je angeboten hatte.

Arbett spielte auf Zeit und erbat sich ein, zwei Wochen, um das Angebot zu bedenken. Nicht dass er viel zu bedenken hatte. Als größte der neuen Kirchen verfügte NeChristo über unglaublichen Einfluss. Und die öffentliche Stimmung wandte sich wegen der Proteste seit Monaten immer mehr gegen Dreamcom. Es war allerdings nicht sicher, ob das auf lange Sicht so bleiben würde. Arbett bevorzugte Sicherheit, wenn er sie haben konnte.

Jetzt wollte Dreamcom einen Gefallen von ihm. Es fragte sich nur, ob er Zeit hatte, noch etwas aus dem alten Arrangement herauszuholen, oder würde er damit das falsche Signal aussenden und möglicherweise die lukrativere Vereinbarung mit seinen neuen Freunden torpedieren, falls er sich dafür entschied?

Sie ließen die geisterhaften Gestalten des Denkmals für die Koreaveteranen hinter sich und spazierten den Hügel hinunter zu Arbetts Limousine und Fahrer. Der Regen wurde heftiger, kam von der Seite. Arbett hielt seinen Schirm schräg vor sich, um sich zu schützen, doch dadurch entblößte er Rücken und Schultern.

Die Vertreter von NeChristo schienen seine gegenwärtige Gefolgschaft zu verstehen. Natürlich waren es zwei unterschiedliche Dinge, was sie sagten und was sie dachten, trotzdem wirkten sie aufrichtig. Und alles, was er für Dreamcom unternahm, würde hinter den Kulissen stattfinden. Nicht öffentlich. Den FBI-Leuten die Daumenschrauben ansetzen. Ihnen sagen, sie sollten ein wenig schneller machen. Ganz unumwunden. Die andere Seite würde davon vermutlich nichts erfahren.

»Sicher«, sagte er, »ich schau mal, was ich tun kann.«

8

Madsen erwachte mit einem Ruck. Im Dunkeln tappte er nach seiner Uhr, fand jedoch weder sie noch den Nachttisch. Aus der anderen Ecke des Raums hörte er ein seltsames Rauschen. Ein Laster donnerte nur wenige Meter an seinem Kopf vorbei. Er richtete sich auf und rieb sich das Gesicht, bis er seine Sinne beisammenhatte. Er war in L.A. In einem billigen Motel. Das Rauschen war die Klimaanlage, falls es eine gab. Er wälzte sich herum und tastete auf der anderen Seite des Betts. Dort fand er einen Nachttisch und schließlich auch den Schalter für die Lampe.

Er hatte vier Stunden geschlafen.

Er suchte einen Nachrichtensender und lehnte sich in die Kissen zurück. Die Schlagzeilen wechselten im Takt, präzise wie ein Uhrwerk. Im Golf von Mexiko brannte eine Bohrinsel, hübsche orangefarbene Flammen schossen Dutzende Meter in die Höhe. Der neueste Skandal betraf den Gouverneur von Illinois und ein Hollywoodsternchen. Die Dollhouse-Bombe. Viel Neues gab es nicht. Wiederholungen der gestrigen Interviews mit dem Bürgermeister, den Rettungskräften und einer geschockten Kellnerin von Maggie's auf der Grant. Unter der Headline »Knapp davongekommen im Chinese Market« wurden Handyaufnahmen gezeigt, und Madsen schaute zu, wie ein Ziegelstein zwischen älteren Ladenbesuchern einschlug und eine drei Meter lange Obstauslage zertrümmerte.

Darauf folgten mehrere Wiederholungen der Szene in Zeitlupe.

Der nächste Bericht wurde als live und Sondermeldung angekündigt. Die Bilder zeigten eine wütende Menschenmenge. Eine junge Reporterin sprach atemlos in ihr Mikrofon. »Wie Sie sehen, kommt es vor dem Dreamcom-Gebäude in New York zu massiven Protesten. Hier haben sich mehr Menschen eingefunden als erwartet, was in Downtown zu erheblichen Verkehrsstörungen führt.«

Die Demonstranten, in der Mehrzahl Frauen, skandierten Parolen und schwenkten Plakate. Jemand hielt eine wenig schmeichelhafte Zeichnung von Tom Fillinger, dem Dreamcom-Chef, mit Hörnern und einer langen gespaltenen Zunge in die Kamera.

Die Reporterin musste schreien, um im Lärm gehört zu werden. »Die Veranstaltung wurde gemeinsam von *Feministinnen gegen Dollhouses* und der Neuen Christlichen Organisation von Amerika organisiert. Beide fordern das Gleiche: das Verbot der Dollhouses auf Bundes- und Staatenebene. Bislang blieben die Proteste friedlich, sodass es nicht zu Verhaftungen gekommen ist. Nach dem Bombenanschlag in San Francisco haben die Feministinnen in einer Presseerklärung ihren Gewaltverzicht betont, während sie immer wieder darauf verweisen, dass Dreamcom außerordentliche Empörung hervorruft und die Verantwortung übernehmen sollte für …«

Madsen schnaubte und schaltete den Fernseher ab. Die Feministinnen standen zufällig als Nächste auf seiner Liste. Er zog sich an und bestellte ein Taxi.

Am Flughafen konnte er zehn Minuten dösen und noch einmal eine halbe Stunde während des Flugs. So traf er zwar nicht sehr ausgeruht, aber doch rechtzeitig zur Besprechung im Revier Central Station ein. In dem Raum im ersten Stock, der für die, wie sie jetzt hieß, Sondereinheit Grant Avenue reserviert war, drängten sich Detectives, SpuSi-Leute und Uniformierte, viel mehr, als Sitzplätze vorhanden waren. Wer zu spät kam, lehnte sich an die Wand oder hockte sich auf die Kante eines der stählernen Behördenschreibtische. Madsen fand in einer hinteren Reihe einen Platz zwischen zwei Beamten.

Mike Holbrook wiederholte zuerst, welche Rolle und welchen Aufgabenbereich jeder in seiner Kommission hatte, ehe die Inspectors nacheinander aufstanden und kurz ihre Aktivitäten und Erkenntnisse schilderten. Madsen berichtete dementsprechend über seine Befragungen am Vortag. Niemand hatte etwas Interessantes vorzuweisen. Die größten Hoffnungen ruhten auf den Überwachungsvideos aus dem Dollhouse, die noch nicht eingetroffen waren.

Der Nächste war Carl Steinmann. Der kleine Mann, der ständig einen Laborkittel trug und das rote Gesicht eines Trinkers hatte, bildete das Rückgrat der Abteilung für Beweismittelsicherung in San Francisco. Seit elf Jahren war er verantwortlich für Ballistik, Fotografie, Fingerabdrücke, DNA, Computer-Forensik und chemische Analysen für das FBI und alle anderen Behörden, und seit elf Jahren leistete er hervorragende Arbeit. Das war eine großartige Leistung, denn in Zeiten sinkender Kriminalitätszahlen waren seine Mittel noch schneller zusammengestrichen worden. Von seinen ursprünglich vier Teams mit acht Mann waren zwei Teams mit je sieben Leuten geblieben. Hauptsächlich wegen Etatkürzungen. Und Stellenabbau. Gleichgültig, Steinmann arbeitete ständig am Limit und brachte weiter Ergebnisse.

Jetzt tippte er auf seine Armbanduhr. Es wurde still.

»Wie Sie vielleicht wissen«, sagte er, »haben die Spürhunde Rückstände von Sprengstoff entdeckt, und zwar große Mengen von D-5. Inzwischen haben wir die genaue chemische Zusammensetzung ermittelt. Es handelt sich um eine hochwertige Variante des Militärs, die hier in den Vereinigten Staaten hergestellt wird. Den Hersteller und die Charge sollten wir binnen vierundzwanzig Stunden kennen. Bislang wurden keine Bombenreste gefunden. Wir haben mit dem Sieben begonnen, doch die Rettungsmannschaften haben Vorrang, deshalb dauert es wohl noch eine Weile.« Steinmann hielt inne und sah sich streng um, als wollte er Widerspruch herausfordern. Er deutete auf einen Bildschirm hinter sich und fuhr fort. »Bislang wurden sieben Leichen geborgen. Alle befanden sich in den oberen Stockwerken, wo die Räumlichkeiten für die Kunden lagen. Das Büro befand sich im Erdgeschoss. Wir werden es vermutlich als Letztes zu untersuchen.«

Auf dem Bildschirm sah man ein Gewirr hellblauer Linien und Kästen. Von hinten, wo Madsen saß, erinnerte es an ein Schaltdiagramm oder eine schematische Darstellung des U-Bahn-Systems, doch vermutlich waren es Skizzen des Dollhouse in der Grant Avenue.

»Was den Ort der Bombe angeht«, sagte Steinmann, »so sind wir sicher, dass sie im ersten Stock platziert wurde. Und zwar« – er tippte mit dem Zeigefinger auf einen blauen Kasten – »hier.«

Madsen beugte sich vor, konnte jedoch einen Raum nicht vom anderen unterscheiden.

»Das ist ein Kundenzimmer«, ergänzte Steinmann hilfreich. »Das zweite rechts von der Treppe.«

Holbrook beendete das Meeting. Während alle zur Tür unterwegs waren, kam er zu Madsen. »Die Sicherheitsabteilung von Dreamcom hat angerufen. Ihr Videoüberwachungsmaterial wurde freigegeben. Wir holen es um elf.«

Madsen nickte. »Wollen Sie, dass ich mitkomme?«

»Nein, die wollen es. Sie haben speziell nach Ihnen gefragt.«

»Warum?«

Holbrook zuckte mit den Schultern. »Vielleicht finden sie es aufregend, einen von Onkel Sams berühmten Plottern kennenzulernen.«

»Das bezweifle ich allerdings.«

»Ich auch«, meinte Holbrook und lächelte kühl über seinen eigenen Scherz. »Wenn Sie mitfahren wollen, ich breche um zwanzig vor elf auf.«

Madsen sah auf die Uhr. Er hatte noch über eine Stunde Zeit. »Nein danke, ich quetsche noch eine Befragung dazwischen. Wir treffen uns dort.«

9

Die Adresse der CoFAD, der Vereinigung Feministinnen gegen Dollhouses, lag nur zwei Blocks von der Kreuzung Haight–Ashbury entfernt. Hippieville. Madsen erwartete halb einen Anarchisten-Buchladen oder das Hinterzimmer eines alternativen T-Shirt-Händlers, der sein Geschäft mit gefälschten Erinnerungsstücken an die Hippie-Ära, Woodstock und Jimi Hendrix machte. Vor allem erwartete er eine junge männliche Person in Jeanslatzhose und Doc-Martens-Boots als Eigentümer dieses Ladens. Stattdessen stand er vor einem sauberen Reihenhaus und wurde höflich von einer Fünfzigjährigen in konservativem Kostüm begrüßt. Eva Hartley, die Gründerin und Geschäftsführerin der Vereinigung von Feministinnen gegen Dollhouses hätte problemlos Plätzchen und Küchengeräte an amerikanische Kleinstadthausfrauen verkaufen können – wenn man von ihren Augen absah, die jene Sorte Intelligenz, Zielstrebigkeit und Energie ausstrahlten, die man nur entwickelt, wenn man eine Menge gesehen und überlebt hat.

Hartley schaute sich Madsens Dienstausweis genau an, ehe sie die Sicherheitstür aufsperrte und ihn einließ.

Das Haus war offensichtlich gleichzeitig Wohnung und Arbeitsplatz. Das halbe Wohnzimmer wurde von Schreibtischen, Computern und Aktenschränken eingenommen. Regale ächzten unter dem Gewicht von Büchern und Papieren. Die Wände waren mit Fotos von berühmten Feministinnen und Bürgerrechtlern bedeckt.

Auf dem Sofa lag ein Plan mit Datumsangaben und Aufgaben. Eine Art Projektplan. Darüber an der Wand klebte eine Karte der USA an einer Pinnwand, die mit blauen und roten Pins gesprenkelt war. Die blauen Pins, so fiel Madsen auf, entsprachen den Orten, wo in den vergangenen sechs Monaten Proteste gegen Dollhouses stattgefunden hatten. Die roten Pins standen für geplante Demonstrationen. Die roten waren dreimal so zahlreich wie die blauen.

Als Madsen erklärte, dass er den Anschlag auf das Dollhouse untersuchte und sie dazu befragen wolle, beschwerte sich Hartley nicht. Überhaupt offenbarte sie weder Wut noch irgendein anderes Gefühl. Sie hörte ihm einfach zu. Als er fertig war, stand sie auf, ging in die Küche und tat etwas, was er bei einer militanten Feministin niemals erwartet hätte: Sie machte Tee.

Sie bereitete ihn auf die altmodische Art zu und löffelte Blätter in eine Kanne. Als das Wasser kochte, füllte sie die Kanne und ließ den Tee ziehen. Danach schenkte sie zwei Becher voll, reichte einen Madsen, bot ihm mit einem Wink einen Platz an, räumte ein paar Aktenordner vom Sofa und setzte sich dort. Direkt über ihrem Kopf hing ein gerahmtes Foto von ihr, auf dem sie neben einer zweiten, Respekt einflößenden Frau stand, und zwar offensichtlich in einer Wohnstraße in London. Das Foto war signiert: »Kämpfen wir dafür, dass irgendwann jedes Haus für jede Frau sicher ist! In Liebe, Erin.«

Hartley nippte an ihrem Tee und wartete.

Madsen sagte: »Ich würde gern damit anfangen, wie Sie die Dollhouses aus feministischer Sichtweise betrachten. Für mich stellt sich die Frage: Warum der Aufstand? Natürlich verstehe ich, dass Sie diese Einrichtungen abstoßend finden, aber wenigstens geht es nicht um echte Frauen. Ihre Mitglieder demonstrieren seit sechs Monaten überall in Amerika gegen etwas, das man als überdimensioniertes Sexspielzeug bezeichnen könnte.«

Hartley runzelte die Stirn auf eine Weise, die nicht erkennen ließ, ob sie verärgert oder amüsiert war. »Sie kennen sich nicht besonders gut mit Feminismus aus, ja?«

»Eher wenig, ja.«

»Wissen Sie, warum Frauen Prostitution und Pornografie ablehnen?«

»Ich denke doch.«

»Na, ich bin mir da nicht so sicher, denn dann wüssten Sie die Frage auf Ihre Antwort selbst.«

Madsen erwiderte nichts.

»Es geht nicht nur um die direkte Ausbeutung und Herabwürdigung von Frauen. Es geht eher um das größere Übel, das dadurch indirekt fortgesetzt wird. In weitaus größerem Maßstab werden neue Erwartungshaltungen aufgebaut und soziale Normen neu festgelegt. Es wird neu definiert, was als natürlich gilt.« Sie musterte ihn aufmerksam. »Das gilt auch für die grundlegende sexuelle Orientierung, mit der wir geboren werden – homo, bi, hetero. Sie wird von den Genen bestimmt. Man ist, was man ist. Aber wenn es um die Details des Sexualverhaltens geht – wo man gern seinen Penis hineinsteckt, ob man die Haut lieber von Seide verwöhnen oder von einer Lederpeitsche bearbeiten lässt, ob man glaubt, es sei okay, jemand zu würgen, während man einen Orgasmus hat, oder anschließend auf jemanden zu urinieren –, solche Dinge werden zum großen Teil durch die Gesellschaft festgelegt.«

Die Begriffe *würgen* und *urinieren* sprach sie genauso nüchtern und sachlich aus wie alles andere zuvor.

»Die Sexindustrie«, fuhr Hartley fort, »konditioniert Männer, Frauen als Objekte zu betrachten. Objekte ohne eigene Gefühle und Bedürfnisse. Objekte, die allein der Befriedigung männlicher Wünsche dienen. Sie räumt Männern das Recht, ja ein *Naturrecht* ein, aggressiv zu sein, fordern und vergewaltigen zu dürfen. Die Sexindustrie vergiftet das normale Zusammenleben in normalen amerikanischen Familien. Sie erzeugt Gewalt.«

Madsen unterbrach sie. »Aber warum die Dollhouses? Sie sind doch nur ein Teil dieses riesigen Geschäfts. Es gibt doch viele andere Bereiche, die viel … ekliger sind.«

Hartley sah ihn nachdenklich an. »Haben Sie mal vom Eskalationseffekt gehört?«

»Von welchem Effekt?«

»Wir nennen es so. Der Begriff wird allerdings nicht von jedem verwendet. Denken Sie mal an den heutigen Konsumterror. Es gehört mittlerweile zur menschlichen Natur, immer ›mehr‹ besitzen zu wollen. Was wir auch besitzen, wir sind nicht richtig zufrieden damit, wenn wir wissen, dass andere mehr haben und unsere Nachbarn etwas besitzen, was wir nicht haben. Die Leute kaufen jeden Mist, den sie nicht brauchen, nur weil andere es auch tun. Sie wissen gar nicht, wieso. Sie wollen nur nicht zurückstehen. Ein Fluch.«

Madsen nickte.

»Ein ähnliches Prinzip gibt es in der Sexualität. Nicht dasselbe, sondern ein ähnliches. Eigentlich sollte der Mensch zufrieden sein, wenn er eine sexuelle Beziehung zu einem passenden Partner hat. Aber wenn man jemandem permanent einredet, andere hätten häufiger und intensiver Sex, dauert es nicht lange, ehe er sich selbst auf die Suche danach macht. Hyperrealistische, multisensorische und vollständig interaktive 3-D-Pornos wirkten wie ein Brandbeschleuniger.

Doch die Spirale kennt kein Ende. Wenn Abwechslung möglich ist, strebt man nach dem Exotischen, wenn das Exotische normal wird, sucht man das Extreme. Für Frauen hat das brutale Konsequenzen. Im Laufe einer Beziehung verlangen Männer im Bett immer mehr von ihren Partnerinnen. Wenn sie nicht mehr befriedigt werden, sind sie verärgert und aggressiv. Das führt zu Untreue, Gewalt und Scheidung – wenn die Frau Glück hat. Können Sie mir folgen?«

»Ja, aber das trifft nicht auf alle Männer zu, oder?«

»Auf eine zunehmende Zahl, und der Takt erhöht sich. Männer werden so viel Sex ausgesetzt, dass eine ganze neue Vorstellung davon entsteht, was normal ist. Die Eskalation beginnt in der Pubertät und nimmt kein Ende.«

»Und die Produkte von Dreamcom verstärken das.«

»Alles, was Dreamcom macht, wirkt verstärkend. Die ganze Strategie der Firma ist auf Eskalation ausgelegt. Die sind nicht zum größten Sexunternehmen der Welt geworden, wenn sie nicht wüssten, wie sie den Männern das Geld aus den Taschen ziehen. Dauernd gibt es ein neues Produkt, ein neues Erlebnis, damit die Männer wiederkommen. Die Dollhouses bringen alles auf eine neue Ebene. Dort findet ein körperlicher Akt statt: Alle Sinne werden angesprochen, und zwar in der Realität. Es ist nicht mehr ›virtuell‹, es gibt keine, wenn auch vagen Hinweise mehr, dass es sich um Fantasie handelt. Das beschleunigt den Wandel. Und zwar erheblich.«

»Sie werfen Dreamcom also vor, die Männer zu verändern …«

Hartley beugte sich vor. »Wenn ein Mann ohne die Aussicht, Schmerz zuzufügen oder gewalttätig zu sein, keinen mehr hochbekommt, müssen Frauen leiden. Es gibt verschiedene Theorien darüber, was im Hirn abläuft, doch an den Folgen gibt es keinen Zweifel. Die Dollhouses erschaffen Monster. Deshalb werden wir sie dichtmachen.«

Die Aussage stand im Raum. Unmissverständlich. Glaubte sie so unerschütterlich daran, dass sich etwas zum Guten ändern musste, wenn nur genug Menschen demonstrierten? Oder rührte ihre Überzeugung daher, weil sie wirksamere und tödlichere Strategien kannte? Falls Letzteres zutraf, ließ Hartley sich äußerlich nicht anmerken, ob sie sich durch den FBI-Agenten in ihrem Wohnzimmer bedroht fühlte.

Er wechselte den Kurs. »Zeigen die Proteste Wirkung?«

»Noch nicht.«

»Warum?«

»Geld, Einfluss, Blindheit. In ungefähr dieser Reihenfolge.«

»Glauben Sie an den Erfolg?«

»Ja. Unbedingt. Dreamcom macht nichts Illegales. Es sollte verboten sein, ist es aber nicht. Wir müssen so lange weitermachen, bis die Gesetze geändert werden oder wir genug Kunden vergrault haben, dass es ihnen das Geschäft verhagelt. Den Krieg gegen die Pornografie haben wir vor langer Zeit verloren. Diesen müssen wir gewinnen.«

»Was ist mit den Kirchen?«

»Inwiefern?«

»NeChristo und die anderen. Sie arbeiten mit Ihnen zusammen. Welche Philosophie vertreten die in dieser Hinsicht?«

»Fragen Sie die selbst. Wir koordinieren die Demonstrationen, weil wir das gleiche Ziel haben, mehr nicht. Ach, und sie haben volle Taschen und eine große Anhängerschaft.« Sie lachte. »Wer hätte gedacht, dass die Erweckungsbewegung mal zu etwas Gutem führen könnte?«

»Sie stimmen also nicht in jeder Hinsicht mit denen überein?«

Hartley trank einen Schluck Tee. »Wir arbeiten gegen die Dollhouses zusammen. Ich bin da praktisch veranlagt: Der Feind meines Feindes ist mein Freund und so. Ansonsten haben wir nicht viel gemeinsam ... Manche ihrer Ansichten sind ... Wie soll ich es ausdrücken? Mittelalterlich.« Sie hielt inne und überlegte wohl, wo sie weitermachen sollte. Madsen wartete.

»Persönlich glaube ich nicht mehr an Gott seit meinem neunzehnten Lebensjahr«, sagte sie. »Mein Mann hat mich gezwungen, Pornofilme anzusehen. Er hatte mich grün und blau geprügelt. Hilfe zu suchen war ein schwerer Schritt. Er hat gedroht, mir die Kehle durchzuschneiden, wenn ich jemandem etwas erzähle, aber ich war verzweifelt und stand so *kurz* vorm Selbstmord.« Sie hielt Daumen und Zeigefinger in die Höhe, sodass sie sich fast berührten. »Also habe ich mich an die einzige Person gewandt, von der ich glaubte, ich sei bei ihr sicher, weil sie mich nicht verraten und nicht aufgeben würde. Er hieß Father Kavanagh. Ich konnte mich ihm heimlich bei der Beichte anvertrauen ... Und können Sie sich vorstellen, was er getan hat, als ich endlich den Mut aufbrachte, ihm zu sagen, was ich gemacht habe, wozu Al mich gezwungen hatte?«

Madsen schüttelte den Kopf.

»Er forderte mich auf, ihm einen zu blasen.«

»Gott.«

»Gott war wohl nicht in der Nähe, fürchte ich. Oh, ich habe kein Problem mit Menschen, die an Gott glauben, wenn es ihnen durch schwierige Zeiten hilft. Und ja, es gibt gute Priester, echte Juwele, wenn man nur nach ihnen sucht.

Aber wenn Sie mich fragen, besteht Religion zu neunzig Prozent aus Ausbeutung.«

Sie hingen dem Gedanken einen Moment lang nach, ehe Madsen wieder zur Sache kam. »In einem Interview haben Sie einmal gesagt, Sie würden sich freuen, wenn Fillinger in der Hölle brennt.«

»Auf CNN, ja. Eigentlich habe ich gesagt, wir würden sein Geschäft zerstören und ihn zur Hölle schicken, und wenn die Flammen an seinen Achselhöhlen lecken würden und er um Gnade winselte, würde ich nicht mal auf sein Grab pissen, um ihm zu helfen.« Sie lachte. »Ich weiß, worauf Sie hinauswollen. Seltsame Worte für eine Atheistin. Oder meinten Sie das nicht? Jedenfalls hat es sich gut angefühlt, es zu sagen.«

»Wie verzweifelt wollen Sie ihn stoppen?«

»Verzweifelt ist nicht der richtige Ausdruck.«

»Sondern?«

»Entschlossen.«

»Entschlossen genug, um einen Bombenanschlag zu planen?«

»Sicherlich müssen Sie diese Frage stellen. Nein, nicht entschlossen genug, um zu töten. Niemals.«

»Würde es Ihnen etwas ausmachen?« Madsen holte den HAMDA aus der Tasche und zeigte ihn ihr.

Sie legte den Kopf schief und taxierte Madsen wie einen frechen Schuljungen. »Das ist aber unhöflich. Dabei haben wir uns gerade so nett unterhalten. Wenn Sie das Ding einsetzen, wird aus dem Gespräch ein Verhör. Ist Ihnen das nicht klar?«

Madsen hatte keine Vorladung, um Hartley zu einer Aussage zu zwingen – und das wusste sie offensichtlich. Er gab seinen Standardspruch zum Besten. »Je eher wir bestimmte

Möglichkeiten, auch abwegige, ausschließen können, desto eher können wir unsere Ressourcen auf den Täter konzentrieren.«

»Ich bin also eine Möglichkeit?«

»Selbstverständlich.«

Als er sah, wie sich ihre Miene verhärtete, fügte er hinzu: »Das ist doch nicht so abwegig, oder? Auf Abtreibungskliniken gab es zum Beispiel …«

»Auf Abtreibungskliniken gab es Anschläge von wahnsinnigen Idioten, die keinen Widerspruch darin sehen zu behaupten, sie würden sich für das Leben einsetzen, während sie gleichzeitig Ärzte umbringen. Wie Sie sicherlich wissen, hat die Frauenbewegung auf der anderen Seite gekämpft, für das Recht der Frauen auf freie Entscheidung.«

»Na ja, es geht schnell, tut nicht weh und hilft uns weiter. Es ist ja nicht persönlich gemeint.«

»*Nicht persönlich gemeint!* Was könnte denn persönlicher gemeint sein? Ich sage Ihnen was. Ich bleibe weiter kooperativ und offen, und Sie stellen mir weiter Ihre Fragen. Ich werde gern antworten und freue mich über das Gespräch. Wer weiß? Wenn wir uns länger unterhalten, schließen wir vielleicht noch Freundschaft. Sie könnten mich abends anrufen und mir von Ihrem harten Tag erzählen, oder ich rufe Sie an und erzähle Ihnen von meinen Problemen. Aber wenn Sie jetzt das Ding rausholen und mich in eine Verdächtige verwandeln, hat das einen Preis. Wollen Sie den zahlen?«

Madsen zögerte. Er war Zurückweisungen, Gejammer und wütenden Protest bezüglich bürgerlicher Freiheiten gewohnt, Beschwerden über das Verfahren und Kommentare über sein Elternhaus, und ohne Vorladung konnte Hartley einfach »Nein« sagen, doch stattdessen hatte sie den Spieß umgedreht und zwang ihn zu einer moralischen Entscheidung. Soweit er sich erinnerte, war das noch nie passiert. Und obwohl er es nur ungern zugab, es steckte ein wahrer Kern in dem, was sie sagte. Sobald man einen Polygrafen hervorholte, vollzog man einen unsichtbaren, nicht umkehrbaren Wandel in der Beziehung. Teufel, ging es ihm nicht genauso, wenn die Jungs vom OPI vorbeischauten und ihn einem ihrer zufälligen Integritätstests unterzogen?

Aber was sie nicht sah oder nicht sehen wollte, war der Unterschied, den es bedeutete, den unglaublichen Wert, der darin bestand, Intuition in Gewissheit zu verwandeln. Tragbare Polygrafen führten zu einer bisher ungekannt hohen Aufklärungsquote. Die bösen Jungs wurden schneller von der Straße geholt. Familien erhielten schneller die Antwort auf drängende Fragen. Und Unschuldige wurden binnen Minuten von jedem Verdacht befreit. Er hätte sich gewünscht, dass sie die Sache auch von seiner Seite betrachten könnte.

Er starrte den kalten, kurzen Zylinder an und wog ihn in der Hand, während er mit der Entscheidung rang.

Dann stellte er das Gerät auf den Couchtisch und schaltete es ein. Das Licht blinkte.

Einige Minuten später ging er hinaus. Allein.

Ernüchtert, verunsichert und ohne eine einzige Spur machte er sich in die City auf und fuhr schnell, um zu seiner Verabredung um elf Uhr pünktlich zu erscheinen.

10

In einem überdimensionierten Büro in der 935 Pennsylvania Avenue der Bundeshauptstadt saß der FBI-Direktor Gus Tomkinson und war genauso verunsichert wie Madsen. Er blätterte den blauen Plastikordner durch, den man ihm gerade überreicht hatte, und versuchte, nicht mehr an das Telefongespräch mit Senator Arbett zu denken. Äußerlich war er die Ruhe selbst.

Unglücklicherweise neigte seine Stabschefin, die ihm gegenübersaß, nicht dazu, ihre Gefühle zu verbergen, und in Tomkinsons Augen ähnelten ihre vorgeschobenen Lippen fast einem Katzenhintern.

»Ja oder nein?«, fragte er erneut. »Ist er der Beste, den wir kriegen können?«

»Der Beste vor Ort.«

»Was heißt das?«

»Er ist ein guter Ermittler. Er ist schnell, er kennt die Stadt, und er ist dort.«

»Gibt es bessere Alternativen?«

»Ich finde einen in einem anderen Staat, der mehr Erfahrung mit Prä-HAMDA-Methoden hat, wenn Sie das wünschen. Wir können ihn morgen einfliegen, damit er mit einem Team und in einer Stadt arbeitet, die er beide nicht kennt. Schauen wir mal, wie er zurechtkommt, aber meiner Einschätzung nach wohl kaum ›besser‹.« Sie zog eine Augenbraue hoch. »Soll ich das veranlassen?«

Tomkinson runzelte die Stirn und wandte sich wieder der Akte zu.

Madsen war zweiunddreißig Jahre alt, intelligent, mit der Arbeit verheiratet und gerade zu dem Zeitpunkt eingestiegen, als die Handheldpolygrafen ihre Zulassung erhalten hatten. Vielleicht hatte er da Möglichkeiten gesehen. Wie auch immer, er hatte sich direkt für das Programm beworben. Seine Ausbildung als Psychologe passte zu den Anforderungen, und seine Ergebnisse im Eignungstest sprengten alle Maßstäbe. Der richtige Ort, der richtige Zeitpunkt und die richtige Qualifikation. Und auch die richtige Einstellung, wenn man nach den Kommentaren ging. Der Kerl arbeitete mit Vollgas, oft rund um die Uhr, und seine beeindruckende Verhaftungsquote hatte seinen Vorgesetzten veranlasst, ihn für eine vorzeitige Beförderung vorzuschlagen. So wie es beim FBI lief, würde er noch Abteilungsleiter werden, wenn er nicht aufpasste.

Es gab nur einen Makel. Zwei verschiedene Vorgesetzte hatten ihn ermahnt, weil er während seiner ausgedehnten Arbeitszeiten nicht genug Rücksicht auf persönliche Bedürfnisse nahm.

Tomkinson las die Kommentare und versuchte sich zu erinnern, wann er selbst das letzte Mal so diensteifrig gewesen war. Vermutlich als die tragbaren Polygrafen eingeführt wurden. Als die Zahl der gelösten Fälle durch die Decke schoss, waren sie alle über Nacht zu Helden geworden. Das waren gute Zeiten gewesen. Bis zu dem Tag, an dem die versammelten Bürgerrechtler, Gemeindeleiter, Kirchen und alle möglichen Gutmenschen sich zusammengeschlossen und durchgesetzt hatten, dass die tragbaren Polygrafen, die gut für Bürger waren, auch gut genug sein müssten, um die Ehrlichkeit von FBI-Agenten zu überprüfen. Die Logik war unbestreitbar, doch das Ergebnis verheerend. Heutzutage hatte Tomkinson schlaflose Nächte, wenn er an die monatlichen Integritätswerte und die extrem hohe Zahl von Kündigungen unter Agenten dachte.

Er sollte mal mit seiner Frau über den Ruhestand reden. Dann könnte er mit seinen Söhnen zum Lake Champlain fahren und Forellen und Barsche angeln. Er könnte sich von seiner Frau in diese Kirche schleppen lassen, über die sie dauernd redete.

Seine Stabschefin hüstelte, was ihn daran erinnerte, dass er ihr noch eine Antwort schuldete.

Und diese Integritätstests hatten noch eine andere üble Folge gehabt. Wie mit einem gigantischen Sieb wurden alle interessanten Leute ausgesondert. Zurück blieben die farblosen Kleinkrämer und Paragrafenreiter. Wie die Frau auf der anderen Seite seines Schreibtisches.

Tomkinson warf noch einen Blick auf die beiden Abmahnungen und legte die Akte auf den Tisch. Was gab es an einem Mann auszusetzen, der sich zu Tode schuftete?

»Nach den Infos aus dieser Akte«, sagte er und schaute hoch, »habe ich keinen Anlass, an Ihrer Einschätzung zu zweifeln.«

Die Stabschefin nickte.

»Ist Agent Madsen vollständig über die … äh … Dringlichkeit dieses Falles im Bilde?«

»Alle beim FBI sind sich des Ernstes der Lage bewusst«, antwortete sie eisig. »Ein Bombenattentäter läuft frei herum.«

»Sie wissen, wo ich herkomme, also nerven Sie mich nicht. Ich muss den Senator zurückrufen und ihm mitteilen, dass wir die Nachricht weitergeleitet haben. Agenten steht es nicht zu, die Dringlichkeit von Fällen nach eigenem

Ermessen einzuschätzen.« Er beugte sich vor und betonte jedes einzelne Wort. »Ich muss sicher sein, dass Madsen sich darüber im Klaren ist.«

»Ja, Sir, ich kümmere mich persönlich darum.«

»Gute Idee.«

Sie nahm die Akte, ließ sie zuschnappen und marschierte hinaus.

Tomkinson seufzte. Fehlte nur noch ein Hitlergruß.

11

Madsen erreichte den Dreamcom Tower kurz vor elf. Das glitzernde Gebäude nahm eine Seite der Justin Herman Plaza ein und stand so dicht am Embarcadero, dass die Büroangestellten mit Ostfenster ihre Uhren nach der Uhr am Ferry Building stellen konnten. Über dem Eingang war die Silhouette zweier Liebender, die sich umschlangen, mit Laser in dreizehn Meter hohe Platten aus rostfreiem Stahl gestochen worden. Holbrook stand mit finsterer Miene davor.

In der Lobby gluckerten Springbrunnen, und überall hallten die wichtigtuerischen Schritte gut gekleideter Angestellter vom Marmor wider. Holbrook und Madsen hielten der Empfangsdame ihre Dienstmarken hin. Die Frau, die dem Cover eines Modemagazins entsprungen sein mochte, antwortete mit einem vorschriftsmäßigen Lächeln und griff zum Telefon.

Sekunden später traf eine umwerfende Brünette ein. Sie begann mit einer Entschuldigung. »Leider darf ich nur einen von Ihnen mit nach oben nehmen. Mr. Fillinger hat um Agent Madsen gebeten.« Sie wandte sich an Holbrook und fragte: »Würde es Ihnen etwas ausmachen zu warten?«

»Ja, würde es«, entgegnete Holbrook. »Rufen Sie Mr. Fillinger an und sagen Sie ihm, dass ich diese Ermittlung leite.« Da sie nicht reagierte, warf er sich in die Brust und wiederholte seine Aufforderung, doch die Frau lächelte nur weiterhin entschuldigend. Schließlich verdrehte der riesige Inspector die Augen und trottete mit rotem Gesicht in eine andere Ecke der Lobby.

Die Brünette führte Madsen durch eine Sicherheitsschleuse, doch Madsen lehnte höflich ab, als man ihn bat, die Waffe abzugeben. Ihm fiel auf, dass manche Sicherheitsleute das Dreamcom-Zeichen trugen, andere hingegen das Logo eines privaten Wachdienstes. Dreamcom hatte zusätzliche Sicherheitsvorkehrungen getroffen. Nach der Kontrolle folgte eine Fahrt mit dem Fahrstuhl. Und zwar eine lange, bis ganz nach oben. Als sich die Fahrstuhltüren öffneten, betraten sie einen geräumigen Wartebereich mit einer einzigen eichengetäfelten Tür am Ende. Vor der Tür saß eine blonde Sekretärin in einem verführerischen weißen Cocktailkleid ohne Ärmel. Ihr Schreibtisch war absolut leer; nichts – keine Tastatur und kein Bildschirm – erweckte auch nur den Anschein, als würde sie den ganzen Tag etwas anderes tun, als darauf zu warten, dass der Fahrstuhl Besucher brachte.

Die Sekretärin taxierte Madsen ausführlich. Ohne ein Wort zu sagen, drückte sie einen Knopf. Die Eichentür schwang auf.

»Willkommen bei Dreamcom, Agent Madsen.«

Ein großer, schlanker Mann mit eckigem Gesicht und silberweißem Haarschopf trat ihm mit ausgestreckter Hand entgegen. Er trug einen schicken schwarzen Designeranzug, ein Hemd, aber keine Krawatte und wirkte viel jünger als die zweiundsiebzig, die er nach Madsens Kenntnis alt war. Das Gesicht erkannte er sofort.

Tom Fillinger, König der Sexindustrie.

Madsen betrat ein Büro von der Größe eines Basketballfeldes. Die gegenüberliegende Seite war komplett verglast und bot freien Blick auf die San Francisco Bay. An der linken Wand zeigte eine Vitrine zahllose Auszeichnungen für Dreamcom. Es handelte sich um Trophäen der Sexindustrie, die zum Teil wie bizarre Parodien der Hollywood-Oscars wirkten. Dazu gesellten sich Patenturkunden, Wissenschafts- und Technikpreise von Universitäten, darunter sogar welche aus Russland und Südkorea. Auf goldgerahmten Postern war eine Auswahl der berühmtesten Stars und Avatare des Pornogeschäfts zu sehen.

Unter der Überschrift »Ist dies die Zukunft des Silicon Valley?« starrte ein jüngerer Fillinger ihn vom Titelblatt des *Forbes*-Magazins an.

Auf der rechten Seite präsentierte sich eine Mischung aus Museum und alter Bibliothek. Reihenweise rangen schwere Lederbände mit antiken Mikroskopen, Chronometern, Waagen, Theodoliten, Sextanten und anderen Instrumenten, die Madsen nicht kannte, um Platz. Madsen betrachtete einen großen, komplizierten Apparat mit zahlreichen Kugeln an Metallarmen genauer. Das polierte Messing glänzte.

»Eine Planetenmaschine«, erklärte Fillinger, der Madsens Blick gefolgt war. Er zog den Mechanismus auf und betätigte einen Hebel. Die Kugeln erwachten zum Leben, begannen schwingend und mit leisem Klicken auf ihren Umlaufbahnen zu kreisen. »Hier die Erde und der Mond, das ist Merkur und dies Venus. Ein Uhrmachermeister aus Amsterdam hatte sie 1770 gebaut. Sie hat ein Vermögen gekostet. Hier, wenn ich Ihnen mein Lieblingsstück zeigen darf …« Er scheuchte Madsen zu einem anderen Gerät, das aussah wie mehrere ineinandergefügte Uhren. »Das ist der Mechanismus von Antikythera. Nur eine Kopie. Das Original ist bloß noch ein Haufen korrodierter Bronze in einem Museum in Athen. Es berechnet Jahre, Monate und Sonnenfinsternisse sowie Position und Phasen des Mondes. Es ist viel raffinierter als das holländische Stück. Wenn Sie genau hinschauen, sehen Sie über dreißig Rädchen. Dabei ist es fünfzehnhundert Jahre älter!! Bemerkenswert, nicht?«

Madsen nickte. Er hatte erwartet, von einem Sicherheitsmann empfangen zu werden, der ihm die Videoaufzeichnungen auf einem MemoryCube überreichen würde, um daraufhin sofort wieder verabschiedet zu werden. Stattdessen erteilte ihm der Firmenchef eine Nachhilfestunde in antiker Geschichte.

»Diese Instrumente«, fuhr Fillinger fort, »sind wertvoll, weil sie so schön sind, weil so viel Wissen in ihnen steckt und so viel ernsthafter, ausdauernder Einsatz für die Gesellschaft. Sicherlich können Sie ihren Wert so gut einschätzen wie ich. Wissenschaft ist schließlich eine Form von Detektivarbeit.« Fillinger deutete zur gegenüberliegenden Wand. »Und glauben Sie mir, alles dort drüben steht genau für das Gleiche.«

Madsen beäugte die Trophäen aus dem Sexbiz. »Ernsthafter, ausdauernder Einsatz für die Gesellschaft« wäre ihm dazu nicht spontan eingefallen.

»Dreamcom«, sagte Fillinger, »ist eine Organisation für Wissenschaft und Technik. Wir haben eine halbe Milliarde Dollar für Forschung und Entwicklung allein in den letzten drei Jahren ausgegeben. Dutzende Labore, Tausende Jobs, und wir vergeben Lizenzen unserer Technologien an alle möglichen Firmen und für alle möglichen Anwendungen. Ja, die Sexprodukte gehören auch dazu. Sexuell unbefriedigte Männer leiden unter ihrem Drang, werden sogar depressiv und opfern alles auf der Suche nach Erfüllung. Manche nehmen sich sogar mit Gewalt, was ihnen fehlt. Dreamcom bietet Ventile und Antworten. Wir stärken die

Gesundheit der Gesellschaft, indem wir Missbrauch, Prostitution und durch Geschlechtsverkehr übertragene Krankheiten vermindern. Verstehen Sie?«

Madsen erwiderte nichts. Glaubte man Eva Hartley, waren Sexualstörungen auf dem Vormarsch und nicht auf dem Rückzug, und irgendwie beschlich ihn das Gefühl, dass sie recht hatte.

Fillinger sagte: »Sie sind Polizist, und Ihre Erfahrungen machen Sie skeptisch, ja? Ich denke, Sie haben es immer mit den schlimmsten Beispielen von Entgleisung und Gewalt zu tun.«

»Ehrlich gesagt spielt meine Meinung keine Rolle. Ich bin wegen der Ermittlungen zu dem Bombenanschlag hier.«

»Doch, sie spielt eine Rolle. Denn unsere Feinde machen uns für alles Böse auf der Welt verantwortlich! Unser Geschäft versteckt sich nicht, aber diese scheinheiligen Erweckungsprediger jagen den Menschen Schuldgefühle ein und halten ihnen Ideale vor, die niemand erreichen kann. Dann verlangen sie die Hälfte von jedem Dollar als Kirchenspende! Ich wüsste nur gern, wo Sie stehen ...«

Das ist vielleicht gar nicht so unberechtigt, dachte Madsen, *aber meine Uhr tickt.* Laut sagte er: »Mr. Fillinger, ich bin nicht hier, um mit Ihnen über die gesellschaftlichen Auswirkungen von Sexmaschinen zu sprechen. Bei meiner Arbeit ist es wichtig, die Ermittlung stetig voranzutreiben. Vielleicht können wir uns über Grant Avenue unterhalten ...«

Fillinger hob entschuldigend die Hände. »Nichts wäre mir lieber. Schließlich war es ein Anschlag auf mein Geschäft. Setzen Sie sich. Bitte.« Er seufzte und ließ sich in seinen Stuhl sinken, einen Chefsessel mit hoher Lehne, der mit dickem blutrotem Leder bezogen war. Er stellte die Ellbogen auf den Schreibtisch und rieb sich die Schläfe mit den Fingerspitzen. Die Augen schloss er dabei. »Verzeihen Sie. Da gibt es eine Sache. Sie müssen Dreamcom und unseren Aktivitäten gegenüber unvoreingenommen sein.«

»Warum?«, fragte Madsen.

»Weil es ein heikler Zeitpunkt ist. Die Welt positioniert sich. Es ist zu leicht, ein Urteil zu fällen. Weil die Polizei Informationen durchsickern lässt. Und weil all das am Ende den Ausschlag geben kann zwischen Überleben und Untergang. Reicht das als Grund?« Fillinger öffnete die Augen. Er griff unter den Tisch und drückte dort auf einen Knopf. »Wenn Sie nur noch eine Minute für mich übrig hätten?«

Ehe Madsen antworten konnte, schwang die Tür auf. Die Sekretärin aus dem Wartebereich trat ein, dicht gefolgt von der Hostess, die ihn in der Lobby abgeholt hatte. Die beiden Frauen blieben vor Fillingers Tisch stehen und erwarteten offensichtlich seine Anweisungen.

»Melanie gehört zu unseren neuesten Modellen«, sagte Fillinger und deutete mit dem Kopf auf die Blonde. »Was halten Sie von ihr?«

Madsen starrte sie an. Sie war eine klassische Schönheit, trug ihr langes Haar offen bis über die Schultern und bewegte sich mit natürlicher Anmut. Er hatte nicht eine Sekunde gezweifelt. Die Hostess war echt, die Sekretärin künstlich. Sie war Lichtjahre von dem Modell entfernt, das er bei Eddie gesehen hatte.

Schüchtern lächelnd wandte sie den Blick ab.

»Man sieht es an den Augen und an den Bewegungen«, meinte Fillinger. »Sehen Sie, die halten nie still. All das ist sehr wichtig, besonders wenn sie Sie ansieht und auf Sie reagiert. Die winzigen Gesten der Hände, die Blicke …«

Melanie errötete und biss sich auf die Unterlippe.

Fillinger deutete auf die Hostess.

Ohne ein Wort streckte die Brünette die Hand aus, strich sanft durch das Haar der Puppe und ließ die langen Fingernägel über den Hals zur Schulter gleiten.

Melanie schluckte und begann leicht zu zittern.

Madsen wurde nervös. Er fühlte sich schuldig, weil er sie anstarrte, konnte aber den Blick nicht abwenden.

Die Hostess streichelte über Melanies Rücken und Po.

Melanie bekam feuchte Augen. Ihr Atem beschleunigte sich. Sie errötete, sah Madsen kurz an und senkte den Blick.

Es war fast unmöglich, sie als Puppe zu betrachten. Sie war verlegen und verletzlich. Er wollte sie trösten und etwas tun, damit sie sich wohler fühlte. Zu seinem Entsetzen rutschte er auf dem Sitz herum, um seine Erregung zu verbergen.

Fillinger fuhr fort: »Sie haben von Sexmaschinen gesprochen, aber wird das einem so eleganten Wesen gerecht? Meine Ladys wecken Verlangen, ja, aber sie bedienen auch die Sinne und erzeugen tiefere Gefühle. Sie können anspornen oder trösten. Alles an ihnen ist perfekt …«

Fillinger winkte ab. Sofort endete die Show.

Die Frauen gingen.

Madsen rang um seine Fassung. Er wandte sich Fillinger zu und platzte mit dem ersten Gedanken heraus, der ihm in den Sinn kam. »Melanie ist eigentlich keine Sekretärin, oder?«

»Gütiger Himmel, nein«, sagte Fillinger und lachte. »Was Sie gesehen haben – das Öffnen der Türen, der Gang, die Haltung –, ist das Äußerste ihrer Möglichkeiten. Sie ist konstruiert, um in jeder Hinsicht einfach nur schön zu sein. Ihre Eigenschaften werden für alle unsere Modelle übernommen.«

»Also ist sie trotzdem eine Replika … dazu gedacht, äh …«

»Sie führt alle Standardsexfunktionen aus, wenn Sie das meinen. Ja.«

Mit ein paar Gesten über einem Bedienfeld dimmte Fillinger das Licht und ließ einen großen Bildschirm aus einer Vertiefung in der Decke herunterfahren. Vor den Fensterscheiben kamen flüsterleise Jalousien herunter und sperrten das Sonnenlicht aus. »Ich denke, wir sollten uns jetzt lieber das anschauen, weswegen Sie hier sind.«

Der Bildschirm zeigte einen Absatz im Treppenhaus mit zwei geschlossenen Türen und die obersten Stufen einer Treppe. Man sah keine Möbel und auch nur wenige Besonderheiten, anhand derer man diesen Raum von irgendeinem anderen Büro- oder Wohngebäude der Stadt hätte unterscheiden können, aber es musste sich um das Dollhouse an der Grant Avenue handeln.

Ein Mann trat ins Bild. Er kämpfte mit den letzten Stufen, lehnte sich dann an die Wand und schnappte nach Luft. Die Schweißflecken unter den Armen ließen vermuten, dass er nicht nur ein paar Stufen heraufgelaufen war. Der Mann war von mittlerer Größe und trug eine schlichte Hose, braune Lederslipper und einen dunkelgrauen Kapuzenpullover. Die Kapuze hatte er über den Kopf gezogen, außerdem trug er eine Sonnenbrille, die es unmöglich machte, sein Gesicht zu erkennen. Über einer Schulter hing ein roter Rucksack.

Madsens Puls beschleunigte sich.

Er kannte die Gestalt. Er hatte Bilder im Videoüberwachungsraum der Central Station gesehen. Er war einer von denen, die mit einer großen Tasche ins Gebäude gegangen waren, doch aus irgendeinem Grund, an den sich Madsen nicht erinnerte, hatte man ihm den Kerl nicht auf die Befragungsliste gesetzt.

Der Mann ging weiter zur hinteren der beiden Türen und trat ein.

Fillinger sagte: »Das war der erste Clip. Kommen wir zur Hauptsache.«

Nun sah man ein Schlafzimmer von einer Ecke nahe der Zimmerdecke aus. Das riesige Bett in der Mitte des Raums war mit Laken bezogen und hatte zwei Kissen. In der gegenüberliegenden Ecke stand eine Frau seitlich zur Kamera. Sie war nackt. Direkt vor ihr stand ein Wandschrank offen, nur war es offenbar kein Schrank, denn schwarze Gummischläuche ragten heraus. Ein Schlauch steckte in ihrem offenen Mund. Es sah aus wie bei einem Taucher. Ein zweiter hing zwischen ihren Beinen.

»Raum vier im Grant-Avenue-Vergnügungspalast«, erklärte Fillinger. »Vorbereitung auf den nächsten Kunden. Nicht sehr glamourös und nichts, was wir an die große Glocke hängen, aber notwendiger Bestandteil der Dienstleistung. Die Lady ist fast fertig.«

Ein Kunde, der diese Schläuche sähe, würde vielleicht nicht wiederkommen, dachte Madsen. Fasziniert schaute er zu, wie die Puppe den Hahn zudrehte, die Schläuche aus sich herauszog und wieder im Wandschrank verstaute. Sie griff an die linke Seite ihres Gesichts und löste eine weitere, dünnere Verbindung an ihrem Ohr.

»Jetzt wissen Sie auch, wo der Stromanschluss versteckt ist. Unsere Ladys sind bei jedem neuen Kunden voll aufgeladen.«

Madsen fiel auf, dass Fillinger die Puppen stets als Ladys bezeichnete, auch wenn er technische Funktionen beschrieb.

Die Puppe griff in den Wandschrank und holte einen Satinslip mit Spitzensaum hervor. Die Kleidung wurde mit Klettverschluss angebracht. Nach ein paar raschen Bewegungen war die Puppe angezogen. Sie legte sich aufs Bett und verharrte dort still, den Kopf auf die Hand gestützt. Auf diese Weise wurden ihre Kurven betont. Hier wartete eine Verführerin auf ihren Liebsten.

Die Tür ging auf.

Der Mann mit Kapuze und Sonnenbrille trat ein. Das Kinn hatte er grimmig vorgeschoben. Sein Alter ließ sich unmöglich genau bestimmen, aber er wirkte wie Ende dreißig, Anfang vierzig.

Er schloss die Tür und nahm vorsichtig den Rucksack ab, der offensichtlich schwer war. Ohne die Puppe zu beachten, ging er in die Knie und öffnete den Rucksack. Dann zögerte er, als würde er es sich noch einmal überlegen, erhob sich und trat ans Bett. Dort stand er eine Weile, den Rücken der Kamera zugewandt. Vielleicht redete er, aber das Video präsentierte keinen Ton.

Die Puppe klimperte mit den Wimpern und tätschelte auffordernd das Bett neben sich.

Er schnallte seinen Gürtel los.

Sie lächelte und kroch über das Bett auf ihn zu. Ihr Mund stand offen.

Madsen fuhr zusammen. Der Mann riss den Arm in die Höhe und schlug der Puppe hammerhart ins Gesicht. Ihr Kopf ruckte zur Seite. Ihr Kinn hing schlaff herunter. Als sie die Augen wieder öffnete, stand Panik darin.

»Mein Gott«, flüsterte Madsen.

Der Mann packte die Puppe an den Haaren und riss sie herum, sodass sie ihm den Rücken zuwandte, und drückte sie auf das Bett nieder. Während er sie mit einer Hand weiter schlug, fummelte er mit der anderen zwischen ihren Beinen herum. Dann warf er sich wie ein Tier auf sie. Sie schien von den Schlägen betäubt und wehrte sich nicht. Als ihr Kopf zur Seite gedreht wurde, zeigte ihre Miene jedoch nackte Angst. Madsen wurde übel.

Fillinger sah ihn an. »Die Angst ist lediglich eine programmierte Reaktion, denn natürlich gibt es keine Schmerzen. Sie empfindet gar nichts. Wir konstruieren unsere Ladys so, dass sie einen gewissen Level von Gewalttätigkeit der Kunden ohne Schaden verkraften. Das allerdings …« Er wandte sich wieder dem Bildschirm zu. »Das geht doch ein bisschen zu weit.«

Während der Mann die Puppe wild vögelte und schlug, verrutschte die Kapuze leicht. Nur ein Stück weit und einen Moment lang, ehe er sie wieder zurechtzog, konnte man dunkles Haar und einen Teil von einem Ohr erkennen.

Plötzlich war es vorbei.

Der Mann zog sich zurück. Er schloss seine Hose.

Die Puppe lag reglos da.

Madsen fragte sich, ob sie auch programmiert war, Bewusstlosigkeit oder Tod vorzutäuschen. Er schaute zu, wie sich der Mann über sie beugte und etwas machte.

Ein Spritzer Spucke fiel auf die Wange.

Unwillkürlich stiegen Bilder vor Madsens innerem Auge auf. Ein Mann mit Milchgesicht und einer Lederschürze. Zwei kleine Jungen.

Der Mann ging zu seinem Rucksack. Er kniete sich hin und öffnete ihn. Die Kamera hatte freien Blick und zeigte ziegelsteinähnliche Pakete, die aussahen wie Knetmasse. Aus jedem Ziegel ragte ein Draht. Die Drähte vereinten sich zu einem Bündel, das wiederum zu einem faustgroßen Gerät führte. Es sah aus wie ein Pistolengriff ohne Lauf. Der Mann nahm den Griff und fummelte daran herum.

Der Bildschirm wurde schwarz.

»Das wär's«, sagte Fillinger.

»Was?«

»Das Ende der Aufzeichnung.«

Madsen zeigte auf den Timer am unteren Rand des Bildschirms – 15:42. »Die Explosion hat um 15:44 stattgefunden.«

»Die Überwachungsvideos werden alle zwei Minuten gespeichert und komprimiert hierhergeschickt. Ich fürchte, das ist das letzte Paket, das wir erhalten haben.«

Es folgte langes Schweigen. Madsen hielt seinen Block vor sich und machte sich Notizen. Er musste sich arg zusammenreißen, damit seine Hände nicht zitterten. »Okay«, sagte er. »Ich brauche Kopien der beiden Clips.«

Fillinger öffnete eine Schublade und nahm einen Kubus heraus, klein wie ein Spielwürfel und durchscheinend. Er schob ihn über den Tisch.

12

»Was soll das heißen: Opfer?«, fragte Holbrook. »Das ist unser Mann!«

Shari Sanayei zuckte zusammen. Holbrook und Madsen beugten sich über ihr Schaltpult und starrten auf die »Wand«. Der Inspector keuchte noch, nachdem er mit dem MemoryCube hereingerannt war, und seine Stimme wurde immer lauter und schriller. Sie hatte ein Standbild aus der Aufzeichnung von Dreamcom geladen, auf dem man einen Mann mit Kapuze sah, der gerade Raum vier des Dollhouse auf der Grant Avenue betrat.

»Tut mir leid«, wiederholte sie. »Aber wir haben diesen Mann als nicht identifiziertes männliches Opfer Nummer drei bezeichnet.«

»Sicher?«, fragte Madsen.

»Absolut sicher. Hier, ich zeige Ihnen unsere Aufzeichnung.«

Sie suchte eine Datei aus, und ein weiteres Bild erwachte an der Wand zum Leben. Eine Außenaufnahme des Dollhouse mit dem gleichen Mann – dunkelgrauer Kapuzenpullover, Sonnenbrille, roter Rucksack – als Standbild, zehn Schritte vor der Eingangstür. »Er hat das Gebäude zur Tatzeit minus sechs Minuten betreten. Soweit wir wissen, kam er nicht wieder heraus.«

»Oder Ihre Kameras haben ihn übersehen«, meinte Holbrook.

Shari zuckte mit den Schultern. Natürlich war das möglich, doch sie würde bei ihrer Version bleiben, bis man das Gegenteil beweisen konnte.

Sie drückte auf Wiedergabe. Das Bild begann sich zu bewegen. Der Mann kam von rechts, hatte den Kopf gesenkt, starrte auf den Boden und hatte die Kapuze übergezogen. Seine Nasenspitze war zu sehen, doch ansonsten war sein Gesicht vollständig verborgen. Er ging die letzten Schritte zur Tür, drückte sie auf und verschwand im Inneren. Sie schaute genau zu. Vor einer Minute war er noch harmlos gewesen, einfach nur eine nicht identifizierte Person, und jetzt war er ein Mann, der einen Massenmord begehen würde.

»Wie viele Gesichtsdaten konnten Sie erfassen?«, fragte Holbrook.

»Null Komma nichts«, antwortete Shari. »Unsere Analyse hat ein paar Marker an Nase und Kinn erwischt sowie die allgemeine Körperform. Das ist alles. Deshalb konnten wir ihn nicht identifizieren.«

Madsen sagte: »Auf dem Cube von Dreamcom werden Sie noch einiges finden.«

Shari nickte. »Okay, ich speise das ein. Wenn ich das Ergebnis habe, rufe ich Sie an.«

Zufrieden, dass sie bald neue Informationen bekommen würden, gingen die beiden Männer hinaus, um weitere Beamte zu holen.

Shari musste sich erst einmal sammeln. Am gestrigen Abend hatte sie wach gelegen und geweint, während die Bilder von Trümmern, Staub und Leichenteilen bis zwei Uhr morgens durch ihren Kopf schwirrten. Als sie den Fernseher anmachte, um sich abzulenken, waren sie wieder da, diesmal in Farbe und präsentiert durch neue Reporter, die ihre

Aufregung hinter gerunzelter Stirn und nüchternem Ton zu verbergen suchten. Auch an die Unterhaltung mit Yolanda musste sie dauernd denken. Yolanda hatte Verständnis und würde die Affäre niemals erwähnen, hatte sie gesagt. Aber die Art, wie sie den Blick abwandte, ließ etwas anderes vermuten. Vielleicht war sie auch nur sauer, weil sie das Versprechen wiederholen sollte. Wenn das alles vorbei wäre, musste Shari das Verhältnis zu ihrer Freundin wieder in Ordnung bringen.

Irgendwann nach Mitternacht war Shari aus dem Bett aufgestanden und hatte in ihren Badezimmerspiegel gestarrt, ihre Meinung dann geändert und sich in der Küche ein paar großzügige Gläser Bacardi eingeschenkt. Die Wirkung von Alkohol war vorhersagbar, die von Schlaftabletten nicht, und sie wollte nicht riskieren, den Wecker zu überhören. Aber sie wollte sich auch nicht von Captain McAlister, dem Leiter von Central Station, wegen Übermüdung nach Hause schicken lassen. Als der Wecker klingelte, duschte sie, suchte sich eine frisch gebügelte Uniform und stürzte zwei Tassen des stärksten Kaffees hinunter, den sie vertragen konnte, damit sie wenigstens nicht so *aussah,* als wäre sie am Ende.

Das neue Material verlieh ihr frische Energie. Adams Mörder hatte sein Gesicht versteckt, doch die Tarnung würde ihn letztlich nicht retten.

Angie half ihr bei der Vorbereitung, während Lynn die Straßenkameras in Echtzeit überwachte.

Als sie anfingen, war das Bild bereits an der Wand.

Shari ließ die Videoschleife erneut Bild für Bild ablaufen, bis die Gestalt auf der Grant Avenue erschien. Als sie ein passendes Bild fand, hielt sie an. Sie stand von ihrem Pult auf und ging zur Wand. Dort setzte sie mit den Fingern

Marker an den Schlüsselpositionen, und einen Moment später umgab eine rote Linie die Gestalt. Neben dem Umriss erschien ein Kasten, der eine Kombination von Buchstaben und Ziffern enthielt. Angie kopierte sie mit ein paar Tastendrücken.

Nun öffnete Shari die Videodatei von Dreamcom. Sie schaute zu, wie der Mann mit dem Gesicht zur Kamera das Schlafzimmer betrat. Wieder fror sie das Bild ein und markierte ihn erneut an der Wand. Doch diesmal war der Kasten neben dem roten Umriss leer. Angie fügte die Buchstaben und Ziffern ein, die sie zuvor kopiert hatte.

Jetzt waren die beiden Gestalten in den Videoaufzeichnungen verknüpft. Die Software wusste, dass es sich um zwei unterschiedliche Ansichten der gleichen Person handelte.

Shari setzte die Suchparameter – Zeit, Ort, Umfeld und ein Dutzend weiterer Variablen. Sie bat Angie, alles zu überprüfen. Zu leicht vertippte man sich oder vertauschte zwei Zahlen. Einmal hatte Shari zugeschaut, wie ein SWAT-Team eine Tür eintrat und einen Mann vor seinen schreienden Kindern auf den Boden warf, um in der Dunkelheit ihres Kontrollraums zehn Sekunden zu spät zu erkennen, dass sie den falschen Mann erwischt hatte. Eine weitere Erfahrung dieser Art wollte sie sich gern ersparen. Als Angie fertig war, ließ sie die Eingaben auch noch von Lynn prüfen.

Zufrieden, dass es keine Fehler gab, verknüpfte sie Parameter und Videodateien zu einer gemeinsamen Suchanfrage.

Sie drehte sich zu ihrem Pult um und drückte SENDEN.

Der Strom der Bits flimmerte mit Lichtgeschwindigkeit durch das Glasfaserkabel, wurde an Schnittstellen und

Gates reflektiert und nach Südosten in eine entlegene Gegend der Almaden-Berge geleitet, achtzig Kilometer von San Francisco entfernt, wo er auf eine Reihe von Fotorezeptoren traf. Die Rezeptoren gehörten zu einer Dekodiereinheit in einem fensterlosen Reinraum, dessen Temperatur präzise auf zwanzig Grad Celsius gehalten wurde. Dicke Kabelstränge verbanden die Dekodiereinheit mit zwölf schwarzen Kästen, die alle einen Meter hoch waren und die Proportionen eines Dominosteins hatten. Auf einem kleinen weißen Aufkleber an einem der Kästen stand: *TrackBack Master Core/ NCCCD Asset No. C$&-8551.*

Die Kästen befanden sich in einem nichtssagenden grauen Betonklotz mit einem Schild von bescheidener Größe am Eingang: Nationales Zentrum für Gemeinschaftliche Kriminalitätsbekämpfung. Unter dem Schild befanden sich Firmenzeichen eines multinationalen Computerkonzerns, einer unbekannten, aber großzügig mit Geldern ausgestatteten Abteilung des Verteidigungsministeriums und vermutlich hundert verschiedener Exekutivbehörden.

Das Gebäude war umgeben von weitem Brachland und einem Zaun, den Stacheldraht krönte und an dem Schilder unbefugte Besucher vor zehntausend Volt Strom warnten. Es wäre glatt als Gefängnis durchgegangen, nur gab es keine Wachtürme, und das Gelände wurde nie von jemandem betreten.

Die Dominosteine surrten. Blaue Lämpchen blinkten.

In weniger als einer Sekunde scannte TrackBack alle Sektionen sämtlicher Rechner nach den gerade übertragenen Videobildern und verwendete dabei die leichten Unterschiede in den Kameraperspektiven, um ein 3-D-Modell von Gesicht, Gestalt und Kleidung des Verdächtigen zu erstellen.

Eine Sekunde später hatte sich der Computer mit einem Großrechner an der Universität von Kalifornien in Berkeley verbunden, seine Zugangsberechtigung ausgewiesen und sich zeitweise ein Drittel der Rechenkapazität für polizeiliche Dienste reserviert. Er schickte das 3-D-Modell als Referenz und aktivierte ein Programm, das den Großrechner nach Übereinstimmungen in sämtlichem aufgefundenem Videomaterial suchen ließ.

Dann veranlasste er, die Überwachungsaufzeichnungen von zwei Dutzend Kameras in der Grant Avenue und der Umgebung nach Berkeley zu kopieren.

Der Großrechner nahm das Material auf, das den Zeitraum von achtundvierzig Stunden vor der Explosion bis zum gegenwärtigen Zeitpunkt umfasste, also fast siebzig Stunden, und untersuchte, ob der Verdächtige auf einem der Videos auftauchte. Jeder Treffer wurde mit Zeit, Ort, Bewegungsrichtung, Fahrzeugen in der Nähe, Gegenständen, Personen und allen anderen Gegenständen, die sich mit der Zielperson in Verbindung bringen ließen, katalogisiert.

Die Fundstellen wurden zurückgeschickt.

TrackBack brauchte einige Millisekunden, um sein Modell mithilfe der neuen Daten zu perfektionieren.

Dann schaltete es eine Stufe höher.

Es erweiterte den Radius um den Tatort und bezog erst hundert, dann fünfhundert, dann tausend weitere Kameras mit ein, schließlich Kameras in Zügen und Bussen und an Streifenwagen oder an tieffliegenden Drohnen und solche, die an Helmen und Uniformen von Polizisten und Bediensteten der Stadt befestigt waren.

Bei jeder Erweiterung des Kreises wurden mehr Großrechner miteinbezogen. Sie bekamen jeweils so viel gespeicherte Überwachungsbilder zugewiesen, wie sie verarbeiten konnten, bis siebzehn Supercomputer in vier Staaten mit der Verwertung der Daten beschäftigt waren.

Das dauerte so seine Zeit.

Eine nach der anderen gingen die Rückmeldungen der Rechner ein.

TrackBack führte eine übergreifende Analyse der Ergebnisse durch und glich die Daten mit den Personenregistern von Staaten und Bund ab.

Es überließ die Supercomputer wieder ihrer Alltagsarbeit, schickte per E-Mail detaillierte Abrechnungen an siebzehn Systemadministratoren und überwies Beträge auf siebzehn Universitätskonten. Diese Zahlungen waren, verglichen mit sonstigen staatlichen Zuwendungen, nicht gerade großzügig.

Dann kompilierte TrackBack die katalogisierten Teilvideos zu einer einzigen Datei, sodass sie für menschliche Augen sichtbar wurden.

Zweiundzwanzig Minuten nachdem Shari auf SENDEN gedrückt hatte, streamte es diese Videodatei zur Videoüberwachungsabteilung im Revier Central Station, Metro Division des San Francisco Police Departments.

13

Shari rümpfte die Nase. Holbrook und Madsen hatten eine Gruppe von sieben Mann – Uniformierten und Inspectors – angeschleppt, die sich in dem Überwachungsraum drängten. Alle waren aufgekratzt und tatendurstig. Einer oder zwei hielten Gewehre im Arm. Auf dem Boden lagen Helme und Ausrüstungsgegenstände. Wer schusssichere Kleidung trug, dem rann der Schweiß in den Nacken.

Niemand sagte etwas.

Über die Konferenzschaltung mit dem SFPD-SWAT-Kommando hörte man leises statisches Rauschen. Holbrook trommelte mit den Fingern und unterbrach dies alle zehn Schläge, um auf die Uhr zu sehen.

Einer der Inspectors kaute Kaugummi. Shari fiel auf, dass er im Takt zu Holbrooks Trommeln kaute.

Verstohlen beobachtete sie die Gesichter, die im Licht der »Wand« leuchteten. Die Uniformierten waren typisch für Central Station: Jungs mit klarem Blick, die einen Job machten, der zu fünf Prozent aus Gold und fünfundneunzig Prozent aus Scheiße bestand, während sie sich permanent einredeten, es verhalte sich anders herum. Sie waren ernst und nervös und wollten sich den Kerl schnappen, der zwei von ihnen getötet hatte. Sie fühlte sich ihnen nahe. Das galt nicht so sehr für die Inspectors, die ihr blasiertes Benehmen, das mit dem Goldstern in schwarzem Etui einherzugehen schien, wohl nie ablegen konnten.

Madsen faszinierte sie. Andere Agenten wirkten wie adrette Klone in schwarzen Anzügen, denen man genauso gut »FBI« in großen Buchstaben auf die Stirn hätte schreiben können. Er dagegen sah aus, als hätte er in seinem verblichenen Jackett geschlafen, und sein Haar war völlig zerzaust. Außerdem nahm er sich wohl nicht so wichtig. Von Holbrooks Schroffheit ließ er sich nicht beirren, und gestern, als man im Flur abfällige Bemerkungen über *Plotter* und *Gedankenpolizei* hörte, hatte er nur gelächelt und war weitergegangen.

Stattdessen hatte er ihren Kummer bemerkt, und das war beunruhigend. Er hatte nichts gesagt, aber seine Augen drückten Mitgefühl aus und stellten unausgesprochene Fragen.

An ihrem Computer ertönte eine Fanfare.

Das Trommeln und Kauen stoppte. Alle Augen richteten sich auf die Wand.

TRACKBACK BEENDET

Die Worte leuchteten nur kurz auf, dann wurden sie durch eine Vielzahl von Bildern aus Kameras an Straßen und in Läden ersetzt, die jeweils zeitlich synchronisiert waren. Der Mann mit dem Kapuzenpulli stand mit dem rechten Fuß auf der Schwelle des Dollhouse in der Grant Avenue.

Sharis Herz setzte einen Schlag aus.

Sie spürte, wie die Augen der anderen Beamten zum Mörder wanderten. Es klickte leise, als schusssichere Westen zugeschnallt und festgezurrt wurden.

Die Klimaanlage schnarrte nutzlos.

Niemand sagte ein Wort.

TrackBack war zu der Zeit entwickelt worden, als die Schläferzellen von al-Qaida eine permanente Bedrohung dargestellt hatten; der rasche Zugriff für den Fall eines bevorstehenden Terroranschlags war das Hauptanliegen der Schöpfer gewesen. Das Programm präsentierte zuerst die besten und belastbarsten Informationen, insbesondere solche, die den gegenwärtigen Aufenthaltsort eines Verdächtigen beschrieben. Auf diese Weise konnten Sonderkommandos sofort losgeschickt werden, um eventuelle grausige Verbrechen zu verhindern.

Sie starrten auf ein Bild des Dollhouse, nur fünf Gehminuten von Central Station entfernt.

Das Bild setzte sich in Bewegung und präsentierte die nächste Überraschung. Es lief rückwärts. TrackBack wertete die Information, *woher* der Verdächtige kam, offensichtlich als wichtiger als die, *wohin* er nach dem Anschlag gegangen war.

Der Mann mit der Kapuze ging rückwärts und entfernte sich vom Dollhouse. Er kam an einem mit Brettern vernagelten Eingang unter einem schmuddeligen Schild vorbei, das für die Fung Long Import Export Co. warb. Ein Pärchen ging in die entgegengesetzte Richtung. Mittleres Alter. Ein Mann und eine Frau. Touristen, denn der Mann hielt eine Kamera in der Hand, und die Frau zeigte auf etwas. Er ging am nächsten Laden vorbei. *Schmuck und Geschenkartikel.* An der Wand öffneten sich jeweils neue Fenster, wenn der Verdächtige von einer Kamera zur nächsten wanderte. Er ging unbeirrt weiter, beachtete nichts und niemanden, den Kopf nach vorn gerichtet und immer im gleichen Tempo. Die dünnen Lippen unter der Sonnenbrille waren fest zusammengepresst. Sogar im Rückwärtslauf war die Zielstrebigkeit unverkennbar.

Ein Mann mit einer Mission.

Shari hatte über ihre Kameras mehr Prügeleien, Messerstechereien und Grausamkeiten mit angesehen, als ihr lieb war, doch das ging ihr selten nah. Sie war hart im Nehmen. Oder hatte gute Verdrängungsmechanismen. Aber zum ersten Mal musste sie zuschauen, wie ein Mann den Mord an jemandem vorbereitet, den sie liebte.

Er erreichte den Souvenirladen an der Ecke, ging an gestapelten T-Shirts und Holzeimern mit billigen Schirmen und chinesischen Fächern vorbei, dann überquerte er die Pacific Avenue, ohne auch nur langsamer zu werden. Am anderen Bordstein blieb er stehen. Die Fußgängerampel schaltete auf Rot. Fahrzeuge fuhren rückwärts die Pacific entlang. Eine junge Frau zog einen Kinderwagen den Berg hinab.

Der Mann machte auf den Fersen kehrt und schritt rückwärts die Pacific hinauf.

Die Riemen des Rucksacks gruben sich tief in die Schultern. Die Tasche war schwer. Der Mann musste fit sein. Alles an ihm – Körperbau, Kleidung, Schuhe – war unauffällig. Nichts an ihm bot Anlass, ihn eines zweiten Blickes zu würdigen. Mr. Durchschnitt.

Shari setzte sich gespannt auf. Hinter dem Dim-Sum-Haus befand sich eine Bankfiliale. Die städtischen Kameras waren hoch oben angebracht, die in den Bankeingängen dagegen tiefer. In Kopfhöhe. Und Banken erteilten der Polizei uneingeschränkten Zugang zu ihren Kameras. In wenigen Sekunden würden sie den bislang besten Blick auf den Verdächtigen bekommen. Vielleicht könnten sie sogar das Gesicht hinter den dunklen Gläsern erkennen.

An der Wand ging ein neues Fenster auf. Niedriger Blickwinkel, hohe Auflösung. Die Kamera der Bank. Die Gestalt mit Kapuze kam rückwärts von links ins Bild, doch der Kopf war abgewandt und schaute zur Straße hin, weshalb sie nur eine Nahaufnahme von seiner Kapuze bekamen. Shari runzelte die Stirn. Zum ersten Mal hatte er den Kopf überhaupt bewegt. Gleichgültig. Die zweite Kamera folgte ein paar Schritte weiter.

Bei der zweiten niedrigen Perspektive blieb Shari der Mund offen stehen. Er wandte sich erneut ab, und wenige Augenblicke später, als wieder eine Kamera aus Dachhöhe übernahm und er die Bank hinter sich hatte, wandte er sich wieder nach vorn.

Er kannte die Standorte der Kameras.

Sie hörte ein Schnauben. Holbrook war es ebenfalls aufgefallen.

Der Mann ging unter einem Schild mit einem großen gelben Pfeil und der Aufschrift *Pacific Garage. Öffentliches Parkhaus 24 Stunden – Rabatte für Frühaufsteher!* vorbei. Ohne Vorwarnung bog er ab und trat rückwärts durch die Tür. Die Tür schloss sich. Shari hielt den Atem an. Auf der Wand verschwanden nach und nach in rascher Abfolge die Bilder, bis nur noch ein einziges blieb, die Innenaufnahme eines kärglich beleuchteten Treppenhauses mit einer Gestalt, die rückwärts eine Treppe hinaufging. Er verließ das Treppenhaus eine Etage höher, und das Bild wurde durch ein anderes, dunkleres von der Parkebene ersetzt. Im schwachen Licht wurde der Mann körnig, als er rückwärts an einer Reihe Wagen entlang tiefer in den Schatten eintauchte. Die Gestalt verschwand. Die bislang beständig rückwärtslaufende Uhr blieb stehen.

»Was ist los?«, fragte Holbrook.

Shari antwortete: »Die Pacific Garage verfügt über Videoüberwachung auf allen Stockwerken. Eine Einheit muss ausgefallen sein.«

Sie warteten. Fünf Sekunden verstrichen. Shari schnürte

es die Kehle zusammen. Jeden Moment könnte ein Fahrzeug rückwärts aus der Ausfahrt der Pacific Garage fahren. TrackBack verfügte über einen riesigen Fundus, der fast drei Tage mit dem Datenmaterial aus über zehntausend Kameras umfasste. Er musste von Dutzenden weiterer Objektive erfasst worden sein. Sie brauchten einen Namen, ein Haus, eine Garage, ein Lagerhaus, *irgendetwas.*

Die anderen murmelten nervös.

»Wie sieht es danach aus?«, fragte Holbrook gereizt. »Haben wir irgendwelche Aufzeichnungen nach der Explosion?«

Shari tippte auf ihre Konsole. Daten liefen über die Wand.

TRACKBACK ID: SFPD#6303724
Priorität: AAA
UMFANG: ALLE AUFZEICHNUNGEN, ALLE KAMERAS
RAUM: ALLE BEREICHE SAN FRANCISCO PLUS
START: TATZEIT <T> MINUS 48 H
ENDE: TATZEIT <T> PLUS 21 H 08 M

ERSTE ÜBEREINSTIMMUNG MIT VERDÄCHTIGEM: 15:35:03
LETZTE ÜBEREINSTIMUNNG MIT VERDÄCHTIGEM: 15:38:19
ZEIT IN KAMERA: 0:03:16
ID ÜBEREINSTIMMUNG: NEIN.

SUMME ZUSAMMENGESETZTER GESICHTSDATEN: <__%>

Shari war enttäuscht. Mehr als diese drei Minuten und sechzehn Sekunden würden sie nicht bekommen.

Der Cursor in der letzten Zeile hörte auf zu blinken.

SUMME ZUSAMMENGESETZTER GESICHTSDATEN: <57 %>

Kein Haus, kein Gesicht, kein Name. Nichts. Alle Hoffnungen, ihn dingfest zu machen, lösten sich in nichts auf. »Das ist alles«, sagte sie und konnte ihre tiefe Enttäuschung nicht verbergen.

Flüche und ungläubige Bemerkungen wurden laut.

»Das ist doch nicht zu fassen«, fauchte Holbrook. »Alle städtischen Kameras, jede Menge Rechenzeit mit Priorität, und mehr kommt dabei nicht heraus? Ist das Programm sauber gelaufen? Haben Sie alles richtig eingegeben?«

»Wir haben alles zweimal geprüft.«

»Prüfen Sie es *noch einmal.*«

Über die Lautsprecher ließ sich knackend die Stimme des SWAT-Kommandanten vernehmen: »Ich nehme an, Sie brauchen uns erst einmal nicht. Rufen Sie an, wenn Sie etwas haben. Tut mir leid, Leute, und viel Glück.«

Verärgerte Flüche begleitete das Kratzen von Metall und Plastik, als das Sonderkommando seine Ausrüstung einsammelte und hinausging.

Holbrook schnaubte wütend und wollte ebenfalls gehen.

Auf der Konsole erschien eine Nachricht.

»Warten Sie«, sagte Shari.

»Was gibt es?«, fragte Holbrook.

»TrackBack hat ein Teilbild, das wir uns ansehen sollten.«

»Was für ein Teilbild?«

»Keine Ahnung. Vielleicht hat es nichts zu bedeuten. Ich lade es mal.«

Einen Augenblick später starrte sie verblüfft auf die Wand. Dort sah man den Verdächtigen, von oben und hinten. Der Körper war verdreht, die Hose heruntergelassen. Die Faust hatte er hochgerissen; offensichtlich wollte er die Frau vor sich schlagen.

Madsen räusperte sich. Bis dahin hatte Shari gedacht, er habe den Raum mit den anderen verlassen. Er sagte: »Aus dem Dollhouse. Die Kapuze ist ein bisschen verrutscht, nur für einen Augenblick. Man sieht ein Stück vom Ohr.«

Wie aufs Stichwort zoomte sich TrackBack näher heran. Bei voller Vergrößerung wurde eine verschwommene Form unter dem Ohrläppchen sichtbar. Das Ding war klein und hatte eine matte gelbe Farbe, ein wenig heller als die Haut. TrackBack führte eine Sequenz zur Bildverbesserung durch und benutzte dazu die verschiedenen Aufnahmen der Szene, um das Bild zu interpolieren. Bei jeder Iteration wuchsen Detailtreue und Schärfe. Ein Rand erschien. Gold. Dann die unverkennbaren Umrisse eines winzigen stilisierten Kreuzes.

Shari sah jeden Tag Dutzend davon auf ihren Kamerabildern. Auch der Sanitäter in der Grant Avenue, der gebetet hatte, als sein Patient gestorben war, hatte eins getragen, ebenso wie Millionen andere Angehörige der Neuen Christlichen Organisation von Amerika. Gottes Ohrringe hießen sie. G-Ringe. Sie waren ein sichtbares Glaubensbekenntnis, aber sie hatten auch einen praktischen Zweck: Über einen winzigen drahtlosen Ohrhörer im Gold war der Träger mit der Herde verbunden und konnte auf Wunsch die täglichen Predigten hören.

»So langsam kann ich mir ein Bild von ihm machen«, meinte Holbrook düster.

»Und welches?«, fragte Madsen.

»Der Kerl ist religiös, gehört einer Kirche an, die gegen Dollhouses wettert, geht da rein, mit einer Bombe, die ausreicht, das Gebäude in die Luft zu sprengen, und legt da eine Aktion hin, die nach dem, was Sie mir auf dem Weg hierher beschrieben haben, als geistesgestört zu betrachten ist. Wenn

TrackBack richtig programmiert wurde, ist er nicht wieder herausgekommen …«

Shari sagte nichts. Lange Sekunden tickten dahin.

Madsen sagte: »Sie glauben, er habe sich vielleicht keine Sorgen darum gemacht, wie er herauskommt.«

»Exakt.«

14

Madsen kaute langsam und starrte hinaus auf den Verkehr in der Columbus Avenue. Ihm gegenüber knabberte Holbrook an seinen Pommes.

Es war Madsens Vorschlag gewesen, sich zu vertagen und beim Essen neu zu formieren. Schlechte Nachrichten hin oder her, er brauchte Kaloriennachschub. Seit er in L.A. aufgewacht war, hatte sich seine Nahrungsaufnahme auf zwei trockene Donuts aus einem Kiosk am Flughafen und eine halbe Tasse Tee bei Eva Hartley beschränkt. Holbrook schlug sein Stammlokal vor, ein Café ein Stück entfernt, das sich in den spitzen Winkel zwischen Columbus und Vallejo quetschte. Die rot-weiß-grüne Dekoration und die Opernplakate ließen einen »Italiener« vermuten, doch die Kellnerin, die sie bediente, hatte einen starken russischen Akzent, und der Bärtige am Tisch neben ihnen stritt sich auf Jiddisch mit ihr. Die Speisekarte bot schlichte amerikanische Kost. Ein Mikrokosmos der ganzen Welt.

»Der Scheißkerl hat uns verarscht«, knurrte Holbrook. Sein Gesicht war nicht mehr ganz so gerötet, aber wütend war er noch. Er hatte immer wieder das Gleiche gesagt. Immerhin führten die beiden inzwischen ein richtiges Gespräch. Vielleicht taute der frostige Bär langsam doch auf.

Madsen biss von seinem Sandwich ab. »Zwei Minuten sind eine lange Zeit«, stellte er fest und dachte dabei an die Lücke zwischen dem Ende der Aufzeichnung bei Dreamcom und dem Zeitpunkt der Explosion. »Auch ein großer Kerl wie Sie könnte es die Treppe hinunter und die nächsten hundert Meter weit schaffen, wenn ihn ein tickender Rucksack mit D-5 motiviert.«

»Ich habe die Parameter überprüft. Sergeant Sanayei hatte recht. Wir haben Bildmaterial, ihn aber nirgendwo darauf gesehen. Wenn er herausgekommen wäre, wüssten wir es. Er ist noch drin, zu Brei zerquetscht. Ende der Geschichte.«

Madsen zuckte mit den Schultern.

Holbrook stieß mit dem Finger auf den Tisch und warf dabei einen Salzstreuer um. »Glauben Sie, er hat drinnen gewartet, bis die Kameras auf der Straße hinüber waren, und ist dann aus den Trümmern gekrabbelt, um in der Staubwolke zu verschwinden?«

Madsen stellte den Salzstreuer wieder hin und biss von seinem Sandwich ab. »Nein, trotzdem passt manches nicht zu einem Selbstmordattentäter …«

»Er war kein Freier, der mit seiner Puppe nicht zufrieden war und es am Manager ausgelassen hat.«

»Nein, aber …«

»Und er hatte keine Pistole dabei, sondern eine verdammt große Bombe. Er wollte so viele Menschen wie möglich töten, auch Kunden. Ihr Typ A, der hinterhältige Fanatiker.«

»Aber wenn er geplant hat, selbst draufzugehen, warum hat er sich solche Mühe gegeben, seine Identität zu verschleiern? Ich meine die Kapuze und die Sonnenbrille oder wie er den Kameras ausgewichen ist … Er muss umfangreiche Vorkehrungen getroffen haben, damit er ungesehen in die Pacific Garage gelangt. Aber wozu? Selbstmordattentäter wollen doch möglichst viel Aufsehen erregen und Ruhm ernten, oder?«

Holbrook hatte genug von seinen Pommes. Er nahm eine Serviette und wischte sich Ketchup von den Händen.

»Er hat eben nicht rational gehandelt«, sagte er. »Das beweist doch dieser Mist in dem Kundenzimmer.«

»Oder er hat geplant, sich nicht erwischen zu lassen.«

»Das glaube ich nicht.«

Madsen schwieg.

»Vermutlich hat er einfach irgendeine Moralpredigt in den falschen Hals bekommen«, fuhr Holbrook fort und winkte die Kellnerin heran. »Eher alttestamentarisch, aber bei NeChristo gibt es reichlich Perverse und Irre, und manche von deren Pastoren sind sich nicht zu schade, dieses harte Auge-um-Auge-Zeug zu predigen.«

Madsen nickte. Das stimmte. Wie hatte Eddie sie genannt? Scheinheilige im weißen Talar. Es fiel nicht schwer, sich den Bombenwerfer als verzückten Gläubigen inmitten einer Gemeinde vorzustellen, wie er mit geschlossenen Augen Kirchenlieder sang, sich mit ernster Miene im Takt wiegte und später stocksteif und aufmerksam dasaß und eine militante Predigt von einem fanatischen Pastor in sich aufsaugte. Madsen stellte sich vor, wie er sich einer Reihe Männer in identischen grauen Kapuzenpullis und mit Sonnenbrillen anschloss, die Hände ausstreckte und statt eines Segens einen roten Rucksack bekam.

Ihm schoss mit eiskalter Klarheit ein Gedanke durch den Kopf.

»Wenn es Selbstmord war, fällt mir nur ein Grund ein, weshalb er seine Identität verbergen wollte«, sagte Madsen.

»Und zwar?«

»Um uns die Aufklärung zu erschweren. Weil es weitere Verschwörer gibt. Damit diese fliehen können oder um ihnen Zeit für den nächsten Anschlag zu verschaffen.«

Sie teilten sich die Rechnung und eilten zurück nach Central Station, wo Madsen zuschaute, wie Holbrook neue Anweisungen erteilte. Sie hatten ihren Verdächtigen, sagte er, und tot oder lebendig, sie mussten herausfinden, wo er herkam und wer er war. Und zwar schnell. Die Pacific Garage war ihr zentraler Ansatzpunkt. Wenn der Verdächtige herausgekommen war, musste er auch irgendwie hineingelangt sein, und da TrackBack keine Kandidaten zu Fuß entdeckt hatte, blieben nur Fahrzeuge.

Die Kommission sammelte die Kennzeichen aller Fahrzeuge, die in den letzten achtundvierzig Stunden vor der Explosion in die Pacific Garage eingefahren waren, und überprüfte die eingebauten GPS-Systeme. Zwei Wagen befanden sich noch im Parkhaus. Beide wurden für eine Untersuchung beschlagnahmt. Sie fragten die Daten Hunderter Fahrzeughalter zu den Kennzeichen ab und verglichen sie mit Vorstrafenregister, Haftbefehlen und Ähnlichem. Holbrooks Detectives machten sich daran, jeden Halter aufzuspüren, einen nach dem anderen.

Madsen beteiligte sich nicht an der Jagd. Die noch nicht überprüften Namen auf seiner ursprünglichen Liste von Zielpersonen waren nicht mehr wichtig. Holbrook ignorierte ihn, und bis das Team jemanden oder etwas gefunden hatte, das mit dem *Rucksackmann*, wie sie ihn nannten, in Zusammenhang stand, hatte er nichts zu tun.

Es zog ihn in den Überwachungsraum, wo er den Video-Cops zuschaute, wie sie gespeichertes Kameramaterial durchstöberten.

Sie fertigten Standbilder von Fahrern und Beifahrern an und analysierten sie. Natürlich konnte der Verdächtige auf dem Rücksitz gelegen haben, während ein Komplize fuhr. Sie versuchten es trotzdem.

Bild für Bild gingen sie die Aufzeichnungen aus dem Dollhouse noch einmal durch. Madsen bedauerte, dass er die hässliche Szene sehen musste, dann schalt er sich, weil er so ein Sensibelchen war – schließlich war sie nur eine Replikantin.

Es war kaum zu glauben, aber Shari wirkte wie ausgewechselt. Vor vierundzwanzig Stunden hatte sie ausgesehen, als hätte sie eine Doppelschicht in einer Kohlengrube hinter sich. Jetzt trug sie eine frische Uniform, und ihr ordentlich hochgestecktes Haar glänzte tiefschwarz. Äußerlich war ihr der emotionale Stress nicht mehr anzumerken, sie wirkte absolut cool, sprach kurz und präzise, während ihre Finger über die Tastatur tanzten. Eine Prozession schwarzer Uniformen zog vorbei, einzeln oder zu zweit, um sich den Mann anzusehen, der zwei ihrer Kollegen auf dem Gewissen hatte. Manche fluchten wütend, andere machten düstere, zynische Scherze. Shari hielt sich auf Abstand.

Sie hatten die Möglichkeiten der Wissenschaft und Technik ausgeschöpft und verfielen jetzt wieder auf Intuition und Vermutungen. Die Suche nach Teilübereinstimmungen der Kleidung des Rucksackmannes ergab eine astronomische Zahl an Treffern. Eine Suche nach den Körperumrissen führte zu keinem besseren Ergebnis. Sie schränkten die Suche nach Ort und Zeitpunkt ein und konnten die Zahl der möglichen Treffer auf vierhundertdrei reduzieren.

In ihrer Verzweiflung speicherten sie die gesamte Datenbank – alle Namen, Orte, Beschreibungen und Fahrzeuge, die ihnen bislang ins Netz gegangen waren – und schickten sie zum Nationalen Zentrum für Gemeinschaftliche Kriminalitätsbekämpfung in Almaden. Ein mächtiges Computerprogramm namens Crossmatch-2 verglich die Datenbank mit Petabytes von Daten, die man an Funkmasten,

E-Mail-Servern, bei elektronischen Mautstellen, öffentlichen Mikrofonen, Kreditkartenaufzeichnungen, in Nachrichtenchannels und auf Webseiten abgefangen hatte. Die Software suchte nach Mustern oder Übereinstimmungen, die eine nachvollziehbare Verbindung zu dem betreffenden Verbrechen andeuteten. Sie schickte eine Liste mit Namen zurück unter der Einschränkung: »Treffer mit niedriger Wahrscheinlichkeit, weitere Kriterien erforderlich.« So lang wie die Liste war, so nutzlos war sie auch.

Madsens Mobiltelefon summte. Eine Nummer aus Washington.

Er seufzte. Es machte wohl die Runde, dass sie einen Verdächtigen hatten. In den letzten zwei Stunden hatte er eine Menge Anrufe und Nachrichten erhalten, die um Klarstellung, Einzelheiten und Erklärungen baten. Dankbarerweise waren sie kurz und knapp. Auf die ausschweifenden Nachrichten aus den oberen Rängen der Befehlskette konnte er gern verzichten.

Er hob das Telefon ans Ohr. »Ja.«

Eine Frau. »Agent Madsen? Ich rufe aus dem Büro des Direktors an.«

Madsen schluckte. Gott, bislang war er den heiligen Hallen nie näher gekommen als bis zu einem Händedruck bei der Abschlussfeier und einer Unterschrift, die ihn zum Agenten machten. Jetzt war er offensichtlich im Kurzwahlverzeichnis gelandet.

Die Frau stellte sich als Stabschefin des Direktors vor und überschüttete ihn mit einem Wortschwall an Ermutigungen, denen jedoch nicht die unmissverständlichen Warnungen fehlten, dass er voranmachen sollte. Genau die Sorte Schwachsinn, die er am meisten hasste.

Nach dem Gespräch war es fast fünf. Er tat nichts und

lieferte nichts. Die Anrufe würden nicht aufhören. Er fühlte sich wie ein Wildhund in einem Käfig, der nicht rauskonnte, während der Hase in der Ferne verschwand.

Mehr als den einen Hinweis, den er schon hatte, würde er nicht bekommen. Der G-Ring.

Aber wo sollte er anfangen? Die Neue Christliche Organisation brüstete sich mit dreiundzwanzig Millionen Mitgliedern in den USA und über hundert Millionen weltweit. Selbst wenn der Träger in Kalifornien wohnte – und dafür gab es bislang nicht den Hauch eines Beweises –, blieben immer noch drei Millionen übrig.

Er hatte nur einen logischen Ansatzpunkt. Die Spitze.

Er bemühte sich gar nicht erst um eine Vorladung, da er wusste, dass er keine bekommen würde.

Zum zweiten Mal innerhalb von vierundzwanzig Stunden fuhr er zum Flughafen.

15

Kurz nachdem Madsen den Videoüberwachungsraum verlassen hatte, nahm Shari Sanayei ihr Headset ab und taumelte hinaus auf die Vallejo Street. Sie ging einfach los, ohne über ihr Ziel nachzudenken, und fand Trost in ihren rhythmischen Schritten. Das Blut strömte in Finger und Zehen zurück. Das natürliche Licht tat ihren Augen gut, und die warme Luft der Stadt roch im Vergleich zum Mief im Überwachungsraum frisch. Sie nahm winzige Schnipsel von Gesprächen wahr und einen Hauch von Parfüm, sah jemanden, der den Bürgersteig fegte. Wertvolle Indizien echter, lebendiger Menschen.

Die Szene im Dollhouse hatte sie wie ein elektrischer Schlag getroffen. Sosehr sie sich bemühte, konnte sich Shari das Mädchen nicht als Puppe vorstellen. Das unterwürfige, flehende Gesicht unterschied sich nicht von den Gesichtern echter Frauen, die bluteten und starben und in Krankenwagen geladen wurden. Fragen schossen ihr durch den Kopf. *Wie weit bist du gegangen, Adam? Hast du sie auch geschlagen? Hast du sie angespuckt?* Empört wies sie den Gedanken zurück und war sauer auf sich, weil sie ihn zugelassen hatte. Es gab keine Hinweise, dass Adam etwas in der Art getan hatte. Aber musste sie, wenn sie ehrlich mit sich war, nicht einräumen, dass es in letzter Zeit mehr Aggression und mehr Forderungen im Bett gegeben hatte? Und es *würde* Hinweise geben, wenn sie danach zu buddeln wagte: Dreamcom speicherte vermutlich alle Aufnahmen. Irgendwo in irgendeinem MemoryCube würde es ein Video geben, das zeigte, was Adam in diesem Dollhouse getan hatte …

Schluss jetzt! Shari schüttelte sich und verscheuchte den Gedanken. Vorhin hatte Madsen eine Bemerkung fallen lassen, dass man sich die Sorgen bei den Kollegen von der Seele reden sollte. Damit hatte er eindeutig auf sie abgezielt. Doch Yolanda war eigentlich die Person, der sie vertraute, und nach ihrem letzten Gespräch war das wohl keine gute Idee. Kurz überlegte sie, sich an Holbrook oder Captain McAlister zu wenden und auch die Beziehung einzugestehen, aber die Vorstellung, welche Fragen dann folgen würden, war einfach abschreckend. Sie würden alles wissen wollen. Außerdem war es dazu längst zu spät.

Madsen flog nach Osten. Sie erwischte sich bei dem Gedanken, dass sie sich gern ihm anvertraut hätte.

Shari trottete weiter. Sie summte zum fernen Klagen eines Feuerwehrwagens und beobachtete die Leute, die Lebensmittel einkauften oder in düsteren Nudelrestaurants saßen. Sie versuchte einen klaren Kopf zu bekommen, indem sie alle städtischen Kameras checkte, an denen sie vorbeikam. Sie kannte sie auswendig – Registriernummer, Sichtbereich, Ausstattung mit oder ohne Mikrofon, Beschädigungen oder verschmutzte Objektive. Es half nicht wirklich, aber wenigstens war sie beschäftigt.

Plötzlich stellte sie fest, dass sie unbewusst in die Nähe der Grant Avenue gelaufen war. Einen Block weiter würde sie bei den Leuten stehen, die in den Trümmern nach Körperteilen suchten. Sie machte auf der Stelle kehrt und stieß mit jemandem hinter ihr zusammen, einem Mann, barfuß, mit einer großen Plastiktüte. Die Tüte platzte beim Zusammenstoß, und Dosen ergossen sich auf den Bürgersteig.

Einige Schimpfworte waren heraus, ehe der Mann ihre Uniform bemerkte. Er erstarrte, sah sie groß an, bückte sich dann und sammelte hektisch die Dosen wieder ein. Shari half ihm, wobei sie den Atem anhielt, weil er so bestialisch nach Müll stank. Als sie fertig waren, knotete er die Plastiktüte zu und verdünnisierte sich.

Shari schaute ihm traurig hinterher. Sie kannte ihn. Nicht seinen Namen, aber alles andere: wo er Essen suchte, wo er schlief und wer seine Freunde waren. Auf diesen Straßen kannte sie jeden.

Augenblicke später wollte sie gerade auf die Fahrbahn treten, als eine Hupe sie erschreckte. Sie blieb abrupt stehen. Eine schwarze Limousine schoss vorbei, die Insassen waren hinter getönten Scheiben verborgen. Gleich dahinter folgte ein zweiter, identischer Wagen. Ihr Herz klopfte. Sie schaute den Karossen hinterher, die den Hügel hinunterrasten. An der nächsten Ecke bogen sie mit protestierenden Reifen rechts ab und verschwanden. Endlich wurde ihr bewusst, wie erschöpft sie war. Im Polizeirevier würde sie nicht mehr von großem Nutzen sein. Es war Zeit, nach Hause zu gehen. Zeit auszuruhen.

Im Passagierabteil der zweiten Limousine bemerkte Tom Fillinger gar nicht, wie sein Fahrer um die Ecke bog. Der Geschäftsführer von Dreamcom starrte seine Notizen so intensiv an, als wollte er Löcher hineinbrennen.

In der Öffentlichkeit sprach er selten. Nicht weil er Angst gehabt hätte – er ließ sich nicht leicht beeindrucken und kam bestens mit Risiken und harten Entscheidungen zurecht. Auch liebte er die täglichen, manchmal stündlichen Auseinandersetzungen, die nicht ausblieben, wenn man über ein Firmenimperium herrschte. Befriedigung bezog er aus Siegen, nicht aus Gesprächen. Wenn es um Messen, Produktvorstellungen, Pressekonferenzen, Werbung und Gerichtssäle ging, erzielte man die besten Ergebnisse, indem man ausgezeichnete Anwälte bezahlte, die das Reden übernahmen.

Manchmal jedoch war es unverzichtbar, sich einer Sache persönlich zu stellen.

Und heute war einer dieser Tage.

Der Fahrer ließ den Motor aufheulen, schloss zum vorderen Wagen auf und hängte sich an seine Stoßstange. Die Bremsen quietschten. Fillinger wurde in den Sicherheitsgurt gedrückt. Es klopfte an die Fahrertür. Die hintere Tür schwang auf.

Fillinger stieg aus und stand in einem engen Kreis von Referenten und Bodyguards. Die Nachmittagssonne brannte immer noch heiß auf seinen Anzug.

Die Entourage bewegte sich auf ein langes Absperrband der Polizei zu, das die Straße abriegelte. Eine kleine Gruppe Journalisten wartete, Kameras liefen. Zwischen Kameras und Absperrband war schon seit Stunden mit Seilen ein kleiner Bereich abgeteilt, der den besten Blick auf den Schutthaufen bot. Wie erbeten hatte man keine Schattenspender aufgestellt. Das Seil wurde entfernt. Fillingers Referenten zogen sich zurück.

Fillinger betrachtete die Zerstörung. Seinen dunklen, schlichten Anzug hatte er extra für diese Gelegenheit ausgesucht. Das Silberhaar war leicht in Unordnung geraten. Tiefe Falten furchten seine Stirn. In der Sonne rannen Schweißtropfen von seinen Schläfen herab. Er kniete sich hin und begutachtete die niedergelegten Blumen und Karten. Als er aufstand, waren die Knie seiner Hose staubig. Er wischte sie nicht ab. Er war nicht mehr die Legende aus dem

Silicon Valley, sondern ein demütiger Trauergast, der seinen Respekt zeigen wollte.

Im Kopf ging er die verschiedenen Kamerawinkel in Bezug auf den Hintergrund durch und nickte dann in das Objektiv, das ihm am nächsten war. »Ich würde gern ein paar Worte sagen, wenn es erlaubt ist.«

Die versammelten Journalisten verstummten.

»Gestern haben zwölf Menschen ihr Leben verloren. Zwölf normale Menschen wie Sie und ich. Sie hinterlassen Söhne und Töchter, Mütter und Väter, Frauen, Brüder, Schwestern, Freunde. Zuallererst möchte ich den Angehörigen mein Beileid aussprechen und ihnen sagen, wie sehr mir ihr Verlust leidtut.« Er hielt inne, blickte von einer Kamera zur anderen. »Zwei dieser Menschen haben für mein Unternehmen gearbeitet. Sie starben lediglich, weil sie ihren Lebensunterhalt verdienen mussten, weil sie für sich und ihre Familien den richtigen Weg gingen. Die anderen waren unsere Kunden. Sie starben, weil … Warum? Weil sie das Verlangen nach einer kurzen Flucht aus der Härte und Einsamkeit ihres Lebens verspürten. Weil sie Gesellschaft suchten. Weil sie sich einige Augenblicke Vergnügen gönnten.«

Wieder eine Pause. Ein langer Blick in jede Kamera.

»Wer unter uns hätte sich das nicht verdient? Die Opfer haben niemandem in der Welt wehgetan. Sie haben niemanden verurteilt und nicht erwartet, verurteilt zu werden. Sie haben respektiert, dass wir alle unterschiedliche Ansichten haben und trotzdem miteinander auskommen können, dass Menschen in einer freien Gesellschaft ihren eigenen Lebensstil pflegen und ihre eigenen Entscheidungen treffen dürfen. Für sie galt die grundlegende Wahrheit, dass weder sie noch irgendwer sonst das Recht hat, anderen seinen Willen aufzuzwingen.«

Fillingers Stirnrunzeln wurde tiefer. »Über die Täter, die hierfür verantwortlich sind, kann man dies nicht sagen. Sie glauben, sie hätten ein *gottgegebenes Recht,* über andere zu richten und ihnen ihren Willen aufzunötigen. Sie glauben …« Fillinger senkte die Stimme. »Sie glauben, sie haben das Recht zu töten.«

Er ließ die Worte wirken. Nur ein einziges Geräusch war zu hören: das Brummen einer Drohne hoch über ihnen.

Fillingers Miene wurde finster. Er hob das Kinn. »Es gibt überhaupt keinen Zweifel daran, wer für diese Gräueltat verantwortlich ist. Verantwortlich sind jene, die Monat für Monat zu Protesten aufrufen und mit ihren Reden und Predigten ein Höllenfeuer entfachen.« Er zeigte auf die Ruine. »Es sind jene, die *im Namen Gottes* zu Gewalt gegen anständige Bürger aufrufen, die es wagten, dieses Gebäude zu betreten.«

In seinem luxuriösen Haus in Washington hörte Senator Erol Arbett seine Kinder, als sie nach unten kamen, um gute Nacht zu sagen. Das gehörte zu ihrem Abendritual, nicht nur weil Vier- und Sechsjährige vor dem Zubettgehen gern noch wild herumtoben und kichern, sondern weil der Senator die Anstrengung, seine enorme Leibesfülle nach oben zu bewegen, lieber nur einmal am Tag auf sich nahm, und zwar wenn er selbst schlafen ging.

Heute Abend fanden die Kinder ihn in dem Flur zwischen Arbeitszimmer und Wohnzimmer. Er jonglierte mit dem Mobiltelefon in einer Hand und einem Single Malt in der anderen, während er sie in die Arme nahm. Dann scheuchte die Nanny die Kinder nach oben. Während der Lärm allmählich verstummte, ließ sich Arbett neben seiner Frau aufs Sofa fallen. Sie war in ein Hochglanzmagazin vertieft und sah nicht hoch.

Rebecca Arbett, blond, spindeldürr und zwanzig Jahre jünger als ihr Mann, hatte zwei Eigenschaften von unschätzbarem Wert mit in die Ehe gebracht: Sie wusste, wie sie einen Raum mit Augenaufschlägen und einem hinreißenden Lächeln betören konnte, und sie war gebärfreudig. Seine erste Frau hatte weder das eine noch das andere gekonnt. Wie die meisten Dinge im Leben des Senators hatten diese Eigenschaften ihren Preis. Heute Abend ließ ein Stapel Kataloge darauf schließen, dass sie eine Designerküche und eine weitere Reise in die Karibik ins Auge gefasst hatte. Dem Anschein nach war St. Barts das Ziel.

Während Arbett an seinem Whisky nippte, vibrierte sein Telefon. Ein Hinweis von seinem Stimmungsmonitoringservice. Für einen kleinen Betrag analysierte er hunderttausend Chats pro Minute und benachrichtigte Arbett bei maßgeblichen Verschiebungen der öffentlichen Stimmung zu allen Themen, die er abonniert hatte. Das ermöglichte es ihm, am einen Tag subtile Änderungen an einer Presseerklärung vorzunehmen, am nächsten eine Rede zu optimieren und am Ende der Woche einen entgegengesetzten Standpunkt wie zu Wochenbeginn einzunehmen. Der Service hatte die Firma in den letzten beiden Jahren unter die Top-25-Unternehmen des Nasdaq katapultiert. Capitol Hill tanzte nach seiner Pfeife.

Arbett runzelte die Stirn. In den vergangenen fünf Minuten hatte sich die öffentliche Meinung zum Thema Dollhouses gegen den jüngsten Trend gewendet. Und zwar deutlich. Er schaltete den Fernseher im Wohnzimmer an und zappte durch die Kanäle. Die Nachrichtensender brachten die übliche Mischung aus Tratsch, Sex und Schwachsinn. Die große Story war offensichtlich ein Fallschirmspringer, der in North Carolina in einer Stromleitung hängen geblieben war. Eine Nachrichtendrohne filmte aus der Nähe, wie Funken von oben auf ihn herabregneten. *Ohne die Funken,* dachte Arbett, *würdest du da allein hängen.*

Er zappte weiter und weiter. Ein Banner erregte seine Aufmerksamkeit. Er schaltete zurück. CHEF VON DREAMCOM BESUCHT ANSCHLAGSORT.

Tom Fillinger hielt offensichtlich eine Art Rede. Arbett drehte den Ton auf. »… Wir respektieren ihre Ansichten und ihr Recht, anderer Meinung zu sein. Daran hat sich nichts geändert. Wir verlangen nicht das Recht, in ihre Kirchen einzudringen, ihren Gemeindemitgliedern ins Gesicht zu schreien oder die Menschen von ihren Türen zu vertreiben. Ist es zu viel verlangt, den gleichen Respekt zu erwarten?«

Rebecca Arbett sah verärgert auf. Sie warf ihr Magazin auf den Boden und nahm sich ein neues.

»Diese Heuchler predigen Liebe und überfallen dann friedliebende Menschen. Wann wurde Sexualität zu etwas Scheußlichem, wann wurde Gewalt akzeptabel? Wir haben diese selbsternannten moralischen Kreuzritter ertragen, diese Opportunisten, Eiferer und Extremisten, und wir sind für unsere Rechte und die Rechte unserer Kunden eingetreten. Aber Sie sollten sich keinem Irrtum hingeben: Hier ist ein weitaus größerer Kampf im Gange. Es ist der Kampf um unsere Freiheit. Ein Kampf um die Rechte, die jedem Bürger im ersten Zusatz zur Verfassung gewährt werden …«

Fillinger zitterte vor Aufregung und verkörperte perfekt den Zorn des Gerechten. Schweiß glänzte auf seinem Gesicht.

»Heute Morgen habe ich meinen Leuten gesagt, sie könnten zu Hause bleiben, wenn sie wollten. Stattdessen kamen sie in ihre Büros und saßen an ihren Schreibtischen und machten sich wieder an die Arbeit. Ich bin stolz auf sie, und ich soll von ihnen eine Nachricht an die Menschen weitergeben, die dies angerichtet haben. Amerikaner beugen sich weder der Gewalt noch dem Terror. Wir werden unsere hart erkämpfte Freiheit verteidigen …«

Arbett warf einen Blick auf die Stimmungsgrafik. Der Trend stieg stetig. Weitere Sender übernahmen die Übertragung. Mit der Rede gewann Fillinger in erstaunlichem Maße Rückhalt für Dreamcom und entzog NeChristo in gleichem Umfang Unterstützer. Dieser Mann zog eine hervorragende Show ab – eher ein Martin Luther King als ein Larry Flynt.

Nachdenklich rieb sich Arbett das Kinn. Der Stimmungswandel, der durch eine einzige Rede ausgelöst wurde, war alarmierend, aber der Gegenschlag würde rasch erfolgen und durch NeChristos gut gefüllte Kriegskasse finanziert werden. Wenn diese Jungs aufdrehten, gingen ihre Botschaften über jeden Sender, und zwar stündlich und tagelang. Fillingers Stimme würde einfach übertönt.

Oder etwa nicht?

Arbett dachte an seinen morgendlichen Spaziergang mit dem Lobbyisten. Fillinger war clever. Er setzte alle Hebel in Bewegung, die ihm zur Verfügung standen, um sich gegen seine sichtbaren und unsichtbaren Feinde zu wehren. Wer wusste schon, wie weit er damit kam, angesichts solcher Rhetorik und dem Bild der Verwüstung im Hintergrund. Die Wirkung war unvorhersehbar. Mist. Arbett hatte eine Vereinbarung auf dem Tisch. NeChristos Leute erkundigten sich in regelmäßigen Abständen, ob er eine Entscheidung getroffen hatte. Das Letzte, was er brauchte, waren Unwägbarkeiten.

FREITAG

16

»Da ist es, Sir. Beeindruckend, nicht wahr?«

Madsen sah in die Richtung, in die sein Fahrer, Agent auf Probe Steven Galloway, zeigte. Sie hatten Salt Lake City hinter sich gelassen und fuhren nun auf einem Highway nach Südwesten durch eine riesige, flache Industrielandschaft. Auf der rechten Seite zeichnete sich hinter einer Skyline aus Schornsteinen und Beton eine Kuppel ab.

Im Seitenspiegel leuchtete die Morgensonne grell über den Wasatch-Bergen. Vor zweihundert Jahren hatten diese Gipfel zusammen mit der unerschütterlichen Überzeugung, dass jeder einen Ort verdient, an dem er unbelästigt seinem Gott dienen kann, Brigham Young und seine mormonischen Pioniere dazu inspiriert, sich hier niederzulassen. Seit einiger Zeit berief sich ein ganz andersartiger spiritueller Führer auf die gleiche Inspiration. Dieser jedoch hatte niemals den Boden beackert oder mit den eigenen Händen schwere Arbeit geleistet. Er reiste in Limousinen und Privatjets, nicht in Planwagen. Und er sprach zu seinen Anhängern rings um den Globus über einhundert Millionen Ohrhörer, die man G-Ringe nannte. Schon bald, wenn sie an der Kuppel eintrafen, würde Madsen ihn kennenlernen.

In der Nacht hatte er alles gelesen, was er über die Neue Christliche Organisation von Amerika in die Finger bekommen konnte. NeChristo, so wusste er jetzt, hatte als kleine, freie Kirche in Dallas begonnen, und der Gründer war ein ehemaliger Unternehmensberater namens Brandt Engels – zwei Fakten, die in den offiziellen Prospekten nicht erwähnt wurden.

Engels hatte herausfinden wollen, ob es zur zentralen Doktrin einer Kirche werden könnte, wenn sie Beziehungen zwischen Menschen herstellte, die zusammenpassten – für Freundschaft, Partnerschaft, Romanzen oder Ehe. Beziehungen waren der Schlüssel, der half, große Gemeinden zu bilden, überlegte er weiter, und große Gemeinden wiederum bedeuteten große Einnahmen.

Das Experiment zeigte nicht sofort Erfolg. Ein Jahr lang predigte er dem Volk von Dallas von Kanzeln, Werbetafeln und den Bildschirmen in den Wohnzimmern, doch die Besucherzahlen blieben gering und die Spenden noch geringer. Er legte eine kreative Pause ein und stellte sich neu auf.

Nach sorgfältiger Analyse gelangte er zu zwei Schlüssen. Erstens hatten weder er noch irgendein anderer Glaubensführer auf dem Planeten je ausgereizt, welches Potenzial die Informationstechnologie hatte, um Gläubige anzuwerben, zu verbinden und den Gemeinden spirituelle Werte zu vermitteln. Zweitens verfügte er nicht über das persönliche Charisma, das notwendig war, um eine religiöse Bewegung zu führen.

Engels kannte die richtigen Leute für die erste Aufgabe. Mithilfe seiner alten Geschäftskontakte stellte er ein Expertenteam zusammen und setzte es an die Arbeit. Binnen sechs Wochen lieferten sie die Kombination von G-Ringen und Social-Network-Plattformen, die später das Kernstück der Kirche bilden würden.

Ein neues Gesicht für die Kirche zu finden sollte Engels weitere fünf Monate lang versagt bleiben, bis er von einem legendären, charismatischen Prediger in Missouri hörte. Er hieß Luke McConnell, nannte sich jedoch Pastor Luke. Engels setzte sich unangemeldet in eine von Lukes Predigten und lauschte der warmen Baritonstimme. Die Gläubigen fielen von glühender Leidenschaft in ekstatischen Glückstaumel. Engels spürte die Energie und die Anziehungskraft. Das war sein Mann.

Man legte ihm einen Vertrag vor. Engels hatte genug Erfahrung aus der Unternehmensberatung und wusste, man brauchte nicht nur die richtigen Leute, sondern musste ihnen auch die richtigen Anreize bieten, daher war in dem Dokument von Partnerschaft und Profitbeteiligung die Rede. Luke unterschrieb sofort.

Als die Dallas-Kirche mit ihrem neuen Führer, neuen Netzwerk und neuen Namen – die Neue Christliche Organisation von Amerika – wieder durchstartete, wurde sie ein Riesenerfolg. Im ersten Jahr wurden in siebzehn Städten neue Gemeinden gegründet. Im zweiten waren es neunundvierzig.

Das Partnerschaftsmodell von Engels und seinem Pastor schlug voll ein. Ihre bevorzugte Methode, neue Partner anzuwerben, bestand darin, besonders charismatische und talentierte Prediger zu finden und sie über sechs bis acht Wochen persönlich kennenzulernen. Wenn sie die Musterung bestanden, wurden sie zu einem Treffen eingeladen. Die Mitgliedschaft war damit verbunden, einen Crashkurs zu der NeChristo-Formel für Kommunikation, Marketing und Gemeindevernetzung zu absolvieren. Neue Prediger mussten sich einverstanden erklären, sich strikt an die Formel zu halten – und ihre bestehenden Gemeinden mit an Bord zu bringen. Nach einem Blick auf die finanziellen Möglichkeiten ließ sich niemand dieses Angebot entgehen.

Als sich dies herumsprach, brauchten Engels und Luke

sich nicht mehr selbst um Werbung zu kümmern. Prediger aus den ganzen Vereinigten Staaten baten um Aufnahme in das lukrative Unternehmen. Bald flogen sogar Interessenten aus Australien und Brasilien ein.

Im sechsten Jahr diagnostizierte Engels' Arzt bei ihm ein leichtes Herzleiden und riet ihm, etwas kürzerzutreten. Die Kirche hatte seine anderen Lebensleistungen in den Schatten gestellt. Ganz der Pragmatiker entschied er, sich aus dem Geschäft zurückzuziehen. Er rief eine Mannschaft von Anwälten zusammen und ließ sich von den anderen Partnern auszahlen. Angeblich wechselte eine Milliarde Dollar den Besitzer. Pastor Luke, der nach außen hin längst Kopf der Kirche war, wurde zum Seniorgesellschafter ernannt und übernahm die Führung. Engels flog nach Monaco, erstand für dreihundert Millionen eine Yacht, die so groß wie ein kleiner Ozeandampfer war, und verabschiedete sich in den Mittelmeersonnenuntergang.

Pastor Luke erwies sich als der richtige Nachfolger. Er führte ein aggressives Programm zur Expansion und Wiederanlage der Gewinne durch. Mit dem Wachstum der Organisation schuf er neue Managementstrukturen und führte ausgeklügelte Kontrollen ein. Das Hauptquartier in Dallas wurde bald zu klein für NeChristo, und als nicht weit von Salt Lake City in einem Gewerbegebiet ein großes Grundstück angeboten wurde, griff Pastor Luke zu. Er hatte eine Vision: eine neue Zentrale, die zum Image der Kirche passte und ein Symbol ihrer Macht und Stärke sein sollte.

Das Grundstück war groß genug. Salt Lake City wurde mit religiöser Unabhängigkeit in Verbindung gebracht und bot ein gewisses Maß an Abschottung, blieb jedoch leicht erreichbar von NeChristos größten Märkten an der Westküste. Die Kirche machte dem Gouverneur von Utah, dem

Parlament und der Stadt Salt Lake City Avancen in Form von Sanierungsplänen sowie einem gigantischen Bauprogramm und versprach neue Arbeitsplätze durch die erwarteten reichen Pilger. Die Anträge wurden bewilligt, und kurz darauf begannen die Arbeiten an der inzwischen berühmten Kuppel.

Madsen fiel auf, dass Agent auf Probe Galloway schon wieder an den Fingernägeln kaute. Den ganzen Weg von Salt Lake City hierher hatte er daran geknabbert.

»Was nervt Sie, Steve?«, fragte Madsen.

Galloway legte die Hand ans Lenkrad und sah ihn an. »Mich? Nichts?«

»Es gefällt Ihnen nicht, die netten NeChristo-Leute zu belästigen?«

»Nein. Ich meine, die machen keinen Ärger, und ich habe nichts gegen sie, aber das ist kein Problem.«

»Ich habe nur gescherzt – natürlich ist es das nicht. Und wie wär's damit: Es macht Ihnen keinen Spaß, als Junior den Taxifahrer für einen Agenten auf Besuch zu spielen. Und als wäre das nicht schon schlimm genug, ist der Kerl ein Plotter, ein Lügenmann, ein Zauberstabschwinger. Einer dieser Typen, denen man einen Scherz über knallende Pillen erzählt, und bevor man ihn zu Ende gebracht hat, steht man schon vor einem Untersuchungsausschuss und wird gefragt, ob man nicht im Weihnachtsurlaub vor drei Jahren etwas eingeworfen hat?«

Galloway grinste dümmlich.

»Und ehe man sichs versieht«, fuhr Madsen fort, »fliegt man in hohem Bogen raus und bewirbt sich als Türsteher bei einer Filiale der Bank of America. Ja?«

»So in etwa«, meinte Galloway. »Ich habe mich wohl gefragt, ob Sie einer dieser Moral-Nazis sind, wie alle sagen.«

»Wer ist alle?«, fragte Madsen und starrte aus dem Fenster.

»Die Leute eben. Die haben mir heute Morgen die Hölle heißgemacht.«

»Haben Sie denn etwas zu verbergen?«

»Nein, Sir.«

Madsen seufzte. »Nur die Ruhe. Bestimmt sind Sie ein guter Agent, und ganz bestimmt sind Sie ein Mensch. Vielleicht haben Sie es geschafft, bei der Polygrafenbefragung in Quantico etwas zu verheimlichen. Vielleicht haben Sie – irgendwann – etwas angestellt, das Sie lieber ungeschehen machen würden, und das macht Ihnen eine Heidenangst. Aber ich sag Ihnen, mir ist das vollkommen egal. Ich bin nicht vom OPI und interessiere mich nicht für derlei.«

Galloway sah Madsen an und entspannte sich ein wenig. »Äh, ja, so ungefähr sieht es aus.«

»So geht es uns allen, Steve. Ihnen, mir, jedem, der das Abzeichen trägt. Mein Rat wäre: Zerbrechen Sie sich nicht das Köpfchen. Zeigen Sie den OPIs den Stinkefinger. Wenn Sie ein halbwegs anständiger Agent sind – und das sind Sie bestimmt –, betrachten Sie jeden Tag, den Sie arbeiten können, als schönen Tag, und dann geht alles gut.«

Galloway grinste, diesmal breiter.

»Hey, aber halten Sie Ihre Schuldgefühle aus Ihren Gedanken raus, sonst tauchen Sie doch wieder auf meinem Radar auf«, fügte Madsen hinzu.

Die Fabriken, Lagerhäuser und Speditionen endeten abrupt, und nun fuhren sie durch Parks mit Fahrradwegen, Obstgärten und Gemüsebeeten. Die wenigen Gebäude, die sie zu sehen bekamen, waren niedrig, modern und verschmolzen mit der Landschaft. Bei manchen wuchs sogar Rasen auf dem Dach. Überall sah Madsen kleine Gruppen von bunt gekleideten Menschen, die gruben, schleppten, schnitten oder pflanzten.

»Die Freiwilligen von NeChristo«, erklärte Galloway. »Sie kommen von überallher, um hier an der Erneuerung der Stadt mitzuarbeiten und den Gemeinschaftsgeist zu erfahren. Die sehen echt glücklich aus, was?«

Das musste Madsen einräumen. Helle Kleidung, fröhliches Lächeln und angeregte Unterhaltungen zwischen den Arbeitenden. Das Verhältnis von Männern zu Frauen wirkte ausgeglichen. NeChristo hatte die Kibbuz-Idee auf einen neuen Level gehoben und Tausende Projekte gestartet, um Amerika wieder zu begrünen. Dazu hatte man Millionen Menschen angeworben, die man zu Arbeitsgruppen zusammenfasste, nachdem man genau analysiert hatte, ob sie zusammenpassten und gemeinsame Interessen hatten. Dabei gingen sie so effektiv vor, dass man scherzte, NeChristo sei die größte und beste Partnervermittlung der Welt. Und so wie es hier aussah, würde Madsen dem kaum widersprechen können.

Sie waren jetzt nahe an der Kuppel, bekamen einen Eindruck von der unglaublichen Größe – höher und breiter als der Louisiana Superdome – und konnten die Muster auf der Oberfläche erkennen. Madsen sah, dass es gar keine richtige Kuppel war, jedenfalls nicht im herkömmlichen Sinne. Stattdessen war es ein Gitter aus Stahl, das an ein umgestülptes Teesieb von gigantischen Dimensionen erinnerte. Die Träger waren mit Solarkollektoren bedeckt und bildeten Hunderte verstrebter Dreiecke, die majestätisch in der Luft zu schweben schienen und die Landschaft beherrschten. Durch die Lücken sah man Kaskaden von üppigem Grün. Hängende Gärten auf der Innenseite. Es war surreal, eine gartenbautechnische Unmöglichkeit in diesem Klima.

Plötzlich tauchten Millionen winziger Regenbogen auf, und Madsen erkannte, wie man das Unmögliche möglich gemacht hatte.

»Der NeChristo-Monsun«, sagte Galloway. »Einmal in der Stunde. Es heißt, sie haben hundertsechzig Kilometer Rohrleitung verlegt, um die Sprinkler mit dem Schnee aus dem Wasatch zu speisen. Im Winter erwärmen sie das Wasser mit den Solarzellen, bis es die richtige Temperatur hat. Unglaublich, nicht?«

Die Farben schimmerten und tanzten. Es war Magie. Madsen konnte den Blick nicht losreißen. »Wissen Sie, früher waren Kirchen immer weiß«, sagte er.

Galloway lachte. »Diese nicht.« Er wurde langsamer und bog in einen riesigen Parkplatz ein. »Da wären wir. Mit dem Wagen darf man nicht näher ran. Sehen Sie den Tunnel dort?« Er zeigte darauf. »Dadurch gelangen Besucher zur Rezeption. Ist ungefähr hundert Meter weit. Wenn Sie die Smiley-Leute im großen ›Kugellager‹ sehen, sind Sie da.«

Der Tunnel war eine Öffnung am Sockel der Kuppel, ein zehn Meter hohes Mauseloch, verglichen mit dem Koloss darüber. Mehrere Fuß- und Radwege führten hier zusammen und dann hindurch, ehe sie sich auf der anderen Seite wieder verzweigten. Oben im Gitter zischten die Sprinkler, doch kein Tropfen erreichte den Pfad. Das fallende Wasser wurde von treppenförmigen Glaskonstruktionen geschickt aufgefangen; dies gestattete, dass man die Ranken, Farne und üppigen Kletterpflanzen ungehindert betrachten konnte.

Als Madsen aus dem Tunnel kam, betrat er eine Szene wie aus Jules Vernes *Reise zum Mittelpunkt der Erde*. Die hängenden Gärten schwangen sich nach oben in den Himmel, das Grün zog sich kreuz und quer durch das Blau. Direkt vor ihm im Zentrum des riesigen eingefassten Bereichs, und fast so groß wie die Kuppel selbst, befand sich eine Kugel. Sie war mit reflektierenden Platten verkleidet und ähnelte tatsächlich einer Kugel aus einem Kugellager. Das Gebäude musste über zwanzig Stockwerke hoch sein. An den Eingängen unten herrschte reges Kommen und Gehen. Die Leute waren meist zu zweit oder dritt unterwegs, manche zu Fuß, andere auf dem Fahrrad. Es waren gesunde Menschen, die zu den attraktivsten gehörten, die Madsen je gesehen hatte.

Er stieg eine kurze Treppe hinauf, betrat die Kugel und starrte nach oben. Wie die Kuppel selbst war sie hohl, eine Hülle. Die Büros reihten sich entlang der Seiten auf und waren zu dem Schacht in der Mitte ausgerichtet. Ihre Lichter schufen in jedem Stockwerk einen leuchtenden weißen Ring. Rolltreppen dienten in der unteren Hälfte der Beförderung, für die obere gab es freistehende Fahrstühle, wobei jeder Fahrstuhl ein anderes Stockwerk mit dem Boden verband. Die Lifte waren durchsichtig und von innen beleuchtet und wirkten wie Suchscheinwerfer, die sich in die Nacht bohrten. Oben im Zentrum des Schachtes schwebte, ohne dass man eine Befestigung erkennen konnte, eine leuchtende, gasartig diffuse Kugel. Über deren Oberfläche trieben blaue und grüne Inseln. Die Farben erinnerten vage an den Erdglobus, die treibenden Formen hatten allerdings keine Ähnlichkeit mit den Kontinenten. Die Kugel hatte vielleicht fünfzehn Meter Durchmesser, aber das ließ sich kaum genau einschätzen.

Eine Kugel in einer Kugel unter einer Kuppel.

Madsen sah sich unten um. Er entdeckte die Rezeption, doch ehe er sie erreichte, kam ein tadellos gekleideter junger Mann auf ihn zu. Er hatte breite Schultern, ein kantiges

Kinn wie von einem Werbeplakat der Marines und streckte Madsen die Hand entgegen.

»Agent Madsen, nehme ich an? Wir haben Sie erwartet. Willkommen bei NeChristo.«

Während sie auf den zentralen und höchsten Fahrstuhl zugingen, begann der Mann unaufhörlich zu reden wie ein Touristenführer. Er zeigte nach oben zur leuchtenden Kugel. »Das ist die Kugel der Verbundenheit. Wir werden mitten hindurchfahren. Aber keine Sorge, es ist nur ein Hologramm. Die Größe zeigt an, wie viele Mitglieder gerade miteinander verbunden sind. Die Menschen zusammenzubringen ist unsere Mission. Deshalb haben wir die Kugel in der Mitte platziert, wo sie jeder sehen kann. Die Mitglieder machen die Kirche aus. Wir haben die Kugel so gestaltet, dass das Innere ausgefüllt wäre, wenn alle Mitglieder von NeChristo gleichzeitig verbunden wären. Wie Sie sehen können … im Augenblick kommunizieren zehn Prozent unserer Gemeinde miteinander.«

»Haben Sie schon einmal hundert Prozent erreicht?«

»Nein, aber davon träumen wir!« Er lachte. »Am nächsten kommen wir diesem Ziel während unserer Multizonen-Weihnachtsgottesdienste.«

»Und die Farben?«

»Sie symbolisieren den Gehalt der Kommunikation. Blau steht für Verbindungen in eine Richtung – Mitglieder, die unser Radio oder die Botschaft des Tages hören –, und Grün symbolisiert tiefer gehende Kommunikation zwischen zwei Personen. Mitglieder sprechen mit anderen Mitgliedern, kommen zum Gottesdienst, solche Dinge. Menschen brauchen Menschen: je mehr Grün, desto besser. Wenn man näher herangeht, kann man einzelne Gesichter erkennen … Dort! Sehen Sie?«

Der Fahrstuhl glitt in die Kugel, und die bunten Flecken lösten sich zu einem Meer aus feinen, leuchtenden Fäden auf. Am Ende jedes Fadens hing ein winziges Gesicht. Millionen Porträts in der Größe einer Briefmarke lächelten hinaus in die Welt. Es war ein ergreifender Anblick.

»Wenn das Treffen vorbei ist, würde ich Sie gern noch ein bisschen herumführen. Fragen Sie nur an der Rezeption nach mir.«

Na klar, dachte Madsen, als sie oben an der Kugel ausstiegen. *Und dort wartet dann auch ein G-Ring mit meinem Namen drauf.*

Pastor Lukes Büro ähnelte einer Mischung aus Börsenparkett und Brücke eines Flugzeugträgers. Die Mitte nahm ein Konferenztisch mit hohen Stühlen ein. An den Wänden hingen dicht an dicht Monitore mit Zahlen und Tabellen. Da das Büro oben in der Kugel lag, neigten sich die Fenster in steilem Winkel und erlaubten einen atemberaubenden Blick in das höhlenartige Innere. Selbst vom Konferenztisch aus sah Madsen noch das leuchtende Grün und Blau der Kugel in der Mitte.

Luke schwebte in einer langen Robe herein, die mit farbenprächtigen Blumen bestickt war. Er war fast genauso breit wie groß, und sein rundes Gesicht strahlte Freundlichkeit aus. Ein mächtiger Mann in jedem Sinn des Wortes.

Er umfasste Madsens Hände und begrüßte ihn mit dröhnender Stimme: »Willkommen! Entschuldigen Sie den Aufzug. Ich bin gerade mit einer Sendung fertig. Wir werben für ein Rekultivierungsprojekt in Kuala Lumpur, und ich wollte mich in den Geist dieses Projekts hineinversetzen. Es ist eine große Sache für uns und sehr aufregend.«

Madsen nickte. »Danke, dass Sie mich empfangen.«

Eigentlich war er sogar überrascht, Luke zu treffen. Am gestrigen Nachmittag hatte er telefonisch darum gebeten, als er unterwegs zum San Francisco International war, und erwartet, an einen der leitenden Pastoren verwiesen zu werden, doch bei seiner Ankunft im Hotel in Salt Lake City hatte ihn bereits eine Nachricht erwartet. Sein Anliegen war bewilligt worden. Und nun strahlte Pastor Luke ihn an, als habe er den Höhepunkt des Tages vor sich.

Luke legte die Robe ab, unter der ein teurer maßgeschneiderter Anzug zum Vorschein kam. Er hängte die Robe neben die Tür und zog einen Stuhl am Ende des Konferenztisches zurück. Das Möbelstück war riesig und offensichtlich speziell für den Körperumfang seines Besitzers angefertigt. Auf diesem Stuhl ließ er sich nieder, und gleichzeitig wechselte seine Miene von Freude zu tiefer Sorge. »Ich weiß, Sie mussten einen weiten Weg zurücklegen, um uns zu besuchen, Agent Madsen, und ich möchte Ihnen sagen, wie dankbar ich dafür bin. Das ist eine schreckliche Geschichte.« Er sprach in einem eigenartigen Singsang und betonte jedes dritte oder vierte Wort. »Wie kommen Sie mit den Ermittlungen voran?«

»Wir kommen voran«, antwortete Madsen. »Wenn auch nicht so schnell, wie wir es uns wünschen würden.« Er schilderte das Ausmaß der Tragödie und beobachtete Luke dabei genau, während er ausführlich darstellte, welche Angst die Opfer in ihren letzten Augenblicken erlebt haben mussten und wie sehr die Angehörigen litten.

Luke nickte und brummte mitfühlend. »Das ist wirklich entsetzlich … Die Vorstellung, dass mancher lebendig begraben wurde … Alle Mitglieder unserer Gemeinde beten für die Opfer …« Seine Worte klangen aufrichtig, doch Madsen bemerkte, dass der Pastor sich mit einem Monitor beschäftigte, auf dem sich rote Zahlenkolonnen aneinanderreihten. Von Zeit zu Zeit gab der Monitor einen leisen Piepton von sich. Luke konnte nicht widerstehen und blickte verstohlen hinüber, wenn sich die Zahlenreihen erneuerten.

Madsen wartete bis zum nächsten Piepen, ehe er sich vorbeugte und fragte: »Aber die Opfer haben doch gesündigt, oder?«

Luke riss die Augenbrauen hoch. Sein Lächeln verschwand. »Wie bitte?«

»Sie waren doch Sünder. Haben sie nicht bekommen, was sie verdient haben?«

Luke blickte ihn angespannt an. Jetzt hatte Madsen seine volle Aufmerksamkeit. »Sie waren vielleicht Sünder, aber Menschen, die vom rechten Weg abgekommen sind, muss man retten, nicht töten. So etwas hat niemand verdient.«

»Und die Protestkampagne? Haben Sie damit erreicht, was Sie wollten?«

»Es ist ein langer Weg, doch langsam finden wir Gehör an den richtigen Stellen. In der öffentlichen Meinung geht ein steter Wandel vor sich.«

»Sie haben also nicht vor, die Proteste zu beenden?«

»Wir haben an eine Unterbrechung gedacht. Ich sehe, Sie sind skeptisch, aber ich versichere Ihnen, wir haben darüber nachgedacht. Es war wirklich keine leichte Entscheidung. Am Ende erschien es uns, als würde eine Unterbrechung mehr schaden als nutzen. Diese Tragödie ändert nichts an der Tatsache, dass Dollhouses zu Sünden schlimmster Sorte verführen. Wir haben die Chance, Amerika auf einen erleuchteten Pfad zurückzuführen, und wir können nicht zulassen, dass unsere bisherige Arbeit vergeblich war.«

Sünden schlimmster Sorte. Wenn die letzte Handlung des

Mannes in Raum vier damit gemeint war, dann war es genau das, wozu die Dollhouses verführt hatten. Madsen fragte: »Welche Anweisungen ergehen an Ihre Mitglieder?«

»Inwiefern?«

»In Bezug auf die Proteste.«

»Erst einmal bekommen unsere Mitglieder keine Anweisungen. Was sie tun, ist ganz allein ihre eigene Entscheidung. Wir machen darauf aufmerksam, welche Demonstrationen in ihrer Stadt stattfinden, und bitten darum, dass sie über eine Teilnahme nachdenken. Auch bitten wir um Friedfertigkeit, um beispielhaftes Benehmen, das die Welt respektiert.«

»Sie sagen ihnen nicht, dass sie sich vor die Dollhouses stellen und Kunden am Zugang hindern sollen?«

»Unsere Mitglieder wollen nur, dass sie langsamer gehen, damit sie unsere Botschaft hören können.«

»Wenn man Menschen vor laufenden Kameras beim Betreten und Verlassen behindert, ist das nicht so, als würde man sie öffentlich an den Pranger stellen?«

Luke lehnte sich in seinem Stuhl zurück. Das Möbelstück ächzte unter seinem Gewicht. »Nein, ich glaube nicht.«

»Was jedoch«, fuhr Madsen fort, »zu Gewalttätigkeiten geführt hat.«

»Die Gewalt hat sich gegen unsere Anhänger gerichtet. Sie sind nicht die Täter. Mitglieder von NeChristo, so darf ich stolz sagen, haben stets Zurückhaltung geübt.«

Das stimmte nicht, wie Madsen wusste. Manche Demonstrationen hatten zu Prügeleien und Verhaftungen auf beiden Seiten geführt. Es war Zeit, ein wenig aufzudrehen. »Glauben Sie, Ihre Anti-Dollhouse-Kampagne hat die Gewalt ausgelöst?«

»Natürlich nicht.«

»Wie sicher sind Sie da?«

Wieder piepte es und dann noch einmal. Luke sah zum Monitor und zurück. »Sehr sicher. Unsere Botschaft richtet sich strikt gegen Gewalt.«

»Können Sie sich einen Grund vorstellen, warum ein Mitglied von NeChristo eine Gewalttat gegen ein Dollhouse verüben könnte?«

»Keinen.«

»Glauben Sie, eines Ihrer Mitglieder wäre fähig, eine solche Tat zu begehen?«

»Nein.«

Madsen lehnte sich vor. »Das ist unrealistisch. In einer Gemeinde, die so groß ist wie Ihre, dürfte es einen gewissen Anteil labiler Menschen geben.«

Ein Klopfen unterbrach sie. Ein Assistent trat ein und flüsterte Luke etwas ins Ohr, wobei er auf den Monitor blickte, der den Pastor abgelenkt hatte.

Luke entschuldigte sich und trat mit dem Assistenten vor den Bildschirm. Sie unterhielten sich leise und schoben auf dem Touchscreen mehrere Diagramme hin und her. Der Assistent ging hinaus. Luke blieb stehen und starrte die Diagramme an. Dann drehte er sich zu Madsen um. »Verstehe ich Sie recht: Sie glauben, jemand von NeChristo war an dem Verbrechen beteiligt?«

»Wir haben Grund für einen solchen Verdacht, ja.«

»Darf ich fragen, warum?«

»Fragen dürfen Sie, aber ich kann es Ihnen nicht verraten.«

Lukes Mundwinkel gingen abwärts. Einen Moment später sagte er: »Natürlich haben viele unserer Mitglieder zum Zeitpunkt ihres Beitritts Sorgen. Sie suchen bei uns Gemeinschaft, Liebe und Orientierung, und die geben wir ihnen. Also nein, ich kann nicht ernsthaft ausschließen, dass ein

Mitglied zu einem möglichen Gewalttäter werden kann. Aber wenn jemand länger bei uns ist und wir unsere Arbeit gut gemacht haben, wird dieser Jemand nicht mehr zur Gewalttätigkeit neigen.«

»Kommen wir noch einmal zu Ihnen zurück. Haben Sie oder ein anderer der Kirchenführer etwas gesagt oder getan, das jemanden zu dem Bombenanschlag in San Francisco animiert haben könnte?« Madsen saß absolut still, äußerlich teilnahmslos, doch seine Sinne waren aufs Äußerste gespannt.

Luke starrte ihn an. »Absolut nicht.«

»Könnten Sie sich vorstellen, dass ein Führer von Ne-Christo *möglicherweise* direkten Anstoß zu dem Anschlag in San Francisco gegeben hat?«

»Das ist beleidigend.«

»Das war die vorige Frage auch schon. Antworten Sie bitte.«

Luke schloss die Augen und massierte sich die Nasenwurzel mit Daumen und Zeigefinger. »Nein, natürlich kenne ich niemanden, der zu so etwas fähig wäre …«

»Würden Sie das auch wiederholen, wenn ich einen Polygrafen einsetze?«

Madsen kannte die Antwort bereits, denn kein religiöser Führer hatte sich je freiwillig einem Lügendetektortest unterzogen. Sie brachten alle möglichen Vorwände vor: Schweigepflicht, Unantastbarkeit, Respekt oder den Schutz des Glaubens. Wenn man einen Zyniker fragte, bestand der wahre Grund in der Angst davor, dass der Interviewer in existenzialistische Bereiche abschweifen und beweisen könnte, dass sie in Wirklichkeit nicht an Gott glaubten.

Die erwartete Antwort kam, aber Madsen interessierte sich mehr für die Reaktion des Pastors.

Luke errötete und blies die Nasenflügel auf. »Das wäre ein gefährlicher Präzedenzfall«, erwiderte er gleichförmig.

»Es würde lange Umwege ersparen, um den guten Namen Ihrer Kirche zu erhalten«, meinte Madsen. »Meine Kollegen und ich können dann in andere Richtungen weiterermitteln. Ich kann Ihnen versichern, dass der Test unter uns bleibt.«

Luke verschränkte die fleischigen Hände hinter dem Rücken, wandte sich den Fenstern zu und starrte auf die Kugel der Verbundenheit. Sein Nacken hatte die Farbe einer reifen Tomate. Madsen fragte sich, was passieren würde, wenn jemals ein NeChristo-Führer an Höhenangst litte.

»Es gibt keine Vertraulichkeit bei einem Polygrafenverhör«, sagte der Pastor und richtete seine Worte in den Abgrund jenseits des Glases. »Selbst wenn Sie Wort halten, tun es Ihre Kollegen vielleicht nicht. Ich lasse mich auf keinen solchen Test ein. Und ehe Sie fragen, ich werde auch niemandem sonst aus der Kirche einen derartigen Test erlauben.«

Madsen zuckte mit den Schultern. »Dann hätte ich noch eine Bitte. Wir würden gern abgleichen, ob einer unserer Verdächtigen Mitglied Ihrer Kirche ist. Würden Sie uns das ermöglichen?«

»Ihnen Zugang zu unserer Datenbank gewähren?«

»Ja.«

»Hundert Millionen Menschen vertrauen uns. Viele wären niemals Mitglied geworden, wenn sie glaubten, dass wir ihre Daten an die Polizei weitergeben.«

»Das weiß ich zu würdigen. Werden Sie trotzdem über die Bitte nachdenken?«

»Ich kann sie dem Vorstand vorlegen, aber ich weiß, wie die Antwort lauten wird.«

»Ich verstehe. Dann helfen Sie mir vielleicht, Befragungstermine mit Gemeindepastoren im Großraum San Francisco zu vereinbaren? Ohne Polygrafen, einfach nur Befragungen.«

»Das ist ja schon die zweite Bitte. Ich fürchte, ich werde weder die eine noch die andere erfüllen.«

»Warum nicht?«

»Weil mir solche Ermittlungen ins Blaue hinein nicht zusagen, und genau darum handelt es sich. Und ich werde den guten Ruf meiner Kirche nicht aufs Spiel setzen. Wenn Sie jemanden befragen wollen, müssen Sie ihn vorladen.«

Madsen nickte. »Dann besorge ich mir die Vorladungen.«

»Das bezweifle ich. Wäre die Befragung damit beendet? Ich habe zu tun.«

Als sie vom Parkplatz fuhren, blickte Madsen über die Schulter und betrachtete den weißen Transporter mit den abgedunkelten Scheiben, der zwischen zwei anderen Fahrzeugen rückwärts aus einer Parklücke setzte. Hatte er den nicht schon auf der Hinfahrt gesehen? Der Transporter wendete und folgte ihnen im Abstand von hundert Metern. Galloway fuhr die Auffahrt zum Highway nach Salt Lake City hinauf. Der Transporter fuhr weiter geradeaus. Madsen entschied, dass er sich schon Dinge einbildete, und vergaß den Kleinlaster. Stattdessen konzentrierte er sich darauf, das Gespräch mit Luke noch einmal im Kopf durchzugehen. Er war auf etwas gestoßen. Das sagte ihm seine Nase.

17

Tausend Kilometer weiter westlich auf dem überfüllten Dach des Dreamcom-Towers erspähte Tom Fillinger im Meer der redenden Köpfe einen weißen Cowboyhut und nahm Kurs darauf.

Das Dach war der feuchte Traum jedes Partyorganisators. Im offenen Bereich glänzten riesige Windschirme aus rostfreiem Stahl in der Mittagssonne wie die Segel eines Klippers des Weltraumzeitalters. Die Windschilde, die ein norwegisches Spezialunternehmen gebaut hatte, sorgten dafür, dass der frische Wind aus der Bucht gehört, aber nicht gefühlt werden konnte. Die Böen pfiffen über die Segel und strichen dabei über besonders konstruierte Lamellen, die ihnen die Energie entzogen, bis nur noch milde Kaskaden kühler Luft das wohlfrisierte Haar der Gäste zerzausten. Im überdachten Bereich, wo sich die Menschen am dichtesten drängten, standen weiß gedeckte Tische voller Speisen. Zehn riesige Banner hingen von Gerüsten, und jedes zeigte künstlerisch gestaltete Impressionen von Orten mit Namen wie »Hadrians Villa«, »Tahiti-Paradies« oder »Das Spielzimmer von Louis XIV.«. Ein elftes Banner war horizontal zwischen die beiden Gerüste gespannt und verkündete: »Danke, dass Sie Ten Worlds unterstützen!«

Fillinger war vor allem erleichtert. Die Stimmung war ein wenig gedämpft, und gelegentlich schnappte er die eine oder andere Bemerkung über die Bombenanschläge in den

Unterhaltungen auf, doch die Veranstaltung war gut besucht. Die meisten Gäste mochten seinen Kampfgeist und übernahmen ihn für sich. Dass sie ungehemmt seinem Champagner Bollinger zusprachen, tat vermutlich ein Übriges.

Jemand rief seinen Namen, stürzte auf ihn zu und wollte ihm die Hände schütteln. Wieder so eine aufgeblasene Berühmtheit, die ihn nicht die Bohne interessierte. Er blieb stehen und gab vor, sich geschmeichelt zu fühlen. Von rechts, wo eine Gruppe Bewunderer den neuen James Bond umringte, hörte er raues Gelächter. Der Schauspieler posierte provokativ mit einer der Kellnerinnen. Bei seinem maskulinen Äußeren und seinen eisblauen Augen schmolzen die Herzen der Frauen, doch der Kerl war so dumm, wie er arrogant war. Fillinger hatte nie verstanden, was die Schauspieler an der Pornoindustrie anzog, aber das war schon der Fall, seit Johnny Carson, Sammy Davis Junior und andere Hollywoodgrößen größten Wert darauf gelegt hatten, sich bei Vorstellungen von *Deep Throat* sehen zu lassen. Nicht dass er sich beschweren wollte. Wenn sich Stars mit seinen Ladys fotografieren ließen, war das die beste Publicity, die er bekommen konnte. Noch dazu umsonst.

Er entschuldigte sich und zog weiter.

Während er sich an den Cowboyhut heranarbeitete, erkannte er den Mann darunter. Jim Bonitas. Fünfundsechzig, Texaner und stinkreich. Und wie immer mit seinem kanariengelben Hemd, Stiefeln, Jeans und einer riesigen Gürtelschnalle in Form von zwei Rinderhörnern zu lässig für den Anlass gekleidet. Das heutige Outfit vervollständigte ein mageres Mädchen, das keinen Tag älter als neunzehn war. Sie hing an seinem Arm wie ein Rettungsring. Ihre leere Miene zeigte Langeweile und Ahnungslosigkeit.

Am Dienstag würden Fillinger und Bonitas zusammen Ten Worlds eröffnen.

Bonitas war in eine Unterhaltung mit einem großen rothaarigen Bartträger vertieft. Mark Pemberton, Fillingers Produktionsleiter. Pemberton sah Fillinger kommen und entschuldigte sich. Bonitas drehte sich um, erschreckte seine gelangweilte Freundin mit einem Klaps auf den Allerwertesten und schickte sie weg.

»Wie läuft's, Tom?«, fragte er. Bei seinem texanischen Akzent schmolz der Satz zusammen, als bestünde er aus einem einzigen Wort.

»Den Umständen entsprechend gut«, antwortete Fillinger. »Mark hat Sie sicherlich gerade über den aktuellen Stand des Lieferplans in Kenntnis gesetzt?«

»Yup, morgen kommen die nächsten vierzig Dollys, die letzte Lieferung trifft am Eröffnungstag ein. Ziemlich eng geplant, Junge, möchte ich sagen. Aber zum Teufel, Sie wissen, was Sie tun, oder?«

Fillinger nickte. »Der letzte Raum ist jetzt fertig. Konnten Sie ihn sich schon ansehen?«

»Dieser römische Mist ist nichts für mich. Aber meinen Jungs gefällt es, und ich habe sie eingestellt, weil sie wissen, wovon sie reden.«

»Noch einen Drink?«, fragte Fillinger, nahm Bonitas' leeres Glas und hielt es hoch.

Eine platinblonde Kellnerin mit üppiger Oberweite kam zu ihnen und reichte eine Getränkekarte auf einem Tablett. Bonitas beugte sich vor, betrachtete die Karte und bewunderte ausgiebig die Brust des Mädchens. »Jack Daniel's. Hübsch.«

»Für mich das Gleiche, mit Eis«, sagte Fillinger.

Die Bedienung machte sich zur Bar auf, der Texaner glotzte ihr genüsslich hinterher.

Fillinger war zufrieden. Es war das gleiche Modell, das an Ten Worlds geliefert wurde. Die Marktanalyse hatte fünftausend Erstbesucher analysiert und herausgefunden, dass eine der größten Enttäuschungen in Vegas die erste Begegnung mit den Kellnerinnen im Casino war. Hollywood schürte Erwartungen auf junge Dinger, und wenn die Drinks dann von Großmüttern in Miniröcken gebracht wurden, hatten die Befragten das Gefühl, in der falschen Stadt gelandet zu sein. Ten Worlds würde das erste Casino sein, in dem die Erwartungen *übertroffen* würden.

Bonitas grinste Fillinger dreckig an. »Was meinen Sie? Könnten Sie sie nicht dazu bringen, die Bestellung wenigstens zu wiederholen? Wenn ich jetzt einen Gin Tonic oder so etwas bekomme? Ein Kunde könnte ziemlich sauer werden.«

Fillinger zuckte zusammen. Niemand wollte einsehen, was für eine Herausforderung es darstellte, jede Silbe mit unendlich vielen winzigen Bewegungen der Lippen, des Gesichts, des Halses und der Brust zu synchronisieren. Die kleinsten Abweichungen machten den Unterschied zwischen ultrarealistisch und schauerlich aus, und schauerlich machte niemanden scharf. Solange es in diesem Bereich keinen größeren Durchbruch gab, beschränkten sich die Konstrukteure von Dreamcom auf Seufzen und Stöhnen. Den Kunden war es gleichgültig. Sie zahlten nicht fürs Reden. Er und Jim hatten das längst geklärt. »Sie hat Ihre Bestellung aufgezeichnet und überträgt sie zum Ohrhörer des Barmanns. Sie bekommen jedes Mal den richtigen Drink. Ein deutsches Labor hat einen neuen Synchronisationsalgorithmus entwickelt, und ich schicke ein Team nach Hannover, um sich den anzusehen …« Er sprach nicht weiter. Bonitas' Blinzeln verriet ihm, dass der Texaner nicht mehr zuhörte.

»Wer war es, Tom?«, fragte Bonitas.

»Wenn ich das wüsste, wäre derjenige schon tot.«

»In Ihrer Rede gestern haben Sie ziemlich zuversichtlich geklungen.«

»Wenn sie es nicht getan haben, dann haben sie auf jeden Fall die Lunte gelegt.«

»Aha.« Der Texaner blinzelte wieder. Kurz darauf sagte er: »Passen Sie auf, Tom, ich kann es mir nicht leisten, dass mir jemand mein Casino in die Luft jagt.«

»Wird auch niemand.«

»Und ich kann es mir nicht leisten, dass meine Besucher Angst haben.«

»Niemand jagt Ihr Casino in die Luft, Jim.«

»Ich wäre dafür, den Termin zu verschieben. Um eine Woche oder zwei. Sobald die Sache geklärt ist, fühlen sich die Leute wieder sicher, und dann legen wir los. Was halten Sie davon?«

»Gott, Jim. Die Medien. Die Stars, die eingeflogen werden. Manche sind bereits bei der Vorbesichtigung. Es wäre eine Katastrophe. Wir können mehr Sicherheitskräfte einstellen …«

Bonitas winkte ab. »Sicherheitsleute haben wir genug. Darum geht es nicht. Mir geht es um Folgendes: Meine Umfragen sagen, dass die Kunden sich Sorgen machen.«

Fillinger wurde langsam ärgerlich. Er mochte es überhaupt nicht, sich vor anderen rechtfertigen zu müssen, und das Wort »Partnerschaft« hatte er vor Jahrzehnten aus seinem geschäftlichen Vokabular gestrichen. Für Ten Worlds hatte er eine Ausnahme gemacht, da er hier eine gigantische Kuh sah, die es zu melken galt, und dieses Flaggschiff würde das Ansehen aller anderen Dollhouses heben. Bonitas wusste das. Sie hatten darüber gesprochen. Und trotzdem wollte ihm dieses Arschloch schon sagen, wie die Sache abzulaufen hätte, noch bevor die Eröffnung überhaupt stattgefunden hatte.

»Hören Sie«, sagte er. »Ich habe gestern einen der Ermittler kennengelernt. Der ist aufgeweckt. Es wird Verhaftungen geben, ganz bestimmt.«

Bonitas zuckte mit den Schultern. »Wenn sie hinter Gittern sind, haben wir keine Probleme mehr.«

»Also brauchen wir keine drastischen Maßnahmen zu ergreifen. Geben wir den Cops die Chance, ihre Arbeit zu tun.«

Bonitas musterte Fillingers Gesicht, lachte und klopfte ihm auf die Schulter. »Ich wollte Sie nur aufziehen, Partner. Kommen Sie, wir machen uns auf die Suche nach der Replikantin und fragen sie, was mit unseren Drinks passiert ist.«

Fillinger lehnte mit der Ausrede ab, dass er ein Interview geben müsse, und machte sich zur Lounge auf. Unterwegs gab es eine Tür für die Angestellten. Er verschwand darin und schloss sie hinter sich. Seine Schläfen pochten. Jim Bonitas sollte seinen Cowboyhut und seine zweitklassige Minderjährige nehmen und es sich selbst besorgen. Ohne Dreamcom wäre Ten Worlds nur ein weiterer schäbiger Glücksspielpalast. Und dankte man es ihm? Zeigte man *Respekt*? Er stieß mit dem Kopf an die Wand, steckte sich die Faust in den Mund und biss zu.

Die Tür ging auf.

Fillinger sah sich erstaunt um. Es war die Bedienung. Unter Platinhaar, strahlendem Lächeln und Riesenbusen trug sie ein Tablett. Genau in der Mitte stand der Jack Daniel's. Knurrend schlug er zu. Das Glas krachte an die Wand und barst. Bernsteinfarbene Tropfen, Glassplitter und Eisstückchen regneten auf sie herab. Die Puppe riss die

Augen auf. Ihr Lächeln verschwand. Sie verneigte sich nervös und ging hinaus …

Exakt wie programmiert. Als Nächstes würde sie sich mit der Wartung in Verbindung setzen und eine Reinigungskraft anfordern. Er putzte sich das Jackett ab, setzte ein Lächeln auf und folgte ihr hinaus.

Ein hässlicher Mann mit schmierigem grauem Pferdeschwanz und verstörenden schwarzen Augen löste sich aus einer Gruppe und kam auf ihn zu. Radim Ivanovic, Fillingers Mann für Zahlen und der Stellvertreter, dem er am meisten vertraute, arbeitete seit dreißig Jahren im Geschäft. Er kannte alles, was es zu kennen gab.

»Ist nicht so gut gelaufen mit Bonitas?«, fragte Ivanovic und beäugte seinen Chef über einen exotisch dekorierten Cocktail hinweg.

Fillinger sah ihn an. »Ich habe ein bisschen frische Luft gebraucht.«

Ivanovic verzog keine Miene.

Fillinger verdrehte die Augen. Eine Ausrede war wenig glaubhaft, wenn man dabei das Dach eines Wolkenkratzers verließ, um in einem Servicegang frische Luft zu schnappen. »Er hat um Verschiebung der Eröffnung gebeten.«

Zwei protzige Chinesen nickten höflich im Vorbeigehen. Sie gehörten zu einer Delegation aus Macau, die hier war, um über eine Vereinbarung für ihr Casino zu verhandeln. Fillinger nickte zurück. Er hatte kein Interesse. Nicht bevor Ten Worlds gestartet war. Danach würde er Verträge zu seinen Bedingungen abschließen.

Ivanovic nippte an seinem Cocktail. »Was haben Sie ihm gesagt?«

»Ich habe gesagt, wir müssen durchhalten. Das wird schon laufen.«

18

Viereinhalb Stunden nachdem Madsen das Büro von Pastor Luke verlassen hatte, saß er wieder in San Francisco auf einem orangefarbenen Plastikstuhl und wartete auf eine Antwort von Captain Pete McAlister, dem Leiter von Central Station, Metro Division, SFPD.

McAlister war ein großer, einschüchternder Schwarzer, der früher Profifootball gespielt hatte. Er lehnte an der Kante seines Schreibtisches. Auf den verschränkten Unterarmen zeichneten sich scharf Muskeln ab. An der Wand hinter ihm krochen winzige blaue Pünktchen, manche zu zweit, manche allein, über die Straßen und Highways einer elektronischen Stadtkarte. Über der Karte prangte der Wahlspruch: MINIMALER EINSATZ, MAXIMALE WIRKUNG. Ein Lautsprecher übertrug knisternd den Polizeifunk.

Madsen war nervös. Er kam direkt vom Flughafen und hatte nur kurz Pause gemacht, um ein trockenes Sandwich runterzuschlingen und auf die Toilette zu gehen. Unterwegs hatte er eine alarmierende Nachricht von Carl Steinmann aus der Spurensicherung erhalten. Das Labor hatte herausgefunden, dass es sich bei dem Sprengstoff in der Grant Avenue um eine spezielle Charge D-5 handelte, die kürzlich beim Militär verschwunden war. Die Armee war bislang von einem verwaltungstechnischen Fehler ausgegangen, doch nachdem man Wochen mit der Suche verschwendet hatte und nun das Büro nachgehakt hatte, gab man den Diebstahl zähneknirschend zu. Am Ende der Nachricht hatte Steinmann noch eine kurze, aber erschreckende Rechnung angefügt: *Nach ihrer Schätzung wurden bei dem Anschlag 20 bis 60 Pfund D-5 verwendet. Bei der vermissten Lieferung handelt es sich um 500 Pfund. Das genügt, um acht oder neun weitere Anschläge vom Ausmaß der Explosion in der Grant Avenue zu verüben.*

Neben Madsen saß auf einem identischen Plastikstuhl Holbrook und neben ihm ein hagerer Mann in schlichter Kleidung. Der Dreitagebart und das Funkeln in den Augen gaben ihm etwas Koboldhaftes. Vorgestellt hatte man ihn als Inspector Brown. Madsen hatte ihn noch nie getroffen und würde, wenn alles nach Plan liefe, auch nie wieder mit ihm reden.

Im Augenblick sprach McAlister.

»Sie wollen mir also sagen, Agent Madsen«, stellte der Captain fest, »dass Sie den Eindruck haben, diese Leute wären weiterer Ermittlungen wert?«

»Das ist richtig«, antwortete Madsen. »Der Pastor hat Mitgefühl für die Opfer gezeigt, war jedoch mehr mit seinen Finanzen beschäftigt. Offen gesagt würde es mich nicht überraschen, wenn sie daraus auch noch Kapital schlagen. Als ich um weitere Hilfe bat, benahm er sich nicht kooperativ. Er stimmte einem Polygrafentest nicht zu und reagierte heftig, als ich ihn fragte, ob irgendwelche Verantwortlichen bei NeChristo möglicherweise zu einem solchen Anschlag aufgerufen hätten.«

»Und das führt Sie zu welchem Schluss?«

»Luke McConnell ist vielleicht nicht direkt in das Verbrechen verwickelt, aber zumindest glaubt er, einige seiner Kollegen könnten damit zu tun habe. Er hat eine Menge zu verbergen und fürchtet, was ans Tageslicht kommen könnte, wenn wir die führenden Mitglieder der Kirche vor den Polygrafen setzen.«

»Mike?«

Holbrook hatte einen Fuß aufs Knie des anderen Beins gelegt. Mit den Fingern der rechten Hand tippte er auf seinen Schuh, hörte jetzt aber auf. »Die Kirchenspitze hat gegen Dollhouses gehetzt und Demonstrationen organisiert… die Möglichkeit besteht. Und der Verdächtige trug einen G-Ring. Es ist schwer zu sagen, wie weit die oberen Chargen involviert sind, aber wir dürfen nicht die Möglichkeit ignorieren, dass Vorstände der Kirche etwas damit zu tun haben könnten.« Er tippte weiter auf seinen Schuh.

Das Ritual dauerte bereits eine Viertelstunde. Mit Ausnahme von Brown, der noch nichts gesagt hatte, kreisten sie bereits mehrfach um die gleichen Beobachtungen und wechselten sich darin ab, Kleinigkeiten klarzustellen oder Aussagen mit eigenen Worten zu wiederholen. Dabei hatten sie vorsichtig nach und nach eine gewisse Symmetrie hergestellt.

McAlister wandte sich an Madsen. »Von wie vielen Kirchenvorständen reden wir hier?«

»Von einem oder einem Dutzend. Das lässt sich vorher nicht festlegen. Meiner Ansicht nach wäre es am sinnvollsten, einige der Vorstände in San Francisco mit dem Polygrafen zu befragen – eigentlich ist es gleichgültig, wen. Ich brauche nur eine Witterung, der ich folgen kann, um irgendwelche Verschwörer aufzuscheuchen.«

McAlister fragte: »Und warum können Sie sich die Datenbank nicht beschaffen?«

Holbrook räusperte sich. »Wir haben über das FBI einen Antrag gestellt, doch wenn es um Kirchenangelegenheiten geht, bekommen die Richter anscheinend Bauchschmerzen.

Es dauert. Und da Luke und seine Leute nun wissen, dass wir Zugang haben wollen … Wer weiß, ob die Aufzeichnungen später noch vollständig sind.«

McAlister beugte sich vor. »Okay. Angesichts der Dringlichkeit müssen wir alles tun, um einen weiteren Anschlag zu verhindern. Wir sind uns einig, dass einige Polygrafenbefragungen durch Agent Madsen die schnellste Möglichkeit sind, um die Ermittlungen voranzutreiben, oder?«

Alle nickten.

»Natürlich können Sie keine Vorladung bekommen, um die obersten Kirchenführer des Landes zu befragen, nur weil ein irrer Massenmörder zufällig einen G-Ring getragen hat.«

»Wohl kaum«, sagte Madsen.

Holbrook wählte seine Worte mit Bedacht. »Aber *falls* jemand, der über Insiderwissen verfügt, vor dem Polygrafen aussagen würde, dass er glaubt, gewisse führende Mitglieder von NeChristo hätten den Anschlag angeordnet, und falls diese Person die führenden Mitglieder namentlich nennen würde … würde das ausreichen, um eine Vorladung zu erwirken, nicht wahr?«

»Ja, das würde genügen.« Jetzt waren alle auf gleicher Wellenlänge. Es wurde Zeit, das Ritual zu beenden.

McAlister betrachtete seine Fingernägel. »Ich wünschte, meine Abteilung würde eine solche Person kennen.« Er richtete die Bemerkung an niemanden im Besonderen, doch alle Blicke wandten sich Inspector Brown zu.

»Zufälligerweise«, sagte Brown strahlend, »ist heute Morgen jemand zu uns gekommen. Ein Mann namens Reginald Ryle.«

Es waren seine einzigen Sätze, und der Zeitpunkt dafür war perfekt gewählt.

Man nannte es Bootstrapping. Die Taktik war in Quantico entwickelt worden, um gegen das organisierte Verbrechen vorzugehen. Der Grundgedanke war, einen verärgerten Fußsoldaten zu finden, der bereit war, gegen jemanden in der Organisation auszusagen. Dabei war es einerlei, ob die Motivation aus Eifersucht, Rivalität oder Abneigung bestand, solange der HAMDA eindeutig Grün zeigte, während die Verbrechen des Kollegen aufgelistet wurden. Dann hatte man Material, um eine Vorladung gegen den Nächsten zu erwirken, und so ging es voran.

Bei ihren Einsätzen hatten Madsen und seine Kollegen eine interessante Entdeckung gemacht. Bei *jedem* beliebigen Individuum mit Macht und Bekanntheit gab es Menschen, die im tiefsten Herzen glaubten, dass dieses Individuum irgendeine Schuld auf sich geladen hatte.

Diese Menschen glaubten oft auch andere Dinge – zum Beispiel, dass der Präsident ihre Telefonate abhörte, dass die Mondlandungen vorgetäuscht waren und dass die Terroranschläge vom 11. September eine Verschwörung der Freimaurer waren. Daher war es klug, die Fragen eng auf das Thema zu begrenzen, um später nicht heikle Kopien anfertigen zu müssen. Und vor dem Gang zum Gericht musste ein Agent schwören, dass er seine Beweise auf legale Weise gesammelt hatte, weshalb es keine gute Idee war, sich solche Zeugen selbst zu suchen. Man wollte Distanz, und je weniger man wusste, desto besser. Idealerweise steckte man einem vertrauenswürdigen Kollegen, jemandem in einer anderen Abteilung oder, wie in diesem Fall, einer anderen Behörde einen Hinweis zu. Hatte man Glück, kam ein freundlicher Fremder vorbei und merkte nebenbei an: *Übrigens, wir haben da diesen interessanten Zeugen, mit dem Sie bestimmt reden möchten …*

Dazu das ganze Theater. Madsen würde nicht fragen, wer Reginald Ryle aufgetrieben hatte, weil er es nicht wissen wollte. Da zwei Polizeibeamte in den Kühlschränken der Rechtsmedizin lagen, gab es keinen Mangel an Freiwilligen, doch auf diesem Umweg war es immerhin möglich, dass sich der Mann zumindest theoretisch selbst gemeldet hatte.

Madsen betrachtete Bootstrapping als Notbehelf, als Taktik, die nur in absolut dringlichen Situationen anzuwenden war, aber da es nur eine einzige seriöse Spur gab, dafür aber die Möglichkeit weiterer Anschläge, und die Vorgesetzten im FBI auf Ergebnisse drängten, war augenblicklich keine Zeit für Feinheiten. Er musste NeChristo unterwandern.

Unten im Überwachungsraum zitterten Shari Sanayeis Hände. Sie hatte gerade entdeckt, dass ein bestimmtes Gespräch, das sie lieber geheim gehalten hätte, in den Akten zu dem Anschlag zu finden war. Sie war sicher, weil ihr eigenes Team die gespeicherten Daten von allen Kameras in der Gegend hochgeladen hatte.

Mit klopfendem Herzen gab sie die Nummer für die Dome-Kamera vor Central Station und die Zeit ein: Schichtbeginn am Mittwoch. Sie überprüfte noch einmal, dass die Aufzeichnung nur auf ihrer Konsole zu sehen sein würde. Es wäre eine Katastrophe, wenn sie versehentlich auf der Wand landen würde. Eigentlich war es weniger schlimm, wenn jemand es sehen würde, aber was zu *hören* wäre, machte ihr Sorgen. Die betreffende Kamera hatte ein Mikrofon.

Sie drückte den Wiedergabeknopf.

Ihr eigenes Gesicht erschien auf der Konsole. Wütend. Aufgeregt.

Shari schloss die Augen, als die Gefühle sie erneut übermannten. Sie schluckte und sammelte ihre Kraft, um die

Gestalt anzusehen, die neben ihr vor dem Revier stand. Die Bügelfalten seiner Hose waren messerscharf, der schwarze Kragen frisch gestärkt. Der siebenzackige Stern auf seiner Brust glänzte. Im Gegensatz zu ihr war Adam ruhig, lediglich ein leichtes Stirnrunzeln verriet die Gefühle über das, was er hörte.

Sharis Arme waren schlaff. Das Headset fühlte sich schwer an, als sie es aufsetzte. Sie schaltete den Ton zu. Ihre eigene Stimme kam gereizt und aggressiv über den Kopfhörer. »*… habe lange genug gewartet. Wenn du es ihr jetzt nicht sagst, was soll ich dann …*«

Sie stellte den Ton ab. Die Hände vor dem Mund, wippte sie still auf ihrem Stuhl hin und her. Seine Antwort wollte sie nicht hören. Das wäre zu viel. Daran würde sie zerbrechen.

Die Bilder liefen weiter; ihre stummen Ultimaten und bissigen Worte wechselten sich mit seinen lautlosen Plattitüden und Beschwichtigungen ab. Adam drehte sich um. Shari erinnerte sich, dass Terry Strong von der anderen Straßenseite gerufen hatte, es sei Zeit für Rock'n'roll. Shari hatte sich wegen der Störung geärgert. Adam wandte sich wieder ihr zu, legte den Kopf entschuldigend schief und hob hilflos die Hand.

Dann war er gegangen. Für immer.

Adieu, Adam.

Bei all den manuellen Überprüfungen war es ein Wunder, dass noch niemand darauf gestoßen war. Vor achtundvierzig Stunden hätte sie alles erklären können. Es war persönlich. Es war eine Affäre. Sie hatten sich kurz vor seinem Tod gestritten. Ihre Chefs hätten es vielleicht verstanden. Jetzt nicht mehr. Man würde ihr unangenehme Fragen stellen. Warum haben Sie es nicht vorher gesagt? Was haben

Sie noch zu verbergen? Man würde sie sofort von dem Fall abziehen.

Die Szene würde auch auf anderen Kameras zu sehen sein, aber das spielte keine Rolle. Die waren zu weit entfernt und hatten keinen Ton aufgezeichnet.

Es musste weg.

Ihr Zeigefinger schwebte über der Löschtaste.

Eine Datei mit Beweisen zu manipulieren war natürlich ein Straftatbestand. Wenn man sie erwischte, hätte es üble Konsequenzen.

Aber man würde sie nicht erwischen. Sie wusste, was sie tat. Es bliebe nur ein kurzer toter Punkt, eine Mikrofonpanne. Und er war unbedeutend, kaum mehr als eine Minute Audio von einer Kamera weit vom Tatort entfernt. Es hatte nichts mit dem Fall zu tun. Wenn sie die Taste drückte, war es weg. Niemand würde es vermissen.

Sie drückte die Taste.

Shari holte tief Luft. Die Anspannung fiel von ihr ab. Sie schaltete ihren Monitor auf eine Livekamera in der Green Street, nahm das Headset ab und stand auf.

Yolanda versperrte die Tür.

Sie stand mit verschränkten Armen im Durchgang. Ihre Miene war leer, neutral, undurchdringlich. Sharis Gedanken rasten. Wie lange stand sie schon da? Ein paar Sekunden? Länger? Sie lächelte unsicher und hoffte auf eine positive Reaktion.

Lässig nahm Yolanda die Arme herunter. Sie sagte nichts und ging in Richtung des Zimmers des Dienstleiters davon.

19

In Washington, D.C., ging Senator Erol Arbett die Stufen des Kapitols hinunter auf den Wagen zu, dessen Tür ihm sein Fahrer aufhielt. Er reichte ihm den Aktenkoffer und stieg in die Limousine. Während sie sich in den Verkehr einfädelten, lehnte er sich zurück, schloss die Augen und versuchte sich zu entspannen. Der Bericht von seinem Sentiment-Guru hatte eine Stunde gedauert. Er war erschöpft. Jet Barnes sprach zu schnell und benutzte zu viele Diagramme; sein australischer Akzent und sein aufdringliches Benehmen nervten genauso wie seine grellen Krawatten und seine lauten Sportwagen. Und wie lüstern der Kerl dabei auch noch seine Sekretärin anstarrte! Ohne seine genialen Statistikfähigkeiten und seine Intuition hinsichtlich Wählerverhalten wäre er ein Nichts. Würde auf der Straße sitzen.

Laut Jets Analyse gab Fillingers Rede keinen Anlass zur Besorgnis. Die Auswirkungen waren nur vorübergehend. Dem Trend zufolge würde das Dollhouse-Thema schon bald wieder so beurteilt werden wie vorher. Wie Arbett vorhergesagt hatte, lief die Publicity-Maschinerie von NeChristo schnell und wie geschmiert. In ein paar Tagen würde sich niemand mehr an diese Rede erinnern.

Allerdings war der Senator nicht sicher, ob Barnes dieses Mal recht hatte. *Fillinger ist noch nicht fertig,* dachte er. *Der alte Fuchs ist ein Überlebenskünstler und wird seine Dollhouses nicht kampflos untergehen lassen.* Allein die Tatsache, dass der

Mann einen Frontalangriff auf NeChristo gestartet hatte, war beunruhigend. Könnte er den Ruf der Kirche dauerhaft beschädigen? Das war schwer zu sagen, aber bis man den Bombenleger nicht erwischt hatte und die Geschichte aus dem öffentlichen Fokus geriet, konnte man nichts ausschließen.

Dessen ungeachtet musste er eine Entscheidung über NeChristos Angebot fällen.

Er brauchte einen Rat.

Arbetts Fahrer kannte den Weg auswendig. Er fuhr nach Norden und wählte Abkürzungen, um den Feierabendverkehr zu umgehen. Regierungsgebäude machten Geschäftshäusern Platz. Sie zogen sich bis in die Randbezirke. Die Straßen wurden grüner, die Häuser größer.

Wenn es um wichtige Entscheidungen ging, vertraute Arbett nur zwei Menschen auf der Welt. Der eine war Otto Finkeld, ein ehemaliger Anwalt mit streng zurückgekämmtem, gegeltem Haar, Brille und einem Stock im Hintern, was es ihm jederzeit möglich gemacht hätte, beim Film eine Statistenrolle als Bankier aus den Zwanzigerjahren zu übernehmen. Otto liebte Politik. Und er liebte alles an ihr: von den Mauscheleien im Repräsentantenhaus bis hin zum Stimmenfang in den Wohnsiedlungen. Wenn er nicht als Politikberater tätig war, dachte er über Politik nach, und wenn er nicht über Politik nachdachte, unterrichtete er sie als Professor für Politikwissenschaft an der Georgetown-Universität. Sie hatten sich kennengelernt, als Otto zeitweilig für eine von Arbetts frühen Kampagnen engagiert worden war. Er hatte das Team vor den Kopf gestoßen, indem er eine Kehrtwende bei einem umstrittenen Stadtplanungsvorhaben vorgeschlagen hatte. Arbett würde mehr Frauenstimmen bekommen, hatte er gesagt, als er Stimmen von den älteren Bürgern verlieren würde. Damit hatte er recht behalten.

Der andere Vertraute war Kenny Bosco, ein rothaariger Heißsporn, der Goldringe wie Schlagringe trug und aussah, als würde er sein Geld als Lastwagenfahrer verdienen, was er tatsächlich schon getan hatte. Er hatte einen Lastwagenverleih gegründet, worauf sechs weitere Firmen für Transport, Lagerung und Industriereinigung folgten. Kenny musste mit ansehen, wie drei seiner Firmen dichtmachten, und veräußerte die anderen vier, um eine Reihe Häuser am Wasser zwischen Cape Cod und Fort Lauderdale zu kaufen. Inzwischen betrachtete er sich als Halbruheständler. Arbett kannte Kenny seit der Highschool. Sie waren beide helle Köpfe gewesen und hatten bis aufs Blut miteinander gewetteifert. Erst Jahre später, als sie nicht mehr auf dem gleichen Platz gegeneinander antreten mussten, hatten sie erkannt, wie viel sie gemeinsam hatten, und waren Freunde geworden.

Otto der Intellektuelle und Kenny der Faustkämpfer – unterschiedliche Hintergründe, doch die Motivation war die gleiche. Stechen und Hauen im Kampf. Siegen. Das Blut des Unterlegenen vergießen.

Manchmal trafen sie sich in einem Luxusapartment in der City von Washington, das Kenny gehörte. Die Wohnung hatte den Vorteil, dass alles privat blieb. Wenn Kenny eine Frau bei sich hatte, drückte er ihr eine Kreditkarte in die Hand und schickte sie für den Abend shoppen. Dann spielten die drei Männer Poker, rauchten Zigarren und schmiedeten bis in die frühen Morgenstunden Komplotte.

Bei anderen Gelegenheiten wählten sie eine zivilisiertere Umgebung. Was Arbett besser gefiel.

Der Fahrer bog in eine breite Einfahrt ab, und Arbett erhaschte einen Blick auf makellos weiße Säulen und Gebäude im römischen Stil. Sie leuchteten golden in der Nachmittagssonne vor einem tiefblauen Himmel. Das Interieur des North Washington Country Club war ähnlich edel. Dies galt auch für die Mitgliedschaft, was zwei einfachen Mechanismen zu verdanken war: Bewerber mussten drei schriftliche Bürgschaften von anderen Mitgliedern vorlegen und eine Aufnahmegebühr von zweihundertfünfzigtausend Dollar entrichten, die nicht erstattet wurde und im Voraus zu zahlen war. Kurz gesagt, alles dort erinnerte Arbett an seinen Platz auf der lebenslangen Erfolgsleiter, und zwar in Gesellschaft anderer, die – Hand aufs Herz – von sich behaupten konnten, dass sie wirklich etwas bewegt hatten.

Arbett entstieg der Limousine und mühte sich durch die Korridore, die mit französischen Gemälden, italienischem Marmor und livriertem Personal gesäumt waren. Er stieg eine Treppe mit rotem Teppich zur oberen Terrasse hinauf, wo ihn Kenny und Otto erwarteten. Seit Jahren hatten sie stets den gleichen Tisch reserviert. Ein großer Teil von Arbetts Karriere war hier entschieden worden, während man Bourbon unter Topfpalmen trank und hinaus auf den Golfplatz zu den Scharlacheichen schaute.

Zuerst unterhielten sie sich streng nach Protokoll über Baseball. Dann über Frauen. Arbett wartete bis zur zweiten Runde Drinks, ehe er zum Geschäftlichen kam. »Puppenschänder gegen Gottesfürchtige, Gentlemen. Wir müssen eine Entscheidung treffen.«

»Was mich betrifft, ist die Sache klar«, meinte Kenny, fummelte an seinen Goldringen herum und spielte wie bei jeder Diskussion die Rolle des Vorlauten. »Luke und sein Team sind gut, und sie sitzen auf lange Sicht fest im Sattel.

So eine clevere Aktion habe ich noch nie gesehen.« Er rührte das Eis im Glas mit dem Finger um. »Da kannst du nicht verlieren.«

»Das ist es ja, Kenny«, sagte Arbett und griff in seinen Aktenkoffer. »Ich bin noch nicht sicher.« Er nahm zwei Mappen heraus und ließ sie auf den Tisch fallen. »Die hat mir Jet heute zusammengestellt. Schaut sie euch an und sagt mir, was ihr davon haltet.«

Kenny blätterte die Seiten durch und wandte sich der Zusammenfassung zu. Nachdem er die überflogen hatte, warf er die Mappe auf den Tisch. Otto nahm sich für jede Seite Zeit und studierte die Tabellen. Nach ein paar Minuten wurde Arbett ungeduldig. »Otto?«

»Ja? Oh. Also, die Stimmung geht wieder auf normal zurück. Das ist gut …«

»Aber?«

»Aber … die Daten zeigen, dass der gestrige Ausschlag heftig war. Heftiger, als man es angesichts einer lausigen Rede erwarten würde. Meiner Meinung nach deutet das auf eine gewisse Wechselhaftigkeit hin.«

»Wechselhaftigkeit verstehe ich als Unberechenbarkeit?«, fragte Arbett.

Otto ließ sich Zeit für seine Antwort. »Ich würde sagen, ja. In diesem Fall. Weil es so viele Unbekannte gibt. Da Fillinger den Finger hebt …«

Kenny unterbrach ihn. »Warum gibst du nicht eine Stellungnahme heraus, in der du die Jesus-Fanatiker verteidigst? Nach dem Motto, Fillinger habe kein Recht, unsere lieben Erweckungsprediger zu verleumden, und man solle sich nur anschauen, wie viel Gutes die Kirche mit ihren Projekten tut. Und so weiter. Damit plädierst du für das rechtschaffene Christentum und den gesunden Menschenverstand, und als Bonus startest du mit deinen neuen Freunden gleich auf dem richtigen Fuß.«

Otto warf den Kopf in den Nacken und lachte.

»Ich meine es ernst!«, rief Kenny, legte die Hand aufs Herz und gab sich verletzt.

»Und wenn es eine Verbindung zwischen Kirche und den Bombenanschlägen *gibt*?«, fragte Otto. »Was wird dann aus dem aufrechten Führer?«

Kenny schnaubte. »Unfug. Es gibt keine Verbindung. Es ist eine große Kirche, keine durchgeknallte Sekte. Überleg doch mal: Die Dollhouses zu schließen wäre schlecht fürs Geschäft. All die Kundgebungen und Demonstrationen und Fernsehdebatten. Darauf fahren sie doch ab. So viel Geld hatten sie noch nie. Je länger sich das hinzieht, desto besser.«

Otto lachte. »Tatsächlich könnte es auch andersherum laufen. Wenn die unterdrückten, in Geld schwimmenden Fundamentalchristen sich mal entspannen wollen, können sie nicht ins Bordell. Was wäre also das Erste, was sie tun? Das Portemonnaie zücken und für Dreamcom spenden!«

»Symbiose!«, sagte Kenny.

Arbett stimmte in das Lachen ein.

Ein Kellner näherte sich. Sie verstummten. Er schob ein Wägelchen an den Tisch und verteilte Tabletts mit Austern. Über der Balkonterrasse nahm der Himmel, wo er die Baumwipfel berührte, ein tiefes Violett an. Gärtner arbeiteten an den Rändern des Grundstücks, und das Brummen von Rasenmähern gesellte sich zum Klingeln der Eiswürfel. Der Kellner verbeugte sich knapp und schob sein Wägelchen davon.

Otto setzte stirnrunzelnd seine Professorenmiene auf. »Wir sollten die Sache ernst nehmen. Angenommen, du schlägst dich auf die Seite von NeChristo, und es findet sich eine Verbindung zwischen Kirche und Anschlag. Oder es folgen weitere Anschläge, und Fillinger beschuldigt weiter NeChristo. Dann sinkt die öffentliche Unterstützung für die Kirche. Sicher, wir haben Mittel, aber wir stehen auf unsicherem Boden und verlieren Stimmen …«

»Hörst du eigentlich, was du sagst?«, unterbrach ihn Kenny. »Wenn, wenn, wenn! Du bist zu pessimistisch.«

»Und Fillinger wird ein mächtiger Feind«, fuhr Otto fort.

»Wenn es ihn dann noch gibt«, erwiderte Kenny, legte den Kopf zurück und schlürfte eine Auster.

»Wie bitte?«

»Weitere Anschläge könnten ihn sein Geschäft kosten.«

Otto verdrehte die Augen. »Ich glaube kaum. Dreamcom ist riesig. Die Firma verfügt über verschiedene Einkommensquellen und große Rücklagen. Die können quersubventionieren. Gleichgültig, wie es mit den Dollhouses weitergeht, die können es aussitzen.«

Kenny grinste. »Da wäre ich mir nicht so sicher.«

Arbett kniff die Augen zusammen und starrte Kenny an. »Was weißt du, Kenny-Boy?«

Kenny betrachtete seine Austern und wählte sorgfältig die nächste aus.

»Was«, wiederholte Arbett und zeigte mit einem dicken Finger auf Kenny, »weißt du … was wir nicht wissen?«

Kenny entschied sich für eine Auster. Er kaute in aller Seelenruhe. Schließlich sagte er: »Ich habe gehört, er hat mehr ausgegeben und mehr Kredite aufgenommen, als er sich leisten konnte. Viel mehr. Forschungslabor, die Herstellung der Püppchen, die Ausstattung der Dollhouses. Nicht billig, und er hat es einfach zu eilig gehabt.«

»Und das bedeutet?«

»Sagen wir mal so: Er hat sich ans äußerste Ende eines Astes gesetzt, und wenn seine Einnahmen nicht bald steigen, wird er abstürzen.«

Arbett musste diese Information verdauen. Da wunderte es nicht, dass die Zahlungen ausblieben. Und dass der Lobbyist so verflucht unverblümt gewesen war. Die schwitzten anscheinend Blut. »Also, jetzt mal Klartext. Fillinger hat sich über beide Ohren verschuldet, und wenn er das nicht in Ordnung bringt, werden sich die Kreditgeber auf ihn stürzen?«

»So sieht das ungefähr aus«, sagte Kenny, der mit seiner kleinen Bombe zufrieden war. »Er hat alles auf Ten Worlds gesetzt. Wenn es Dienstag eröffnet wird, dürfte es ihm finanziell wieder besser gehen. So groß ist die Sache. Aber er musste eine Menge hineinpumpen. Und er hängt zusammen mit einem Geschäftspartner in der Sache. Verzögerungen darf er sich nicht leisten. Wenn irgendetwas schiefgeht … bestenfalls ist er dann gezwungen, einen großen Teil seines Geschäfts zu verkaufen. Man sagt, der Geschäftspartner wird sich einiges einverleiben.«

»Man? Wer?«, fragte Arbett leise.

»Wie?«

»Du hast gesagt, ›man sagt‹. Wer sagt es? Woher kommt das?«

Kenny grinste. »Ich hab es von einem alten texanischen Kumpel. Der zufällig an der Sache beteiligt ist.«

Arbett nickte. Jim Bonitas. Der Casinomogul spielte mit dem Geld vieler Leute, nur nicht mit dem eigenen. Er sorgte stets dafür, dass er gewann, was auch passierte.

Er legte den Kopf in den Nacken und ließ eine Auster zwischen seine Lippen gleiten. Mit der Zunge drückte er darauf und genoss die glitschige Konsistenz. Der Gedanke daran, Fillinger zu zwingen, einen Teil seines geschätzten Imperiums zu veräußern, gefiel ihm ausgesprochen gut.

»Wenn also irgendetwas mit den Dollhouses passiert«, sagte er, »ist Fillinger sowieso am Ende.«

»In dem Falle wäre es am sichersten, zu NeChristo zu wechseln«, meinte Otto.

Kenny grinste. »Und die haben auch keine Geldprobleme.«

»Nein, sie haben keine Geldprobleme«, stimmte Otto zu.

Arbett hob das Glas. »Auf unsere neuen Freunde in Salt Lake City.«

20

Madsen fand Mr. Reginald Aaron Ryle – siebenundvierzig Jahre alt, unverheiratet, Vater verstorben, schlechtes Verhältnis zur Mutter und erst kürzlich von NeChristo in San Francisco exkommuniziert – in einer gemieteten Bruchbude in West Oakland nahe der Ecke 12. und Peralta Street.

Ryle reagierte nicht auf Klopfen, doch die Wohnungstür war nicht verschlossen und schwang auf. Als Madsen eintrat, sah er einen schwächlich gebauten Mann, der gemütlich in einem verschlissenen Fernsehsessel saß. Er trug eine khakifarbene Hose, ein gestärktes Hemd und eine ordentlich gebundene braune Krawatte. Der Fernseher im Wohnzimmer war abgeschaltet, im Haus herrschte Stille.

Ryle zeigte angesichts des Eindringlings keine Überraschung und vermittelte Madsen den Eindruck, er habe schon einige Zeit gewartet. Auf die Frage, ob er mitkommen und einige Fragen über seinen früheren Arbeitgeber beantworten würde, nickte Ryle und folgte wie ein Lamm auf die Straße, wo Holbrook ihm die Beifahrertür des Dodge aufhielt.

Während der Fahrt in die Stadt wurde nicht gesprochen.

Madsen fand, man tarnte den Verstoß gegen eine Regel am besten dadurch, dass man alle anderen pingelig einhielt. Aus diesem Grund brachte er Mr. Ryle ins FBI-Büro und führte ihn in einen Verhörraum, der mit zusätzlichen Sensoren zur Ergänzung des HAMDA ausgestattet war.

Außerdem bat er einen Polygrafentechniker dazu, der sicherstellen sollte, dass die Befragung ordnungsgemäß aufgezeichnet und dokumentiert wurde.

Ryle saß auf einem großen, bequemen Stuhl. Der Stuhl war weiß, genauso wie die Bodenfliesen, die Decke und die Wände. Abgesehen von einem Einwegspiegel war der gesamte Raum so gestrichen, um einen hohen Grad an Helligkeit zu erreichen, der die Aufnahmeempfindlichkeit der Beobachtungsgeräte optimal unterstützte.

Ryle wurde gefragt, ob er Musik hören wolle, um sich zu entspannen. Er wählte Bach. Bach sei sein Lieblingskomponist, sagte er.

Die Rückenlehne des Stuhls wurde nach hinten gekippt.

Madsen zog sich einen normalen Stuhl heran und legte sich das Klemmbrett mit den sorgfältig vorbereiteten Fragen auf die Knie. Er sah aus wie ein Psychiater, der einen Patienten behandelt.

Die Befragung begann.

Wann immer Ryle sprach, zeichneten Sensoren Heben und Senken der Brust auf, das Zucken der Augenlider, die Temperatur, die sein Nacken abstrahlte. Sensoren lauschten der Betonung jedes einzelnen Wortes und maßen seinen Puls. Sie erschnüffelten den Pheromonausstoß aus den Poren und überprüften die elektrischen Aktivitäten jeder Hirnregion aus sechzehn verschiedenen Winkeln.

Fünfzehn Minuten später wusste Madsen, dass er in der Bredouille saß.

»Versuchen wir es noch einmal«, sagte er. »Ich habe Sie gefragt, ob Pastor Paul dazu fähig wäre, den Bombenanschlag auf das Dollhouse in der Grant Avenue in Auftrag zu geben.«

»Oh ja, ganz bestimmt. Und er bestiehlt seine Gemeinde.

Er ist ein großer, fetter Dieb.« Ryle sprach wie ein Großvater, der Geschichten aus einer aufregenden Jugend zum Besten gibt: herzlich und mit funkelnden Augen. Er war fröhlich und gelassen. Madsen schwitzte trotz der geregelten Raumtemperatur.

Ryle fuhr fort: »Er verführt die Menschen dazu, viel mehr zu spenden, als sie sich leisten können. Und gibt es für sich selbst und seine fette Gattin aus.«

Madsen seufzte. *Fett* war wohl Ryles Lieblingswort. »Ich habe nur gefragt, ob er zu einem Mord fähig sei.«

»Ja, ist er. Und er stiehlt. Und zwar kein Kleingeld. Er muss sich allein letztes Jahr zehn Millionen zusätzlich in die Tasche gesteckt haben, ganz bestimmt.«

Madsen warf einen vernichtenden Blick in den Einwegspiegel. Bach lief leise im Hintergrund.

»Mr. Ryle«, sagte er. »Müssen wir es noch einmal durchgehen? Ein Ja oder ein Nein würde völlig ausreichen. Sie brauchen keine zusätzlichen Informationen hinzufügen, wenn Sie meine Frage beantworten.«

»Ich verstehe.«

Warum machen Sie es dann?, dachte Madsen. Er sah auf seine Uhr. »Wie wäre es mit einer Pause? Wir sitzen hier schon eine Weile. Trinken Sie doch ein wenig Wasser.« Er legte seine Checkliste auf den Tisch, ging hinaus und füllte sich selbst einen Pappbecher. Er trank und bemerkte, dass Holbrook neben ihm stand und ihn verwirrt ansah. Madsen vergewisserte sich, dass die schalldichte Tür geschlossen war, ehe er sich zu dem Inspector umdrehte. »Okay, hier also das Neueste«, zischte er. »Der frühere Hirte der guten Menschen von Sunnyvale lässt sich bösartig über alle und jeden aus.«

»Ist das ein Problem?«, wollte Holbrook wissen. Der

große Cop befand sich auf unbekanntem Terrain und wirkte ungewöhnlich nervös.

»Ja, das ist ein Problem, weil er sich so schnell auslässt, dass ich nicht abschalten kann!«

Holbrook runzelte die Stirn. »Mr. Ryle hat eben viel zu sagen. Da er über Insiderwissen verfügt, kann er qualifizierte Eindrücke äußern, was die Oberhäupter von Ne-Christo …«

»Scheiß aufs Insiderwissen. Nur falls Sie es vergessen haben: Hier geht es um einen ordnungsgemäßen, voll dokumentierten Polygrafentest.« Madsen sah zu dem Techniker, der sich in der Nähe mit einem Computer beschäftigte, und senkte die Stimme. »Deshalb darf ich nichts unter den Tisch fallen lassen. Es wird schon eine Riesenarbeit, den Kram nur aufzuschreiben. *Nicht* eingerechnet die verschwendeten Mittel, wenn ich an die weiteren Befragungen zwischen jetzt und Weihnachten denke. Gott, Mike, wo haben Sie diesen Irren aufgetrieben?«

Holbrook zuckte zusammen, als hätte man ihn geschlagen. Seine geballten Fäuste sahen aus, als wären sie bereit, Madsen jederzeit zu zermalmen. Plötzlich fand der Techniker in den Schnörkeln auf seinem Bildschirm etwas ungemein Interessantes.

Im nächsten Augenblick erkannte Madsen seinen Fehler. Die Beherrschung zu verlieren schränkte seine Urteilskraft ein. Holbrook hatte ein Zugeständnis gemacht und sich aus seiner Kuschelecke vorgewagt, um Madsen bei seinem Ermittlungskurs zu unterstützen. Und was machte die zusätzliche Arbeit schon aus? Beunruhigte ihn das wirklich so sehr? Vielleicht war er bloß müde. Einerlei, es war ein schwerer Fehler. Er holte tief Luft. »Tut mir leid, Mike. Ehrlich, es tut mir leid. Das war dumm. Falsche Frage. Sie brauchen nicht darauf zu antworten. Jetzt fällt mir auch wieder ein, dass Mr. Ryle von einem anderen Inspector als Zeuge ins Spiel gebracht wurde.«

Holbrook löste die rechte Faust, dann die linke. Er spannte die Finger an und lockerte sie. Sehr langsam atmete er durch.

Madsen wandte sich an den Techniker. »Ich hätte gern Ihre professionelle Meinung. Wird er den Test bestehen?«

»Er glaubt alles, was er gesagt hat. Wir hatten überall ein sauberes Grün.«

»Ja, das weiß ich. Aber mal unter uns: Kann man ihm Zurechnungsfähigkeit bescheinigen, oder wird irgendein gewiefter Anwalt die Aufzeichnungen überfliegen und ihn als pathologischen Neurotiker entlarven, der auch schwören würde, dass Jesus ein Kinderficker war?«

Der Techniker starrte eine Weile auf den Bildschirm, schob die Unterlippe vor und zuckte mit den Schultern. Schließlich sagte er nicht wirklich überzeugend: »Er sollte den Test bestehen.«

Madsen blickte durch den Einwegspiegel. Mr. Ryles Miene war ein Bild der Glückseligkeit. Die Augen hatte er geschlossen. Wären die Hände nicht gewesen, hätte er genauso gut auch schlafen können. Die Hände jedoch zeichneten rhythmische, parallele Kreise in die Luft, während sie dem anschwellenden Crescendo von Bachs Symphonie Opus sechs, Nr. 1, in G-Dur folgten.

Es gab tatsächlich jede Menge Arbeit.

Ryle hatte den Finger auf vierzehn Männer und zwei Frauen in den Vorstandsetagen von NeChristo gerichtet und beschuldigte sie, sich an Diebstahl und organisierter Kriminalität beteiligt zu haben. Die Hälfte von ihnen waren seiner

Aussage zufolge auch Kandidaten für die Anstiftung zu dem Bombenanschlag. In den Augen des früheren Gemeindeleiters war die Neue Christliche Organisation nur einen Schritt von der Cosa Nostra entfernt. Es spielte keine Rolle, dass Madsen nur an einem Verbrechen interessiert war. Das Prozedere verlangte, dass jede Beschuldigung dokumentiert wurde, und alle sechzehn Personen mussten befragt werden. Sie waren über die gesamten Vereinigten Staaten verteilt.

Pass auf, was du fragst, dachte Madsen. *Du könntest es zehnfach bekommen.*

Er arbeitete bis spät in die Nacht, noch lange nachdem die letzten Kollegen gegangen waren und sich die Klimaanlage abgeschaltet hatte. Im dreizehnten Stock des Phillip Burton Building herrschte Stille, wenn man von seinem Atem und dem leisen Klappern seiner Tastatur absah.

Ausnahmslos jeder lieferte mehr interessante Informationen, wenn er nicht vorbereitet war und nicht von einem Anwalt begleitet wurde, und die beste Art, eine Absprache unter Verdächtigen zu verhindern, bestand darin, sie gleichzeitig zu befragen. Madsen überlegte, wann das realistischerweise in allen Städten durchgeführt werden könnte. Er setzte den Termin auf Mittag, Westküstenzeit, fest.

Diese Aktion konnte er nicht ohne Vorladungen in Gang bringen, und nachdem er das Protokoll verfasst hatte, begann er mit den ASAT-Anträgen. Der Ausschuss würde so viel Dokumentation wie möglich sehen wollen, da es sich bei den Betroffenen um religiöse Führer handelte. Er arbeitete sich mühsam durch die Aufzeichnung von Ryles Aussage und suchte für jeden Antrag die passenden Äußerungen zusammen.

Während er auf die Bestätigung für die ASATs wartete,

schrieb er eine Anweisung für die befragenden Agenten. Er bat sie, vor allem herauszufinden, ob die Befragten überhaupt etwas wussten, das mit dem Anschlag und dem mutmaßlichen Bombenleger zu tun hatte. Ryles darüber hinausgehende Beschuldigungen sollten verschleiert und so schnell wie möglich abgeschlossen werden. Falls sich keine relevanten Informationen ergaben, sollte die Befragung der Person baldmöglichst abgeschlossen werden.

Er entwarf eine Fragenliste, überarbeitete sie, strich sie zusammen und verkürzte sie abermals, bis er sie nicht weiter vereinfachen konnte.

Kurz nach Mitternacht traf die erste Bewilligung ein, für einen Pastor in Boston. Madsen füllte ein Computerformular aus, mit dem er die Befragung durch einen am Polygrafen ausgebildeten Agenten in der Stadt beantragte. Er fügte eine detaillierte Begründung bei und betonte die Dringlichkeit und Bedeutung des Falles. Im Bereich »weitere nützliche Dokumente« fand er endlich eine Verwendung für die gesammelten Nachrichten und Hinweise aus dem Büro des Direktors. Er fügte eine Anweisung zur Vorgehensweise und die Fragenliste hinzu, dann schickte er alles zur Absegnung nach Washington, D.C. Seine Kollegen dort würden es an den Kollegen in Boston weiterleiten.

Um drei Uhr früh hatte er den sechzehnten Antrag ausgefüllt und im Intranet des FBI abgeschickt. Dann rollte er sein Jackett zu einem Kissen zusammen, legte sich unter seinen Schreibtisch und schlief ein.

SAMSTAG

21

Der diensthabende Special Agent in Boston las sein Samstagmorgen-Bulletin zu Hause bei seiner ersten Tasse Kaffee. Wie immer handelte es sich beim Großteil der Meldungen um routinemäßige Aktualisierungen. Er blätterte sie rasch durch, entschied, welche er weitergeben und welche er einfach ignorieren würde. Als er die Liste halb abgearbeitet hatte, stieß er auf eine Nachricht mit dem Zusatz »Äußerst dringlich«. Sie kam aus dem Büro in San Francisco. Nachdem er sie gelesen hatte, schaute er sich die angehängte Vorladung und das Amtshilfeersuchen an. Verärgert grunzte er, denn beides war bereits genehmigt.

Ein paar Minuten später weckte er Bostons einzigen HAMDA-Agenten. Der Mann hörte aufmerksam zu, legte auf und las den per E-Mail übermittelten Bericht selbst. Sofort benachrichtigte er die Überwachungsabteilung der Bostoner Polizei und bat den diensthabenden Beamten, den Aufenthaltsort der Zielperson festzustellen und falls möglich zu überprüfen, wie der Mann die letzten drei Samstage verbracht hatte. Als Nächstes fragte er per SMS bei den anderen Agenten an, ob ihn jemand begleiten wolle. Er erwartete allerdings keine positive Antwort. Wegen der Personaleinsparungen wurden Einsätze mit geringem Risiko allein durchgeführt. Dann setzte er sich, um sich die Reihenfolge der Fragen einzuprägen.

Das gleiche Muster wiederholte sich zwanzig Minuten

später in Miami. Dann in Baltimore. Und schließlich in mehreren Städten weiter westlich.

Um acht Uhr morgens erwachte Madsen von einem Stoß und DiMatteos schnarrender Stimme, die sich über Vagabunden beschwerte, welche sich in ihrem Büro breitmachten. Er vergaß, wo er sich befand, richtete sich auf und stieß sich den Kopf an der Unterseite der Tischplatte. Vorsichtiger diesmal versuchte er aufzustehen und schaffte es ohne weitere Verletzungen, wenn er die Rückschmerzen und die eingeschlafenen Gliedmaßen nicht zählte.

Durch die Ostfenster fiel die grelle Morgensonne herein und erzeugte ein wildes Schattenmuster in den Gängen zwischen den leeren Arbeitsnischen. DiMatteo war bereits an ihrem Büro, schloss die Tür auf und beabsichtigte ohne Frage, den Morgen mit weiteren Fallakten zu verbringen. Sie gehörte zu den Leuten, die immer im Dienst waren, und selbst jetzt konnte sie die Gewohnheit nicht ablegen, obwohl sie nur noch einige Tage vor sich hatte. Madsen öffnete die unterste Schublade seines Schreibtisches, holte einen Elektrorasierer heraus und machte sich zur Männertoilette auf.

Mit dem übernächtigten Gesicht, das ihm aus dem Spiegel entgegenglotzte, würde er keinen Schönheitswettbewerb gewinnen, trotzdem sah er klare Konturen. *Heute kommt endlich Bewegung in die Sache*, sagte er sich, während er sich das Kinn rasierte.

Die nächsten vier Stunden zogen sich dahin. Vor allem arbeitete er mit der Überwachungsabteilung beim SFPD zusammen. Es sorgte für zusätzliche Komplikationen, dass Ryle nicht weniger als drei seiner früheren Kollegen von Ne-Christo angeschwärzt hatte, die in San Francisco und Umgebung wohnten; als einziger für den Polygrafen zugelassener Agent musste Madsen die drei Befragungen selbst übernehmen. Da er jedoch immer nur an einem Ort sein konnte und er vermeiden wollte, dass sich die Zielpersonen gegenseitig warnten, musste er die Befragungen rasch hintereinander durchführen. Holbrook hatte ihm angeboten, ihn zu chauffieren, was sehr hilfreich war. Offensichtlich war er nicht mehr sauer wegen des Aussetzers gestern im Polygrafenraum. Oder er sah, was wahrscheinlicher war, eine Chance für einen Durchbruch und wollte dabei sein. Auf jeden Fall konnte sich Madsen auf die Befragungen konzentrieren.

Um Viertel nach elf schaltete er eine kurze Telefonkonferenz mit allen Agenten, um die letzten Einzelheiten zu besprechen.

Kurz danach kam Holbrook herein und sagte, er werde unten warten. Es war Zeit, dass Madsen seine erste Zielperson auswählte.

Er bat die Video-Cops, ihm die letzten Aufenthaltsorte der Zielpersonen auf den Monitor zu schicken. Eine folgte einem Bewegungsmuster, das den fünf vorausgegangenen Samstagen entsprach. Unter der Voraussetzung, dass sich die Person heute ebenfalls daran hielt, wusste Madsen, wo er sie nach den ersten beiden Befragungen finden würde. Der Mann wäre also als Letzter an der Reihe. Madsen schaute sich die zwei anderen genauer an. Einer hielt sich in Forest Hill auf, der andere im Süden, in Daly City. Beide bewegten sich nicht. Nahm man die Position der dritten Person hinzu und den Umstand, dass der Verkehr von Süd nach Nord besser floss, würde er die Sache am schnellsten durchführen können, wenn er sich von Süden nach Norden vorarbeitete. Es ging demnach in Daly City los.

Vom ersten Adrenalinstoß mit neuem Schwung erfüllt, zog er sein Jackett an, überprüfte seinen HAMDA und machte sich zum Fahrstuhl auf.

Tausend Kilometer weiter östlich in einem renaturierten Park südwestlich von Salt Lake City suchte der älteste Regisseur der PR-Abteilung von NeChristo nach Bäumen, durch die der Wind fuhr. Sein Team hatte schon den ganzen Morgen Ausrüstung von einem Park zum nächsten geschleppt und Hintergründe sowie Licht getestet, doch sie alle waren zu gut bezahlt und zu professionell, um sich darüber zu beschweren.

Er nickte. Kisten mit Ausrüstung, Kabelrollen und Reflektoren wurden abgestellt, und das Team begann, das Set einzurichten. Der Tontechniker setzte einen riesigen Kopfhörer auf und steckte das Kabel in eine Box mit Drehreglern und Anzeigen. Durch die Äste oben fuhr eine Windböe. Der Tontechniker runzelte die Stirn und drehte an einem Regler.

Aus einem anderen Bereich des Parks wurde ein schlichter Tisch mit Stuhl geholt und in den Vordergrund gestellt. Luke würde stehen, doch die weißen Gartenmöbel aus Schmiedeeisen erzeugten eine gemütliche Atmosphäre. Zwei vom Team fegten Laub vom Rasen. Jemand klebte mit Tape ein X auf das Gras. Zwei Jogger blieben stehen und schauten zu.

Der Tontechniker gab mit erhobenem Daumen sein Okay.

Aber es war noch nicht perfekt. Der Regisseur hatte die richtigen Bäume und die richtige Kulisse und konnte die Kuppel hübsch im Hintergrund unterbringen, doch irgendetwas fehlte noch. Er blickte sich um und suchte Inspiration. Nach einer Minute entdeckte er ein Paar, das mit seinen beiden kleinen Kindern Frisbee spielte. Sie wirkten glücklich und, wichtiger noch, attraktiv. Er schickte einen vom Team hinüber, der fragen sollte, ob sie so freundlich wären. Waren sie. Die Familie wurde sorgsam im Hintergrund platziert.

Pastor Luke erschien in brauner Hose, blauem Jackett und weißem Hemd ohne Krawatte. Ihm folgten drei Assistenten und der Leiter der Kommunikationsabteilung.

Der Regisseur hielt den Atem an. Der Chef bat nicht selten um Änderungen in letzter Minute. Der Leiter der Kommunikationsabteilung hatte nichts auszusetzen. Luke nickte zustimmend. Ein Maskenbildner brachte mit Haarspray ein paar verirrte Strähnen in Form. Ein Assistent kniete und zog die Falten von Lukes Hose glatt.

Luke wandte sich der Kamera zu. Die Assistenten verschwanden aus dem Bild. Alle setzten die Kopfhörer auf und nahmen ihre Positionen ein. Der Regisseur winkte der Familie zu. Sie begann zu spielen, lächelnd und mit großem Spaß. Er zeigte dem Team den erhobenen Daumen. Dann wandte er sich dem Monitor zu seinen Füßen zu und flüsterte ins Mikrofon: »Kuppel ... von der Kuppel über die Bäume zum Pastor schwenken. Weitwinkel. So bleiben. Der Stuhl muss mit rein und ein bisschen Tisch. Ein bisschen näher ran. Wir müssen sehen, wie sehr er sich darüber freut, dass er sich an die Menschen wenden kann.«

Ein voller Bariton dröhnte aus seinem Kopfhörer. »Freunde der Neuen Christlichen Organisation von Amerika, seien Sie willkommen! Wir haben hier einen wunderschönen, friedlichen Morgen, und ich hoffe, bei Ihnen ist es genauso warm.«

»Ranzoomen«, flüsterte der Regisseur.

»Heute habe ich eine einfache Botschaft für Sie. Es geht

um die sündige Geißel der Dollhouses. Sie, meine lieben Freunde, haben in den letzten Monaten so viel dagegen unternommen. Sie haben es geschafft, ein Bollwerk gegen die Unmoral zu errichten. Und es hat sich ausgezahlt. Durch Ihre Proteste, Ihre Arbeit, Ihr Engagement haben Sie unseren Politikern die Augen geöffnet. Heute Morgen hat der Senior-Senator von Ohio, Erol Arbett, ein einflussreicher Mann in Washington zu diesem Thema, ein Statement abgegeben. Ich darf hier zitieren: ›Es ist an der Zeit, darüber nachzudenken, ob unsere letzten Anstrengungen, die Rechte des Individuums zu verteidigen, nicht auf Kosten der Moral und des öffentlichen Anstands gehen und ob Dreamcom nicht einen Schritt zu weit gegangen ist.‹ Wundervolle Worte …«

Luke machte eine Pause. Er hob die Hand. Der Regisseur flüsterte hektisch: »Auszoomen. Die Hand mit reinnehmen. Er lädt uns ein, die Familie zu sehen. Leichter Schwenk zu den Kindern! So bleiben!«

»Sie haben schon immer gewusst, in welchem Amerika Sie leben wollen. In einem Amerika für die Familien. Für die Kinder. In einem Amerika, in dem Liebe und Herzlichkeit und Freundschaft mehr zählen als alles andere. Seit Jahrzehnten wurde die Schlacht zwischen Vergnügungssucht und Christlichkeit hinter wachsender Teilnahmslosigkeit verschleiert. Aber die Moral des amerikanischen Volkes ist nicht zerstört. Sie existiert weiter. Es braucht nur einen Funken, um das Feuer neu zu entfachen und diesen Schleier zu verbrennen. Dieser Funke ist endlich aufgeflammt. Durch Sie!«

Luke senkte die Hand. Seine Miene wurde ernst. Der Regisseur flüsterte: »Okay. Luke mittig. Auf mein Zeichen langsam auf sein Gesicht zoomen … Jetzt!«

Der Pastor sah in die Kamera. »Gestern hat der Mann, der für diesen verkommenen Kurs unserer Nation verantwortlich ist, gezeigt, dass Sie siegen werden. Und wissen Sie, wie? Er verlor die Beherrschung und versuchte, die Schuld für die schreckliche Tragödie in San Francisco der Kirche anzuhängen! Ihrer Kirche! Und er stellte sich als unschuldig dar. Dabei hätte er nur lesen müssen, was im Buch Hiob steht. ›Kann wohl ein Reiner kommen von den Unreinen?‹ Und wie heißt es in den Sprüchen: ›Wer Rechtschaffene irreführt auf einen bösen Weg, der fällt in seine eigene Grube.‹ Denn er hat versucht, durch seine Verdorbenheit die Rechtschaffenen in die Irre zu führen, und jetzt hat er selbst in seine Grube geblickt. Dort gefällt es ihm auch nicht! Der Weg nach unten ist lang! Er ist heiß! Nur hat er niemand anderen, den er beschuldigen kann. Er hat sich die Grube mit eigenen Händen gegraben. Meine Freunde, heute möchte ich Sie zum Handeln aufrufen. Heute Nachmittag setzen wir den Kampf fort. Wir marschieren. Wir stehen Wache. Hören Sie sich um, wo in Ihrer Nähe eine Aktion stattfindet. Bekennen Sie Farbe. Wenn Sie nicht selbst gehen können, schicken Sie einen Freund. Verbreiten Sie die Nachricht. Sagen Sie es Ihrem Kongressabgeordneten! Und morgen gehen Sie zur Kirche. Beten Sie, feiern Sie den Gottesdienst, genießen Sie die Musik und verbringen Sie Zeit mit Ihren Freunden. Seien Sie friedlich und lassen Sie sich von Jesus leiten. Vielen Dank.«

»Halten … halten … Cut!« Der Regisseur sah auf die Uhr: exakt zwei Minuten. So konnten Video und Audio ungeschnitten rausgehen. Er schüttelte bewundernd den Kopf, nicht nur über das Timing, sondern auch darüber, wie Luke geschickt die Familie als visuelle Unterstützung eingesetzt hatte. Absolut professionell. Er sah zu seinem Team. Der

Kameramann hob den Daumen. Der Tontechniker ebenfalls. Der Regisseur drehte sich um und wollte Luke gratulieren, doch der war bereits verschwunden.

Der große Mann und seine Entourage waren unterwegs zurück zur Kuppel, deren riesiger Stahlrahmen in der Sonne glänzte.

22

»Ist das tatsächlich Little League?«, fragte Holbrook.

»Ja, wieso?«, erwiderte Madsen und machte sich nicht die Mühe, den Kopf zu heben. Er ging seine Liste durch und bereitete sich auf die dritte Befragung des Morgens vor. Sie saßen in Holbrooks zivilem Chrysler. Der Inspector fuhr.

»Weil es zu hübsch für Little League ist.«

Madsen sah hoch und erwartete eine Rasenfläche mit einem Maschendrahtzaun. Vielleicht noch ein paar alte Tribünen, von denen die Farbe abblätterte. Stattdessen sah er ein Stadion. Nur ein kleines, aber ein professionell gebautes und sehr modernes Stadion. Die Sonne glitzerte auf den Masten der Flutlichtanlage. Über die Mauer lugte eine elektronische Anzeigentafel. Über dem Eingang verkündeten zwei Meter große Buchstaben, dass sie gerade den *Gladeview Ballpark – Heimstadion der mächtigen Dynamos!* erreicht hatten. Er schüttelte langsam den Kopf. »Die Video-Cops haben gesagt, er sei ein Unterstützer – aber nicht, wie viel er gibt.«

»Glauben Sie, er hat dafür bezahlt?«

»Warum nicht? Für einen Pastor ist das doch nur Kleingeld.«

Holbrook fuhr an Reihen teurer Wagen vorbei, bis er einen leeren Platz fand. Er setzte rückwärts hinein, sodass sie den Stadioneingang im Blick hatten, und stellte den Motor ab.

Der Motorblock knackte. Über der heißen Kühlerhaube flimmerte die Luft. Ohne die Klimaanlage stieg die Temperatur im Chrysler sofort an.

»Wie lange wollen Sie hier sitzen?«, fragte Holbrook.

»Bis das Spiel vorbei ist. Wir verpassen ihn nicht.«

»Vielleicht sollten wir reingehen.«

»Es dauert nur noch ein paar Minuten.«

Madsen spürte, wie sich Feuchtigkeit unter seinen Achseln ausbreitete. In der Ferne wurde gejubelt. Wenn sie reingingen, würden sie ganz sicher das Sozialleben des Mannes aufmischen, dachte er. Den Fahrzeugen nach kamen die Bewohner dieses Viertels recht gut allein zurecht. Sie gehörten zu dem Typ Leute, die entsetzt oder auch gleich panisch reagierten, wenn ihr Gemeindepastor und Little-League-Wohltäter vom FBI befragt wurde.

Madsen hatte einer Person bereits den Tag verdorben, und das war kein Spaß gewesen. Die junge Gemeindevorsteherin hatte sofort zu zittern begonnen, als sie ihre Wohnung betraten. Sie hatte so laut geschluchzt, dass sie ihre Antworten wiederholen musste. Trotzdem war ihm sehr schnell klar, dass sie absolut nichts über die Umstände des Bombenanschlags wusste und wirklich nichts mit auch nur annähernd illegalen Machenschaften zu tun hatte. Sie war die Unschuld in Person. Gott allein wusste, was sie angestellt hatte, um sich Mr. Ryle zum Feind zu machen. Am Ende versprach Madsen, er würde sie nicht ins Gefängnis sperren, nur damit sie aufhörte zu weinen.

Beim Buchhalter lief es besser. Der hatte wenigstens etwas zu verbergen und zeigte Schuldgefühle. Er schwitzte während der gesamten Befragung. Am Ende wusste Madsen, dass das Geld von NeChristo in alle möglichen Richtungen floss, darunter solche, die das gewöhnliche Gemeindemitglied überrascht und entsetzt hätten. Doch was den Bombenanschlag betraf, gab es keine Neuigkeiten.

Von den drei Zielpersonen war Pastor Joe Sorrell die vielversprechendste. Er stand ziemlich weit oben in der Hierarchie, und Ryle hatte sich besonders ausführlich über seine kriminellen Neigungen ausgelassen. Außerdem gab es über ihn einen Eintrag im Register. Eine Reihe von Anklagen und eine Verurteilung wegen häuslicher Gewalt. Seine Frau hatte ihre Koffer schon vor langer Zeit gepackt, aber vielleicht war er immer noch gewalttätig. Vielleicht lebte er es auf andere Weise aus.

Madsen schaute auf das GPS-Gerät des Chryslers. Dem blinkenden Punkt auf dem Display zufolge war Sorrells Handy nur gut hundert Meter entfernt, mitten im Baseballstadion.

Madsen klebte das Hemd am Rücken. Er hätte es am liebsten losgezupft. »Haben Sie Baseball gespielt?«, fragte er Holbrook, um sich von der Hitze abzulenken.

»Nein. Ich war immer zu fleißig.«

»Auch als Kind?«

»Ja.«

Madsen wartete, ob der Inspector ausführlicher werden würde. Er erinnerte sich vage, dass Holbrook in einem raueren Viertel der Stadt aufgewachsen war.

Holbrook sagte nichts.

»Schade. Sie hätten den Ball aus dem Stadion geschlagen.«

Man hörte gedämpften Jubel, auf den langer Applaus folgte.

»Zehn Dollar, dass unser Bursche eine Baseballkappe trägt«, schlug Madsen vor und schob die Tür auf.

»Alle tragen eine Kappe.«

»Also eine Dynamos-Kappe.«

»Sehr lustig.«

Die Zuschauer strömten durch den Ausgang. Madsen und Holbrook stellten sich an die Seite und suchten die Gesichter ab. Obwohl sie normal gekleidet waren, zogen sie Blicke auf sich. Ein oder zwei Leute beeilten sich, an ihnen vorbeizukommen.

Nach einigen Minuten wurde der Strom dünner. Keine Spur von Sorrell.

Madsen wurde ein wenig nervös. Vielleicht war der Mann gewarnt worden. Er nickte Holbrook zu und ging durch das Eingangstor. Sie traten auf das Feld und suchten in allen Richtungen nach ihrer Zielperson. Ein paar Kinder rannten auf dem Spielfeld hintereinanderher und warfen sich auf die Bases. Putzleute begannen zu fegen. Ein paar Nachzügler saßen noch auf ihren Plätzen, unterhielten sich angeregt über das Spiel oder telefonierten. In der Mitte der rechten Tribüne hatten sich einige Männer versammelt. Derjenige im Mittelpunkt lachte. Madsen erkannte das Gesicht. Sorrell.

Madsen nahm drei Stufen mit jedem Schritt. Holbrook mühte sich hinter ihm her. Die Männer der Gruppe sahen auf.

»Joe Sorrell?«, fragte Madsen.

»Ja, das bin ich.« Sorrell war klein, gut gekleidet und sauber rasiert. Seine Miene zeigte zur Hälfte Überraschung, zur Hälfte Verärgerung. Befriedigt sah Madsen, dass er eine Baseballkappe mit *Dynamos*-Schriftzug trug.

Madsen hielt ihm seine Marke hin. »Ich würde mich gern kurz mit Ihnen unterhalten.« Zu Sorrells Begleitern sagte er: »Gentlemen, wenn Sie uns bitte entschuldigen?«

Die Männer machten sich rasch davon, zogen am schnaufenden Holbrook vorbei und blickten sich nicht um. Sorrell blieb sitzen und wirkte misstrauisch. Als die anderen außer Hörweite waren, wandte er sich an Madsen. »Sie sollten einen guten Grund haben, denn Sie haben Investoren verscheucht.«

»Ich habe eine Vorladung, die mir erlaubt, Sie mit einem Polygrafen zu befragen. Wenn Sie kooperieren, können Sie in ein paar Minuten weitermachen.« Madsen holte den Metallkubus aus der Tasche. Oben flammte eine Leuchte auf.

Sorrell starrte ihn an. »Befragen? Weswegen?«

»Inlandsterrorismus.«

Sorrell runzelte die Stirn. Er wirkte verwirrt. Dann klärte sich seine Miene auf. Er grinste. »Das Dollhouse, das in die Luft gejagt wurde, meinen Sie das? Sie sind ja verrückt.« Er hob die Hand und schnippte mit den Fingern. »Ich möchte die Vorladung sehen.« Er nahm das Dokument und ließ sich Zeit, es zu prüfen. Madsen warf Holbrook einen Seitenblick zu. Der große Cop stand teilnahmslos daneben. Sorrell faltete die Vorladung zusammen und reichte sie zurück. Dann winkte er wegwerfend mit der Hand. »Na, machen Sie schon.«

Madsen ging die Ausgangsfragen durch und kam rasch zu jenen, auf die es ankam. »Wissen Sie, dass bei einer Explosion am Mittwoch zwölf Menschen ums Leben gekommen sind?«

»Ja.«

»Waren Sie in irgendeiner Weise an einer Verschwörung beteiligt, um in diesem Gebäude eine Bombe zu deponieren.«

»Nein.«

»Kennen Sie jemanden, der geplant hat, dort eine Bombe zu deponieren?«

»Nein.«

Fragen und grünes Licht wechselten sich in rascher Folge ab. Sorrell war nicht im Mindesten eingeschüchtert und amüsierte sich über die ganze Aktion. Immer wieder warf er beißende Kommentare ein und unterstrich so seine Verachtung für den Polygrafen und den Vernehmungsbeamten. Es dauerte nicht lange, dann hatten sie die letzte Frage erreicht. »Wir haben eine Polygrafenaussage von jemandem, der Sie für fähig hält, den Anschlag geplant zu haben. Wüssten Sie einen Grund, wieso jemand dazu kommt?«

Zögern. Ein Zucken der Lider. »Nein.«

Rotes Licht.

Madsen starrte überrascht auf das rote Licht. Nachdenklich rieb er sich das Kinn.

»Würden Sie Ihre Antwort bitte neu formulieren, Mr. Sorrell?«

»Sicherlich.«

»Ich wiederhole die Frage. Wir haben eine Polygrafenaussage von jemandem, der Sie für fähig hält, den Anschlag geplant zu haben. Wüssten Sie einen Grund, wieso jemand dazu kommt?«

»Ja.«

Grünes Licht.

»Führen Sie das bitte aus.«

»Ich bin zufällig der Meinung, dass Dollhouses und ihre Besucher bedauernswert sind. Ehrlich gesagt tut es mir nicht leid, was dort passiert ist. Die Leute haben es verdient.«

Madsen nahm sich ein paar Sekunden, um das zu verarbeiten. »Haben Sie diese Meinung anderen gegenüber geäußert?«

»Ich habe aus dieser Meinung unter meinen Kollegen kein Hehl gemacht, ja.«

»Teilen Kollegen von Ihnen diese Gefühle?«

»Sicherlich viele, aber ein Gedanke ist keine Tat. Solange Sie nicht mittlerweile Menschen anklagen, die sich ein Verbrechen vorgestellt haben. In dem Fall hätten Sie aber viel zu tun.« Er lachte.

»Wenn ich das klarstellen darf…«

»Ich denke, wer mit Puppen fickt, ist ein nutzloses Stück Scheiße. Punkt.«

Holbrook zuckte zusammen. In Madsen klingelte etwas. Er wusste, Sorrell hatte mit dem Anschlag nichts zu tun. Und Sorrell wusste, dass er es wusste. Doch der Mann war arrogant, und jetzt, da die Befragung zu Ende war, wollte er Luft ablassen. Und seine wahren Gefühle hatten nun einmal zu diesem hässlichen roten Licht geführt. *Wenn der arrogante Arsch möchte, warum sollte ich ihn aufhalten?*, dachte Madsen. »Das sind aber sehr heftige Gefühle.«

Sorrell amüsierte sich offensichtlich. »Eigentlich nicht. Nicht heftiger als jemand, der meint, die Welt wäre ein besserer Ort, wenn wir die Todesstrafe häufiger vollstrecken würden. Die Menschen in diesem Dollhouse waren traurige, einsame Kerle, die keine echte Frau bekommen konnten, die sie gerettet hätte. Sie waren nutzlose Taugenichtse, und meiner Meinung nach ist es ein Gewinn, dass wir sie los sind.«

»Zwei waren Polizeibeamte.« Seit Beginn der Befragung mischte sich Holbrook zum ersten Mal ein.

»Umso besser«, sagte Sorrell.

Holbrooks Augen blitzten auf. Er wäre in diesem Moment durchaus bereit gewesen, ein wenig Selbstjustiz zu üben. Sorrell hätte nicht sorgloser wirken können.

»Mögen Sie Polizisten nicht?«, fragte Madsen.

»Aufgrund meiner eigenen Erfahrung würde ich sagen,

ich kann sie nicht leiden. Sie zum Beispiel laufen rum und halten jedem diesen Silberstab vor die Nase. Billige, faule Überwachung ist das. Ich meine, Sie tauchen hier auf, verscheuchen meine Geschäftspartner und befragen mich zu diesem Scheißinlandsterrorismus! Das ist doch lächerlich!«

»Was sollten wir dann Ihrer Meinung nach untersuchen?«, fragte Holbrook leise.

Sorrell lachte. »Damit könnten Sie nichts anfangen. Sie können mit nichts etwas anfangen, wenn es nicht durch Ihre Vorladung abgedeckt ist. Ich könnte Ihnen alles gestehen, doch solange es nicht auf dieser Liste steht, ist es nichts wert. Ich habe letzte Woche einen Schnapsladen überfallen, und eine Bank auch, und ich habe ein Mitglied der Gemeinde überfallen, eine Großmutter noch dazu. Ach, und heute Nacht treffe ich mich mit fünf anderen hochrangigen Pastoren. Wir machen eine Bootstour, auf der wir uns in einer Stunde mehr Koks reinziehen, als Sie sich in Ihrem ganzen Leben leisten könnten.«

»Aha«, sagte Madsen und schüttelte den Kopf, als würde er ihn bewundern. Seine Stimme hatte sich leicht verändert. Er dachte hektisch nach, denn er musste eine Entscheidung treffen, für die er nur Sekunden Zeit hatte.

Sorrell erhob sich. »Ich denke, wir sind fertig.«

»Augenblick bitte«, erwiderte Madsen.

Sorrell ging flott auf die Treppe zu.

»Ich sagte, Augenblick bitte.«

Sorrell spuckte aus, ging weiter und zeigte ihm den Stinkefinger. Er erreichte das Ende der Reihe und steuerte auf die Treppe zum Ausgang zu.

»Hey!« Madsen stieg über einen Sitz in die nächste Reihe, lief ein paar Schritte und stieg noch eine Reihe tiefer. Von hinten hörte er Holbrook etwas Unverständliches murmeln. Vermutlich hielt er Madsen für verrückt. Er würde auf seine Erklärung warten müssen. Sorrell wurde schneller und ging mit großen Schritten die Treppe hinunter. Madsen rannte abwechselnd seitlich oder stieg über Sitze, um Sorrell den Weg abzuschneiden, ehe er den Ausgang erreichte. Der Abstand wurde kleiner. Ein Besen klapperte, als einer der Putzmänner innehielt und mit offenem Mund beobachtete, was für ein Spektakel sich da anbahnte. Madsen sprintete die letzten Meter und warf sich auf den Pastor. Sorrell jaulte auf, als ihm der Atem aus der Lunge getrieben wurde.

Sie krachten auf den Beton. Madsen drückte Sorrell auf den Boden, packte sein rechtes Handgelenk und machte eine Handschelle daran fest. Das Gleiche wiederholte er mit der anderen Hand. Er drehte den Pastor um und zog ihn in eine sitzende Position. Holbrook kam Sekunden später dazu und schnaufte wie eine Dampflok.

Sorrell öffnete und schloss den Mund wie eine Forelle auf dem Trockenen. »Dafür … werden Sie zahlen …«, keuchte er und rang um Atem.

»Das glaube ich nicht«, erwiderte Madsen.

»Ich habe … nichts verbrochen.«

»Noch nicht, Mr. Sorrell.«

»Sie dürfen mich nicht fesseln. Ich hole mir Ihre Marke. Ich sorge dafür, dass Sie nie wieder …«

»Sparen Sie sich das«, antwortete Madsen scharf. Innerlich rasten seine Gedanken. Um Zeit zum Nachdenken zu gewinnen, musste er das Tempo rausnehmen. Er hatte eine Blöße entdeckt und reagiert. Jetzt musste er streng nach Vorschrift vorgehen. Die nächsten sechzig Sekunden waren entscheidend. Der große Kerl musste völlig verwirrt sein, aber wenn er das Falsche sagte, konnte er alles ruinieren. Es war wichtig, weiterzureden und das Gespräch zu kontrollieren.

»Wenn ich Ihnen die Handschellen abnehme«, sagte Madsen vorsichtig, »versprechen Sie mir, dass Sie nicht versuchen, irgendwelche Kollegen anzurufen oder auf andere Weise in Kontakt mit ihnen zu treten.«

»Ich verspreche gar nichts. Fahren Sie zur Hölle.«

Madsen nickte. »Dann bleiben sie dran.«

»Nehmen Sie mir die verfluchten Dinger ab«, schrie Sorrell. »Sofort!«

»Ich fürchte, das geht nicht. Nicht ehe wir Sie an einen sicheren Ort gebracht haben.«

»Was zum … Weswegen verhaften Sie mich? Was werfen Sie mir vor?«

»Mr. Sorrell, ich werfe Ihnen nichts vor. Ich behalte Sie lediglich für kurze Zeit in Gewahrsam.«

»Was zum Teufel reden Sie da?«

Der Blick auf Holbrooks Gesicht stellte die gleiche Frage.

Madsen hockte sich hin und befand sich nun auf Augenhöhe mit seinem Häftling. »Laut Ihrer Aussage haben Sie geplant, heute illegale Betäubungsmittel einzunehmen. Das bedeutet, dass ein Verbrechen im Gange ist. Angesichts der großen Mengen, um die es dabei geht, stellt dieses Verbrechen eine Gefahr für Leib und Leben dar. Aufgrund der Informationen, die Sie mir gegeben haben, muss ich annehmen, dass Sie, falls ich Sie laufen lasse, die Ermittlungen behindern würden.«

Sorrell war verblüfft. »So etwas habe ich nie gesagt, und außerdem haben Sie dafür keine Genehmigung. Das ist Bockmist. Wenn Sie einen Haftbefehl hätten, würden Sie …«

»Sie haben diese Aussage gemacht, sogar vor einem Polygrafen. Der Polygraf hat festgestellt, dass Sie die Wahrheit sagen. Das Gesetz verpflichtet mich einzuschreiten, insbesondere da Leib und Leben gefährdet sind, und es erlaubt mir, Sie vorübergehend in Gewahrsam zu nehmen, um jegliche Störung der Ermittlungen durch Sie zu unterbinden. Inspector, wenn Sie mir bitte zur Hand gehen würden?«

Holbrook legte den Kopf schief und sah Madsen ungläubig an, dann zuckte er mit den Schultern, trat einen Schritt vor und griff nach Sorrell.

Sorrell riss die Augen vor Panik weit auf. »Sie verdrehen meine Worte! Ich möchte meine Aussage ändern. Ich möchte einen Anwalt!«

»Dazu haben Sie genug Zeit. Im Augenblick brauchen wir Sie in der Stadt.«

Beide nahmen ihn an einem Arm und zogen Sorrell auf die Beine, dann führten und zerrten sie ihn halb aus dem Stadion. Während Madsen die Tür des Chryslers aufhielt, schob Holbrook den Pastor auf den Rücksitz und legte ihm eine seiner Pranken auf den Kopf, damit er sich nicht am Dach stieß. Mehrere Schaulustige blieben stehen und gafften.

Madsen steckte den Kopf in den Wagen. »Es dauert nur ein paar Stunden«, tröstete er seinen Häftling. »Und mein Büro ist sehr bequem. Der Kaffee lässt zwar zu wünschen übrig, aber Sie werden sich daran gewöhnen.« Er richtete sich auf und schlug die Tür zu. Sorrell starrte sprachlos durch die Scheibe. Sein Gesicht war leichenblass.

Auf dem Weg zurück spielte Madsen das Verhör noch einmal ab und suchte nach Fehlern. Als Sorrell mit seiner Tirade begann, hatte Madsen instinktiv den HAMDA gesenkt. Nicht so weit, dass Mikrofone und Objektive ihren Fokus auf Sorrell verloren hätten, und nicht so tief, dass er die

Indikatorleuchte aus den Augenwinkeln verlor. Gerade ausreichend, um das Gerät aus Sorrells Sicht zu halten. Instinkt rührt von Erfahrung. Wenn jemand wütend und emotional reagiert, platzt er mit überraschenden und interessanten Informationen heraus. Manchmal hatte man Glück. Ganz bestimmt hatte Sorrell entschieden, es würde ihm Spaß machen, den beiden dummen Bullen, die man geschickt hatte, um ihn zu schikanieren, etwas Ordentliches aufzutischen. Er hatte sich in Sicherheit gewiegt, weil er die Vorladung gelesen hatte. Und er hatte geglaubt, er würde die Gesetze kennen. Da hatte er sich getäuscht. Wenn auch nicht sehr. Und als Madsen inmitten einer schnellen Abfolge von roten Leuchten kurz eine grüne aufflackern sah, hatte sich alles geändert.

Alles, was folgte – geplantes Verbrechen, Gefahr für Leib und Leben, zeitweiser Gewahrsam –, bewegte sich im Bereich des Legalen. Es war zwar dünnes Eis, kaum vertretbar und geeignet, jedem Richter den Schaum vor den Mund zu treiben, aber legal.

Madsen lächelte. Seine Befragungen hatten wenigstens die Möglichkeit erbracht, noch tiefer zu bohren. Nach den Befragungen von fünf leitenden Pastoren würde er ein ziemliches genaues Bild von dem haben, was bei NeChristo vor sich ging. Angesichts einer drohenden Anklage wegen Missbrauchs von Betäubungsmitteln würden sie in der Sache Grant Avenue erpicht darauf sein zu helfen, wo sie nur konnten.

23

Tom Fillinger saß in seinem Büro im obersten Stockwerk des Dreamcom-Towers und hatte schlechte Laune. Auf seinem Schreibtisch lagen die neuesten Finanzberichte. Sie waren sehr detailliert und listeten alle Ausgaben und Einnahmen auf sowie die Situation des letzten Monats und des aktuellen. Für die kommenden Monate gab es Prognosen unter Berücksichtigung der besten und der schlechtesten möglichen Entwicklung. Fillinger hatte die Szenarien für den schlechtesten Fall eingehend studiert, während sein Vizepräsident vom Marketing auf der anderen Seite seines Schreibtisches wartete. Der Mann hatte ihm die Prognosen zwar nicht persönlich gebracht, aber trotzdem trat er von einem Fuß auf den anderen, als hätte er es getan. So stand er schon seit zehn Minuten da.

Fillinger sah auf. »Ist es fertig?«

Der Vizepräsident fuhr sich nervös mit der Zunge über die Lippen. »Wir sind bereit.«

»Kreativ?«

»Die Texte und die Bilder wurden heute Morgen fertiggestellt. Von der Testgruppe haben sie gute Noten bekommen. Wir haben Leute aus allen achtzehn Kundenprofilen herangezogen.«

»Umfang?«

»Von Küste zu Küste, wie Sie wollten. Wir haben die Werbeleute informiert, dass wir sie auf alle Arten von Werbeflächen setzen wollen. Elektronische Anzeigen, Plakatwände, Telefone, Fahrzeuge, Fernfahrerhöfe. Alles eben.«

»Zielgruppenorientierte Werbung?«

»Wir ordern Spots, wie Sie verlangt haben. Maximale Anzahl von Wiederholungen, wann immer wir senden können.«

Fillinger nickte. Sobald die Kampagne startete, würden die Werbeleute von Dreamcom für freie Werbezeiten bieten, sobald diese angeboten wurden, Minute um Minute. Sie würden aufgrund von zwei Faktoren bieten: Anzahl an Zuschauern der Zielgruppe – wie sie von den an Bildschirmen angebrachten Zählern übermittelt wurde – und Nähe dieser Zuschauer zum nächsten Dollhouse. Welche Zeiten sie erfolgreich kaufen konnten, hing davon ab, wer sonst mitbot und wie hoch er mithielt. Sofortkäufe garantierten, dass die Werbung direkt beim Zielpublikum ankam. Es gab allerdings eine Kehrseite. Die Mediengesellschaften verlangten mehr Geld dafür. Viel mehr.

Das spielte keine Rolle. Es war genau der richtige Weg.

Sein Marketingmann war diesmal allerdings nicht der Ansicht seines Chefs. »Sie wirken beunruhigt«, meinte Fillinger. »Haben Sie etwas auf dem Herzen?«

»Ja ... Ich würde meinen Job nicht anständig machen, wenn ich den Mund halte.«

»Und?«

»Diese Kampagne ist die größte und teuerste, die wir je gestartet haben.«

»Ich weiß.«

Der Vizepräsident schluckte, ehe er fortfuhr. »Die Analysten sind der Meinung, dass die Einnahmen kaum die Kosten decken werden. Wenn alles gut läuft.«

»Und?«

»Und sobald wir angefangen haben, müssen wir es durchziehen. Wir können nicht auf halber Strecke aussteigen, nicht ohne viel Geld zu verlieren. Ich kenne unsere allgemeine Finanzsituation nicht …« Er schielte nervös auf das Papier auf Fillingers Schreibtisch. »Aber wenn ich sie halbwegs korrekt einschätze, komme ich zu der Auffassung … dass der Zeitpunkt vielleicht nicht perfekt gewählt ist.«

Fillinger starrte ihn an. »Und?«

»Kurz und gut: Ich muss Ihnen raten, die Kampagne abzublasen.«

Fillinger stand auf, faltete die Hände hinter dem Rücken und wandte sich dem Fenster zu. Er blickte hinauf auf die Bucht. Die Kurse zweier Fähren, eine mit blauen und eine mit gelben Streifen, kreuzten sich weit unten. Er brauchte keinen verdammten Markentingfuzzy, um sich im Klaren darüber zu sein, dass er das größtmögliche Risiko einging. So viele Faktoren konnte er nicht kontrollieren. Er konnte immer noch verlieren. Falls es irgendwelche Vorkommnisse gab, falls die Polizei ihre Arbeit nicht machte … Nein, Wut war nicht angebracht. Sein Marketingchef tat genau das Richtige, und man brauchte Mumm, um die Anweisung des Firmenbosses in Frage zu stellen. Er sah nur einfach nicht, wie großartig Ten Worlds werden würde. Die Kulissen, die Ladys, die Pracht, die Dienste, die schiere Größe. So etwas hatte es noch nie gegeben. Alles würde gut werden. Außerdem hatte Fillinger Waffen im Arsenal, von denen sein Untergebener nichts ahnte.

Ohne sich umzudrehen, sagte er: »Machen Sie einfach und starten Sie die verdammte Kampagne.«

24

Madsen brachte Sorrell in einem Verhörraum im dreizehnten Stockwerk des Phillip Burton Building unter. Der Pastor hatte die Gegenwehr aufgegeben. Er trug noch seine Dynamos-Kappe, wirkte jedoch klein und gewöhnlich. Man mochte kaum glauben, dass er vor der Gemeinde ein großer Hecht sein sollte. Madsen bot ihm Kaffee an, bekam jedoch keine Antwort. Er brachte trotzdem einen, und Sorrell betrachtete den dampfenden Styroporbecher, als wäre Gift drin. Nachdem Madsen den Verhörraum abgesperrt hatte, nahm er Holbrook zur Seite und erklärte ihm zum zweiten Mal sein Vorgehen.

Der Inspector hörte zu und antwortete: »Wir haben nichts.«

»Wir haben genug. Und wir haben eine weitere Spur entdeckt, die es wert ist, verfolgt zu werden.«

»Bis jetzt haben wir gar nichts, was wir verfolgen können.«

»Es verzögert sich. Und machen Sie sich keine Gedanken. Das ist meine Entscheidung.«

»Das stimmt allerdings.«

Holbrook verabschiedete sich und fuhr nach Central Station zurück. Seine sorgenvolle Miene ließ vermuten, dass dieses Vorgehen alle Vorurteile gegenüber Plottern bestätigt hatte.

Von seinem Schreibtisch aus rief Madsen in der Überwachungsabteilung des SFPD an und bat darum, alles zusammenzustellen, was man über ein Treffen von mehreren Pastoren auf einem Boot finden konnte. Anschließend machte er sich daran, die Berichte zu lesen, die aus anderen Städten hereinkamen.

San Diego, Baltimore und Dallas waren bereits da. *Entwarnung. Zielperson wusste nichts über die Bombenanschläge.* Boston und Memphis kamen kurz darauf. Gleiches Ergebnis. In Chicago hatte man eine Zielperson überprüft, die zweite wurde noch gesucht. Eine Stunde lang trudelte ein Bericht nach dem anderen ein. Detroit, New York, Portland, Los Angeles, Miami, Seattle. Nichts.

Madsen verbrachte weitere fünfundvierzig Minuten damit, die Transkripte der Befragungen auszudrucken und durchzublättern, nur um sicherzugehen, dass kein anderer Agent etwas übersehen hatte. Niemandem war etwas entgangen.

Sein Telefon summte. Die Videoüberwachung. Die Schichtleiterin kam gleich zur Sache. »Wir haben Spuren aller leitenden Pastoren von NeChristo verfolgt, die wir als Anwohner im Großraum San Francisco identifizieren können. Augenblicklich befindet sich einer von denen bei Ihnen im Gebäude.«

»Das weiß ich«, sagte Madsen. »Ich habe ihn hergebracht.«

»Oh. Drei wurden auf einem Boot aufgespürt, zwei weitere sind unterwegs dorthin.«

»Gut. Wo befindet sich das Boot?«

»Im Augenblick ungefähr fünf Kilometer vor dem Leuchtturm am Point Reyes, es fährt in Richtung Süden.«

Er brauchte ein paar Sekunden, um das zu verarbeiten. »Das ergibt doch keinen Sinn«, meinte Madsen. »Der Kerl, den ich eingesperrt habe, sollte sich zu ihnen gesellen. Wie kann er das, wenn das Boot schon auf dem Meer ist?«

»Vermutlich wie die beiden, die unterwegs sind. Mit einem Helikopter. Das Boot ist groß.«

Madsen legte auf. Er zermarterte sich das Hirn. Damit ihm die Sache irgendwelchen Nutzen brachte, musste er sie auf frischer Tat ertappen. Wie zum Teufel sollte ihm das mitten auf dem Pazifik gelingen?

Nachdem er ein paar Augenblicke darüber nachgedacht hatte, griff er wieder zum Telefon. Er kannte jemanden, der eine Antwort darauf hatte.

Curt Zetter jagte in der Nachmittagshitze über das Pflaster und genoss das leichte Brennen in seinen Schenkeln und die Verdunstungskühle auf seinem Gesicht. Jeder andere hätte die Trainingseinheit vermutlich ausfallen lassen und auf den angekündigten Wetterwechsel gewartet. Für den Kommandanten der FBI-SWAT-Einheit hatte sich Laufen vor Langem in eine meditative Übung verwandelt. Beim gleichmäßigen Schritt seiner abgetragenen Laufschuhe lud sein Kopf auf, auch wenn seine Muskeln ermüdeten. Er fand Zeit zum Nachdenken.

Im Moment überlegte er, wie er sein Team zusammenhalten konnte. Die besten Jahre seines Lebens hatte er damit verbracht, seine Männer zu drillen, zu schleifen und zu führen, aber da die Reihen im FBI immer mehr ausdünnten, wurden auch seine Leute einer nach dem anderen für andere Aufgaben abgezogen. Ursprünglich hatte die Einheit in San Francisco sechsundvierzig Mann umfasst. Heute waren es noch fünfundzwanzig. Zusätzlich hatte er einen weiteren Mann an den Integritätstest verloren. Dabei war es um eine nicht angezeigte Straftat gegangen, die der Neffe des Mannes begangen hatte. OPI hatte eine Degradierung und vier Wochen auf der Reservebank angeboten, doch der Mann hatte gekündigt. Einundzwanzig Jahre Erfahrung in der Verbrechensbekämpfung für die Katz. Half das der Öffentlichkeit wirklich? Die Psychopathen, Vergewaltiger und Mörder waren weiterhin unterwegs. Chinesische und russische Mafia machten auch fröhlich weiter. Polizeiarbeit auf hohem Integritätsniveau nannten sie das. Es war eine Schande.

Zetter spürte ein Vibrieren im Rücken. Er blieb stehen und zog ein Handy aus seinem Laufgürtel. Halb erwartete er schon, dass man ihn erneut bat, Kapazitäten zur Verfügung zu stellen. Laut Bildschirm war der Anrufer Daniel Madsen. Sein Stirnrunzeln verflüchtigte sich.

Seine Laune wurde noch besser, als er die Einzelheiten hörte.

Betäubungsmittel. Fünf Zielpersonen. NeChristo.

Fünf dieser selbstgerechten Ärsche, die so begeistert für die Integritätstests bei Gesetzeshütern eintraten.

Ein verzwickter Einsatz und ein enger Zeitplan.

Besser ging es gar nicht.

Nach dem Gespräch wählte er die Nummer seines Büros. Sein Stellvertreter meldete sich. Zetter ratterte eine Liste von Leuten herunter, die sich sofort einfinden sollten, dann machte er sich auf den Rückweg. Im Kopf beschäftigte er sich mit der Problemstellung und überlegte, welche Ausrüstung und welche Transportmittel zu wählen seien. Der Überraschungseffekt war maßgeblich. Es dauerte nur Sekunden, Rauschgift über Bord zu werfen. Madsen hatte einen Hubschrauberlandeplatz erwähnt, doch Helikopter verursachten einen Heidenlärm. Außerdem verfügte ein Boot dieser Größe über Radar…

Um sieben Uhr abends Westküstenzeit wurde endlich der fehlende Mann in Chicago entdeckt. Die Videoüberwachung in Chicago hatte die Referenzbilder verwechselt. Anstatt den Buchhalter von NeChristo zu suchen, hatten sie ihre Zeit damit verschwendet, einen verurteilten Straftäter aufzuspüren, der längst in einem Bundesgefängnis einsaß. Als der Fehler bemerkt wurde, fanden sie die richtige Zielperson binnen fünf Minuten. Vielleicht um die Verzögerung wiedergutzumachen, hatte der Agent seinen Bericht mit Hinweisen darauf versehen, dass man die Person jederzeit wegen Unterschlagung festnehmen könne, falls es notwendig erschien, und dass die Anklage vermutlich Erfolg haben würde. Was jedoch Grant Avenue betraf, so blieb der Mann unverdächtig.

Kurz darauf kam DiMatteo bei Madsen vorbei und erkundigte sich über die neuesten Entwicklungen. Sie war angespannt und schlecht gelaunt. Als er ihr erklärte, dass sie nur eine Durchsuchung wegen Verdachts auf Betäubungsmittelbesitz und einen Vorwand für eine Befragung einer Gruppe hochrangiger Pastoren hatten, gesellte sich Verzweiflung dazu.

Madsen sank in seinem Stuhl zusammen, stemmte die Ellbogen auf die Knie und starrte auf den Boden. Seine Chefin tat ihm leid. In ihrer letzten Woche hätte sie eigentlich Dinners, Drinks und alte Geschichten genießen sollen. Stattdessen wurde sie von oben mit einem Fall bedrängt, der gestern hätte aufgeklärt sein sollen, sich aber vermutlich nicht sehr bald würde lösen lassen. Die kargen Mittel musste sie sich aus zwölf anderen Regionalbüros zusammenkratzen. Bislang hatte sich bei der ganzen Ermittlung nur eins feststellen lassen: NeChristo verbarg hinter der fröhlichen Fassade hässliche Aktivitäten und widerwärtige Charaktere.

Oh, und diesem Reginald Aaron Ryle konnte man seine Verrücktheit amtlich bestätigen.

Sein Mobiltelefon vibrierte.

Eine vage bekannte Frau sagte: »Agent Madsen? Hier ist Shari.«

»Wer?«

»Shari Sanayei. Aus der Videoüberwachung in Central Station.«

Aha. Der Sergeant, der direkt vom Anschlagsort zurückgekommen war, um die Videosuche zu überwachen. Erst hatte sie geweint und dann geschuftet wie der Teufel. Hatte er ihr nicht den albernen Ratschlag gegeben, etwas gegen den Stress zu unternehmen? Vermutlich hatte sie ihn für ein Arschloch gehalten.

»Störe ich?«, fragte sie.

Er schüttelte den Kopf. »Tut mir leid. Ich bin nur überrascht. Was haben Sie?«

»Nicht viel. Wir hatten noch kein Glück, aber … ich würde gern etwas mit Ihnen besprechen.«

»Immer raus damit.«

»Es geht um etwas Persönliches. Könnten wir uns treffen?«

Ehe Madsen antworten konnte, schob sich ein Schatten in sein Sichtfeld. Er sah vom Boden auf, und sein Blick wanderte über Kampfstiefel, schwarze Arbeitshose, Nylongurt, blaues T-Shirt, das sich über unglaublich dicke Bizepse spannte, und einen dicken, muskelbepackten Hals, um schließlich zu einem großen, grinsenden Gesicht zu gelangen. Zetter.

Der SWAT-Kommandant tippte auf die Uhr.

Madsen hob die Hand und zeigte so an, dass es nicht lange dauern würde. »Shari, im Augenblick ist es schlecht. Kann es vielleicht bis morgen warten?«

»Sicherlich«, antwortete sie, aber es klang, als wäre sie nicht glücklich darüber.

»Ich rufe Sie morgen unter dieser Nummer zurück.« Er legte auf.

»Kommen Sie?«, fragte Zetter.

»Na klar.« Madsen sprang auf und griff nach seiner Jacke.

Die Jacke glitt ihm durch die Finger und rutschte vom Schreibtisch auf den Boden. Der Schreibtisch schwankte seltsam. Zetter schwankte. Die Bürostellwände schwankten. Madsen stützte sich am Schreibtisch ab. Das Schwanken hörte auf, kehrte zurück und war dann endgültig vorbei.

»Was war das denn?«, fragte Zetter.

Madsen blinzelte. Das Schwindelgefühl ging schon vorüber. »Ich bin wohl zu schnell aufgestanden.«

»Sie sind müde. Wie viel haben Sie geschlafen?«

»Ein paar Stunden. Mir geht es gut. Ich brauche nur eine Minute.«

»Dan, wir entern ein fahrendes Boot. Wenn Sie nicht aufpassen, können Sie sich Arme und Beine brechen – oder Schlimmeres.«

Madsen fuchtelte mit den Armen und hüpfte auf einem Fuß. »Ach, kein Problem.«

»Jetzt. Sie gehören ins Bett. Gehen Sie nach Hause.«

»Ich glaube nicht. Das ist meine Operation.«

»Und ich will mir nicht die ganze Zeit darüber Gedanken machen müssen, ob Sie über Bord gehen. Wenn wir sie haben, kann ich Sie anrufen, und wir treffen uns an Land. Ganz einfach.«

Madsen öffnete den Mund und wollte protestieren, sah jedoch, dass es ihn nicht weiterbringen würde. Außerdem hatte Zetter recht. Die Befragungen konnten warten, bis die Pastoren an Land waren. Noch einen Schwindelanfall konnte er nicht gebrauchen. Jesus, wenn er auf dem Rückweg nicht aufpasste, konnte er leicht in den Gegenverkehr geraten. »Vielleicht haben Sie recht«, sagte er.

»Ich bin mir ganz sicher. Machen Sie sich dünne. Ich sehe Sie in ein paar Stunden.«

Zetter ging. Madsen hob seine Jacke vom Boden auf und schaltete den Computer aus. Er ging durchs Büro und fand jemanden, der das Pech hatte, an einem Samstagabend arbeiten zu müssen. Der Betreffende würde Sorrell freilassen, sobald der Zugriff stattgefunden hatte. Auf dem Weg zum Fahrstuhl rief er Shari an. »Planänderung. Ich bin auf dem Weg nach draußen. Wenn Sie noch reden wollen, kann ich in Central Station vorbeikommen.«

»Nein, hier nicht. Haben Sie schon gegessen?«

»Nein, aber ich habe es vor.«

»Schlagen Sie etwas in der Nähe Ihrer Wohnung vor, und ich komme hin.«

Seltsam, dachte Madsen. Nicht am Telefon. Nicht in der Nähe des Reviers. Worüber wollte sie reden? Oder ging es gar nicht um etwas Berufliches? Sie hatte erwähnt, dass es persönlich sei. Vielleicht hatte er etwas nicht mitbekommen. Denn obwohl er eigentlich ein Experte in Psychologie war, wusste er nie, woran er war, wenn es um schöne Frauen ging. Gleichgültig. Es wäre eine angenehme Ablenkung. Und hungrig war er auch. »Ja klar«, sagte er. »Wenn Ihnen der Weg nichts ausmacht, ich bin drüben in …«

»Ich weiß, wo Sie wohnen.«

Okay. Natürlich wusste sie das.

Madsen nannte ihr ein Restaurant zwei Blocks von seiner Wohnung entfernt.

25

Beim Perser duftete es nach Kaffee. Die Gäste unterhielten sich laut. Madsen gefiel das Restaurant, weil das Essen gut und günstig war, außerdem hatte es lange offen – was eine Vorbedingung für viele seiner Abendessen war – und war skurril. Der Besitzer hatte es mit dicken Teppichen, Lithografien von alten Minaretten und geschnitzten Kamelfiguren aus Holz ausgestattet. Einmal hatte er sogar kurz Chaiselongues und Sitzkissen angeboten, ehe er sich widerwillig den geschäftsmäßigen Erfordernissen gebeugt und Holzstühle und Tische aufgestellt hatte.

Shari war bereits da und wartete an einem Ecktisch. Sie hatte die schwarze Uniform gegen Jeans, T-Shirt und hochgeschnürte Dockers mit Gummisohle getauscht. Auf ihrem T-Shirt prangte ein Heavy-Metal-Logo. Das Outfit hätte zu einem richtigen Wildfang gepasst, nur mochte er nicht an einen Wildfang denken, wenn er sah, wie sich ihre Jeans an ihre Hüften schmiegten und ihr dunkles Haar im Licht glänzte.

Sie lächelte, als er sich setzte, doch es wirkte angestrengt. »Danke, dass Sie gekommen sind«, begrüßte sie ihn unbeholfen.

»Gern geschehen. Ich freue mich über die Gesellschaft.«

»Sie sehen müde aus.«

»Es war ein langer Tag. Für uns beide vermutlich.«

Sie trank einen Schluck Wasser und hielt das Glas so fest, dass ihre Fingerspitzen weiß wurden.

Die Kellnerin kam. Shari schien nichts bestellen zu wollen. Er entschied für sie beide. Lammtopf, Hähnchenspieße, mit Nüssen und Kräutern gefülltes Gemüse. Um sie zu beruhigen, hielt er ihr einen kleinen Vortrag über Plotter, Lügenmänner und Zauberstabschwinger, darüber, dass alle guten Cops Fehler machten und dass er, gleichgültig, was sie angestellt hatte, wenigstens nicht vom OPI war. Dann erzählte er ihr seinen Schuldradarscherz. Der entlockte ihr ein Lachen. Ein leises, aber immerhin.

Als das Essen kam, lud sich Madsen großzügig Lamm auf den Teller und aß. Ein wenig zu eilig und vielleicht nicht besonders höflich, doch die scharfen Gewürze weckten seine Sinne und ließen ihn das Loch in seinem Bauch umso deutlicher spüren. Sie würde ihn sicherlich verstehen.

Shari nahm sich einen Hähnchenspieß und legte ihn sich auf den Teller. Dort blieb er liegen. Aus dem Nichts heraus fragte sie: »Warum sind Sie Plotter geworden?«

Er zog misstrauisch eine Augenbraue hoch. »Aus dem gleichen Grund wie wir alle. Um den bösen Jungs das Handwerk zu legen.«

Shari runzelte die Stirn. »Nein, ehrlich. Ich würde es gern wissen.«

Eigentlich hätte er gern erneut mit irgendeinem Unfug geantwortet, doch aufgrund der direkten Frage und Sharis Ernsthaftigkeit änderte er seine Meinung. »Vermutlich wegen meines Vaters. Er war zuerst Farmer und wechselte dann ins Baugewerbe. Oft hat er auf Häuser und Brücken gezeigt und gesagt: ›Das habe ich gebaut.‹ Und genauso fühlte er sich, selbst wenn er nur Aufseher gewesen war. Für ihn musste alles, was man machte, praktischen Nutzen haben, *real* sein, sonst zählte es nicht. Die bösen Jungen zu schnappen ist real.«

»Sie wollten ihm also gefallen?«

Er lachte. »Na ja, lustigerweise habe ich zuerst genau mit dem Gegenteil angefangen, mit Geschichte und Psychologie, und habe an Universitäten herumgetrödelt. Ich wollte eine akademische Karriere machen. Er war wütend deswegen.«

»Was ist passiert?«

»Ich erkannte, dass er recht hatte. Ich habe gelangweilte Kinder unterrichtet, denen es nicht um Wissen ging, sondern nur um ihren Abschluss. Da habe ich mich gefragt, wozu ich eigentlich nützlich bin, und habe keine rechte Antwort gefunden. Zufällig wurde ich einem Profiler vom FBI vorgestellt. Ich bin gut, was die praktische Seite der Psychologie betrifft. Wir verstanden uns gut, und er stellte mich ein paar Leuten vor. Und der Rest ist, wie man so sagt …« Er brachte den Satz nicht zu Ende, sondern schob sich eine Gabel Lamm in den Mund.

»Nur weiter«, ermunterte sie ihn.

Das lohnte sich wirklich nicht. Er hatte ihr die Antwort doch schon gegeben. Eine so gute Antwort, wie die Frage rechtfertigte. Aber die Art, wie sie sich vorbeugte, die Ellbogen auf den Tisch stützte, das Kinn in die Hände legte, wie sie ihn aus hellgrünen Augen mit dieser alarmierenden Eindringlichkeit anstarrte, brachte ihn zu der Entscheidung, diesmal auch das zu sagen, was er für gewöhnlich unausgesprochen ließ. »Er starb.«

»Der Profiler?«

»Nein. Mein Vater. Arbeitsunfall. Ein Laster hat ihn beim Zurücksetzen überfahren.«

»Oh, mein Beileid.« Sie lehnte sich im Stuhl zurück. Der konzentrierte Augenblick war dahin.

Er zuckte mit den Schultern. »Ach, schon okay. Jedenfalls …« Er klopfte auf den Tisch, um seine Worte zu unterstützen. »Abgesehen davon, dass ich niemanden mehr hatte, gegen den ich rebellieren konnte, hat mich das *wirklich* dazu gebracht, über mein Leben nachzudenken. Kurz darauf habe ich beim FBI angefangen.« Er sah sie fragend an. »Und Sie? Warum sind Sie Kamera-Jockey geworden?«

Sie zögerte nicht mit der Antwort. »Ich kann es einfach. Nein, verziehen Sie nicht das Gesicht. Das ist schwer zu erklären. Es liegt mir einfach. Die Sensoren, die Kameranetzwerke, Algorithmen … Was die können und was sie nicht können. Ich wusste schon immer, dass ich damit arbeiten will. Allerdings hat es eine Weile gedauert, bis ich hier angekommen bin. Ich war in Arizona. In Flagstaff. Die suchten nach Überwachungspersonal, also habe ich mich als reguläre Polizistin beworben. Zwei Jahre bin ich auf Streife gewesen, ehe sie meinen Versetzungsantrag angenommen haben. Verstehen Sie mich nicht falsch. Ich mochte die Jungs und wie sie aufeinander aufpassen. Das war wichtig, aber nicht das Richtige für mich. Ich habe die Grundlagen gelernt, und als hier gute Experten gesucht wurden, bin ich nach Kalifornien gezogen.«

»Wo sie größere Netzwerke und größere Spielzeuge haben.«

Sie lächelte. »So in der Art.«

Das Lächeln verschwand. Sie nahm ihr Glas, blickte hinein und ließ das Wasser abwesend kreisen. Außerhalb der düsteren, hintergrundbeleuchteten Welt des Videoüberwachungsraums war ihre Haut braun und glatt, beinahe makellos.

»Weil ich es weitermachen will«, sagte sie.

»Was?«

»Meine Arbeit.«

Es folgte eine lange Pause. Shari holte tief Luft und begann. »Ich hatte eine Beziehung mit Adam Carmichael …«

Madsen hörte ihr zu und unterbrach sie nicht. Er erfuhr, was für ein Mann Adam gewesen war, weshalb sie sich in ihn verliebt hatte und wie es langsam Zeit geworden war, es den anderen mitzuteilen. Sie erzählte ihm, was Mittwoch passiert war, wie sie sich gestritten hatten und wie sie sich dann am Tatort vollkommen hilflos gefühlt hatte. Und er erfuhr, wie sie entschieden hatte, alles geheim zu halten, für Adam, für seine Frau und für sich selbst. Während er zuhörte, erinnerte er sich an ihr schmutziges Outfit und an die Verletzlichkeit, die er am Mittwoch bei ihr gesehen hatte. Und an die fieberhafte Arbeitswut, die sie hinterher an den Tag gelegt hatte.

Sie war fertig. Die Kaffeemaschine und das Gemurmel von den Nachbartischen schienen lauter zu werden.

Madsen fragte: »Diese … Yolanda weiß als Einzige Bescheid?«

»Ja.«

»Und Sie haben Captain McAlister oder Holbrook nichts gesagt?«

»Nein. Ich wollte einfach weiterarbeiten. Ich muss die Schweine erwischen, die ihn ermordet haben. Alles andere ist mir unwichtig.«

»Und Sie glauben, das würde man Ihnen dann nicht mehr erlauben?«

»Die würden mich augenblicklich rausschmeißen.«

»Und warum ich?«

»Ich musste mit jemandem reden. Irgendwer sollte Bescheid wissen. Ich muss sichergehen, dass ich nicht fahrlässig handele.«

»Und ich bin nicht beim SFPD. Ja?«

Sie nickte. »Ich dachte, ich könnte mit Ihnen reden. Damit zumindest einer im Team Bescheid weiß und … Ich dachte, das würde vielleicht reichen.«

Madsen lehnte sich zurück, kratzte sich am Kopf und dachte nach. Die Affäre an sich war kein Thema. Sie hatte sich in einen Polizisten verliebt. In einen guten, wie man überall hörte. Nicht schön für seine Frau, aber vielleicht war die ein Drache. Wer wusste das schon? Er jedenfalls nicht. Rein formal hätte Holbrook als Ermittlungsleiter davon erfahren sollen, aber Madsen wollte Shari nicht aus dem Team bugsieren lassen. Sie war nicht nur der beste Kamera-Jockey, den er je gesehen hatte, sondern auch der motivierteste. Und die einzige Person, die sich richtig mit Videos, TrackBack-Suche und Personenidentifizierung auskannte. Ein Ersatz würde sich tagelang einarbeiten müssen, bis er so schnell war wie sie. So viel Zeit hatten sie nicht.

Auf der anderen Seite musste er auch an seine eigene Haut denken. Wenn er nichts sagte, verstieß er gegen eine ganze Reihe von Vorschriften, und falls das in einem Integritätstest zur Sprache käme, würde er argumentieren müssen, dass er die Personalfrage als wichtiger betrachtet hatte – in diesem Zusammenhang, weil es die Aufklärung des Verbrechens beschleunigte. Die OPI-Leute würde das nicht beeindrucken.

Und wenn sie ihm nicht alles erzählt hatte und die Beziehung irgendwie tatsächlich wichtig für den Fall war, würde man ihn lynchen.

Das allerdings war eher unwahrscheinlich. Und damit die OPIs eine Frage stellten, mussten sie diese erst einmal kennen. Solange nur er, Shari und diese Freundin in der Einsatzleitung eine Ahnung hatten …

Er schaute ihr zu, wie sie einen Schluck Wasser trank,

während sie auf seine Antwort wartete. Jetzt hielt sie das Glas ein wenig lockerer, so als wäre eine Last von ihr abgefallen. *Na, die hat sie teilweise mir auf die Schultern gepackt,* dachte er, *und ich bin so verflucht müde, dass ich sie nicht gebrauchen kann. Besten Dank auch, Shari, mich zum Komplizen bei Ihrer kleinen Unwahrheit zu machen.*

Seine Miene musste seine Gedanken verraten haben, denn plötzlich entschuldigte sie sich. »Gott, es tut mir leid. Das ist einfach unfair von mir. Ich gehe ins Revier und erzähle alles dem Captain.«

»Nein«, sagte er und hob die Hand. »Nein. Keine Bange. Ist schon okay.«

Draußen war es dunkel und kühler als seit Tagen. Die ersten Regentropfen trafen seine Schultern, als er die beiden Blocks zu seiner Wohnung ging. Er dachte an den Rucksackmann, daran, wie seltsam diese Dollhouses waren, an die leitenden Special Agents und Abteilungsleiter und stellvertretenden Direktoren mit ihren unaufhörlichen Forderungen nach Berichten über neueste Erkenntnisse. Er fragte sich, ob sich heute Nacht überhaupt irgendwelche Antworten ergeben würden. Erschöpft stieg er die zwei Treppen hoch und schloss seine Wohnungstür auf. Ohne das Licht anzuschalten, streifte er die Schuhe ab und ließ sein Jackett zu Boden fallen, ehe er sich voll bekleidet in das Bett plumpsen ließ, das er drei Tage nicht mehr gesehen hatte.

26

Mehrere Kilometer weiter nordwestlich beobachtete Curt Zetter sieben Gestalten durch sein Nachtsichtgerät, die sich geisterhaft grün vom pechschwarzen Hintergrund abhoben. Still wie eine grüblerische Horde Gorillas hockten sie im Gras, wo sie sich Gurtzeug überzogen und Schnallen und Taschen überprüften. Sie gingen dabei konzentriert und geschäftsmäßig vor, wie es sich für die besten Leute seiner Einheit gehörte. Ein scharfer Geruchsmix aus Salzwasser und Mangrovenschlamm stieg ihm in die Nase. Links führte eine gespenstische Spur am Boden zurück zu den schwach erkennbaren Umrissen eines Transporters zwischen den Bäumen. In der anderen Richtung schob sich ein Anleger in die Dunkelheit, dessen splitterndes Holz sein Alter und seltene Benutzung verriet. Er schaute darüber hinweg. Das Nachtsichtgerät stellte die Wellen als statisches Rauschen dar, aber von ihrem Transportboot sah er keine Spur. Er lauschte und hörte nur das leise Plätschern des Wassers unter dem Anleger und das Prasseln des Regens, der mit dem Wind eingesetzt hatte.

Eine Gestalt löste sich von den anderen und näherte sich ihm. Der große Jose Rodriguez. Ein perfekter Profi, der hundert Einsätze hinter sich hatte und auf den sich Zetter auch verlassen konnte, wenn es hart auf hart kam. Rodriguez hatte dumme Sprüche gemacht, als sie den Transporter beladen hatten. Heute Nacht, hatte er gesagt, würden fünf

Pastoren von NeChristo mal die Beichte ablegen müssen, und das SWAT würde für die Buße sorgen. Rodriguez trat zu Zetter, zupfte und zerrte an dessen Gurten und überprüfte, ob sie fest saßen.

Zetter griff nach seiner Waffe, einer SIG Sauer P226, die er am rechten Bein festgeschnallt hatte. Der Griff lag ihm angenehm in der Hand, und sein Daumen fand sofort den Druckknopf des Halteriemens. Die SIG war seine Reservewaffe. Seine Hauptwaffe war die Heckler & Koch MP5 Maschinenpistole, die vor seiner Brust hing. Die anderen Männer waren ähnlich ausgerüstet, nur die Handfeuerwaffe hatte jeder nach persönlicher Vorliebe gewählt. Vermutlich waren sie für den Einsatz viel zu martialisch bewaffnet, aber Zetter vertrat die Philosophie, dass man nie zu martialisch bewaffnet war, wenn man nicht genau wusste, womit man es zu tun bekommen würde. Außerdem war der Ausflug heute Abend eine gute Übung für die Jungs. Er plante, alles ordnungsgemäß durchzuführen.

Rodriguez überprüfte Zetters Kinnriemen. Dann beugte er sich vor und zeigte ihm den erhobenen Daumen. Unter der Schutzbrille grinste er.

Im gleichen Augenblick hörte man aus der Ferne das unverkennbare Röhren eines PS-starken Motors im Wind.

Zetter langte hoch und drückte auf den gummierten Schalter an der Seite seines Helms. Ein winziger roter Punkt blinkte dreimal in seiner Nachtsichtbrille und wurde dann durch ein kleines »M« am Rande seines Blickfeldes ersetzt. Kamera für die Mission aktiviert.

Minuten später spritzte ihm die Gischt ins Gesicht, während der Lärm der drei 250er-Yamaha-Motoren in seinen Ohren dröhnte. Das Festrumpfschlauchboot bestand im Wesentlichen aus einem leeren Rumpf mit Motoren. Die

Männer saßen auf Plastikbänken und hielten sich an einer Reling fest, während sie über die Wellenberge preschten. Der Bootsführer stand mit leicht gebeugten Knien da wie ein Boxer und hantierte hinter dem keilförmigen Kompasshaus mit der Pinne.

Ohne Vorwarnung ging das Dröhnen in ein Heulen über und schließlich in ein wütendes Knurren, wann immer der Rumpf auf das Wasser klatschte. Schaum flog an ihnen vorbei. Dann schlingerte das Boot schwarz und schlank und tief im Wasser und schaukelte unbehaglich, während die Außenborder nur noch grummelten. Die Positionsleuchten waren abgeschaltet.

Das kleine Schiff zwei Kilometer vor ihnen, das sich von Nord nach Süd bewegte, war dagegen wie ein Weihnachtsbaum beleuchtet. Scheinwerfer strahlten einen Doppelschornstein in keckem Winkel an. Gelbe Lichter aus allen Bullaugen leuchteten auf die Wellen hinaus. Das Schiff hieß *Genevieve II*. Zetter wusste bereits, dass es an Bord drei Wohnräume, einen Essraum und fünf Kabinen gab. Diese waren sehr luxuriös ausgestattet, mit Teakholz, Granitflächen, Armaturen aus vierundzwanzigkarätigem Gold und speziellen Schotten, die Lärm und Vibrationen des Zwölfhundert-PS-Motors dämpften. Das hintere Unterhaltungsdeck mit Kinoleinwand und Whirlpool gefiel ihm am besten.

Der Bootsführer brachte sie auf diagonalen Kurs und gab Gas. Auf dem Radar der *Genevieve II* würden sie wie ein kleines, langsames Fischerboot erscheinen. Nach und nach wurde der Abstand kleiner. Der Bootsführer nahm das Gas zurück und ließ der Yacht ein paar Hundert Meter Vorsprung. Er klemmte das Steuer fest. Mit reduzierter Geschwindigkeit folgte das Festrumpfschlauchboot dem größeren Schiff im Kielwasser.

Zetter streckte die Hand aus und klopfte Rodriguez an den Helm. Rodriguez hob den Daumen und wiederholte das Ritual beim nächsten Mann. Alle senkten den Kopf und konzentrierten sich. Zetter legte dem Bootsführer die Hand auf die Schultern. Die Sekunden zogen dahin. Er schob die Hand vor, wo der Bootsführer sie sehen konnte, und deutete mit zwei Fingern und abgewinkeltem Daumen – dem universellen Symbol für eine schussbereite Pistole – auf die *Genevieve II*.

Dann drehte er den Daumen nach unten. Siebenhundertfünfzig Pferde erwachten zum Leben. Der Bug schoss himmelwärts. Der Rumpf bockte, schob sich lautstark durch die Gischt und riss die Passagiere mit sich. Zetters Sinne standen unter Strom, sein Puls sprang in die Höhe. Im nächsten Moment flog das Festrumpfschlauchboot über die Wellen auf sein Ziel zu wie eine Rakete.

Binnen Sekunden lagen sie längsseits des hell erleuchteten Bootes und zogen sich einer nach dem anderen über die Reling hinauf.

Ein Steward in weißer Uniform mit einer Kiste Champagner in der Hand stand starr vor Schreck da, als die maskierten Gestalten um ihn herum aufs Deck kletterten. Im nächsten Augenblick lag er mit dem Gesicht nach unten auf dem Boden, an Händen und Füßen mit Kabelbindern gefesselt.

Zwei Mann verschwanden in Richtung Brücke. Weitere zwei machten sich zum Heck auf. Zetter und die restlichen vier liefen eine Treppe zum Hauptdeck hinauf, wo sie sich, die Waffen im Anschlag, zu beiden Seiten einer zweiflügligen Tür in Stellung brachten.

Zetter hielt drei Finger hoch. Zwei. Eins. Dann krachte und splitterte Holz.

»Keine Bewegung, FBI!«, hallte es durch den Raum. Die Männer schwärmten aus, Laserpunkte wanderten von einem Ziel zum nächsten. Stiefel trampelten über Teppich. Man begrüßte sie mit Schreien und Flüchen. Ein Dutzend Leiber lag auf Couchen und Kissen. Männer und Frauen, mindestens die Hälfte nackt. Ein großer Mann in einer Toga, der bis zur Besinnungslosigkeit mit Drogen vollgepumpt war, kam wankend auf die Beine. Zetter legte ihm seine in einem schwarzen Handschuh steckende Hand auf die Brust und drückte ihn zurück auf die Couch.

Die Männer gingen methodisch von einer Person zur anderen und fesselten alle mit Kabelbindern, tasteten die Kleidung ab und riefen alle paar Sekunden: »Sauber.« Die Empörung ließ langsam nach. Aus unsichtbaren Lautsprechern donnerte Afrobeat.

Zetter schob seine Brille hoch.

Flaschen rollten über den Boden. Hier und da sah man Essensreste auf dem Teppich. Die Hälfte der Anwesenden starrte die Eindringlinge mit großen Augen an, die andere Hälfte war zu high, um genug mitzubekommen. Vier Männer mittleren Alters mit Wabbelbauch. Neun Frauen, jung und knackig. Keine hektischen Bewegungen. Keine Körpersprache, die Gefahr signalisierte. Zufrieden suchte sich Zetter einen Weg durch die Leiber und Kissen. Inmitten der Unordnung entdeckte er Silbertabletts mit großzügigen Linien weißen Pulvers. Er lächelte und schaltete sein Kehlkopfmikrofon ein.

»Alpha-Führer. Hauptkabine sauber. Bericht.«

Rodriguez' Stimme. »Team eins. Brücke ist sauber. Wir haben drei Männer gesichert.« Ruhig. Entspannt.

»Team zwei. Außendecks sind sauber. Zwei Männer gesichert.«

Fünf von sechs Angehörigen der Crew des Schiffes, die aufgelistet waren.

»Alpha-Führer«, sagte Zetter. »Sichern wir den Rest.« Er trat durch eine Tür im vorderen Schott und stand vor einer Treppe, die alle Decks verband. Kurz darauf gesellten sich die zwei Männer vom Außendeck zu ihm. Er schickte sie zum Esszimmer und weiter zum vorderen Aufenthaltsraum. Sie gingen los. Rodriguez kam von der Brücke herunter. Er hatte die Brille hochgeschoben und zwinkerte ihm zu. Zetter lief die Treppe hinunter, und Rodriguez folgte ihm.

Die Treppe endete vor einem Gang, der durch die ganze Länge des Bootes führte. Alle Türen an beiden Seiten und an den Enden waren geschlossen. Das SWAT begann am Heck. Rodriguez duckte sich und nahm seine Heckler & Koch in Anschlag, während Zetter nach dem Knauf griff, drehte und die Tür aufstieß. Heiseres Klappern begrüßte ihn. Er blickte kurz in ein Wirrwarr aus Rohren und Anzeigegeräten des Motorraums und schloss die Tür; der Lärm brach ab. Die nächste Tür führte in die Bordküche, wo sie einen Koch mit weißer Mütze überraschten. Er riss verblüfft die Hände hoch. Rodriguez fesselte ihn. Zetter drückte auf sein Mikro. »Alpha-Führer. Unterstes Deck. Ein Mann gesichert.« Sechs von sechs Angehörigen der Crew. Er entspannte sich ein wenig und ging zur nächsten Tür. Ein Lagerraum. Leer. Eine Kabine, üppig in Blau und Gold gestaltet. Die Decke des riesigen Bettes war zurückgeworfen. Auf dem Nachttisch war weißes Pulver verstreut. Niemand anwesend. Nächste Kabine. Auch sauber.

Es knisterte in Zetters Kopfhörer. »Hauptdeck gesichert. Oberstes Deck gesichert.« Das Brummen der Motoren wurde einen Halbton tiefer, und das Deck schwankte unter seinen Füßen. Die Jungs auf der Brücke hatten das Boot gewendet und steuerten den Hafen an.

Keine Zwischenfälle, keine Missgeschicke, ein Berg Kokain und Kurs aufs Festland. Sie hatten den Job gut erledigt.

Der Gedanke musste Zetters eingefleischte Vorsicht kurz benebelt haben, denn ohne nachzudenken und auf Rodriguez zu warten, griff er nach dem Knauf der nächsten Tür und drückte sie auf.

Ein Schauer durchlief ihn. Enttäuschung. Das war das vorherrschende Gefühl. Enttäuschung über seine Selbstgefälligkeit und darüber, ein so schlechtes Beispiel zu geben. Seine SIG steckte im Holster. Seine MP5 hing nutzlos an seiner Seite.

Er starrte in den Lauf einer Pistole.

Die Pistole hielt ein Mann in den Fünfzigern mit schütterem Haar. Mit der anderen Hand hielt er sich ein rotes Satinlaken vor die nackte Brust. Seine Hand zitterte heftig. Zetter empfand Gleichgültigkeit und war hyperaufmerksam. Er sah, wie das Licht über die feinen Verzierungen spielte, die an der Seite der Waffe eingraviert waren. Er erkannte den Durchmesser der bebenden Mündung, Kaliber.32. Dann spürte er einen leichten Zug zur Seite, als die *Genevieve II* sich auf ihrem neuen Kurs stabilisierte. Seine Nase nahm den Geruch von Sex und Schweiß auf. Das Bett war herzförmig, die Spitze des Herzens passte genau in den Bug des Bootes. Und er sah die beiden kleinen Gestalten, die sich hinter dem V aneinanderkauerten. Ein Junge und ein Mädchen. Nackt. Keiner von beiden konnte älter sein als zehn Jahre.

»Waffe runter, Mister, sonst schieße ich Ihnen in den Kopf.« Rodriguez, leise und bedrohlich. Zetter spürte den MP5-Lauf über seiner Schulter mehr, als dass er ihn sah. Der kahle Mann blinzelte. Die Pistole zitterte, als habe er einen heftigen Parkinsonanfall.

Langsam und immer noch bebend, wanderte die silberne Mündung abwärts.

27

Ein lautes Brummen störte Madsens Gedanken. Es dauerte kurz, bis er begriff, dass er in seinem eigenen Bett in seiner eigenen Wohnung lag. Er sah auf die Uhr. Noch nicht Mitternacht. Nun hob er sein Jackett vom Boden auf und holte sein Handy heraus.

Es war Zetter, und er war in Hochstimmung. »Fünf Pastoren mit genug Koks, um eine ganze Gemeinde in den Himmel zu schicken. Und wir haben einen, der einen Agenten mit einer Handfeuerwaffe bedroht hat. Ihr Mann hat nicht gescherzt. An Ihrer Stelle würde ich ihm ein nettes …«

»Augenblick«, unterbrach ihn Madsen. »Sagten Sie Feuerwaffe?« Es fiel ihm nicht leicht, sich jemanden vorzustellen, der so dumm war, gegen einen von Zetters Männern eine Waffe zu ziehen, und schon gar keinen Pastor.

»Richtig. Und es waren jede Menge Nutten an Bord. Das hätten Sie sehen sollen. Gott allein weiß, was im Kopf dieser Kerle los ist. Aber es wird noch besser. Sie hatten Replikanten. Kinder-Replikanten.«

»Kinder-Replikanten? Sie wollen sagen …«

»Wie Präpubertierende. Wie: Es gibt ihn immer noch, den pädophilen Priester. Nomura-Spezial.«

Nomura. Madsen war mit einem Schlag wach.

Zetter fuhr fort: »Das sind gute Neuigkeiten, oder? Vielleicht gibt es da eine Verbindung. Nomura und NeChristo? Wir legen in Kürze an. Sie sollten lieber herkommen …«

Minuten später zischten die Reifen des Dodge über die nassen Straßen. Madsen hatte die Fenster runtergefahren, gähnte und rieb sich die Augen, während er versuchte, gleichzeitig schnell voranzukommen und vorsichtig zu fahren. Als er an der Marina ankam, war die *Genevieve II* bereits vertäut, und die gelben Bullaugen spiegelten sich in den Regenpfützen auf dem Kai. Zetters Jungs führten ihre Beute über die Gangway von Bord.

Madsen beschlagnahmte einen kleinen Schuppen für seine Befragungen. Im Inneren roch es nach Diesel und Farbe. Die spartanische Einrichtung umfasste nur zwei Stühle und einen schmierigen Tisch, aber mehr brauchte er nicht.

Die Pastoren ließ er einzeln hereinführen. Wie erwartet übte der Vorwurf des Drogenmissbrauchs starken Druck aus. Sie hatten Angst. Sie wollten ihre Anwälte. Und wie erwartet verwandelte sich die Angst in Verwirrung und dann Erleichterung, als er ihnen erklärte, worum es ihm eigentlich ging und dass er nur Fragen zum Anschlag auf das Dollhouse stellen würde. Ganz erpicht darauf, den Vorteil zu nutzen, antworteten sie rasch auf die Fragen. Madsen erfuhr, dass die Kinder-Replikanten einem der Pastoren gehörten, der sie auch an niemanden sonst verlieh. Geliefert hatte sie ein Mann mit privaten Beziehungen zu einem von Nomuras japanischen Grossisten. Außerdem erfuhr er, dass er jeden Monat eine Containerladung über das Terminal in Los Angeles einschmuggelte und dass dieser Mann nicht sehr wählerisch war, an wen er verkaufte, solange das Geschäft in cash abgewickelt wurde.

Und Madsen stellte ohne jeden Zweifel fest, dass keiner der Pastoren auf der *Genevieve II* irgendetwas über den Anschlag auf Grant Avenue wusste.

SONNTAG

28

Die junge Sommerpraktikantin, die im New Yorker Büro des *NewsGlobe* die Nachtschicht übernommen hatte, ging die frisch eingetroffenen Mitteilungen der Öffentlichkeit durch. Das klang einfach, und gleichzeitig konnte sie die Hausarbeit für ihr Medienstudium fertigstellen. Niemand hatte sie vor dieser hirntötenden Tätigkeit gewarnt.

Bei diesem Job musste sie stündlich vierhundert todlangweilige E-Mails überfliegen, von denen jede sensationelle Enthüllungen versprach, die die Welt auf den Kopf stellen oder zumindest ein weltweites Publikum interessieren würden. Und keine einzige davon hielt auch nur annähernd Wort. Sie benötigte zehn Prozent ihrer intellektuellen Fähigkeiten für diese Aufgabe und zwanzig Prozent für die Hausarbeit. Den Rest musste sie dafür aufwenden, wach zu bleiben. Inzwischen hatte sie begriffen, warum dieser besondere Posteingangsordner das »Scheißfach« getauft worden war und immer an Praktikanten vergeben wurde.

Während sie noch nie etwas entdeckt hatte, das den Titel »Nachricht« gerechtfertigt hätte, entwickelte sie ihre Technik beständig weiter. Anstatt die E-Mails zu lesen, markierte sie jeweils zwanzig Betreffzeilen. Falls etwas ihre Aufmerksamkeit weckte, klickte sie auf die E-Mail und gab ihr zwei Sekunden. Falls nicht, verschob sie die E-Mails in den Papierkorb und markierte die nächsten zwanzig.

Ein Korruptionsvorwurf gegen einen Bürgermeister in Missouri. Nur der Vorwurf, keine Belege.

Löschtaste. *Die nächsten zwanzig.*

Ein jüdisches Kartell manipulierte heimlich die Energiemärkte. Fünftausend atemlose Worte inklusive Rechtschreibfehlern.

Löschtaste. *Nächste.*

Dreizehn identische E-Mails von einem Kerl, der eine revolutionäre neue Fitnessmaschine entwickelt hatte, die mit halb so viel Aufwand doppelt so viel Fett verbrannte.

Gott, wenn's nur so wäre! Nächste.

In Alaska SPÜLTE man krebserregende CHEMIKALIEN in die Toilette und TÖTETE so die Natur.

Nächste.

Die Wahrheit über NeChristo.

Nächste. Aber ihr Finger zögerte. Vielleicht lag es am Passwort in der Betreffzeile oder vielleicht daran, dass der Absender seine Adresse anonymisiert hatte. Egal, sie gab der Nachricht ein paar Sekunden.

Die Wahrheit über NeChristo. Passwort = gdn85h6

Sie öffnete die Mail und fand einen Link.

http://www.fbi_internal.gov/ops/case3X7495/edid/vidfile2245

Einem Impuls folgend, klickte sie auf den Link.

Ein Login-Fenster baute sich auf.

Sie kopierte das Passwort in das Fenster und drückte ENTER.

Der Bildschirm wurde schwarz. Einen Augenblick später erschien ein wildes Durcheinander phosphoreszierender grüner Punkte vor schwarzem Hintergrund. Eine leuchtende Hand in einem Handschuh tauchte auf und verschwand. Eine Gestalt kam in Sicht. Die Gestalt bestand aus einem

Dutzend Abstufungen von Grün und Schwarz. Dann … eine Yacht? Wieder grüne Würmer.

Vom Schaukeln wurde ihr richtig schummerig, doch schließlich begriff sie, dass die Würmer Lichtreflexionen auf Wasser waren und dass sie durch eine Nachtsichtkamera blickte, die jemand auf dem Kopf trug. Seltsame Symbole und eine kleine Uhr in der Ecke deuteten auf einen militärischen Einsatz hin.

Irrer Kram.

Und das bislang Interessanteste, was sie in den letzten zwei Stunden zu sehen bekommen hatte.

Es *war* ein Boot. Ein großes. Sie sah, wie es in die Höhe ragte. Schwerbewaffnete kletterten über die Reling. Eine Minute später stürmte der Träger der Kamera, wer auch immer es sein mochte, durch eine Tür. Das Nachtsichtgerät überstrahlte und schaltete um auf helles Technicolor. Schwarz gekleidete Gestalten, auf deren Splitterschutzwesten in großen gelben Buchstaben FBI zu lesen stand, versperrten kurz die Sicht. Die Kamera schwenkte über nackte Gliedmaßen, umgekippte Möbel, Champagnerflaschen, Gesichter …

Die Praktikantin schoss in die Höhe. Eins der Gesichter hatte sie schon einmal in den Nachrichten gesehen.

»Heilige Scheiße, heilige Scheiße, heilige SCHEISSE!«

Ihre Hände zitterten heftig, und sie verwählte sich zweimal, ehe sie den Chef vom Dienst am Apparat hatte.

Zwanzig Minuten später marschierte der Chefredakteur von *NewsGlobe* herein und schrie herum, dass sich alle, die Nachtschicht hatten, in seinem Büro einfinden sollten.

Die Besprechung war kurz. Der Nachrichtenwert des Videos wurde nicht bezweifelt, es ging allein um die Risiken.

Eine mögliche Verfolgung durch Bundesbehörden wurde angesprochen, aber für unwahrscheinlich gehalten. Gerichtliche Klagen? Eine Zahl wurde genannt. Eine weitere, viel höhere wurde dagegen gesetzt. Kopf schlug Zahl. Sie diskutieren über andere Medien, die das Video vielleicht bekommen hatten, und kamen schnell zu einem Schluss: Das größte Risiko bestand bei Weitem in Verzögerung.

Der Chefredakteur wies sein Team an, die Aufzeichnung auf das Wesentliche zu kürzen, und fügte hinzu: »Auf jeden Fall müssen die Drogen, die Waffe und die Kinder drinbleiben – vor allem die Kinder.« Es brauchte nicht schön zu werden – später konnte man alles überarbeiten und neu veröffentlichen –, aber es musste schnell gehen. Rasch diktierte er den Kommentar. Dann scheuchte er alle hinaus, damit er die Gesellschafter anrufen und darauf vorbereiten konnte, was im Anflug war.

29

Daniel Madsens Hand tastete unter der Bettdecke hervor und beendete das *Piep-piep*, das seine Trommelfelle quälte. Sein Schädel fühlte sich an, als hätte man ihn mit einem Gummihammer malträtiert. Seine Augen brannten. Und irgendetwas hatte sich um seinen Hals geschlungen. Er zog es weg. Es war das Hemd, das er nur halb ausgezogen hatte, ehe er eingeschlafen war. Als er seinen Körpergeruch einatmete, zuckte er zusammen.

Oberste Priorität hatte eine Dusche.

Er drehte die Hähne voll auf. Das Wasser trommelte auf Nacken und Schultern. Er stand da und genoss es. Nach einer Minute hatten sich seine Rückenmuskeln ein wenig gelockert, und der Kopfschmerz wurde erträglicher. Er blieb unter der Dusche, bis das heiße Wasser verbraucht war.

Er durchsuchte den Wäschehaufen auf dem Boden und fand eine einzige, gerade noch vorzeigbare Hose. Bei weiterer Erkundung des Haufens neben der Tür entdeckte er ein Hemd, das er nur einmal getragen hatte. Er zog sich an, ging in die Küche, wo eine gründliche Suche ein Dutzend Scheiben trockenen Brotes und eine noch nicht ganz matschige Banane zum Ergebnis hatte. Daraufhin kehrte er zur Wohnungstür zurück und sortierte die Schmutzwäsche. An der Ecke des Blocks gab es einen Waschsalon neben einem kleinen Coffeeshop. Er stopfte die Wäsche in eine Tasche und ging hinunter auf die Straße.

Dünner Nebel hing in der Luft, typisch für San Francisco. Er sog seine Lunge voll; die Luft fühlte sich frisch und kühl auf der Haut an. Auf den geparkten Autos glänzte der Morgentau.

Im Waschsalon lud er zwei Maschinen voll und steckte Münzen in die Geldschlitze. Dann ging er nach nebenan und genehmigte sich Spiegeleier mit Speck, Würstchen und Hash Browns. Dazu trank er Orangensaft. Der kalte Saft wirkte wie ein Lebenselixier, und die Kopfschmerzen waren wie weggezaubert.

Zurück im Waschsalon, zog er sich einen Stuhl heran und setzte sich vor einen Fernseher.

Die Waschmaschinen brummten und klackten.

Er dachte an den Tag, der vor ihm lag. Dass Sonntag war, bedeutete keinen Unterschied. Es war wichtig, die Sache in Bewegung zu halten. Zuerst würde er nach Central Station fahren. Er würde sich mit Holbrook besprechen, Namen und Orte und alle wichtigen Daten durchgehen. Falls es einen Bezug zu NeChristo gab, würde er den finden.

Auf dem Bildschirm im Waschsalon erschienen drei üppige Mädels, eine Werbeeinspielung, die durch seine Anwesenheit ausgelöst wurde. Die Lautstärke wurde erhöht; die drei zwinkerten und warfen ihm Küsschen zu und bewegten die Hüften im Takt zu einer sich drehenden Waschmaschinentrommel. Das Logo von Dreamcom erschien zusammen mit der Adresse des nächstgelegenen Dollhouse. Eine Nymphe im Bikini lockte ihn lasziv mit dem Zeigefinger zu sich. Madsen fragte sich, ob das seine Kopfschmerzen zurückholen würde.

Ein zweiter Werbespot begann. Diesmal lockten keine sexy Frauen, sondern ein ernster Mann mittleren Alters pries sein Angebot an und hielt ein Fläschchen mit Tabletten in die Kamera. Rezeptfreie Antidepressiva. Madsen schüttelte traurig den Kopf. Die Pillen hatten genau das gleiche Blau wie die, die er dem Kerl auf der Männertoilette in Berkeley abgenommen hatte. Andere Chemikalien, gleicher Zweck. Der Mann »vorher« – blasse Wangen, Selbstmörderblick – spukte kurz über den Bildschirm, ehe er sich in eine neue, glückliche Version verwandelte und mit seiner imaginären Familie Händchen hielt und Ringelreihen tanzte, und zwar vor einem Häuschen, in dessen Einfahrt ein roter BMW parkte.

Glücklicherweise war die Werbung dann vorbei. Die Nachrichten begannen. Das vertraute Gesicht von Latitha Williams füllte den Bildschirm. Mit ihrem wallenden Haar und ihrer Forschheit war Latitha der lebende Beweis, dass Frauen mit Charakter und Entschlossenheit sich weiterhin gegen Tussis durchsetzen konnten, zumindest in der Welt der Nachrichten. Sie erzählte aufgeregt über irgendetwas, aber Madsens Aufmerksamkeit wurde vom Hintergrund angezogen. Das riesige Gitter der Kuppel von NeChristo glitzerte unter der Überschrift »CHRISTEN ODER MÖRDER?«

Madsen sprang auf, lief zum Bildschirm und warf dabei einen Stapel Plastikkörbe um. Er suchte den Lautstärkeregler und drückte ihn, bis Latithas Stimme durch den Waschsalon dröhnte.

»Gerüchten zufolge ist die Neue Christliche Organisation von Amerika in die Tragödie verwickelt, die uns seit Tagen beschäftigt. Heute am frühen Morgen sind eine Reihe von Videos und Bildern durchgesickert, die eindeutig belegen, dass die Kirche in den Fokus von Ermittlungen sowohl der Polizei als auch der Bundesbehörden geraten ist …«

Madsens Kopf dröhnte. Sekunden verstrichen. Benommen verließ er den Waschsalon. Er musste zu seinem Dodge und ins Büro fahren. *Vergiss Central Station,* dachte er. *DiMatteo und der Direktor und das halbe FBI werden von dieser Nachricht geweckt …*

Er begann zu laufen.

In seinem Haus in Washington starrte Senator Erol Arbett böse in den Spiegel in der Halle. Er hatte den Krawattenknoten zu tief angesetzt, und die Lücke, die dadurch zwischen Krawattenende und Gürtelschnalle blieb, betonte nur seinen Bauch. Von hinten hörte er Lachen und halbherzige Ermahnungen der Kinderfrau, die versuchte, den Kindern die Haare zu kämmen. Er löste den Knoten wieder und fing von vorn an. Obwohl er böse dreinschaute, war er fröhlich gelaunt. Wenn man Beerdigungen, Gedenkfeiern und offizielle Gottesdienste abzog, hatte er sich seit Jahren nicht mehr religiös betätigt, und heute würde er zum ersten Mal eine NeChristo-Kirche besuchen. Er freute sich darauf, endlich zu erfahren, was es damit eigentlich auf sich hatte.

Seine Frau hingegen war von dem Gedanken so wenig begeistert, dass sie nicht mehr mit ihm sprach. Vor allem ärgerte sie sich, weil Martha Hollingsworth, die prominente Mode-Ikone und ihre langjährige beste Freundin, in der Stadt war und sie Pläne geschmiedet hatten, den Morgen mit Shoppen zu verbringen. Dass er sie gebeten hatte, auf ihren Ausflug zu verzichten und stattdessen einem mittelmäßigen Prediger zuzuhören, wie sie es ausgedrückt hatte, verdarb ihr den Tag, ehe er richtig angefangen hatte. Arbett versuchte ihr zu erklären, dass die Gottesdienste von NeChristo so populär waren, weil sie sich ganz modern mit wichtigen menschlichen Werten beschäftigten. Darauf hatte sie geantwortet, sie höre sich solches Geschwafel nicht von einem Mann an, den Werte keinen Deut interessierten, ob nun menschliche oder andere. Schließlich hatte Arbett ein Machtwort gesprochen und ihr erklärt, dass das einfach eine dieser Gelegenheiten war, bei der man erwartete, sie an seiner Seite zu sehen. Basta. Seitdem schmollte sie.

Deshalb stand er nun in der Halle, band seine Krawatte zum dritten Mal und schöpfte sofort Verdacht, als Rebecca Arbett zu ihm kam und ihn mit süßer Stimme fragte, ob er einen klitzekleinen Moment Zeit habe, um sich etwas in den Nachrichten anzusehen.

Widerwillig und mit einem Auge auf der Uhr folgte ihr Arbett ins Wohnzimmer.

Latitha Williams' Stimme schallte aus dem Fernseher. »Am Freitag wurde ein Agent des FBI beobachtet, als er das Hauptquartier der Kirche in Salt Lake City verließ. Es wird angenommen, dass er hochrangige Anführer einem Polygrafentest unterzogen hat, möglicherweise sogar Pastor Luke persönlich. Gestern wurden in wenigstens sieben Staaten weitere Befragungen von Kirchenfunktionären durchgeführt, was in der Verhaftung von Joe Sorrell, einem Pastor in San Francisco, gipfelte …«

Der Bildschirm zeigte einige Bilder von einem ungepflegten Mann auf einem Parkplatz, der auf den Zuschauer zuging, während man im Hintergrund die Kuppel von NeChristo in den Himmel ragen sah. In einem zweiten Filmausschnitt sah man einen Mann in Handschellen, der auf den Rücksitz eines Wagens gedrückt wurde. Jemand drückte seinen Kopf nach unten. Der große Mann, dem die Hand gehörte, hatte der Kamera den Rücken zugekehrt, doch der andere, der die Tür aufhielt, hatte das gleiche Wuschelhaar und das gleiche zerknitterte Jackett wie der FBI-

Agent im ersten Ausschnitt. Beide Einspieler wirkten, als wären sie durch Glas aufgenommen worden, vielleicht durch die Scheiben einen Fahrzeugs.

»Am meisten schockiert jedoch dieses Video, das angeblich während eines FBI-Einsatzes gestern Abend irgendwo an der kalifornischen Küste aufgenommen wurde. Es zeigt Pastoren von NeChristo, die wegen Verstoßes gegen Betäubungsmittel- und Waffengesetze verhaftet werden, und sogar wegen des Besitzes von Kinderpuppen, die in den Vereinigten Staaten illegal sind.«

Arbett ließ die Hände sinken und lehnte sich an die Wand. Von seinem Magen breitete sich Übelkeit wie eine Welle in ihm aus.

»Schließlich wäre da noch folgende Bilderserie.«

Drei Fotos von einem Mann nebeneinander: ein düsteres Gesicht unter einer Kapuze und einer Sonnenbrille verborgen; eine Nahaufnahme von hinten mit verrutschter Kapuze; und eine Vergrößerung, die einen Gegenstand in seinem Ohr zeigt. Einen G-Ring.

»Eine Quelle bei der Polizei von San Francisco hat uns mitgeteilt, dass dieser Mann als Hauptverdächtiger für den Bombenanschlag auf das Dollhouse in der Grant Avenue gilt. Er wurde noch nicht identifiziert und ist vermutlich bei der Explosion ums Leben gekommen. Diese Angaben sind unbestätigt – weder die Polizei von San Francisco noch das FBI haben einen Kommentar dazu abgegeben –, doch der Verdächtige war möglicherweise ein Selbstmordattentäter.«

Arbett gab ein Schnauben von sich.

Hinter ihm klingelte ein Telefon. Dann noch eins. Und ein drittes. Rebecca Arbett wühlte in ihrer Handtasche, holte ihr Handy heraus und scrollte selbstgefällig durch ihre Kontakte zur Nummer ihrer besten Freundin. Sie sah nicht hoch, als ihr Mann mit fliegendem Hemd durch die Halle in sein Arbeitszimmer rannte.

Dreitausendsiebenhundert Kilometer weiter westlich war Gerard Stimson, siebenundfünfzig, sportlich und mit der Hakennase und dem patriarchalischen Benehmen eines römischen Diktators ausgestattet, früh aufgestanden und hatte im Rosengarten seiner Villa in Beverly Hills gefrühstückt. Dabei hatte er sich Zeit genommen, dem Gesang der Sommervögel zu lauschen. Nachrichten zu schauen gehörte beim Pastor nicht zum normalen Ablauf eines Sonntagmorgens.

Er trank seinen Kaffee aus, stellte Tasse und Untertasse auf das Silbertablett, damit sein Butler alles abräumen konnte, und machte sich zur Garage auf, wo er, nachdem er kurz darüber nachgedacht hatte, den 69er Mercedes 280 SL wählte. Das himbeerrote Leder knarzte, als er hinter das Lenkrad rutschte. Der jüngst überholte Sechs-Zylinder-Motor erwachte schnurrend zum Leben. Stimson legte den ersten Gang ein, rauschte die Einfahrt hinunter und durch die automatischen Sicherheitstore nach draußen, um seine Runde zu beginnen.

Zuerst fuhr er zur Kirche von Nord-L.A. Von außen sah sie aus wie ein Nachbau der Kuppel von Utah im Maßstab eins zu drei. Sie glitzerte zwischen den Bäumen, als er auf sie zufuhr. Er ließ den riesigen Parkplatz links liegen und lenkte den Mercedes auf einen Privatweg, der ihn durch die Bäume zu seinem reservierten Platz auf der Rückseite führte. Dort stieg er aus, knöpfte sein Jackett zu und strich sorgfältig die Falten glatt. Als er seinen Sicherheitspass an die weiße Tür hielt, die sein Stab im Scherz den »Lieferanteneingang«

nannte, hätte ein Beobachter ihn für den Chef einer Anwaltskanzlei oder den Direktor einer Bank halten können.

Elektrische Gitarrenklänge und rhythmisches Klatschen hallten ihm durch den Flur entgegen. Stimson ging zielstrebig los, seine Lederabsätze klackten über den gewienerten Boden und erzeugten ihr eigenes Echo. Er ging mehrere Korridore entlang und blieb vor einem Wandpaneel stehen, das man von beiden Seiten kaum als bewegliches Teil erkennen konnte. Er steckte einen kleinen Schlüssel, den er an einer Kette um den Hals trug, in das Schlüsselloch, woraufhin das Paneel zur Tür wurde, aufschwang und den Weg in ein rundes Treppenhaus freigab. Nachdem er die Tür wieder abgeschlossen hatte, stieg er die Treppe flott hinauf. Trotzdem brauchte er eine ganze Minute, um nach oben zu gelangen. Durch eine zweite Tür erreichte er eine Stahlgitterplattform. Klatschen und Gesang hallten von der Decke der Kuppel wider, die sich nur wenige Meter über ihm befand. Links und rechts befand sich ein Wirrwarr von Kabeln und Halterungen für die Scheinwerfer. Vor ihm folgte ein schmaler, schwebender Laufsteg dem Rückgrat der Decke bis zum höchsten und zentralen Punkt. Am anderen Ende hing genau in der Mitte der Kuppel ein Gegenstand, der aussah wie eine übergroße, getönte Glühbirne. Stimson ging über den Laufsteg. Weit unten sah er durch das Gitter winzige Gestalten mit Gitarren, die sich auf der Bühne bewegten. Köpfe wippten und wogten wie Weizen im Wind hin und her. Am Ende des Laufstegs kletterte Stimson eine kurze Leiter in die Birne hinunter und machte es sich bequem. Der Sitz, der Joystick und der atemberaubende Panoramablick erinnerten ihn an den Arbeitsplatz eines Kranführers. Nicht dass er einen solchen je aus der Nähe gesehen hätte.

Er begann mit dem Prediger. Der junge Bock war in Höchstform. Kühne Worte wechselten mit sanften Tönen. Lachen. Ein großartiges Lied. *Verbindend. Die Magie dieses Mannes,* dachte Stimson, *liegt in seinem Witz.* Weil er wirklich lustig war, konnte er die Verbindung zu seiner Gemeinde herstellen – viel besser, als reine Leidenschaft es vermocht hätte. Stimsons andere Prediger konnten viel von ihm lernen. Er nahm sich vor, die Höhepunkte des heutigen Auftritts in seinem wöchentlichen Ausbildungsvideo zu zeigen.

Die Band dagegen ... Laut, voller Energie, sonniges Lächeln, doch in dieser Gemeinde genügte das nicht. Er hatte *Knistern* erwartet. Die Jungs hatten allerdings Talent und waren erst in der zweiten Woche dabei; wenn sie noch vierzig, fünfzig Stunden übten, sollten sie so weit sein. Er würde sie ermuntern. Wenn sie es in vierzehn Tagen nicht draufhätten, würde er sie feuern.

Dem Prediger gelang es, noch einen höheren Energielevel auf die Bühne zu zaubern. Die Helfer zogen wie aufs Stichwort durch die Gänge und teilten die Körbe für die Kollekte aus.

Stimson schaute nach unten. Sein Blick schweifte über die halbkreisförmigen Reihen. Er zählte Köpfe und schätzte ab, wie gut der Gottesdienst besucht war. Als er Lücken – und nicht wenige – entdeckte, stahl sich zum ersten Mal an diesem Morgen eine Falte auf seine Stirn.

Neben Stimsons Knie befanden sich mehrere Schalter. Er betätigte den größten davon. Im Boden der Kapsel leuchtete ein Monitor auf und zeigte ihm die extreme Nahaufnahme des Schoßes einer Frau. Er fummelte mit dem Joystick herum, bis er einen der Körbe für die Kollekte eingefangen hatte. Mit geübten Bewegungen folgte er dem

Korb und zählte die Geldscheine. Münzen, die seine Berechnungen erschwert hätten, gab es keine. Die Körbe hatten Löcher wie Siebe, durch die das Kleingeld fiel und den Knauserigen klimpernd beschämten.

Im trüben Licht seiner Kapsel packte Stimson den Joystick immer fester. Als die Körbe durch die dritte Reihe gewandert waren, leuchteten seine Knöchel weiß wie Golfbälle.

30

»Was zum Teufel ist passiert?« Mary DiMatteos wütende Stimme hallte von den Wänden ihres Büros wider. Madsen saß schweigend da. Er hatte bereits mehrmals zu antworten versucht, und jedes Mal hatte sie ihm das Wort abgeschnitten.

»Gestern wurde alles sensibel gehandhabt«, fuhr sie fort. »Die Sache war unter Kontrolle. Sie waren unter Kontrolle. Und anstatt eine Ermittlung durchzuführen, erschrecken wir die Öffentlichkeit zu Tode, erwirken eine Verurteilung durch die Medien und versetzen Amerikas beliebtester Kirche – oder religiöser Organisation oder wie auch immer die sich nennen – einen Dolchstoß. *Haben Sie völlig den Verstand verloren?*«

Die Worte flogen wie Kugeln. Die Bürowände waren billig und dünn, draußen konnte sie jeder hören. Madsen wollte hier nur noch verschwinden.

»Wie schon gesagt. Wir haben unauffällig agiert.«

»Sie waren auf CNN, NBC und ABC, um Himmels willen!«

»Das ist ein abgekartetes Spiel. Bestimmt steckt Dreamcom dahinter. Wir haben gegen Nomura ermittelt, gegen die Feministinnen und gegen etliche Einzelpersonen, und die wurden in den Berichten nicht erwähnt. Nur NeChristo.«

DiMatteo sank in ihrem Stuhl zusammen. Plötzlich wirkte ihr Gesicht müde. *So sieht jemand aus,* dachte Madsen, *der zwischen ehrenhafter Entlassung in den Ruhestand und Entzug der Pension steht.*

»Wer ist die undichte Stelle?«, fragte sie.

»Wie bitte?«

»Wer ist die undichte Stelle?«

»Ich bin es nicht.«

»Zum Teufel, wer dann?«

»Keine Ahnung. Ich weiß nur eins, oder ich glaube zu wissen, dass sie mich im Visier hatten. Die müssen mir tagelang gefolgt sein, um an diese Aufnahmen zu kommen.«

DiMatteo verzog das Gesicht, als habe sie einen Schluck Milch getrunken und festgestellt, dass sie sauer war. »Die Person, die am besten über Ihre ganzen Aktionen Bescheid weiß, sind Sie.«

»Einige andere auch.«

»FBI oder Polizei?«

»Beide.«

Sie musterte ihn von oben bis unten. »Ich kenne Sie, Madsen, Sie wissen, wie man das Spiel spielt. Wenn Sie einen Plan haben, können Sie andere dazu bringen, Ihnen zu helfen, sodass Sie sich selbst nicht die Hände schmutzig machen müssen. Haben Sie jemandem einen Wink gegeben? Haben Sie irgendetwas mit dieser Sache zu tun?«

»Natürlich nicht.«

»Keine Befragungen bei NeChristo mehr.«

Madsen verdrehte die Augen. »Unser Mann ist trotz allem Mitglied. Daran hat sich nichts geändert. Zumindest muss ich …«

»Nein. Finger weg von denen. Besorgen Sie sich mehr Beweise, und zwar belastbare, ehe Sie auch nur daran denken, sich einem von denen zu nähern. Dann sprechen Sie mit mir. Und dann, falls ich so dumm bin, Ja zu sagen, fragen Sie mich noch einmal, nur um sicherzugehen. Verstanden?«

»Nein, nicht verstanden«, sagte er. »Sie blockieren die Hauptrichtung der Ermittlung.«

Sie wurde rot. »Es muss noch andere Spuren geben, also folgen Sie denen. Und bevor Sie das Büro verlassen, will der Direktor eine Liste. Das heißt, der Abteilungsleiter will eine Liste, und das heißt, ich will eine Liste.«

»Mary, ich …«

Sie hob die Hand. »OPI wird alle überprüfen, die mit dem Fall zu tun haben. Das SFPD hat schon grünes Licht gegeben, dass die Leute dort ebenfalls überprüft werden. Ich will die Namen aller, die Zugang zu den Dateien hatten. Agenten, Cops, alle.« Sie schob einen Block über den Schreibtisch. »Sortiert nach Rang.«

Madsen schüttelte ungläubig den Kopf.

»Und eins ist klar«, fauchte DiMatteo und richtete ihren Zeigefinger wie einen Pistolenlauf auf Madsens Brust, »Sie setzen Ihren eigenen Namen an die erste Stelle.«

Tausend Kilometer weiter östlich hatte man in Pastor Lukes Büro ein Krisenzentrum eingerichtet. Neueste Berichte rieselten über die Bildschirme wie Wasser über einen Wasserfall. Papiere wurden an die Wände gepinnt oder auf dem Boden verstreut. Man hatte ein Whiteboard hereingerollt, auf dem in großen roten Buchstaben geschrieben stand: SOFORTMASSNAHMEN. Ein Assistent, der nicht größer war als ein Jockey, kritzelte Aufgaben und Namen darauf, während er gleichzeitig am Telefon eine hitzige Diskussion führte.

Luke saß mit schiefem Kragen und aufgerollten Hemdsärmeln am einen Ende des Konferenztisches, um ihn herum fünf Männer mittleren Alters. Hinter ihnen leuchtete die holografische Kugel blau und grün durch das schräge

Glas. Sie war deutlich kleiner als zu Beginn der Besprechung.

Der Jockey am Whiteboard beendete das Telefongespräch. Alle Blicke richteten sich auf ihn. »L.A. Nord und Zentrum. Besuche sinken um fünfzehn Prozent. Durchschnittliche Verluste inzwischen zweiundzwanzig.«

»Was kostet uns das?« Luke stellte die Frage Pastor Richard Hodge, seinem Finanzchef, der rechts neben ihm saß. Hodge tippte die Zahlen rasch in einen Laptop. Er hatte meliertes Haar, trug Hosenträger und ein Nadelstreifenhemd. Er sah aus wie ein angegrauter Wallstreet-Börsianer.

»Ich würde sagen, dreißig Prozent Umsatzrückgang«, antwortete Hodge.

Alle schnappten kollektiv nach Luft.

»Morgen wird es noch schlimmer, dann hat jeder das Video gesehen«, fügte er hinzu.

»L.A. hat – äh – genau diesen Umstand betont«, sagte der Assistent.

»Und wie steht Stimson dazu?«, fragte Luke.

»Er ist sauer.«

»Ich rufe ihn nachher an.« Luke schaute nach links, wo der Chef der Mitgliederverwaltung unglücklich durch die Fenster auf die Kugel der Verbundenheit starrte. Seiner Kleidung nach war er gerade zum Golfplatz unterwegs gewesen, als ihn der Anruf erreicht hatte. »Frank, wie sind die Auswirkungen auf die Mitgliederzahlen?«

Frank blinzelte. »Oh, tut mir leid. Die Callcenter an der Ost- und der Westküste sind überlastet. Es gibt viele Kündigungen, besonders von neuen Mitgliedern. Mehr weiß ich nicht. Es ist noch zu früh für eine Hochrechnung. In zwanzig Minuten sollten wir eine bekommen.«

Luke runzelte die Stirn. Er wandte seine Aufmerksamkeit dem rothaarigen Dandy links neben Frank zu, seinem Kommunikationschef. »Bobby?«

»Wir haben an alle, die wir im Verteiler haben, eine Pressemitteilung geschickt. Man möchte Interviews mit Ihnen, je schneller, desto besser. Eine Nachricht und eine Richtlinie sind an alle Pastoren und Gemeindeleiter rausgegangen. Nur mit dem Wesentlichen, aber besser als gar nichts. In einer Stunde sollten wir eine aktualisierte Fassung haben ... Ich muss auch wissen, was ich den Pastoren über die Gewinnprojektionen sagen soll. Sie werden sich danach erkundigen.«

Luke wandte sich an Hodge, der weiter auf seinem Laptop tippte. »Richard?«

»Auf der Basis dieser Daten müssen wir für die nächsten zwei Wochen mit einem Einbruch der Einnahmen rechnen. Vielleicht vierzig Prozent Verluste auf den Monat gesehen.«

»Gott, *das* darf niemand erfahren. Dann haben wir einen verfluchten Aufstand.« Er wandte sich wieder an Bobby. »Halten wir es bis heute Nachmittag zurück. Wir brauchen mehr Daten. Vielleicht sieht dann alles besser aus.«

Bobby nickte und wandte sich wieder seinen Notizen zu. »Wir bereiten einen Brief an das San Francisco Police Department und das FBI vor, um unsere Hilfe anzubieten ...«

»Scheiß auf die.«

Bobby wartete auf weitere Ausführungen. Als die ausblieben, strich er etwas auf seinem Notizblock durch und fuhr fort: »Letzter Punkt für heute: die G-Ring-Botschaft. Im Licht der Ereignisse ist sie einfach zu zuversichtlich.«

»Ich weiß. Aber sie ist bereits raus.«

»Wenn wir eine neue aufzeichnen, können wir diejenigen erreichen, die die Botschaft noch nicht gesehen oder gehört haben, und wir können die mehrsprachige Botschaft für das Ausland einbehalten. Das betrifft über die Hälfte unseres Publikums. Das Studio hält sich bereit.« Er schaute hoffnungsfroh hoch.

»Dann machen Sie es.«

Luke wandte sich an seinen Sicherheitschef. »Paulie?«

Der große Mann im schwarzen Anzug saß am anderen Ende des Tisches, ein wenig abseits der anderen. Er hatte dunkle Koteletten und wäre als gut aussehend durchgegangen, wenn ihm nicht irgendwann einmal seine Nase platt aufs Gesicht gedrückt worden wäre. Er antwortete leise und gleichförmig: »Wir gehen die Datenbanken durch. Die Polizeibilder sind Mist, aber wir haben die beste Software für Gesichtserkennung, die man mit Geld kaufen kann. Wenn er bei uns Mitglied ist, finden wir ihn.«

»Und unsere heiligen Sodomiten?«

»Die Kündigungen sind vor zehn Minuten rausgegangen.«

»Sorrill oder Sorrell oder wie auch immer der Kerl heißt?«

»Der ist weg.«

Bobby sagte: »Das ergänze ich bei der nächsten Presseerklärung.«

Luke blickte in die Runde. »Haben wir noch etwas vergessen?«

Frank klang ziemlich kläglich, als er den Blick vom Fenster löste. »Die Dollhouse-Proteste.«

»Was ist damit?«

»Meine Analysten sagen, dass die Teilnehmerzahlen sehr dürftig ausfallen werden. Uns haben Gemeindeleiter angerufen, die uns mitteilten, dass sie nicht mitmachen. An den Treffpunkten wird es von Gegendemonstranten wimmeln. Das wird nicht gut aussehen.«

Luke schloss die Augen. »Empfehlungen?«

»Alles absagen«, meinte Bobby. »Wir nennen es eine zeitweilige Maßnahme, während wir unsere Gemeinschaft bitten, sich auf die innere Regeneration zu konzentrieren.«

»Absagen«, meinte Richard.

»Absagen«, meinte Frank im Flüsterton.

Paulie sagte nichts.

Luke schüttelte angewidert den Kopf. »Ein paar faule Äpfel, und wir stecken den Kopf in den Sand. Dann stehen wir wie Idioten da. Okay, absagen, aber die Demonstrationen gehen weiter, sobald die Luft wieder rein ist.« Er wandte sich an seinen Finanzchef. »Richard, Sie fliegen nach San Francisco. Nehmen Sie Paulie mit. Dort bringen Sie die Pastoren auf Linie. In den nächsten achtundvierzig Stunden brauche ich in San Francisco die frömmsten, gottesfürchtigsten heiligen Männer des Planeten. Und wenn sie etwas sagen, sollen sie sich *exakt* an die Botschaft halten. Ansonsten sollen sie einfach ihren verdammten Mund halten. Verstanden?«

Richard nickte.

Lukes Stuhl knarrte, als er eine seiner fleischigen Pranken über den Kopf hob und mit lautem Krachen auf den Tisch niedergehen ließ. Ein Wasserglas hüpfte hoch und kippte um. »Letzter Punkt. Was unternehmen wir gegen diesen FBI-Kerl?«

Bobby begann: »Wir könnten eine Beschwerde einbringen …«

»Beschwerde? Dieser nichtswürdige Kerl wird *gekreuzigt.* Ich möchte, dass jeder Dreck aufgestöbert wird, der an ihm haftet. Alles, was er je gesagt, getan oder vermasselt hat. Und ich möchte, dass man das alles seinem Chef, seinen Freunden, seiner Familie und allen Journalisten und Talkshowmastern des Landes in den Rachen schiebt. Paulie, hören Sie?«

Paulie nickte.

»OB SIE MICH HÖREN?«

Paulie erhob sich. »Ich kümmere mich darum.«

31

Madsen verließ den dreizehnten Stock und nahm den Fahrstuhl zur Einsatzzentrale des SWAT. Er war wütend und frustriert. Sein Magen brannte. Vor ein paar Tagen hatte er noch Dealer hopsgenommen. Jetzt erstellte er Listen fürs OPI. Durch solche Aktivitäten wurde man schnell isoliert; ihm waren die abgewandten Blicke und die Stille in den Boxen bereits aufgefallen, als er aus DiMatteos Büro gekommen war. Er fragte sich, wer geplaudert hatte. Dreamcom hatte verständliche Motive. Das gefiel ihm nicht, aber er konnte sie verstehen. Doch was hatte der Cop oder Agent, der das getan hatte, vorgehabt? Glaubte er, Luke auf diese Weise zur Mithilfe zwingen zu können? Hatte er noch ein Hühnchen mit der Kirche zu rupfen? Geld? Was auch immer der Grund sein mochte, das FBI war bloßgestellt, und das FBI bloßzustellen war ein Fehler. Das OPI würde mit dem Polygrafen auf alle losgehen, die Zugang zu den Ermittlungsunterlagen hatten, auf jeden, der über Madsens Vorgehen Bescheid wusste. Und das OPI würde Antworten bekommen. Sie würden mit so vielen Leuten reden, wie sie es für notwendig erachteten. Und am Ende würden alle Betroffenen die Schuld Madsen zuschieben und ihn für die Pest halten.

In Zetters Büro war niemand, doch von weiter hinten im Flur hörte er Hanteln klirren. Madsen folgte dem Geräusch, bis er Zetters Stellvertreter fand, Rodriguez, der Gewichte stemmte. Seine Brustmuskeln pumpten sich jedes Mal auf wie Luftballons.

Rodriguez beendete seinen Satz und richtete sich auf. »Zetter ist nicht da«, sagte er und wischte sich den Schweiß aus dem Gesicht.

»Haben Sie es gesehen?«

»Ich hab's gesehen.«

»Irgendwer hat es geleakt.«

Das beeindruckte Rodriguez wenig. »Ja schon, es zeigt, was da los war. Wir haben uns an die Vorschriften gehalten. Ich habe die Dateien selbst hochgeladen.«

»Wer immer das war, es war nicht hilfreich.«

Keine Antwort.

»Hatte jemand Gelegenheit …«

»Hey. Tut mir leid, dass sich der Einsatz gestern Nacht nicht gelohnt hat, aber kommen Sie nicht hier rein und stellen mir solche Fragen. Das machen dann schon die Schwuchteln vom OPI. Okay?«

Madsen überließ Rodriguez seinem Work-out und schlich zurück zum Fahrstuhl. Die Aussicht, an seinen Schreibtisch zurückkehren zu müssen, gefiel ihm nicht, aber er hatte auch keinen anderen Plan parat. Der Morgen hatte alles durcheinandergewirbelt.

Sein Handy vibrierte – eine Nachricht traf die Entscheidung für ihn. Carl Steinmann aus der Spurensicherung bat ihn, in die Gerichtsmedizin zu kommen.

Madsen fuhr mit dem Fahrstuhl in die Garage und lenkte den Dodge kurz darauf die Rampe hinauf und durch die Schranke. Mit Erleichterung sah er, wie das Phillip Burton Building im Spiegel hinter ihm zurückblieb. Er fuhr nach Süden. Die Gerichtsmedizin war im städtischen Leichenschauhaus untergebracht, zusammen mit Gericht, SFPD-

Zentrale, Highway-Patrouille und einem halben Dutzend anderer Polizeiabteilungen, und das alles befand sich in der Hall of Justice, einem schlachtschiffartigen grauen Gebäudewurm südlich der Market Street, nur wenige Minuten mit dem Auto vom Bundesgebäude entfernt. Der Nebel dämpfte das Licht und legte sich über die Windschutzscheibe, während Madsen fuhr. Kalte, feuchte Tentakel krochen durch die Lüftung ins Innere. Als Madsen sein Ziel erreichte, fühlte er sich ein bisschen ruhiger.

Madsen meldete sich am Empfang und bat um eine Wegbeschreibung. Er ging mehrere Korridore entlang, die mit abgetretenem Linoleum ausgelegt und von endlosen Reihen abgestoßener Aktenschränke gesäumt waren. In der Mitte eines dieser Flure entdeckte er in einer kleinen Nische zwischen zwei Schränken den vertrauten Laborkittel, der über einem Gerät hockte, das wie eine Kreuzung aus Opernglas und Mikroskop aussah.

»Carl?«

Steinmann hob einen Finger und bat Madsen zu warten. Kurz darauf schob er seinen Stuhl zurück und betrachtete seinen Besucher ernst. Die Okulare seines Instruments hatten halbkreisförmige Abdrücke unter seinen Augen hinterlassen. Seine Nase wirkte größer und geröteter denn je. »Mr. Madsen«, sagte er. »Wie ich höre, hatten Sie eine aufregende Nacht. Ich dachte immer, die Massenmedien seien ein zu offenherziges Werkzeug für einen Topagenten. Ein letzter Ausweg.«

Madsen rang sich ein Lächeln ab. »Danke für den Ratschlag, Carl. Und da Sie fragen, nein, ich war's nicht.«

»Das hatte ich gehofft. Wäre wirklich unter Ihrer Würde.«

»Danke für Ihr Vertrauen.«

»Hoffentlich finde ich meinen Namen nicht auf Ihrer Liste.«

Schlechte Nachrichten verbreiten sich schnell, dachte Madsen. »Sie haben mir eine SMS geschickt.«

»In der Tat. Kommen Sie mit.«

Sie gingen einen weiteren Korridor entlang, bogen scharf rechts ab und erreichten eine schwere Tür mit einem dicken runden Fenster in jedem Flügel. Steinmann lehnte sich an den einen Flügel und winkte Madsen hindurch. Der Raum war vollständig mit Fliesen ausgelegt. Die Temperatur fiel um zwanzig Grad. Es roch nach Formalin. Darunter lauerte ein anderer Geruch. Madsen hatte einmal vergessen, seine Stromrechnung zu bezahlen, und als er nach einem zweiwöchigen Ausbildungskurs nach Hause kam, hatte sich der Inhalt seines Gefrierschranks in eine warme Pampe verwandelt. Die hatte genauso gerochen. Der Raum wurde von einer Reihe stählerner Autopsietische beherrscht. Jeder war an den Seiten fleckig, obendrauf jedoch auf Hochglanz poliert. Wenigstens das, was man von der Oberfläche sehen konnte. Auf allen freien Flächen lagen durchsichtige Plastikbeutel aller Formen und Größen, sogar in den Becken. Die Beutel waren mit weißen Aufklebern markiert und mit schwarzem Filzstift ordentlich beschriftet. Eine Labortechnikerin mit weißen Baumwollhandschuhen sortierte die Beutel und machte Notizen auf einem Klemmbrett. Sie nickte ihnen zu, als sie eintraten, und wandte sich wieder ihrer Arbeit zu.

Steinmann sagte: »Wir haben die meisten Überreste geborgen. Nicht alles, aber mein Team war sehr gründlich.«

Madsen beugte sich vor und sah es sich an. Der erste Beutel enthielt murmelgroße Klümpchen Asche. Sie hätten auch von einem Lagerfeuer stammen können.

»Auf diesem Tisch liegen nur kleine Stücke«, erklärte Steinmann und hob einen Beutel. »Ganze Körper und größere, äh, Brocken sind dort drüben. Sehen Sie, wie sie sortiert sind? Die Nummern auf den Beuteln entsprechen dem Teil des Rasters, in dem sie gefunden wurden. Breite, Länge, Höhe.« Steinmann zeigte auf einen Computerbildschirm. »Wir haben alle Funde in eine 3-D-Software eingegeben. Das ist interessant. Anhand der Muster kann man erkennen, wie die Explosion dem geringsten Widerstand folgte. Außerdem konnten wir in einer Art umgekehrter Simulation feststellen, woher die einzelnen Teile stammen. Möchten Sie das sehen?«

»Nein danke.«

»Na, vielleicht später.« Steinmann zog zwei Hocker vor einen schmalen Arbeitstisch an der Wand. Auf dem Tisch lagen Werkzeuge, Behälter, Tastaturen, Papiere und Stifte. Er nahm einen schwarzen Plastikordner aus dem Durcheinander und reichte ihn Madsen. »Die DNA-Ergebnisse. Wir haben Priorität bekommen. So schnell ging es noch nie. Kam heute Morgen rein.«

Madsens Nackenhaare sträubten sich. Das Team hatte sich so sehr darauf konzentriert, die Videos auszuwerten, dass er die andere Möglichkeit, seinen Mörder zu identifizieren, beinahe vergessen hatte. Er blätterte den Ordner neugierig durch, doch seine Aufregung machte bald Ungeduld Platz. Die Seiten waren mit endlosen Abfolgen von Buchstaben und Zahlen gefüllt, die ihm als Laien völlig unverständlich waren.

»Und was steht da drin?«

»Dazu komme ich noch. Erst einmal sage *ich* Ihnen Folgendes: Wir können ziemlich sicher sein, dass meine Jungs fast alle Teile gefunden haben. Wir verfügen über DNA-Proben in gutem Zustand und haben Position und Lage jedes Fundstücks kartografiert, sowohl in Bezug auf den Ort als auch auf die Lage anderer menschlicher Überreste, um uns ein umfassendes Bild machen zu können. Ja?« Er zog eine Augenbraue hoch, als erwarte er Widerspruch.

Madsen nickte. »Ja. Verstanden.«

»Und wir haben eindeutige DNA-Ergebnisse aus dem Labor bekommen.«

»Okay.«

»Auf dieser Grundlage kann ich Ihnen einige Ergebnisse nennen. Laut Handbuch müssen wir sie vorläufig nennen, weil der Beweissicherungsprozess noch nicht abgeschlossen ist. Inoffiziell wird sich nichts mehr ändern, egal, wie viele Steine wir noch umdrehen. Wenn ich mich einmal eines Begriffs bediene, der heutzutage modern ist, muss ich es so ausdrücken, dass es nicht nur höchstwahrscheinlich ist, sondern verflucht nah an Gewissheit liegt.« Er warf Madsen einen Blick zu, der deutlich machte, wie schwer es ihm fiel, einen solchen Satz zu formulieren.

»Carl, ich bin ganz Ohr. Raus damit.«

»Wir haben alle Personen geborgen, die sich in dem Gebäude befanden, und wir haben alle elf sicher identifiziert.«

»Gott, Sie wissen, wer er ist! Sie haben unseren Mann identifiziert!«

»Nein.«

»Wie bitte?«

»Nein. Ich habe ihn nicht identifiziert.«

»Aber Sie haben gerade gesagt …«

Steinmann verzog schmerzlich die Miene. Er nahm einen Stift aus einer Schublade und suchte ein Stück leeres Papier. Da er auf der Arbeitsplatte keins fand, griff er zum Drucker, öffnete ihn und holte ein leeres Blatt aus dem Papierfach. Er räumte einen Platz auf der Arbeitsplatte frei, legte das Papier hin und zog die Kappe vom Stift. Oben auf das Blatt schrieb er eine 11. Dann schrieb er eine zweite darunter. Und unter die beiden Zahlen schrieb er eine Gleichung:

11
11
E – H = 12

»Also«, sagte Steinmann und sah seinen Kollegen ernst an. »Wie gesagt, mein Team hat die Überreste von elf Personen gefunden, und wir haben elf identifiziert. Wir wissen, wer sie sind.« Er machte einen großen Haken hinter die beiden ersten Zahlen. »Unsere lieben Freunde bei der SFPD-Überwachung haben eine eigene Rechnung aufgemacht, wie viele Menschen sich in dem Gebäude befanden. Dazu haben sie ihre übliche Methode benutzt, indem sie von den *Eintretenden*, die sie mit Kameras sehen konnten, die *Herauskommenden* abgezogen haben.« Er unterstrich das »E« und das »H«, um seine Worte zu betonen.

»Richtig«, sagte Madsen. »Sie haben zwölf Opfer gezählt.«

»Die Videoüberwachung beim SFPD«, sagte Steinmann und ließ durch seinen Tonfall keinen Zweifel daran, wo er sie in seiner Hierarchie professioneller Ermittler einordnen würde, »hat sich *geirrt*.«

Er strich die 12 mit einem großen X durch.

»Mist.«

»Und angesichts der Tatsache, dass wir die Identifizierung unserer elf Unbekannten anhand von Fotos in Führerscheinen, Pässen und Beschäftigtenlisten gegengecheckt haben, kann ich Ihnen definitiv sagen, dass sich ein gewisser Mr. Rucksackmann nicht unter ihnen befand.«

»Er ist rausgekommen.«

»Ja. Er ist rausgekommen.«

32

Am Sonntagmorgen hatte die Sonne den Nebel weggebrannt. Es gab nicht viel Verkehr, und Madsen konnte mit seinem Dodge durch die City nach Central Station rasen. Drängende Gedanken kreisten in seinem Kopf. Der Mörder war entkommen. Er war noch dort draußen unterwegs. Die Vorstellung von unsichtbaren Tätern, die bereit und willig und vor allem in der Lage waren, ein Dollhouse in die Luft zu jagen, war keine Theorie mehr, sondern Realität. Falls dieser Bursche es für lohnend hielt, eine Bombe zu legen, würde ihn wenig davon abhalten, eine zweite zu zünden. Oder eine dritte. Oder zehn. Und sie hatten nichts in der Hand. Das Ermittlungsteam musste eine Schippe drauflegen und noch einmal von vorn anfangen. Sie mussten nach dem suchen, was sie bislang übersehen hatten.

Er parkte den Dodge eilig an der Vallejo Street, meldete sich am Empfang an und lief den Flur hinunter. Dann nahm er immer zwei Stufen auf einmal, bis er die Räume der Sonderkommission erreichte, wo er durch die Tür stürmte.

Ihn begrüßten finstere Blicke und eisiges Schweigen.

Holbrook war da. Und zwei weitere Inspectors. Madsen konnte sich ausmalen, was ihnen durch den Kopf ging. Sie hatten ihn überhaupt nicht in ihrem Team gewollt. Das Hauptquartier hatte ihn ihnen aufgezwungen. Er hatte nicht nur keine schnelle Festnahme geliefert, sondern jetzt stand zu befürchten, dass jederzeit weitere Plotter hereinkamen, um ihre Polygrafen gegen Cops einzusetzen. Vermutlich glaubten sie sogar, Madsen habe das Video selbst weitergegeben, um seinen Ruf zu retten oder um sich in Szene zu setzen. Und selbst wenn sie der Ansicht waren, es sei nicht Madsen gewesen, so musste der Schuldige doch beim FBI sitzen, und in altehrwürdiger Weise würde das FBI alles tun, um die Schuld anderen in die Schuhe zu schieben.

Vorsichtig ging er zu Holbrook und zog einen verbeulten Stuhl an den stählernen Schreibtisch. Braune Ringe von einem Dutzend Kaffeebechern bildeten ein Muster auf der Oberfläche. Der Inspector lehnte sich zurück, legte die Füße auf den Tisch und die Hände hinter den Kopf. Die beiden saßen da und starrten sich an.

»Ich komme gerade vom Gerichtsmediziner«, berichtete Madsen. »Carl Steinmann sagt, unser Mann habe es nach draußen geschafft.«

Holbrooks Miene verzog sich von Missmut über Verwirrung zu völliger Ungläubigkeit.

»Was?«

»Sie haben elf Leichen. Nicht zwölf. Er war nicht dabei.« Madsen berichtete von seinem Gespräch mit Steinmann. Als er fertig war, sagte Holbrook: »Das muss dieser Scheiß-Houdini gewesen sein.«

»Ich denke an die Kanalisation«, meinte Madsen.

»Ganz bestimmt nicht.«

»Warum nicht?«

»Warum nicht? Erstens kenne ich keine Gebäude, die *innen* ausreichend große Einstiege in die Kanalisation haben. Es wäre schwierig, sich selbst in einer Toilette runterzuspülen.«

»Und wenn er sich ein Loch gemacht hat? Ein Bauplan würde uns verraten, ob es Tunnel unter dem Gebäude gab.«

»Okay, Sherlock, warum ist er dann nicht auf dem Weg rein, anstatt den Haupteingang zu benutzen? Und überhaupt, warum überhaupt reingehen, wenn man die Bombe unten platzieren und das Gebäude von dort aus in die Luft jagen kann?«

»Guter Einwand.«

Einer der Inspectors legte einen Stapel brauner Ordner auf Holbrooks Schreibtisch, nahm einen anderen Stapel auf und warf Madsen dabei einen Blick zu, der sagte, er solle bei ihrer nächsten Begegnung lieber seine Laufschuhe tragen. Holbrook rief ihn zurück. »Bob, könnten Sie für mich Pläne von Kanälen, Kabelschächten und anderen unterirdischen Hohlräumen besorgen?«

»Hohlräume?«

»Unser FBI-Freund hier meint, der Rucksackmann hat es nach draußen geschafft.«

»Ach wirklich?«

»Expressnachricht aus dem Labor.«

»Vielleicht wurde er teleportiert.«

»Vielleicht. Besorgen Sie mir die Pläne trotzdem.«

Der Inspector verdrehte die Augen und ging.

»Danke«, sagte Madsen und sah dem Inspector hinterher.

»Ich will Ihren Dank nicht. Er ist nicht rausgekommen. Aber deswegen sind wir hier. Wir untersuchen alles, auch wenn es Bockmist ist, bis wir etwas finden. Dann machen wir einen Fall daraus.« Holbrook setzte die Füße auf den Boden. »Wenn Sie mich jetzt entschuldigen, ich habe noch einiges an Arbeit zu erledigen, ehe die OPI-Jungs eintrudeln und mir meinen Zeitplan durcheinanderbringen.« Madsen stand auf. »Warten Sie«, sagte Holbrook und betrachtete den Stapel Ordner auf seinem Tisch. Aus der Mitte zog er einen heraus und drückte ihn Madsen vor die Brust. »Nur für den Fall, dass Sie sich mal mit richtiger Detektivarbeit beschäftigen wollen.«

Mit rotem Gesicht öffnete Madsen die Akte. Sie enthielt einen Ausdruck aller Namen, die bislang im Zusammenhang mit dem Fall aufgetaucht waren. Schaulustige, Opfer, Familien, Freunde, Zeugen, Fahrzeugbesitzer, Fahrer, Angestellte, Aktivisten, Anführer von Demonstrationen und alle »ähnlichen« und »möglichen« Treffer, die TrackBack bei verschiedenen Suchanfragen geliefert hatte. Jeder Name war mit Zeit, Ort, Verbindung und Beziehungen versehen. Die Namen auf den ersten Seiten waren mit roter Tinte ausgestrichen. Der Ausdruck war zweieinhalb Zentimeter dick.

Entrüstet ging Madsen nach unten, um Shari die Nachricht mitzuteilen.

Er fand sie auf dem Flur vor dem Überwachungsraum, doch anstatt sein Lächeln zu erwidern, wandte sie den Blick ab und wich ihm aus.

Sie verdächtigt mich, dachte er. *Genau wie die anderen.*

Er trat ihr in den Weg. »Hey, alles okay? Ich muss kurz mit Ihnen reden.«

Shari starrte ihn eisig an. Vorwurfsvoll. Sie öffnete den Mund, wollte etwas sagen, schloss ihn jedoch wieder, als sie Schritte hörte. Stattdessen biss sie sich so heftig auf die Unterlippe, dass diese weiß wurde.

Zwei Polizisten gingen vorbei und nickten höflich.

Auf Sharis Wangen zeigten sich zwei rosige Stellen. Sie hob die Hand, und kurz dachte Madsen, sie wolle ihn schlagen. Doch sie packte ihn am Ellbogen. Mit überraschender Kraft zog sie ihn den Flur entlang durch die Eingangshalle hinaus auf die Vallejo Street. Ehe Madsen fragen konnte, was sie vorhatte, blickte sie vielsagend zu der Kamera über ihren Köpfen und nach links zu einer Seitengasse, wo Cops in ihre Wagen stiegen oder diese gerade abstellten. Ohne ein Wort drehte sie sich um und lief in die entgegengesetzte Richtung los, den Hügel hinauf.

Madsen folgte ihr.

Ungefähr dreißig Meter vom Revier entfernt blieb sie stehen und sah ihn an. Sie standen da und blinzelten in die Sonne.

»Was soll ich sagen?«, fragte sie.

»Wozu?«

»Ihre OPI-Leute kommen. Die unterziehen mich einem Polygrafentest. Was soll ich über Adam sagen?«

Gott, dachte er, *darum geht es ihr?* Hatte sie wirklich solche Angst davor, von dem Fall abgezogen zu werden? Sie konnte doch überhaupt nicht erwischt werden, und wenn schon, was war daran so schlimm? Sie hatte einen Fehler begangen, weil sie gedacht hatte, das Richtige zu tun; weil sie Resultate wollte. Weil sie engagiert, ja sogar dienstbeflissen war. Also?

»Passen Sie auf«, sagte er. »Sie regen sich wegen nichts auf. Der Integritätstest ist eine Unannehmlichkeit, mehr nicht. Machen Sie sich deswegen keine Gedanken. Das OPI hält sich an den Fragenkatalog, und sie werden herausfinden, wer die undichte Stelle war. Das ist alles. Bevor Sie es merken, sind Sie schon fertig und fragen sich, warum Sie sich so viele Gedanken gemacht haben.«

Sie erwiderte nichts. Sah ihm nur in die Augen. Sie hatte immer noch Angst.

»Hören Sie«, fuhr er fort. »Sie und ich haben Wichtigeres, um das wir uns Sorgen machen müssen.«

»Und zwar?«

»Und zwar um den Rucksackmann. Er hat es rausgeschafft.«

Shari erstarrte. »Quatsch.«

»Das Labor sagt, sie haben eine eindeutige Anzahl von Leichen, und die wurden identifiziert. Er war nicht dabei.«

»Vielleicht wurde er von der Bombe völlig zerfetzt.«

Madsen schüttelte den Kopf. »Danach habe ich Carl Steinmann auch gefragt. Er sagte, selbst wenn der Kerl die Bombe im Arm gehalten hätte, wäre immer noch …« Er rümpfte die Nase und suchte nach dem richtigen Wort. »… Materie geblieben. Steinmanns Team hätte ihn gefunden. Er beherrscht seinen Job.«

»Und ich den meinen.«

Madsen hob defensiv beide Hände. »Okay, tut mir leid. Ich stelle Ihre Fähigkeiten nicht in Frage. Aber wir haben einen Widerspruch, und wir sollten ihn klären. Gibt es möglicherweise eine Lücke in den Aufzeichnungen. Schließlich wusste der Bursche, wie er sein Gesicht vor den Kameras verstecken musste, und er konnte seine Spur verwischen, indem er Bereiche der Pacific Garage nutzte, in denen die Kameras ausgefallen waren.«

»Ich kann Ihnen versichern, alle Kameras entlang der Grant Avenue und der Gassen dahinter haben funktioniert. Wir haben alle Aufzeichnungen.«

»Sind bei der Explosion Kameras zerstört worden?«

»Ja. Zwei Einheiten auf der Grant, und Einheit 643 musste ich drehen. Da hatten wir einen ordentlichen schwarzen Fleck. Aber erst nach der Explosion. Ich hoffe, Sie wollen nicht andeuten, er habe *das* ausgenutzt, denn dann hätte er im Inneren warten und hundert Tonnen einstürzenden Beton überleben müssen, um sich anschließend freizubuddeln, den Staub abzuschütteln und genau abzuchecken, welche Kameras zerstört waren …«

»Okay, okay, ich habe verstanden. Das habe ich auch schon mit Holbrook besprochen. Er muss vor der Explosion verschwunden sein, und zwar nachdem wir ihn zum letzten Mal im Gebäude gesehen haben.«

»Das waren nur zwei Minuten.«

»Ich weiß. Und die Kameraaufzeichnung hatte keine Lücken. Ich will nicht mit Ihnen streiten, aber mehr bleibt uns nicht.« Madsen kniff die Augen zu und überlegte. »Also, vielleicht klingt das lächerlich, aber könnte er eine Kamera manipuliert haben? Damit sie zum Beispiel falsche Bilder überträgt, während er vorbeigeht?«

»Zum Beispiel, indem er ein Foto vor das Objektiv klebt?« Shari grinste.

»Sehr lustig. Ich habe eher daran gedacht, eine Leitung vom Kamera-Livebild auf eine Archivaufnahme umzustellen.«

»Nein. Alle städtischen Kameras zeigen die Zeit an und verschlüsseln die Aufnahmen, ehe sie die Aufzeichnung übertragen. Selbst wenn es ihm gelungen wäre, würde es da auffallen, wo sich die Kameras überschneiden. Fußgänger und Fahrzeuge würden verschwinden, Licht und Schatten würden nicht passen. Um das zu erkennen, braucht man keine Computer, das sieht das menschliche Auge auf einen Kilometer Entfernung. Es wäre uns aufgefallen.«

»Könnten Sie es noch einmal überprüfen?«

Sie schüttelte den Kopf. »Das wäre viel Arbeit, die nur in eine Sackgasse führen würde. Er ist da drin gestorben, Dan.«

»Steinmann behauptet das Gegenteil.«

»Ich sage Ihnen, Steinmann liegt falsch.«

Aufgebracht drehte sich Madsen um und machte sich zu seinem Wagen auf.

»Wo wollen Sie hin?«

»Zur Grant Avenue. Vielleicht finde ich dort die Erleuchtung.«

33

Pastor Luke fühlte sich, als hätte er einen Beinahetreffer von einer Artilleriegranate überlebt – atemlos und blutüberströmt und irgendwie überrascht, dass noch alle Gliedmaßen an ihrem Platz saßen. Er lümmelte in seinem Stuhl und starrte hinunter in den inneren Schacht des Gebäudes. Die schwebende blaue und grüne Kugel pulsierte. Sie war nur halb so groß wie vorher, doch diese Größe blieb stabil. Zum ersten Mal seit Ausbruch der Katastrophe war er allein.

Der Ersatz für die G-Ring-Sendung war gut gelungen und fand ein angemessenes Gleichgewicht zwischen Wut auf die Männer, die Schande über seine Kirche gebracht hatten, und Zerknirschung darüber, sie überhaupt aufgenommen zu haben. Die Redenschreiber waren ihr Geld wert. Er würde dafür sorgen, dass sie einen Bonus erhielten. Die Interviews danach waren allerdings gnadenlos gewesen. Qualvoll. Immer wieder hatte man seinen Kopf auf einem Silbertablett servieren wollen. Wie es ihm gelungen war, die Fassung zu wahren, wusste er selbst nicht. Am liebsten wäre er dieser blasierten Ziege von NBC über den Mund gefahren.

Und zwischendurch hatte er wütende Mitglieder beschwichtigt, Freunde und Geldgeber der Kirche getröstet und immer wieder verärgerte Pastoren beruhigt und umschmeichelt. Stimson, dieser Schweinehund, hatte es sogar gewagt, seine Führerschaft in Frage zu stellen. Der Kerl hatte seinen Laden in L.A. fest im Griff – er machte die höchsten

Gewinne im Land –, doch das gab ihm nicht das Recht, sich über Luke auszulassen. Inzwischen wusste er das.

Sehr langsam kämpfte sich Luke auf die Beine hoch und trottete hinüber zu einem kleinen Schrank in der Ecke seines Büros. Er holte eine frische Flasche Johnnie Walker Blue Label und ein Kristallglas heraus, ging zurück, stellte beides auf den Konferenztisch und ließ sich in seinen extragroßen Stuhl fallen. Einen Moment später beugte er sich vor, nahm die Flasche mit einer Hand und drehte den Verschluss mit der anderen. Das Siegel knackte wohltuend, als es aufbrach. Er schenkte sich großzügig ein, hielt sich das Glas unter die Nase und genoss den Duft. Dann schloss er die Augen und trank. Flüssiges Feuer lief ihm die Kehle hinab, loderte auf und strahlte in seinen Körper aus.

Erst die Kombination der Ereignisse machte diese so teuflisch. Die Sache auf dem Boot … Nun, mit solchen Vorkommnissen waren sie schon früher fertiggeworden. Pastoren gerieten durch leichte Mädchen, Drogenhändler und hinterhältige, erpresserische kleine Jungen immer wieder in Versuchung. Ihr Geld machte sie zu Zielen. Er war sich schmerzlich bewusst, dass er im Bereich der Personalauswahl längst nicht so gut war wie Engels. Einige Entscheidungen hatte er übereilt gefällt, und er hatte sich gelegentlichen Säuberungen gefügt. Aber fünf auf einmal! Und mit *Kinder-Puppen*, um Himmels willen! Dazu dieser Selbstmordattentäter, der einen G-Ring getragen hatte. Und dieser außer Kontrolle geratene Agent, der Pastoren am helllichten Tag in Handschellen abführte. Das Timing war katastrophal. Eine Inszenierung. Ja, genau, eine Inszenierung. Und was für eine Wirkung! Richards erste Schätzungen waren optimistisch gewesen: Nach letzten Hochrechnungen würden sie einhundertsieben Millionen an Einnahmen verlieren und vier bis fünf Monate brauchen, bis sie wieder auf dem alten Stand sein würden. Wenn sie ihre schmutzigen Bildchen in die Kollektenkörbe gelegt hätten, könnte es nicht schlimmer sein.

Luke goss sich noch einen Whisky ein und trank.

Erholung.

Dann Gegenschlag.

Die aufsässigen Pastoren waren Geschichte, herausgeschnitten wie Krebsgeschwüre. Was das FBI betraf, so gestattete sich Luke ein Grinsen. Er würde ganz unten anfangen. Leichen im Keller, Süchtige, sexuelle Abnormitäten, Gerüchte. Er würde die Besten anheuern. Und die würden die Reihen verbitterter Excops und in Frührente geschickter Agenten melken. Das größte Vergnügen würde ihm die Präsentation der Einzelheiten bereiten. Zuerst würde man nur andeuten, was enthüllt werden würde. Sollten Madsen und die anderen ruhig verzweifelt darauf warten, wann ihre Bombe in den Nachrichten explodieren und ihre Karriere zu einem unrühmlichen Ende bringen würde. Und danach Fillinger…

Lukes Arme fühlten sich schwer an. Seine Gedanken schweiften ab. Es gab noch viel zu tun, weitere Sendungen, weitere Interviews, und noch viel mehr. Aber das konnte warten. In der nächsten Stunde sollten sich andere den Kopf zerbrechen. Alles war unter Kontrolle. Er ließ sein Kinn sinken. Es konnte warten. Im Augenblick brauchte er nur ein wenig…

Er hörte entfernte Geräusche. Echos. *Unwichtig. Nicht mein Problem.*

Die Geräusche wurden deutlicher. Kamen näher. Ein Knall. Rufe? Ja, und schnelle Schritte.

Die Tür wurde aufgestoßen.

Luke blinzelte. Ein junger Mann aus dem Kommunikationsteam mit roten Wangen, die Hände auf den Knien, stand keuchend in der Tür. Luke starrte ihn verblüfft an.

»Entschuldigung, Pastor. Es tut mir leid.« Der Junge konnte kaum reden, so atemlos war er. »Aber es gibt … noch eines. Noch ein Video.«

»Was für ein Video?«

»Es ist schlimmer. Viel schlimmer.« Der junge Mann schaltete einen der Bildschirme ein.

Fünf Minuten später verschloss Pastor Luke, zitternd und leichenblass, die Tür und telefonierte dreimal.

Zuerst mit dem Justitiar der Kirche.

Dann mit einem Sekretär, den er anwies, eine ausreichende Zahl Pastoren für eine Notsitzung zusammenzutrommeln.

Und als Drittes mit einem Learjet, der sich zwischen Salt Lake City und San Francisco in der Luft befand.

»Richard?«, sagte Luke. »Ich bin's. Lassen Sie alles stehen und liegen. Es ist noch viel schlimmer gekommen … ja wirklich. Schalten Sie nach unserem Gespräch den Fernseher ein und sehen Sie es selbst an. Hören Sie zu. Jetzt geht es ums Überleben. Wir müssen unsere Antwort *radikal* verschärfen. Es wird Ihnen nicht gefallen, worum ich Sie bitte, aber Sie müssen es trotzdem tun. Dazu müssen Sie nur am Flughafen warten …«

In Washington verschanzte sich Senator Erol Arbett in seinem Büro. Draußen hörte man seine Sekretärin, die hektisch Termine absagte und Anrufer abwimmelte. Im Büro saßen Jet Barnes, Otto Finkeld und Kenny Bosco beim Senator und starrten gebannt auf den Fernseher.

Jet Barnes kommentierte das laufende Programm und

lachte immer wieder schrill. »Das ist einfach verbrecherisch! Bis jetzt haben wir einen Pastor gehabt, der nicht eine, sondern zwei Edelnutten in einem Hotel bezahlt hat, einen, der sich volltrunken in einem Striplokal zum Affen gemacht hat, und einen, der genug Koks geschnieft hat, um seine Augäpfel zu rösten. Verflucht, das ist das übelste abgekartete Spiel, das ich je gesehen habe!«

Arbett hielt seinen Kopf mit beiden Händen. Er konnte gar nicht hinsehen.

Otto Finkeld räusperte sich, als wolle er einen besonders schlechten Geschmack im Mund loswerden. »Diese Videos wurden über einen längeren Zeitraum hinweg aufgenommen. Die hat sich jemand aufgespart. Und sie in dem Moment veröffentlicht, in dem sie den größtmöglichen Schaden anrichten.«

»Fillinger«, sagte Kenny Bosco sauer.

»Das ist eine thermonukleare Bombe, wenn Sie mich fragen«, sagte Jet. In seiner Stimme schwang Bewunderung mit.

Kenny starrte ihn finster an. Otto schnaubte. Arbett schüttelte verärgert den Kopf.

»Am besten gefallen mir diese hilfreichen Beschriftungen«, fuhr Jet fort und ließ sich von ihrer Feindseligkeit nicht beeindrucken. »Die schicken nicht einfach geheime Aufzeichnungen an *60 Minutes* und warten ab, was die damit machen. Nein, das ist eine Meisterklasse. Alle werden mit Namen genannt. Jede Schandtat ist mit Datum und Ort versehen. Verdammt, einfach *Meisterklasse*! Oh, oh, wer ist der?«

Otto seufzte. »Pat Simonsen. Leitender Pastor von Louisiana. Er ist – war – äußerst angesehen.«

»Ja, wie die anderen. Und jetzt … ein Motel. Wer ist da bei ihm? Ein Mann, ganz klar ein junger Mann. Sie gehen hinein. Und drinnen gibt es auch noch eine Kamera … Die haben es aber *eilig*.«

Arbett wurde übel. Er winkte ab. »Genug.«

Otto griff zur Fernbedienung und schaltete das Gerät ab.

»Was wichtig ist«, sagte Arbett und kam mit seiner Stimme kaum über ein Flüstern hinaus, »ist ganz allein, wie wir jetzt vorgehen. Welche Strategie haben wir?« Er sah von einem zum anderen.

Bosco war rot im Gesicht und sagte nichts. Da er Freitag so begeistert für NeChristo eingetreten war, hätte es sowieso kaum Bedeutung gehabt.

Otto nahm seine Brille ab und rieb sich die Augen. »Okay, Distanzierung und Schadensbegrenzung. Zuerst sagen wir Luke ein paar Nettigkeiten, aber privat. Wir dürfen nicht zulassen, dass er behauptet, wir hätten ihn in der Zeit seiner größten Not im Stich gelassen. Allerdings müssen wir uns weit genug von dieser Sache distanzieren, sodass sie nicht auf dich abfärbt. Aber auch nicht zu weit, dass wir nicht mitziehen können, wenn NeChristo zurückschlägt …«

Jet unterbrach ihn mit schrillem Lachen. »Gott, Otto. Ich glaube, wir brauchen uns damit überhaupt nicht mehr zu beschäftigen, ja? Die Sache ist ganz einfach. Die sind toxisch. Radioaktiv. Wir machen uns so schnell wie möglich aus dem Staub.«

34

Während Madsen vor der Polizeiabsperrung an der Kreuzung Grant und Pacific stand, war er noch immer wütend darüber, wie man ihn in Central Station empfangen hatte. Sein Telefon vibrierte jedes Mal, wenn eine SMS ankam. Ohne Zweifel wieder dringende Bitten, spitze Kommentare und ungebetene Ratschläge. *Lasst mich einfach alle mal in Ruhe,* dachte er. Verärgert griff er in die Tasche und schaltete das Telefon aus.

Er hatte schon einen Blick in die dunklen Parkbuchten in der Pacific Garage geworfen und nichts entdeckt. Er hatte außerdem die Grant Avenue in nördlicher Richtung auf der anderen Seite des Tatorts abgesucht. Dort kehrte nun langsam wieder der Alltag ein. Der Schutt war hier bereits abtransportiert worden. Ladenbesitzer fegten und putzten. Glaser beschäftigten sich damit, neue Scheiben in die Fenster einzusetzen.

Auf der anderen Seite der Polizeiabsperrung, in Richtung Süden zur Jackson Street hin, war eine Mondlandschaft zu sehen, aus der Schutthaufen und Fahrzeugwracks ragten. Ein sauberes weißes Zelt der Spurensicherung stand genau in der Mitte. Daneben dröhnte ein riesiger gelber Bagger. Blauer Dunst kam aus dem schmutzigen Abgasrohr.

Ein gelangweilter Polizeibeamter trat auf ihn zu. »Kann ich Ihnen helfen?«, fragte er. Er musste die Stimme wegen des Baggerlärms heben.

Madsen zeigte ihm seine Marke und bat ihn, den aufsichtführenden Beamten zu holen. Der Cop machte sich zu dem weißen Zelt auf.

Einem lauten Knirschen folgte ein langgezogenes Krachen. Der Bagger hob eine Schaufel Schutt in die Höhe. Ein paar Stücke Putz rieselten herab und wirbelten weiße Wolken auf. Dieselrauch vermischte sich mit dem Geruch von Holzkohle und Dreck. Die Maschine drehte sich, und die Baggerschaufel kippte den Schutt mit lautem Rauschen auf eine freie Stelle. Eine Gruppe Kriminaltechniker, die mit ihren Staubmasken, weißen Overalls und purpurnen Handschuhen wie Aliens aussahen, trat vor und begann zu sieben.

Der Polizist kam zurück. Ihn begleitete der Leiter, ein Mann mit einem birnenförmigen Körper in einem Laborkittel. Der Leiter runzelte hinter seiner Schutzbrille unglücklich die Stirn. Die Falten vertieften sich, als Madsen nach Tunnels fragte. Nein, sie hatten keinen entdeckt. Ja, sie würden ganz bestimmt danach suchen. Ja, er könne auf das Gelände kommen, aber wenn er eine der Zonen betrat, die mit rotem Band abgesperrt waren, würde der Leiter persönlich dafür sorgen, dass ihm eine Ladung Ziegel auf den Kopf fiele. Er murmelte noch etwas, das verdächtig wie »blöder Idiot« klang und stapfte zurück zu seinem Zelt.

Madsen duckte sich unter dem Band hindurch und suchte sich einen Weg zur Mitte des Geländes. Er kam an einem Haufen zusammengedrückten Stahls vorbei – die Überreste von drei, möglicherweise vier Fahrzeugen, die zur falschen Zeit am falschen Ort geparkt hatten und nun einfach übereinandergestapelt worden waren, um Platz zu schaffen. Wieder krachte es irgendwo, gefolgt von metallischem Klirren und Kreischen. Madsen schätzte den Aktionsradius des Baggers ein und hielt sorgsam Abstand.

Vom Dollhouse waren ein klaffendes Loch und ein Legostapel gebrochener Betonplatten geblieben, mehr nicht. Ein Wald von Moniereisen ragte verbogen aus den Betonstücken. Dazwischen lagen lange Stücke von Kabeln. Hier und da führten Pfade zwischen ordentlich sortierten Schutthaufen hindurch, wo Rettungsteam und Spurensicherung schon gearbeitet hatten. Einer Eingebung folgend, holte Madsen seinen HAMDA heraus und schaltete die Sensoren auf Sprengstoff. Das Licht leuchtete rot und hell. In das zigarrenförmige Gehäuse des HAMDA war ein kleines ausrollbares Display integriert, das transparent war wie ein Stück dickes Zellophan. Dünne Farblinien führten horizontal von links nach rechts – nur nicht die Linie mit der Bezeichnung D-5, die fast bis zum obersten Punkt der Skala reichte.

Er schnaubte und steckte den HAMDA wieder ein.

Auch die beiden Nachbargebäude des Dollhouse hatten schweren Schaden erlitten. Beim linken war zwischen drittem Stock und Erdgeschoss die Seitenwand verschwunden. Stühle und Tischen hingen über die Kante. Zerrissene Teppiche flatterten im Wind. Dem Gebäude rechts fehlte ein dreieckiger Keil im unteren Geschoss. Als das Dollhouse eingestürzt war, musste sich der Druck so aufgebaut haben, dass er seitwärts und nach vorn gewirkt hatte und so ein ordentliches Stück aus dem Nachbarhaus herausgebrochen hatte. Vor der Fassade sah er eine wacklige Feuertreppe, die teilweise aus der Verankerung gerissen war. Während Madsen der im Zickzack nach oben führenden Metalltreppe folgte, kam ihm eine Idee. Alle Gebäude der Straße waren ähnlich aufgebaut. Angenommen, der Rucksackmann wäre über die Feuertreppe des Dollhouse aufs Dach gestiegen? Er hätte zum nächsten Gebäude wechseln, sich dort verstecken und die Explosion abwarten können. In der Verwirrung hätte er im rechten Augenblick hinuntersteigen können und … Nein. Das funktionierte nicht. Die Treppe des Dollhouse befand sich an der Vorderfront, wo sie gut einsehbar war. Man hätte ihn bemerkt.

Madsen drehte sich um und begutachtete die Gebäude auf der anderen Seite der Straße. Bei den Häusern genau gegenüber waren die Fenster zerstört und die Mauern mit Narben von Splittern übersät. Ladenschilder waren verbeult und eingestaubt, aber die Statik war intakt. Sein Blick schweifte nach oben und suchte Simse und Vorsprünge nach Halterungen der beiden zerstörten Kameras der städtischen Videoüberwachung ab. Die erste entdeckte er. Sie hatte eine tiefe Beule im Metallgehäuse, genau in der Mitte der 4 von 645. Die Delle war tief. Was immer sie verursacht hatte, dürfte das Innenleben zertrümmert haben.

Von Kamera 644 war keine Spur zu sehen. Er wusste ungefähr, wo er suchen musste, doch dort sah er nur schmutzige, verkratzte Ziegel. Er gab nicht auf und fand schließlich ein dünnes Metallrohr, das aus der Mauer ragte. Es war um fünfundvierzig Grad gebogen wie ein gebrochener Pfeil. Die Kamera war offensichtlich komplett aus der Halterung gerissen worden. Er stellte sich auf den Bürgersteig darunter und hielt im Staub Ausschau nach dem Gehäuse.

Zehn Minuten später beschäftigte er sich immer noch damit und wühlte einen Schutthaufen mit dem Fuß durch, als jemand von hinten rief: »Agent Madsen, ja?«

Es war der birnenförmige Mann im Laborkittel. Er schwitzte, als wäre er gelaufen.

»Ja richtig«, antwortete Madsen, doch der Baggerlärm verschluckte seine Worte. Der Leiter legte eine Hand ans Ohr, um zu zeigen, dass er nicht verstanden hatte. Madsen trat näher zu ihm. »*Ja, ich bin Madsen.*«

»*Ihr Büro versucht, Sie zu erreichen. Sie müssen …*« Der Rest ging in einem langen Dröhnen unter, als die Baggerschaufel sich wieder in die Luft hob.

»*Was?*« Diesmal deutete Madsen zum Ohr.

»*Ich habe gesagt, Sie sollen zum Flughafen fahren!*«

Madsen schaltete sein Handy ein und versuchte verzweifelt, mehr Informationen zu bekommen, während er zum San Francisco International fuhr. Die Anweisung kam direkt von DiMatteo. Er wählte ihre Nummer. Keine Antwort. Er rief ihre Assistentin an. Die bestätigte, dass es sich beim Treffpunkt um eines der Flughafenhotels handelte – das Chesterton –, und wiederholte, dass er am besten gestern dort sein sollte. Mehr erfuhr er nicht. Dann fiel ihm seine Mailbox ein. Mehrere Nachrichten, die ihn auf ein weiteres Video hinwiesen. Er schaltete das Autoradio an … und konnte sich vor Informationen kaum noch retten.

Das neue Video war seit einer Stunde in den Medien. Es war lang und sehr drastisch. Darauf waren Pastoren von NeChristo in kompromittierenden Situationen zu sehen. Das reinste Dynamit. Die verlegenen Kommentare von NeChristo-Sprechern erweckten den Eindruck, dass die Kirche kurz vor der Kernschmelze stand.

Aber noch immer hatte er keine Ahnung, was am Flughafen los war.

Ein Dutzend Uniformierte stand am Vordereingang des Chesterton, als Madsen eintraf. Einer trat auf ihn zu, schaute sich seine Marke an und zeigte ihm den Weg. »Erster Stock links, ganz durch bis zum Ende.«

Madsen nahm die Treppe, um Zeit zu sparen. Oben traf

er auf einen weiteren Cop, dann zwei im Flur und noch zwei vor der Tür am Ende. *Gott,* dachte er, *die haben die halbe Truppe hier.*

Erneut wurde seine Marke geprüft. Der Cop nickte, öffnete die Tür und winkte Madsen hinein.

Madsen trat ein und blieb stehen.

Es war ein typischer Konferenzraum, wie man ihn in solchen Hotels findet. An einem Ende stand ein Sideboard mit Gläsern, am anderen waren Projektoren installiert, und die Jalousien vor den Fenstern waren von der Sonne ausgebleicht. Ein langer Tisch mit Furnierplatte teilte den Raum in der Mitte. An beiden Seiten standen Stühle. Standard. Abgesehen von den Leuten, die auf den Stühlen saßen.

In Richtung Tür saß auf der linken Seite Mary DiMatteo. Auf der rechten Seite saß der SFPD-Chief Bryan O'Halloran mit seinem Kartoffelgesicht. Das glatt rasierte Gesicht zwischen ihnen gehörte einem Mann, den Madsen nur aus den Nachrichten kannte. Gavin Chang, Sprecher und rechte Hand des Bürgermeisters.

Alle drei starrten Madsen mit unverhohlener Feindseligkeit an.

Auf Madsens Seite saßen zwei Männer in Anzügen, einer breit und mit grau meliertem Haar, der andere hager und dunkel, ein zäher Kerl mit platter Nase und einer Haltung, die Brust und Kinn betonte. Der Melierte hatte sein Jackett ausgezogen und trug darunter altmodische Hosenträger. Das Jackett hatte er über die Stuhllehne gehängt. Genau über der Mitte der Brusttasche befand sich eine rot-goldene Anstecknadel. Eine Anstecknadel von NeChristo.

DiMatteo starrte ihn finster an und zeigte mit dem Daumen über die Schulter auf einen leeren Stuhl.

Madsen ging hinüber und nahm dabei die anderen Anwesenden in Augenschein. Sieben oder acht Assistenten. Zwei Cops in Uniform. Ein paar andere, die wie Buchhalter oder Anwälte aussahen.

DiMatteo drehte sich um und flüsterte: »Wenn man Ihnen eine direkte Frage stellt, antworten Sie. Sonst halten Sie sich raus.«

»Aber gerne doch. Was zum Teufel geht …«

Der Graumelierte räusperte sich. »Für diejenigen, die noch dazugekommen sind: Ich bin Richard Hodge, Finanzchef der Neuen Christlichen Organisation von Amerika. Ich habe ein paar Dinge über unsere Kirche zu sagen, wenn Sie mir das erlauben, und ich bin dazu vom Exekutivkomitee autorisiert.«

Auf Madsens Seite des Tisches nickte man feierlich.

»Wir glauben, dass unsere Organisation stets eine große Macht des Guten war und sein wird. NeChristo hat christliche Werte in das Leben von Millionen gebracht und ihnen Trost, Unterstützung und Gemeinschaftssinn geboten. Wir haben den Glauben und die Stabilität in unsere Vorstädte zurückgebracht. Das war gut für die Nation und gut für die Stadt San Francisco. Unglücklicherweise …« Hodge schob die Lippen vor und tippte leicht mit dem Zeigefinger auf den Tisch. »… gibt es einige Leute, die entschlossen sind, uns zu zerstören.« Der Finger richtete sich plötzlich auf DiMatteo, dann auch auf Chief O'Halloran. »Und einige von denen arbeiten für Sie.«

Niemand rührte sich. DiMatteo saß starr da. Der Nacken des Chiefs wurde hellrosa. Madsen hörte seinen eigenen Puls im Ohr.

Hodge breitete die Hände aus und blickte in die Runde. »Wir stehen für die gleichen Ziele. Wir – alle in diesem Raum – stehen auf der gleichen *Seite*.« Hodge legte beide

Hände vor sich auf den Tisch und sah von rechts nach links einen jeden an. Seine Zunge schnellte vor und fuhr über seine Lippen. »Besonderen Wert haben wir auf die Anwesenheit von Agent Daniel Madsen gelegt – ist er hier?«

Ein Dutzend Köpfe wandte sich Madsen zu.

Madsen spürte, wie sein Gesicht brannte, obwohl sich Kälte in seinem Bauch ausbreitete. Dies war offenbar die Eröffnung seiner eigenen Hinrichtung. Es kam ihm vor wie ein Schauprozess in der alten Sowjetunion, und alle würden ihrer Wut über die undichte Stelle Ausdruck verleihen, ehe man ihn nach Sibirien schickte.

»Agent Madsen«, sagte Hodge. Er klang höflich, neutral. »Es interessiert Sie gewiss, dass wir unsere Mitgliederdatenbank gründlich durchsucht haben. Der Mann, den Sie suchen, ist weder heute Mitglied unserer Kirche, noch war er es jemals. Sollten Sie den Wunsch hegen, diese Aussage durch eine eigene Untersuchung zu bestätigen, bieten wir Ihnen zu diesem Zweck freien Zugang zu den Daten unserer Mitgliederschaft an.«

Madsen blinzelte verblüfft.

Hodge schnippte mit den Fingern. Ein Assistent mit randloser Brille ließ die Verschlüsse eines Aktenkoffers aufschnappen und holte ein Bündel Mappen heraus, die er Hodge reichte. Hodge schob eine Mappe dem Mann des Bürgermeisters, Chang, und auch jeweils eine DiMatteo und dem Chief zu. Eine vierte behielt er für sich. Alle Dokumente sahen gleich aus.

Madsens Hirn wand sich wie ein Fisch. Er hatte sich auf einen Wutausbruch, Vorwürfe, Geißelungen, Drohungen und Flüche eingestellt. Jetzt wusste er nicht, was er sagen sollte. War das nur die Eröffnungssalve eines Anwalts? Eine Aufzählung der Verluste?

Hodge schlug seine Mappe an einer markierten Stelle auf und wandte sich an Chang. »Hier finden Sie die Bestätigung der Transfers auf ein zweckbestimmtes Konto.« Er blätterte zu einem weiteren Tab. »Und hier eine notarielle Bestätigung, dass diese aus dem Besitz von Pastor Luke, mir und den acht anderen Hauptpartnern im Exekutivkomitee bezahlt wurden. Hier ist der Vertrag, der die Aufsicht an die Stadt überträgt, und hier sind die Bedingungen, unter denen sie eingefordert werden kann. Sie sind recht klar. Wer ihn findet, bekommt alles, nachdem er erfolgreich verurteilt wurde. Wenn es mehrere Ansprüche gibt, wird die Aufteilung durch ein Gremium entschieden, in dem jeweils ein Vertreter des Bürgermeisters, der Polizei von San Francisco und der Staatsanwaltschaft sitzt. Wir beteiligen uns nicht an der Verteilung.«

Chang nahm seine Kopie und hielt sie über die Schulter. Ein Assistent – vermutlich ein Anwalt – sprang auf und ging zur anderen Seite des Raums, wo er sie Seite um Seite studierte.

Es folgte langes, unbehagliches Schweigen.

Jemand schob Chief O'Halloran ein zusammengefaltetes Blatt Papier zu. Er las es und zerknüllte es.

Der Assistent kam zurück und flüsterte Chang ins Ohr. Chang grunzte. Er wandte sich Hodge zu und nickte.

DiMatteo sah von ihrem Exemplar auf und nickte ebenfalls.

Der Chief hielt die Notiz immer noch in der Faust und rutschte unbehaglich auf seinem Stuhl herum. Seine Mundwinkel zeigten nach unten. »Darf ich fragen, wann Sie dies an die Öffentlichkeit bringen wollen?«

Hodge sah auf die Uhr. »Die Pressekonferenz beginnt in fünf Minuten.«

Madsen hörte mehrere Personen scharf Luft holen. Der rosa Hals des Chiefs wurde kirschrot. »Das wird ein bislang unbekanntes Ausmaß an Interesse erregen«, sagte er gleichmütig. »Ich bin nicht sicher, ob meine Leute dem Ansturm gewachsen sind. Könnten wir die Angelegenheit nicht um eine Stunde verschieben?«

Hodges Nasenflügel blähten sich, und er hob das Kinn. »Wie Sie wohl wissen, verfügt unsere Kirche dank der Aktionen von Behörden, die auch in diesem Raum anwesend sind, nicht mehr über den Luxus, sich eine weitere Verzögerung erlauben zu können.« Er erhob sich um und signalisierte damit, dass das Treffen beendet war, drehte sich um und ging zur Tür. Seine Assistenten schlossen sich ihm an.

Madsen erhob sich, kratzte sich am Kopf, atmete teures Aftershave ein und starrte auf die flache Nase und das kantige Kinn von Hodges hartem Kollegen, der den Mund verzog und zischte: »Finden Sie ihn einfach. Und wenn Sie fertig sind, halten wir ein Treffen ganz anderer Art ab.«

Madsen gab sein Bestes, um so zu grinsen, als würde ihn das keinen Deut interessieren, aber das war vergebliche Liebesmüh. Der Mann hatte sich längst umgedreht und war gegangen.

DiMatteo schnarrte neben ihm: »Nun, Cowboy, jetzt werden Sie sich keine Gedanken mehr über einen Mangel an Spuren machen müssen.« Sie hielt ihm ihre Mappe hin. Madsen nahm sie und betrachtete den Deckel.

BEDINGUNGEN für die Übertragung von
BELOHNUNGSGELDERN von
NEUE CHRISTLICHE ORGANISATION
VON AMERIKA an
TRUST DER STADT SAN FRANCISCO

Er schlug beim ersten Reiter auf, las die Seite, blinzelte und las sie erneut. Das musste ein Fehler sein. Vielleicht hatten die wegen all der Skandale den Verstand verloren.

Der Schock machte langsam Angst Platz. Bis gestern Nacht hatte er seinen eigenen Plänen folgen können. Die hatten ihn zwar zu nichts geführt, aber zumindest hatte er selbst entscheiden können. Seit heute Morgen war er von einem Ereignis zum anderen gedrängt worden, als würde er in einem Zug sitzen, der jemand anderem gehörte. Den ganzen Tag lang hatte er versucht zu bremsen und sich zu orientieren, wohin die Fahrt eigentlich ging. Jetzt hatten die Bremsen versagt. Er rauschte einen Hang hinunter, und zwar einen langen, und von hinten wurde er von einer riesigen Hand geschoben. Wie hatte Chief O'Halloran es gerade ausgedrückt? *Ein bislang unbekanntes Ausmaß an Interesse?*

Falsch. Völlig falsch.

Zweihundert Millionen Dollar würden den reinsten Tsunami auslösen.

35

Während Pastor Richard Hodge in die versammelten Pressemikrofone im Erdgeschoss des Chesterton Hotels sprach, ging eine weitere Sendung hinaus zu den G-Ringen in den Vereinigten Staaten und im Ausland. Millionen Mitglieder von NeChristo hörten eine emotionale Ansprache von Pastor Luke. Findet diesen Mann. Findet ihn und haltet den Mörder auf. Findet ihn und stellt den Ruf unserer Kirche wieder her. Bittet eure Freunde um Hilfe. Und Freunde von Freunden.

Und wenn ihr ihn findet, ruft diese Nummer an.

Hörer, die sich in der Nähe eines Fernsehers befanden, schalteten diesen auf den NeChristo-Kanal und sahen sich die düsteren Nahaufnahmen eines Mannes mit Kapuze und Sonnenbrille an, während sie Lukes Worten lauschten. Andere suchten schnellstens einen Fernseher, als sie von der Belohnung erfuhren.

Noch ehe die Pressekonferenz zu Ende war, hatten alle wichtigen Nachrichtensender darüber berichtet, und Pastor Lukes Ansprache war zu siebenunddreißig Millionen Ohrhörern übertragen worden, was zur größten und schnellsten Mobilisierung von Augen und Ohren in der Geschichte führte.

Die ersten Hinweise gingen ein.

Einhundert pro Sekunde.

Binnen Minuten waren alle Callcenter des San Francisco

Police Departments und des FBI überlastet. Zusätzliche Kapazitäten mit Anrufbeantwortern wurden eilig von der Öffentlichkeitsstelle der Strafverfolgungsbehörden zugeschaltet.

Das Volumen verdoppelte sich. Und verdoppelte sich erneut.

Ich habe ihn gesehen, er ist über den Parkplatz gegangen; er ist in meinem Hotel; er hat meine Kaffeebestellung aufgenommen; er gibt vor, Feuerwehrmann zu sein; er versteckt sich in meinem Keller; er ist auf der Brooklyn Bridge auf einer Harley Davidson an mir vorbeigefahren, und ich habe das Kennzeichen. Er ist mein Vater, Mann, Chef, Türsteher, Bruder, Cousin, Freund, Lehrer, Geliebter ... Verrückte riefen an, Selbstdarsteller, Opportunisten, verlassene Ehefrauen, Exfreundinnen, wütende Angestellte, Gläubiger, Rachsüchtige, Betrüger und Witzbolde.

Nach Ende der ersten Stunde hatte das Nationale Zentrum für Gemeinschaftliche Kriminalitätsbekämpfung neunzig Billionen Bits an dreiunddreißig Einrichtungen weitergeleitet, an Polizeidienststellen, Regierungsbehörden, Universitäten und Telekommunikationsgesellschaften.

Mächtige Algorithmen begannen mit der Arbeit. Sie analysierten aufgezeichnete Stimmen nach Mustern wie Stress, Ehrlichkeit, Instabilität und Rauschzustand. Sie sortierten und filterten in einer Geschwindigkeit, bei der menschliche Ohren kein Wort verstanden hätten. Und sie unterzogen die Reste einem anderen Set von Algorithmen, die Sätze analysierten und Namen, Orte, Substantive und Verben herausfilterten, bis jedes Gebäude, jede Person, jedes Fahrzeug und jeder Gegenstand, die in einem Anruf erwähnt wurden, archiviert, kategorisiert und indexiert worden war.

Dreiunddreißig requirierte Einrichtungen nahmen sich

der Datenflut an und bändigten sie, sodass von der Flut nur eine Reihe von Strömen blieb. Diese Ströme wurden zum Nationalen Verbrechensinformationszentrum, dem NCIC, in Clarksburg, West Virginia, weitergeleitet. Beim NCIC wurde jede Aussage geprüft, mit tausend staatlichen Datenbanken verglichen, korreliert, abgewogen und bewertet.

Zurück tröpfelten nach und nach Namen, die mit einer Zahl zwischen null und eins versehen waren, dem sogenannten p-Wert, wobei eine höhere Zahl auch die höhere Wahrscheinlichkeit eines Treffers bedeutete.

Die Namen und Werte schossen durch die Netze, durch optische Leitungen und zurück nach Central Station.

Shari Sanayei verbrachte den Nachmittag damit, abwechselnd ihre Leute unten zu beaufsichtigen und die Show im Einsatzraum zu beobachten. Madsen, Holbrook und ein halbes Dutzend Inspectors nahmen meistens kopfschüttelnd die Namen in Empfang, die hereinkamen. Es geschah wenig. P-Werte über 0,3 waren es wert, überprüft zu werden. Alle Namen, die bislang hereinkamen, hatten trotz der NCIC-Filter nur Werte zwischen 0,1 und 0,2. Genau darin bestand das Problem, wenn eine Belohnung ausgesetzt wurde. Es wurden so viele wertlose Spuren generiert, dass die erfolgversprechenden dazwischen verlorengingen. Je größer die Belohnung, desto mehr Spuren wurden erzeugt.

Weißes Rauschen.

Name Nummer vierhundertundzweiundsiebzig löste leisen Applaus aus. Der p-Wert lag bei 0,35, der Ort war Atlanta. Kurz entstand hektische Betriebsamkeit, als die Inspectors Fallnotizen heranzogen und nach Verbindungen zu dieser Stadt suchten. Es folgte allgemeines Kopfschütteln. Holbrook rief bei der Polizei von Atlanta an und bat um eine Priorität bei der Videoüberwachung der betreffenden Person. Eine Referenzdatei sei unterwegs, damit sie das Gesicht des Gesuchten mit dem Bildmaterial des Bombenlegers abgleichen konnten. Atlanta versprach, alles in ihr Programm einzuspeisen.

Wirkliche Aufregung machte sich nicht breit.

Zehn Minuten später gab es einen Treffer in Vancouver. Es wurde eine Anfrage bei der Royal Canadian Mounted Police gestartet.

So ging es weiter. Endlose Listen voller Namen mit niedrigem p-Wert. Alle zehn oder zwanzig Minuten eine Ermittlungsanfrage. Immer nur Routine, immer halbherzig und in der unausgesprochenen Gewissheit, dass es sich nicht lohnte. Gelegentlich gab es auch Spuren außerhalb von Nordamerika, die Madsen an das Außenministerium weiterleiten ließ.

Richtig Schwung kam in die Sache, als jemand in Brooklyn, New York, einen p-Wert von 0,58 erreichte. Über ein Dutzend Zeugen aus der unmittelbaren Nachbarschaft hatte auf die Person hingewiesen. Bei einer Konferenzschaltung mit dem NYPD und dem FBI-Büro am 26 Federal Plaza wurde vereinbart, den Verdächtigen sofort zu überprüfen.

Sie warteten.

Knappe Berichte kamen zurück. Nicht der Richtige … Keine Übereinstimmung … Negativ …

New York meldete sich. »Personenüberwachung beendet. Person verlässt Gebäude in einem Fahrzeug. Wir haben ihn angehalten. Interessanter Typ, aber nicht Ihr Verdächtiger.«

Pizza wurde bestellt. Geliefert. Gegessen.

Aus Nachmittag wurde Abend.

Einige Minuten vor neun saß Shari an der Wand im Einsatzraum. Leere Pizzaschachteln, Kaffeebecher und Getränkedosen bedeckten die Schreibtische. Holbrook hing auf einem Stuhl, hatte die Füße hochgelegt und starrte an die Decke. Zwei Inspectors spielten Karten. Nur einer begutachtete, das Kinn in die Hand gestützt, die Namen, die nach und nach über einen Bildschirm liefen. Madsen lag in einer Ecke, hatte die Augen geschlossen und das zusammengerollte Jackett unter den Kopf geschoben. Captain McAlister fragte nicht mehr nach Neuigkeiten. Vielleicht war er nach Hause gefahren. Das Team hatte sechsundzwanzig Namen bearbeitet. Sechsundzwanzig, die von mehreren Anrufern beschrieben wurden, die selbst glaubten, was sie schilderten. Sechsundzwanzig von vielen Tausend, sechsundzwanzig, bei denen Umstände, Ort, Beschreibung und Strafregister so genau ins Muster passten, dass sie auf dem Radar auftauchten.

Sechsundzwanzig, die doch nur Zeitverschwendung waren.

Es herrschte Stille. Totenstille.

Shari rieb sich die Augen und ging nach unten. Angie Mertz würde gleich die Nachtschicht in der Überwachung übernehmen. Sie arbeitete sich gerade in ihre Aufgaben als wachhabende Beamtin ein, und Shari wollte deshalb eine ordnungsgemäße Übergabe durchführen. Nicht dass Angie viel Hilfe brauchte. Sie war nicht nur clever, sondern auch ehrgeizig. Die Übergabe war wichtig, um ihr klarzumachen, wie viel sie noch zu lernen hatte, und um sie zu erinnern, keine Aufgaben oberhalb ihrer Einkommensgruppe zu übernehmen: Mutmaßungen waren gefährlich, Fehler schnell begangen.

Shari schob den Kopf durch die Tür. Die Hauptkonsole war nicht besetzt. Angie war noch nicht da. Es war eine kühle Nacht, und die bösen Jungs blieben zu Hause. Die Überwachungsbeamten erledigten Routineschwenks und wirkten gelangweilt. Sie entschied, sich umzuziehen und in Zivil auf Angie zu warten.

Auf halbem Weg zur Umkleide kam sie am Schwarzen Brett vorbei. Vier neue Zettel waren angebracht. Vorsichtig blieb sie stehen. Der erste war eine Erinnerung vom Captain, dass morgen die Vertreter aus dem Office of Professional Integrity des FBI eintreffen würden. *Die Polygrafenbefragungen werden unverzüglich beginnen. Um die Störungen so gering wie möglich zu halten, werden die Tests über drei Tage verteilt. Die Belegschaft des Reviers wird entsprechend Dienstplan aufgeteilt. Bitte beachten Sie die Listen und halten Sie sich zur Verfügung.*

Das zweite, dritte und vierte Blatt waren die Listen für Montag, Dienstag und Mittwoch. Auf der Montag-Liste kam ihr Finger drei Namen vor dem Ende bei Sgt. S. Sanayei zum Halt.

Ihr stockte der Atem.

Morgen.

Es würde nichts passieren, hatte Madsen gesagt. Wenn sie nichts wissen, fragen sie auch nicht danach. Was für eine Logik, als wäre das schon alles. Aber wenn sie nun anstelle von *unautorisiert weitergeben* den Begriff *unberechtigter Zugang* oder *Manipulation* benutzten? Würden sie dann auf die Lügen stoßen? Und Yolanda stand auf der gleichen Liste, fünf Namen über ihr. Wie viel hatte sie gesehen? Was würde sie bei ihrer Befragung sagen? Shari ging weiter. Sie betrat die Frauenumkleide und durchquerte sie zur Toilette. Gerade schaffte sie es noch, die Kabinentür hinter sich zu schließen und sich zur Schüssel umzudrehen, da drängten schon Pizzareste mit Peperoni-Aroma aus dem Magen nach oben. Sie beugte sich vor und übergab sich. Dann wartete sie auf einen weiteren Krampf, der jedoch ausblieb. Sie wischte sich den Mund ab, spülte, entriegelte die Kabinentür und wusch sich die Hände.

Über ihr brach Tumult aus.

Shari rannte zurück nach oben. Im Einsatzraum herrschte hektische Aktivität. Alle redeten und drängten sich vor, um einen Blick auf den Bildschirm zu werfen. Jemand verlangte lautstark Ruhe. Der Inspector am Computer tippte schnell. Holbrook stand neben ihm.

»Geben Sie mir noch mal den Ort«, sagte Holbrook.

»Little Rapids, Oregon. Gleich hinter der Staatsgrenze.«

»Nie gehört.«

»Scheint ein Bergdorf zu sein. Winzig. Keine Kameras, kein eigenes Polizeirevier.«

»Wie weit entfernt?«

»Augenblick … sechshundertfünfzig Kilometer nordöstlich.«

Shari trat näher, stellte sich auf Zehenspitzen, konnte jedoch trotzdem keine Einzelheiten erkennen. Madsen stand neben ihr. Sie warf ihm verstohlen einen Blick zu. Er blinzelte nicht, wirkte absolut konzentriert. Sie flüsterte: »Ein guter Kandidat?«

»Gold.«

»Wie hoch war sein Wert?«

»Null Komma neun fünf.«

Sie schloss die Augen. Ob sie den Kerl erkennen würde, wenn sie ihn sah? War er unter den Tausenden Gesichtern gewesen, die sie in den gespeicherten Videoaufnahmen während der vergangenen vier Tage betrachtet hatte? *Wenn wir dich haben,* dachte sie, *ist es vorbei. Dann kann ich aufgeben. Dann kann ich alles erklären.*

Die Originalaufnahme des Anrufs wurde abgespielt, und alle lauschten.

Nicht weniger als vierzehn der siebzehn Bewohner von Little Rapids hatten den Kerl erkannt. Alle waren glaubwürdig. Alle stimmten überein. Sie sprudelten vor Aufregung über. Er war ein Einzelgänger. Ein launenhafter Typ. Er lebte außerhalb des Dorfes, sechzehn Kilometer weit in der Wildnis. Sie sagten, er heiße Karl Morris, doch laut Datenbank musste das ein falscher Name sein. Sie schilderten seine letzten Aktivitäten.

Die Zuhörer zogen die Augenbrauen hoch und nickten einander zu. Sie hatten keine Zweifel.

Eine Telefonkonferenz zwischen mehreren Staaten, mehreren Gerichten und mehreren Behörden wurde eingerichtet.

Probleme wurden besprochen. Es gab etliche. Abgelegene Örtlichkeit, felsige Umgebung, gefährliche Zielperson, keine Gesetzeshüter in der Nähe. Sie brauchten ein Sondereinsatzkommando, und zwar ein gutes, und es musste eingeflogen werden. Gebietszuständigkeiten wurden erörtert und rasch abgehakt, denn das FBI würde die Operation in die Hand nehmen. Es hatte eine Truppe, die in Bereitschaft war.

Madsen telefonierte mit dem SWAT-Team-Kommandanten. Mitten im Gespräch hörte Shari, wie seine Stimme an Schärfe zunahm.

»Zetter«, sagte er, »diesmal bin ich dabei.«

MONTAG

36

Einige Minuten nach Mitternacht stieg Madsen in einen Eurocopter AS350 und zwängte sich in die volle Kabine. Der Pilot drehte sich kurz um und sah seine Passagiere an, ehe er das Höhenruder in die Linke nahm, die Drehung des Rotors beschleunigte und sie in die Luft brachte. Der Motor klang tiefer, als die Rotorblätter in die Luft griffen. Langsam hoben die Kufen ab. Die Nase tauchte nach vorn. Madsen sah die Positionslichter der Schwestermaschine, die bereits flog und an Höhe gewann. Dann verließ der Helikopter das Phillip Burton Building, wurde schneller und donnerte durch den mondhellen Himmel Richtung Norden.

Zweieinhalb Stunden später überflogen die Hubschrauber die Grenze nach Oregon und landeten an einer abgelegenen Kreuzung. Das Gelände dort war flach genug, damit die Maschinen aufsetzen konnten.

Zwei Paar Scheinwerfer flammten auf. Zwei SUVs mit dem Emblem des County-Sheriffs rollten heran. Männer und Ausrüstung wurden umgeladen, ehe die Rotoren zum Halt gekommen waren.

Nach einer langen gewundenen Bergfahrt erreichte der Konvoi Little Rapids. Das Dorf, eine kleine Gruppe Häuser, war dunkel und still. Hier hatten sich einst Goldsucher mit dem Nötigsten versorgt, heute war es nur noch eine Zwischenstation auf dem Weg nach nirgendwo; die Einwohner lebten von den wenigen Abenteuercampern und Jägern, die sich im Sommer hierher verirrten.

Die Scheinwerfer erfassten eine blasse Gestalt, die auf sie zukam: Anna-Lee James, die Besitzerin des Gemischtwarenladens. Der Sheriff hatte sie angerufen und gebeten, ihnen den Weg zu zeigen.

Es ging durch einen Kiefernwald weiter, über riesige Schlaglöcher hinweg. Die Straße wurde steiler und schmaler.

Madsen saß hinten zwischen der mit üppigen Proportionen gesegneten Anna-Lee und Rodriguez mit seinen breiten Schultern eingezwängt. Zetter und der Sheriff saßen vorn. Zwei weitere SWAT-Leute hatten im Laderaum Platz gefunden. Die Ausrüstung war überall untergebracht worden, wo es eine Lücke gab, dementsprechend hatte Madsen schusssichere Westen unter seinen Füßen und einen Waffenkoffer auf den Knien.

Anna-Lee verbrachte fünf Prozent der Zeit mit Wegbeschreibung und den Rest damit, ausführlich die Geschichte zu erzählen, die sie bereits der Hotline berichtet hatte.

»Karl ist ein echter – wie heißen die noch – Einsiedler. Hier weiß jeder alles über jeden, aber dem stellt man keine persönlichen Fragen, wenn man keinen Ärger will. Tag auch, und was darf's denn heute sein? Ein Wort mehr, und er reißt einem den Kopf ab. Wissen Sie, was ich denke? Der redet nur über zwei Dinge: über Gott und über Jesus. Aber nicht *mit* Ihnen, sondern *zu* Ihnen, kapiert? Der feuert ganze Salven von Zitaten aus den Evangelien raus. Immer die gleiche Sorte, die *wütenden*. Auge um Auge und so was. So wie er das sieht, gibt es auf der Welt nur Sünder. Besonders in den Großstädten. Diese Berge sind so etwas wie sein Schutzschild. Damit er von den Städtern nicht infiziert wird. Teufel! Wenn er nur annähernd wüsste, was hinter den Türen hier in Lil' Rapids los ist, würde er sofort nach Alaska ziehen!« Sie lachte, und ihre Augen funkelten vor Aufregung.

»Erzählen Sie uns von den Drohungen«, bat Madsen. Der SUV quälte sich einen Hang hinauf, und er musste laut sprechen, damit er über den Motorlärm zu verstehen war.

»Karl kauft seit zwei Jahren seine Vorräte bei mir. Ungefähr einmal im Monat. Den riesigen alten Truck hört man schon lange, ehe man ihn sieht. Karl kommt rein, holt sich, was er braucht, nimmt einen Drink drüben bei Ted und haut wieder ab in die Berge. Immer nach dem gleichen Schema, ja? Vor zwei Wochen kommt er rein. Der Fernseher läuft im Laden, und da gibt es eine Sendung über diese Dollhouses, über die Demonstrationen und so, und da dreht er komplett durch. Flucht, als wäre das Ende der Welt gekommen.« Sie schüttelte den Kopf. »Dann geht er wieder rüber und fängt an zu trinken, und ehe man weiß, wie einem geschieht, hält er den Jungs in der Bar eine Predigt. Mann, der Schnaps hat ihn angefeuert. Er schrie richtig. Die Menschen, die in diese Dollhouses gehen, wären die schlimmsten Sünder. Als er rauskam, war er so betrunken, wie ich ihn noch nie erlebt habe. Deshalb habe ich auch sein Bild in den Nachrichten erkannt, wussten Sie das? Der Kerl war so abartig ernst hinter dieser Sonnenbrille. An dem Tag hat er genau so ausgesehen, als er in seinen Truck stieg.«

Karls Vorstellung von Sünde schloss offensichtlich Fahren unter Alkoholeinfluss nicht ein, dachte Madsen.

»Als ich ihn das nächste Mal sah, sauste er den Berg rauf. Die Leute hier fahren langsam, wissen Sie, deshalb fiel es mir auf. Er hat nicht einmal angehalten. Sein Truck donnerte vorbei, und er saß mit großen Augen hinter dem Steuer und fuhr einfach durch.«

»Und das war Donnerstag?«, fragte Madsen.

»Genau! Woher wussten Sie das? Donnerstag gegen fünf.«

Fünf. Fünfundzwanzig Stunden und sechzehn Minuten nach dem Anschlag. Die Zeit reichte, um von San Francisco zurück in die Berge zu gelangen, wo ihn weder Polizei noch Kameras ausspionierten. Nicht bevor jemand mit zweihundert Millionen in bar wedelte. Danach wurde seine Sache zur Sache von jedermann.

Zwei Kilometer vor dem Ziel wurden sie langsamer, um nicht so viel Lärm zu machen.

Einen Kilometer davor hielten sie an.

Die SUVs wurden nebeneinandergeparkt und blockierten den Weg. Das SWAT-Team stieg aus. Man unterhielt sich leise, während sie im Dunkeln Ausrüstung verteilten und die Waffen auspackten. In den Bergen war es kalt und still. Madsen knöpfte sein Jackett zu. Er fand eine Windjacke und zog sie über, dann noch eine Schutzweste darüber. Er überprüfte, ob er seine Beretta ziehen konnte. Es war nicht ganz einfach, aber angesichts der Artillerie, die die anderen herumschleppten, würde er sich vermutlich nicht beeilen müssen. Und er wäre nicht von Nutzen, wenn er zum Eisklumpen gefror. Dann nahm er sich eine Nachtsichtbrille und ein Funkgerät.

Zetter teilte seine Männer in zwei Gruppen auf. Rodriguez übernahm die Führung der einen, er selbst die andere. Madsen schloss sich Zetters Gruppe an. Anna-Lee und die Männer des Sheriffs blieben bei den Wagen. Das Sonderkommando stürmte in den Wald.

Zetter suchte sich den Weg per GPS und schlug einen weiten Bogen, um von der Seite an das Ziel zu gelangen. Sein Trupp folgte ihm im Gänsemarsch, im Abstand von fünf oder sechs Schritten. Niemand redete. Kommuniziert wurde über Handzeichen. Madsen ging hinten. Sie kamen langsam voran. Selbst mit dem Nachtsichtgerät war es schwierig, nicht zu stolpern. Er konzentrierte sich auf Formen und Oberflächen und versuchte, zwischen Steinen und Löchern, Schatten und abgebrochenen Ästen in dieser verrückten grünen Landschaft zu unterscheiden. Sich den Knöchel zu verstauchen wäre übel, noch schlimmer wäre es jedoch, Lärm zu verursachen.

Je näher sie kamen, desto langsamer wurden sie.

Die letzten hundert Meter waren die schwierigsten. Sie schlichen, dann krabbelten sie Zentimeter um Zentimeter auf die Positionen zu, die Zetter den Männern zuteilte. Als Madsen seine erreicht hatte, zeigte sich das erste Grau am Himmel.

Dann lag er reglos da und wartete auf die Dämmerung.

37

»Fünf Minuten.«

»Roger!«

Madsen zuckte zusammen. Er hatte so lange in die lastende Stille des Waldes gelauscht, dass er das Funkgerät vergessen hatte. Er sah sich alarmiert um. Wer hatte es noch gehört? Natürlich niemand. Der Lautsprecher befand sich einige Zentimeter von seinem Ohr entfernt und war mit einem elastischen Stirnband fixiert. Selbst jemand, der neben ihm gelegen hätte, könnte es nicht hören. Es sei denn, er trug selbst einen Kopfhörer. Er drehte die Lautstärke ein wenig runter.

Madsen duckte sich noch tiefer, atmete Feuchtigkeit und den Duft von Fichtennadeln ein. Eine Mücke landete neben seinem rechten Auge. Er verscheuchte sie durch Blinzeln. Seit zwanzig Minuten wurde er immer wieder attackiert, und er spürte schon Schwellungen auf Hals und Händen. Schlimmer jedoch war der Käfer, der eine Öffnung in seiner Windjacke entdeckt hatte und ihm den Rücken hinunterkroch. Am liebsten hätte er sich herumgewälzt und die Existenz dieses nervigen Krabbeltiers ausgelöscht.

Durch die Brille schaute er hinüber zur Hütte, die geisterhaft in der Dämmerung aufragte. Aus dem Schornstein stieg eine Rauchfahne in die schwere Luft empor. Das Versteck eines Waldläufers aus grob behauenen Baumstämmen und handgefertigten Halterungen. An einer Seite stand ein Pickup, der früher rot gewesen war, heute jedoch nur noch aus Rost und Spachtelmasse bestand. An der einen Wand der Hütte war Holz fast bis zum Dach gestapelt. Und daran lehnte eine Axt. Eine große. Madsens Blick blieb daran hängen. Eigentlich dürfte die ihnen keine Sorgen bereiten. Denn wer so tief im Wald wohnte, würde Schusswaffen besitzen. Trotzdem war es eine verdammt große Axt.

»An alle: zwei Minuten. Zwei Minuten.«

Durch die Bäume sah man, wie sich die fernen Granithänge mit den ersten Strahlen der Sonne golden färbten.

Madsen sah nach rechts. Nahezu unsichtbar wurde wenige Meter entfernt im Gebüsch ein schwarzer Helm gegen ein Gummiokular gedrückt. Ein winziger Schmetterling flatterte an dem Helm vorbei, schwebte dort ein paar Sekunden, als würde er schnüffeln, ehe er in Richtung Hütte weiterflog. Sekunden später verschwand er im Schatten.

»Erkundungsfliege ist unterwegs.«

Die Erkundungsfliege hatte Flügel von nur einem Zentimeter Länge und machte weniger Lärm als eine Hummel. Sie würde die Entfernung zur Hütte in weniger als einer Minute schaffen. Der Pilot würde sie oben unter den Dachvorsprung lenken, wo sie eine Lücke finden und schließlich ihre Nutzlast aktivieren würde: eine zwanzig Milligramm schwere hochauflösende Kamera. Danach konnte der Pilot dem Rest des Teams die Position der Zielperson mitteilen.

Die Sekunden zogen sich endlos dahin und zerrten an Madsens Nerven. Es gab ein Dutzend Möglichkeiten, was bei einer solchen Operation schiefgehen konnte. Wenn der Bursche Sensoren oder Stolperdrähte installiert hatte oder einfach nur die Geräusche des Waldes sehr genau kannte, hatte er sie vielleicht schon bemerkt. Das würden sie erst erfahren, wenn Gewehrfeuer durch die Bäume hallte und ihnen Kugeln um die Ohren pfiffen. Dann würde es Notrufe geben, wenn ein Mann fiel, und dann noch weitere, wenn Leiber zuckend auf dem Boden lägen, während um sie herum Kugeln einschlugen. Zetter würde seine Männer anbrüllen zu schießen, und sie würden die Hütte in Holzspäne zerlegen …

»Erkundungsfliege zwanzig Sekunden.«

Langsam und behutsam schob Madsen eine Hand unter die Schutzweste und holte seine Beretta heraus. Er legte sie vor seinem Kinn ins Gras.

»Bereitschaft, Bereitschaft.«

»WER IST DA?«, brüllte plötzlich eine tiefe Stimme über die Lichtung.

Madsen suchte durch die Brille nach einer Bewegung. Am Fenster! Er sah einen winzigen schwarzen Schlitz. Bildete er sich das ein? Nein, gerade war der noch nicht da gewesen. Die schmutzig gelben Gardinen bewegten sich.

»Ich weiß, da ist jemand. Ich habe eine Waffe. Zeigen Sie sich!«

In Madsens Ohrstöpsel knisterte es. »Okay, ruhig bleiben, Position halten. Alle Mann tief durchatmen. Niemand schießt, es sei denn, es besteht Gefahr für Leib und Leben.« Zetter klang ruhig, seine Stimme locker, aber Madsen wusste, dass er wütend sein musste, weil sie aufgeflogen waren.

Dann hörte er wieder Zetters Stimme, diesmal durch ein Megafon. »Karl, hier spricht das FBI. Ihre Hütte ist von bewaffneten Agenten umzingelt. Sie müssen herauskommen. Legen Sie die Waffe nieder und kommen Sie heraus. Halten Sie die Hände so, dass wir sie sehen können.«

Stille. Vielleicht – hoffentlich – zitterte der Mann vor Angst, weil er erwartet hatte, die Bedrohung möge sich als vorbeiziehender Hirsch herausstellen. Oder vielleicht legte er gerade mit seinem Sturmgewehr an. Oder rammte ein Magazin mit Kaliber .50 panzerbrechender Munition in ein Barrett-Scharfschützengewehr.

»Erkundungsfliege. Wir haben ein Negativ am Eingang. Wiederhole, Erkundungsfliege ist negativ. Kein Sichtkontakt.«

Mist.

Das Megafon krächzte. »Karl, Sie müssen meinen Anweisungen folgen, und zwar sofort. Ich wiederhole, legen Sie die Waffe nieder und kommen Sie mit den Händen auf dem Kopf heraus.«

Madsen beobachtete die Gardinen. Mist. Das schlimmste Szenario bestand darin, reingehen und ihn holen zu müssen. Blendgranaten waren gut und schön, aber niemand wollte als Erster durch die Tür, wenn man nicht wusste, was auf der anderen Seite wartete. Schließlich bestand die Möglichkeit, dass dieser Mann ein Massenmörder war. Und auch falls er keiner war, konnte eine instabile Persönlichkeit irrational handeln, wenn sie sich in die Ecke gedrängt fühlte. Und eines hatten Anna-Lee James und die anderen werten Bürger von Little Rapids klargemacht: Karl war ungefähr so stabil wie ein Helikopter mit nur einem Rotorblatt.

Madsen drückte seine Brust in die Kiefernadeln und machte sich für den Dritten Weltkrieg bereit.

Die Tür quietschte und ging einen Spalt auf, mehr nicht.

Madsen wagte nicht zu atmen. Er spürte mehr, als dass er sah, wie Karl mit dem rechten Auge in seine Richtung ins Dunkle spähte. Er stellte sich vor, wie der Kerl die Waffe anlegte, durch das Fadenkreuz auf seinen Kopf zielte und mit dem Finger den Abzug streichelte, ehe er abdrückte … Seine Kopfhaut juckte. Jedes Haar schien sich aufzustellen. Schweiß rann ihm in die Augen. Die Brille beschlug langsam.

»West zwei. Habe Sichtkontakt. Er ist an der Tür.«

»West eins. Sichtkontakt.«

»Alpha eins an West zwei, berichten Sie, was Sie sehen. Nord eins und zwei, bereithalten auf mein Komman…«

Die Tür schwang auf. Weit. Eine Gestalt duckte sich in der Dunkelheit. Matt glänzte Metall.

Im Funkgerät brach Hektik aus.

»Scheiße. Schusswaffe! Schusswaffe!«

»West zwei. Ich sehe ihn. Sieht aus wie ein Gewehr.«

»Roger.«

»West zwei. Ich habe freies Schussfeld. Erlaubnis zum Schießen?«

»Negativ. Nicht feuern! Nicht feuern!«

»ICH KOMME RAUS!«

Scheiße. Wie kommt er raus? Geht er, läuft er, schreit er, schießt er aus der Hüfte? Wie? Mehr Details, bitte. Madsen zuckte nicht mit der Wimper. Er sah einen Fuß, der sich in die Dunkelheit vortastete. Vorsichtig wurde er auf den Boden gesetzt, als könnte er eine Mine auslösen. Madsen sah einen dunklen Schemen, dann das Gewehr in den Armen. Langer Lauf, Holzschaft, Kastenmagazin. Eine M14. Alt, schwer. Und tödlich. Zwanzig Schuss, eine Winchester mit Kaliber .308 und der doppelten Durchschlagskraft einer M16.

»West eins. Habe freies Schussfeld.«

»Roger, West eins. Nicht schießen.«

Das Megafon ertönte. »Karl, Sie müssen die Waffe auf den Boden legen. Sofort!«

Die Gestalt machte vorsichtig einen weiteren Schritt. Zum ersten Mal konnte Madsen das Gesicht durch die Brille sehen. Am Kinn spross ein Dreitagebart, der passte. So wie alles andere auch: Schultern, Größe, Haar – alles passte. Die Augen wölbten sich vor, das Weiße zeigte sich über den Iris.

Sein Mund und seine Nasenflügel zuckten. Stress. Ausgepowerte Synapsen.

»Alpha eins an Nord eins und zwei, bereithalten.«

Die Gestalt schauderte, drehte sich langsam, starrte in den Wald und suchte nach den Plagegeistern. Blieb stehen. Starrte Madsen direkt an. Nahm die M14 in Anschlag.

Madsen hielt den Atem an.

»Nord eins und zwei. Zugriff.« Auf der anderen Seite der Hütte sah Madsen schwarze Männer mit schwerer Körperpanzerung, die lautlos aus dem Wald kamen.

Die Gestalt beugte sich vor, kniete sich hin. Sehr langsam streckte sie das Gewehr vor sich aus und legte es auf den Boden.

»West zwei. Waffe ist unten, Waffe ist unten.«

»Zugriff, Zugriff, ZUGRIFF!«

Auf der Lichtung wimmelte es plötzlich von laufenden Männern. Die Gestalt, die noch auf einem Knie hockte, wurde von hinten gepackt und mit dem Gesicht nach unten auf den Boden geworfen. Mehrere Agenten legten sich auf ihn. Zwei Männer mit ihren MP5 im Anschlag gingen geduckt an ihnen vorbei und bezogen je auf einer Seite der Tür Stellung.

Madsen stand auf und rannte los, die Beretta in der Hand.

Als er die Lichtung überquerte, kamen die Spezialkräfte bereits wieder aus der Hütte. »Sauber.« Der Mann davor war mit Kabelbindern gefesselt.

Vorsichtig betrat Madsen die Hütte. Im Inneren war es düster und roch stark nach Holzfeuer. Als sich seine Augen an die Dunkelheit gewöhnt hatten, sah er, dass sie noch einfacher war, als er erwartet hatte. Ein selbstgebautes Bett mit zerschlissener Matratze und mehreren zerwühlten Decken.

Ein Tisch und ein Stuhl. Ein verrußter Ofen aus Gusseisen. Einige Pfannen. Dosen und Gläser. Und Bücher. Jede Menge Bücher. Sie standen auf sich durchbiegenden Brettern entlang der Wände. Andere waren in den Ecken oder unter Möbeln gestapelt. Und sie bedeckten den Tisch.

Madsen ging zu einem der Regale und überflog die Titel. *Der vergessene Gott: Kampf um die Rückkehr des Glaubens in unserer Zeit; Die Kunst des Protests; Befreit das Volk!; Handbuch des neuen Überlebenskünstlers; Kirche und Staat in Amerika; Verantwortung für die Erde* … Religion, Politik, Aktivismus, Philosophie, wieder Religion. Und Notizbücher. Hefte, wie sie von Kindern in der Grundschule benutzt wurden. Ungefähr hundert, alle nebeneinander. Madsen suchte sich eins heraus. Wie die anderen war es sorgfältig in braunes Papier eingeschlagen. Es hatte keinen Titel, nur zwei sechsstellige Zahlen, die ordentlich auf den Rücken geschrieben waren. Daten. Anfangsdatum oben. Enddatum unten. Er blätterte es durch. Jeder Zentimeter war von Handschrift bedeckt. Es gab keine Ränder. Der Text zog sich von oben bis unten. Selbst die Lücken zwischen zwei Absätzen waren mit kurzen Sätzen in andersfarbiger Tinte ausgefüllt, als habe sich der Verfasser verpflichtet gefühlt, Gedanken und Ideen einzufügen, die ihm später gekommen waren. Winzige Überschriften in Großbuchstaben und doppelt unterstrichen stachen in den eng beschriebenen Zeilen hervor. Offensichtlich handelte es sich um ein langes, weitschweifiges Essay über die Natur der Freiheit.

Madsen stellte das Heft zurück und öffnete ein zweites. Dieses enthielt detaillierte Beschreibungen von Sünden und Verfehlungen, die von der aktuellen Bundesregierung begangen worden waren. Ununterbrochen reihte sich fünfzig Seiten lang Absatz an Absatz.

Eine Hand fiel Madsen auf die Schulter. »Na, Dan, wie fühlt es sich an?«

Es war Zetter, der die Waffe umgehängt und den Helm abgenommen hatte. Er grinste breit. Der Anführer des SWAT nahm Madsens Hand, öffnete sie und ließ etwas Metallisches hineinfallen. »Die haben achtzehn Jahre gebraucht, um den Unabomber zu erwischen«, sagte er. »Sie haben Ihren Burschen nach fünf Tagen geschnappt.«

Madsen betrachtete den Gegenstand in seiner Hand. Es war ein G-Ring.

38

»Sie sind nicht verhaftet«, sagte Madsen. Er zog eine alte Truhe heran und setzte sich darauf. »Die Fesseln sind nur vorübergehend und dienen Ihrer und meiner Sicherheit.«

Die Hütte war für sauber erklärt worden. Der Mann saß an einem kleinen viereckigen Tisch in der Mitte und mied jeden Augenkontakt. Er war barfuß und am Oberkörper nackt, durchschnittlich groß und schwer. Die Hände waren mit Kabelbindern hinter dem Rücken gefesselt. Sein Gesicht war auf einer Seite schmutzig, auch sein Haar und sein Bart. Offensichtlich stand er immer noch unter Schock.

Er sagte nichts.

»Sie sind ein intelligenter Mann.« Madsen zeigte auf die Bücherregale. »Anscheinend haben Sie mehr gelesen und geschrieben als selbst die meisten Collegeprofessoren. Ich weiß, das Letzte, was sich ein kluger Kerl wie Sie wünscht, ist ein Gespräch mit jemandem wie mir, aber ich muss Sie darauf hinweisen, dass es in Ihrem eigenen Interesse stattfindet.« Er zeigte zum HAMDA auf dem Tisch. Er war noch nicht eingeschaltet. »Das Gerät ist Ihr Freund. Es kann Ihnen eine Menge Schwierigkeiten ersparen. Beantworten Sie ein paar Fragen, und wir können die Sache gleich hier endgültig klären.«

Die einzige Reaktion war ein hasserfüllter Blick auf den zigarrenförmigen Zylinder.

»Fangen wir mit Ihrem Namen an? Wir wissen, Sie heißen nicht Karl.«

Keine Reaktion.

»Mit den Fotos und Fingerabdrücken können wir Sie sowieso identifizieren. Warum sagen Sie mir nicht einfach, wer Sie sind?«

Weiter Schweigen.

»Lassen Sie sich Zeit.« Madsen nahm den HAMDA und schob ihn in seine Tasche. Er ging hinaus. Einer vom Spezialkommando trat in die Tür und behielt alles im Auge. Die SUVs waren heraufgefahren und flankierten die Lichtung. Schwarz gekleidete Männer, die sich nun nicht mehr beherrschen mussten, scherzten und lachten laut, während sie ihre Ausrüstung einpackten. Andere saßen auf dem Boden, hatten die Hemden ausgezogen und ließen sich die Sonne auf den Bauch scheinen. Zetter lehnte an einem Holzstapel und hielt die MP5 auf den Knien. Sein Helm lag neben ihm auf dem Boden, und daneben stand ein Laptop, ein winziges Modell mit Stoß dämpfendem Gummigehäuse. Er war mit einer Satellitenkommunikationseinheit verbunden.

»Und?«, fragte Madsen.

Zetter schüttelte den Kopf. »Die Verbindung ist echt langsam.«

Madsen ging hinüber zum Wagen des Sheriffs. Auf dem Beifahrersitz stand eine Thermosflasche. Er drehte den Deckel auf und goss sich den Rest des Inhalts in einen Plastikbecher. Dampf stieg von der braunen Flüssigkeit nicht mehr auf, aber das Kaffeearoma war noch kräftig. Er stellte den Becher in den Halter der Mittelkonsole und ging zum Kofferraum, wo er in den Kisten kramte, bis er einen Schokoladenriegel gefunden hatte. Die Schokolade steckte er ein, nahm den Becher und ging zurück zur Hütte.

Zetter hatte den Laptop ausgestöpselt und hielt ihn in die Höhe. »Da ist es.«

Madsen nickte. Er nahm den Laptop und ging hinein.

Der Mann hatte sich nicht gerührt. Madsen stellte den Laptop und den Becher auf den Tisch und setzte sich wieder auf die Truhe. »Kaffee?«

Ein Blick auf den Becher.

Madsen nahm das als Ja. Er hielt dem Mann den Becher an die Lippen. »Ist nur lauwarm, leider. Besser als nichts.«

Ein zögerliches Nippen.

»Schokolade?«

Kopfschütteln.

Madsen nahm den Riegel aus der Tasche, riss die Verpackung auf und hielt die Schokolade hoch. »Sicher?«

Keine Reaktion.

Madsen nickte. Er biss selbst ab, schob den Bildschirm des Laptops zurecht und begann zu lesen. Kurz darauf wandte er sich wieder an sein Gegenüber und lächelte. »Carroll James Mitnick, nicht wahr?«

Ein Zucken. Verärgert.

»Ich kann Ihnen den Namenswechsel nicht verübeln. Nicht dass der Name so schrecklich wäre, aber Carroll passt nicht zum Image eines Waldläufers, oder? Also gut …« Madsen schaute wieder auf den Bildschirm und scrollte nach unten. »Verkehrsdelikte, Erregung öffentlichen Ärgernisses, mutwillige Zerstörung öffentlichen Eigentums, Körperverletzung, Widerstand gegen die Staatsgewalt, und das alles mehrfach … meist in Verbindung mit Protestmärschen und Demonstrationen … Ich würde sagen, Sie haben ein Problem damit, Ihre Wut im Zaum zu halten, ja? Und das ist nur das, was wir unter Ihrem richtigen Namen haben. Nichts unter Karl Morris. Nicht in diesem Jahr. Sie haben sich gut benommen und still gehalten. Haben Sie Ihre Wut aufgespart? Vielleicht auf etwas Größeres gerichtet in … sagen wir … der Innenstadt von San Francisco?«

Schweigen.

»Ich wette, wenn wir die Kameraaufzeichnungen durchsuchen, und zwar in weitem Umkreis, finden wir Ihr Gesicht vor einer ganzen Reihe von Dollhouses. Stimmt das?«

Winzige Augenbewegungen. Er hörte zu. Und dachte nach.

Madsen holte den HAMDA zum zweiten Mal heraus. Er stellte ihn in die Mitte auf den Tisch und tippte auf den Zylinder. Dann beugte er sich vor und versuchte, Blickkontakt herzustellen. »Dieses Gerät kann Sie entlasten, Mitnick. Kann alles aufklären, jetzt sofort. Dann können Sie in Ruhe frühstücken und jagen gehen oder was immer Sie hier oben treiben, und wir packen unseren Kram zusammen und lassen Sie in Ruhe. Ansonsten bleibt mir keine andere Wahl, als Sie zu verhaften und mitzunehmen. Gott weiß, Städte sind nicht Ihre Lieblingsorte.«

Mitnick blickte nach oben zu der Kerosinlampe, die in der Mitte der Hütte unter der Decke hing.

Madsen wartete, ganz die Geduld in Person. Eine Minute verstrich. Und eine zweite.

»Und. Was sagen Sie?«

Nichts.

Madsen seufzte. Etwas anderes hatte er nicht erwartet. Wenn man den Täter erwischte, redete er nicht. Warum sollte er auch, wenn er wusste, dass man ihn durch seine Aussagen dingfest machen konnte? Wenn man seinen Täter hatte, musste man den langen Weg gehen. Verhaftung, Staatsanwälte, eine Zelle, um ihn weichzukochen, ihn dann mit Beweisen konfrontieren, ihn überzeugen, dass es keine Hoffnung und keinen Ausweg gab, und schließlich den Druck erhöhen …

Er hörte Schritte am Eingang. Es war Zetter, der mit verschränkten Armen wartete und eine Augenbraue fragend hochgezogen hatte. Madsen nickte. Genauso gut konnten sie auch aufbrechen.

Ein Murmeln. So unerwartet und leise, dass Madsen kurz glaubte, er habe es sich eingebildet.

»Haben Sie etwas gesagt?«

Mitnick sah ihm in die Augen. »Ich habe gesagt: Okay.«

Madsen brauchte ein paar Sekunden, um die Überraschung zu verwinden. Dann lächelte er herzlich und schaltete den HAMDA an. Das grüne Licht blinkte. »Wir fangen damit an, wo Sie letzten Mittwoch waren, aber davor müssen wir einige Fragen zur Kalibrierung durchgehen …«

39

Ein wenig südlich des Äquators, mitten im Pazifischen Ozean, trank Nathaniel Addisson, Geschäftsträger der Vereinigten Staaten in Samoa, einen Schluck eisgekühlten Tee und runzelte die Stirn. Sein Haus befand sich auf einem Hügel über der winzigen Hauptstadt der Nation, Apia, und er stand auf der Veranda und schaute hinaus in die Dämmerung. Unten erinnerten die katholische Kirche, das Regierungsgebäude und Aggi Greys Hotel an weiße Kommandostände, die aus einem Meer wippender Palmen aufragten. Im Hafen schwankten einige rostende Schiffe im frischen Wind. Draußen auf dem Pazifik sammelten sich Wolken.

Der Ausblick, so sagte Addisson gern, war einer der beiden größten Vorteile dieses Postens. Der andere war, dass nie etwas passierte. Jedenfalls wenn man gelegentlich verlorene Pässe oder die Beschwichtigungen, wenn ein Idiot von Tourist mit einem Schwein zusammenstieß, nicht mitrechnete. Und das war auch gut so. Mit neunundvierzig Jahren wären alle Anstrengungen, die Karriereleiter weiter hochzuklettern, vergebliche Liebesmüh gewesen, und dieser Ort war so gut wie jeder andere, um die letzten Jahre seines Berufslebens abzusitzen. Einige Angestellte erledigten die tägliche Arbeit und verschafften ihm die Freiheit, seinen Lieblingshobbys nachzugehen: der Planung seines Ruhestandes und dem Alkoholgenuss. Wenn er nicht gerade Handelsdelegationen empfing oder Cocktailpartys besuchte, traf er sich mit dem britischen Konsul zum Gin Tonic. Seine Frau verbrachte ihre Zeit derweil mit den anderen Ausländerfrauen. Seine Kinder, die in den Staaten die Universität besuchten, flogen in den Ferien ein und schienen den Pazifik als Spielplatz zu genießen. Die Tage gingen ohne große Aufregung dahin.

Der Anruf gestern hatte diesen Frieden allerdings gestört.

Der Bürokrat aus dem Außenministerium war beharrlich geblieben. Mehrere Hinweise, so hatte er erklärt, deuteten auf einen mysteriösen Amerikaner an einem abgelegenen Ort auf Savai'i hin. Ob sich Addisson mit den Behörden dort kurzschließen könne, um eine sofortige Überprüfung zu veranlassen? *Sofortig!* Der arme Kerl wusste vermutlich nichts über das Konzept der »Inselzeit« und über den Zustand der Polizei im Pazifik. Addisson hatte die neuen Berichte aus den Staaten gelesen und war überaus skeptisch. Warum Samoa? Das war ein Witz. Irgendein dummer Tourist hatte die Einheimischen aufgebracht und wurde nun Opfer ihrer Rache. Das war den Aufwand nicht wert. Aber der Bürohengst ließ sich nicht abwimmeln, und am Ende hatte Addisson versprochen, sein Bestes zu tun.

Als er den Polizeichef anrief, mit dem er befreundet war, reagierte man mit Lachen auf seine Anfrage. Wie versprochen versuchte Addisson, den Ernst der Angelegenheit zu vermitteln. Nach einem Gespräch, das mit frechen Bemerkungen und Scherzen gespickt war, konnte er den Polizeichef überzeugen, dass es vielleicht sogar ein spaßiger Ausflug werden könnte, besonders wenn er selbst mitkäme. Also würden sie die Sache morgen früh sofort erledigen.

Jetzt wartete er auf den Fahrer des Polizeichefs, trank Tee und betrachtete die sich auftürmenden Wolken. Dabei fragte er sich, ob es eine so gute Idee gewesen war, sich freiwillig zu melden. Ein tropischer Regenschauer gehörte nicht gerade zu seiner Vorstellung von einem spaßigen Ausflug.

Gerade wollte er anrufen und die Sache verschieben, als ein schwarz-weißer Nissan in die Einfahrt fuhr. Der Fahrer drückte zweimal auf die Hupe.

Der Polizeichef wartete am Hafen, zerquetschte ihm die Hand und zwinkerte ihm zu. Neben ihm lag eine Polizeibarkasse im Wasser und stieß im Takt der Wellen gegen die Reifen, die am Anleger als Tender dienten. Sie gingen mit einem halben Dutzend Beamte an Bord. Als sie ablegten und durch die Wellen fuhren, fiel Addisson auf, dass zwei der Männer Gewehre trugen. Die Gewehre sahen brandneu aus, als wäre dies der erste Anlass, zu dem man sie aus der Waffenkammer geholt hatte.

Die Barkasse schaffte die Überfahrt schnell, dennoch war es angesichts des Wellengangs eine Erleichterung, als die Vulkangipfel von Savai'i endlich vor dem Bug auftauchten. Als sie den Hafen erreichten, packte Addisson glücklich die Leiter und stieg an Land, wo er sich zunächst an einer Bank abstützte, bis er sich erholt hatte. Der Polizeichef und seine Männer gesellten sich zu ihm. Man scherzte und zog ihn auf, und am Ende lachte Addisson selbst mit. Die Sache war lächerlich. Er war lächerlich. Das Ganze würde eine wunderbare Geschichte beim Abendessen im britischen Konsulat abgeben.

Fünfzehn Minuten später traf ein verbeulter Toyota Pickup mit großer Kabine und offener Ladefläche ein. Der Fahrer reichte den Besuchern fröhlich die Hand. Alle stiegen ein. Die nächsten fünfundvierzig Minuten fuhren sie an der Küstenstraße entlang durch ein Dorf nach dem anderen. Rechts liefen Wellen mit weißen Schaumkronen an den

Strand. Links stieg der Regenwald steil bis auf zweitausend Meter in die wollene Decke aus Kumuluswolken auf.

Schließlich ließen sie die Küste hinter sich. Die dunklen Töne des Ozeans blieben zurück und wurden durch mannigfaltige Grüntöne ersetzt. Die Gemüsefelder wurden seltener und hörten ganz auf. Sie fuhren durch schattigen Regenwald. Das dichte Grau der Wolken kam näher.

Die ersten Tropfen fielen auf die Windschutzscheibe.

Sekunden später trommelten sie in stetem Takt auf das Dach des Toyotas. Die Scheibenwischer stampften und quietschten. Addisson war froh, dass er im Wagen saß. Die drei Mann draußen auf der Ladefläche hielten sich eine Plane über die Köpfe.

Das Trommeln schwoll zu ohrenbetäubendem Donnern an, als sie auf einen Feldweg einbogen und durch die Schlaglöcher polterten.

Nach einer scharfen Biegung des Wegs bremste der Fahrer abrupt. Sie waren am Haus angekommen. Das Wasser strömte über die Windschutzscheibe, aber wenigstens konnte Addisson ein einfaches zweigeschossiges Haus mit weiß gestrichenen Wänden und einem Paar Säulen am Eingang erkennen. Geisterhafte Dampfwolken stiegen zischend vom heißen Beton auf, der sich in dem Platzregen abkühlte.

Die Männer stiegen aus. Alle außer Addisson, der im Wagen nach einem Regenschirm suchte.

Der Polizeichef marschierte zur Tür und pochte dagegen, doch das war im Lärm des Regens nicht zu hören. Er wartete, dann klopfte er erneut. Er rief einen seiner größeren Beamten herbei und zeigte auf die Tür. Der Polizist holte tief Luft und warf sich mit der Schulter dagegen. Die Tür musste ziemlich stabil sein, da er davon abprallte. Nun versuchte er es mit der Klinke. Die Tür ging auf. Der Polizeichef konnte sich vor Lachen nicht halten.

Sie gingen hinein.

Addisson gab die Suche nach einem Schirm auf; allein zu bleiben war schlimmer, als nass zu werden. Er öffnete die Tür des Toyotas und stieg aus. Mit der Jacke über dem Kopf rannte er hinüber zum Haus, schüttelte so viel Wasser wie möglich ab und trat ein.

Im Inneren war es dunkel. Die Jalousien an den Fenstern waren geschlossen. Das Trommeln des Regens klang nicht mehr so laut. Addisson brauchte einen Augenblick, bis er begriff, dass der teuer eingerichtete Raum, in dem er stand, verwüstet worden war. Überall lagen umgekippte Tische und Stühle. Scherben von zerschmettertem Porzellan bedeckten den Boden. Von den Gemälden an den Wänden waren nur zerbrochene Rahmen und zerfetzte Leinwände geblieben. Hier war jemand die Zerstörung sehr methodisch angegangen. Oder es hatte einen Kampf gegeben. Einen langen Kampf. Addisson lief es eiskalt über den Rücken. Lustig war das nicht mehr.

Auch der Polizeichef und seine Männer lachten nicht mehr.

Die Männer schwärmten aus. Addisson hörte ihre Stiefeltritte, während sie von Raum zu Raum liefen. Der Polizeichef bückte sich mit grimmiger Miene und untersuchte einen braunen Fleck an der Wand. Einer der Männer meldete sich zurück. In den anderen Räumen herrschte das gleiche Zerstörungschaos. Nirgendwo war jemand zu sehen, kein Amerikaner und auch niemand sonst.

Ein Knall. Das kam von der Hintertür.

Dann hörte man von dort einen Schrei, auf den ein langes, schrilles Quieken folgte.

Der Polizeichef und seine Männer liefen los. Addisson folgte ihnen, wollte aber eigentlich gar nichts sehen, sondern nur nicht mit dem braunen Fleck an der Wand allein bleiben. Er ging durch eine Küche und eine weitere Tür auf eine Terrasse. Die Polizisten hatten sich am anderen Ende des Gartens versammelt, wo der Rasen aufhörte und der Regenwald begann. Sie starrten auf etwas, das auf dem Boden lag.

Der Regen hatte nachgelassen, es tröpfelte nur noch. Bald würde er ganz aufhören, genauso plötzlich, wie er angefangen hatte, und die Sonne würde durch die Wolken brechen und neuen Dampf aufsteigen lassen. Zögerlich verließ Addisson die Deckung auf der Terrasse und wagte sich näher heran.

Zuerst sah er die Füße. Weiß wie Eis mit purpurnen Flecken an den Zehen. Dann die Shorts. Schwarz. Oder dunkelblau. Schwer zu sagen, sie waren durchnässt und voller Schlamm. Die Shorts hingen um die Knöchel der Leiche. *Ein Toter kann mir nichts tun,* redete sich Addisson ein, und das half. Seine Angst ließ nach. Eine widersprüchliche Mischung aus Ekel und morbider Neugier trat an ihre Stelle. Der Regen war vergessen, und er ging näher heran.

Der Polizeichef starrte ihn nachdenklich an, zuckte mit den Schultern und trat zur Seite.

Die Leiche lag mit dem Gesicht nach unten auf dem völlig durchnässten Rasen. Abgesehen von den Shorts war sie nackt. Der Kopf war zur Seite gedreht. Der Rumpf war aufgequollen, die Haut des nassen nackten Hintern fast durchscheinend. Dünne Grasstreifen leuchteten hellgrün neben der Alabasterhaut. Schlamm und Gras ließen vermuten, dass die Leiche über den Rasen zu dieser Stelle geschleift worden war.

Dann bemerkte er die Wunden.

An Armen und Beinen sah er Bisse. Das Fleisch war grob aufgerissen, zum Teil bis zum Knochen. In den Hohlräumen hatte sich Wasser gesammelt, das über die schlaffen Hautfetzen rann.

Addisson beugte sich vor, um sich das Gesicht anzusehen.

Er fuhr zurück, und seine Knie wurden weich. Er musste sich beherrschen, um sich nicht in den Schlamm zu setzen. Das halbe Gesicht fehlte. Leere, zerfetzte Löcher starrten ihn an, wo die Augen hätten sitzen sollen. Der Unterkiefer war eine eklige Masse aus Knorpel.

Addisson sah fragend die anderen an.

Einer der Männer deutete mit dem Kopf zur Seite. Addisson folgte seiner Geste. Zwei Schweine, fett und braun und borstig, beäugten grollend die Eindringlinge, die ihre Mahlzeit so abrupt unterbrochen hatten. Das vordere öffnete das Maul und stieß ein langes, schrilles Quieken aus.

40

Der Lärm von Wind und Turbine war ohrenbetäubend und machte jedes Gespräch unmöglich, doch das störte Madsen nicht, denn ihm war nicht nach Reden zumute. Er betrachtete die Männer des SWAT, die ihm gegenübersaßen. Sie hatten kahle Köpfe und grimmige Gesichter und schienen ihren Gedanken nachzuhängen. Die Jungs hatten sich in eine gefährliche Situation begeben und diese beendet, ohne dass jemand auch nur einen Kratzer abbekommen hatte. Sie hatten hervorragende Arbeit geleistet. Eigentlich sollten sie sich wie Footballspieler nach einem harten Spiel fühlen – Muskelkater, ein paar blaue Flecken, doch ansonsten Feierlaune und das wohlige Gefühl des Sieges. Stattdessen starrten sie hinaus auf die vorbeihuschende Landschaft und beachteten einander nicht.

Die Dächer der Bürokomplexe von San Francisco glitten an den Plexiglasfenstern vorbei und bildeten ein Schachbrettmuster grauer Quadrate. Der Neigungswinkel wurde steiler, und Madsens Magen schob sich unter die Rippen. Der Helikopter landete mit einem Ruck. Madsen schob die Tür auf und trat, zwei Stunden nachdem sie in Little Rapids gestartet waren, auf das Dach des Phillip Burton Building. Das SWAT-Team begann auszuladen. Er überließ sie ihrer Aufgabe und eilte hinunter in den dreizehnten Stock, wobei er sich vor dem fürchtete, was nun kam.

DiMatteo telefonierte und wirkte angespannt. Ohne

Zweifel hatte sie die ganze Nacht nach oben Bericht erstattet. Zuerst hatte sie sicherlich um Geduld gebeten. Es gab nichts zu melden, hatte sie vielleicht gesagt. Kein Grund zur Aufregung. Später dürfte sie ihnen kleine Häppchen zugeworfen haben, um sie bei Laune zu halten. Das Team ist vor Ort, die Zielperson ebenfalls, und alles sieht gut aus. Der Einsatz hat begonnen. Inzwischen dürfte die Mutter aller Shitstorms über sie hereingebrochen sein.

Sie legte auf. »Wo ist er?«

»In Little Rapids.«

»Sie haben ihn nicht mitgebracht?«

»Er war es nicht.«

»Er ist ein *Irrer*, um Himmels willen!« Speichel flog von ihren Lippen. Unwillkürlich zuckte Madsen zurück. »Ein Dutzend Zeugen hat erlebt, wie er gedroht hat, etwas gegen die Dollhouses zu unternehmen. Als er aus der Hütte kam, hatte er eine Waffe in der Hand. Allein für den Widerstand bei der Verhaftung hätten Sie ihn mitnehmen können …«

»Er hat keinen Widerstand geleistet, hat alle unsere Anweisungen befolgt.«

»Sie hätten ihn mitbringen sollen.«

»Mary, er hat einiges auf dem Kerbholz, aber es besteht kein Haftbefehl gegen ihn. Am Mittwoch war er bei einer Demonstration gegen Dollhouses in Portland, nicht in San Francisco. Er hat in seinem Truck geschlafen. Am folgenden Tag hat er in einem Diner von dem Anschlag in den Nachrichten erfahren, und da ist ihm der Arsch auf Grundeis gegangen, denn er fürchtete – zu Recht, wie sich herausstellte –, man würde das Attentat mit seinen Drohungen in Verbindung bringen. TrackBack bestätigte seine Bewegungen. Sein Gesicht weist Ähnlichkeit auf, ist aber kein exakter Treffer, die Suchgeräte haben kein D-5 gefunden, und der Polygraf hat immer nur Grün gezeigt … Was soll ich sagen?«

Sie starrte ihn böse an, erwiderte aber nichts.

»Gott, gestern um diese Zeit hatte ich die Pappnase auf, weil ich zu hart rangegangen bin, und heute habe ich die Pappnase auf, weil ich zu einfühlsam war. Was genau wollen Sie eigentlich von mir?«

»Gute Neuigkeiten.«

»Was?«

»Ich brauche gute Neuigkeiten.« DiMatteo deutete auf ihr Telefon. »Das war der Direktor. Nicht der Abteilungsleiter, sondern der *Direktor*. Jetzt muss ich den Bürgermeister anrufen.«

Madsen wollte ihr gerade einen Rat geben, was sie dem Bürgermeister sagen könnte, als ihm auffiel, dass ihre Hände zitterten. Er verkniff sich die Bemerkung. Mit einer wütenden, bösen Mary, die Feuer spie, konnte er umgehen. Diese verängstigte Mary, die gerade ihren Verstand verlor, stellte ein Problem dar. In der langen Zeit, die er sie kannte, hatte er sie noch nie so erlebt.

Er verdrückte sich, so schnell er konnte.

Auf seinem Schreibtisch wartete eine Nachricht, deren elektronische Version er bereits erhalten hatte. In der oberen linken Ecke prangte das Wappen des FBI. Rechts stand Office of Professional Integrity.

Betreff: Illegal weitergegebene Beweismittel im Rahmen der Grant Avenue Ermittlung.

Zeit der Befragung: 16:00 Uhr.

Ort: Phillip Burton Building, Raum 13.03.

Befragter: Special Agent Daniel Madsen.

Und in roten Großbuchstaben, damit es nicht übersehen werden konnte, stand darunter: *Anwesenheitspflicht.*

Er sah auf die Uhr. Kurz vor zwölf. Er hatte noch vier Stunden. Also würde er nach Central Station fahren und weitergraben. Ob er gute Neuigkeiten fand, konnte er nicht versprechen, doch ganz sicher musste er etwas Neues auftreiben, ehe er sich hier wieder blicken lassen durfte. Am besten sollte er mit dieser Akte von Holbrook anfangen. Dieser dicken. Gott, wenn diese Sache vorbei wäre, musste er sich noch einmal hinsetzen und über alles gründlich nachdenken. Es gab eine Grenze dafür, wie viel er einstecken konnte. Vielleicht sollte er über eine Versetzung nachdenken. Oder mal einen Psychiater besuchen.

Der Raum der Sonderkommission war voller Müll und leerer Kaffeebecher. Ein einziger Inspector – derselbe, der ihn am Morgen zuvor bei Holbrook so böse angestarrt hatte – saß am Computer. Wie hieß er gleich? Bob Irgendwie. Wolleck? Genau, das war es. Jetzt zeigte er allerdings keine Anzeichen von Wut oder Groll mehr. Stattdessen fielen ihm fast die Augen zu.

»Wo sind sie denn alle?«, wollte Madsen wissen.

Wolleck gähnte und reckte beide Arme über den Kopf. »Unterwegs. Wir haben einen Treffer hier bei uns. Mit einem p-Wert von null Komma drei sieben. Sie sind drüben in Alameda und überprüfen ihn.« Sein Ton verriet, dass er kein Geld auf einen positiven Ausgang wetten würde.

»Wie sieht es sonst aus?«

»Der große Ansturm ist vorbei. Wir bekommen ungefähr einen möglichen Kandidaten alle halbe Stunde herein. Ungefähr fünfzig Untersuchungsanfragen wurden abgearbeitet, zweiundsechzig stehen noch an. Sie kommen inzwischen von überallher. Ich habe einen aus der Ukraine, ob Sie es glauben oder nicht. Wollen Sie ihn sehen?«

»Nein.« Gott, hundertzwölf Anfragen! Wie viele Polizeiressourcen waren gebunden, um ihnen nachzugehen? Die Sache war außer Kontrolle. Madsen ging zu Holbrooks Schreibtisch und setzte sich. Der Stapel mit Ordnern war noch da, und der dicke lag obenauf. Madsen räumte Müll zur Seite, nahm den Ordner und schlug ihn auf. Ohne große Begeisterung las er die lange Liste von Namen.

»Wo zum Teufel ist Samoa?«, fragte Wolleck.

Madsen sah nicht einmal auf. »Keine Ahnung. Wieso?«

»Wir haben da eine E-Mail bekommen. Eine der Anfragen, die wir gestern weitergegeben haben. Die Cops haben nachgeschaut und eine Leiche gefunden. Mord. Dem Pass nach war der Mann US-Bürger.«

Madsen seufzte. »Sagen Sie nichts. Die einheimischen Hitzköpfe haben einen Touristen mit Kapuze und rotem Rucksack gesehen und beschlossen, sich an die Ordnungshüter zu wenden.«

»Danach klingt es ganz und gar nicht.«

»Wie lautet der Name im Pass?«

»Ian John Callan.«

Madsen weckte den Computer. Er legte eine Tastatur unter den Akten frei und tippte die Einzelheiten ein. Callans Führerscheinfoto erschien. Er betrachtete es genau. Die Nase passte. Das Kinn passte. Aber bei dem Mann in den Bergen hatte es auch gepasst.

»In der E-Mail, ist da eine Telefonnummer angegeben?«

»Ja, die habe ich hier.«

»Geben Sie mal her.«

Addisson ging beim zweiten Klingeln an den Apparat. Seine Aufregung war durch die Leitung spürbar, als er die Ereignisse berichtete, die zur Entdeckung der Leiche geführt hatten.

»Und es war ganz sicher Mord?«, hakte Madsen nach.

»Definitiv.«

»Irgendeine Ahnung, wer der Täter ist?«

»Nein. Aber es hat ein Kampf stattgefunden. Das Haus sah aus, als wäre ein Zyklon durchgefegt.«

»Vielleicht ist da nur ein Einbruch aus dem Ruder gelaufen?«

»Nie im Leben! So etwas kommt auf Samoa nicht vor. Die Menschen hier gehen am Sonntag zweimal zur Kirche – ehrlich. Und die teilen alles miteinander. Niemand verschließt die Tür, nur Fremde. Die Hälfte aller Häuser hat gar keine Tür.«

»Wann ist es passiert?«

»Der Polizei zufolge wurde die Tat in den letzten vierundzwanzig Stunden begangen, aber das ist nicht unbedingt sicher. In den Tropen kann man das nicht so genau sagen. Und die Leiche befand sich in schlechtem Zustand.«

Madsen dachte kurz nach. »Könnten Sie etwas für mich tun? Könnten Sie bei denen in der Gerichtsmedizin anrufen und sie bitten, uns so schnell wie möglich Kopien der Fotos und Fingerabdrücke zu schicken?«

»Natürlich.«

Madsen bedankte sich und legte auf. Er starrte das Bild von Callan an. Irgendetwas daran zog ihn an, und es war im Augenblick interessanter als alles andere. Er druckte das Bild aus, wartete, bis das Blatt herauskam, und ging hinunter zur Videoüberwachung.

An der linken Seite der Wand bildeten Rechtecke ein Gitter. Ein Mann, der einer Frau die Handtasche wegriss, sprintete von einem Bild zum anderen, während Polizisten unterwegs waren, um ihm den Weg abzuschneiden. Rechts kam Mike Holbrook, drei Meter groß, aus einem Lagerhaus.

Er wirkte enttäuscht. Also konnte man den Kandidaten aus Alameda streichen.

Shari saß an der Hauptkonsole.

»Hey«, sagte Madsen.

Sie drehte sich um. Ihr Gesicht war blass. »Hey.«

»Viel zu tun?«, fragte er und deutete auf die Wand.

»Geht schon. Der Einsatz ist grade zu Ende.«

»Immer noch beunruhigt wegen des Integritätstests?«

Sie lächelte dünn.

Madsen reichte ihr den Ausdruck. »Könnten Sie wohl für mich nach diesem Mann suchen? Ob es unser Mann sein könnte? Das lenkt Sie vielleicht ein bisschen ab.«

Shari betrachtete das Gesicht und legte das Bild neben die Tastatur. Während Madsen zuschaute, gab sie die Details ein und rief den Führerscheineintrag auf den Bildschirm, den er sich auch gerade angeschaut hatte. Dann folgten das Passbild von Callan und Bilder aus anderen Regierungsdatenbanken. Mit ein paar schnellen Eingaben startete sie eine Suche:

GESICHTSVERGLEICH
QUELLE: »IAN JOHN CALLAN«/CA DATENSÄTZE
ZIEL: »GRANTAVE_UMV#3/ZUSAMMENGESETZTES MODELL

Sekunden später erschien das Ergebnis.

ID ÜBEREINSTIMMUNG: [87 %]

»Was bedeutet das?«, fragte Madsen.

»Es heißt, Callan sieht dem Rucksackmann sehr ähnlich.«

»Ist er also im Rennen oder nicht?«

»Äh ... nicht im Rennen.«

»Sie klingen nicht überzeugt?«

»Der Wert ist hoch. Es wäre interessant, ihn aufzuschlüsseln …« Shari tippte, und ein 3-D-Modell eines Kopfes erschien. Schwarze Flecken bedeckten weite Partien, wo Kapuze und Sonnenbrille das Gesicht verborgen hatten. Die sichtbaren Oberflächen waren mit dichten Konturlinien und winzigen Zahlen überzogen.

»Seltsam«, meinte Shari.

»Wieso?«

»Die Einheitlichkeit. Sehen Sie die Zahlen an den Zonen?« Sie zeigte darauf und las sie vor. »86,9; 87,1; 87,2; 86,9 … So was habe ich noch nie gesehen. Normalerweise sind bei einem Gesichtsvergleich manche Teile ähnlicher als andere Teile. Die Nasen sind gleich, aber die Ohren nicht, die Oberlippen, aber nicht die Unterlippen …«

»Ja, verstehe.«

»Und hier bewegen sich die Werte alle um siebenundachtzig Prozent. Also fast überall der gleiche Level von Unterschieden …«

»Wie kann das passieren?«

»Ich habe ehrlich keine Ahnung«, sagte Shari und schüttelte den Kopf. »Echt verrückt.«

»Aber er ist nicht unser Mann?«

»Nein. Die Abweichung ist gering, aber es ist kein Treffer.«

Echt verrückt, dachte Madsen. Die Bemerkung ging ihm nicht aus dem Kopf. Manchmal war etwas echt verrückt, manchmal gab es eine Übereinstimmung, und manchmal lag man knapp daneben. Das wusste er sehr gut.

Auf dem Flur stieß er mit Wolleck zusammen. Der Inspector wirkte wach, die Müdigkeit war völlig aus den Augen verschwunden. Er grinste verschwörerisch. »Ich habe noch ein bisschen über Callan recherchiert. Nichts Außergewöhnliches. Keine Verurteilungen, keine Haftstrafen. Die letzte registrierte Adresse war in Palo Alto. Nichts Interessantes, bis …«

»Bis was?«

»Bis ich mir seine Steuerunterlagen angesehen habe.«

»Und?«

»Er hat bei Dreamcom gearbeitet.«

Madsen riss die Augen auf. »Ehrlich?«

»Er war sechs Jahre dort. Dann hat er gekündigt. Nach der Steuererklärung vom letzten Jahr hat er bei Datum Tech gearbeitet, unten in Santa Clara.« Wolleck hielt ihm einen Ausdruck hin.

Madsen nahm ihn und steckte ihn sich ins Jackett. »Können Sie mir einen Gefallen tun?«, fragte er und machte sich schon zur Eingangshalle auf. »Rufen Sie in der Personalabteilung von Dreamcom an. Bitten Sie darum, dass man Ihnen seine Personalakte schickt. Rufen Sie mich an, wenn sie da ist.«

»Klar. Hey, wo wollen Sie hin?«

»Datum Tech.«

41

Auf der Interstate 101 standen sie Stoßstange an Stoßstange. Es dauerte eine Stunde, bis Madsen die Ausfahrt zur Great America Schnellstraße erreicht hatte und am riesigen Kongresszentrum von Santa Clara vorbeifuhr. Einige Blocks weiter erreichte er die Adresse und bog in eine Einfahrt, die ihn zu einem modern-sterilen Business-Park brachte, der exakt symmetrisch angelegt war. Die Gebäude waren anonyme, funkelnde Kästen, die mit blauem Glas verkleidet und von drei Meter breiten, kurz geschnittenen Rasenflächen begrenzt wurden. Ein Kasten glich dem anderen. Zwei Stockwerke hoch. Gleiche Breite. Gleicher Parkplatz. Nur die Nummern der Einheiten, die sich weiß vom Glas abhoben, unterschieden sich. Als hätte ein Riese seine Würfel liegen lassen.

Madsen fuhr zwischen den Kästen entlang, bis er eine weiße »3« entdeckte. Er parkte den Dodge zwischen einem glänzenden Maserati und einem brandneuen Spezialmodell von Porsche und stieg aus. Hier sah man viele Autos, aber keine Menschen. In der Stille hörte er das ferne Rauschen des Highways und das Knattern des Banners am nächsten Würfel. Darauf stand: *CME Lagerung – Rang 8 in der Liste der gesündesten Arbeitgeber der Bay Area! Wir sind stolz darauf.*

Auch im Foyer von Datum Tech sah er keinen Menschen, nur zwei Topfpflanzen, eine Treppe, einen Tresen mit einer kleinen Glocke.

Madsen tippte auf die Glocke.

Ein Bursche in Designerjeans und schwarzem T-Shirt kam die Treppe heruntergelaufen. Er sah keinen Tag älter als sechzehn aus. Als er Madsens Marke sah, zog er misstrauisch eine Augenbraue hoch. »Aha! Sie sind wohl wegen des Insiderhandels hier?«

»Ich würde gern mit Ihrem Chef sprechen, bitte.«

»Ich bin einer der Eigentümer. Genügt Ihnen das?«

Madsen betrachtete ihn näher. Er hatte gehört, dass die Unternehmer im Silicon Valley immer jünger wurden, aber das war lächerlich. Er änderte die Taktik. »Ich würde gern mit demjenigen sprechen, der Ian Callans Vorgesetzter war, als der hier gearbeitet hat. Sind Sie das?«

Wieder ein Grinsen. »Das dürfte Jason sein, mein Partner. Ich hole ihn.«

Jason war ungefähr genauso alt, hatte schlaksige Gliedmaßen und unendlich viele Sommersprossen, doch ansonsten machte er einen etwas seriöseren Eindruck. Er begrüßte Madsen höflich und bat ihn, nach oben zu kommen.

Der erste Stock war ein Zoo: Dutzende von Nerds arbeiteten fleißig, eine Mischung aus grünen Punkfrisuren, Lippen- und Nasenpiercings, ausgefallenen T-Shirts, dicken Brillen, Shorts, Jogginghosen, Beanbags, nackten Füßen, Sneakers, Kuscheltieren und Hüten. Die Computer waren grellbunt und eigenwillig geformt. Spezialanfertigungen vielleicht, die zur Persönlichkeit derer passten, die daran arbeiteten. Einer war bemalt und sah aus, als wäre er aus Schrottteilen zusammengebaut. Ein anderer erinnerte an einen ausgehöhlten Baumstumpf. Man hörte das Klappern von Tastaturen und das leise Zischen von Ohrhörern, die zu laut eingestellt waren.

Eine Box mit Glaswänden in der Mitte des Stockwerks

stellte den Besprechungsraum dar. Er war mit Beanbags und rosa Designerstühlen möbliert. Als Madsen eintrat, fiel ihm ein handgeschriebener Klebezettel an der Tür auf: »Aquarium«.

Die anderen Angestellten von Datum Tech beäugten ihn neugierig, da sie vermutlich von dem Kid, das ihn begrüßt hatte, eine Kurzinfo erhalten hatten. Ein Mann in den Zwanzigern mit goldenen Zöpfen starrte ihn hinter dem »Baumstamm« hervor an. Wie *Alice im Wunderland,* dachte Madsen.

»Darf ich Sie fragen, was für Schwierigkeiten Ian hat?«, fragte Jason.

Madsen überging die Frage. »Fangen wir damit an, was er hier gemacht hat«, sagte er und riss den Blick von der Menagerie draußen los.

»Er war Spezialist dafür, physische Charakteristika von Objekten in Bilder umzusetzen«, antwortete Jason.

»Wie bitte?«

»Sorry. Er hat Software entwickelt, die Robotern hilft, einen Gegenstand zu sehen und abzuschätzen, wie groß er ist, wie schwer er sein könnte und so weiter. Menschen können das von Natur aus. Es Maschinen beizubringen ist schwierig. Sie müssen das, was sie mit ihren eingebauten Kameras erfassen, mit ihrem gespeicherten Wissen kombinieren. Das ist ziemlich substanziell für das, was wir hier machen.«

»Und das wäre?«

»Datum Tech produziert visuelle Systeme.«

»War er gut?«

»Fachlich? Spitze. Bei uns sind alle gut. Ian hatte eine ganz eigene Art zu denken – er hatte immer Ideen, wie man etwas anders machen kann …«

Madsen ließ sich bestätigen, dass Callan gut mit seinen Kollegen auskam, obwohl er zu den Ältesten gehörte. Er arbeitete hart und machte sich ansonsten rar – besonders wenn Alkohol im Spiel war. Wenn er nicht arbeitete, beschäftigte er sich mit Extremsportarten wie Freeclimbing und Base-Jumping, aber das machte er lieber allein und nicht in der Gruppe. Jason hat mal angedeutet, er möge Freeclimbing ebenfalls, doch Callan hatte ihn abblitzen lassen. Soweit Jason wusste, war er nicht religiös. Nein, verheiratet war er auch nicht, und er hatte keine feste Freundin, aber viele Frauengeschichten. Meist One-Night-Stands. Jason wusste, dass es deswegen einige Probleme im Büro gegeben hatte. »Er hat sich selbst immer als *ein bisschen wilder Mann* bezeichnet.«

»Wo können wir ihn wohl finden?«, fragte Madsen und stellte sich vor, wie Callans Leiche irgendwo auf einem Seziertisch lag, völlig aufgequollen von der tropischen Hitze.

»Er hat letzten Monat aufgehört. Ich kann Ihnen die Adresse geben, die wir von ihm haben, doch nutzen wird das nicht viel.«

»Wieso nicht?«

»Er hatte Reisepläne. Mit dem Rucksack nach Indien und dann weiter. Er wollte Gurus und Ashrams besuchen und sich selbst finden oder so. Ich habe ihm ein paarmal auf die Mailbox gesprochen, er solle es sich noch einmal überlegen, aber ich habe keine Antwort bekommen. Also wird er wohl schon unterwegs sein.«

»Haben Sie sich einvernehmlich getrennt?«

»Klar. Er hat super Arbeit geleistet. Soweit es mich betrifft, kam sein Abschied ein wenig plötzlich, und er hat sich seine Aktienoptionen entgehen lassen … er musste einfach weiterziehen, denke ich.«

Madsen sah auf. »Aktienoptionen?«

»Oh, wie die meisten Firmen hier in der Gegend belohnen wir alle mit einem Stück vom Kuchen, über den Mitarbeiter-Aktienplan. Auf die Weise bindet man gute Leute und motiviert sie. Es gibt eine Sperrfrist – man muss eine bestimmte Zeit bleiben, ehe man seine Zuteilung verkaufen kann. Wäre Ian noch ein paar Wochen geblieben, wäre ein Jahr voll gewesen, und er hätte über ein Drittel seiner Optionen verfügen können. Stattdessen hat er sie verfallen lassen.«

»Wie viel waren sie wert?«

Jason zuckte mit den Schultern. »Vielleicht hundertachtzig, ungefähr.«

»Tausend?«

»Tausend.«

Alarmglocken schrillten in Madsens Kopf. *Niemand,* dachte er, *selbst wenn er in Geld schwimmt, geht einfach weg und lässt hundertachtzigtausend Dollar liegen, kurz bevor er sie abschöpfen kann.* Irgendetwas war da passiert, irgendetwas, das er nicht ignorieren durfte. Ein Zwischenfall, ein Auslöser, ein Befehl … Das Summen seines Handys riss ihn aus seinen Gedanken. Auf dem Display wurde Central Station angezeigt. Er entschuldigte sich und nahm den Anruf entgegen.

Es war Wolleck. »Dreamcom hat die Personalakte geschickt. Außerdem habe ich weitere Infos aus Samoa. Sie haben Bilder, Abdrücke und so weiter geschickt.«

»Eine Minute. Ich rufe Sie zurück.« Madsen legte auf. Er wandte sich wieder an Jason. »Ein paar Fragen noch, dann sind wir durch.«

Jason nickte.

»Hat Ian je über seinen letzten Arbeitgeber gesprochen?«

»Dreamcom? Über die hat er jeden Tag geredet.«

»*Jeden* Tag. Hat er ein Problem mit ihnen?«

»Nein, nein, ich sollte das erklären. Dreamcom ist unser größter Kunde. Sie bauen unsere visuellen Systeme in ihre Dolls. Vor einem Jahr haben sie sich mit zwanzig Prozent bei Datum Tech eingekauft. Win-win. Sie sicherten sich ihren Nachschub, wir bekamen eine Finanzspritze und einen festen Kunden. Ians Job dabei war es, unsere Systeme zu integrieren, und sie haben bei der Vereinbarung vorgeschlagen, dass wir ihn in unsere Firma übernehmen. Damit der Informationsaustausch schneller geht.«

»Haben Sie Ja gesagt?«

»Natürlich. Es ist eine unglaubliche Hilfe, wenn man jemanden an Bord hat, der die Systeme des Kunden versteht. Das kann man nicht ablehnen.«

»War er unglücklich über den Wechsel?«

»Ganz und gar nicht. Ich glaube sogar, es war seine Idee.«

»Wie stand er zu Dreamcom?«

»Er liebte die Firma, dieses ganze Dolly-Ding. Er hatte drüben eine Menge Freunde. Deshalb war er ja so wertvoll für uns. Wenn es Probleme gab, konnte er alle möglichen Leute auf allen möglichen Ebenen anrufen.«

Als Madsen den Business-Park verließ, versuchte er das, was er gerade gehört hatte, mit dem zusammenzubringen, was er schon wusste. Wenn man Callan bei Dreamcom vertraut hatte, dürfte er in viele Geschäftspraktiken eingeweiht gewesen sein. Vielleicht war er dabei auf etwas gestoßen, das ihm nicht gefallen hatte. In dem Fall hatte er seine Gefühle jedoch gut beherrscht. Aber plötzlich, Wochen nach seinem Ausscheiden bei Datum Tech und Tage nach dem Anschlag aufs Dollhouse, erkannten einige Bürger in ihm den Attentäter wieder, und dann war er auf einmal tot. Ermordet. Laut Shari war er nicht der Attentäter. Aber es gab irgendeine Verbindung. Es musste eine geben. Und dann hatte ihn jemand umgebracht, was bedeutete: In welche Sache Ian John Callan auch immer verwickelt war, er steckte nicht allein drin.

Madsen rief Wolleck zurück.

»Was haben Sie?«

»Scheußliche Bilder. Der Kerl war in üblem Zustand. Man hat ihn brutalst verprügelt. Anschließend haben sich Tiere an ihm zu schaffen gemacht. Ich habe die Fingerabdrücke überprüft. Die Leiche passt zum Pass. Es handelt sich um Callan.«

Madsen grunzte. »Und was noch?«

»Einiges. Er ist runtergefahren in das Dorf zu den Einheimischen und hat sich geheimniskrämerisch benommen, wenig gesprochen und sich immer beeilt, wenn er eingekauft hat. Gab sich Mühe, nicht aufzufallen.« Wolleck lachte. »Natürlich hatte das den gegenteiligen Effekt. Als die Geschichte in den Nachrichten kam, haben die Einheimischen sofort an ihn gedacht. Außerdem habe ich erfahren, wem das Haus gehört, und habe den Mann angerufen. Ein Neuseeländer. Der hat einen Tauchbootverleih aufgezogen und ist vor Jahren nach Auckland zurückgekehrt. Vermietet das Haus übers Internet, meist an Kurzzeiturlauber. Unser Junge hat es für sechs Monate gemietet, und zwar unter dem Namen John Smith, und er hat die Miete im Voraus überwiesen.«

Madsen pfiff. »Ein langer Urlaub.«

»Der Kiwi war ziemlich froh darüber. Aber damit war es vorbei, als er von der Verwüstung hörte.«

»Was ist mit der Personalakte?«

»Nichts Auffälliges. Leitender Systemtechniker, Projektleiter, Chef der Integration ... sehr viel technisches Zeug, das ich nicht verstehe. Offensichtlich war er ein Vorzeigemitarbeiter. Regelmäßige Beförderungen und Boni. Wenn ich mir die Zahl von Nullen auf seinem Gehaltsscheck anschaue, möchte ich meinen, ihm ging es nicht schlecht.«

»Sein letzter Vorgesetzter. Wird der erwähnt?«

»Augenblick ... Ein Mann namens Mark Pemberton.«

»Ist er in der Stadt?«

»Hier steht, er ist Produktionsleiter in der Dreamcom-Fabrik.«

»Wo ist die?«

»In San Jose.«

Mist. San Jose lag weiter im Süden. Wenn er dort vorbeifuhr, würde er länger für den Rückweg nach San Francisco brauchen. Madsen sah auf die Uhr. Zwanzig nach zwei. Um vier fand der Integritätstest statt. Keine zwei Stunden. Er überlegte, was er tun sollte. Nach Norden fahren und den Problemen aus dem Weg gehen. Nach Süden fahren, und es würde knapp werden. Er war bereits wieder auf der Great America Schnellstraße. Die nördliche Auffahrt zur Interstate 101 war nicht mehr weit. Er setzte den Blinker rechts und stellte sich an der langen Schlange an, die rechts abbiegen wollte.

Wolleck sagte: »Übrigens, denken Sie nicht mal daran, Pemberton ohne Begleitung von Holbrook aufzusuchen.«

Madsen blinzelte. »Warum nicht?«

»Er ist von Alameda unterwegs und erwartet, dass Sie Ihren Arsch hierherbewegen, um ihm über Datum Tech Bericht zu erstatten. Ich soll Sie daran erinnern, und ich zitiere: ›Das ist mein verfluchter Fall, und bei all dem Mist, den er schon angezettelt hat, gibt es für ihn auf Gottes grüner Erde keinen Grund, allein durch die Gegend zu gurken.‹«

»Das klingt nicht gerade nach großem Vertrauen.«

»Ich habe es nur weitergegeben.« Wolleck legte auf.

Fünfzig Meter vor der Auffahrt zeigte eine elektronische Werbetafel das helle Logo einer Restaurantkette. Während der Dodge näher kroch, trat an die Stelle dieser Werbung ein Dutzend wunderschöner Frauen, die an einem Strand tanzten. Das Wasser funkelte silbrig und blau in der Sonne.

Kommen Sie zu Ten Worlds!

Morgen ist Eröffnung.

Welche Welt wählen Sie?

Madsen verdrängte die Anzeige aus seinem Kopf, starrte nach vorn und packte das Lenkrad fester. Er fühlte, wie sich das Raubtier in ihm regte. Er fand Spuren. Echte Spuren. Sie ergaben keinen Sinn, aber jedes Mal wenn er einer nachging, entdeckte er eine weitere. Callans Mitverschwörer waren irgendwo dort draußen und bereit, erneut zuzuschlagen. *Machst du dir Sorgen, was andere Leute denken, oder willst du die Gelegenheit beim Schopf packen?*, fragte er sich. *Zur Pfeife eines anderen tanzen oder selbst etwas Großes schaffen? Du musst dich entscheiden.*

Der Wagen vor ihm bog nach rechts ab.

Scheiß drauf.

Madsen scherte aus der Reihe aus und löste damit wütendes Hupen aus. Er fuhr unter dem Highway hindurch und drängte sich mit dem Dodge auf die linke Spur. Dann bog er links ab auf die Auffahrt mit dem Schild Interstate 101 Süd.

In der Videoüberwachung in Central Station war Shari Sanayei gerade damit fertig, die Aufzeichnung einer Prügelei auf der Green Street zu markieren. Zwei Männer, eine Frau, immer noch vor Ort, Verletzte, keine Waffen. Sie überprüfte die Nummern für die Streifenpolizisten, die am Tatort erschienen, und legte das Videomaterial ab, damit sie es auf ihre Handgeräte laden konnten. Nachdem sie das getan hatte, zog sie ihr Mikrofon an die Lippen. »Okay, Leute, ich lasse euch mal für ein paar Minuten allein.«

Die beiden anderen Video-Cops zeigten ihr den erhobenen Daumen.

Sie konzentrierte sich und lud das Verzeichnis mit dem Beweismaterial aus der Grant Avenue auf ihre Konsole.

Nachdem Madsen gegangen war, hatte sie über die eigentümlichen Resultate beim Abgleich von Callan nachgedacht und verschiedene Theorien entwickelt, von denen eine verrückter war als die andere. Leider erzählte niemand den Taschendieben, betrunkenen Autofahrern und Hitzköpfen auf der Straße, dass sie heute etwas Wichtiges zu tun hatte, und da sie sich ununterbrochen der Überwachung widmen musste, hatte sie wenig Zeit, ihre Hypothesen zu überprüfen. Daher nahm sie sich dann und wann eine Minute, und so war es ihr bereits gelungen, einige Theorien auszuschließen. Jetzt war sie etwas auf der Spur. Um sicherzugehen, musste sie nur noch einige Vergleiche laufen lassen.

Eine lange Liste Kameranummern, Daten und Zeiten füllten den Bildschirm. Sie scrollte nach unten und suchte. Es gab eine bestimmte Datei …

Vom Korridor hörte sie Schritte, dann klopfte jemand auf Metall. Sharis Magen ging in den Sturzflug. Sie lauschte aufmerksam. Eine Tür quietschte. Es war die Tür zu dem Verhörzimmer auf der anderen Seite des Flurs.

Die Stimme des Captains: »Yolanda Payne, das ist Special

Agent Ryan Samuels vom Office of Professional Integrity beim FBI.«

Eine andere Stimme. Männlich, tief, sanft. »Bitte, nur die Ruhe, Officer Payne, es dauerte nicht lange …«

Dann schloss sich die Tür leise.

Noch fünf. Dann bin ich dran.

Shari holte tief Luft und scrollte eilig weiter.

42

Die Dreamcom-Fabrik war ein kastenförmiger Bau, der mit dem prachtvollen Hochhaus in der Innenstadt nicht zu vergleichen war. Und riesig war sie. Madsen hatte genug Zeit, die Größe zu bewundern, während er an der Anlage vorbeifuhr und die Einfahrt suchte. Die war dann im Vergleich eher bescheiden. Eine Lücke im doppelten Sicherheitszaun, ein weißes Wachhäuschen und eine stabile Schranke, an der in der Mitte ein rundes Schild verkündete: DICHT AUFFAHREN STRIKT VERBOTEN.

Ein großer Mann mit verspiegelter Sonnenbrille schlenderte herüber. Er trug ein gestärktes weißes Hemd mit roten und schwarzen Abzeichen an beiden Schultern. An seiner Hüfte baumelte ein schwerer Revolver.

Madsen zeigte seine Marke. »Ich möchte zu Mr. Mark Pemberton.«

»Haben Sie einen Termin?«

»Nein.«

Die Wache beugte sich zum Fenster vor und musterte die Marke, Madsens Gesicht und dann erneut die Marke. Er ging zum Wachhäuschen und griff zum Telefon. Im Schatten saß ein zweiter Mann, der ein Sturmgewehr auf den Knien hielt. Madsen trommelte mit den Fingern aufs Lenkrad. Ein lautes Brummen ertönte, gefolgt von einem Klacken. Die Schranke ging hoch.

Einige Minuten später stand Madsen in einem Empfangsraum und musste sich die Hand von einem freundlichen Riesen mit feuerrotem Haar und entsprechendem Bart zerquetschen lassen. Madsen wollte erklären, warum er gekommen war, aber Pemberton unterbrach ihn.

»Ich weiß. Sie ermitteln wegen der Bombe. Wenn wir Ihnen irgendwie helfen können, sagen Sie nur Bescheid.«

»Sie haben mich erwartet?«, erkundigte sich Madsen vorsichtig.

»Sie sind eine Berühmtheit! Ich habe mir mindestens tausendmal angeschaut, wie Sie diesen Pastor vor dem Baseballstadion hopsgenommen und in den Wagen geschoben haben. Und dann die Sache auf dem Boot. *Das* war großartig. Welcher waren Sie? Wegen der Brillen und Helme konnten wir niemanden erkennen.«

Madsen war nicht danach zumute, ihm zu erklären, dass er nicht an Bord des Bootes gewesen war und dass das Videomaterial, auf das sich Pemberton bezog, ihm nur Probleme beschert hatte. *Lassen wir es lieber darauf beruhen,* dachte er, *und genießen wir zur Abwechslung mal, dass sich jemand über mich freut.* »Ich bin hier wegen eines Mannes namens Ian Callan. Vermutlich sind Sie der richtige Ansprechpartner.«

»Ian hat für mich gearbeitet. Guter Junge, sehr schlau. Was wollen Sie wissen?«

»Alles. Was er bei Ihnen gemacht hat, sein Verhalten, mit wem er seine Freizeit verbracht hat … Ich weiß noch nicht genau, wonach ich suche, daher könnte alles wichtig sein.«

Pemberton strich sich durch den Bart. »Kein Problem, aber ich muss dringend eine Charge Dollys abfertigen, die rausgehen.« Er sah Madsen entschuldigend an. »Würde es Ihnen etwas ausmachen, wenn wir uns unterwegs in der Halle unterhalten?«

Madsen schüttelte den Kopf. Pemberton reichte ihm ein Haarnetz und eine orangefarbene Weste mit der Aufschrift »Besucher«, dann führte er ihn einen kurzen Gang entlang zu einer Tür mit einem Schild: STOPP! VON DIESEM PUNKT AN ZUTRITT FÜR BESUCHER NUR IN BEGLEITUNG VON DREAMCOM-PERSONAL.

Sie betraten eine riesige Halle, die Madsen an einen sehr langen, sehr großen Flugzeughangar erinnerte. Es roch nach Plastik und Klebstoff. Elektrische Maschinen jaulten. Von den Wänden hallte das Zischen von Luftdruckwerkzeugen zurück. Neben der Tür führte eine Stahltreppe an der Wand entlang nach oben. Pemberton stieg hinauf und winkte Madsen mit sich.

Oben schloss sich ein Metallsteg an die Treppe an, und in einer Nische stand eine Kaffeemaschine. Pemberton schob zwei Styroporbecher unter die Hähne und drückte einen Knopf. Brauner dampfender Kaffee lief in die Becher und füllte sie bis zum Rand. Pemberton reichte einen Madsen. Sie lehnten sich auf das Geländer und genossen den Blick in die Halle.

Der Laufsteg zog sich in beiden Richtungen um den rechteckigen Raum. Sie standen im ersten Viertel, hoch über dem Fließband. Links unter ihnen standen mehrere Büropavillons und eine Reihe riesiger Silos, die durch Rohre verbunden waren. Auf der rechten Seite befanden sich die Montagebereiche mit Tischen, Werkzeugschränken, Lagerplätzen, elektrischen Kabeln, Schläuchen, Maschinen und Wägelchen. Manche Bereiche waren durch bewegliche Stellwände abgetrennt, doch die meisten waren offen und wurden nur von roten Linien auf dem Boden begrenzt. Riesige Lagerregale ragten aus den Montagebereichen auf wie Ausrufezeichen, und selbstfahrende Gabelstapler surrten leise durch Korridore. Techniker mit weißen Overalls und Haarnetzen arbeiteten fleißig innerhalb ihrer Vierecke. Von Madsens Standort aus erinnerten sie an Mäuse in einem Labyrinth.

»Callan kam aus der Abteilung für Internetunterhaltung«, sagte Pemberton. »Bekannt war er vor allem wegen der Verbesserung unserer sogenannten Lustvorhersage-Maschine.« Er lachte. »Das sagt Ihnen vermutlich nicht viel, ist aber außerordentlich wichtig. Die Trends in der Pornografie wechseln ständig, manchmal sehr schnell. Wenn Sie intensiv analysieren, was sich der einzelne Kunde anschaut, können Sie ziemlich gut vorhersagen, was er sich als Nächstes wünschen wird, und dementsprechend können Sie ihm den richtigen Avatar zur richtigen Zeit anbieten, damit er sich damit vergnügen kann.«

Er lachte, und Madsen erinnerte sich an Eva Hartley, die ihm eindringlich beschrieben hatte, dass Dreamcom-Produkte so designt werden, dass sie den Kunden zu noch größerer Intensität und noch ausgefalleneren Erfahrungen verführen.

Ein Gabelstapler fuhr unter ihnen durch und blieb an einem Regal stehen. Schnurrend hob die Gabel eine grüne Kunststoffkiste in die Höhe und schob sie in ein leeres Fach. Die Gabel zog sich zurück und senkte sich. Der Stapler fuhr jaulend zur nächsten Aufgabe.

Pemberton machte sich zur Treppe auf und stieg hinunter. »Als in meinem Team für visuelle Systeme eine Stelle frei wurde, habe ich sie intern ausgeschrieben«, erzählte er. »Für Ian war das Neuland, aber er ist ein schlauer Bursche. Lernt schnell. Er hat gute Arbeit geleistet.«

Wenn Callan so ein Wunderkind am Computer war, dachte Madsen, während er Pemberton nach unten folgte, *dann waren sechs Monate in einer techniklosen Umgebung auf einer Insel im Pazifik vermutlich ein Albtraum für ihn.* Was darauf hindeutete, dass es sich um ein Versteck handelte und nicht um einen Urlaub.

Sie blieben am ersten Montageplatz stehen. Techniker in weißen Kitteln zogen lange Metallteile aus Plastikbehältern und schraubten sie mit elektrischen Werkzeugen aneinander. Die einzelnen Stücke hatten seltsame Rillen und Löcher, kamen Madsen ansonsten jedoch vage bekannt vor. Am Ende des Bereichs stand ein Gefährt, das entfernt dem übergroßen Gepäckwagen eines Hotels ähnelte. Drei montierte Werkstücke hingen daran wie metallene Kopien eines menschlichen Skeletts.

»Ich komme gerade von Datum Tech«, sagte Madsen. »Die haben gesagt, Callan habe hier Ihre Systeme integriert. Was bedeutet das?«

Pemberton überprüfte etwas auf seinem Klemmbrett und ging weiter. »Die Leute von Datum Tech entwickeln Software, die Gegenstände erkennt und Voraussagen über ihre Eigenschaften trifft. Ihr Kram steckt auch in dem Gabelstapler, den Sie dahinten gesehen haben. Außerdem kommt sie in unseren Haushaltsrobotern zum Einsatz …«

»Die alten Menschen helfen?«

»Alten, Behinderten … oder faulen fetten Leuten mit viel Geld, die keine Lust haben, den Löffel, der ihnen runtergefallen ist, selbst aufzuheben.« Pembertons Augen leuchteten. »Na ja, auf Gabelstapler und Haushaltsroboter klebt man einfach überall Zwanzig-Cent-Kameras. Das stört niemanden. Aber bei den Dollys geht das nicht. Sie bekommen lediglich zwei Kameras, die in zwei Augäpfel eingesetzt werden, und sie interagieren mithilfe dreier simultaner Sensor-Inputs: Schall, Berührung und natürlich Sehen. Das war Ians Aufgabe. Er hat sich darum gekümmert, dass alles zusammenarbeitet.«

Sie erreichten den nächsten Montageplatz. Madsen erhaschte einen Blick auf weitere Skelette und weiß gekleidete Techniker, die bunte Kabelbündel in die tiefen Rillen an den metallischen »Knochen« drückten. Pemberton blieb am dritten Platz stehen. Die zwei Techniker dort trugen Atemgeräte und Handschuhe, die bis zum Ellbogen reichten. Ein unangenehmer Azetongeruch stach Madsen in die Nase, und seine Augen brannten, als hätte er sich über eine frisch geschnittene Zwiebel gebeugt. Er schaute zu, wie der erste Techniker zwei blaue Gummilungenflügel hinter einen metallischen Brustkorb drückte. Die Lungenflügel sahen aus wie Beutel mit Flüssigkeit. Sein Kollege kam mit einer Sprühpistole dazu. Dickes Gel daraus füllte die Lücken um die Lunge herum.

Pemberton zeigte auf eine Plastikwanne voll blauer Beutel. »Unsere Batterie der sechsten Generation. Das größte Forschungs- und Entwicklungsprojekt, das Dreamcom je in Angriff genommen hat.« Er blinzelte. »Puppen, deren Akku ausgerechnet dann leer ist und geladen werden muss, wenn man gerade in Aktion ist, wären nicht sehr populär.« Er bemerkte, wie sich Madsen die Augen rieb, und lachte. »Die Chemikalien sind übel, aber keine Sorge, die werden hundertprozentig sicher versiegelt.« Er ging weiter, schneller diesmal.

»Können Sie sich einen Grund vorstellen, weshalb Callan bei Dreamcom unglücklich gewesen sein könnte?«, fragte Madsen, der hinterhereilte.

Pemberton schüttelte den Kopf. »Nein, da fällt mir nichts ein. Er war sehr glücklich hier. Liebte die Dollys. Manche Leute bei uns mögen die Technik und haben wenig für das

Produkt übrig, aber Ian nahm Puppen mit nach Hause und führte Praxistests durch! Das Einzige, was er nicht ausstehen konnte, war Langeweile. An Wochenenden war er mit dem Motorrad unterwegs, beschäftigte sich mit Drachenfliegen, Base-Jumping oder Wildwasser-Rafting, mit solchen Dingen. Der klassische Adrenalinjunkie. Ach, da wären wir …«

Sie hatten mehrere Stationen kurz hintereinander passiert: *Installation, Optik, Logik.* Auf dem letzten Schild hatte jemand hinzugefügt: *Hirnchirurgen bei der Arbeit!* Pemberton blieb stehen und sah auf sein Klemmbrett. Auf dem Schild neben ihm stand: *Muskulatur.*

Madsen betrachtete den Montagebereich. Genau vor ihm hingen viele vollständige Skelette an einem fahrbaren Kleiderständer. Gummischläuche zogen sich durch die Bauchhöhle. Eine Silberkiste, die nicht größer war als ein Kartenspiel, lag unter dem Brustbein und war mit zwei dicken Kabeln, einem roten und einem schwarzen, an die Lunge angeschlossen. Ein Bündel dünnerer Kabel verzweigte sich in alle Richtungen. Das Kästchen war vermutlich eine Kombination aus Computer und Stromaggregat. Mit Ausnahme der »Lunge«, die nun geruchsneutral in ihrem ausgehärteten Gelmantel lag, waren alle Komponenten überraschend klein. Die elegante Schlichtheit war beeindruckend.

Pemberton ging zu einem großen Eimer, in dem so etwas wie grüne Schnecken in einem Gelee lag. Er nahm das Klemmbrett unter einen Arm, griff hinein und holte eine Schnecke heraus. Sie war ungefähr fünfzehn Zentimeter lang. Feuchter Schleim tropfte von den Enden. Er trug sie zu einer Werkbank, an der ein Blitzsymbol vor Hochspannung warnte, dann zog er die Schnecke lang und berührte die Enden mit zwei Sonden. Sofort schrumpfte die Schnecke zu einem festen, fetten Ball. Er warf die Schnecke zurück in den Eimer, wo sie mit feuchtem Klatschen landete.

»Elektroaktive Polymere«, erklärte Pemberton. »Wenn man Spannung anlegt, verkürzen sie sich wie echte Muskelfasern. Ein Dutzend pro Schulter. Drei Dutzend für den Quadrizeps. Ehe wir sie hatten, war es unmöglich, realistische Bewegungen nachzuahmen, geschweige denn fühlen zu lassen.« Er zeigte zur anderen Seite des Bereichs, wo ein Techniker vor einem Skelett kniete und die Spitze einer Schnecke in eins der vielen Löcher an der Hüfte einsetzte. Er nahm einen Akkuschrauber, zog eine Schraube an, drückte die Schnecke in Position, streckte sie am Oberschenkelknochen entlang und befestigte sie am Knie.

»Ist das nicht geheim?«, fragte Madsen.

»Die Konkurrenz benutzt inzwischen fast die gleichen inneren Komponenten. Wenn es große Geheimnisse gibt, dann bei der Software und natürlich bei der Haut. Die sehen Sie als Nächstes.« Pemberton ging weiter.

Madsen wollte ihm folgen, als er etwas aus den Augenwinkeln wahrnahm. Oben auf dem Laufsteg an der gegenüberliegenden Wand der Halle stand ein Mann. Anders als alle anderen Anwesenden, die Madsen gesehen hatte, trug er keine Kopfbedeckung. Sein Haar war zu einem Pferdeschwanz gebunden, und die Montagelampen spiegelten sich auf seiner hohen Stirn. Aber es war nicht das Fehlen des Haarnetzes, das Madsens Aufmerksamkeit erregt hatte, und auch nicht die Art, wie der Mann sich krampfhaft am Geländer festhielt. Er war die Art, wie er Madsen finster anstarrte.

Madsen starrte zurück.

Der Mann wandte den Blick ab.

Madsen drehte sich um. Warum sollte ihn der Mann auch nicht anstarren? Laut Pemberton war er hier berühmt.

Als er Pemberton einholte, wartete dieser bereits vor einem Montageplatz, der mit hohen Stellwänden abgeteilt war.

»Wenn es Callan hier so gut gefallen hat, warum hat er dann eine andere Stelle angenommen?«, wollte Madsen wissen.

»Als wir uns bei Datum Tech eingekauft haben, brauchten wir ihn dort, deshalb ist er gewechselt.«

»Sie haben ihn darum gebeten?«

»Gott, nein. Ich wollte ihn hierbehalten. Ich musste schließlich Ersatz für ihn finden.«

»Und wer hat ihn dann gedrängt?«

»Das Management. Und das …«, sagte Pemberton und grinste, »… ist die berühmte Haut.« Er zog einen Plastikvorhang zur Seite.

Reihenweise hingen die Häute an Drähten wie Wäsche auf einer Leine. Techniker bearbeiteten sie mit Airbrushs und gingen dabei nach Vorlagen vor, die an den Wänden hingen. Die Vorlagen, Poster, zeigten lebensgroße nackte Frauen von vorn, hinten und seitlich, so wie klassische Verbrecherfotos in Ganzkörperpose.

»Echte Haut ist durchscheinend«, erklärte Pemberton. »Also muss unsere auch durchscheinend wirken. Deshalb werden die letzten Feinheiten nur auf der Unterseite aufgetragen. Die Grundfarbe wird ins Polymer gemischt, das nicht nur echt aussehen muss, sondern außerdem geruchsneutral, strapazierfähig und genauso beschaffen sein soll wie echte Haut. Das Rezept ist geheimer als das von Coca-Cola und ist sicherlich hundert Millionen Dollar wert. Erkennen Sie die?« Er zeigte auf eins der Poster: eine kleine Brünette mit Lockenkopf und laszivem Lächeln.

Madsen schüttelte den Kopf.

»Sie gehen wohl nicht oft ins Kino. Das ist Kathryn Fox. Die heißeste Frau von Hollywood. Von der träumt jeder Mann. Letzten Monat haben wir einen Lizenzvertrag mit ihr abgeschlossen. Viele Stars möchten Dolly werden. Gute Publicity … sie finden es super. Die dürfte in den nächsten Monaten gut laufen … Das ist im Übrigen die größte Herausforderung.«

»Und zwar?«

»Abwechslung. Der Markt verlangt danach, also liefern wir. Andere Gesichter, Haar- und Augenkombinationen, was immer Sie wollen. Das Problem ist nur: Jede Variante hat hohe Entwicklungskosten.« Pemberton rieb Daumen und Zeigefinger aneinander. »Wir versuchen das zu kompensieren, indem wir die Wirtschaftlichkeit erhöhen und an anderen Stellen rationalisieren. Wir sammeln alte Dollys ein und überholen sie, schneiden mit Lasern neue Kurven in das Gelee über den Muskeln. Wir haben sie für den Sex gebaut und für mehr nicht. Sie können nicht massieren, sie können nicht staubsaugen, nicht reden; und sie können nur in zwei Geschwindigkeiten gehen. Es ist ein ständiger Kampf. Diese letzten Modelle zum Beispiel sollten als Kellnerinnen arbeiten können, als besonderer Gag für Ten Worlds. Diesen Kampf habe ich verloren. Bislang können wir uns Gott sei Dank auf zwei Größen beschränken, normal und zierlich. Deshalb mögen wir Kathryn: Sie ist zierlich. Der Geschmack wandelt sich jedoch ständig …« Pemberton verdrehte die Augen. »Wir stehen ziemlich unter Druck, ein superzierliches Modell zu bauen.«

Madsen dachte an das blasse kindliche Gesicht in der Bugkabine der *Genevieve II* und schauderte.

Sie erreichten das Ende der Fabrikhalle. Dort befand sich die Laderampe, eine rechteckige Öffnung in der Wand, und ein Dreamcom-Sattelschlepper mit offenen Laderaumtüren setzte dort gerade zurück. An der Laderampe stand eine lange Reihe Aluminiumsärge. Pemberton ging die Reihe langsam entlang und überprüfte die Seriennummern auf seinem Klemmbrett. Am letzten Sarg kniete er sich hin, ließ die Verschlüsse aufschnappen und schob den Deckel auf.

Alles, was Madsen bisher gesehen hatte, hätte besser auf einen Sektionstisch in Roswell, New Mexico, gepasst als in ein Bordell. Jetzt sah er eine Frau. Platinblond, lange Beine, klassische Schönheit – so perfekt wie die Puppe, die ihn in Fillingers Büro empfangen hatte.

»Acht Stück noch, dann geht es los für sie«, sagte Pemberton. »Morgen um diese Zeit wird sie schon mit ihren Freundinnen in Vegas arbeiten.«

»Hatte Callan Freunde in der Fabrik?«, fragte Madsen. »Jemandem, dem er nahestand?«

»Ja natürlich.«

»Ich würde gern mit seinen Freunden reden. Mit allen. Jeweils einzeln. Könnten Sie mir ein Büro zur Verfügung stellen? Ich habe einen Handheldpolygrafen dabei.«

Pemberton sah ihn alarmiert an. »Meinen Sie das ernst?«

»Ja. Das könnte in diesem Fall von entscheidender Wichtigkeit sein.«

»Die Produktion … unser Termin …« Pemberton erhob sich; er war bleich geworden. »Dafür brauche ich Erlaubnis von oben. Warten Sie.« Er ging den Weg zurück, den sie gekommen waren, in Richtung Büros.

Madsen blieb allein.

Hier war es angenehm ruhig. Die Lagerregale reichten an drei Seiten bis an die Laderampe und schirmten den Lärm aus der Montagehalle ab. Leichter Wind wehte durch die offene Tür herein und vertrieb den Geruch von Chemikalien und Plastik. Er starrte auf die sargähnlichen Behälter. Ihm erschien es gruselig, aber eigentlich waren es nur Kisten mit verstärkten Ecken und Schaumstoffpolsterung, wie sie auch zum Transport von Musikanlagen und Instrumenten zwischen Konzertorten benutzt wurden. Jedenfalls ähnelte die Puppe keiner Leiche, nicht mit dieser rosa leuchtenden Haut. Er fragte sich, ob die Brust warm wäre und ob er einen Herzschlag spüren würde.

Ein schrilles Sirren näherte sich. Ein weiterer Sarg schwebte auf den Armen eines Gabelstaplers heran. Surrend fuhr die Gabel in die Höhe, stellte den Sarg am Ende der Reihe ab und fuhr wieder davon. Es fehlten noch sieben.

Madsen ging hinüber zu den Lagerregalen und suchte eine Sitzmöglichkeit. Auf einen Sarg wollte er sich nicht setzen. Er sah auf die Uhr. Mist. Schon nach drei. Er war zu spät dran. Wenn er pünktlich zum Integritätstest erscheinen wollte, hatte er höchstens noch zehn Minuten, ehe er losfahren musste. Was hatte er sich gedacht? Wie viele Leute konnte er in zehn Minuten befragen? Um sich abzulenken, nahm er den HAMDA heraus und stellte den Detektor auf Drogen und schwenkte ihn herum. Das Licht leuchtete grün.

Das Surren kam wieder näher. Das ging schnell. Noch sechs.

Er schaltete auf Sprengstoff um.

Grün. Augenblick. Hatte das Licht geflackert?

Er runzelte die Stirn. Ja, schon wieder. Sehr schwach.

Das Surren stoppte.

Madsen zog das aufrollbare Display heraus und betrachtete die bunten Linien. Er drehte sich im Kreis.

Der Wind ließ nach.

Madsen schaute hoch.

Vor ihm stand ein riesiges Regal mit Kisten. Es begann zu schwanken.

Eine Millisekunde lang verharrte es. Die Plastikkisten setzten sich scharrend in Bewegung und rutschten aus dem Regal. Adrenalin schoss durch seine Adern. Er fuhr herum und rannte los.

Die erste Kiste traf ihn unter dem Schulterblatt und trieb ihm die Luft aus der Lunge. Er ging auf die Knie. Rollen mit Baumwollgaze flogen an seinem Ohr vorbei.

Die zweite Kiste zerschellte neben seinen Knöcheln. Weiße Bruchstücke flogen in alle Richtungen.

Er nahm noch eine dritte Kiste wahr, die an seinem Kopf vorbeischoss, ehe ein lautes Donnern sein Gehör betäubte und seinen ganzen Körper beben ließ.

Stille.

Ein fernes Surren, das sich entfernte.

Madsen keuchte und holte tief Luft.

Er lag auf dem Bauch. Sein Rücken schmerzte höllisch.

Er tastete seinen Kopf ab. Noch ganz. Nun schlug er die Augen auf und sah eine Metallplatte vor sich. Ein Regalboden hatte ihn um ein paar Zentimeter verfehlt; er hätte ihn fast enthauptet. Etwas rutschte von seiner Wange. Ein Fingernagel. Es waren Tausende, weiß und blutleer. Die Bruchstücke aus der zweiten Kiste. Er versuchte aufzustehen. Es ging nicht. Sein Bein war eingeklemmt. Er drehte den Kopf und sah nach unten. Eine Stahlstrebe lag über seinem Knie. Glücklicherweise wurde die Stange von den Resten zerschmetterter Kisten über dem Boden gehalten.

Seine Nase tat weh. Er hob das Kinn und sah nach rechts. Panik schnürte ihm die Kehle zu. Ein hellblauer Gummibeutel, eine dieser Batterien in Lungengröße, war ein Stück entfernt auf dem Beton zerplatzt. Weißer Rauch stieg von dem Metall auf, wo die giftige Flüssigkeit auf das Regel gespritzt war. Der Rest der Flüssigkeit bildete eine Pfütze, die sich langsam in seine Richtung ausbreitete. Madsens Augen und Nase begannen zu brennen, als hätte man sie mit scharfem Senf bestrichen. Er konnte kaum atmen. Tränen rannen ihm über die Wangen. Er wandte sich ab, saugte so viel Luft wie möglich in seine Lunge und hielt den Atem an. Dann konzentrierte er sich darauf, so lange wie möglich durchzuhalten.

Ein Alarm ertönte; es klang wie die Tauchsirene auf einem U-Boot.

Er hatte keine Ahnung, wie lange er die Luft anhielt und wann er ohnmächtig wurde. Er erinnerte sich an Rufe, schnelle Schritte, wieder ein Surren. Er lag auf dem Rücken. Er schwebte, dann ging er unter. Er schmeckte Salz. Einmal öffnete er die Augen und sah die Lichter an der Fabrikdecke über sich hinwegziehen. Er erinnerte sich an das Gesicht eines Mannes, der ihn von weit oben, vom Laufsteg, angestarrt hatte. Durch einen Film aus Tränen verschwamm die Welt; da war ein Fleck, der ein Pferdeschwanz sein konnte oder auch nicht, und zwei dunkle, bohrende Augen. Augen wie die eines Hais.

43

Er lag auf dem Rücken. Seine Brust und sein Hals waren nass.

»Ich wasche sie noch mal aus«, sagte eine Stimme aus der Ferne.

Madsen nickte.

Warme Flüssigkeit überflutete seine Augen, eine Erleichterung, und rann am Kinn hinunter. Sie schmeckte salzig.

Er blinzelte die Lösung aus den Augen.

Ein junger Mann mit feingliedrigem Gesicht sah ihn an. Er hielt eine Plastikflasche und lächelte. Pemberton schaute dem jungen Mann besorgt über die Schulter. Er zupfte an seinem Bart und sagte etwas über einen Unfall. Hinter ihm erkannte Madsen verschwommen die weiße Uniform einer Krankenschwester. Er fragte sich, warum sie nicht half.

Madsen drückte die Finger in die Augen und versuchte, den Schmerz zu verscheuchen. Er hörte, wie eine Tür aufging und sich schloss, und jemanden, der etwas suchte.

Er öffnete die Augen und setzte sich unter beträchtlicher Anstrengung auf. Von seinem linken Knie strahlte brennender Schmerz aus. Er saß auf einer Couch zwischen Kissen. Pemberton war gegangen. Der junge Mann kniete mit dem Rücken zu ihm vor einem Schrank, in dem er etwas suchte. Auf der Schranktür war ein großes rotes Kreuz zu sehen. Auf dem Boden lagen Zeitschriften und Videospiele.

Offensichtlich handelte es sich um eine Kombination aus Pausenraum und Erste-Hilfe-Station.

Madsen sah zu der Krankenschwester und bemerkte, dass die Kleidung, die er für ihren Kittel gehalten hatte, eigentlich aus zwei Teilen bestand: aus engen weißen Shorts und einem passenden Bustier, wobei Letzteres hinter dem Hals zugebunden war, um eine großzügig bemessene Oberweite zu bändigen. Sein Blick wanderte aufwärts; hellroter Lippenstift, ein Schönheitsfleck auf der Wange, unglaublich lange und unglaublich dicke Wimpern, goldenes Haar, eine einzelne blonde Locke, die herunterhing …

Sie sah ihn mit Schlafzimmerblick an und zwinkerte ihm lässig zu.

Das gleiche verheißungsvolle Zwinkern wie in Filmen und Wochenschauen. Das gleiche, das Mickey Mantle und JFK verführt hatte.

Genug! Madsen schob sich zur Couchkante vor. Sachte setzte er die Füße auf den Boden und versuchte, das linke Bein zu belasten. Schmerz schoss aufwärts, aber vermutlich war es nicht gebrochen. Vorsichtig stand er auf. Es tat höllisch weh. Gleichgültig. Selbstfahrende Gabelstapler warfen nicht »versehentlich« Lagerregale um, und ganz bestimmt hatten sie nicht gerade dann eine solche Fehlfunktion mit einer Wahrscheinlichkeit von eins zu einer Milliarde, wenn zufällig ein Bundesagent im Weg stand. Jemand hatte den Unfall herbeigeführt. Jemand aus der Fabrik, der Madsen beseitigen wollte, aber es wie einen Unfall aussehen lassen musste. Jemand, der nicht in der Nähe sein und nicht in Verdacht geraten wollte. Jemand, der lieber tötete, als mit dem Polygrafen befragt zu werden. Der Kerl mit den Haifischaugen. Oder Pemberton. Oder der Mann am Medizinschrank.

Er musste hier verschwinden. Sofort.

Der junge Mann drehte sich um, sah ihn besorgt an und

kam eilig zu ihm. Er hielt ein Fläschchen mit Tabletten in der Hand. »Nein, nein, Sie müssen sich ausruhen …« Er verstummte. Sein Blick fiel auf die Mündung der Beretta, die auf seinen Bauch zeigte. Vor Sprachlosigkeit stand ihm der Mund offen.

Madsen humpelte zur Tür, drehte den Knauf, ging rückwärts raus und sagte nur ein einziges Wort: »Hierbleiben.« Als er die Tür schloss, warf Marilyn Monroe ihm noch einen Luftkuss zu.

Er steckte die Beretta ein und orientierte sich. Er befand sich vor den Büros. Auf einer Tür fünfzig Meter entfernt stand AUSGANG. Der kürzeste Weg dorthin führte durch die Montagehalle. Plötzlich fühlte sich der Ort fremd und feindselig an, so als könne jederzeit ein neuer »Unfall« passieren.

Er hielt auf die Tür zu, humpelte um nicht zu identifizierende Bauteile herum, vorbei an Schläuchen und sirrenden Maschinen. Arbeiter mit Duschkappen sahen ihn überrascht an. Er wich einer Werkbank und einem Gestell mit Stahlskeletten aus.

Vierzig Meter.

Durch den Lärm der Maschinen hörte er ein bekanntes schrilles Surren von links. Er beeilte sich, ging halb und lief halb und umrundete eine Plastikkiste, die mit Stahlknochen gefüllt war.

Zwanzig Meter. Ein Montageplatz noch.

Mit der Schuhspitze blieb er an einem Kabel hängen und landete mit dem Gesicht voraus auf dem grau gestrichenen Beton. Eine Frau in weißem Overall und Haarnetz sah auf ihn herunter. Er kam wieder hoch. Sein Knie protestierte, aber er schaffte die letzten Tische. Dann glaubte er, einen Ruf zu hören. Hinter ihm krachte die Tür zu, und er stand im grellen Sonnenschein.

Er humpelte zum Dodge, stieg ein und achtete darauf, die Tür nicht gegen sein Bein zu knallen. Er ließ den Motor an und rollte langsam zum Wachhäuschen, denn er dachte an das Schnellfeuergewehr und wollte die Wachen nicht aufschrecken. Vor der Schranke blieb er stehen. Auf dem Schild in der Mitte stand: FAHREN SIE VORSICHTIG.

Eine Sonnenbrille lehnte sich aus dem Wachhäuschen. Madsen rang sich ein Lächeln ab. Sekunden verstrichen.

Im Rückspiegel sah er, wie eine Tür aufging. Ein Mann in weißem Kittel lief in seine Richtung und winkte.

Die Schranke ging in die Höhe.

Madsen drückte den Fuß durch. Der Dodge schoss vorwärts. Es knallte laut, als das Schild an der Schranke gegen die Motorhaube schlug. Er bog auf die Umgehungsstraße ein, gab Vollgas und ließ eine Wolke aus verbranntem Gummi hinter sich.

Madsens Atem beruhigte sich langsam. Er nahm den rechten Fuß vom Pedal und ließ sich alles durch den Kopf gehen. Als Erstes brauchte er Verstärkung. Er würde eine Horde Agenten anfordern, umkehren und alles schließen lassen. Dann würde er die gesamte Fabrik zusammentrommeln – Manager, Arbeiter, Reinigungskräfte, alle. Wer nach draußen wollte, musste sich seinem HAMDA stellen, wer sich weigerte, wurde notiert. Die Fabrik musste einen Dienstplan haben. Er würde sich da durcharbeiten und sie ausräuchern. Wenn er seine Ressourcen konzentrierte, würde es sich schnell auszahlen.

Er schaltete sein Handy an, das sofort zu brummen begann. Laut Display war es DiMatteo. Er sah auf die Uhr des Armaturenbretts. Drei Minuten nach vier. Autsch.

»Wo zum Teufel stecken Sie?«, zischte sie.

»San Jose.«

»Um Himmels willen, warum?«

»Ich war gerade in der Dreamcom-Fabrik. Ich brauche …«

»Sie haben Ihren Test verpasst.« Ihre Stimme klang zu gleichen Teilen giftig und enttäuscht.

»Mary, es gibt einen guten Grund …«

»Seien Sie still. Es kann nur einen Grund geben: Sie sind die undichte Stelle.«

Gott.

»Wie können Sie glauben, Sie würden damit durchkommen?«, fuhr Mary fort. »Ausgerechnet Sie. Sie haben das FBI in große Verlegenheit gebracht. Haben Sie gedacht, das OPI würde nicht einbezogen werden? Man würde sich bei einer so großen Sache still verhalten? Haben Sie gehofft, die *vergessen* den Test? Ach, was soll's, schade, dass Sie nicht kommen konnten, Dan, Sie hatten so viel zu tun, wir lassen den Test ausfallen und schnappen Sie nächstes Mal. Haben Sie sich das tatsächlich so vorgestellt?«

»Darum geht es doch gar nicht. Ich mache den Test. Hören Sie mir zu …«

»Ganz bestimmt machen Sie den. In meinem Büro. Acht Uhr morgen früh. Und Sie werden ihn als suspendierter Agent absolvieren – denn ab sofort sind Sie suspendiert. Washington würde Sie am liebsten in Stücke reißen. Sie sind ein Idiot. Ein dummer Spinner. Unzurechnungsfähig.«

Madsens Magen zog sich zusammen. Er holte tief Luft. »Mary«, sagte er ruhig, »was immer mir vorgeworfen wird, ich stelle mich dem. Aber in der Fabrik hat jemand mit dem Fall zu tun. Dieser jemand hat gerade versucht, mich umzubringen. Ein Insider. Ich habe Spuren von D-5 gefunden. Nach allem, was wir wissen, bereitet er die Sprengung der Fabrik vor. Ich brauche Verstärkung. Ich fahre zurück und zerre die gesamte Schicht vor den Polygrafen. Sobald ich identifiziert habe …«

»Dan, es reicht.«

»Hören Sie zu …«

»Haben Sie meine Nachricht nicht bekommen? Das SFPD hat es bekannt gegeben. Der Fall ist aufgeklärt. Wir sind raus. Erledigt. Am Ende. Es ist *vorbei.*«

»Wie? Nein. Dieser Callan ist eine Spur, die …«

»Dan. Es *war* Callan.«

44

Madsen fuhr enttäuscht nach Norden. Er hatte die Kavallerie rufen und die Fabrik stürmen wollen. Stattdessen war er mit dem Kopf gegen eine Ziegelwand gerannt.

Wir sind raus. Erledigt. Am Ende. Für Mary musste es ein Glücksfall sein, ein Fallschirm mit Schleife, um aus dem brennenden Flugzeug zu springen. Jetzt konnte sie das FBI reinwaschen, den Schaden reparieren und die Schuld anderen zuweisen. Er konnte sich die Pressemitteilung schon vorstellen: *Das FBI gratuliert dem San Francisco Police Department für den erfolgreichen Abschluss der Ermittlungen im Fall Grant Avenue …* Sie hatte ihre Pension doch nicht verspielt, warum sollte sie also irgendetwas genehmigen, was ein Spinner verlangte, der seinen Integritätstest verpasst hatte? In ihren Augen musste es aussehen, als habe er sich über Anweisungen hinweggesetzt, sei in Schwierigkeiten geraten und drehe nun in blinder Panik jeden Stein um in der Hoffnung, irgendetwas zu finden, das von ihm ablenkte. Das stimmte zwar nicht, aber so unlogisch war diese Schlussfolgerung auch nicht. Er hatte sich weit aus dem Fenster gelehnt und war ein großes Risiko eingegangen. Er hätte sich Zeit lassen und seinen Arsch retten sollen.

Dann stellte er auch noch fest, dass er seinen HAMDA verloren hatte. Als das Regal über ihm zusammengebrochen war, hatte er ihn in der Hand gehalten. Er musste auf dem Betonboden zerschmettert worden sein. Das war zwar nicht so schlimm wie der Verlust der Dienstwaffe, aber nah dran. Es wurde nicht gern gesehen beim FBI, wenn man teure Gerätschaften verlor.

Fahr nach Hause, iss etwas, schlaf dich aus. Das sollte er am besten tun. Abgesehen von dem kurzen, unruhigen Schlaf im Helikopter hatte sein Kopf seit fünfunddreißig Stunden kein Kissen mehr gesehen. Dann würde er morgen früh aufwachen und um acht Uhr seine OPI-Medizin nehmen. Er würde eine Strafe bekommen, weil er den Test heute versäumt hatte und weil er seinen HAMDA verloren hatte. Vielleicht würde ihnen noch etwas einfallen. Aufgrund der Suspendierung würde er eine Weile eingeschränkten Dienst leisten. Wenn sie ihn nicht feuerten. Aber zumindest würde die Wahrheit – seine Motive, Überlegungen, Überzeugungen – ans Tageslicht kommen. Und nachdem der Polygraf immer nur klares Grün gezeigt hätte, würden sie ihm auch zuhören. Dann könnte er ihnen sagen, was er herausgefunden hatte. Es war der Weg des geringsten Widerstands, der Weg der Vernunft. Und die einzige Chance, seine Karriere mit neuem Leben zu erfüllen.

Das Problem war nur, dass jemand versucht hatte, ihn zu ermorden. Jemand wollte die Fabrik in die Luft jagen. Und wer auch immer das war, Madsen war ihm auf den Fersen. Der Betreffende würde versuchen, seine Pläne durchzuziehen.

Vielleicht hatte er keine Zeit mehr bis morgen um acht.

Vielleicht hatte er nicht einmal zwanzig Minuten.

Er musste dafür sorgen, dass sich *sofort* jemand darum kümmerte.

Der Gedanke beschäftigte ihn, als er in die Vallejo Street einbog und zwischen Polizeiwagen und Transportern nach einem Parkplatz suchte.

Kurze Zeit später stand er in der Tür des Einsatzraums der Sonderkommission in Central Station. Der Raum hatte sich völlig verändert. Akten waren sauber gestapelt. Papierabfälle hatte man aufgesammelt. Computermonitore waren abgeschaltet. Mehrere Inspectors saßen in einem Kreis und unterhielten sich ausgelassen. Holbrook hatte die Füße auf einen Schreibtisch gelegt und tat etwas, das überhaupt nicht zu dem Mann passte – soweit Madsen ihn kennengelernt hatte. Er lachte. Allerdings nur so lange, bis er Madsen sah.

»Ach, unser Supercop.«

»Feiern Sie schön?«, fragte Madsen.

»Ja, das tun wir«, sagte Holbrook. »Gleich marschieren wir rüber zu Rosie. Kommen Sie mit? Versprechen Sie nur, Ihren verfluchten Zauberstab hierzulassen.« Die anderen lachten.

»Kann ich mit Ihnen reden?«

»Immer nur raus damit.«

»Draußen.«

Holbrook beäugte Madsen misstrauisch. »Natürlich«, sagte er und schwang die Füße vom Schreibtisch.

Sie standen einander gegenüber wie Boxer vor dem ersten Gong. Holbrook war im Vorteil, was Größe und Breite anging. Abgesehen von der gelockerten Krawatte sah er verhältnismäßig frisch aus. Madsen hingegen wusste, dass er völlig fertig aussah. Er hob die Hände wie zur Verteidigung. »Was ist los? Die sagen, es sei Callan gewesen.«

»Und? Oh, natürlich, wie dumm von mir, Sie haben gehofft, es selbst bekannt geben zu können.«

»Ganz bestimmt nicht. Als ich ihn überprüft habe, war es kein Treffer.«

»Der Vergleich mit unserem Videomaterial hat eine Übereinstimmung von hundert Prozent ergeben.«

»Vor ein paar Stunden waren es noch siebenundachtzig Prozent.«

Holbrook zuckte mit den Schultern. »Vielleicht haben die sich beim ersten Mal geirrt.«

Madsen zögerte. Das musste er erst einmal verdauen. Shari war eher der Typ, der wenig Fehler machte, aber sie war müde gewesen, und irgendetwas hatte sie beunruhigt, als sie ihm gesagt hatte, dass es keine vollständige Übereinstimmung gab. »Okay, aber selbst wenn er Ihr Mann ist, gibt es keinen Grund, das Gas wegzunehmen. Er war nicht allein.«

Holbrook sagte nichts.

»Mike«, fuhr Madsen fort, »gerade hat man in der Fabrik versucht, mich umzubringen. Und das war ganz bestimmt nicht Callan. Sie müssen ein paar Männer zusammenstellen und runterfahren ...«

»Augenblick mal! Immer langsam mit den jungen Pferden.« Holbrook zog sachte eine Augenbraue hoch. »Der Manager hat angerufen und den Vorfall etwas anders geschildert. Es klang, als wären Sie durchgedreht ...«

»Gott, es sollte wie ein Unfall wirken, aber jemand hatte es auf mich abgesehen ... Hören Sie, Callan war kein einsamer Wolf. Das alles passt nicht zusammen, und das wissen Sie. Also ... er schmiedet Pläne gegen seinen früheren Arbeitgeber, jagt ein Dollhouse in die Luft und verlässt das Land ... so weit alles schlüssig bis zu dem Punkt, als die größte Belohnung der Welt ausgesetzt wird und wir seinen Aufenthaltsort erfahren. Genau in dem Moment schlägt ihm jemand den Schädel ein. Das hat er wohl kaum selbst gemacht, oder? Und was ist mit den anderen kleinen Geheimnissen? Wie er zum Beispiel vom Tatort verschwinden konnte.«

Holbrook rümpfte die Nase, als würde ein strenger Geruch in der Luft liegen. »Wenn man zwanzig Jahre als Detective arbeitet, hat man eins gelernt: Manchmal bleibt am Ende, gleichgültig, wie gut man ermittelt hat, die eine oder andere Frage offen. Das ist nicht schön, aber es ist eben so. Übrigens habe ich gehört, Sie seien suspendiert. Warum sind Sie überhaupt hier? Und wann machen Sie Ihren Integritätstest?«

Madsen ließ die Schultern sinken. Holbrook glaubte, er sei ihm einige Schritte voraus. Er sah nur das, was er sehen wollte. Alle wollten den Fall abschließen. Ihn aus ihrem Leben verbannen. »Morgen«, sagte er.

»Gut. Rufen Sie mich danach an.«

»Das kann nicht warten.«

»Doch.«

»Ich habe vielleicht ein paar Dinge verbockt, aber ich renne nicht vor meiner Verantwortung davon. Zwei Cops sind tot, und einige der Täter laufen draußen noch frei herum. Das ist Ihnen gleichgültig?«

Unerwartet schnell packte Holbrook mit beiden Fäusten Madsen am Jackett und zog ihn auf die Zehenspitzen. Er schüttelte ihn heftig. »Reden Sie mir nicht über Verantwortung«, fauchte er. »Wenn Sie sauber sind, beweisen Sie es. Machen Sie den Test. Bis dahin halten Sie einfach den Mund.« Dann ließ er Madsen wieder los.

Brennender Schmerz schoss durch sein Knie, doch er ließ sich nichts anmerken. Stattdessen zog er sein Jackett zurecht, nickte und ging in Richtung Treppe davon. Ohne sich umzudrehen, sagte er: »Sie machen einen großen Fehler, Mike.«

Er bekam keine Antwort.

Unten an der Treppe vergewisserte sich Madsen, dass Holbrook verschwunden war, dann ging er zu der Tür mit der Aufschrift »Videoüberwachung«.

Shari sprach leise in ihr Headset. Die Video-Cops arbeiteten fleißig mit ihren Kameras. Die halbe Wand war ein Kaleidoskop, das verbogenes Metall zeigte – ein abgeknickter Sattelschlepper und die verbeulten Reste eines Kofferraums. Auf der anderen Hälfte der Wand ragten zwei Füße, einer mit und einer ohne Schuh, unter einem weißen Laken hervor. Ein roter Fleck verwandelte das Laken in eine japanische Flagge. Eine Kamera erfasste die Schaulustigen und zoomte so nah an den Polizisten heran, der die Zeugen befragte, dass Madsen die Kauspuren an seinem Kuli erkennen konnte.

»Was ist mit Callan passiert?«, fragte er.

Shari fuhr herum. Selbst gegen das Licht von der »Wand« konnte Madsen den Schreck auf ihrem Gesicht erkennen. Sie sah die Video-Cops an und legte eine Hand über ihr Mikrofon. »Ich kann darüber nicht mit Ihnen sprechen«, flüsterte sie.

»Sie haben ihn zu einer hundertprozentigen Übereinstimmung gemacht. Wie? Was hat sich geändert?«

Sie biss sich auf die Unterlippe. »Ich habe einige falsche Daten rausgefiltert.«

»Was für Daten?«

Shari warf erneut einen Blick über die Schulter.

Madsen sah sie an und runzelte die Stirn. *Was zum Teufel verheimlichen Sie?*, fragte er sich. Laut sagte er: »Shari, hören Sie. Unsere Herren und Meister haben sich darauf gestürzt wie Schiffbrüchige im Sturm auf ein Rettungsboot. Sie haben ihren Bombenleger, und jetzt geht es ihnen nur noch darum, eine Presseerklärung rauszugeben. Aber Callan hat es nicht allein getan, und ich bin offensichtlich der Einzige, den das interessiert. Ich muss wissen, was Sie wissen.«

»Sie müssen gehen.«

»Was ist los?«

»Sie müssen gehen.«

Madsen trat einen Schritt näher. Sie waren nur noch wenige Zentimeter voneinander entfernt, berührten sich fast. »Was für Daten?«

Sie presste die Lippen zusammen.

»Haben Sie denen ein Geschenk gemacht?«, fragte er. »Dem Bürgermeister, dem FBI, dem Chief, die so verzweifelt auf eine Lösung gewartet haben? Jetzt haben sie eine Lösung – von Ihnen. Holbrook hat mir gerade irgendwelchen Unfug über ungeklärte Details erzählt, mit denen man leben müsse, aber all die ungeklärten Details, alles, was an diesem Fall seltsam ist, die gescheiterte TrackBack-Suche, die Houdini-Flucht, die undichten Stellen, die Widersprüche … die sind *alle* durch diesen Raum gegangen.«

Während er sprach, riss Shari die Augen auf. »Nein«, sagte sie.

»Warum machen Sie es? Wegen Adam?«

Tränen rannen über ihre Wangen. »Fahren Sie zur Hölle.«

Die beiden anderen Beamten drehten sich um und schauten dem Drama zu, das sich da vor ihren Augen entspann. Madsen hatte gerade noch genug Zeit, um zu bemerken, dass sie an ihm vorbeisahen, als seine Arme nach hinten gerissen und auf seinen Rücken gedreht wurden. Kräftige Hände hoben ihn an und zerrten ihn von hinten aus dem Raum, den Korridor entlang und durch die Eingangslobby. Mit einem kräftigen Stoß landete er auf der Vallejo Street.

»Wenn Sie auf Kamikaze-Kurs sind, dann ziehen Sie den allein durch!«, brüllte Holbrook.

Mehrere uniformierte Beamte blieben neugierig stehen. Madsen stand auf, sein Rücken brannte, sein Knie pochte. So humpelte er zum Wagen. Erschöpft ließ er sich auf den Fahrersitz fallen. Er hatte verloren. Während er in der Tasche nach dem Schlüssel suchte, strichen seine Finger über ein Blatt Papier, das zuvor nicht da gewesen war. Er zog es heraus. In winzigen Buchstaben stand ein einziges Wort darauf: *Perser*.

Madsen wusste nicht, wie lange sie brauchen würde, daher parkte er so, dass er den Eingang des Lokals sehen konnte, stellte seinen Sitz zurück und wartete.

Ein Bus rumpelte vorbei und kam dreißig Meter weiter quietschend zum Halt. Zischend gingen die Türen auf. Müde Pendler, die nur möglichst bald ihre Krawatten und hochhackigen Schuhe ausziehen wollten, stiegen aus. Als sie an ihm vorbeigingen, warf niemand einen Blick in den Dodge. Wenn es jemand getan hätte, hätten die roten Augen, die zurückstarrten, ihn wohl in die Flucht geschlagen.

Der Bus rumpelte laut dröhnend in einer Wolke aus Kohlenmonoxid davon. Keine Shari.

Eine Stunde und drei Busse später kam sie. Die letzten gelben Strahlen der Sonne erhellten den Himmel, und auf der Straße dämmerte es. Ein Taxi hielt an. Sie stieg aus, trug Zivil – Jeans, T-Shirt, halbhohe Dockers – und verschwand in dem Restaurant, ohne auch nur über die Schulter zu schauen.

Er folgte ihr und gesellte sich an einem Ecktisch zu ihr, dem gleichen wie beim letzten Mal.

Sie beäugten einander vorsichtig.

Shari eröffnete das Gespräch. »Sie haben mich heute geholt, Ihre OPI-Leute. Kurz nachdem ich bestätigt hatte, dass es Callan war. Alle waren glücklich. Ich hoffte schon, die Befragung werde nur eine Formsache sein. Aber sie haben mich wegen der undichten Stelle, der Bilder, des Videomaterials geröstet. Wegen all der Dinge, die in diesem Scheißfall schiefgegangen ist. Ich dachte, es würde nie aufhören.«

»Tut mir leid, Shari.«

»Die haben echt geglaubt, ich hätte etwas damit zu tun.«

Madsen sagte nichts.

»Sie haben nichts gefunden, weil es nichts zu finden gab, okay?«

»Okay.«

»Ich bin klargekommen. Es lief gut, genau, wie Sie gesagt hatten. Bis sie mich nach Adam gefragt haben.« Sharis grüne Augen funkelten. Sie ballte die Hände zu Fäusten. »Sie *wussten Bescheid.*«

Gott, als sie bei ihm Rat gesucht hatte, hatte er ihr erzählt, der Test sei nur lästig und man brauche sich nicht darüber aufzuregen. *Das OPI hält sich an seine Fragenliste.* »Und jetzt?«

Sie zuckte mit den Schultern.

»Woher wussten sie Bescheid? Ich habe ganz sicher nichts gesagt.«

Sie nickte. »Yolanda. Ich kann ihr gar keinen Vorwurf machen. Wahrscheinlich war sie hin- und hergerissen, und ich habe sie in diese schreckliche Lage gebracht. Ganz einfach: Wenn ich mich am Anfang richtig verhalten hätte, würde ich jetzt nicht in diesem Schlamassel stecken. So haben sie mich jedenfalls kalt erwischt. Ich habe gelogen. Ich habe Beweismittel gelöscht. Schluss, aus, vorbei.«

»Beweismittel gelöscht? Welche Beweismittel?«

»Es gab eine Audioaufnahme von mir und Adam, wie wir uns gestritten haben. Die war zusammen mit den Dateien von der Grant Avenue gespeichert. Ein Gespräch zwischen uns, das nichts mit dem Fall zu tun hatte, aber es war nur eine Frage der Zeit, bis jemand darauf stoßen musste. Ich habe die Tonspur gelöscht.«

»Gott. *Das* haben Sie mir nicht erzählt.«

Unbehagliches Schweigen folgte. Die Kellnerin kam, um die Bestellung aufzunehmen. Shari schüttelte den Kopf. Madsen bestellte Kaffee. Als die Kellnerin gegangen war, fragte er: »Sind Sie suspendiert?«

»Praktisch. Der Captain war wütend. Er hatte allerdings keine andere Wahl, als mich meine Schicht beenden zu lassen, weil es am Broadway-Tunnel einen großen Unfall gab und außerdem zwei Morde. Es herrschte Chaos. Dann sind Sie gekommen. Als Angie eintraf und übernahm, haben sie mich weggeschickt. Ich solle nach Hause gehen. Dort bleiben. Mit niemandem reden. Und nicht zurückkommen, ehe sie mich rufen würden. Es ist noch nicht ausgestanden. Vermutlich versucht er herauszufinden, was ich sonst noch angestellt habe. Im Augenblick gelte ich als unglaubwürdig. Als ich ihm zeigen wollte, was ich entdeckt habe, wollte er nicht zuhören. Niemand wollte es hören …«

Madsen runzelte die Stirn. »Was wollten Sie ihm zeigen? Was haben Sie entdeckt?«

»Gleich. Zuerst muss ich Ihnen sagen, dass der OPI-Typ, der die Befragung durchgeführt hat, es auf Sie abgesehen hat. Ein ätzender Kerl.«

»Wie heißt er?«

»Samuels.«

»Ryan Samuels.«

»Ja.«

»Läuft rum wie die Agenten aus den Fünfzigerjahren – Bürstenschnitt, schicker Anzug, auf Hochglanz gewienerte Schuhe und so?«

»Genau der.«

Madsen seufzte. »Der Tag wird immer besser. Und ich kann Ihnen nur zu Ihrer Menschenkenntnis gratulieren. Der Kerl ist absolut ätzend.«

»Tja, nachdem er wusste, dass ich nicht die undichte Stelle bin, hat er mich nach Ihnen befragt, um sich auf Ihre Befragung vorzubereiten ... die, zu der Sie nicht erschienen sind. Niemand darf mit Ihnen reden. Wenn die wüssten, dass ich hier sitze ... Gott, wer weiß, was dann los wäre.«

»Und Sie? Halten Sie mich für die undichte Stelle?«

»Nein – ja. Ehrlich gesagt habe ich keine Ahnung. Ich weiß nur, dass Sie Interesse an dem Fall haben. Sie wollen diejenigen erwischen, die Adam getötet haben, und zwar genauso sehr wie ich, und Sie lassen sich nicht so leicht aufhalten. Das haben Sie heute Nachmittag erneut bewiesen, als Sie in die Überwachung kamen und mir Vorwürfe gemacht haben ...«

Madsen rutschte unbehaglich hin und her. »Tut mir leid. Ich war nicht ganz bei mir.«

»Aber Sie hatten recht. Ich habe nicht die Wahrheit gesagt. Zumindest nicht die ganze.«

Madsen verstummte. Sie hatte also tatsächlich etwas verschwiegen. Er sah an ihrem Gesicht, dass sie einen Wutausbruch erwartete, doch er war gar nicht verärgert. Was immer sie zurückgehalten hatte, jetzt war sie hier, um es ihm zu beichten und ihm zu sagen, was sie wusste. Er gestattete sich ein Lächeln, und die Spannung zwischen ihnen verlor sich ein wenig. Die Stimmung wurde ein bisschen herzlicher. »Was haben Sie also entdeckt?«

Sie holte tief Luft. »Okay, ich muss ein wenig ausholen. Erinnern Sie sich an die einheitlichen Abweichungen zwischen den Gesichtern? Zwischen Callan und dem Rucksackmann?«

»Sicher. Sie fanden es eigenartig.«

»Genau. Das hat mir keine Ruhe gelassen, und nachdem Sie gegangen waren, habe ich nach einer Erklärung gesucht. Zuerst fragte ich mich, ob die Passfotos vielleicht alt waren, denn ein Altersunterschied wäre eine Erklärung. Also habe ich es überprüft. Sie stammten aus diesem Jahr. Dann habe ich plastische Chirurgie ausgeschlossen, denn da kommt es zu größeren Unterschieden, da sich die Arbeit auf bestimmte Stellen konzentriert – Kinn und Nase zum Beispiel, während andere Stellen gleich bleiben. Ich dachte, es könnte sich vielleicht um eine Maske handeln … Wenn der Rucksackmann zum Beispiel einfach eine dünne Schicht flüssiges Latex aufgetragen hätte, wäre diese gleichmäßige Abweichung entstanden, aber das ergab keinen Sinn: Wenn man sich die Arbeit macht, hollywoodtaugliches Make-up zu verwenden, um sich zu tarnen …«

»Warum dann nur halbherzig? Warum nicht das Gesicht richtig verändern?«

»Genau. Schließlich kam mir etwas anderes in den Sinn …« Shari verstummte. Die Kellnerin brachte Madsens Kaffee. Sie stellte ihn auf den Tisch und fragte, ob sie sonst noch etwas bringen könnte. Madsen schüttelte den Kopf, und sie ging zu einem anderen Tisch.

Shari beugte sich vor. »Ich dachte über Verunreinigungen nach. Wir haben Bildmaterial aus vielen Kameras verwendet, um unseren Rucksackmann zusammenzubauen. Dadurch wurde unser Modell zu einem Durchschnittswert aller Eingaben. Wenn es zum Beispiel eine Verzerrung bei einer Kamera gab, vielleicht wegen eines fehlerhaften Objektivs, könnte das eine Abweichung herbeiführen. Ich habe das getestet. Ich habe also Bilder vom Rucksackmann erstellt, die jeweils nur eine Kamera als Grundlage nutzten, angefangen mit dem besten Material, das wir haben, also dem aus dem Dollhouse-Kundenzimmer.«

»Und?«

»Und sofort hatte ich hundert Prozent Übereinstimmung. Gleich beim ersten Mal. Heureka. Ich habe es dem Team gesagt … und wie heißt es so schön: Gute Nachrichten verbreiten sich schnell.«

Ja, dachte Madsen. *Nur sollte man mit dummen Wichsern rechnen, die eine Fabrikbesichtigung in San Jose machen.* Er beugte sich vor und nickte langsam. »Es war also Callan.«

»Callan war der Bombenleger. Ohne Frage.«

»Aber Sie haben gesagt, Sie wollten dem Captain etwas zeigen, aber er habe nicht zugehört …«

»Dazu komme ich gleich. Ich wusste noch nicht, welche Kamera verzerrt war, deshalb wollte ich sie suchen.«

»Und?«

»Die nächste Kamera erzeugte ein Modell vom Rucksackmann, das dreiundachtzig Prozent Übereinstimmung mit Callan hatte. Wow! Ich hatte die schlechte auf Anhieb rausgepickt! Wie hoch waren die Chancen? Ich versuchte noch eine, nur um sicherzugehen. Zack, wieder dreiundachtzig Prozent. Oh, oh, nun war ich verwirrt. Zwei fehlerhafte Kameras? Und auch noch der gleiche Grad an Verzerrung? Das gibt es nicht. Ich versuchte weitere Kameras in der Stadt, die Überwachungskameras in Läden an der Straße, die Bankkameras … dreiundachtzig Prozent. Überall die gleiche Abweichung!«

»Gott!«

»Dann habe ich die zweite Innenkamera versucht. Die im Treppenhaus…« Sie flüsterte: »Hundert Prozent.« Sie runzelte ängstlich die Stirn. »Das wollte ich ihnen erklären, aber wie Sie schon sagten, niemand will etwas davon hören. Sie haben mich weggeschickt…«

Madsen kniff die Augen zu und schüttelte den Kopf. Irgendwie hatte er den Überblick verloren. »Ich verstehe nicht. Welche Bedeutung…«

»Verstehen Sie nicht? Die Kameras im Kundenzimmer und im Treppenhaus lieferten uns ein Modell, das zu einhundert Prozent mit Callan übereinstimmt. Die Außenkameras liegen alle bei nur dreiundachtzig Prozent. Sie haben ein anderes Gesicht zusammengesetzt.«

»Nicht das von Callan?«

»Nein. Das war jemand anders.«

»Sie sagen, er hatte einen Komplizen?«

»Ja. Genau das sage ich.«

Madsen atmete tief durch. Er war platt. Das ergab Sinn. Zwei ähnliche Menschen in identischer Kleidung. Das Team von der Videoüberwachung hatte natürlich angenommen, dass das Videomaterial vom gleichen Mann stammt. Dann hatten sie das Vernünftigste getan und alle Daten benutzt, um ein möglichst gutes Bild zu erstellen. Bloß war es nicht so. Das Bild bestand aus einer Mischung. Aus zwei verschiedenen Leuten. Die konnten sich niemals hundertprozentig gleichen. Das erklärte vermutlich die eigenartig einheitlichen Unterschiede, als sie nach Übereinstimmung mit Callans Foto gesucht hatten.

Und heute Nachmittag hatte Shari das Material korrekt in zwei Kategorien aufgeteilt. Auf ihrem System befanden sich nun zwei Modelle. Eins von Callan und eins von dem

Komplizen. Ein Komplize, der noch lebte. Ein Komplize, der vor wenigen Stunden versucht hatte, Madsen mit einem Lagerregal zu enthaupten.

Der Beweis.

Er schob seinen Stuhl zurück und stand auf.

Shari sah auf. »Wohin wollen Sie?«

»Zurück nach Central Station.«

45

Shari Sanayei hatte sich nie vorgestellt, dass sie eines Tages in einem Polizeirevier einen Diebstahl begehen würde.

Die ganze Fahrt zurück zur Vallejo Street versuchte sie, es Madsen auszureden. Zuerst sagte sie, er solle es überhaupt nicht tun. Er könnte seinen Integritätstest abwarten, dann würden ihm die Leute zuhören. Keine Option, antwortete er. Es bestand unmittelbare Gefahr. Dann sagte sie, es würde nicht klappen. Es würde einen Aufstand geben, wenn ihn jemand sähe, und selbst wenn es ihm gelänge, sich in die Videoüberwachung zu schleichen, wusste er nicht, wie er die Dateien vom Computer holen sollte. Das war ihm egal, sagte er, das würde er schon herausfinden.

Schließlich sagte sie, dass sie es machen würde. Er wollte es nicht zulassen, doch sie hielt dagegen, dass sie durch die Eingangstür und direkt in die Videoüberwachung gehen könnte. Wenn jemand fragte, hatte sie eben ihr Portemonnaie vergessen. Angie leitete die Nachtschicht. Sie war ihr unterstellt. Shari konnte sie für eine Weile aus dem Raum schicken. Sie wusste genau, wo die Dateien lagen und wo sie einen MemoryCube einstecken musste. Der Download würde zehn Sekunden dauern. Niemand würde es sehen: Die Räume der Videoüberwachung gehörten zu den wenigen Orten in der Stadt, die selbst nicht durch Kameras gesichert waren. Falls es keine Möglichkeit gab, die Dateien zu holen, würde sie einfach mit leeren Händen wieder herausmarschieren. Einfach so. In drei Minuten wäre alles erledigt.

Während sie nun aus Madsens dunklem Dodge zum Revier schaute, stellten sich Zweifel ein. Die Scheinwerfer, die das Schild über dem Eingang, »Central Police Station«, so dramatisch beleuchteten, machten ihr plötzlich Angst. Ihr fiel alles Mögliche ein, was schieflaufen könnte.

Ein gelber Lichtbalken schob sich in die Gasse vor dem Revier. Er wurde größer und verlängerte sich zu einem Rechteck. Das Rolltor vor der Garage. Ein Streifenwagen kam heraus. Er bog auf die Vallejo ein und begann ohne Eile seine nächtliche Runde.

Das gelbe Rechteck schrumpfte und verschwand.

Shari öffnete die Tür einen Spalt. Im Dunkeln spürte sie Madsens Blick und seine Sorge. Ohne ein Wort stieg sie aus und überquerte die Straße. Die Eingangslobby war leer, abgesehen vom Beamten am Empfang hinter Plexiglas. Es war einer der älteren. Cuesta. Gelangweilt sah er von seiner Zeitschrift auf. Shari nickte. Cuesta nickte ebenfalls. Sie ging auf die Sicherheitstür zu. Ein Zeichen darüber warnte: DURCHGANG WIRD MÖGLICHERWEISE ERST NACH LEIBESVISITATION GESTATTET. Sie wartete auf den Türöffner.

Nichts geschah.

Von hinten rief jemand: »Shari?«

Angst machte sich in ihrem Brustkorb breit. Sie riss sich zusammen und drehte sich um.

Cuesta beugte sich mit grimmiger Miene vor und räusperte sich. »Ich wollte nur sagen … ich habe das mit dir und Adam gehört. Mein Beileid.«

Sie nickte und lächelte schief. »Oh.« *Das hat aber nicht lange gebraucht, um die Runde zu machen.*

»Ja, er war ein prima Kerl. Ich werde ihn vermissen.«

»Ich auch.«

Sie drehte sich wieder zur Tür um und hoffte, Cuesta würde den Wink verstehen. Es folgte lange Stille, dann brummte es laut, und der Riegel öffnete sich mit einem Klacken.

Sie holte tief Luft und trat ein.

Shari passierte den Einsatzraum der Streifenpolizisten. Dort lungerte eine Gruppe Uniformierter um einen Bildschirm, trank Instantkaffee und schaute Fernsehen, ehe es raus auf Streife ging. Die Leitzentrale war der nächste Raum. Funksprüche und das Klappern von Tasten waren bis auf den Flur zu hören. Beinahe hatte Shari schon die Videoüberwachung erreicht, als sie Schritte auf der Treppe bemerkte. Ihr blieb fast das Herz stehen. Die Leute aus der Verwaltung waren längst zu Hause; im oberen Stockwerk arbeiteten nachts nur Inspectors und Vorgesetzte.

Plötzlich erschien ihr die Ausrede mit dem Portemonnaie albern.

Das Verhörzimmer. Die Tür war rechts von ihr, und durch das runde Bullauge darin sah sie kein Licht. Leer.

Ohne nachzudenken, drückte sie die Tür auf. Sie quietschte. Shari ging hinein und schob die Tür leise zu. Der Riegel rastete ein, und Shari zuckte zusammen. Was für ein Fehler! Wenn man sie hier im Dunkeln entdeckte, würde man ihr keine Ausrede der Welt glauben. Die Person von der Treppe erreichte den Flur. Schuhe klackten über Linoleum und kamen näher. Die Schritte wurden langsamer. Shari schloss die Augen.

Am anderen Ende des Gangs wurde schallend gelacht. Ein Schuh scharrte. Schritte entfernten sich. Aus dem Raum der Streifenpolizisten hörte sie Captain McAlisters Stimme:

»Hey, Leute, solltet ihr nicht längst unterwegs sein?« Allseitiges Stöhnen. Wieder wurde gelacht.

Shari öffnete die Tür einen Spalt. Niemand in Sicht. Der Captain war vermutlich bei den Streifenpolizisten. Sie ging schnell hinüber zur Videoüberwachung, drehte den Türknauf und trat ein.

Angie war nicht da. Ihre Jacke hing über dem Stuhl an der Hauptkonsole. Ein einziger Video-Cop schaltete sich träge von einer Kamera zur anderen. Romero, einer der Anfänger. Nach einem anstrengenden Tag freute sich das Überwachungsteam über eine ruhige Nacht.

Zehn Sekunden. Länger dauert es nicht.

Shari schlich sich leise zur Hauptkonsole, zog langsam eine Schublade heraus, nahm einen MemoryCube und steckte ihn ein. Sie zog die Tastatur zu sich heran und zögerte. Romero würde das Tippen hören. Sie starrte auf seinen Hinterkopf und überlegte, wie sie vorgehen sollte. Dann lächelte sie. Romeros Kopf lag schief, auf einen Ellbogen gestützt. Seine Hand ruhte träge auf der Konsole. Auf dem Bildschirm in der Mitte der Wand stöckelte eine vollbusige Frau mit kurzem Rock und High Heels die Columbus Avenue hinunter. Als sie außer Sicht war, hob Romero den Zeigefinger, stupste an den Joystick und wechselte zur nächsten Kamera.

Shari nahm ein Headset und setzte es auf. Sie tippte ans Mikro. »Schön, dass Sie so sehr am Wohlergehen der Dame interessiert sind, Officer Romero.«

Romero erschrak. Ohren und Hals wurden dunkelrot.

»Ich will kein großes Drama daraus machen«, sagte Shari. »Aber trotzdem: Vergessen Sie nicht, äh, die weniger *attraktiven* Bürger unserer Stadt ebenfalls zu beschützen, ja? Wie wäre es mit einem Schwenk nach Vorschrift von West nach Ost?«

Romero hatte sich aufgerichtet. Die Frau verschwand, als er wieder anfing zu arbeiten.

Shari nahm das Headset ab und machte sich ebenfalls an die Arbeit. Ihre Finger flogen über die Tastatur. Sie öffnete das Verzeichnis mit den Beweismitteln von der Grant Avenue, sortierte die Dateien nach Typ und suchte die Modelle, die sie erstellt hatte. Nun drückte sie die Steuerungstaste und markierte die Dateien. Ihre Hände zitterten. Zwischendurch machte sie einen Fehler und hob die Markierung auf. Sie fing von vorn an. *Das dauert zu lange!* Einem Impuls folgend, markierte sie das ganze Verzeichnis und zog es auf den MemoryCube. Ein blauer Balken zeigte die geschätzte Zeit für den Kopiervorgang an.

Sie verlor den Mut.

Eine Minute, fünfundfünfzig Sekunden.

Ihr Blick klebte an dem Balken und beschwor ihn, schneller zu kopieren. Sie starrte so gebannt darauf, dass sie Angie hinter sich erst bemerkte, als diese gereizt fragte: »Was ist denn hier los?«

Shari erstarrte. Dann setzte sie ihr bestes Lächeln auf und drehte sich langsam um. Angie hielt in einer Hand einen Kaffeebecher, die andere hatte sie in die Hüfte gestemmt. Sie sah über Sharis Schulter auf den Bildschirm.

Mit ihrer Portemonnaie-Ausrede würde sie jetzt niemanden mehr überzeugen. »Angie«, begann sie zittrig, »ich muss etwas überprüfen. Kannst du …«

»Du solltest gar nicht hier sein.«

»Angie, pass auf. Bei dem Bombenanschlag war eine zweite Person beteiligt. Alle glauben, es sei ein Einzeltäter gewesen, doch da war noch jemand. Agent Madsen braucht Hilfe, damit ihm jemand zuhört.«

»Der Plotter?« Angie war fassungslos. »Du darfst nicht

mit ihm reden. Weißt du nicht, dass es einen Haftbefehl gegen ihn gibt?«

»Was?« Aus den Augenwinkeln sah Shari, wie sich Romero mit großen Augen umdrehte.

»Er ist in der Dreamcom-Fabrik aufgetaucht, hat verlangt, die halbe Schicht mit dem Polygrafen zu befragen, hat einen Unfall verursacht, die Waffe gezogen und unbescholtene Leute bedroht. Beinahe hätte er jemanden umgebracht. Dann ist er einfach dort verschwunden. Dreamcom hat sich wegen des Schadens, verängstigter Angestellter und Störung der Produktion beschwert…« Angie runzelte die Stirn. »Und du hast ihn gesehen?«

Er sitzt keine fünfzig Meter von hier entfernt im Wagen, dachte Shari. *Wenn einer das GPS seines Dodge überprüft, könnte er einfach hingehen und ihm Handschellen verpassen.*

Angie kniff die Augen zusammen und beugte sich zum Bildschirm vor. »Was machst du da eigentlich?«

»Beruhig dich doch mal kurz, ich will es dir ja erklären.«

»Oh, mein Gott…« Angie ging in Richtung Korridor. »Das muss der Captain erfahren, und zwar sofort!« Sie ließ ihren Kaffeebecher fallen, der auf dem Boden landete. Auf dem Linoleum breitete sich braune Flüssigkeit aus. Shari hörte, wie Angie drei Stufen mit jedem Schritt nahm.

Sie drehte sich wieder zur Konsole um. Der hellblaue Balken kroch in quälend winzigen Bewegungen voran. Romero war aufgestanden, wusste aber nicht, was er tun sollte.

Angie schrie oben an der Treppe jemandem etwas zu.

Der Balken kam zum Halt. Verschwand.

Ihre Hand zitterte so heftig. Shari musste sie auf der Konsole abstützen, als sie den MemoryCube herauszog.

Von oben hörte sie gedämpftes Klopfen. Eine Tür wurde zugeknallt.

Shari floh.

Sie ging zwei Schritte auf den Ausgang zu, als ihr klar wurde, dass sie es nicht an den Streifenpolizisten vorbei durch die Eingangslobby schaffen würde. Sie unterdrückte ihre Panik, drehte sich um und lief tiefer ins Gebäude hinein. Der Gang verzweigte sich nach links und rechts zu den Arrestzellen. Sackgassen. Sie eilte weiter zum Ende des Gangs. Dann links in die Umkleiden und Waschräume. Kein Ausweg. Sie bog rechts ab.

In die Garage.

Hinter ihr donnerten mindestens zwei Paar Schuhe die Treppe hinunter. Ein Ruf hallte durch den Gang. Die Tür zur Videoüberwachung wurde aufgerissen.

Sie erreichte eine Stahltür, öffnete sie und ging hindurch.

Die Garage war eine hell erleuchtete Höhle voller Streifenwagen. Das große Rolltor befand sich am anderen Ende. Shari ging zwischen den Wagen hindurch und versuchte, unauffällig zu wirken und gleichzeitig so schnell wie möglich zu gehen. Ein Mechaniker in blauem Overall arbeitete unter einer offen stehenden Motorhaube. Er beachtete sie nicht. Sie erreichte das Rolltor. Daneben befand sich eine graue Steuerbox mit zwei großen Plastikschaltern: einer grün, einer rot.

Sie schlug auf den grünen.

Das Metalltor quietschte ohrenbetäubend laut. Sie sah sich nicht um. Als das Rolltor die Höhe ihres Knies erreichte, legte sie sich hin und robbte durch den Spalt.

46

Daniel Madsen wusste, dass etwas schiefgelaufen war, als er Shari aus der Einfahrt und nicht aus dem Haupteingang kommen sah. Er startete den Motor, während sie über die Vallejo Street rannte. Dann knallte die Beifahrertür zu, und er fuhr gemütlich los. »Was ist passiert?«

»Fahren Sie die nächste rechts.«

»Warum? Wo haben Sie …«

»*Machen Sie einfach!*«, schrie sie. Er bog an der nächsten Kreuzung rechts ab.

»Hier noch mal«, sagte sie. »Jetzt links.«

Er befolgte ihre Anweisungen.

»Halten Sie an.«

»Hier?«

»Ja, hier.«

Sie waren nur zwei Blocks weit gefahren, doch ihr Ton duldete keinen Widerspruch. Er hielt den Wagen an. Zu seiner Verblüffung beugte sie sich vor und durchwühlte die Taschen seines Jacketts. Sie nahm sein Handy und packte es in das Handschuhfach. Dann durchsuchte sie die andere Tasche. »Wo ist Ihr Polygraf?«

»Ich habe ihn nicht mehr. Er ist kaputtgegangen.«

»Geben Sie mir Ihre Waffe.«

»Warum?«

»Geben Sie einfach her.«

Widerwillig zog Madsen die Beretta und gab sie ihr. Erstaunt beobachtete er, wie Shari überprüfte, ob die Kammer leer war, dann drehte sie die Pistole um, packte sie am Lauf und schlug mit dem Griff auf das Armaturenbrett. Das wiederholte sie, aber kräftiger. Winzige Plastikstücke brachen ab. Als sie ihm die Waffe zurückgab, begriff er. Alle Ausrüstungsstücke des FBI waren mit GPS-Sendern markiert, als Vorsichtsmaßnahme bei Verlust oder Diebstahl … und auch um den Aufenthaltsort eines Agenten festzustellen. Gegen das GPS-Signal in seinem Telefon konnte sie nichts unternehmen, aber bei der Waffe war der GPS-Sender nur an den Griff geklebt. Sie hatte ihn einfach abgeschlagen.

Shari stieg aus, kam auf die Fahrerseite und riss sie auf. »Lassen Sie die Schlüssel drin.«

Er steckte die Beretta ein, warf die Schlüssel unter den Sitz und folgte ihr. »Wo soll's hingehen?«

»Kommen Sie einfach mit.«

Auf der anderen Seite der Straße öffnete sich eine schmale unbeleuchtete Gasse. Shari ging auf kürzestem Weg hinüber. Dort verschwanden sie in der Dunkelheit. Es stank nach feuchtem, faulendem Müll. Madsen rutschte auf einem nicht zu identifizierenden Schleim aus. Wo zum Teufel wollte sie hin? Sie benahm sich, als hätte sie den Verstand verloren. Auf der anderen Seite sprach es auch nicht gerade für Vernunft, ihr blind hinterherzulaufen.

Sie kamen zu einem Maschendrahtzaun. Shari blieb stehen und legte den Zeigefinger an die Lippen, dann zog sie Madsen zu sich heran und flüsterte ihm ins Ohr. »Sprechen Sie nicht. Die Kameralinse hier ist verdreckt, aber das Mikrofon funktioniert.« Sie griff in die Drahtmaschen und kletterte hinauf.

Madsen schaute ihr ungläubig zu. Er suchte den Zaun ab und fand ein Tor, das sich jedoch nicht öffnen ließ. Ein rostiges Schloss sicherte den Riegel. Widerwillig zog er sich hinauf und versuchte, sein Knie zu schonen. Oben schwang er sich über die Kante und ließ sich auf der anderen Seite hinunter. Er spürte Sharis Hand an seinem Hemd. Sie zog ihn in einen schmalen Gang zwischen zwei Gebäuden. Dort gingen sie weiter. Immer wenn sie sich einem Fenster näherten, beugte sie sich darunter hinweg. Madsen folgte ihr, doch sein Bein protestierte schmerzend. Sie schlichen durch einen Hof voller Paletten und nasser, stinkender Kartons. Faules Obst und Gemüse verbreiteten üblen Gestank. Hier kletterten sie erneut über einen Zaun in die nächste Gasse. Sie war genauso breit wie die erste, doch herrschte eine andere Atmosphäre. Es roch nach Erde. Unter Madsens Füßen knirschte es. Die Fenster gähnten sie schwarz und leer an. Am anderen Ende war Absperrband über ihren Weg gespannt. Sie duckten sich darunter durch und blieben stehen.

Es brannte kein Licht. Riesige Dinosaurierschemen ragten in der Dunkelheit auf.

»Wissen Sie, wo wir sind?«, fragte Shari.

»Grant Avenue.«

»Setzen wir uns. Drüben in den Eingang. Sie müssen mir einiges erklären.«

»*Ich* muss Ihnen etwas erklären? Wir wäre es, wenn Sie damit anfangen, was im Revier passiert ist und warum wir den Anschlagsort aufsuchen?«

»Angie hat mich erwischt. Gott weiß, wie das ausgesehen hat. Sie hat Alarm geschlagen, und ich bin abgehauen. Wir sind hier, weil es in der Nähe ist und weil hier keine Kameras funktionieren. Jetzt erzählen Sie mir, was in San Jose passiert ist. Warum wurde ein Haftbefehl gegen Sie erlassen?«

Ein *Haftbefehl*! Madsen erschrak. Vermutlich hatte Pemberton ein paar Anrufe getätigt. Und DiMatteo hatte wohl Dreamcoms Version der Ereignisse geglaubt. Und hatte die Gelegenheit beim Schopf gepackt. Die Schwierigkeiten, in denen er gesteckt hatte, waren noch hundertmal schlimmer geworden.

Madsen holte tief Luft und schilderte, was in der Fabrik passiert war. Er ließ sich Zeit und berichtete so vollständig wie möglich. Detailliert gab er das Gespräch mit Pemberton wieder: was er über Callan erfahren hatte, den Ablauf der Ereignisse, ehe das Regal umgefallen war, und seinen Abgang von dort. Als er ihr erzählte, dass er seine Waffe gezogen und verzweifelt geflohen war, wurde ihm peinlich bewusst, wie leicht man sein Handeln falsch verstehen und vollkommen anders auslegen konnte.

Sie hörte zu, unterbrach ihn nicht und schwieg lange, nachdem er geendet hatte. Er starrte sie im Dunkeln an und war ihr unglaublich dankbar. Vor zwei Stunden hatte er ihr noch vorgeworfen, sie habe Beweismaterial manipuliert. Angesichts der viel schwereren Vorwürfe gegen ihn hätte sie ihn melden können – und sollen. Stattdessen führte sie ihn in ein Versteck, wo sie sich seine Version anhören konnte.

In der Ferne heulte eine Sirene auf und verklang wieder.

Schließlich fragte sie: »Warum sprengen die jetzt die Fabrik in die Luft?«

»Was meinen Sie damit?«

»Na ja, Sie haben gesagt, das wäre ihr Plan. Warum haben sie zuerst *dies* angerichtet?«, fragte sie und zeigte auf die Zerstörung um sie herum. »Wir haben angenommen, es wäre Teil eines Feldzugs, der Terror erzeugen soll, um die Kunden zu vertreiben. Die Sonderkommission hat fast durchgedreht, weil man fürchtete, es könnte noch ein Dollhouse explodieren. Warum also die Fabrik? Haben die ihre Taktik geändert?«

Madsen suchte nach einer logischen Antwort. Dollhouses waren weiche Ziele und die effektivste Möglichkeit, Dreamcom wehzutun. Bei einem Anschlag auf die Fabrik würden Arbeiter sterben, und die Produktion würde unterbrochen, doch auf lange Sicht wäre eine solche Aktion nicht effektiv. Dreamcom würde an anderer Stelle weiterproduzieren und mehr Sicherheitskräfte einsetzen. Die Geschichte würde langsam in Vergessenheit geraten. Die Öffentlichkeit würde sich nicht mehr dafür interessieren. Shari hatte recht. Es ergab keinen Sinn.

Aber der HAMDA hatte Sprengstoffspuren erfasst. Das durfte er nicht ignorieren.

Shari dachte anscheinend das Gleiche. »Wie sicher ist das mit den Sprengstoffspuren?«, fragte sie.

»Sehr sicher.« Er konnte sich genau daran erinnern. Pemberton war gegangen. Er selbst stand an der Laderampe und hatte den HAMDA von »Drogen« auf »Sprengstoff« geschaltet. Zuerst war alles sauber gewesen. Dann hatte das Licht geflackert. Leicht. Und dann wieder. Er hatte das aufrollbare Display herausgezogen und sich langsam im Kreis gedreht. Auf dem Display waren winzige Spuren angezeigt worden. D-5. Schwankend. Aber warum? Luftbewegungen, das war es. Er hatte gespürt, wie kühle Luft über seine Haut strich. Dann, kurz bevor er aufgesehen und das Regal über sich bemerkte, hatte das Gefühl aufgehört.

»Der Wind.«

»Was?«

»Es wehte leichter Wind, als ich die Spuren entdeckt habe. Er kam durch die Laderampe herein …« Er zögerte. Das wäre zu einfach. Im Sattelschlepper, in den Särgen verstaut … Madsen riss voller Horror die Augen auf und erhob sich. Shari packte ihn am Arm und zog ihn zurück. »Wo wollen Sie hin?«

»Ich habe mich geirrt. Es ging nicht um die Fabrik. Sie haben Puppen auf einen Sattelschlepper verladen. Inzwischen ist der Laster unterwegs auf der Interstate 5 nach Nevada. Dort kommt er morgen an. Zur Eröffnung von Ten Worlds. Überall haben sie dafür geworben. Da kommen unglaublich viele Menschen hin, Prominente, Medien … da werden *Tausende* sein!«

47

»Ich muss jemanden finden, der diesen Lastwagen aufhalten kann!« Madsen wollte sich losreißen, aber Shari packte fest zu und ließ nicht locker.

»Überlegen Sie doch!«, zischte sie. »Die halten Sie für durchgeknallt, schon vergessen? Sie haben Beweismaterial unbefugt weitergegeben, gelogen, Leute bedroht und zu töten versucht. Sie haben Ihren Integritätstest sausen lassen. Sobald Sie anrufen oder Ihr Gesicht zeigen, werden Sie verhaftet und weggesperrt.«

»Ich kann auf einem Polygrafentest bestehen.«

»Und Sie werden einen bekommen. Morgen.«

Madsen sank in sich zusammen. Sie hatte recht. Vor morgen würde sich niemand seine Geschichte anhören.

»Wie wäre es damit?«, sagte sie und wühlte in der Tasche ihrer Jeans. Sie hielt ihm einen kleinen Gegenstand unter die Nase. Ein MemoryCube. »Ich habe die Modelle kopiert. Können wir die an die Presse weitergeben? Damit sie gesendet werden?«

Er dachte kurz nach und schüttelte den Kopf. »Das gleiche Problem. Die Bilder erklären sich ja nicht von selbst. Wir müssten einen Journalisten finden, der auch zuhört, wenn wir ihm alles erzählen. Und wir müssten denjenigen überzeugen, dass wir die Wahrheit sagen. Heute Nacht schaffen wir das nicht mehr.«

Er setzte sich, legte die Hände an die Schläfen und drückte zu. Wenn er nachdenken wollte, war dies der richtige Ort dafür – dunkel, still und tot. Seit zwei Tagen trieben ihn die Ereignisse vor sich her, und er selbst war ins Taumeln geraten und hatte die Kontrolle verloren. Er musste die Regie wieder übernehmen und sich selbst hinters Steuer klemmen. Er musste es *machen*. Sein Kopf dröhnte. *Keine Unterstützung, kein Ort, an dem ich mich verkriechen kann, und alle Wege führen in die Haft und somit zu Verzögerung. Nur eine Konstante bleibt: Die Zeit läuft mir davon. Tick, tick, tick.* Er saß da und dachte zwei Minuten nach. Langsam und dann immer nachdrücklicher begann er zu nicken. Es gab nur eines, was er *tun* konnte. Er musste sich von seiner Karriere endgültig verabschieden, aber was bedeutete schon eine Karriere im Vergleich damit, sich im Spiegel anschauen zu können? Er stand auf. Diesmal hielt Shari ihn nicht zurück.

»Wie sieht der Plan aus?«, fragte sie.

»Vegas.«

»Und dann?«

»Wir warnen sie. Fangen den Truck ab. Ich überlege mir etwas, wenn ich dort bin.«

»Wenn Sie sich in der Nähe eines Flughafens sehen lassen, wird man Sie schnappen.«

»Ich fahre.«

»In Ihrem FBI-Wagen? Dann haben die Sie in fünf Sekunden.« Sie erhob sich, packte die Aufschläge seines Jacketts, beugte sich zu ihm vor und sagte: »Sie haben keine Ahnung.«

Sie hatte recht. Er hatte keine Ahnung. Doch eine andere Alternative hatte er nicht. Jemand musste es machen. Plötzlich begriff er, worauf sie hinauswollte. »Nein«, sagte er entschlossen. »Ich habe Ihnen schon genug Schwierigkeiten eingebrockt.«

»Stimmt, aber ohne mich kommen Sie keine hundert Meter weit. Ich komme mit.«

Madsen wollte es ihr ausreden, doch sie gewann die Diskussion mit vier klaren, eindringlichen Worten: *Für sie. Für Adam.* Er gab sich geschlagen und hörte sie an. Um nach Vegas zu gelangen, erklärte sie, mussten sie Zeit gewinnen. Schon bald würden sich Polizei oder FBI entscheiden, Madsen suchen und verhaften zu lassen, und wenn die Videoüberwachung eingeschaltet wurde, brauchten Shari und er einen anständigen Vorsprung. Solange sie nicht in Panik gerieten und überlegt vorgingen, konnten sie diesen Vorsprung halten und das erledigen, was sie erledigen mussten. Am wichtigsten war erst einmal ein Fahrzeug. Ein sauberes, eines, das niemand direkt mit ihnen in Verbindung brachte.

Aber noch davor, ehe sie irgendwohin gingen, mussten sie ihre Kleidung wechseln.

Madsen schlug vor, sie sollten einen der zerstörten Läden plündern, doch wurde ihm im gleichen Moment klar, dass es hier an der Grant Avenue nur Souvenir-T-Shirts zu kaufen gab und dass die Ladenbesitzer vermutlich längst alles leer geräumt hatten. Shari antwortete nicht. Sie ging einfach los, südwärts in die Dunkelheit in Richtung Jackson Street. Madsen folgte ihr. Hinter Maschendrahtzaun und Polizeiabsperrung brannten die Straßenlaternen hell und intakt. Shari schaute unter die Wracks von Fahrzeugen und in Läden und Eingänge. Dann blieb sie gebückt stehen. Als Madsen näher kam, kniete sie in einer Mauernische. Neben ihr auf dem Boden konnte er eine Gestalt auf dem Boden ausmachen.

Shari streckte die Hand aus und rüttelte die Gestalt.

Die fuhr hoch. »Was ist los …« Schrille Stimme, verängstigt, lallend.

»Ich möchte Ihren Mantel kaufen«, sagte Shari.

»Hau einfach ab, ey.«

Shari holte ihr Portemonnaie heraus. »Wie viel wollen Sie dafür?«

»Ich verkauf nicht.«

»Fünfzig Dollar?«

Sie einigten sich auf siebzig und Madsens Jackett als Ersatz.

Ein zweiter Penner hatte offensichtlich zugehört, denn nach kurzer, heftiger Verhandlung überließ er ihnen seinen Mantel für hundertvierzig – das gesamte Bargeld, das Madsen und Shari geblieben war.

Beide Mäntel waren groß und hatten Kapuzen. Es gab allerdings einen Nachteil. Sie waren schmutzig, und als Madsen seinen überzog, wäre ihm vom abgestandenen Schweißgeruch fast übel geworden.

Damit hatten sie die Kleidungsfrage gelöst. Ein Fahrzeug hingegen war wesentlich schwieriger zu organisieren. Ihre privaten Wagen zu holen war sinnlos. Die Kennzeichen würden von der ersten Kamera, die sie passierten, erkannt werden. Wenn sie hier in der Gegend einen Wagen stahlen, würden sie ebenfalls eine direkte Reaktion der Videoüberwachung provozieren. Sie mussten also betteln oder leihen. Das stellte eine Herausforderung dar. Madsen hatte nicht viele Freunde, bei denen er mitten in der Nacht klingeln, geschweige denn um einen derartigen Gefallen bitten konnte.

Nicht viele, aber vielleicht wenigstens einen.

Es war ein langer Spaziergang. Unter normalen Umständen hätte Madsen eine halbe Stunde gebraucht, doch heute war er zufrieden, es in der dreifachen Zeit zu schaffen. Er schlurfte langsam vor sich hin, die Kapuze übergezogen, den Kopf gesenkt, und bemühte sich, wie ein Penner auf der Suche nach einem warmen Plätzchen zum Schlafen auszusehen. Er ging nasse Bürgersteige entlang, die Ladenbesitzer mit dem Schlauch abgespritzt hatten, ehe sie ihre Geschäfte schlossen. Er kam an mit Graffiti besprühten Metallrollläden vorbei und lauschte dem elektrischen Brummen der Straßenlaternen. Er schlängelte sich zwischen Kartons mit Müll hindurch, deren Geruch er wegen des Gestanks seines Mantels nicht wahrnahm.

Vor allem ging er allein.

Zwei Menschen, darauf hatte Shari beharrt, waren zu auffällig. Sie rasselte die Straßen und Gassen herunter – die ruhigeren, in den es keine Kameras mit Teleobjektiv gab – und ließ sie von ihm wiederholten, bis er sie auswendig konnte. Und nicht humpeln, ermahnte sie ihn. TrackBack würde sich das sofort merken, und gleichgültig, wie oft man die Kleidung wechselte, der Gang verriet einen doch. Sie drückten einander kurz die Hände und gingen dann parallele Wege. Er fühlte sich schrecklich schuldig. Sie hatte sich ihm wegen Adam anvertraut und sich dadurch eine Blöße gegeben. Er hatte sich für das Vertrauen bedankt, indem er ihr vorwarf zu lügen. Dann hatte er zugelassen, dass sie beim Diebstahl von Beweismaterial erwischt wurde, und nun zog er sie noch tiefer in seinen eigenen Schlamassel.

Er ging nach Süden, Westen, wieder Süden und gab sein Bestes, mit dem verletzten Bein genauso aufzutreten wie mit dem gesunden. Die Teeimporteure, Tarotkartenwahrsager, Souvenirhändler und Schmuckgeschäfte machten Banken, schmalen Luxushotels und den bunten Schaufenstern von Einrichtungshäusern und Modeboutiquen Platz. Er ging an Passanten vorbei. Manche allein, manche in Gesellschaft. Paare, späte Touristen, Büroangestellte, Obdachlose. Zwei Männer hielten Händchen, traten jedoch höflich zur Seite, um ihn durchzulassen. Die meisten wandten den Blick ab und nahmen seine Anwesenheit nicht zur Kenntnis.

Ein grelles Licht blendete ihn, zog vorbei, und sein Herz begann zu klopfen, als er begriff, dass ein Streifenwagen an ihm vorbeifuhr und mit einem Scheinwerfer herumleuchtete. Der Streifenwagen fuhr weiter, aber er lauschte angespannt auf den nächsten Wagen, der vorbeifuhr. Ein Taxi.

Die Straßen wurden wieder dunkel, nur gelegentlich leuchtete eine Neonlampe. Aus Hinterhofclubs dröhnten schwere Beats. Madsen ging um eine Ecke und entdeckte das rot-gelbe Schild, das ihm sein Ziel ankündigte. Er widerstand der Versuchung, schneller zu gehen, sondern schlurfte langsam weiter bis zum Parkplatz. Sobald er sich hinter der Sichtschutzwand befand, zog er den Mantel aus und freute sich, frische Nachtluft zu atmen.

Shari trat aus dem Schatten ins helle Licht des Ladens. Ihren Mantel hatte sie unter den Arm geklemmt. »Was hat denn so lange gedauert?«

Eddies Sexshop hatte drei Eigenschaften, die Madsen unter den gegebenen Umständen für unbezahlbar erachtete. Erstens war er zu Fuß erreichbar. Zweitens gab es hier keine Überwachung. Der Laden war nicht nur durch eine hohe Mauer von den städtischen Kameras abgeschirmt; aufgrund des Stream-Share-Gesetzes und dank des registrierten Status eines Unterhaltungsgewerbes für Erwachsene hatte die Polizei keinen Zugriff auf mögliche Überwachungskameras. Drittens Eddie selbst. Er war nett. Er war Pragmatiker. Er besaß ein Auto.

Sie schoben den Windfang auseinander und gingen hinein. Eddie saß auf einem Hocker und sah sich etwas auf einem tragbaren Bildschirm an, der auf dem Tresen stand. Er trug einen kanariengelben Overall. Auf dem Kopf saß ein Strohhut. Zwei Kunden, Männer mittleren Alters, schauten sich die Auslagen an. Scotty war nirgendwo zu sehen.

Madsen ging zum Tresen.

»Eddie«, sagte er, »Sie müssen mir einen Gefallen tun. Können wir reden?«

Eddie drehte sich um und sah ihn ernst und kühl an. Er betrachtete Madsen kurz und wandte sich wieder dem Bildschirm zu.

»Eddie, was ist los?«

Keine Antwort.

»Eddie.«

»Gehen Sie bitte.«

Madsen sah sich um. Die anderen Kunden beachteten sie nicht. Shari stand an einem der Ständer mit Kleidung und gab vor, sich die Kostüme anzusehen. Sie zog fragend die Augenbraue hoch und tippte auf ihre Armbanduhr. Madsen drehte sich wieder um. »Eddie, reden Sie mit mir.«

»Warum?«, fragte Eddie traurig. »Früher hatten Sie noch Prinzipien. Hinter der Marke und der Selbstgerechtigkeit hatten Sie Prinzipien.«

»Daran hat sich nichts geändert.«

»Und wann haben Sie angefangen, Leute wegen ihrer Sexualität zu verfolgen?«

»Das habe ich nie getan. Wie kommen Sie auf die Idee?«

Eddie drehte sich um. Seine Augen glänzten. »Wie nennen Sie es dann, wenn Sie einen Mann in die Nachrichten bringen, nur weil er kleine Plastikpuppen fickt? Er hat niemandem wehgetan. Er hat nur nicht in Ihre Normen gepasst.«

»Augenblick mal. Der Kerl, von dem Sie reden, hat einen Polizisten bedroht.«

»Wenn Ihr Gesicht und Ihre Bettgeheimnisse in ganz Amerika auf dem Fernseher zu sehen sein sollten, würden Sie nicht auch nach einer Waffe greifen?«

»Eddie, jemand hat das Boot-Video unberechtigt veröffentlicht. Ich habe niemanden bloßgestellt.«

Eddie zeigte auf Madsens Brust. »Doch, haben Sie. Sie haben dem Mann nachgestellt und ihn genauso bloßgestellt, als hätten Sie ihn nackt durch die Straßen getrieben. Sie haben nichts begriffen, oder? Jeder trägt ein dunkles Geheimnis in sich. Das sucht man sich nicht aus, das ist einfach in einem drin. Sie fuchteln mit Ihrem Zauberstab herum und bringen das Geheimnis ans Licht, doch solange es in einem drinbleibt, kommt niemand zu Schaden. Verstehen Sie nicht? Wer ist als Nächstes dran? Transen? Schwule?«

»Sie sollten mich eigentlich besser kennen. Ich habe Sie nie hintergangen. Ich habe alles vertraulich behandelt und alles respektiert, was Sie mir gesagt haben. Ich habe keine Zeit, viel zu erklären, aber Sie müssen mir vertrauen. Es ist ein Notfall. Ich brauche Ihre Hilfe.«

Eddie hob die Hand. »Ich will Sie nicht mehr sehen. Früher oder später werden Sie auch mir wehtun. Ich kann Ihnen nicht helfen. Suchen Sie sich jemand anderen.«

48

Agent Ryan Samuels vom FBI Office of Professional Integrity hatte schon den Pyjama angezogen und wollte gerade in sein Hotelbett steigen, als der Anruf kam. Was er hörte, überraschte ihn nicht. Schließlich hatte er die Lügen von Sergeant Sanayei aufgedeckt, und das hatte ihr einen Schock versetzt. Seiner Erfahrung nach beging mancher danach aus einem Impuls heraus eine üble Dummheit. Ohne Zweifel hatte sie sich dadurch in noch größere Schwierigkeiten gebracht. Das war jedoch das Problem des SFPD. Aber als es dann um Madsen ging, runzelte er die Stirn.

Er holte sich ein frisch gebügeltes Hemd aus dem Schrank, zog sich rasch an und band sich seine Krawatte um. Er nahm die Schlüsselkarte aus dem Schlitz, stieg über das Tablett des Zimmerservice hinweg in den Korridor und schritt zielstrebig zum Fahrstuhl.

Einige Minuten später gesellte er sich zu Holbrook, McAlister, Mertz und Romero im Raum der Videoüberwachung in Central Station. Holbrook war grantig und hatte rote Augen. Offensichtlich war er nicht glücklich, dass man ihn von seiner Feier zurückgerufen hatte. Sein Atem roch nach Bier. Captain McAlister sah aus wie bei einer Beerdigung. Romero wirkte geschockt. Angie Mertz wartete gespannt mit leuchtenden Augen.

Samuels nickte.

Angie drückte auf eine Taste. Ein Teil der Vallejo Street

mit Central Station im Hintergrund erschien auf der Wand. Shari rannte über die Straße zu einem verbeulten blauen Dodge. Madsens Wagen. Als Nächstes sah Samuels das Fahrzeug aus einem anderen Winkel an einem anderen Platz geparkt. Die Bildüberschrift nannte Stockton Street. Shari umrundete den Wagen, riss die Fahrertür auf und führte Madsen über die Straße in eine Gasse. Verschwommene Gestalten rannten durch die Dunkelheit. Die Uhr blieb stehen.

»Wohin sind sie?«, erkundigte sich Samuels.

»Dort hat TrackBack sie verloren«, sagte Angie. »Sie können sich nicht weiterbewegt haben, sonst hätte ich sie wiedergefunden. Ich habe veranlasst, dass wir eine Meldung bekommen, wenn sie eine Kamera passieren. Romero sucht zusätzlich manuell die Straßen der Umgebung ab, und ich habe Streifenpolizisten im Einsatz, die die Gegend abgesperrt haben.«

»Was genau hat sie kopiert?«

McAlister antwortete. »Das Verzeichnis für die Beweismittel aus der Grant Avenue. Und zwar komplett.«

Samuels starrte auf die beiden schemenhaften Gestalten, die Hand in Hand erstarrt waren. Eine wurde mit Haftbefehl gesucht wegen seines bizarren Verhaltens in der Dreamcom-Fabrik. Die andere hatte offensichtlich Beweismittel gestohlen. *Was zum Teufel haben die beiden vor?*, dachte er.

Samuels fuhr mit Holbrook zur Stockton Street. Ein Streifenwagen und zwei Uniformierte warteten bereits. Bei einer kurzen Durchsuchung des Dodge fanden sie Madsens Handy und Plastiksplitter auf dem Armaturenbrett. Mit Taschenlampen suchten sie die fensterlosen, schmutzigen Hauswände ab und durchstöberten Müllcontainer. Als sie an dem Maschendrahtzaun ankamen, holte einer der Streifenpolizisten einen Bolzenschneider aus dem Wagen und machte kurzen Prozess mit dem Vorhängeschloss. Dann erkundeten sie einen schmalen Gang und den Hof hinter einem Obst- und Gemüsehändler. Dort stießen sie auf mehrere verschlossene Türen. Theoretisch konnten die Gesuchten durch eine davon gegangen sein und sie hinter sich verriegelt haben, doch Samuels verwarf diese Möglichkeit sofort, als er mit der Taschenlampe durch den zweiten Maschendrahtzaun leuchtete. Die Gasse dahinter war voller Staub und Dreck und glitzernder Glassplitter.

Zwanzig Minuten später spähte er im Licht von vier Taschenlampen in eine Mauernische. Einer der armseligen Männer hatte sich zusammengerollt, die Arme verschränkt, die Knie an die Brust gezogen und sich ein Stück zerfetzte Decke um den Oberkörper geschlungen. Der andere Kerl hatte einen fleckigen Bart, lehnte mit dem Rücken an einer Wand und hielt eine Hand hoch, um seine Augen vor dem Licht zu schützen. Er sah noch übler aus als sein Kumpan. Abgesehen von dem Jackett. Das war ziemlich neu.

Samuels beugte sich vor und bemühte sich, den Geruch zu ignorieren.

»Woher haben Sie das Jackett?«, fragte er.

»Scheiße, ey, gehört mir.«

»Das glaube ich nicht.«

»Fass hier nichts an, ja. Alf! Sag ihnen, dass ich ehrlich getauscht habe.«

Der Mann mit der Decke sagte misstrauisch: »Das gehört ihm. Ehrlich. Jetzt könnt ihr ihn echt in Ruhe lassen, Leute.«

Samuels richtete sich auf und lieh sich ein Funkgerät von einem der Beamten. Er schaltete das Mikrofon ein und bat darum, mit der Videoüberwachung in Central Station verbunden zu werden.

Angie meldete sich. »Video-Cops. Was gibt es?«

»Suchen Sie nach zwei Obdachlosen, die entweder an der Jackson oder der Pacific aus der Grant kamen, bevor wir die Absperrung eingerichtet haben.«

»Roger. Augenblick.« Lange Pause. »Ich habe hier einen. Einzeln. Geht auf der Jackson Richtung Süden um einundzwanzig fünfzig.«

Samuels sah auf die Uhr. Es war schon nach elf. »Suchen Sie weiter.«

Wieder eine Pause. »Okay, ich habe einen zweiten. Ich folge ihnen. Bleiben Sie dran, ich schicke das Material an Inspector Holbrooks Handy.«

Holbrook holte sein Mobiltelefon heraus. Samuels trat zu ihm. Zwei Videos, zwei Gestalten. In gewisser Hinsicht waren sie Klone. Eine in Khaki, die andere in Blau, beide trotteten mit Kapuzen und gesenkten Köpfen vor sich hin und achteten darauf, ihr Gesicht keiner Überwachungskamera zu zeigen. Sie gingen zielstrebig und ohne Pause voran, schauten sich keine Schaufenster an und kümmerten sich auch um sonst nichts.

Holbrook murmelte etwas.

»Was haben Sie gesagt?«, wollte Samuels wissen.

»Ich sagte, das ist unheimlich. Fast so, als würde man einen zweiten Rucksackmann verfolgen.«

Das Funkgerät knackte. Angie. »Sie sind um dreiundzwanzig Uhr bei einem Sexshop angekommen. Wir haben gute Sicht auf den Eingangsbereich und die Straßen der Umgebung, und ich habe TrackBack entsprechend eingerichtet, dass er unsere beiden Wanderer erkennt. Sie sind noch nicht wieder rausgekommen. Die Adresse ist sofort da.«

Holbrooks Chrysler und ein schwarz-weißer Streifenwagen bogen auf den Parkplatz von Eddies Sexshop ein und bremsten scharf. Die Beamten nahmen ihre Taschenlampen und suchten den Platz ab. Samuels ging direkt zum Eingang, Holbrook hinterher. Drinnen wurden sie von mehreren Kunden angegafft. Ein Mann mittleren Alters in einem gelben Overall und mit Strohhut saß auf einem Hocker hinter dem Tresen. Samuels ignorierte die Kunden und ging zum Tresen.

Der Mann im Hosenanzug hatte sich vorgebeugt und reparierte etwas mit einem Lötkolben. Es war ein elektronisches Gerät mit verschiedenen Gummianhängseln, von denen das größte wie eine Faust geformt war. Der Deckel war geöffnet, und ein Bündel Drähte und Platinen hing aus dem Inneren heraus.

Samuels hielt ihm seine Marke hin. »Special Agent Ryan Samuels. Ich vermute, Sie sind Eddie?«

Ein kaum wahrnehmbares Nicken des Huts. Nach einer Weile stellte Eddie den Lötkolben in aller Ruhe in seine Halterung und blickte auf. In ein Auge hatte er eine Juwelierlupe geklemmt. Mit dem freien Auge betrachtete er seinen Besucher und ließ sich keine Überraschung anmerken. Er nahm die Lupe ab, beugte sich vor und sah sich die Dienstmarke und dann deren Besitzer an – ungefähr mit dem gleichen Gesichtsausdruck, mit dem man einen besonders großen und stinkenden Hundehaufen betrachtet.

»Es dauert nicht lange«, sagte Samuels. »Sie haben zwei Besucher. Die sind hier vor zwanzig Minuten eingetroffen. Ich würde gern mit ihnen sprechen.«

»Da kann ich Ihnen nicht helfen«, meinte Eddie ruhig.

»Ich glaube doch.«

»Dann haben wir wohl unterschiedliche Ansichten.«

»Die Überwachungskameras haben sie erfasst.«

»Hier drin nicht.«

»Wir wissen, dass sie hier hereingekommen sind.«

»Wenn Sie das wissen, warum reden Sie noch mit mir?«

Eddie setzte die Lupe wieder auf, beugte sich vor und begutachtete die Platine. Samuels starrte auf den Strohhut. Der FBI-Agent blickte sich verzweifelt um. Die Kunden waren geflohen. Holbrook hatte sich an die Tür gelehnt und beobachtete das Geschehen amüsiert. Samuels wandte sich wieder Eddie zu. »Wenn sie nicht hier sind, dürfen wir uns doch sicherlich ein wenig umsehen.«

Eddie hielt die Platine ins Licht. »Fühlen Sie sich wie zu Hause. Die Einzelkabinen sind hinten, wenn Sie Druck haben. In der letzten gibt es einen Download von Kathryn Fox. Benehmen Sie sich und benutzen Sie die richtigen Öffnungen. Und klauen Sie nichts.«

Die Polizisten durchsuchten die Regale und Kabinen, während Samuels zu einer Tür ging, auf der PRIVAT stand. Zu seiner Verärgerung machte Holbrook keine Anstalten, sich vom Eingang fortzubewegen. Ein paar Minuten später kam Samuels mit rotem Gesicht und leeren Händen zurück. »Also gut, Eddie, lassen wir die Späßchen. Wo sind sie?«

Ohne aufzusehen, sagte Eddie: »Ich glaube, Sie kapieren nicht ganz.«

»Ganz im Gegenteil, Sie kapieren nicht.« Sehr langsam schob Samuels die Hand vor, nahm Eddie den Hut ab und ließ ihn auf den Tresen fallen. Dann zog er den HAMDA aus dem Jackett und hielt ihn Eddie unter die Nase. Eddie beugte sich zurück und presste die Lippen zusammen. Mit dem freien Auge funkelte er Samuels hasserfüllt an.

Holbrook sagte: »Das wird wohl nicht notwendig sein.«

Samuels fuhr verblüfft herum.

Holbrook grinste. »Eddie, was, wenn ich Ihnen nun sagen würde, dass jemand alle Fahrzeuge überprüft hat, die während der letzten halben Stunde das Grundstück verlassen haben?« Er zwinkerte Samuels zu. »Nichts Außergewöhnliches, normale langweilige Polizeiarbeit, Kennzeichen, Halter, solche Sachen.«

Eddie sagte nichts.

»Und wenn ich Ihnen nun weiter sagen würde«, fuhr Holbrook fort, »dass einer dieser Wagen ein weißer Toyota Hybrid war?«

Eddies Wangen begannen zu glühen. Er riss sich die Juwelierlupe aus dem Auge, hob das Kinn und sah Holbrook an. »Ich habe keine Ahnung, wovon Sie reden.«

Holbrook machte eine Show daraus, seinen Notizblock rauszuholen und zu einer leeren Seite zu blättern. Fragend zog er eine Augenbraue hoch. »Möchten Sie den Wagen als gestohlen melden?«

»Nein danke.«

Holbrook zuckte mit den Schultern. »Ich sage Ihnen was: Wenn die ihn abgestellt haben, ruf ich Sie an, damit Sie wissen, wo Sie ihn abholen können, nur so aus Freundlichkeit. Soll ja niemand sagen, dass die Polizei von San Francisco nicht für ihre Bürger da ist.«

Sie saßen bereits wieder im Chrysler, als Samuels sah, wie Eddie durch den Plastikwindfang trat und über den Parkplatz ging. Vor einer leeren Bucht blieb er stehen und raufte sich die Haare. Im nächsten Moment gellte ein langer Wutschrei durch die Nacht.

DIENSTAG

49

Shari Sanayei fuhr vorsichtig und blieb stets ein paar Kilometer unter dem jeweiligen Tempolimit. Sie trug eine rosa Plastikjacke und hatte den Kragen hochgeschlagen. Eine Motorradfahrermütze à la Marlon Brando hatte sie sich tief ins Gesicht gezogen. In der Nacht gab es nicht viel Verkehr, und sie kamen gut voran. Derzeit fuhren sie noch in die falsche Richtung, nach Nordosten, nicht nach Süden, aber wenn alles nach Plan lief, würde sich das in wenigen Minuten ändern. Sie hielt nach der Abzweigung Ausschau.

Als sie Madsen hinaus auf den Parkplatz gezogen hatte, um ihm die gestohlene Kleidung und die Wagenschlüssel zu zeigen, die sie von einem Haken im Hinterzimmer genommen hatte, schüttelte er voller Bewunderung den Kopf. »Als Video-Cop eignet man sich die interessantesten Fähigkeiten an«, hatte er gesagt. Sie überquerte die Bay Bridge, und nun folgten weitere Witzeleien, als er sah, welche Richtung sie einschlug. Diese Kommentare nahmen allerdings zwischen MacArthur Freeway und Highway 24 deutlich ab. Als sie aus dem Caldecott-Tunnel kamen, war ihm sein Sinn für Humor vollkommen abhandengekommen.

Verständlich angesichts seines Platzes im Wagen.

Sie sah zu den beiden alten Mänteln im Fußraum des Beifahrersitzes, zwischen die er sich gequetscht hatte.

»Wie geht's?«

»Schrecklich.«

»Es dauert nicht mehr lange.«

Die Scheinwerfer erfassten ein Ausfahrtschild. Lafayette. Sie setzte den Blinker.

Kurz darauf fuhr der Toyota durch dunkle Straßen mit vielen Bäumen. Als sie diejenige fand, die sie suchte, bog sie ab und fuhr mehrere Hundert Meter weiter bis zu einer Stelle, wo es keine Lücke zwischen den Bäumen gab. Am Straßenrand hielt sie an und schaltete den Motor aus. Auf der anderen Seite der Straße waren mehrere Einfahrten und einige weit auseinanderstehende Strommasten. Die Häuser standen so weit von der Straße entfernt, dass man sie nicht sah.

»Wir sind da. Denken Sie dran, ich gehe langsam, aber ich möchte nicht stehen bleiben. Fünf Minuten.«

»Fünf Minuten.« Er klang wieder fröhlich.

Sie ließ den Schlüssel stecken, schaltete das Türlicht auf »aus«, schob sich auf den Beifahrersitz, öffnete die Tür und glitt hinaus. Hinter sich schloss sie die Tür und krabbelte zwischen die Bäume.

Der Park war so wie in ihrer Erinnerung. Groß, mit einem Ententeich und Sportplätzen in der Mitte und einem Wäldchen am Rand. Diese Seite des Parks öffnete sich zur Straße hin. Die anderen drei Seiten grenzten an lange Reihen von Wohnhäusern. Dazwischen führten schmale Wege vom Park zu den Straßen der Umgebung. Stellte sich nur die Frage, ob sie im Dunkeln den richtigen Pfad erwischen würde.

Sie blieb nah an den Bäumen und hielt sich dicht am Rand. Der fünfte Pfad mit den hohen, dichten Hecken zu beiden Seiten kam ihr bekannt vor. Hastig bog sie ein und blieb zwanzig Meter weiter an der Straße stehen. Sie ging zur Hecke, drückte sie auseinander und zwängte sich hindurch in einen Vorgarten. Das Haus war hübsch, hatte zwei

Geschosse, Giebelfenster und einen ordentlich gemähten Rasen. Licht brannte keins. In der Einfahrt schien der Mond auf einen schwarzen, brandneuen Ford Bronco.

Sie überquerte den Rasen zur Vordertür und suchte den Schlüssel zwischen den Blumentöpfen. Nachdem sie ihn am gewohnten Platz gefunden hatte, wischte sie die Erde ab, steckte ihn ins Schloss, hielt den Atem an und hoffte, dass seit ihrem letzten Besuch keine Alarmanlage installiert oder Hunde angeschafft worden waren.

Sie drehte den Schlüssel. Lautlos schwang die Tür nach innen auf.

Im Wohnzimmer herrschte völlige Dunkelheit.

Keine Sirene. Kein Bellen.

Sie tastete sich langsam voran, um nirgendwo anzustoßen. Nach einer Ewigkeit erreichte sie die Küche. Die Uhr an der Mikrowelle verbreitete ein schwaches blaues Licht. Die Arbeitsplatten waren leer, die Schranktüren geschlossen. Töpfe und Pfannen hingen der Größe nach sortiert an Haken. Der Geruch vom Abendessen lag noch in der Luft. Vegetarisch mit vielen Gewürzen. Sie ging zu den Schubladen.

Der Ford-Schlüssel lag dort, wo sie ihn erwartet hatte, in der dritten Schublade von oben. Dort fand sie auch eine kleine Taschenlampe. Die nahm sie zwischen die Zähne und durchsuchte vorsichtig die anderen Schubladen. Sie entdeckte eine Rolle Isolierband und steckte es ein. Aus einer anderen nahm sie Notizblock und Stift und schrieb: *Sorry, Mahdi, ich musste mir dein Auto leihen. Liebe Grüße, Shari.* Die Nachricht legte sie auf die Arbeitsplatte, steckte den Schlüssel ein und ging zurück zur Haustür. Nur kurz blieb sie stehen, um ihre pinkfarbene Jacke und die Marlon-Brando-Mütze gegen etwas Schickeres zu tauschen, das an der Tür hing.

Kurz darauf starrte sie ängstlich zum Schlafzimmerfenster hoch, als sie die Handbremse des Bronco löste und ihn rückwärts die Einfahrt bis zur Straße hinunterrollen ließ. Dort betätigte sie den Anlasser. Der große Motor startete mit viel Getöse, wurde jedoch sofort leiser, nachdem sie den Hebel auf D gestellt hatte. Mit Standgas fuhr sie langsam los.

Im Rückspiegel sah sie, dass es im Haus dunkel blieb.

An der Ecke bog sie rechts ab und suchte eine dunkle Stelle zwischen zwei Häusern, wo ein weiterer Pfad in den Park führte. Sie gab immer noch kein Gas, sondern ließ den Bronco im Schritttempo rollen und hielt dann am Bordstein an.

Eine Gestalt mit Kapuze löste sich aus dem Schatten, zog die Beifahrertür auf und stieg ein.

»Können Sie mich ein Stück mitnehmen?«, fragte Madsen.

Sie fuhren mehrere Blocks weit, dann stoppten sie. Während Madsen im Handschuhfach und in den Türfächern nach Handys suchte, langte Shari unter das Armaturenbrett und zog das Kabel für das Navi heraus. Dann wendete sie.

Als sie ohne Probleme die Interstate 580 in Richtung Süden erreicht hatten, fragte Madsen: »Was wird er tun?«

Sie stellte sich ihren Cousin im Morgenmantel vor, wie er nach unten kam, die Cornflakes aus dem Schrank holte und die Nachricht entdeckte. »Er wird explodieren«, sagte sie. »Der Wagen ist sein ganzer Stolz.«

»Und dann?«

»Wird er mich anrufen. Und wenn er mich nicht erreicht, wird er den Rest der Familie anrufen. Dann wird er fluchen und herumschreien und auf Rache sinnen. Aber er wird den Wagen nicht als gestohlen melden.«

»Er ist ein guter Mann.«

»Er ist wie ein Bruder für mich.« Gern tat sie ihm dies nicht an. Aber hätte sie ihn um Erlaubnis gebeten, hätte er wissen wollen, wozu sie den Wagen brauchte, und dann hätte er ihr weitere Fragen gestellt und am Ende doch Nein gesagt.

Nach einer kurzen Pause sagte Madsen: »Mein Bruder ist bei den Marines, drüben in Virginia. Wenn es sein Wagen wäre, würde er mich aufspüren und erschießen.«

Samuels arbeitete die ganze Fahrt nach Lafayette mit dem Kinn, das er vor- und zurückschob, während er auf der Mittelkonsole die Überwachungsbilder anschaute. Die Kameras hatten den Toyota gut von vorn erwischt, als er losfuhr. Er war sicher, Sanayei saß am Steuer. Von Madsen war nichts zu sehen. Bei der letzten Aufzeichnung war kaum etwas zu erkennen. Der Toyota parkte in einem Bereich mit vielen Bäumen, schlechtem Licht und schlechter Erfassung. Die Kamera stand über sechzig Meter entfernt und noch dazu auf der falschen Straßenseite. Er konnte nur einen Schemen erkennen, der sich im Auto bewegte, dann öffnete sich die Beifahrertür und schloss sich wieder.

Sie fanden den Toyota unverriegelt vor, der Schlüssel steckte. Der Wagen war leer, abgesehen von einem widerlich stinkenden Mantel auf dem Fahrersitz. Hinten fanden sie nichts. Im Kofferraum lagen ein Reservereifen und zwei große ungeöffnete Kartons mit Sexspielzeug. Sie suchten mit den Taschenlampen in den Schatten und Bäumen, doch die Gegend war zu weitläufig. Es gab Dutzende von Möglichkeiten. Und jede Menge Verstecke.

Also riefen sie die nächste Polizeihundestaffel zu Hilfe.

Der Schäferhund sprang in den Wagen, schnüffelte begeistert an dem Mantel, ehe er seinen Führer in den Wald zog. Samuels joggte hinterher, während Holbrook schnaufend folgte und Schwierigkeiten hatte, den Anschluss zu halten.

Minuten später erreichte Samuels das Ende eines schmalen Pfades, wo der Hund weite Kreise zog, abwechselnd an den Büschen links schnupperte oder am Zaun einer Schule auf der rechten Seite und den Bereich inspizierte, wo der Pfad auf die Straße führte.

Holbrook stand, die Hände auf die Knie gestemmt, neben ihm und schnappte nach Luft. Seine Stirn glänzte im Mondschein.

»Ich kapier es nicht.«

»Was?«

»Das hier. Alles.«

Samuels betrachtete den Inspector mit schlecht verhohlener Verachtung. »Was gibt es da nicht zu kapieren? Madsen ist instabil und wahnhaft. Er hat Videobeweise an die Presse weitergegeben und beinahe die komplette Ermittlung in den Sand gesetzt. Und es wird noch schlimmer. Nach seinem Aussetzer in der Fabrik muss er eingesperrt werden, ehe er jemanden umbringt. Reicht das nicht?«

»Er ist außer Kontrolle, okay. Ich musste ihn eigenhändig auf die Straße setzen. Aber Shari? Sie ist ein guter Cop.«

»So gut nun auch nicht. Sie hilft ihm und hat Beweismittel für ihn gestohlen.«

»Aber warum?«

»Ich weiß es nicht.«

Sie schwiegen. Der Hund jaulte und hechelte und lief im Kreis.

Samuels sagte: »Eines weiß ich allerdings: Sie halten uns zum Narren, während wir mit Taschenlampen hier herumkrabbeln. Es wäre vielleicht der richtige Zeitpunkt, mit diesem halbherzigen Kram aufzuhören. Ansonsten stehen Sie und ich wie Clowns da. Das ist mein Plan: Sie schlagen bei Ihren Vorgesetzten Alarm, ich bei meinen. Holen wir uns Drohnen, Helikopter, TrackBack und genug Computerzeit, um aus allen Kameras im Umkreis von über hundert Kilometern das Letzte herauszuholen, und bringen wir diese Sache zu Ende.«

50

Sie hatten schon über die Hälfte des Wegs nach Los Angeles zurückgelegt und brauchten nur noch fünfzig Kilometer bis zur Abzweigung Bakersfield, als die Benzinleuchte zu blinken begann. Madsen hatte es längst erwartet. Er saß zum zweiten Mal am Steuer und hatte die Anzeige stets im Auge behalten. Also stellte er die Geschwindigkeit am Tempomat niedriger ein, um ein bisschen sparsamer zu fahren. Shari hatte sich auf dem Beifahrersitz eingerollt, benutzte die Jacke ihres Cousins als Kissen und schlief. Ihr langes schwarzes Haar war ihr ins Gesicht gefallen. Im schwachen Licht der Instrumente sah sie blass aus.

Die Reifen surrten über den Asphalt. Riesige Strommasten zogen sich über das endlose flache Land Kaliforniens.

Madsen rutschte im Sitz herum, um den Schmerz auf der linken Rückenseite zu lindern, und wälzte die größere seiner beiden großen Fragen im Kopf. Konnten sie den LKW einholen, ehe er Ten Worlds erreichte? Ihr Vorteil bestand darin, dass sie zwei Fahrer hatten. Sie konnten ohne Pause fahren, einer am Steuer, während der andere schlief. Wenn der LKW-Fahrer allein war, würde er vermutlich alle drei, vier Stunden eine Pause einlegen. Dadurch konnten sie aufholen. Wie viel Vorsprung er allerdings hatte … In der Fabrik hatte Pemberton gesagt, es fehlten acht Puppen, ehe der Lastwagen abfahren würde. Dann waren es noch sieben, als der Gabelstapler eine weitere brachte. Der nächste Gabelstapler hatte versucht, Madsen umzubringen, also konnte er kaum abschätzen, wie schnell die Produktion voranging. Vielleicht eine Puppe pro Minute oder eine pro Stunde … Und wenn der Lastwagen mit zwei Fahrern aufgebrochen war?

Er schüttelte den Kopf. Das entzog sich einfach seiner Kenntnis.

Am Horizont sah er ein fernes Leuchten.

Das Leuchten wuchs zu einer Lichtinsel an.

Die Insel wurde zur Raststätte mit durchgehend geöffnetem Restaurant und einer langen Reihe parkender LKWs.

Warum sollte er nicht hier halten?

Madsen setzte den Blinker und nahm die Ausfahrt. Jetzt musste er die zweite Frage angehen, die ihn während der letzten Stunde beschäftigt hatte: Wie sollte er ohne Bargeld tanken, wenn er keine Kreditkarte benutzen wollte?

Er fuhr an der langen Reihe der Lastwagen entlang und hielt Ausschau nach der rot-schwarzen Beschriftung zwischen all den hellen Farben, riesigen Logos, Werbeaufschriften und dem glänzenden Chrom. Die Laster standen still da, die Gardinen vor den Fahrerkabinen waren zugezogen. Er war neidisch. Die Fahrer konnten sich in ihren Kojen ausstrecken und auf richtigen Kissen schlummern, ehe sie ausgeruht aufwachten und ihre Fahrt nach San Diego und zur mexikanischen Grenze fortsetzten oder nach Nevada, Vegas und anderen Orten im Osten abbogen.

Aus den Augenwinkeln fiel ihm eine Bewegung auf. Zwei dünne Beine in High Heels verschwanden hinter der Kabinentür eines Trucks. Die Tür ging zu.

Wieder Laster. Alle möglichen Farben, nur nicht rot und schwarz. Keine Dreamcom-Logos. Aber vielleicht die Lösung seines Problems.

Er ließ den Bronco bis zum Ende des Parkplatzes rollen, wo es kein Licht mehr gab, und stellte den Motor ab. Am liebsten hätte er den Sitz nach hinten geklappt und die Augen geschlossen. Stattdessen rüttelte er Shari leicht an der Schulter.

Verschlafen hob sie den Kopf. »Wo sind wir?«

»Ich gehe mal kurz raus. Sie bleiben hier, okay?«

»Wohin gehen Sie?«

»Geld besorgen. Bin in zehn Minuten zurück.«

Er stieg aus dem Bronco wie ein alter Mann, dann reckte er sich und humpelte los. Als das Blut wieder in seinem Knie zirkulierte, fühlte es sich an, als würden tausend Nadeln zustechen. Er ging die Reihe der Trucks ab. Kenworth … Mack … silberner Texaco-Anhänger … blauer Freightliner … Peterbilt. Das war der richtige. Zugezogene Gardinen, Licht kam zwischen den Spalten durch. Der kleine, uralte Mazda, der dahinter parkte, gab ihm Gewissheit.

Madsen wartete im Schatten und beobachtete die Tür. Der Geruch von Luftdruckbremsen und Motoröl hing in der Luft.

Fünf Minuten verstrichen.

Ein Klicken. Ein Spalt Licht.

Nackte Füße stiegen auf die kurze Chromleiter unter der Tür. Dünne Beine folgten, dann ein Minirock, eine Hand, an der High Heels baumelten, eine Handtasche. Die Frau trat auf den Kies und bückte sich, um ihre Schuhe anzuziehen, einen nach dem anderen. Die Tür knallte zu. Sie holte Bürste und Lippenstift aus der Tasche und stöckelte zu einem verchromten Blech an der Seite, was ihr mit den hohen Absätzen auf dem Kies schwerfiel.

»Sind Sie frei?«, fragte Madsen.

Die Frau drehte sich überrascht um. Ihr Gesicht zeigte die

Spuren intensiver Lebenserfahrung, und der Verlust eines Zahns gehörte dazu. »Zieh eine Nummer, Schatz«, sagte sie, ehe sie trocken lachte. Als sie sich beruhigt hatte, fragte sie: »Wo steht dein Truck?«

Madsen zeigte ihr seine Marke.

Das Lächeln verwandelte sich in erschöpfte Resignation. Er deutete auf ihre Tasche. Sie gab sie ihm und schaute verdrossen zu, wie er sorgfältig Tücher, Lippenstifte und das übrige Sammelsurium durchsuchte. Er fand eine Spritze, dann einen Brocken in Frischhaltefolie, der nicht größer war als die Spitze seines kleinen Fingers. Der Brocken bestand aus einer weißen seifenartigen Substanz.

»Anstiftung zur Prostitution und Besitz von Drogen«, sagte er.

»Schicken die deswegen jetzt schon das FBI?«

»Heute Nacht schon.«

»Bitte nicht in den Knast.«

»Wann war denn das letzte Mal?«

»Freitag. Wie wär's stattdessen mit ein bisschen Zucker? Auf Kosten des Hauses?«

»Nein danke.« Die Spritze und der Klumpen verschwanden in der Tasche. Eine Sekunde später hielt er wie bei einem Zaubertrick ein Bündel Zwanzig-Dollar-Scheine in der Hand. Er ließ sich seine Schuldgefühle nicht anmerken. »Ich würde trotzdem einen Deal vorschlagen.«

Benzin war nicht das Einzige, was sie brauchten. Madsen hatte weder zu Mittag noch zu Abend gegessen, und in ein paar Stunden würde er auch noch das Frühstück verpassen. Shari klagte nicht, aber sie musste ebenfalls hungrig sein. Es dauerte ja nur eine Minute. Sie blieb im Bronco, er ging hinüber zum Restaurant und setzte sogar vorsichtshalber auf dem hell erleuchteten Vorplatz die Kapuze und eine Sonnenbrille aus dem Handschuhfach auf. Mitten in der Nacht wirkte das seltsam, aber zum Teufel – hier wimmelte es von Überwachungskameras, und er würde lieber ein Stirnrunzeln riskieren, als sein Gesicht zu zeigen. Er trat ein.

Der Geruch von Kaffee und gebratenem Speck und das Zischen vom Grill ließen Madsens Magen augenblicklich knurren. Plötzlich wurde Essen zu einer Sache von Leben und Tod.

Er sah sich um. Vielleicht ein Dutzend Trucker saßen an den billigen Plastiktischen und starrten halb im Koma auf einen Bildschirm an der Wand. Es lief ein NASCAR-Rennen. Reifen qualmten, und Wagen jagten über den Asphalt. Rechts von Madsen stand eine Theke aus verkratztem Blech, und darüber hing eine üppig bebilderte Speisekarte. Madsen ging die Liste durch. Burger, Steaks, Pommes, Shakes, Frühstück rund um die Uhr …

Sein Magen knurrte.

Ein Kunde wartete am Tresen, ein alter Mann. Er war klein und glatzköpfig und trug das Hemd mit dem Logo einer großen Gemüsefirma. Als Madsen sich hinter ihm anstellte, drehte sich der alte Kerl um und rümpfte angewidert die Nase. Der Mantel. Madsen lächelte entschuldigend und trat einen Schritt zurück. Er schaute zum NASCAR hinüber und versuchte, sich vom Warten abzulenken. Eine lange Reihe Rennwagen fuhr im Kreis. Eine grüne Flagge wurde geschwenkt. Die Schlange löste sich auf, als die Wagen zum Überholen ausscherten. Das Rennen wurde ausgeblendet, und auf schwarzem Grund erschien eine Einladung:

Unterwegs nach Las Vegas? Besuchen Sie Ten Worlds …

Madsen schüttelte ungläubig den Kopf. Es gab einfach kein Entrinnen. Er wandte seine Aufmerksamkeit vom Fernseher ab und sah zu einem Mann, der an der hinteren Wand saß, ein Riese mit wabbeligem Gesicht und tätowierten Armen und einer Rolle Speck dort, wo der Hals hätte sitzen sollen. Er trug eine gelbe Pennzoil-Mütze und einen Jeansoverall mit abgerissenen Ärmeln. Schwarze Schmutzstreifen zierten die Brust. Die Mütze war zu klein und saß oben auf dem Kopf. Zusammen mit dem schmierigen Overall erinnerte er eher an einen Lokführer als einen Trucker. Während er Essen in sich hineinschaufelte, starrte er Madsen direkt an.

Der alte Mann schob sich mit einem Teller voller Schweinekoteletts, Pommes, Zwiebeln, Pilzen und Soße an ihm vorbei. Von hinten fragte eine gelangweilte Stimme. »Was darf's sein?«

Madsen trat vor. Die Verkäuferin zuckte kaum mit der Wimper. Offensichtlich hatte sie schon Schlimmeres gerochen als seinen Mantel. Er studierte sehnsüchtig die Karte und entschied widerwillig, dass warmes Essen zu kompliziert wäre. Es würde sie wertvolle Minuten kosten. Er wurde gemustert. Er stank. Schnell wagte er einen Blick über die Schulter. Der Riese unter der Pennzoil-Mütze hatte zu kauen aufgehört und beäugte ihn mit verstärktem Interesse.

»Was darf's sein?«

Kurze Zeit später lief Madsen mit zwei Flaschen Wasser und einem Arm voll abgepackter Sandwichs zum Wagen zurück.

Samuels und Holbrook brauchten eine Stunde und ein Dutzend Telefongespräche, um die Commanders der Metropolitan, die Chiefs, die diensthabenden Agenten und die Abteilungsleiter zu wecken und um zu erklären und abermals zu erklären, was los war und was sie vorhatten. Eine weitere Stunde verging, bis die notwendigen Genehmigungen und Computerressourcen beantragt, unterschrieben und gegengezeichnet waren.

Kreditkarten von Daniel Madsen und Shahida Sanayei wurden von nun an von den Banken überwacht und jede Transaktion gemeldet.

Die Telekommunikationsfirmen registrierten Stimmproben zum Abgleich und würden bei jedem Telefonat der Betreffenden Alarm schlagen.

Computergenerierte Modelle der Gesichter wurden mit den Kameras der Stadt, der Verkehrsüberwachung und der Polizei synchronisiert.

Eine Suche wurde gestartet. Man speiste die Computermodelle bei TrackBack ein. Zwei Startpunkte wurden gewählt: Eddies Sexshop und ein Park in Lafayette, fünfunddreißig Kilometer weiter nordöstlich. An einem Dutzend Universitäten wurde Rechenzeit reserviert. Die Aufzeichnungen von hundert städtischen Kameras im Umkreis um die betreffenden Stellen wurden in die Suche eingebunden.

Auf der Wand in Central Station wurden die Suchzonen durch zwei Kreise auf einer Karte markiert. Samuels schaute zu, als die Kreise sich langsam ausdehnten wie Wellen auf einem Teich. Der Prozess ging kontinuierlich weiter. Schließlich berührten sich die Kreise, überlappten sich und verschmolzen zu einem erdnussförmigen Oval.

Nach einer Weile krochen amöbenhafte Tentakel Straßen und Highways entlang, während Milliarden Bits aus den Kameras im Norden, Osten und Süden der Stadt in die Suche miteinbezogen wurden.

51

Ein beharrliches Brummen ließ das Lenkrad vibrieren und bohrte sich in Sharis Bewusstsein. Sie riss die Augen auf und zog den Bronco vom Seitenstreifen in die Mitte.

Neben ihr rieb sich Madsen die Augen und brachte seine Rückenlehne in eine aufrechte Stellung. »Bin ich schon dran?«

»Gleich.«

»Wie spät ist es?«

»Noch nicht ganz sechs.«

Madsen knurrte. Kurz darauf sagte er: »Ihretwegen habe ich echt Kopfschmerzen bekommen.«

»Wieso das?«

»Seit mir Carl Steinmann gesagt hat, der Rucksackmann sei aus dem Gebäude entkommen, überlege ich, wie er das geschafft hat. Holbrook hat ihn einen Scheiß-Houdini genannt, was es ganz gut trifft. Aber ich habe fast eine Hirnembolie bekommen, während ich mögliche Fluchtrouten durchgespielt habe. Und Ihretwegen habe ich jetzt eine Möglichkeit gefunden, wie *zwei* Leute es hätten machen können.«

Sie antwortete nicht. In Gedanken war sie die Videoanalyse schon hundertmal selbst durchgegangen und hatte nach etwas gesucht, was sie übersehen hatte. Und sie hatte sich von Madsen haarklein alles schildern lassen, was er bei Datum Tech und in der Fabrik gesehen und über Callan erfahren hatte, da sie hoffte, dadurch einen Hinweis oder eine logische Verknüpfung zu entdecken, die ihr bislang entgangen war. Sie war gut bei ihrer Arbeit und beschäftigte sich auch gründlich mit den Details. Wenn sie es schon nicht herausfand, hatte jemand wie Madsen, der auf Geschwindigkeit und Intuition baute, gar keine Chance.

Sie schüttelte den Kopf. Um voranzukommen, brauchten sie mehr Informationen und mussten den Blickwinkel ändern. »Glauben Sie immer noch, NeChristo steckt dahinter?«, fragte sie.

»Na ja, zweihundert Millionen Belohnung sind ein gutes Argument dafür, dass Luke den Anschlag nicht abgesegnet hat. Trotzdem denke ich, einer der anderen Pastoren oder eine radikale Splittergruppe könnte NeChristos Kreuzzug gegen die Dollhouses ein bisschen zu wörtlich genommen haben. Den G-Ring darf man nicht vergessen. Irgendwo gibt es da eine Verbindung.«

Im Rückspiegel sah Shari, wie sich ein Lichtpunkt teilte und in beunruhigend kurzer Zeit zu einem Paar Scheinwerfer heranwuchs. Ein PKW. Sie glaubte, auf dem Dach ein Glitzern zu sehen. »Oh,oh«, machte sie.

»Es ist nur gesunder Menschenverstand.«

»Nein. Hinter uns. Ich fürchte, das ist die Highway-Patrouille.«

Sie sah auf den Tacho. Derzeit fuhr sie nicht schneller als hundertfünf km/h, aber sie hatte den Tempomat zuvor ausgeschaltet, als sie so schrecklich müde geworden war. So hatte sie etwas, auf das sie sich konzentrieren konnte. Kurzzeitig ein wenig zu schnell zu fahren erschien ihr als kleines Risiko im Vergleich dazu, von der Fahrbahn abzukommen und im Graben zu landen. Nun, die Strategie war aufgegangen. Jetzt war alle Müdigkeit verflogen. Sie verfluchte sich für ihre Dummheit.

Der Wagen kam näher und bremste dann auf ihre Geschwindigkeit ab. Sie konnte Antennen und Dachgestänge ausmachen. Der Abstand betrug hundert Meter. Und blieb so. Offensichtlich gefiel es dem anderen Fahrer dort.

Madsen beugte sich vor und sah in den Seitenspiegel. »Worauf wartet der?«

»Keine Ahnung. Aber er hat unsere Nummer.« Sie hatte es tausendmal beobachtet. Wenn ein Cop entschied, ob er einen Wagen herauswinken sollte oder nicht, verharrte er kurze Zeit in der Geschwindigkeit des Verfolgten, so wie eine Katze vor dem Sprung Spannung aufbaut. Die Lücke verriet alles. In der Stadt waren hundert Meter zwischen dir und einem Streifenwagen harmlos. Doch bei nur zwei Fahrzeugen ganz allein mitten in der leeren Wüste, musste man es als dichtes Auffahren betrachten.

Wenn der Polizist Madsens Namen überprüfen würde, käme der Haftbefehl ans Licht. Dann wäre es vorbei. Sie würden den Sattelschlepper nicht mehr einholen.

Ein zweites Paar Scheinwerfer erschien über einen Kilometer hinter dem ersten und kam schnell näher. Sehr schnell. »Die haben auf Verstärkung gewartet«, sagte sie. »Also wissen sie schon, wer wir sind. Vielleicht hat Sie die Nutte verraten.«

Madsen schüttelte den Kopf. »Die hat den Wagen nicht gesehen.«

Die neuen Scheinwerfer kamen rasch heran. Der Abstand schmolz. Dann zogen sie auf die Überholspur.

Madsen sagte: »Der rast ja regelrecht.«

»Vielleicht wollen sie uns in die Zange nehmen. Ich ziehe rüber.«

»Nein, Augenblick …«

Die Scheinwerfer jagten heran. Shari hörte das Heulen

eines hochgezüchteten Motors. *Gott,* dachte sie, *der Kerl meint es aber ernst.* Ihr Herz klopfte.

Eine Rakete schoss vorbei.

Lang und niedrig, zwei Tonnen Auto in Metalliclackierung.

Eine Corvette.

Die Bremsleuchten, zwei rote Kreise, flammten auf. Die Schnauze duckte sich nach unten. Aus vier Auspuffrohren knatterte es, als der Wagen langsamer wurde.

Zu spät.

Blaulicht blinkte in Sharis Rückspiegel. Der Streifenwagen der Highway-Patrouille zog geschmeidig auf die Überholspur und schloss zu ihnen auf. Shari sah stur geradeaus und spürte das stumme Starren, als der Polizist vorbeifuhr und sie für ein fetteres Opfer davonkommen ließ. Blaue und rote Lichtblitze flogen durch die Landschaft. Die Corvette setzte geschlagen den Blinker. Jäger und Gejagter fuhren gleich schnell, wurden langsamer und hielten am Rand.

Shari atmete endlich aus.

Sie beobachtete, wie die Fahrzeuge im Spiegel kleiner wurden, dann schaltete sie den Tempomat wieder ein und richtete ihre Aufmerksamkeit nach vorn. Weit vor ihnen, wo sich Himmel und Wüste berührten, löste sich die samtige Schwärze langsam in tiefes Purpur auf und zeigte das erste rote Leuchten.

»Wir haben einen Treffer.«

Samuels sprang von dem Stuhl auf, auf dem er gedöst hatte. »Wo?« Die Suche lief seit Stunden, und bislang hatte sie kein Resultat erzielt.

»Citizen Eyes. Das ist nicht zu fassen.« Angie konnte ihre

Aufregung kaum verbergen, während sie ihre Konsole bearbeitete. Außer den beiden war nur Romero dabei. Holbrook war noch einmal zu Eddie gefahren und bislang nicht zurückgekehrt.

Das war eine Überraschung. Citizen Eyes war ein altes Programm, das Bürger dazu aufrief, Handybilder zu schicken, wenn sie glaubten, terroristische Aktivitäten zu beobachten. Allerdings wurde damit so viel Unfug getrieben, dass die Aufgabe der Gefahreneinschätzung an Computer delegiert werden musste, was die Sache auch nicht erleichterte, denn die Rechner begriffen den Unterschied zwischen Realität und Scherz nicht. Eigentlich hätte das Programm schon vor Jahren eingemottet werden sollen.

Angie tippte auf ihre Tastatur, und an der Wand erschien ein Bild. Eine Gestalt mit Kapuze, die zwei Flaschen Wasser und offensichtlich einige Sandwichs trug. Kein besonders gutes Bild. Die Gestalt war halb verschwommen, als habe sie sich schnell bewegt. Doch der Kopf war der Kamera zugewandt und wurde direkt von einer Lampe angestrahlt. Trotz der Sonnenbrille war das Gesicht zu erkennen.

Madsen.

»Das Bild wurde auf einer Raststätte an der Interstate 5 gemacht«, erklärte Angie. »Der Trucker berichtete, der Mann habe sich seltsam benommen. Mehr steht nicht in der Beschreibung, nur ›seltsam benommen‹.«

Samuels schüttelte den Kopf. Er führte eine riesige koordinierte Suche durch, vermutlich die größte, die augenblicklich in Kalifornien und sogar in den Vereinigten Staaten im Gange war. Er setzte alles ein, was ihm Stadt, Staat und Bundesbehörden zur Verfügung stellen konnten. Und sein erster Treffer war der zufällige Handyschnappschuss eines Lastwagenfahrers.

»Wo ist das?«, wollte er wissen.

»Ort kommt.«

Auf der Wand rückte das Bild von Madsen nach links. Eine Karte von Kalifornien erschien rechts. Auf der Interstate 5 leuchtete eine Markierung nördlich von Los Angeles.

Gott, dachte er. *Die haben bereits ein schönes Stück geschafft.*

Laut sagte er: »Beteiligt sich die Raststätte an Stream Share?«

»Das ist eine Kette«, meinte Angie. »Die geben alles weiter. Wir haben vollen Zugriff, innen und außen, und zwar die letzten achtundvierzig Stunden. Ich brauche nur einen Moment, um mich einzuloggen.«

Kurz darauf verschwand das Foto und wurde durch ein Gitter von Vierecken ersetzt, Überwachungskameras, die Madsen erfasst hatten, als er das Restaurant verließ und mit gesenktem Kopf über den Vorplatz ging. Er stieg auf der Beifahrerseite in einen schwarzen Ford Bronco.

Samuels beugte sich vor. »Zeigen Sie mir den Fahrer.«

Angie verlangsamte das Video und hielt es an. Sie ging die Kameras durch, bis sie eine fand, auf der die Fahrerseite zu sehen war.

Hinter dem Steuer saß eine Frau mit langem schwarzem Haar.

»Bingo«, sagte Samuels. »Das sind die beiden.«

»Ich überprüfe das Kennzeichen … Zugelassen auf einen Mr. Mahdi Sanayei. Wohnhaft in Lafayette.«

Samuels schüttelte den Kopf. »Ein verdammter Verwandter.«

»Genau.«

»Gut, laden Sie alles hoch. Wenn die in den letzten zwei Stunden den Wagen nicht gewechselt haben, finden wir sie.«

Samuels lehnte sich zurück und schaute zu. Kurz darauf

erschien ein grüner Punkt auf der Karte, südlich der ersten Sichtung. Ein Schild identifizierte ihn als Verkehrsüberwachungskamera an der Ausfahrt 257 der Interstate 5. Weitere Punkte gesellten sich nördlich und südlich dazu. Samuels ignorierte diejenigen, die auf dem Weg zurück nach Lafayette lagen. Die waren Geschichte. Die südliche Spur zog sich in einer langen Kurve nach Osten wie ein umgekehrtes J. Verkehrsüberwachungskameras in Bakersfield, Tehachapi, Boron, Barstow meldeten sich direkt nacheinander.

Dann hörte es auf.

Den letzten Punkt bildete die Kamera eines Streifenwagens der Highway-Patrouille. Die vordere Kamera hatte die beiden vor zwanzig Minuten gesichtet. Direkt hinter dem Punkt verlief eine andere Linie, orange und absolut gerade, diagonal von Nordwesten nach Südosten.

»Mist«, entfuhr es Samuels. »Sie haben die Staatsgrenze überquert. Können Sie die Kameras von Nevada anzapfen?«

»Ja, aber wir müssen einen förmlichen Antrag stellen, und das müsste leider ein ranghöherer Beamter als der Captain erledigen. Es könnte eine halbe Stunde dauern.«

»Sparen Sie sich die Mühe. Ich weiß, wie es schneller geht.« Samuels holte sein Mobiltelefon heraus. Er suchte das Verzeichnis vom Büro in Las Vegas und darin nach dem leitenden Special Agent. Er fand ihn als achten Namen in der Liste: *Collins, Graham. SAC.* Er wählte die Nummer.

Nach kurzer Verzögerung hörte er es klingeln. Das Klingeln dauerte. Fünf Sekunden … zehn … zwanzig.

Eine müde Stimme meldete sich. »Collins.«

Samuels stellte sich mit ein paar knappen Sätzen vor und kam sofort zur Sache. »Ich habe da zwei Flüchtige, die in Ihre Richtung unterwegs sind, einer davon ist ein suspendierter Agent, die andere eine Polizistin. Der Agent ist bewaffnet und muss als gefährlich eingestuft werden. Ich habe Einzelheiten über das Fahrzeug. Sie müssen dafür sorgen, dass die Nevada-Highway-Patrouille und die Polizei von Vegas sie online suchen und sofort aufspüren. Könnten Sie einige Ihrer Jungs nehmen und …«

»Samuels, haben Sie gesagt?« Die Stimme klang müde und wenig beeindruckt.

»Richtig.«

»Vom OPI?«

»Ja.«

»Aha. Tja, heute haben wir hier jede Menge zu tun, Agent Samuels. Wir geben unser Bestes, aber wenn sie hierher unterwegs sind, können wir wohl kaum viel Hilfe von der Videoüberwachung in Vegas erwarten. Die können sich vor Arbeit kaum retten.«

»Wenn es daran liegt, dass ich vom OPI bin, sagen Sie es einfach, und …«

»Brrr, nein. Nur nicht gleich auf die Palme gehen. Es ist bloß ein schlechter Tag. Heute wird ein neues Casino eröffnet. Das bislang größte. Massen an Menschen, Massen an Fahrzeugen, gesperrte Straßen, ein Riesenzirkus. Die Polizei hat die halbe Belegschaft draußen, um den Verkehr zu regeln.«

Casino. Das Wort brachte Bewegung in Samuels' Hinterkopf. Eine vage Erinnerung. Er hatte eine Werbung gesehen …

»Hat das Casino ein Dollhouse?«, fragte er.

»Soweit ich weiß, haben die so viele Replikanten, dass kaum Platz für die Menschen ist. Wieso?«

Samuels antwortete nicht. Er schob im Kopf Puzzleteile hin und her und setzte sie zusammen. Das Bild, das sich daraus ergab, war entsetzlich. Das war einfach nicht zu fassen. Die beiden hatten die Ermittlungen in der Grant Avenue von Anfang an in die falsche Richtung gelenkt. Die durchgesickerten Videos, das Chaos in der Fabrik… das alles diente nur dem Zweck, die Ermittlungen zu verlangsamen, damit sie nicht entlarvt wurden. Dieser Kerl war irre, und sie hatte ein Motiv: ihr Liebhaber… Die Puppen hatten ihn verdorben…

Collins sagte: »Also, hier läuft alles drunter und drüber. Schicken Sie einfach die Meldung, und ich versuche, sie irgendwo auf die Liste zu quetschen. Könnte allerdings dauern…«

Samuels packte sein Telefon fester. »Collins, hören Sie. Die wollen zu dem Casino, aber nicht um die einarmigen Banditen auszuprobieren…«

52

Tom Fillinger spürte, wie sein Sitz sanft gegen seinen Rücken drückte, als die Gulfstream in den Landeanflug am McCarran International überging. Er blickte durchs Fenster und sah, wie sich Las Vegas unter ihm ausbreitete. Der bunte Fleck dort drüben war der Strip. In dessen Mitte ragten drei Glasfinger aus einem flachen Zylinder wie Kerzen auf einer Geburtstagstorte. Die oberen Stockwerke der Ten-Worlds-Türme leuchteten in den ersten Strahlen der aufgehenden Sonne.

Der riesige Unterhaltungskomplex darunter leuchtete sogar noch heller.

Der Zylinder hatte einen Durchmesser von sechshundert Metern und war außen mit lichtemittierenden Polymeren überzogen. Laut den Ingenieuren erzeugte die Haut eine Lichtmenge, die zehn Billionen LEDs entsprach. Eine gigantische Werbetafel. Noch aus dieser Höhe konnte Fillinger erkennen, was gerade gezeigt wurde. Wohlgeformte Hüften in Baströckchen tanzten vor den Ruinen eines vom Urwald verschlungenen Tempels. Noch ein wenig näher, und er könnte sehen, wie die antiken Steine feucht glänzten und die Schmetterlinge um die Ranken flatterten.

Die Gulfstream ging tiefer. Der Kopilot meldete sich über die Sprechanlage und erklärte, dass sie in wenigen Augenblicken landen würden.

Fillinger sah über den Gang hinüber zu seinem Stellvertreter. Radim Ivanovic hatte sich zurückgelehnt, die Augen geschlossen und war offensichtlich eingeschlafen. Der hässliche kleine Scheißkerl hatte seit dem Start nichts mehr gesagt. Der Zwischenfall in der Fabrik beschäftigte ihn wohl immer noch. Zeit für ein bisschen Entspannung. Der Krieg war gewonnen, die Polizei hatte den Bombenleger, der Werbefeldzug war ein Riesenerfolg, und die Jungs aus dem Marketing meldeten, Vegas quelle vor Besuchern über. Und das Beste war, kein einziger NeChristo-Demonstrant würde die Eröffnung verderben.

Ihm stand ein wundervoller Tag bevor.

Pastor Luke drückte auf den Öffner seiner Sicherheitstür und tappte zurück in sein Wohnzimmer, wo er sich in den Lehnsessel fallen ließ. Er strich über die Stoppeln an seinem Kinn und zwickte sich in die schlaffe Haut unter seinen Augen. Heute würden die Visagisten richtig für ihr Geld arbeiten müssen, damit sie ihn in den fröhlichen Führer verwandelten, den die Öffentlichkeit erwartete. Links neben ihm stand eine verkleinerte holografische Replik der Kugel der Verbundenheit, und daneben liefen die neuesten Finanznachrichten über einen Bildschirm. Er wollte beides nicht sehen. Stattdessen schaute er nach draußen.

Wie alle anderen Wohnhäuser im renaturierten Park war auch das seine in einen kleinen künstlichen Hügel integriert, energieeffizient, unaufdringlich und umweltfreundlich. Äußerlich ähnelte es den anderen, was eine gewisse Bescheidenheit und Gleichheit vermittelte. Natürlich war seine Höhle sechsmal tiefer, was man von außen nicht sehen konnte, außerdem war sein Hügel größer, und das war schließlich angemessen. Eine Glastür trennte sein Wohnzimmer von der Terrasse. Wenn man sie zur Seite schob, hatte er einen ungehinderten Blick auf die NeChristo-Kuppel, die einen knappen Kilometer entfernt war.

Jetzt betrachtete er aus seinem Lehnsessel die Kuppel, die in der Morgensonne glitzerte.

Seine Besucher traten ein. Anders als Luke trugen beide einen Anzug. Sie hatten sich nicht angemeldet. Zuerst Pastor Hodge. Eine dringende Angelegenheit, hatte er gesagt. Nun, im Augenblick häuften sich dringende Angelegenheiten. Neben ihm stand Gerard Stimson. Das war eine Überraschung. Der alte Eisenarsch führte seine Gemeinde wie ein Eiferer. Eigentlich verließ er L.A. nie, wenn es dort auch nur kleinste Probleme zu bewältigen gab, geschweige denn mitten in einer existenziellen Krise. Stimson sah aus wie immer: als würde er an einer sehr großen, sehr sauren Scheibe Zitrone lutschen.

Luke winkte sie ins Wohnzimmer. Man setzte sich. Hodge zappelte herum, als habe er Ameisen in der Hose.

»Und, Gentlemen«, sagte Luke müde. »Welche Neuigkeiten sind so schrecklich, dass sie nicht warten konnten, bis ich im Büro bin?«

Hodge öffnete den Mund und schloss ihn wieder, als wisse er nicht, wo er anfangen solle. Er räusperte sich. »Drew Zomaya und Bill Beale sind gestern Abend zurückgetreten.«

Luke nickte. Das waren gute Neuigkeiten, keine schlechten. Er hatte persönlich um ihre Rücktritte gebeten. Dabei wunderte ihn nur, dass es so lange gedauert hatte. »Eine Schande für ihre Gemeinden«, sagte er. »Die guten Menschen von Louisiana und Massachusetts haben Besseres verdient. Aber gewiss sind Sie nicht zu dieser Tageszeit gekommen, um mir das mitzuteilen. Erzählen Sie mir etwas, das ich noch nicht weiß.«

Hodge zupfte an seinem Hosenträger. »Gestern Abend gab es einen Zwischenfall in einem Gottesdienst in New York. Menschen aus der Gemeinde drängten auf die Bühne und schnappten sich die Mikrofone. Eine ganze Stunde lang haben sie Vorwürfe gegen die Führung vorgetragen. Die Mitglieder fühlen sich betrogen.«

»Sie wurden betrogen«, sagte Luke.

»Es reicht nicht«, meinte Stimson leise.

»Was reicht nicht?«

»Zomaya, Beale …«

»Das waren die beiden letzten verdorbenen Schweine. Jetzt sind alle weg. Raus. Wen wollen Sie noch feuern?«

Niemand antwortete.

Hodge zappelte herum und betrachtete seine Schuhe.

Stimson starrte Luke in die Augen, als würde er ihn über den Lauf eines Gewehrs fixieren.

Ach, dachte Luke. *Ich verstehe. Ihr stellt mein Handeln in Frage. Meine Autorität. Meine Führung.* Es wunderte ihn nicht, dass Richard so nervös war.

Er lächelte. »Es geht um mich.«

Sie sagten nichts.

»Nun, ehe Sie weiterreden, vergessen Sie eines nicht: Ich habe für diese Kirche gekämpft. Ich habe die Organisation und die Mitgliederschaft aufgebaut. Ich habe sie zu dem gemacht, was sie ist. Von Anfang an war ich dabei. Darf ich Sie erinnern …«

»Die Frage«, unterbrach Stimson ihn und hob die Hand, »die Frage ist nicht, was Sie aufgebaut haben, sondern was wir, die wir übrig geblieben sind, retten können. Die Marke NeChristo wird in Kürze wertlos sein. Unsere Mitglieder werden nicht mehr Teil der Gemeinschaft sein wollen. Sie werden ihre G-Ringe nicht mehr in der Öffentlichkeit tragen. Sie werden auch nicht mehr spenden, gleichgültig, was wir sagen.«

»Die besten Pastoren werden sich unabhängig machen«, ergänzte Hodge, »und ihre Gemeinden folgen ihnen.«

»Sollen sie doch!«, schrie Luke. »Die werden noch ganz schnell lernen, dass unsere Partnerschaft, unsere Sender, unsere Ausdehnung von Küste zu Küste ihnen erst Größe gibt. Ohne uns sind sie niemand. Sind sie nichts.«

»Ohne sie sind *wir* nichts«, erwiderte Stimson. »Wenn wir entschlossen handeln, können wir noch etwas retten. Einen Kern. Genug für einen Neuanfang.«

»Und dazu muss mein Kopf rollen. Ist es das?«

»Das erwarten sie. Wir müssen es ihnen geben.«

»Und wer soll führen, wenn ich gegangen bin? Sie?«

Stimson sagte nichts.

Luke nickte. »Das wollten Sie schon immer, nicht? Von Anfang an. L.A. war Ihnen nie groß genug. Aber Gerard, mein lieber naiver Gerard, Sie können mich nicht einfach ausbooten und meinen Platz einnehmen. Es ist viel schwieriger. Das muss man sich erarbeiten! Zuerst müssen Sie die anderen auf Ihre Seite bringen und überzeugen. Deren Unterstützung brauchen Sie. Sie brauchen eine Mehrheit.«

»Die haben wir«, sagte Stimson. »Seit gestern Abend.«

Luke starrte ihn an und versuchte zu entscheiden, ob er bluffte. Er hätte sich an jedes Mitglied des Komitees wenden und Überzeugungsarbeit leisten, Versprechungen machen, drängen und Treuezusagen geben müssen. Alles an einem Abend. Dazu hätte er Hilfe gebraucht … aber natürlich hatte er die. Hodge hatte ihm zugearbeitet und seine Verbindungen und seine Stellung genutzt, hatte die Richtung vorgegeben und sich für den Wandel ausgesprochen und kein

Hehl daraus gemacht, für wen er eintreten würde. Und dementsprechend mussten sie sich tatsächlich eine Mehrheit gesichert haben, denn Hodge hätte es nicht gewagt, hier zu erscheinen, wenn die Sache nicht in trockenen Tüchern wäre.

Scheiße.

Er hätte es wissen müssen, hätte es riechen müssen. Wenn er nicht so beschäftigt gewesen wäre, den Flächenbrand zu löschen … Aber es würde Unentschlossene geben. Pastoren, die nicht sicher waren, ob sie sich für die Siegerseite entschieden hatten. Er wusste, wen er sich vorknöpfen musste. Ihr nächtlicher Mut würde sich in Wohlgefallen auflösen, wenn sie seine Stimme hörten. Und einige mussten doch auch ihm die Treue gehalten haben …

Als hätte er seine Gedanken gelesen, sagte Stimson: »Das Komitee hat einstimmig entschieden. Sie können so viele Anrufe tätigen, wie Sie wollen. Sie können eine Abstimmung verlangen, oder wir berufen sie ein, mir ist es gleich, doch Sie verzögern nur das Unausweichliche. Und natürlich bedeutet jede Verzögerung einen größeren Schaden. Oder wir können in einer Stunde eine Presseerklärung herausgeben.« Er nickte Hodge zu, der zwei Dokumente und einen Stift aus einem Ordner nahm und alles über den Wohnzimmertisch schob.

»Es ist das Beste«, fuhr Stimson fort, »und es ist der *richtige* Weg. Es ist gut für Sie und gut für die Kirche. Die Abfindung ist mehr als großzügig.«

Arroganter Schweinehund, dachte Luke, *er glaubt, er kann eine Meuterei führen und mein Erbe auslöschen, doch er hat keine Ahnung, wen er vor sich hat. Das wird der schlimmste Kampf, den er je erlebt hat. Verflucht sei diese Kirche. Er hat dazu kein Recht.*

Kurz dachte Luke daran, sich vorzubeugen und Stimson einen Kinnhaken zu verpassen.

Aber er beherrschte sich.

Stattdessen nahm er die Dokumente. Zwei Ausfertigungen des gleichen Vertrags. Eine für ihn, eine für sie. Er blätterte den einen durch. Die Bedingungen waren so, wie man sie erwartete. Vertraulichkeitsklauseln, Wettbewerbsklauseln, sofortige Wirkung. Verwaltungsleistungen, zwei Sekretärinnen und ein Jet, der ihm zur Verfügung stand, um seinen Umzug durchzuführen. Er kam zu den Zahlen. Die Summe war … angemessen. Sogar mehr als erwartet. Eigentlich konnte sich die Kirche unter den gegenwärtigen Umständen so viel gar nicht leisten. Stimson hatte offensichtlich keine Lust auf Feilscherei.

Luke überschlug im Kopf, was ihm seine Anteile bringen würden, wenn er den Kampf um die Führung in die Länge zog und weiter am Steuer einer Kirche auf dem absteigenden Ast bliebe. Dies verglich er mit den Zahlen in dem Vertrag.

Das Ergebnis brachte ihn auf neue Gedanken. Lohnte sich ein solcher Kampf überhaupt? Die Organisation lag am Boden. Die Sanierung wäre schon schwierig genug, selbst wenn man den Schaden nicht noch vergrößerte. Nun ja, Stimson würde wohl der neue Oberguru werden. Stimson, der Eisenarsch. Stimson, der Puritaner. Er würde die Stütze sein, die bekannte Größe, hinter die sich andere stellen konnten. Zumindest war es nicht Richard. Dieser feige Judas traute sich nicht einmal, ihm in die Augen zu blicken. Und würde es wirklich ein Vergnügen werden, NeChristo wieder auf die Beine zu stellen? Einmal hatte er die Kirche schon aufgebaut. Er könnte Kraft tanken. Er könnte sein Geld nehmen und etwas ganz Neues damit anfangen.

Scheiß auf sie.

Sollten sie das Chaos selbst beseitigen.

Er griff nach dem Stift und unterschrieb.

Als er fertig war, warf er die Verträge auf den Tisch.

Stimson nahm eine Ausfertigung, sah sie sich an, faltete sie und steckte sie in die Tasche seines Jacketts. Er erhob sich. Hodge zögerte. Er wirkte hin- und hergerissen, als ginge ihm die Sache nah, als wollte er noch etwas sagen, vielleicht eine kleine Rede halten, wie leid es ihm täte, dass es so gekommen war …

Luke sagte: »Sie wissen, wo die Tür ist.«

Als sie gegangen waren, starrte er hinaus auf die Kuppel, die er nie wieder betreten würde, und forschte in sich nach Gefühlen wie Traurigkeit oder Wehmut. Nichts. Das alles war bereits Vergangenheit.

53

Madsen starrte beim Fahren hinaus auf die flache Landschaft von Nevada. Der Himmel hatte ein Pastellblau angenommen. Sand, wohin man blickte, bis hin zu fernen braunen Hügeln. Sie fuhren mit knapp einhundert km/h dahin. Die Fenster waren heruntergelassen. Kühle, trockene Luft wehte durch den Wagen. Madsen trug seine Sonnenbrille und hatte die Kapuze übergezogen. Neben ihm hatte sich Shari die Mütze ihres Cousins tief ins Gesicht gezogen. Hundert Meter vor ihnen schwankte ein kastenförmiges Winnebago-Wohnmobil sanft hin und her.

Weit und breit kein Sattelschlepper zu sehen.

Wenn sie ihn entdeckten, würden sie nach einem einfachen Plan vorgehen. Den Sattelschlepper anhalten. Den Fahrer festnehmen. Den Sprengstoff finden. Zuerst die Särge durchsuchen, dann den Anhänger, dann die Kabine. Innen und außen. Es war kein großartiger Plan, aber er hatte eine Marke und eine Waffe. Daher könnte es funktionieren.

Falls sie ihn fanden. Die Zeit wurde langsam knapp.

Er hielt eine Flasche Wasser zwischen den Knien und trank immer wieder einen Schluck, um den pochenden Schmerz hinter den Schläfen zu lindern. Sein linkes Bein brannte, und er wünschte sich verzweifelt, dass er es einmal kurz ausstrecken könnte. Aber damit würde er wertvolle Minuten verschwenden. Zumindest machte er sich wegen der Verfolger nicht mehr so große Sorgen. Zwar hatten sie nicht gerade gefeiert, als sie an dem braun-weißen Schild *Willkommen in Nevada* vorbeigefahren waren, denn die Beinahebegegnung mit der Highway-Patrouille steckte ihnen noch in den Knochen. Trotzdem war es ein wichtiger Meilenstein. Laut Shari ging der Informationsaustausch zwischen Staaten nicht ohne zusätzliche Verzögerung vonstatten. Und jetzt im hellen Tageslicht näherten sie sich Las Vegas und hatten Dutzende von Fahrzeugen als Gesellschaft.

Shari erstarrte. »Da kommt was.«

»Wie bitte?«

»Genau vor uns. Sehen Sie?«

Madsen blinzelte. Direkt vor ihm entdeckte er, über dem Winnebago und kaum erkennbar vor dem Himmel, einen Fleck. Er bewegte den Kopf, weil er nicht sicher war, ob es Dreck oder ein Insekt auf der Windschutzscheibe war.

Der Fleck wurde dunkler.

Instinktiv zog Madsen die Kapuze tiefer ins Gesicht.

Während er näher kam, gewann der Fleck Konturen. Aus den Seiten wuchsen zwei winzige silberne Stacheln. Sie waren lang und dünn und verliefen parallel zum Horizont. Flügel. Die Mitte war dicker, und die Stacheln an den Seiten wurden von zwei kleineren ergänzt, die wie ein umgekehrtes V nach unten ragten. Die Drohne flog den Highway entlang und hielt eine Höhe von hundert Fuß, dann war sie über sie hinweg. Madsen hörte das Surren eines Hochgeschwindigkeitspropellers und hatte gerade noch Zeit, die Markierung am grauen Metallrumpf zu lesen: *NHP*. Nevada Highway-Patrouille.

Der Propellerlärm verhallte. Die Drohne schrumpfte im Rückspiegel.

Shari hatte sich umgedreht und schaute dem Flugobjekt durch die Heckscheibe nach. »Sie wendet«, sagte sie. »Die Drohne hat uns entdeckt. Halten Sie an.«

»Sicher?«

»Wir haben vielleicht dreißig Sekunden.« Sie holte etwas aus dem Handschuhfach.

Madsen setzte gleichzeitig den Blinker, zog den Bronco auf die Standspur und trat auf die Bremse.

Shari war ausgestiegen, ehe er ganz angehalten hatte. Sie lief nach hinten und verschwand unter der Heckklappe. Madsen hatte keine Ahnung, was sie vorhatte. Er zog die Handbremse an und folgte ihr. Sie kniete im Staub vor der Stoßstange und riss mit den Zähnen Streifen von einer Rolle Isolierband. Er schaute entgeistert zu, wie sie die Streifen auf das Nummernschild klebte und eine Drei in eine Acht verwandelte. Sie strich das Klebeband mit dem Daumen glatt, stand auf und lief nach vorn. »Starten Sie den Wagen«, schrie sie und zeigte nach hinten.

Er sah die Drohne, die über der Wüste wendete und einen weiten Bogen beschrieb. Die Hälfte des Wendemanövers hatte sie bereits hinter sich. Bald würde sie den nächsten Anlauf nehmen. Er stieg ein und machte den Wagen startklar. Sekunden später tauchte Sharis Kopf über der Motorhaube auf. Sie rannte zur Tür und warf sich auf den Beifahrersitz. Er löste die Bremse und drückte das Gaspedal. Der Bronco kehrte schleudernd auf die Fahrspur zurück. Die Drohne hatte ihren Kreis vollendet und nahm erneut Kurs auf sie. Die Flügel lagen wieder parallel zum Horizont. Das Profil des Rumpfes sah von vorn aus wie ein flacher Football. Diesmal schien sie niedriger und langsamer zu fliegen, als wollte sie eine Bombe abwerfen und ihr Ziel nicht verfehlen.

Dann sauste sie zum zweiten Mal über den Bronco hinweg.

Das laute Rattern dröhnte durch die offenen Fenster herein und blieb dann schnell hinter ihnen zurück. Shari drehte sich um und verfolgte die Drohne mit den Augen durch die Heckscheibe. Madsen beobachtete das Flugobjekt im Spiegel. Diesmal flog die Drohne weiter, bis sie verschwunden war.

»Was zum Teufel war da los?«, fragte Madsen.

»Sie hat uns rausgepickt, und zwar nicht zufällig. Sie hat nach uns gesucht.«

»Woher wissen Sie das?«

»Normalerweise fliegen Verkehrsdrohnen höher und seitlich der Straße. Auf die Weise werden die Fahrer nicht so stark abgelenkt. Diese flog in halber Höhe sehr schnell und genau auf uns zu. Sie hatte die Aufgabe, die Kennzeichen aller Fahrzeuge zu überprüfen, die nach Vegas fahren, und zwar so schnell wie möglich.«

»Das heißt, die wissen, wohin wir wollen und nach welchem Wagen sie suchen müssen.«

Shari nickte.

Sie hielt das Isolierband immer noch in der Hand. Madsen warf einen Blick darauf und runzelte die Stirn. »Warum haben Sie sich die Mühe gemacht? Sie hat das Kennzeichen beim ersten Mal erkannt.«

»Der langsame Überflug war zur Bestätigung. Und der allein zählt.«

»Sie haben nur eine Zahl geändert.«

»Sofern es die Drohne betrifft, sitzen wir in einem vollkommen anderen Fahrzeug.«

»So einfach kann das doch nicht sein.«

»Doch … gewissermaßen. Es gibt einen Haken.«

Er sah sie an. »Was für einen Haken?«

»Wenn das geänderte Kennzeichen zufälligerweise zu einem anderen schwarzen Ford Bronco aus Kalifornien gehört, verursachen wir eine Diskrepanz in einigen Fahrzeugdatenbanken. Dann werden wir mit einem Störsignal getaggt.«

»Und das heißt?«

»Das heißt, dass wir irgendwann überprüft werden. Man wird uns rauswinken.«

»Das ist ein ziemlich großer Haken.«

»Mit dem alten Kennzeichen hätten sie uns binnen zwei Minuten erwischt.«

»Und jetzt?«

Sie zuckte mit den Schultern. »Keine Ahnung. Unstimmigkeiten können durch falsche Eingaben verursacht werden, durch Zubehör am Wagen, Umbauten, Dreckspritzer auf dem Nummernschild … alles Mögliche eben. So etwas kommt oft vor. Niedrige Priorität. Wie viel Zeit uns bleibt, hängt davon ab, wie viel die Polizei hier gerade zu tun hat. Und vom Glück.«

Sie fuhren schweigend weiter, an den ersten Häusern vorbei. Vorstadtkästen, braune Klinker auf braunem Stein. In der Ferne funkelte der Stolz der Stadt, eine Reihe von Türmen und Gebäuden in den unglaublichsten Formen.

Madsen schlug vor: »Ich habe noch Bargeld. Wir könnten den Wagen abstellen und uns ein Taxi nehmen.«

Shari schüttelte den Kopf. »Die Taxigesellschaften haben eine Standleitung zur Strafverfolgung. Und die Sonnenbrille können Sie vergessen. Angesichts der hochauflösenden Kameras auf Armeslänge vor Ihrem Gesicht werden Sie von den Video-Cops an der Wand schon erkannt, ehe Ihr Hintern den Sitz berührt. Wir sitzen in der Patsche … es sei denn, wir könnten uns einen anderen Wagen leihen.« Sie grinste ihn schief an. »Sie kennen nicht zufällig Leute in Vegas? Freunde?«

Madsen verzog das Gesicht. »Ich kenne jemanden. Als Freund würde ich ihn nicht bezeichnen.«

54

Der kurze Helikopterflug vom Flughafen zu Ten Worlds gab Fillinger die Möglichkeit, die Menschenmassen aus der Vogelperspektive zu betrachten. Sie reihten sich an Überführungen auf und standen in Gruppen auf den Bürgersteigen, an Plätzen und Kreuzungen. Entlang des ganzen Strips, der durch einen schmalen, mit Palmen besetzten Mittelstreifen geteilt wurde, kam der Verkehr nur noch im Schritttempo voran. Gelbe Taxis leuchteten zwischen den gedämpften Blau-, Grau- und Rottönen. Fahrzeuge und Menschenmenge schienen das gleiche Ziel zu haben: Alle hielten auf den Lärm und die grellen Farben des Unterhaltungskomplexes zu. Fillinger grunzte zufrieden. *Wie Motten, die das Licht anzieht,* dachte er. Großartig. Die ganze Sache war großartig.

Im Sitz neben ihm würdigte Ivanovic das Geschehen keines Blickes. Er wirkte immer noch wie jemand, der gerade seine Großmutter erschossen hat.

Die glitzernden Säulen der Hoteltürme ragten vor ihnen auf. Der Pilot lenkte die Maschine auf das riesige »H« auf Turm eins zu. Neben dem Landeplatz war ein roter Teppich ausgerollt, an dem eine Abordnung des Personals zur Begrüßung wartete. Ihre rot-schwarzen Uniformen flatterten im Wind des Helikopters, der die letzten fünfzig Meter sank. Die Kufen setzten sanft auf.

Ein Mann in Jeans drückte sich mit einer Hand seinen

weißen Cowboyhut auf den Kopf und öffnete mit der anderen die Tür. Wind und Turbinenlärm rauschten durch die Kabine.

»Howdy, Partner!«, schrie Jim Bonitas.

Fillinger grinste. »Ein guter Tag zum Geldverdienen!«

»Worauf Sie wetten können. Und da unten warten schon viele, die es ausgeben wollen.«

»Irgendwelche Neuigkeiten von unserem Freund?«, fragte Fillinger und stieg aus der Maschine.

»Ist gestern Nacht eingeflogen.«

Fillinger klatschte erfreut in die Hände. Vor zweiundsiebzig Stunden hatte Senator Arbett sich noch geweigert zurückzurufen. Jetzt flog er zur großen Eröffnung ein. Besser konnte es nicht laufen.

Der rote Teppich führte zum Fahrstuhl. Seite an Seite gingen sie los und nickten dem Personal lächelnd zu.

»Wir haben die Präsidentensuite für Sie reserviert, wenn Sie sich vor der Zeremonie noch frisch machen wollen«, bot der Texaner an.

»Ich kann's nicht mehr abwarten. Begrüßen wir lieber unsere VIPs.«

»Gern doch. Eine Sache nur«, sagte Bonitas und runzelte besorgt die Stirn. »Ich spreche es nicht gern an, aber was ist mit den letzten vierzig Dollys? Die sind noch nicht da. Ihre Akkus müssen noch aufgeladen werden, und heute Mittag sollten sie schon im Einsatz sein.«

»Keine Sorge. Die Akkus wurden schon in der Fabrik geladen. Sie sind einsatzbereit und können sofort loslegen. Der Lastwagen ist bald hier.« Er sah über die Schulter. »Nicht wahr, Radim?«

Ivanovic nickte. »Müsste jede Minute da sein.«

55

Madsen blinkte, fädelte sich in eine Lücke ein und tauschte eine langsam dahinkriechende Autoschlange gegen eine andere. Die hohen Gebäude, die den Anfang des Las Vegas Strip markierten, waren keine drei Kilometer mehr entfernt. Er suchte vor sich nach einem Sattelschlepper. Nichts.

Verflucht!

Das Verkehrsaufkommen war gigantisch. Das musste mit der Eröffnung von Ten Worlds zusammenhängen. Der Sattelschlepper hatte immer noch Vorsprung. Vielleicht hatte er sein Ziel schon erreicht. Madsen hielt insgeheim schon Ausschau nach einer schwarzen Rauchwolke über der Skyline.

Der Stau hatte einen Vorteil. Die Cops waren beschäftigt, und das verminderte das Risiko, wegen des manipulierten Nummernschildes angehalten zu werden. Der Kerl, den er kannte und der ihnen einen fahrbaren Untersatz besorgen konnte, wohnte ein paar Straßen weiter östlich, nicht weit entfernt, aber, wie er Shari schon gesagt hatte, Madsen konnte ihn nicht gerade Freund nennen. Da sie nur noch drei Kilometer vor sich hatten, würde er es lieber so riskieren.

Er tippte auf die Bremse. Die Fahrspuren verengten sich zu einer. Shuttlebusse, Taxis, Limousinen und Cabrios krochen Meter für Meter voran. Ein riesiger orangefarbener Pfeil blinkte von links nach rechts.

»Das ist nicht gut«, sagte Shari.

»Nur eine Umleitung.«

»Ein Polizist steht dort.«

Madsen sah hinüber. Hinter dem Pfeil stand an der Ausfahrt ein schwarz-weißer Streifenwagen. Er parkte auf dem Seitenstreifen unter einer kränkelnden Palme. Der Polizist lehnte mit verschränkten Armen an der Fahrertür und schaute durch eine blaue verspiegelte Sonnenbrille in ihre Richtung.

»Entweder kontrolliert er die Kennzeichen, oder das macht seine Kamera. Können Sie wenden?«

Madsen sah in die Außenspiegel. Im dichten Verkehr gab es keinen Platz zum Ausscheren. Die einzige Ausfahrt lag vor ihnen. »Nein.«

»Und über den Gehweg?«

»Schlechte Idee. Dann fallen wir garantiert auf. Lassen wir es drauf ankommen.«

Der Pontiac vor ihnen rollte weiter. Madsen blieb dicht dran und benutzte ihn als Deckung für sein Nummernschild. Er beobachtete die blaue Sonnenbrille. Die regte sich nicht. Madsen stellte sich dahinter zwei starrende stählerne Augen vor.

Während sie auf die Ausfahrt zukrochen, setzte Madsen beiläufig den Blinker. Der Cop stand da wie eine Statue. Vielleicht schlief er.

Der Pontiac zog rechts rüber. Madsen folgte ihm und hielt den Bronco einen halben Meter hinter seiner Stoßstange. Auf halbem Weg um die Kurve sah er ein Taxi im Rückspiegel und bremste leicht, damit es dichter auffuhr und das hintere Kennzeichen abschirmte.

Das funktionierte nicht. Hinter der Kurve gab es wieder zwei Fahrspuren. Der Taxifahrer zog scharf nach links und beschleunigte, nicht ohne Madsen mit einem langen Hupen mitzuteilen, was er von seiner Bremserei hielt. Die blaue Sonnenbrille fuhr herum. Der Cop beugte sich in den Streifenwagen, offenbar um etwas zu überprüfen. Dann richtete er sich auf, zog sein Mikro an den Mund und sprach hinein.

Shari beobachtete ihn im Seitenspiegel. »Er macht Meldung. Bald haben die uns auf der Überwachungswand und schicken Einheiten los. Wir haben noch maximal fünf Minuten.«

Madsen dachte fieberhaft nach und ging seine Optionen durch. Der Abstand zwischen ihm und dem Streifenwagen wuchs. Hundert Meter. Zweihundert. Die Straße beschrieb eine Kurve. Als der Cop im Spiegel nicht mehr zu sehen war, riss er das Lenkrad nach rechts herum und drückte das Gaspedal durch.

Der Bronco zögerte eine Millisekunde, ehe der Motor reagierte, dann machte er einen Satz und holperte über den Bürgersteig. Der V8 heulte auf. Sie fuhren quer über einen Parkplatz und an einem Schild vorbei, das sie bei *Magicca! – Superstore für Hexen und Zauberer* willkommen hieß. Passanten sprangen aus dem Weg und blieben zurück, als sie zwischen zwei Gebäuden hindurch zur nächsten Straße rasten. Madsen drehte das Lenkrad nach links und steuerte den Bronco vom Bürgersteig. Der Wagen rutschte, während die Räder nach Halt suchten.

Dann schoss der Ford vorwärts. Eine Ampel wurde rot. Madsen bremste und schätzte die Geschwindigkeit des Querverkehrs ein. Er fand eine Lücke, gab Gas und lenkte den Bronco hinein. Nur knapp entging er der Schnauze eines Pick-ups.

Zwei Blocks weiter wollte er links abbiegen. Als sie auf die Kreuzung zufuhren, schaltete die Ampel von Rot auf

Grün. Madsen hielt auf die Linksabbiegerspur zu und versuchte, es vor dem Gegenverkehr zu schaffen. Zu spät. Er trat auf die Bremse. Der Bronco kam abrupt zum Halt.

Ein langer Tankwagen donnerte vor ihnen vorbei. Aus zwei Auspuffrohren stiegen dicke Dieselwolken in die Luft. Der Fahrer sah ihn hasserfüllt an. Wertvolle Sekunden verstrichen, bis der Tankwagen vorbei war.

Madsen trat aufs Gas. Der Bronco fuhr mit quietschenden Reifen los. Aus den Augenwinkeln sah er, dass Shari mit beiden Händen den Haltegriff gepackt hatte. Kurz darauf fand er, was er gesucht hatte. Ein schäbiges eingeschossiges Gebäude mit einem verblassten Schild und der Aufschrift: *Goldankauf*. Er fuhr auf den Parkplatz; Staub und Dreck wirbelten hoch. Der Bronco kam rutschend zwischen einem verbeulten Volkswagen und einem antiken Mercedes zum Stehen.

»Drei Minuten«, schrie Shari, als sie ausstiegen und zum Eingang rannten.

Das Innere wirkte hell und schäbig. In Vitrinen entlang der Wände lagen massenweise glitzernde Uhren, Ketten, Ringe, Füllfederhalter und Messer. Abgewiesene Kunden standen vor einem Tresen, über dem ein Plakat die Vorzüge von Pfandleihe und Verkauf verglich.

Madsen ging nach hinten durch. Dort gab es eine einfache Trennwand mit einer einseitig verspiegelten Glasscheibe. Vor der Tür stand ein fetter Wachmann. Als der Kerl Madsen in den Weg trat, hielt er ihm seine Marke unter die Nase und sagte ihm, er solle einen Spaziergang machen. Dann schob er die Tür auf.

In dem Büro hatte sich wenig verändert. Es war schmuddelig, mit Schränken und Elektronik vollgestopft und verstaubt. Nur durch die verspiegelte Scheibe fiel natürliches Licht herein. Auf einem der beiden Schreibtische türmte sich Müll, auf dem anderen befanden sich ein Eingangskorb und ein kleiner Haufen Bargeld.

Und hinter dem Schreibtisch saß ein Zwerg.

Sein Gesicht zeigte große Narben, als habe er zwölf Runden gegen Mike Tyson gekämpft und Tyson habe Schlagringe tragen dürfen. Er starrte Madsen an.

»Sie!«

»Höchstpersönlich«, sagte Madsen.

Der Zwerg zog seine Lippen zurück und schnitt eine Grimasse, bei der er zwei identische goldene Schneidezähne enthüllte. »Sieben Jahre war zu viel, Arschloch.«

»Mir erschien es fair. Er hat jede Menge geschmuggelt.«

»Er begleicht jede Rechnung. Ausnahmslos. Wenn er rauskommt … Bei meinem letzten Besuch hat er gesagt, er wolle mit Ihren Eingeweiden seine Motorhaube verzieren.«

Madsen grinste ihn an. »Habt ihr noch Motorräder?«

Langes Schweigen folgte. »Sie nehmen mir meinen Daddy weg und wollen mit mir *Geschäfte* machen?«

»Ja.«

Der Zwerg war verblüfft. Sein Blick schweifte über Madsens dreckigen Mantel, dann zu Shari, auf deren Brust er verweilte, ehe er zu Madsen zurückkehrte. Er legte den Stift hin und musterte Madsen misstrauisch, dann kratzte er sich am Kopf. Nach weiterem Schweigen rutschte er vom Stuhl. »Kommen Sie mit.«

In der Werkstatt hinter dem Laden standen Dutzende Motorräder – Harleys, schicke Ducatis und verschiedene japanische Maschinen. Stahlrohre waren zu Regalen zusammengeschweißt und an den Wänden angebracht. Dort fanden sich Helme und Ledermonturen.

Madsen ging an den Motorrädern entlang und begutachtete sie.

Shari ging zu den Regalen. Sie entledigte sich ihrer Jacke und zog eine andere an.

Der Zwerg schaute amüsiert zu.

Madsen entdeckte eine Suzuki Enduro am Ende der Werkstatt. Der Benzintank war verbeult, und das vordere Schutzblech war gebrochen. Betrachtete man die Schlammschichten, war der Vorbesitzer gern Motocross gefahren, hatte aber keinen Gartenschlauch besessen. Eine Eigenschaft hob sie jedoch gegenüber den anderen Maschinen hervor: Der Schlüssel steckte. Er schwang ein Bein über den Sitz und stieß sie vom Ständer. Shari warf ihm einen Helm zu.

Der Zwerg rang die Hände. »Kaufen oder tauschen?«

Madsen setzte den Helm auf, machte den Kinnriemen aber nicht fest. Er trat den Kickstarter nach unten, und die Suzuki erwachte zum Leben. Die Federung gab nach, als Shari hinten aufstieg und ihm die Arme um die Brust schlang. Madsen ließ den Motor aufheulen. Er beugte sich vor und rief: »Auf Kredit, okay? Auf dem Parkplatz steht ein schwarzer Ford Bronco als Sicherheit.« Er fuhr mit dem Bike zu einer Seitentür und machte sie auf.

Als sie in die Sonne hinausschossen, hörte er den Zwerg brüllen: »Meine Zinsen können Sie sich nicht leisten, Plotter. Hören Sie? Die können Sie sich nicht leisten!«

Madsen fuhr Richtung Norden zum Strip und drehte das Gas auf. Die Suzuki röhrte wie eine Kettensäge. Er spürte die Vibrationen den ganzen Rücken hinauf. Shari schmiegte sich enger an ihn, während er schaltete. Er fühlte sich eigentümlich beschwingt. Jetzt brauchten sie sich über nichts mehr Gedanken zu machen, außer darüber, diesen Lastwagen zu finden.

Er drehte sich um und schrie über die Schulter. »Wie viel Zeit haben wir noch?«

»Keine.«

Wie aufs Stichwort tauchte vor ihnen eine ganze Horde Blaulichter auf, die von lauten Motoren und einem Chor Sirenen begleitet wurden. Madsen gab Gas. Der Abstand schrumpfte schnell. Ein Windstoß traf seine Brust, als er am ersten Wagen vorbeipreschte. Er zählte zwei, vier, sechs Streifenwagen. Und zwei Vans. An der Seite der Vans stand SWAT.

»Die suchen den Bronco!«, schrie Shari.

Madsen war zu verblüfft, um zu antworten. *Mein Gott,* dachte er. *So ein Aufgebot, nur unseretwegen.*

Der Verkehr wurde dichter. Er fuhr mit der Suzuki im Slalom durch die Lücken.

Zwei Blocks weiter nahm er das Gas weg.

Hier kam alles zusammen: der Stau, die Menschenmenge und das Ziel.

56

Während Madsen das Bike zwischen den Fahrzeugen hindurchmanövrierte, starrte er unwillkürlich zu dem großen, leuchtenden Zylinder hinauf. Darauf prangte in großen roten Buchstaben: *Ten Worlds*. Die Buchstaben verschwanden, und auf der gesamten Außenfläche des Gebäudes waren plötzlich alte Städte zu sehen, dunstiger Dschungel und donnernde Wasserfälle. Shari klopfte an Madsens Helm und deutete voraus. Auf den Bürgersteigen drängten sich Fußgänger und Touristen mit Kameras. Auf einer Überführung standen Gaffer dicht an dicht. Darüber ragten drei Türme aus Glas und Stahl in den Himmel, die untereinander mit einem Netz durchsichtiger Übergänge verbunden waren. Der Sattelschlepper hatte das Rennen gewonnen. Steinmann hatte gesagt, es sei genug D-5 übrig, um Grant Avenue acht- oder neunmal in die Luft zu jagen. Was für eine Katastrophe würde der Sprengstoff hier anrichten, wenn alles gleichzeitig explodierte? Könnte dadurch einer der Türme einstürzen? Würden die Übergänge brechen, würden sie wie Glas splittern?

Darüber nachzudenken war keine Zeit. *Los.*

Er drängelte sich mit dem Motorrad weiter voran, nutzte den Bürgersteig, suchte Lücken, einen Weg in den Komplex. Er sah den Haupteingang für die Öffentlichkeit, eine Einschienenbahn-Station, die Einfahrt zum mehrstöckigen Parkhaus … Dort. Eine Schranke mit einem Schild: ANLIE-

FERUNG. Auf der anderen Seite führte eine breite Rampe abwärts in einen Tunnel.

Er zwängte das Bike an der Schranke vorbei und raste die Rampe hinunter.

Der Tunnel war breit und hoch. Die Suzuki dröhnte ohrenbetäubend laut. Die Lampen unter der Decke erzeugten eigentümliche Schatten. Als das Ende des Tunnels nur noch fünfzig Meter entfernt war, kuppelte Madsen aus und ließ die Maschine rollen.

An der Einfahrt zu einer riesigen kreisrunden Halle blieben sie stehen. In der Mitte befand sich ein offener Bereich. Außen herum führte eine erhöhte Laderampe, ein flacher Ring aus Beton, der ungefähr anderthalb Meter hoch und zwanzig Meter tief war. An verschiedenen Stellen dieses Rings hatten Lastwagen zum Entladen rückwärts eingeparkt. Sie standen wie die Ziffernstriche einer Uhr. Hinter den Lastwagen fuhren emsig fahrerlose Gabelstapler hin und her und transportierten schwere Kisten und Paletten mit Kartons zu großen Lastenaufzügen, die in der Höhlenwand gähnten. Das Klappern und Surren der hydraulischen Ladefahrzeuge hallte von den Wänden wider.

Madsen sah sich die Lastwagen an. Sie waren mit den Namen von Speditionen, Lieferanten oder Cateringfirmen beschriftet. Alle außer einem. Der Lastwagen auf neun Uhr links von ihnen war rot und schwarz und zeigte an der Seite das Logo von Dreamcom. Gerade kam ein Gabelstapler mit einem Sarg aus dem Anhänger. Madsen verlor den Mut.

Wir sind zu spät.

Das D-5 konnte in jedem der Särge sein, und sobald diese in den Lastenaufzügen abgestellt waren, würde man sie nicht mehr nachverfolgen können. Er beobachtete, wohin der Gabelstapler fuhr. Kurz vor einem Lastenaufzug blieb er stehen und setzte den Sarg sanft ab. Nicht im Fahrstuhl, sondern davor. Nicht auf den Boden, sondern auf einen anderen Sarg. Sie waren vor dem Fahrstuhl gestapelt, fünf Reihen, drei Särge hoch.

Es war noch nicht zu spät.

Madsen legte den Gang ein, schrie Shari zu, sie solle sich festhalten, und gab Gas. Die Suzuki beschleunigte über den freien Bereich. Als sich Madsen dem Sattelschlepper näherte, hielt er auf eine Treppe zu, die zur Laderampe hinaufführte. Er spürte, wie sich Shari an ihm festkrallte. Das Vorderrad krachte auf die unterste Stufe. Dann schossen sie über die Kante. Er beugte sich nach vorn. Die Reifen fanden wieder Halt, und er beschleunigte auf den Lastwagen zu.

Zwei Männer mit orangefarbenen Sicherheitswesten und Helmen standen neben dem Auflieger und sahen mit offenem Mund zu, wie das Motorrad auf sie zujagte. Die Suzuki kam zum Halt. Madsen stellte den Motor ab, trat den Ständer nach unten und stieg ab. Er suchte seine Marke und rief: »Sofort mit dem Ausladen aufhören.«

Keiner der Männer rührte sich.

»Sofort!«

Einer der Männer hielt ein Klemmbrett und sah aus, als könnte er die Aufsicht haben. »Ich bin nicht autorisiert«, sagte er.

Der andere Mann wollte sich verdrücken.

»Bleiben Sie, wo Sie sind!«, schrie Madsen und zog seine Beretta. »Auf den Boden.«

Der Mann tat wie befohlen. Shari kam dazu und behielt den Kerl im Auge.

Der Aufseher war vor Angst erbleicht und hob die Hände.

Madsen nahm seinen Helm ab und beugte sich so weit vor, bis sein Gesicht nur noch weniger Zentimeter von seinem Gegenüber entfernt war. »In diesem Lastwagen befindet sich Sprengstoff. Sie müssen die Ladung sichern – die komplette Ladung.« Während er sprach, hörte er ein Surren, und ein Gabelstapler flitzte vorbei. Er verschwand im Auflieger und kam einen Moment später mit einem Sarg auf der Gabel wieder heraus. Madsen zeigte auf ihn. »Halten Sie das Ding an.«

Der Aufseher schaute zwischen der Waffe und Madsens schmutzigem Mantel hin und her. »Sie sind ja völlig irre …«

Madsen befahl ihm, sich neben seinen Kollegen zu legen, drückte Shari die Beretta in die Hand und lief dem Gabelstapler hinterher.

Mit seinem angeschlagenen Knie hatte er keine Chance gegen die Maschine. Sie rollte schnell davon, doch er folgte ihr, halb im Laufschritt, halb humpelnd, denn spätestens am Fahrstuhl würde der Gabelstapler langsamer werden. Tatsächlich wurde der Abstand kleiner. Auf dem polierten Metall des Sargs spiegelte sich das Licht, als er abgestellt wurde. Der Behälter senkte sich die letzten Zentimeter. Als sich die Aluminiumkisten berührten, begann der Stapler zu piepen. Die Gabeln fuhren zurück …

Plötzlich setzte das Gerät rückwärts, genau auf Madsen zu. Er sprang aus dem Weg. Der Stapler hielt an, wendete in einem engen Kreis und wollte zurück zum Lastwagen fahren. An der Seite befanden sich Griffe. Madsen packte einen. Er ignorierte den Schmerz, der durch seine linke Seite schoss, belastete das Knie und warf sich auf den Gabelstapler. Dort landete er bäuchlings mit der Nase vor einem großen roten Schalter mit der Aufschrift *NOTFALL STOPP*. Er holte mit der Hand aus und griff danach, doch das Gefährt beschleunigte so stark, dass Madsen nach hinten rutschte. Seine Hand traf das Stahlgehäuse. Er kroch vorwärts und schlug erneut zu.

Die Wirkung trat augenblicklich ein. Das gelbe Blinklicht erlosch, und das Surren hörte auf. Die Maschine blieb abrupt stehen. Madsen rollte zwischen den Gabeln hindurch und landete hart auf dem Beton.

Er erhob sich mit Schmerzen und betrachtete die erstarrte Maschine verwundert. *Ein Problem gelöst.* Shari rief nach ihm und fragte, ob alles in Ordnung sei. Er winkte ihr zu und humpelte zu den gestapelten Särgen zurück.

Für Feinheiten war keine Zeit. Er griff nach oben, packte einen Sarg mit beiden Händen und zerrte mit aller Kraft daran. Der Kasten rutschte, erst langsam, dann kippte er über die Kante. Madsen zog erneut. Der Sarg krachte auf den Boden. Er ließ die Verriegelung aufschnappen und öffnete den Deckel. Eine Puppe. Er tastete die Polsterung ab. Nichts. Dann zog er den zweiten Sarg herunter. Während er hektisch an der Verriegelung zerrte, hörte er hinter sich die Fahrstuhltüren und dann ein Surren. *Noch so ein verdammter Gabelstapler!* Er riss den Deckel hoch.

Dann traf ihn ein greller Blitz; und es wurde finster um ihn.

57

Madsen fühlte sich, als hätte man ihm eine stumpfe Axt auf den Hinterkopf gehauen und als würden Splitter in sein Hirn stechen. Vor seinen Augen war es dunkel, aber zumindest konnte er hören, was bedeutete, dass sein Kopf nicht völlig zertrümmert war. Aus weiter Ferne nahm er Rufe wahr und etwas, das klang wie … Applaus. Aus der Dunkelheit tauchten Bilder auf. Särge stapelten sich übereinander. Seine eigenen Hände griffen zu, zerrten, öffneten Verschlüsse. Dann kam von der Seite ein Schatten, eine hässliche Maske, die Hass ausstrahlte. Dunkle Augen. Haifischaugen.

Das Geschrei ging weiter, näher diesmal. Er konzentrierte sich und versuchte zu verstehen. Die Stimme einer Frau. Heiser und ängstlich rief sie seinen Namen. Shari.

Er schlug die Augen auf.

Er lag auf dem Boden, seitlich. Shari war nur wenige Meter entfernt und sah ihn an. Ihre Jeans und ihr T-Shirt waren zerrissen. Sie war mit silbernem Klebeband an Händen und Füßen gefesselt. Erleichterung machte sich auf ihrem Gesicht breit, als sie sah, dass er bei Bewusstsein war. Dann wurde ihr Blick hart und ging nach oben über seine Schulter. Sie presste die Lippen zusammen und hob das Kinn als stumme Warnung.

Er wollte sich aufsetzen, schaffte es jedoch nicht. Seine Knöchel und Handgelenke waren zusammengeschnürt. Seinen linken Arm konnte er kaum spüren. Aber er konnte den Kopf heben. Und drehen. Er sah sich um.

Sie lagen am Ende eines Raums, der vielleicht zehn Meter lang und fünf Meter breit war. Die eine Hälfte schien zu einer Hightechwerkstatt zu gehören. Ein Arbeitstisch erstreckte sich entlang der Wand, und darüber hingen Hunderte von glänzenden Werkzeugen, ordentlich der Größe nach sortiert. Über den Werkzeugen nahe der Decke war ein Dutzend Computermonitore angebracht, die im Fünfundvierzig-Grad-Winkel nach unten gerichtet waren.

Die andere Seite wirkte wie eine Reihe Duschkabinen im Umkleidebereich einer Sporthalle, nur waren die Vorhänge schwarz und gummiert, und anstelle von Duschköpfen hingen Schläuche und Kabel von der Decke. Von dort, wo er lag, konnte Madsen ein Dutzend Paar Füße unter den Vorhängen sehen. Sie trugen zarte Sandalen mit Goldrand. Dabei standen sie absolut still und hatten die Zehen ordentlich ausgerichtet.

Am anderen Ende befand sich eine geschlossene Tür. Davor stand ein offener Aluminiumsarg.

Und vor dem Sarg kniete ein Mann.

Er hatte ihnen den Rücken zugekehrt, aber Madsen erkannte ihn trotzdem. Sein Haar war zu einem fettigen grauen Pferdeschwanz zusammengebunden.

Der Mann beugte sich über den Sarg und grunzte. Langsam und mit beträchtlicher Mühe zog er ein Metallfass über die Kante der Kiste und stellte es vorsichtig zwischen zwei andere Fässer.

Madsen kam wieder richtig zu sich. Er bemerkte den Griff einer Handfeuerwaffe, die über den Rand der Arbeitsfläche ragte und für den Mann leicht zu erreichen war. Den Griff kannte er. Es war seine Beretta.

Wieder hörte er den fernen Applaus. Madsen sah hoch. Die Computerbildschirme waren eigentlich Überwachungsmonitore, die eine exotische Umgebung zeigten: einen leeren mittelalterlichen Thronsaal links, das tiefe Grün eines Dschungelparadieses rechts und verschiedene Ansichten römischer Straßen dazwischen. Nur ein Monitor zeigte etwas anderes. Auf dem mittleren, aus dem auch die Geräusche kamen, sah man einen riesigen Saal voller Menschen. Zwei Männer betraten die Bühne. Einer der beiden trug einen weißen Cowboyhut. Der andere war groß und silberhaarig. Das Publikum erhob sich und jubelte.

Mit aller Kraft, die er aufbringen konnte, beugte sich Madsen vor, verdrehte seine Handgelenke gegeneinander und versuchte, das Klebeband zu dehnen oder zu zerreißen. Er schloss die Augen, biss die Zähne zusammen und ignorierte den Schmerz, bis es sich anfühlte, als würde er sich die Schultern aus den Gelenken zerren.

Nichts. Das Klebeband gab nicht nach. Er sackte in sich zusammen und stöhnte unwillentlich.

»Na, wieder wach?«

Madsen sah auf. Der Mann hatte sich umgedreht. Die schwarzen Augen zeigten weder Hass noch Wut. Wenn man dort ein Gefühl erkennen konnte, dann leidenschaftslose Neugier, die irgendwie viel, viel beängstigender war. Der Mann war nicht groß, sah aber kräftig aus. Schweiß tropfte von seinem Kinn. Die Ärmel hatte er aufgekrempelt, sodass man schweißnasses Haar auf den Armen sah.

»Wer zum Teufel sind Sie?«, fauchte Madsen.

Keine Antwort.

Stattdessen griff der Mann zur Werkbank. Kurz dachte Madsen, er wollte die Waffe nehmen, doch er holte sich ein Gerät, das an einen kleinen blauen Feuerlöscher erinnerte, der eine lange Kupfertülle und einen übergroßen Abzug hatte. Damit kam er zu Madsen, betätigte den Abzug mehrmals klickend, bis eine Flamme an der Tülle aufloderte. Er regulierte die Gaszufuhr, bis die Flamme zu einem blauen Kegel schrumpfte. Madsen roch Propangas und spürte, wie heiße Luft über seine Haut strich. Der Mann hockte sich hin, packte Madsens Haar und riss daran. »Radim Ivanovic, zu Ihren Diensten«, sagte er. »Schreien Sie ruhig, so viel Sie wollen. Dieser Raum ist schalldicht.«

Madsen überlegte noch, was die Worte zu bedeuten hatten, als er ein tiefes Rauschen und ein Zischen hörte. Heftiger Schmerz strahlte von hinter seinem Ohr aus. Seine Augen traten hervor. Ein brutaler Krampf schüttelte seinen Körper, sodass ihm Speichel über die Lippen flog. Das Zischen hörte auf. Madsens Kopf landete auf dem Boden. Er saugte Sauerstoff in langen unterbrochenen Zügen ein. Der eklige Geruch verbrannten Fleisches und Haares stach ihm in die Nase.

»Das war nur ein Vorgeschmack, damit Sie wissen, wie ernst ich es meine«, sagte Ivanovic. »Jetzt stelle ich Ihnen ein paar Fragen. Vergessen Sie nur eins nicht: Wenn Sie zögern, sind nicht Sie dran, sondern Ihre Freundin. Vielleicht grille ich zuerst ihre Nippel. Also sagen Sie die Wahrheit und antworten Sie schnell. Okay?«

Durch einen Tränenschleier sah Madsen, wie sich Shari wand und weiter in die Ecke drückte. Er nickte.

»Ich höre nichts.«

»Okay.«

»Gut. Warum sind Sie hier?«

»Das wissen Sie doch.«

»Sagen Sie es mir trotzdem.«

»Um Sie aufzuhalten.«

»Wobei?«

»Diesen Komplex in die Luft zu jagen.«

Ivanovic blinzelte, als würde ihn diese Antwort überraschen. Nach einer langen Pause fragte er: »Warum haben Sie nicht die Ermittlungen eingestellt, als Sie Ian Callan hatten?«

»Weil ich wusste, dass mehr als eine Person beteiligt war.«

»Einzelheiten, bitte.«

Madsen antwortete nicht.

Ivanovic zeigte mit der Propanlötlampe in Sharis Richtung und zog die Augenbrauen hoch.

Madsen sagte: »Er muss Hilfe gehabt haben, um aus dem Dollhouse zu verschwinden, nachdem er die Bombe installiert hatte. Dazu kommen die Umstände, wie er seine Arbeitsstelle gekündigt hat. Jemand hat ihn umgebracht, ehe wir ihn verhören konnten. Ich wusste, es gibt noch einen zweiten Täter. Und ich wusste, er muss bei Dreamcom zu finden sein.«

Die Haifischaugen kamen näher. »Ideen, Ahnungen, Vermutungen. Das sind keine belastbaren Gründe, Mr. Plotter.«

»Als ich in der Fabrik war, habe ich Sprengstoff in dem Sattelschlepper entdeckt. Daher wusste ich Bescheid.«

Wieder verging Zeit. Viel Zeit. Ivanovic schien tief in Gedanken versunken zu sein. Dann nickte er, erst langsam, dann überzeugter, als sei er zu einem Schluss gekommen. Er stand auf und stellte die Gaszufuhr ab. »Besten Dank«, sagte er. »Ich bin ein sehr organisierter Mensch. Offene Punkte kann ich nicht leiden.«

Madsen sagte nichts.

Ivanovic setzte eine traurige Miene auf. »Leider konnten Sie niemanden sonst von Ihrer verrückten Theorie überzeugen, außer Ihrer dummen Zicke hier. Deshalb sind Sie zwei allein gekommen …«

»Nein. Die Polizei weiß, wo wir …«

Knack. Ein Stiefel donnerte gegen Madsens Knie. Gegen das verwundete. Weißes Rauschen schoss in seinen Kopf.

»Keine Sorge. Von hier an kenne ich die Geschichte. In der letzten Stunde hatten wir Besuch vom FBI und von der Polizei, und alle haben uns vor Ihnen gewarnt. Sie seien unterwegs hierher und seien gefährlich. Wir sollen nach Ihnen Ausschau halten. Sie hätten Sprengstoff. Große Panik. Dann sind Sie tatsächlich aufgetaucht, mit der Polizei im Schlepptau. Im Augenblick durchsuchen sie den ganzen Komplex, aufgescheucht, bis an die Zähne bewaffnet und bereit, Sie bei Sichtkontakt abzuknallen. Die halten Sie für verrückt und denken, Sie planen einen Anschlag auf Ten Worlds.«

Madsen erwiderte nichts. Es fühlte sich an, als würde hinter seiner Kniescheibe Glas knirschen. Doch trotz der Schmerzen begriff er, wie seine Verfolgung des Lastwagens nach Vegas als Vorbereitung eines Anschlags missverstanden werden konnte. Das erklärte die Cops und die SWAT-Vans.

Ohne ein weiteres Wort warf Ivanovic die Lötlampe auf die Werkbank, ging zur anderen Seite des Raums und beugte sich über den Sarg, aus dem er ein weiteres Metallfass herausholte.

Madsen dachte hektisch nach. Er konnte das Klebeband nicht lösen und konnte nichts tun, um den Kerl selbst aufzuhalten. Falls SWAT-Teams das Gebäude durchsuchten, musste er auf Zeit spielen und ihnen Gelegenheit geben, den Fanatiker zu finden, ehe er seine Bombe zündete. Auf jeden Fall musste er weiter mit ihm reden. »Schauen Sie sich doch die Leute an«, rief er. »In diesem Saal. Da sind Familien drunter, Kinder. Die haben nichts mit den Puppen zu tun. Sie sind keine bösen Menschen. Keine Sünder, jedenfalls keine größeren als andere auch. Sie sind nur wegen der Feier hier.«

Ivanovic antwortete nicht. Das vierte Fass landete auf dem Boden. Er drückte mit dem Fuß dagegen, bis es umkippte und mitten in den Raum rollte. Er wählte ein weiteres Fass aus und wiederholte das Ganze. Madsen bohrte weiter. »Hat Pastor Luke Sie nicht Vergebung gelehrt? Seine Botschaft war friedlicher Protest. NeChristo will Gutes in der Welt tun. Sie stehen für …«

»NeChristo«, unterbrach ihn Ivanovic milde, »ist tot. Die haben diesen Krieg angefangen, indem sie uns eine Waffe an den Kopf gesetzt haben, und wir haben ihn beendet. Wir haben ihre Glaubwürdigkeit zerstört und die Proteste erstickt. In nur vier Tagen haben wir sie ausgelöscht.«

Vier Sätze, und keiner ergab einen Sinn. Aber zumindest hatte er den Wahnsinnigen kurz davon abgehalten, das weiter vorzubereiten, was immer er plante. Madsen sagte: »Ich dachte, Sie gehören zu dieser Kirche.«

»Das liegt daran, dass Sie ein Trottel sind. Sie haben genau das getan, was wir von Ihnen wollten. Sie haben den G-Ring entdeckt, Sie haben NeChristo an die Öffentlichkeit gezerrt, den Pastor mit den Kiddie-Puppen gefunden … *Sie* haben alles ins Rollen gebracht. Wir brauchten nur noch die Medien zu füttern. Die angeekelte Öffentlichkeit hat den Rest erledigt.«

»Wer hat Sie beauftragt?«

Ivanovic nahm Madsens Verwirrung amüsiert auf. »Niemand.«

»Warum verüben Sie dann einen Anschlag auf Dreamcom?«

»Nicht ich. Sie.«

»Aber das D-5 …«

»Es gibt keins. Wir haben den Sattelschlepper benutzt, um die Reste nach der Explosion in der Grant Avenue zu entsorgen. Vermutlich haben Sie Rückstände davon gemessen. Ich war sicher, ich hätte alles ordentlich sauber gemacht.«

Madsen starrte auf die Fässer.

Ivanovic lachte. »Azeton. Das Beste, was ich auf die Schnelle auftreiben konnte. Oder was *Sie* auftreiben konnten. Verstehen Sie, wie wunderbar das passt? Wir haben die Aufzeichnung der Überwachungskameras, wie Sie im Ladebereich den wilden Mann spielen und die Kisten der Puppen aufmachen. Danach sind Sie im Fahrstuhl hochgefahren und haben die Fässer hier in der Dolly-Werkstatt gefunden. In Ihrem Wahn war Ihnen alles andere gleichgültig. Sie wollten Ten Worlds einfach nur abfackeln. Aber als Sie den Brand gelegt haben, wurden Sie ohnmächtig von den Dämpfen … Und wenn wir das Feuer gelöscht haben, werden nur noch zwei verkohlte Leiber übrig sein. Sie sterben bei Ihrem Kreuzzug, und für die Cops und für uns ist der Fall abgeschlossen. Auf allen Seiten nur Gewinner.«

Ivanovic ging zurück und suchte ein weiteres Fass aus. Dieses legte er jedoch nicht auf die Seite, sondern öffnete den Deckel, zog einen Lappen aus der Tasche und hielt ihn vor die Öffnung. Mit den Knien kippte er das Fass leicht und goss klare Flüssigkeit auf den Lappen. »So weit hätte es gar nicht kommen müssen«, sagte er und heuchelte Mitleid. »Sie hätten einfach in San Francisco bleiben können. In Sicherheit. Glücklich und zufrieden. Ihr Problem war einfach, dass Sie nicht wissen, wann Sie aufhören müssen. Selbst als wir Ihnen Callan geschenkt haben, hatten Sie noch nicht genug.«

Madsen versuchte verzweifelt zu begreifen … Die Kirche war vernichtet … Er sagte, Madsen sei manipuliert worden, um bei ihrem Untergang seine Rolle zu spielen, doch irgendwo war er vom Drehbuch abgewichen … Im Sattelschlepper befand sich kein Sprengstoff …

Plötzlich setzte sich das Bild zusammen.

Das ganze Bild.

Der Grund, warum er bei Dreamcom nach Mitverschwörern gesucht hatte, war ganz eindeutig: *Dreamcom* steckte dahinter. Fillinger – nur er konnte es ausgeheckt haben – hatte ein monströses, hinterhältiges und kalkuliertes Spiel getrieben, kalt und gelassen die Polizei ausgenutzt, das FBI, die Medien … einfach alle … um seinen Erzfeind zu vernichten und um Unterstützung zurückzugewinnen. Er war ein Psychopath und hatte den Anschlag auf Grant Avenue selbst in Auftrag gegeben. Solche Dreistigkeit war atemberaubend.

Aber es hatte sich ausgezahlt.

Ivanovic kam mit dem vollgesaugten Lappen näher. Er lächelte.

»Die verhören Sie mit dem Polygrafen«, warnte Madsen.

»Die wissen gar nicht, dass es mich gibt.«

»Dann Fillinger.«

»Niemand hegt den leisesten Verdacht gegen ihn.«

Ivanovic drückte ihm den Lappen auf Mund und Nase. Madsen riss den Kopf zurück, konnte aber den Lappen nicht abschütteln. Er atmete nicht. Das Azeton fühlte sich kühl auf der Haut an. Die Dämpfe brannten in seinen Augen. Ihm wurde schwindelig.

Shari sagte: »Wir haben das Video aus der Grant Avenue analysiert. Die werden Sie erwischen.«

Der Lappen verschwand. Auf Ivanovics Gesicht zeigte

sich ehrliche Überraschung. Madsen starrte ihn verwundert an. Das waren die ersten Worte, die Shari gesagt hatte, seit er das Bewusstsein wiedererlangt hatte.

»Wie?«, wollte Ivanovic wissen.

Shari antwortete nicht.

»Ich fragte: *Wie?* Was haben Sie auf dem Video entdeckt?«

Shari schob sich an die Wand und setzte sich auf. Trotzig reckte sie das Kinn vor. »Das erfahren Sie, wenn die Sie verhaftet haben.«

Ivanovic stand auf, wischte sich die Hände ab und nahm die Lötlampe wieder von der Werkbank. Auf wiederholtes Klicken folgte lautes Rauschen, als die Flamme zündete. Er ging auf Shari zu.

»Machen Sie, was Sie wollen, Sie krankes Hirn. Ich sage nichts.«

»Müssen Sie auch nicht. Wenn ich Ihre Nase wie ein Ei brate, wird Ihr Freund mir schon alles erzählen …«

58

Nur noch ein paar Schritte. Shari Sanayei beschwor den Angreifer stumm, näher zu kommen. Seit zehn Minuten hatte sie ihre Fesseln hektisch an einer Bodenleiste hinter ihrem Rücken bearbeitet und eine Schicht Klebeband nach der anderen durchgesägt. Sie zog die Arme ein wenig auseinander und spürte, wie sich die letzten Fäden lösten. Ob sie ihre Hände benutzen könnte, war eine ganz andere Frage: Das Klebeband hatte die Blutzirkulation abgeschnürt, und sie hatte kein Gefühl in den Fingern.

Sie saß mit dem Rücken zur Wand. Ivanovic kam heran, grinste anzüglich und fuchtelte mit der Flamme herum. Indem sie die Beine verschränkte und ihre Fersen unter ihren Po schob, brachte sie sich auf die Knie hoch. Sie spuckte aus. Speichel traf Ivanovic an der Wange. »Sie haben doch nicht genug Mumm«, schrie sie. »Sie spielen mit Replikanten, nicht? Keine Ahnung, wie man es mit einer echten Frau macht. Schlagen Sie die Replikanten? Ich wette, Sie Feigling, denn Plastik schlägt nicht zurück …«

Ivanovic blähte die Nasenflügel auf. Seine schwarzen Augen funkelten. »Das Quasseln vergeht dir auch noch, wenn deine Lippen weg sind und deine Zunge wie eine Kerze brennt«, sagte er mit dunkler bedrohlicher Stimme.

Die Spitze der Flamme strich neben ihrem Kopf über die Wand. Die Farbe warf Blasen und blätterte ab. Sie hörte das Rauschen und spürte die Hitze auf der Kopfhaut. Versengtes Haar knisterte. Ein beißender Geruch stieg ihr in die Nase.

»*Aufhören!*«, schrie Madsen.

Hitze und Rauschen nahmen ein wenig ab.

Madsen sagte: »Wir sind beim Videomaterial auf die zweite Person gestoßen. Es gab zwei in der Grant Avenue. Callan und noch jemanden. Wir haben Computermodelle erstellt. Früher oder später stoßen die Ermittler darauf und finden alles heraus. Dann sind Sie dran.«

»Ach tatsächlich?«, fragte Ivanovic.

»Ja.«

»Noch etwas?«

»Das ist alles, ich schwöre es. Lassen Sie Shari in Ruhe.«

Erleichterung breitete sich auf Ivanovics Gesicht aus. Er grinste und lachte dann. »Sie haben überhaupt nichts begriffen. *Niemand* war da, Sie Idiot! Keine erste und keine zweite Person. Niemand!«

Ohne bewusst zu überlegen, ohne Plan, nur durch Adrenalin und Angst und feuernde Synapsen gesteuert, stieß sich Shari mit beiden Beinen ab und warf sich vorwärts. Ihre Schädeldecke krachte gegen Ivanovics Nase. Sein Kopf prallte zurück. Mit den geschwollenen Händen griff sie nach der Lötlampe, packte sie und schlug sie ihm aus den Händen. Er taumelte und ging rückwärts zu Boden. Da sie an den Knöcheln noch gefesselt war, stürzte sie ebenfalls, landete auf seinen Beinen, mit dem Gesicht in seinem Schritt. Instinktiv öffnete sie den Mund, drückte sich vorwärts und biss kräftig zu. Sie zerrte und schüttelte sich. Es gab einen dumpfen Knall, als würde ein Gummiband reißen, dann folgte ein Schrei. Auf ihren Rücken hagelten Schläge nieder. Sie zog die Knie hoch, rollte sich zusammen und stieß erneut zu. Der Schrei wurde zum Wimmern. Die Schläge kamen schneller. Einer traf sie an der Schläfe.

Sie sah Sterne. Ihre Kiefer erschlafften. Sie wälzte sich zur Seite. Durch die hellen Punkte sah sie die Lötlampe, ein Stück entfernt. Die Flamme zischte. Sie robbte wie ein Seehund darauf zu und langte mit tauben, gummiweichen Händen danach. Ihre Wange knallte auf den Boden. Eine Hand hatte ihren Knöchel gepackt und zog Shari zurück. *Scheiße, Scheiße, Scheiße.* Sie trat so heftig zu, wie sie nur konnte. Einmal. Zweimal. Die Hand ließ nicht locker.

Aber sie gewann ein paar Zentimeter.

Mit den ausgestreckten Fingern berührte sie kaltes Metall, umklammerte es, bekam es zu fassen. Sie warf sich herum und stieß die Flamme ihrem Gegner entgegen. Ivanovic wollte wegkrabbeln, doch die blaue Zunge folgte ihm und brannte eine dünne rote Linie über seine Wange. Die Flamme bewegte sich nicht, und das Rot nahm die Farbe von vergossenem Wein an.

Ivanovic brüllte und zuckte. Er schlug um sich.

Shari duckte sich, zielte und stieß erneut zu. *»Mistkerl!«*

Das Fleisch über seinem Auge schwoll an. Haut verkohlte, knisterte und schälte sich ab. Das Fett darunter stank faulig. Ivanovics Füße fanden Widerstand. Mit einem mächtigen Stoß warf er sich nach hinten und krachte mit dem Kopf gegen die Wand. Stöhnend wand er sich dort, die Hände vorm Gesicht.

»Shari, die Waffe!« Madsens Kehle fühlte sich an wie Schleifpapier. Die Gestalt in der Ecke war noch bei Bewusstsein, aber Shari hörte nicht zu. Sie drehte den Gashahn der Lötlampe zu, bis die Flamme erlosch, dann robbte sie zur Werkbank. Dort zog sie sich auf die Knie und durch-

suchte die Werkzeugschubladen. Sie fand ein Teppichmesser und schlitzte das Klebeband um ihre Knöchel auf. Danach befreite sie Madsens Hände und Füße. Anschließend setzte sie sich auf den Boden und ließ den Kopf sinken. Fertig.

Madsen rieb sich die Glieder, damit das Blut wieder floss. Es gelang ihm aufzustehen. Er humpelte zum anderen Ende der Werkbank, und nur seiner Willensanstrengung war es zu verdanken, dass sein Knie nicht einknickte. Dort holte er sich seine Beretta.

Shari schrie.

Madsen fuhr herum.

Ivanovic stand am anderen Ende der Werkbank und hielt sich mit einer Hand das Gesicht, während er gleichzeitig nach den Werkzeugen griff. Seine Faust packte einen schweren Drehmomentschlüssel mit langem Griff. Er humpelte auf Shari zu und hielt den Schlüssel wie einen Hammer.

Mit einer einzigen geschmeidigen Bewegung riss Madsen den Arm herum und in die Höhe. Die Beretta lag in seiner Hand, sein Finger am Abzug spannte sich, und die Kimme kam in eine Linie mit seinem Auge.

Ein Knall.

Ein vertrauter Stoß ging durch seine Hand.

Ivanovic taumelte. Über seinem Ohr klaffte ein Loch. Rote Flecken waren auf die Wand hinter ihm gespritzt. Der Schlüssel landete klimpernd auf dem Boden. Ivanovic brach daneben zusammen.

Kalte Leere machte sich in Madsen breit. Er hatte die Beretta selbst gekauft, hatte in Quantico tausend Kugeln damit auf Silhouetten und Papierzielscheiben abgeschossen, auf Schießständen überall im Land. Er hatte mit zwei Händen, mit einer Hand, mit links geübt, er hatte die Waffe gezogen, um zu drohen, zu beschwichtigen, um zu sichern und zu beschützen, aber zum ersten Mal in seinem Leben hatte er auf einen Menschen geschossen.

Nur ein Schuss, und ein Mann lag mausetot da.

Shari kam zu ihm. Sie schob den Arm unter seine Schulter und zog ihn zu sich heran. Ihr Gesicht grub sich in seinen Hals. Ihre Wangen strahlten Hitze ab und fühlten sich von Tränen nass an. Er schloss die Augen, umarmte sie und strich mit den Lippen über die Stellen an ihrem Kopf, wo das Haar versengt war.

Sie löste sich von ihm. »Wir sind noch nicht fertig«, sagte sie und wischte sich das Gesicht mit ihrem T-Shirt trocken. »Wenn die uns finden, werden sie das Märchen nicht glauben, dass Dreamcom sein eigenes Dollhouse in die Luft gejagt und die Ermittlungen manipuliert hat. Das glaubt uns niemand.«

Madsen starrte auf die Fässer mit Azeton, auf Ivanovics verkohltes, verletztes Gesicht und auf seine warme Beretta. Shari hatte recht. Sie sahen aus wie zwei Fanatiker. Mörder. Wenn ihre eigenen Leute sie so erwischten, wären sie erledigt. Falls man sie nicht gleich erschießen würde, müssten sie Wochen vergeblich damit verbringen, sich zu verteidigen. Wochen, in denen Fillinger an Fäden ziehen und Einfluss ausüben würde …

Aus den Lautsprechern kam Applaus.

Er starrte auf die Überwachungsmonitore. Der Mann mit dem Cowboyhut dankte seinen Gästen und wünschte ihnen gute Unterhaltung bei der Show. Dann verließ er das Rednerpult. Strahlend trat der silberhaarige Tom Fillinger an seine Stelle.

Auf dem rechten Bildschirm bewegte sich eine Gruppe Männer – Sicherheitsleute von Dreamcom und schwer bewaffnete Beamte vom SWAT – vorsichtig durch den Dschungel und durchsuchte eine Hütte nach der anderen.

»Ich lasse ihm nicht den Sieg«, fauchte Shari und ging zur Tür. »Kommen Sie?«

»Wohin?«

»Zu diesem Saal.«

59

Madsen stützte sich auf Sharis Schulter. Aus der Werkstatt traten sie auf eine schmale gepflasterte Straße. Die dunklen Farben des späten Nachmittags, die auch eine riesige Kuppeldecke zierten, schwebten über Stuckwänden, Säulengängen, Dachvorsprüngen und Terrakottadächern. Versteckte Scheinwerfer zeichneten Rosa und Rot an den Horizont im Westen. Es herrschte Stille.

Hinter ihnen fiel die Tür ins Schloss. Madsen drehte sich um und sah, dass sie auf dieser Seite einen Eisenring als Klinke hatte und mit rauer Eiche verkleidet war. Sie war in eine mit Graffiti bedeckte Steinwand eingelassen. Die Graffiti waren lateinisch.

»Pompeji«, sagte er.

»Gruselig.«

»Hier ist niemand. Noch keine Kunden.«

Vorsichtig gingen sie die Straße entlang und spähten in Gassen und Häuser. Dabei gelang es ihnen nicht, das unheimliche Gefühl abzuschütteln, das der Ort erzeugte. Sie kamen an einer Nische vorbei und standen plötzlich einem riesigen Marmorphallus gegenüber. Er ragte aus einer winzigen Statue von Priapus, dem Gott der Fruchtbarkeit, dessen bärtiges Gesicht sie lüstern angrinste. Sie blieben in Bewegung. Madsen humpelte, so gut er konnte.

Shari sah ihn an. »Sie müssen mir alles genau erzählen, was Sie gestern in der Fabrik gehört haben.«

»Warum?«

»Erzählen Sie einfach. Da war eine Bemerkung, die dieser Bastard hat fallen lassen. Ich muss sichergehen …«

Madsen berichtete von seinem Gespräch mit Pemberton, und sie stellte ihm immer wieder Fragen, scheinbar ohne jede Logik, weshalb er nicht ausloten konnte, worauf sie hinauswollte.

Eine Bewegung. Aus den Augenwinkeln nahm er sie wahr, oben hinter sich.

Er fuhr herum und legte mit der Beretta an. Sein Knie versagte. Er taumelte und stürzte rücklings, zielte jedoch weiter mit der Waffe. Eine dunkelhaarige Schönheit in kurzer weißer Tunika lächelte, beugte sich über das Geländer des Balkons und präsentierte ihre üppige Oberweite.

Eine Puppe.

»Gott«, murmelte er.

Shari zog ihn auf die Beine. »Kommen Sie weiter.«

»Das Knie macht nicht mehr mit.«

»Reißen Sie sich zusammen. So wie es auf den Überwachungsmonitoren aussah, kommt das SWAT-Team als Nächstes hierher. Wenn sie die Hütten durchhaben, ist diese Welt dran.«

Sie gingen durch den Eingang zu einem Gebäude mit Kuppel, in dem man fließendes Wasser hörte. Madsen sah ein Bad von der Größe eines Swimmingpools. Heißes Wasser strömte aus den Mündern von Steintieren. Gespenstische nackte Mädchen wandelten durch den Dampf. Auch in den Fenstern und Türen bemerkte er Bewegungen. Eine junge Frau winkte ihm hinter einer Tempelkolonnade zu.

Sie blieben an einem kleinen Platz stehen. In sechs Richtungen führten Straßen davon. An einer Wand der breitesten Straße waren ein Pfeil und ein kleines Schild angebracht. Es war grün, modern und elektrisch: AUSGANG.

Er zeigte darauf.

Shari zögerte. »In der Richtung werden die Straßen breiter, und der Raum wölbt sich am Horizont entlang.«

Der Effekt war kaum wahrnehmbar, aber nachdem er es sich genauer angesehen hatte, verstand er, was sie meinte. »Und?«

»Der Gebäudekomplex ist rund, also müssen die Welten angeordnet sein wie Tortenstücke. Das Ausgangsschild zeigt nach außen, wo die öffentlichen Passagen und Notausgänge sein dürften. Der Saal war allerdings rund, er kann sich daher nur in der Mitte befinden.« Sie deutete zu den kleineren Straßen links. »Dort entlang.«

Wie um ihre Annahme zu bestätigten, hörten sie Geräusche von rechts. Mehrere Stimmen. Männer.

Shari zog Madsen in eine schmale Gasse. Sein Knie protestierte, während er über das Pflaster humpelte. In den dunklen Räumen zu beiden Seiten des Wegs sah er Wandgemälde: Bordellszenen, rituelle Geißelungen und rothäutige Satyrn, die es wild mit üppigen Nymphen trieben. Da hier fast nur Öllampen flackerten, gab es große Schattenbereiche. Lüsterne Verführerinnen starrten aus Nischen. Eine junge Frau, die auf dem Boden lag und die nackten Füße zur Seite streckte, folgte Madsen mit traurigem, flehendem Blick. Ihre Tunika war zerrissen. Eine schwere Kette, die an der Decke hing, war mit dem Eisenring um ihren Hals verbunden. Sie hauchte ihm einen Kuss zu.

Der Gang verjüngte sich, bis man beide Seiten gleichzeitig berühren konnte, dann endete er an einer Steinwand mit einer Holztür. Sie sah genauso aus wie die an der Werkstatt. Madsen probierte die Klinke. Abgeschlossen.

»Nehmen Sie die Waffe«, sagte Shari.

»Ich weiß nicht ...«

»Wir haben keine Zeit.«

Madsen setzte die Mündung der Beretta zwischen Klinke und Rahmen an und gab drei Schüsse ab, die die Stille zerrissen. Wolken aus Splittern flogen durch die Luft.

Die Tür bewegte sich nicht.

Er versetzte die Mündung zwei Zentimeter nach rechts.

Drei weitere Schüsse hallten durch den Raum.

Sieben abgefeuert, fünf bleiben, dachte er, nachdem er im Geiste die Patronen im Magazin durchgezählt hatte. Nicht gerade üppig, falls es zu einer Schießerei käme.

Ein Stück zermalmten Holzes brach ab wie Karton. Die Tür schwang auf.

Aus Richtung des Platzes hörten sie Rufe.

60

Die Tür führte in einen Servicegang mit gewölbten Betonwänden. Moderne Neonröhren hingen von der Decke. Madsen und Shari taumelten hinein, und Madsen schloss die Tür, so gut es ging. Es gab keine Möglichkeit, sie zu verschließen oder zu verriegeln. Er lehnte sich an die Wand. Schweiß rann ihm über das Gesicht. Mit dem Lauf durch die Gasse hatte er fast seine ganzen Energiereserven verbraucht. Sein Knie machte schlapp. Er musste sich ausruhen.

»Warten Sie hier«, sagte Shari und lief nach rechts. Sekunden später war sie hinter der Kurve verschwunden. Er bewunderte sie für ihre wiedergewonnene Kraft. Sie hatte irgendeine Idee, die sie von Neuem motivierte. Er hatte keine Ahnung, was es war, und er sah auch keinen Ausweg. Inzwischen konnte er sich kaum mehr bewegen. In wenigen Sekunden würden die ersten Verfolger durch die Tür hereinstürzen. Falls Fillingers Gorillas als Erste eintrafen, wäre er ein toter Mann. Kam zuerst ein Cop, standen die Chancen fifty-fifty.

Schritte hallten durch den Gang. Shari. »Kommen Sie«, sagte sie und legte sich seinen Arm über die Schultern. »Es ist nicht weit.«

Er drückte sich hoch und hüpfte neben ihr her. Der Gang schien eine einzige lange Kurve zu bilden. Vor ihnen, auf der Innenseite des Bogens, sahen sie einen Durchgang. Auf einem Schild im Korridor stand: *A/V-Raum.* Sie erreichten den Durchgang, und Madsen sah dahinter eine Stahltreppe. Die Stufen führten steil in die Höhe.

Er holte tief Luft und stieg hinauf. Dabei zog er sich mit der linken Hand aufwärts und hüpfte auf dem rechten Fuß eine Stufe nach der anderen hoch. Shari zog und schob abwechselnd.

Auf halbem Weg nach oben machte auch sein intaktes Bein schlapp. Schnaufend sank er auf die Treppe. Hals und Brust waren mit Schweiß bedeckt.

»Fast geschafft«, sagte Shari. »Los, weiter.«

»Gott, ich gebe mir Mühe. Ich brauche nur eine Sekunde.«

Von unten hörte er den fernen Knall einer Tür, die aufgestoßen wurde, darauf folgten viele eilige Schritte.

»Na los!«, flüsterte Shari.

Er zog sich hoch und setzte den quälenden Aufstieg fort, indem er sich mit beiden Händen am Geländer festhielt und seitwärtshüpfte. Vor den Augen sah er Sterne.

Vier Stufen.

Drei.

Zwei.

Sie packte seinen Gürtel und zog ihn über die letzte Stufe.

Eine schlichte graue Tür begrüßte sie. Schnaufend griff er nach dem Knauf. Der ließ sich drehen. Er nickte Shari zu und drückte die Tür auf.

Im Inneren befanden sich drei Personen, zwei Männer und eine Frau. Sie trugen Headsets, saßen auf Drehstühlen und hatten der Tür den Rücken zugewandt, während sie an einem Mischpult mit Dreh- und Schiebereglern arbeiteten. Vor dem Pult befand sich ein großes Fenster. Der Raum erinnerte Madsen an ein Aufnahmestudio.

Er stützte sich am Türrahmen ab und brüllte: »Auf den Boden!«

Alle drei drehten sich um, sahen die Beretta und erstarrten.

Shari trat vor, packte einen der Männer am Kragen und zerrte ihn von seinem Stuhl. Sein Headset fiel ihm vom Kopf. Sie drückte ihn auf den Boden. Die beiden Kollegen brauchten keine weitere Ermunterung und legten sich freiwillig zu ihm.

Shari ließ sich auf dem mittleren Drehstuhl nieder und betrachtete die Regler.

Madsen schloss die Tür. Am Knauf befand sich ein Schließmechanismus. Ein kleiner Schließmechanismus. Praktisch nutzlos. Er drehte ihn trotzdem. Dann zeigte er mit der Beretta auf die liegenden Gestalten. »Gesicht zur Wand, bitte. Die Hände hinter den Kopf. Verschränken Sie die Finger. Schlagen Sie die Knöchel übereinander.« Er wartete, bis alle drei gehorcht hatten, dann hüpfte er zu Shari und ließ sich in einen Drehstuhl neben ihr fallen.

Sie befanden sich im hinteren Teil des Saals, hoch über einem Meer von Köpfen. Unten paradierten Puppen mit Platinhaar durch die Gänge und servierten Erfrischungen. Von Plattformen und Balkonen richteten sich lange Objektive wie Bazookas auf die Show. Winzige Luftschiffe glitten durch die Luft und verstreuten Konfetti. Auf der Bühne gegenüber dem A/V-Raum stand Fillinger mit seinem Silberhaar am Pult. Hinter ihm befand sich ein riesiger Bildschirm – zwanzig Meter hoch –, auf dem ein hübsches Pärchen in königlichen Roben Wein aus juwelenbesetzten Kelchen trank und sich tief in die Augen blickte. Der Blick der Kamera wanderte von dem Königspaar zu einem verzierten Bett im Stil des vierzehnten Jahrhunderts mit Samtvorhängen und wechselte dann zu einem Spiegelsaal, der aus Versailles hätte stammen können.

Shari zog den MemoryCube aus ihrer Tasche und schob ihn in den Port. Auf dem Monitor öffnete sich ein Verzeichnis. Sie scrollte durch die Dateien.

Madsen entdeckte eine Reihe kräftiger Männer an der Seite des Saals. Manche trugen Anzüge. FBI. Die meisten trugen die braune Uniform der Polizei von Las Vegas. Sie reckten die Hälse und suchten das Publikum ab.

»Die wissen nicht, dass wir hier oben sind«, meinte Madsen.

»Das wird sich bald ändern.« Shari doppelklickte auf eine Datei. Dann griff sie nach einem Wippschalter auf dem Pult, holte tief Luft und drückte ihn.

Auf dem Riesenbildschirm hinter Tom Fillinger verschwand die Versailles-Szene und wurde einen Augenblick später durch ein graues Gebäude in einer gewöhnlichen Straße einer modernen Stadt ersetzt. Auf einem Schild an der Seite des Gebäudes stand: *Öffentliches Parkhaus 24 Stunden – Rabatte für Frühaufsteher!* Eine Tür ging auf. Ein Mann kam heraus. Sein Gesicht war hinter einer Sonnenbrille und unter einer grauen Kapuze verborgen. Er trug einen roten Rucksack. Der Mann bog auf die Pacific Avenue ein, ging sie entlang, ignorierte alle Passanten, hielt das Gesicht stur nach vorn gerichtet und veränderte nie die Geschwindigkeit. Wie ein Metronom. Ein Mann mit einer Mission.

Shari schnappte sich eine Tastatur und begann zu schreiben.

Madsen zitterte. Seine Nerven waren angespannt. Jetzt saß sie am Steuer, und er war nur Beifahrer. Was immer sie jetzt vorhatte, es fand unter den Augen einer Öffentlichkeit statt, wie man sie sich öffentlicher kaum vorstellen konnte. Vor den Medien der Welt. Live. Unten strahlte Fillinger die Menschen an. Madsen sah vom riesigen Publikum nur Hinterköpfe. Daher konnte er nicht sagen, wie viele das neue Video schon bemerkt hatten. Neben den Buchsen für die Kopfhörer gab es einen Schalter: LAUTSPRECHER EIN/AUS. Er legte ihn um, und die Lautsprecher im Raum erwachten zum Leben. Madsen hörte die Aufregung in Fillingers Worten: »*Jeder Gast, der den Zauber von drei oder mehr Welten genießt, nimmt automatisch an einer täglichen Verlosung teil, bei der es eine Nacht in einer Luxussuite zu gewinnen gibt, und zwar zusammen mit zwei außergewöhnlichen Begleitern, die ihn – oder sie – auf jede erdenkliche Art verwöhnen …*«

Hinter Fillinger ging der Rucksackmann an der Bank vorbei. Er wandte sich von der ersten Kamera ab. Und auch von der zweiten. Er marschierte an einer jungen Frau vorbei, die einen Kinderwagen in die entgegengesetzte Richtung schob.

Shari hörte auf zu tippen und sah nach vorn. Madsen verfolgte, wie der Text in riesigen Buchstaben auf dem gigantischen Bildschirm erschien: DIESER MANN GEHT DURCH CHINATOWN, SAN FRANCISCO. SEIN ZIEL IST DAS DOLLHOUSE AUF DER GRANT AVENUE.

Sie tippte weiter.

»Liebe Mitglieder unseres Platin-Clubs«, sagte Fillinger und wandte sich den Gästen in den vorderen Reihen zu. »Sie erhalten ein ganz besonderes Privileg! Einmal im Jahr werden alle Einrichtungen von Ten Worlds für eine Woche ausschließlich Ihnen zur Verfügung stehen. Sie können dem Stress und den Sorgen der Realität entfliehen. Ja, Sie werden vergessen, dass es eine Realität gibt! Sie leben wie ein König in einer Welt Ihrer Wahl, werden voll verköstigt und dürfen nach Belieben über alle Untertanen verfügen.

Ihre Träume und Fantasien werden Wirklichkeit. Sieben Tage im Himmel!«

Auf dem großen Bildschirm erreichte der Rucksackmann die Kreuzung Pacific Avenue und Grant Avenue. Er hatte sich gedreht und war am Bordstein stehen geblieben. Die Ampel sprang um, der Verkehr hielt an. Der Mann überquerte die Straße.

Im Publikum kam eine gewisse Unruhe auf. Madsen stellte sich vor, wie die Leute sich fragende Blicke zuwarfen oder sich etwas zuflüsterten.

Die Männer an der Seite des Saals schauten sich um und zeigten hinauf zum A/V-Raum. Einer der Uniformierten sprach in ein Mikrofon.

Wieder erschien ein Text: DORT WIRD ER IN DEN ZWEITEN STOCK GEHEN UND DIE BOMBE IN SEINEM RUCKSACK ZÜNDEN.

Unten im Publikum gab es eine Bewegung, als würde eine Brise durch ein blühendes Mohnfeld wehen. Köpfe drehten sich hin und her. Ein Geräusch kam durch die Lautsprecher. Tief, dunkel, im Hintergrund und kaum hörbar, fast nur eine Vibration. Fern, aber auch nicht so fern. Mit jeder Sekunde wurde es lauter und kam näher. Heimtückisch grollend sammelte es Kraft. Es klang wie eine Lawine. Oder wie ein herandonnernder Zug.

Fillinger hielt verwirrt inne. Er hob die Stimme und wollte sich gegen den Lärm durchsetzen. »Eigentlich wollten wir zwei Wochen anbieten, aber Ärzte und Versicherungsvertreter warnten davor, dass es für ältere Menschen zu viel des Spaßes sein könnte …« Er grinste unsicher. Das Grinsen erstarb. Er schüttelte den Kopf und runzelte die Stirn.

Hinter ihm hatte der Mann mit der Kapuze die Pacific Avenue überquert und ging an Läden mit Souvenir-T-Shirts, billigen Regenschirmen und Fächern vorbei. Er marschierte an dem Schmuckgeschäft vorbei, Gesicht nach vorn. Und er wurde nicht langsamer.

Sharis Finger tanzten. Die Tastatur klapperte. Wieder erschien ein Text. SEINE HACKEN BERÜHREN DEN BÜRGERSTEIG IN PRÄZISEN INTERVALLEN, DIE SICH MESSBAR BIS AUF SEKUNDENBRUCHTEILE GLEICHEN.

An der Seite des Saals sah Madsen keine Uniformen mehr. Sie waren unterwegs.

Der Rucksackmann schritt an einem Paar mittleren Alters vorbei, einer von ihnen hielt eine Kamera. Dann ging er an einem mit Brettern vernagelten Eingang vorbei. Auf einem schmutzigen Schild stand: *Fung Long Import Export Co.*

Fillinger wirkte entmutigt und verärgert.

Ein Mann mit einem Headset rannte den Gang entlang zur Bühne. Er fuchtelte wild mit den Armen über dem Kopf.

Sehr langsam drehte sich Fillinger um hundertachtzig Grad. Sein silbergrauer Haarschopf legte sich in den Nacken.

Der Mann mit dem Headset sprang auf die Bühne.

Auf dem Bildschirm war der Rucksackmann am Dollhouse in der Grant Avenue angekommen und ging hinein. Ein vierter Text erschien: ER IST EIN REPLIKANT. EIN PRODUKT VON DREAMCOM. UND ER WURDE VON DREAMCOM GESCHICKT.

Fillingers Knie gaben nach. Der Mann mit dem Headset kam ihm zu Hilfe und fing ihn auf.

Binnen weniger Sekunden schwoll das Grollen zum Donner an. Ein Donner, durch den deutliche Buhrufe, Pfiffe und wütende Schreie gellten.

»Das habe ich bei meinem Gespräch mit Pemberton herausgefunden?«, erkundigte sich Madsen ungläubig.

Shari tippte weiter. »Die haben den Puppen zwei Geschwindigkeiten eingebaut.«

»Und der Rucksackmann bewegt sich nur in zwei Geschwindigkeiten?«

»Langsam nahe der Kreuzung, ansonsten immer schnell. Nichts dazwischen.«

Madsen nickte nachdenklich. »Sie haben also ein Aufziehspielzeug geschickt.«

»Richtig.«

»Und das Ding ist nicht wieder herausgekommen.«

»Vermutlich trug die Puppe zum Zeitpunkt der Explosion die Bombe noch.«

»Es blieb keine Leiche übrig, keine DNA. Nur ein paar zusätzliche Bauteile im Schutt …«

Sie sagte nichts.

»Was ist mit Callan?«

»Der war niemals da. Vermutlich hat Fillinger ihn ein paar Wochen vorher hingeschickt, um die Innenaufnahmen zu machen.«

Madsen nickte. Callan war ein Insider, jemand, von dem man erwartete, dass ihm Dreamcoms Interessen am Herzen lagen. Und jemand, der auf Risiko stand. Vermutlich hatte Fillinger persönlich ihm den Vorschlag gemacht, ein Video zu drehen, Urlaub zu machen und eine hohe Summe zu kassieren. Viel hatte es ihm nicht eingebracht. Sobald es aussah, als hätte man ihn erkannt, ermordeten sie ihn.

Shari drückte ENTER, und zwar so heftig, dass die Tastatur hüpfte.

Auf dem Bildschirm im Saal war zu lesen: DREAMCOM LIESS ZWÖLF MENSCHEN STERBEN, UM DIE SYMPATHIE DER ÖFFENTLICHKEIT ZU GEWINNEN UND DIE PROTESTE VON NECHRISTO ZU UNTERLAUFEN.

Fillinger war verschwunden. Unten wurde gestikuliert, das Publikum stand in den Gängen. Ein dicker Mann wurde von zwei Bodyguards zu einem Ausgang gescheucht, während zwei andere vor ihnen den Weg freimachten. Ein Dutzend Teleobjektive schwenkte hinter ihm her. Der Kerl erinnerte Madsen an jemanden, den er in den Nachrichten gesehen hatte. Vielleicht ein Politiker. Er hatte Ivanovics Worte noch im Ohr. *Keine erste und keine zweite Person. Niemand.* Unkompliziert und direkt. Kein Bombenleger, keine Flucht, keine Spuren, niemand, den man finden könnte. Shari hatte gesagt, die städtischen Kameras könnten nicht manipuliert und nicht mit falschem Material gespeist werden. Das war auch gar nicht notwendig gewesen. Fillinger hatte seine Version der Kameraüberwachung per Memory-Cube übergeben, und zwar inklusive eines winzigen Blickes auf einen G-Ring. Nicht zu offensichtlich, gerade deutlich genug, um die Sache in die richtige Richtung zu lenken. Der Rest war Routine. Schmutzige Videos über die Kirche, ein korrupter Polizist, der für Geld schlüpfrige Beweismittel durchsickern ließ und damit die gierige Meute der Medienhaie fütterte.

Schreie und Stiefeltritte auf Metallstufen. Es klang, als würde ein ganzes Bataillon die Treppe heraufstürmen.

Shari schob die Tastatur von sich und ließ sich in ihren Stuhl sinken.

Auf dem großen Bildschirm explodierte das Dollhouse. Staub und Rauch wallten brodelnd auf die Kamera zu. Der letzte Text lautete: FILLINGER HAT SEINE EIGENEN LEUTE ERMORDET. SEINE KUNDEN. ALLE.

Fäuste hämmerten an die Tür. Rufe drangen gedämpft herein: »*Polizei! Aufmachen!*«

Madsen starrte auf die Worte. Das war doch ein passendes Ende. Er entriegelte das Magazin der Beretta. Es fiel heraus und fiel polternd auf das Pult. Er zog den Schlitten zurück, und die Kugel im Lauf landete auf dem Teppich. Er ließ den Schlitten offen stehen, damit man sah, dass keine Patrone in der Kammer war, drehte sich mit dem Stuhl in Richtung Tür und legte die Pistole ruhig vor seine Füße.

»Sie haben nur nicht mit der Belohnung gerechnet, die auf Callan ausgesetzt wurde.«

»Sie haben auch nicht mit einem Agenten gerechnet, der über jedes vernünftige Maß hinaus stur seiner Nase folgte.«

»Das könnte ich auch über Sie sagen.«

Die Tür brach aus den Angeln.

Das SWAT-Team stürmte brüllend herein. Sie packten ihn und rissen ihn mit dem Gesicht nach unten auf den Boden. Ein Knie wurde ihm in den Rücken gedrückt und presste die Luft aus seiner Lunge. Eine Hand packte seinen Hinterkopf. Er schmeckte Teppich. Hinter ihm hörte es sich an, als würde Shari die gleiche Behandlung erfahren. Ein stechender Schmerz schoss durch seine Schultern, als seine Arme nach hinten gerissen wurden. Handschellen schnappten zu und gruben sich in seine Haut. Ein Stiefel traf ihn hart unter den Rippen. Jemand packte sein Haar und riss seinen Kopf so weit hoch wie möglich.

Eine steinharte Stimme knurrte: »Wissen Sie, was das ist?«

Madsen musste sich anstrengen, um klar zu sehen. Eine Faust war zu erkennen, und er zuckte zurück, weil er fürchtete, sie würde ihm ins Gesicht schlagen. Doch sie bremste Zentimeter vor seiner Nase. Aus der Faust ragte ein Zylinder aus Edelstahl in Form einer Zigarre. An der Spitze blinkte ein Licht, das er nur zu gut kannte.

Er wollte nicken, konnte aber seinen Kopf nicht bewegen.

Der Besitzer der Stimme beugte sich vor und zischte Madsen ins Ohr: »Sie müssen laut sprechen.«

Madsen spürte ein Brodeln in seinem Bauch. Es arbeitete sich nach oben und breitete sich aus. Madsen konnte es nicht kontrollieren. Es packte ihn und schüttelte seine Brust und seine Schultern mit kurzen, schnellen Zuckungen.

Der Griff in seinem Haar verstärkte sich, und der Peiniger drehte seinen Kopf zur Seite, weil er sein Gesicht sehen wollte. Aber Madsen erstickte nicht, weinte nicht und zitterte auch nicht vor Angst.

Er lachte.

Epilog

Hideki Yoshida hatte den Kopf mit dem gelben Stachelhaar leicht geneigt und wartete.

Am anderen Ende des Konferenztisches saß, sehr still, Noriyuki Nomura, Präsident und Vorsitzender des Aufsichtsrats von Nomura Entertainment Enterprises. Seine Hände lagen symmetrisch rechts und links einer Ledermappe. Nomuras Haut war in jedem seiner neunundachtzig Jahre straffer geworden; seine Wangen waren eingefallen und betonten die Umrisse seines Schädels. Die Augen hatte er geschlossen, und er sah aus, als würde er schlafen. Hinter ihm schlug der Regen lautlos gegen die Fenster, und die nächtlichen Lichter von Ginza blinkten rosa und grün.

Der alte Mann bewegte das Kinn vor und zurück, als wollte er die Gelenke schmieren.

Schließlich begann er zu sprechen. Die Worte kamen langsam, aber mit der Kraft und dem Timbre eines Mannes, der nur ein Drittel so alt war. »Sagen Sie mir noch einmal, Yoshida-san, bekommen wir alles, was wir brauchen?«

Yoshida schluckte nervös. Im Verlauf der letzten Woche hatte man ihm diese Frage oft gestellt. Seine Vorgesetzten zum Beispiel. Er hatte daraufhin Anwälte und Buchhalter gefragt, und die wiederum hatten sich bei ihrem Untergebenen erkundigt. Er hatte sogar die wichtigsten Dokumente selbst gelesen. Stets hatte er eine positive Antwort erhalten. Der Deal war wasserdicht. Doch das linderte nicht die Unruhe, die ihn jedes Mal erfasste, wenn man ihm die Frage wieder stellte. Dies war die letzte Chance, Nein zu sagen. In wenigen Minuten würde die Unterschrift endgültig unter dem Dokument stehen. Dann wäre die Sache beschlossen. Und damit wäre die Zeit für Ausflüchte und Widerrufe vorbei.

»Ja, Nomura-san«, sagte er. »Ich bin sicher.«

»Er ist der alleinige Besitzer?«

»Ja, Nomura-san.«

»Er besitzt alle Patente, Waren, Maschinen und Produktionsstätten?«

»Ja, Nomura-san.«

»Ich hätte das alles lieber direkt gekauft.«

Auch das war schon oft erwähnt worden. Yoshida verneigte sich tiefer. »Ich übernehme die volle Verantwortung, Nomura-san. Er hat sein Angebot sofort abgegeben, viel schneller, als ich erwartet hatte, und der Texaner hat angenommen. Mein Angebot kam schon zu spät.« Yoshida schämte sich. Seines Zauderns wegen musste die Firma nun fast das Doppelte zahlen, um sich die Technologie von Dreamcom einzuverleiben.

»Ich weiß, was Sie denken«, sagte der alte Mann, »aber der Preis bereitet mir keine Sorgen. Er macht Gewinn, weil er kühn als Erster zugegriffen hat, und das war zu erwarten. In Wahrheit ist es ein gutes Geschäft für uns. Nein, was mich besorgt ist sein Beharren auf den alleinigen Vertriebsrechten für die Vereinigten Staaten.«

Yoshida sagte nichts.

»Dieser Mann ist eine unbekannte Größe, doch wenn das Embargo aufgehoben wird, bedeutet diese Klausel, dass wir unsere Geschäfte nur über ihn abwickeln können. Unser Erfolg wird von seinem Erfolg abhängen. Übernehmen Sie auch *dafür* die Verantwortung?«

Diesmal zögerte Yoshida nicht. »Er ist schlau und hartnäckig. Höchst motiviert, Geld zu verdienen. Er wird uns großen Profit einbringen. Davon bin ich überzeugt. Bald ist er da. Sie werden selbst sehen.«

Der alte Mann grunzte. Draußen lief der Regen am Fenster hinunter.

»Erzählen Sie«, fragte er, »was ist mit diesem … Madsen passiert?«

Yoshidas Kopf wippte. Er war erleichtert, das Thema zu wechseln. »Dieser Fall war für das FBI höchst peinlich. Man führt eine interne Revision des … Office of Professional Integrity durch. Es wird neu organisiert, es gibt Disziplinarmaßnahmen und viele Veränderungen. Bis das beendet wurde, ist er beurlaubt, aber meiner Meinung nach hat er alle Illusionen verloren. Er wird nicht wieder dort anfangen.«

»Könnte er nützlich für uns sein?«

Hideki Yoshida erinnerte sich an ihre Begegnung in Los Angeles und daran, wie geschmeidig Madsen hantiert hatte, um die gesetzlichen Beschränkungen der Befragung aufs Äußerste auszudehnen, und wie clever er Köder für ihn und Traviano ausgeworfen hatte. Er suchte nach den richtigen Worten, wie er den Mann beschreiben konnte. Schließlich sagte er: »Er hat einen scharfen Verstand und viele interessante Eigenschaften, aber er ist stur und lässt sich von Leidenschaft leiten. Ich würde empfehlen, ihm kein Angebot zu machen, in unsere Dienste einzutreten.«

Der alte Mann dachte kurz darüber nach. »Und seine Kollegin?«

»Der Sergeant arbeitet bereits wieder, aber meiner bescheidenen Meinung nach ist sie durch das, was ihrem Geliebten passiert ist, zu einer Gegnerin unseres Geschäfts geworden.«

»Behalten Sie die Frau im Auge. Eines Tages wird sie vielleicht wieder eine Wahl treffen und Halbwahrheiten sagen müssen, um jemanden zu decken. Dann wäre sie verwundbar.«

Nein, dachte Yoshida, *das glaube ich nicht. Die nicht.* Laut sagte er: »Wie Sie wünschen.«

Die Minuten verstrichen. Der Wind drehte und ließ den Regen aus einer anderen Richtung an die Scheiben prasseln. Das Wasser bildete ein neues Muster, während es über das Glas rann.

Yoshidas Handy vibrierte. Die Nachricht lautete schlicht: *Er ist da.* Zu Nomura sagte er: »Er ist jetzt unten.«

Der alte Mann nickte.

Einige Augenblicke später klopfte es. Die beiden Männer erhoben sich.

Die Tür ging auf, und der Sekretär führte den Gast herein.

Die Falten des großzügig geschneiderten Zweireihers waren ordentlich gebügelt. Die Seidenkrawatte war mit einem geschmackvollen Kirschblütenmuster verziert. Der Gast trat vor, verneigte sich tief und lange und begrüßte Mr. Nomura förmlich und respektvoll auf Japanisch.

Der Vorsitzende Noriyuki Nomura erwiderte den höflichen Gruß und antwortete in bedacht gewähltem Englisch: »Willkommen bei Nomura Entertainment Enterprises. Ich habe schon viele große Dinge über Sie gehört, und ich bin sicher, der heutige Tag ist der Beginn einer langen und fruchtbaren Partnerschaft. Ich freue mich, Sie endlich kennenzulernen, und reiche Ihnen die Hand, Luke-san.«

Danksagung

Ich hatte eine Menge Helfer, die mich unterstützt haben, um diesen Roman ins Ziel zu bringen.

Zuallererst möchte ich meine Familie nennen, die mir mit Geduld und Liebe den Rücken stärkte: Vielen Dank.

Des Weiteren stehe ich in der Schuld von: Christopher Little, meinem Literaturagenten; Bill Scott-Kerr und dem herausragenden Team bei Transworld, die dieses Buch in die Welt gebracht haben. Elizabeth Cowell, meiner Lektorin, für die kluge und wunderbare Arbeit. Kathryn Fox, einer außergewöhnlichen Krimiautorin, die mir großzügig mit unverzichtbarem Rat zur Seite stand und mich Jason Sitzes vorgestellt hat, dessen frühes Feedback pures Gold wert war. Außerdem danke ich Lee Findlay und Gus Panucci, Schriftsteller und Reisegefährten, für ihre wertvollen Gaben wie Energie, Ermutigung und Kommentare zu frühen Fassungen, gemeinsam mit Danny Crawford, Brian und Donna Anderson, Arnold Mitt und Graham Rawlinson. Und ich stehe in der Schuld des Special Agent in Arizona, der mich stundenlang über die Verhältnisse zwischen den Behörden aufklärte, allerdings unter der Bedingung, anonym zu bleiben.

Eine lange Liste von Unterstützern sah das eigentliche Manuskript zwar nicht, hat aber trotzdem wichtige Beiträge geliefert. Mein herzlicher Dank geht an: Ken, Theresa und Ceridwen Dovey, die Lichter entzündet haben, die sie für klein hielten, die im Dunkeln aber sehr hell für mich brannten. An Rachel Thomas bei Berkelouw Books und Parham Salimnejad und die Mannschaft bei Persia Belle, überaus großzügige Menschen, die mich mit ihrer wunderbaren Gesellschaft, freundlichen Worten und endlosen Tassen kochend heißen Kaffees in Gang gehalten haben. Und an meinen Vater Bill McCabe, Paul und Jo Shaw, Stephanie und Romain Saulnier, Deb Jeffreys, David Matthews, Stuart und Dorothy Kennedy und alle anderen, die einen guten Rat und eine Ermutigung für mich übrig hatten, wenn ich es brauchte.

Außerdem möchte ich mich bei der verstorbenen Helen Dancer bedanken, einer engagierten Journalistin, die mir schon vor vielen Jahren sagte, dass ich schreiben *müsse,* und kein Nein von mir duldete.

Alles Gelungene in diesem Buch habe ich der Güte und Großzügigkeit der Genannten zu verdanken. Die Fehler stammen von mir.